新潮文庫

心は孤独な狩人

カーソン・マッカラーズ
村上春樹訳

新潮社版

11806

心は孤独な狩人

リーヴズ・マッカラーズに、
そしてマーガリート&ラマー・スミスに

第一部

1

町には二人の啞《おし》が住んでいた。彼らはいつも一緒だった。二人は毎朝早く住まいを出て、腕を組んで通りを歩き、仕事場に向かった。その親密な二人はずいぶん見かけが違っていた。常に先に立って進んでいくのは、夢見がちな太ったギリシャ人だった。夏には黄色かグリーンのポロシャツを着ていたが、シャツの正面はズボンにだらしなくたくし込まれ、背後はズボンの上に垂れていた。寒くなると、その上に形の崩れた灰色のセーターを着た。顔は丸く脂《あぶら》ぎって、半開きの目と半開きの唇が曲線を描き、優しく愚かしい微笑を形作っていた。もう一人の啞は長身で、目は機敏で知的な印象を与えた。彼はいつも非の打ちどころのない、控えめな服装をしていた。

毎朝、その二人組は沈黙のうちに並んで歩き、町のメインストリートに向かった。そして果物とキャンディーを売っている一軒の店まで来ると、そこでしばし歩を止めた。ギリシャ人、スピロス・アントナプーロスは従兄弟《いとこ》が経営するその果実店で働いていた。

キャンディーや菓子を作り、果物を箱から出し、店を清潔に保っておくことが彼の仕事だった。痩《や》せた方の唖、ジョン・シンガーは、だいたいいつも手を友人の腕に置き、別れる前にいっとき相手の顔をじっと覗《のぞ》き込んだ。そんな別れの挨拶《あいさつ》のあと、シンガーは一人で通りを横切って宝石店まで歩いた。そこで彼は銀器の彫刻師として働いていた。

夕方近くなって、二人は再び顔を合わせた。シンガーは帰り際《ぎわ》に果実店に立ち寄り、アントナプーロスが帰り支度をするのを待った。そのギリシャ人はだらだら時間をかけて桃やメロンを箱から取り出したり、あるいは彼が調理を受け持っている店の奥のキッチンで、漫画新聞を見ていたりしていた。店を出て行く前にアントナプーロスは決まって、昼のあいだにキッチンの棚に隠しておいた紙袋を開いた。袋の中には、彼が貯《た》め込んでおいたいくつかのささやかな食べ物が入っていた。果物の切れ端、キャンディーのサンプル、レバー・ソーセージの端っこ、そんなものだ。通常、店を出て行く前にアントナプーロスは、店の正面にあるガラス・ケースによたよたと穏やかに歩み寄った。そこには肉とかチーズとかが収められていた。彼はケースの裏扉を横に滑らせて開き、太った手でその中にある、彼がとりわけ心を惹《ひ》かれる食品を愛《いと》おしそうに探った。店を経営する従兄弟が、そんな様子を見ていないこともあった。しかしそれに気づいたとき、従兄弟は張り詰めた青白い顔でアントナプーロスを、警告するようにきつく睨《にら》んだ。そしてアントナプーロスは残念そうにそのご馳走《ちそう》を、ケースの一方から他方へと移動させるのだった。そういうことが起こっているあいだ、シンガーはポケットに両手を突っ込んでそこにまっすぐ立ち、別の方向に目を向けていた。二人のギリシャ人の間に交わされるこのような寸劇を目にしたくなかったのだ。飲酒と、一人で行うある種の秘密の愉《たの》しみを別にすれば、アントナプーロスはこの世界において、食べることを何より愛していた。

夕闇《ゆうやみ》の中を二人の唖は、ゆっくりと歩いて帰宅した。家に帰るといつも、シンガーはアントナプーロスに向かって話をした。彼の両手は次から次へと敏速に言葉を描き出していった。彼の顔は熱意に満ち、灰緑色の瞳《ひとみ》は明るく輝いた。彼は細く力強い両手を用いて、その日に起こったことを事細かにアントナプーロスに語った。

アントナプーロスはだらしなく椅子《いす》に背をもたせかけ、シンガーを見ていた。彼が自分の手を動かして何かを語るのは希《まれ》だった。そしてその内容といえば、食べたいとか、寝たいとか、飲みたいとかその程度のことだった。彼はその三つの事柄をいつも同じ紛らわしい、たどたどしい手話で語った。夜には、もし飲み過ぎていなければだが、寝る前にひざまずいてしばらくお祈りをした。彼のむくむくした両手は「聖なるイエス」とか「神様」とか「愛しいマリア様」といった言葉を形作った。それらはアントナプーロスが語る唯一《ゆいいつ》の言葉だった。自分が語ることをその友人がどれほど理解しているのか、シンガーには判断できなかった。でもそれはどうでもいいことだった。

二人は町の商業地区の近くにある小さな家の二階を、共同で借りて暮らしていた。二間の住まいだった。台所の石油調理ストーブでアントナプーロスが二人の食事をすべてこしらえた。シンガーが座るのは背中のまっすぐな、簡素な台所用の椅子で、アントナプーロスが座るのはたっぷり詰め物が入ったソファだった。寝室の大部分は、羽毛布団《ぶとん》のかかったダブルベッドで占められていたが、これは大柄なギリシャ人のためのもので、シンガーは狭い鉄製の簡易寝台で眠った。

夕食にはいつも長い時間を要した。というのはアントナプーロスは食べ物が大好きだったし、動作がひどくのろのろしていたからだ。食事が終わると大柄なギリシャ人はソファにごろんと仰向《あおむ》けになり、それなりに身だしなみを整えるためなのか、それとも食事の後味を少しでも長く味わいたいからなのか、歯をひとつひとつ舌の先でほじくった。そのあいだにシンガーは皿を洗った。

時折の夜、啞たちはチェスで遊んだ。シンガーは昔からチェスが大好きで、何年か前にアントナプーロスにそれを教えようと試みた。最初のうち友人は、盤上でいろんな駒《こま》をどのように動かせばいいかということに、興味を持てなかった。それでシンガーはテーブルの下に好物の酒瓶を隠しておいて、レッスンが終わるごとにそれを与えるようにした。ギリシャ人はナイトの変則的な動きや、クイーンの大胆な動きは理解できなかったが、勝負開始時の二、三の手は覚えた。彼は白の駒を好み、黒の駒を与えられると勝負を拒否した。最初の何手かが差されたあとは、シンガーが一人で勝負を進めた。友人はとろんとした目でそれをただ見下ろしていた。シンガーが自軍の駒を巧妙に攻撃し、最後に黒のキングを倒したときには、アントナプーロスはいつもとても誇らしげに喜ぶのだった。

ふたりの啞たちは他に友だちを持たず、それぞれの職場にいるときを別にすれば、いつも二人きりでいた。毎日がほとんど同じことの繰り返しだった。というのは彼らは常にべったり二人だけでいたので、その生活習慣を崩すことなど入り込む余地もなかったのだ。週に一度、二人は図書館に行った。シンガーが推理小説を借り出すためだ。金曜日の夜には映画を観《み》に行った。そして給料日には彼らはいつも、「アーミー・アンド・ネイヴィー・ストア（訳註　軍放出品販売店）」の二階にある十セント写真店に行き、そこでアントナプーロスは写真を撮ってもらった。彼らが習慣的に訪れる場所といえばそれくらいだ。その町には彼らが目にしたこともない場所がたくさんあった。

町は深南部の真ん中にあった。夏は長く、寒い冬が何ヶ月も続くことはきわめて希だった。空はほとんど常に鏡のようにまぶしい青色で、太陽は眩《まぶ》しく、激しく大地を焼いた。それから十一月の冷ややかな軽い雨がやって来て、そのあとで霜が降り、やがて短い寒冷期が訪れた。冬の気候は変わりやすかったが、夏はいつだって焦《こ》げつくように暑かった。そこはけっこう大きな町だった。メインストリートには、商店か会社が入った二階建てか三階建ての建物が、五、六ブロックにわたって軒を連ねていた。しかし町でいちばん大きな建物はいくつかの工場であり、住民の多くがそこで働いていた。紡績工場は規模が大きく繁盛《はんじょう》していたが、町の労働者の大半は貧困状態にあった。通りで見かける人々の顔はしばしば、空腹と孤独の切羽詰まった表情を浮かべていた。

　しかしふたりの唖たちは孤独とは無縁だった。住まいはあり、飲み食いにも不自由せず、シンガーは両手を使って心の中にあることを残らず友人に語った。そのようにして歳月は静謐《せいひつ》のうちに過ぎ去り、シンガーは三十二歳になった。アントナプーロスと共にこの町で暮らすようになって十年が過ぎた。

　そんなある日、ギリシャ人が病に倒れた。彼はベッドに起き上がって、太った腹を両手で押さえていた。大きな脂ぎった涙が頰をつたって落ちた。シンガーは果実店を経営する友人の従兄弟に会いに行き、自分の仕事場にも休みを取ると伝えた。医師はアントナプーロスにダイエットをするように、そしてもうワインを飲まないようにと申し渡した。シンガーは医師の言いつけを厳格に実行した。彼は日がな友人の枕元《まくらもと》に座り、時間ができるだけ速やかに流れるように努めた。しかしアントナプーロスは目の端で、腹立たしげに彼を見ているだけだった。何をしても面白くないようだった。

　ギリシャ人はひどく不機嫌になった。そしてシンガーが彼のために用意してくれる果実ジュースや食べ物に、あれこれ文句をつけた。お祈りをしたいのでベッドから下ろしてくれと、しょっちゅう友人に頼んだ。彼が跪《ひざまず》くと、そのぶよぶよとしたお尻《しり》が、むっくりした小さな両足に垂れかかった。もつれる両手を使って「愛しいマリア様」と唱え、首に汚い紐《ひも》で結んだ小さな真鍮《しんちゅう》の十字架を握りしめた。彼の大きな両目は壁をつたうように天井に向かったが、その目には恐怖の色が浮かんでいた。そしてそのあと彼はひどくすねたようになり、友だちにそれ以上話をさせなかった。

　シンガーは辛抱強くできる限りのことをやった。絵心があったので、友人を喜ばせるために、彼をスケッチしたこともあった。しかしその絵は大柄なギリシャ人の心を傷つけ、シンガーが彼の顔をずっと若く、ずっとハンサムに、髪を明るい黄色に、目を灰色がかった青に描き直すまで機嫌を直さなかった。そしてそのあとは、自分の喜びをもう外に表さないように努めた。

　シンガーは友人を手厚く介護したので、一週間後にはアントナプーロスは職場に復帰することができた。しかしそのときから、二人の生活にひとつの変化が生じた。そして彼らは困難に直面することになった。

　アントナプーロスは病気から回復はしたものの、彼の中で何かが変わってしまった。すぐいらいらするようになり、自宅で静かに夜を過ごすことに満足できなくなった。彼が外に出たいと言うと、シンガーは後ろにぴたりと付き添っていった。アントナプーロスはレストランに入り、テーブルについている間に、角砂糖や胡椒《こしょう》入れやスプーンなんかをこっそりとポケットに入れた。シンガーは彼が掠《かす》めたものの代金をいちいち支払ったので、それが問題を引き起こすことはなかった。家に帰ると彼はアントナプーロスを叱《しか》った。しかしそのギリシャ人の大男はぽかんとした笑みを浮かべ、ただじっと彼を見つめるだけだった。

何ヶ月かが経過し、アントナプーロスの行動はますます手に負えなくなっていった。ある日のお昼頃、彼は従兄弟の経営する果実店から黙って出て行って、通りの向かいにあるファースト・ナショナル銀行の壁に、公衆の面前で立ち小便をした。時折、通りを歩いて行く人の顔つきが気に入らないと、その相手にわざとぶつかり、肘《ひじ》や腹でぐいぐい押しのけたりもした。ある店の中に入って、フロア・スタンドを摑《つか》んで、代金も払わずに持ち出そうとしたこともあった。ウィンドウで見かけた電車の模型を持って行こうとしたりもした。

それはシンガーにとってとてもつらい時期だった。彼は昼休みの時間に頻繁に、アントナプーロスを連れて裁判所に赴き、法的なごたごたの始末をしなくてはならなかった。シンガーはやがてこのような裁判所の手続きにずいぶん精通するようになり、心の動揺が絶えない状態が続いた。銀行に預金しておいた金は、保釈金や罰金のためにどんどん費やされていった。彼の努力と持ち金は残らず、友人を監獄に入れないために用いられた。窃盗や、公然猥褻《わいせつ》や、傷害罪の容疑だった。

アントナプーロスが働いていた店の持ち主であるギリシャ人の従兄弟は、そういうことには一切関わろうとしなかった。チャールズ・パーカー（それが従兄弟が自ら選んだ名前だった）はアントナプーロスを店にそのまま置いていたが、彼のことを青白く厳しい顔つきでいつも見ているだけで、助けの手を差し伸べようとはしなかった。シンガーはチャールズ・パーカーに対して釈然としない気持ちを抱いていたが、次第に彼のことを嫌うようになった。

　シンガーは不断の混迷と不安の中にいた。しかしアントナプーロスはいつも呆《ほう》けたような表情で、何が起ころうと常に穏やかでしまりのない笑みを顔に浮かべていた。それまでの歳月、その友人の微笑《ほほえ》みにはとても繊細で聡明《そうめい》なものがあると、シンガーは感じてきたのだが。アントナプーロスがどれだけを理解し、どんなことを考えているのか、彼には見当もつかなかった。そして今、その大柄なギリシャ人の表情には、何かしら小ずるくからかうようなものが見て取れた——シンガーにはそう思えた。彼は友人の肩をくたくたになるまで激しく揺すり、両手を使って何度も何度も説明したものだ。しかし何をしてもすべては無益だった。

　シンガーの蓄えはすっかり消え失《う》せ、雇い主の宝石商に借金をしなくてはならなかった。あるとき友人のために保釈金が払えず、アントナプーロスが監房で一夜を過ごしたことがあった。シンガーが翌日その身柄を引き取りに行ったとき、彼はひどくふてくされていた。そして監房から出ようとしなかった。彼はそこで出されたベーコンと、シロップのたっぷりかかったコーンブレッドの夕食が気に入って、新しい寝台と、監房の同居者たちも気に入っていた。

二人はそれまで本当に水入らずで暮らしていたので、困ったことになった今、どこに助けを求めればいいのか、シンガーにはわからなかった。アントナプーロスは何が起ころうと意に介さなかったし、自分の振る舞いを正そうというつもりもなかった。家では彼はときどき、監房で出された新しい料理を作った。町に出たときに彼が何をしでかすか、まったく予測がつかなかった。

そして最終的な困難がシンガーに降りかかった。

ある日の午後、彼が果実店にアントナプーロスに会いに行くと、チャールズ・パーカーが彼に一通の手紙を手渡した。その手紙によれば、チャールズ・パーカーは従兄弟が、二百マイル離れたところにある州立精神病院に入れるように手はずを整えたということだった。チャールズ・パーカーは町の有力者としての影響力を行使し、細かい取り決めが既になされていた。その翌週にはアントナプーロスは町を去り、病院に収容されることになっていた。

シンガーは何度もその手紙を読み返し、しばらくのあいだ頭が真っ白になってしまった。チャールズ・パーカーはカウンター越しに彼に語りかけた。しかし彼は、その唇を読んで語られる言葉を理解しようともしなかった。やがてようやくシンガーは、常に持ち歩いている小さなメモ用紙をポケットから取り出し、そこにこう書いた。

そんなことをしてはいけない。アントナプーロスは私と暮らします。

チャールズ・パーカーは激しく首を振った。彼はアメリカの言葉を多くは知らなかった。「君の知ったことじゃない」と彼は何度も何度も繰り返した。

すべては終わったのだとシンガーは悟った。そのギリシャ人はいつか従兄弟のせいで、自分が何かの責任を負わされることになるかもしれないと不安になったのだ。チャールズ・パーカーはアメリカの言葉はあまり知らずとも、アメリカのドルについては熟知していた。だから金と影響力を用いて従兄弟が今すぐ精神病院に入院できるように手はずを整えたのだ。

シンガーにできることは何もなかった。

その翌週は混乱のうちに過ぎていった。彼は語りに語った。彼の両手は止まることを知らなかったが、それでも自分の思いのたけをすべて語ることはできなかった。アントナプーロスに向かって、自分の頭と心に浮かんだことのある思いを、ひとつ残らず語り尽くしてしまいたかったのだが、それだけの時間の余裕はなかった。彼の灰色の瞳はきらきらと煌《きら》めき、鋭敏で知的な顔には強い緊張が浮かんでいた。アントナプーロスは眠たげな顔で彼を見ていた。彼がどれほどのことを本当に理解しているのか、友人には見当がつかなかった。

　そしてアントナプーロスの出発の日がやってきた。シンガーは自分のスーツケースを持ち出し、そこに彼らの共有の品物のいちばん上等なものをとても丁寧に詰めた。アントナプーロスは道中で食べる弁当を自分でこしらえた。午後遅く二人は腕を組み、これが最後と町の通りを並んで歩いた。十一月も終わりに近い冷ややかな午後、吐く息が二人の前で小さく白くなった。

　チャールズ・パーカーが目的地まで従兄弟に同行する予定だったが、バス停留所では二人から離れたところに立っていた。アントナプーロスは人を押しのけるようにしてバスに乗り込み、いちばん前の席のひとつに落ち着き、念入りに支度を整えた。シンガーは窓の外から彼の姿を見て、友人との最後の会話を交わそうと、必死にその両手を動かし始めた。しかしアントナプーロスは弁当箱の中身を点検するのに忙しく、しばらくの間そちらにまったく注意を払わなかった。バスが出発する直前に彼はシンガーの方を向いたが、その微笑みはとても漠然として、心ここにあらずという風だった。既に何マイルも遠く離れてしまったみたいに。

　それに続く数週間はまったく現実のものとは思えなかった。シンガーは宝石商の店の奥にある仕事机で、一日中働いた。そして夜に一人で家に帰った。何より彼は眠りたかった。帰宅するとすぐに簡易寝台に横になり、しばらくうとうととまどろんだ。半ば眠った状態でそこに横になっていると、夢を見た。どの夢にもアントナプーロスが登場した。シンガーの両手はせわしなく跳ねるように動いた。夢の中で彼は友人に向かって語りかけ、アントナプーロスは彼のことをじっと見ていた。

シンガーは自分がまだその友人を知らなかった時代のことを思い出そうと努めた。自分がまだ若い頃に起こったいくつかのことを、頭の中に列挙してみようとした。しかし彼が思い出そうとしたことは、何ひとつ本当にあったこととは思えなかった。

彼に思い出せる事実がひとつだけあったが、それはシンガーにとってまったく意味を持たないことだった。覚えているのは、自分は子供の頃から耳は聞こえなかったけれど、ずっとまったくしゃべれなかったわけではないということだ。とても小さなうちに孤児になり、聾啞《ろうあ》者《しゃ》のための施設に入れられた。彼はそこで手話を習得し、読むことを覚えた。九歳になる前にアメリカ式に片手で話をすることを覚えた。そしてまたヨーロッパ式に両手で話をする方法も覚えた。唇の動きを読み、相手のしゃべっていることを理解できるようにもなった。そして最後にはしゃべり方まで教わった。

学校では彼はきわめて聡明だと思われていた。他の生徒たちより先に学科を習得した。それでも結局、唇を使ってしゃべることにはどうしても慣れなかった。それは彼にとって自然ではない行為であり、舌は口の中でまるで鯨のように感じられた。そうやって喋《しゃべ》るときに相手の顔に浮かぶぽかんとした表情からして、自分の声はきっと野獣の声のように聞こえるか、あるいはしゃべり方に何かしら人に嫌悪《けんお》を催させる要素があるのだろうと思った。口を使ってしゃべるのは彼にとって一苦労だったが、両手を使えばいつだってとても簡単に自分の語りたいことを形にすることができた。二十二歳のときに彼はシカゴから南部のこの町に移ってきて、そこですぐにアントナプーロスと知り合った。そのとき以来彼は口を使って話すことを一切やめてしまった。なぜならその友人と一緒にいる限り、そんなことをする必要はなかったからだ。

　アントナプーロスと共に暮らした十年間を別にすれば、ほかのことはすべて現実とは思えなかった。半ばまどろみながら、彼はその友人の姿をとてもありありと目にすることができた。そして目が覚めると、胸を貫くような孤独が彼を襲った。時折彼はアントナプーロスのための品物を箱に詰めて送ったが、返事を受け取ることは一度もなかった。何ヶ月かがそんな空虚な、夢見るような状態で過ぎ去っていった。

　春になると、ある変化がシンガーの身に生じた。眠れなくなり、身体《からだ》がひどく落ち着かなくなった。夜には意味もなく部屋の中をぐるぐる歩き回った。彼はその新しく生じたエネルギーのやり場を見いだせなかった。少しなりとも気が休まったとしても、それは夜明け前のほんの数時間のことに過ぎない。そこで彼はすとんと眠りに落ちたが、眠りは突然の朝の光が、開いた瞼《まぶた》の下に三日月刀のごとく切りかかるまでしか続かなかった。

彼は夜の時間を、町を歩き回って過ごすようになった。アントナプーロスと共に暮らした部屋に一人で住み続けることに、それ以上耐えられなくなり、町の中心から遠くないところにある、傾きかけたような下宿屋に部屋を借りた。

下宿屋から二ブロックしかないところに一軒の食堂があり、彼はそこで食事をとった。食堂は長いメインストリートの端に位置し、名前は「ニューヨーク・カフェ」といった。最初の日、彼はメニューに素早く目を通してから短いメモを書き、それを店の主人に手渡した。

毎朝、朝食に卵とトーストとコーヒーをください。
十五セント。
昼食にはスープ（いかなる種類も可）、肉のサンドイッチ、ミルクをください。
二十五セント。
夕食には三種類の野菜（キャベツ以外なら何でも）、魚か肉、グラスのビール。
三十五セント。
よろしく。

店の主人はそのメモを読み、油断なく心得た目でちらりと彼を見た。主人は中背のがっしりした男だった。たっぷりと黒い髭《ひげ》を生やしていたので、顔の下半分はまるで鉄で鋳造されたみたいに見えた。通常レジの角に立って、胸の前で腕を組み、まわりで何が起こっているかを静かに怠りなく観察していた。シンガーはこの男の顔をよく知るようになった。一日に三度、その店のテーブルで食事をするようになったからだ。

毎晩その唖は、何時間も一人で通りを歩いた。時折、鋭く湿った三月の風が吹き、夜は冷え込んだ。雨が激しく降ることもあった。しかし彼はそんなことは意に介さなかった。昂《たか》ぶった足取りで、両手は常にズボンのポケットにしっかり突っ込まれていた。そのように数週間が過ぎ去り、日々は温かくなり、物憂《ものう》くなっていった。彼の昂ぶりは消耗へと次第にかたちを変え、そこには深い静けさが見受けられた。顔には憂《うれ》いに満ちた平穏がうかがえるようになった。それは往々にして深い悲しみに満ちた人か、あるいはきわめて賢明な人の顔に見受けられる種類のものだった。それでもなお彼は、町の通りを歩き続けた。いつも一人で、終始黙して。

2

初夏のある暗く蒸し暑い夜、ビフ・ブラノンは「ニューヨーク・カフェ」のレジの奥に立っていた。時刻は真夜中の十二時、表の街灯は既に消えて、カフェの灯りが歩道に黄色のくっきりとした長方形を描いていた。通りには人影はなかったが、カフェの中にはまだ五、六人の客がいて、ビールかサンタルチア・ワインかウィスキーを飲んでいた。ビフはそこに無表情に立ち、片肘をカウンターについて、長い鼻の先を親指でぐいぐいと押していた。目つきは鋭かった。その視線はとりわけ一人の背の低いずんぐりした、オーバーオールを着た男に注がれていた。彼は酔っ払って、騒々しくなっていた。ビフの視線は時折、店の中央あたりのテーブルに一人で座っている唖や、カウンターの前にいる他の客に移ったが、それでもその視線は必ず、オーバーオールの酔っ払いのところに戻っていった。夜は次第に更《ふ》けていったが、ビフはカウンターの奥で沈黙したまま、ただじっと待機していた。しかしやがて、最後に食堂の中を一通りぐるりと見回してから、二階に通じる背後のドアに向かった。

階段を上がりきったところにある部屋にそっと足を踏み入れた。部屋の中は真っ暗で、彼は注意深く歩いた。二、三歩進んだところで、足の親指が何か硬いものにあたり、彼は屈《かが》んで、床の上に置かれたスーツケースの把手《とって》を探った。そこにいたのはほんの数秒のことだったが、彼が出ていこうとするときに、部屋の明かりがついた。

アリスが乱れたベッドの上に身を起こし、彼を見ていた。「スーツケースをどうしようっていうの？」と彼女は尋ねた。「あのろくでなしを追い出すのに、それを返そうっていうわけ？　そのぶんくらい、とうに飲んでしまったっていうのに」

「起きて、自分でそう言いに行けばいいだろう。警察を呼んでやつを刑務所にぶち込み、コーンブレッドと豆だけという食事で、鎖付きの強制労働をさせればいいさ。そうすればいいだろう、ミセス・ブラノン」

「あいつが明日の朝になってもまだここにいたら、喜んでそうするわ。でも鞄《かばん》はここに残していってちょうだい。それはもうあのたかり屋の手を離れているんだから」

「たかり屋というのがどういう連中か、おれにはわかっている。でもブラントはたかり屋じゃない」とビフは言った。「おれ自身はどうか——おれにはよくわからん。しかしおれは盗《ぬす》っ人《と》みたいな真似《まね》はしたかないね」

ビフはそのスーツケースを外の階段に静かに置いた。部屋の中の空気は、下の階の空気ほどもわっと淀《よど》んではいなかった。彼はもう少し部屋に留まって、下に戻る前に冷たい水で顔を洗っていくことにした。

「もしあんたが、あの男を今夜のうちにここから放り出さなかったら、私がどんな手を打つか、それはわかってもらえたわよね。日中あいつは裏手で気楽に昼寝をして、夜になるとあんたに食事とビールをご馳走してもらう。そしてこの一週間というもの、一セントだって代金を払っちゃいない。そしてあの乱暴なおしゃべりと騒ぎっぷりは、どんなまっとうな商売だって駄目にしてしまう」

「おまえには人間というものがわかってないし、本当の商売のこともわかっていないんだ」とビフは言った。「おまえが話している男は、十二日前に初めてここに顔を見せ、この町に来るのも初めてということだった。最初の週に彼は二十ドルぶんくらいはおれたちにもうけさせてくれた。少なく見積もって二十ドルぶんのな」

「そしてそれからあとはそっくりツケになった」とアリスは言った。「五日間ツケで飲み食いして、酔っ払ってこの店の品を落としている。それにだいたいね、あの男はいかれた浮浪者以外のなにものでもない」

「おれは変わり種《フリーク》が好きなのさ」とビフは言った。

「きっとそうでしょうよ！　ええ、そうにきまってるわ、ミスタ・ブラノン。だって、あなた自身がそうなんだもの」

彼は青みを帯びた自分の顎《あご》をごしごしと手でこすり、彼女には目もくれなかった。結婚して最初の十五年間、彼らはお互いを普通にビフ、アリスと呼んでいた。それからある口論の際に二人は相手をミスタ、ミセスと呼び合うようになり、その後うまく修復ができないまま、その呼び名が定着してしまった。

「これだけははっきり言っておきますけど、明日、私が下に降りていったらまだあの男が居座っていた、なんてことにならないことを願っているわ」

ビフはバスルームに入った。そして顔を洗ったあと、まだ髭を剃《そ》るくらいの時間はあるだろうと考えた。顎髭はもう三日も剃っていないみたいに黒々と密生していた。彼は鏡の前で考え深げに頬をさすった。アリスと口をきいてしまったことを彼は悔やんだ。あの女に対しては口を閉ざしているのがいちばんなのだ。あの女と一緒になると、いつも本来の自分を見失ってしまう。自分まで彼女と同じような屈強で狭量《きょうりょう》で、月並みな人間になってしまう。ビフの眼差《まなざ》しは冷ややかで鋭かったが、それは冷笑的に垂れ下がった瞼に半ば隠されていた。たこだらけの彼の手の小指には、女物の結婚指輪がはめられていた。背後のドアは開いており、ベッドに横になったアリスの姿が鏡に映って見えた。

「いいか」と彼は言った。「おまえの問題点は、ほんとうの親切心というものを持ち合わせてないところにある。もっともおれが言うところのほんとうの親切心を持ち合わせた女なんて、これまで一人しか知らないがね」

「あら、あんただって、世間の人がとても誇りに思えないようなことをやっているじゃないの。ちゃんと知っているんだから——」

「あるいはおれが意味しているのは、好奇心かもしれん。おまえは何か大事なことが起こっていても、それを見ようとしない。目を向けようともしない。おまえは何かを見つめて思考し、そこに意味を見いだそうとはしない。要するにそいつが、おまえとおれとのいちばんの違いなのかもしれない」

アリスはもう一度眠りに戻りかけていた。彼は鏡に映る妻の姿を冷めた目で見ていた。彼女にはとくに関心を惹かれる点は見当たらなかったので、彼の視線はその淡い茶色の髪から、掛け布団の下の両足のこんもりとした輪郭へと移っていった。彼女の顔の柔らかな曲線は、腰と腿《もも》の丸みへと続いていた。彼女から離れたとき、そのどの部分も彼の脳裏からは消えていた。切れ目のない全体像として彼女を記憶しているだけだった。

「光景を楽しむということが、おまえには決してできない」と彼は言った。

彼女の声はくたびれていた。「下にいる男がちょっとした光景だってことは認めるわ。サーカスみたいなものかもしれない。でもね、あの男にはもうこれ以上我慢できないの」

「おいおい、あの男はおれにとって別に何の意味もないんだ。あいつはおれの親戚《しんせき》でもなければ、友だちでもない。でもおまえにはわからないんだ。細かいことをちびちび積み上げていって、そこでぱっと本物に出くわすというのがどういうことかが」。彼は湯沸かしをつけ、手早く髭を剃り始めた。

ジェイク・ブラントがやって来たのは、そう、五月十五日の朝だった。ビフは即座にその男に目を留め、しげしげと見つめた。男は背が低く、梁《はり》のように頑丈な肩をしていた。小さなごわごわした口髭をはやし、その下の唇はまるで蜂《はち》に刺されたような形をしていた。男には相反して見えるところが数多くあった。頭はずいぶん大きく良い格好をしていたが、首は少年のように柔らかくほっそりしていた。口髭は仮装パーティーのための作り物みたいで、早口でしゃべったらぽろりと落ちてしまいそうだった。髭のおかげで中年男のようにも見えたが、高く滑らかな額と、大きく見開かれた目は若者のものだった。両手は大きく、染《し》みがついてたこができており、安物の白いリネンのスーツを着ていた。その男にはどこかひどく滑稽《こっけい》なところがあったが、同時にそこには笑ってはならぬ何かがあるようにも見えた。

男は酒のパイント瓶(約半リットル)をとってストレートで飲み、半時間で空にしてしまった。そしてブース席に移り、チキンの食事をたっぷりとった。そのあと本を読みながらビールを飲んだ。それが最初だった。ビフはブラントの様子をとても念入りに観察していたのだが、その後に持ち上がる数々の出《で》鱈目《たらめ》な出来事まで予測することはできなかった。十二日のあいだに、これほど何度も変化を遂げる男を目にしたことはなかったし、これほど盛大に酔っ払い、これほど長く酔っ払っていられる男を目にしたこともなかった。ビフは親指で鼻を持ち上げ、上唇の上の部分を剃った。髭を剃り終えると、顔はさっぱりとして見えた。階下に戻るために寝室を通り抜けたとき、アリスは既に眠っていた。

スーツケースはずしりと重かった。彼はそれをレストランの入り口の、レジスターの奥まで運んだ。彼はだいたい毎晩そこに立っている。そしていつもの手順で店内を見渡した。数人の客が既に引き上げており、店はそれほど混んでいなかったが、配置に変化はなかった。唖は中央のテーブルで、まだ一人でコーヒーを飲んでいた。酔っ払いはまだ延々としゃべり続けていた。近くの誰か特定の人に話しかけているというのではなかったし、またその話に耳を傾けるものもいなかった。その夜、席に着いたとき彼が着ていたのは、十二日間着続けていたうす汚れたリネンのスーツではなく、ブルーのオーバーオールだった。靴下ははいておらず、くるぶしにはひっかき傷があり、泥がこびりついていた。

ビフは怠りなく、彼の独白の端々を耳に留めた。その男はまた何かしら風変わりな政治的意見を口にしているようだった。昨夜の彼は、これまでに足を踏み入れたことのある土地について語っていた。テキサスやオクラホマや、南北両カロライナ州について。一度売春宿について語り始め、次第にそのジョークがあまりにきわどくなってきたので、ビールを与えて黙らせなくてはならなかった。しかし大抵の場合、彼が何を話しているのか誰にもよくわからなかった。それはただの際限ないおしゃべりだった。言葉は彼の喉《のど》からまるで奔流のようにほとばしり出てきた。そして興味深いのは、彼の訛《なま》りも、用いる言葉の種類も、絶え間なく変化しているということだった。労働者風のしゃべり方をすることもあれば、大学教授顔みたいなしゃべり方をすることもあった。一フィートくらい長々しい言葉を使うかと思えば、文法を間違えたりもした。彼がいったいどういう生まれなのか、どの地方の出身なのか、まるで見当がつかなかった。彼はとにかく目まぐるしく変化した。考え深げにビフは鼻の先を撫《な》でた。そこには関連性というものが欠けている。関連性というのはだいたいにおいて頭脳と結びついているものだ。この男は間違いなくまともな頭脳を有している。なのにひとつの物事から別の物事に、これという理由もなく果てしなくひょいひょい飛躍していく。まるで何かがあって、正常な神経が損われてしまった人のように。

　ビフは体重を傾けるようにカウンターに前屈みになり、夕刊に目を通した。町議会が四ヶ月にわたる審議の末に出した結論が、トップの見出しを飾っていた。町の予算には、いくつかの危険な四つ角に信号機を設置するだけの余裕はないという結論だった。左手のコラムは極東における戦争について報じていた。ビフは両方の記事を同程度の注意を払って読んだ。目が活字を追っている一方で、それ以外の感覚は、周囲で起こっている様々な動きに鋭く向けられていた。記事を読み終えたあとも、半ば閉じられた目はまっすぐ新聞を見下ろしたままだった。神経が落ち着かなかった。あの男は問題だ。彼との間に、明日の朝までに何かしらの折り合いをつけなくてはならない。またどうしてかはわからないが、今夜何か重要な出来事が起こりそうな気がしてならなかった。あの男、あんな調子でいつまでもやってはいけない。

　誰かが戸口に立っている気配をビフはふと感じて、さっと目を上げた。ひょろりと背の高い、亜麻色の髪の十二歳くらいの少女が一人、戸口に立って中をのぞき込んでいた。カーキ色のショートパンツに青色のシャツ、テニスシューズという格好だ。だから最初は幼い男の子のように見えた。彼女を目にするとビフは新聞を脇《わき》にやり、やって来る少女に向かってにっこり微笑みかけた。

「やあ、ミック、ガールスカウトに行っていたのかい？」

「いいえ」と彼女は言った。「そんなところには入っていないもの」

彼は目の端で、その酔っ払いがテーブルにどすんと拳《こぶし》を叩《たた》きつけ、それまで話しかけていた人々に背を向けるのを目にした。目の前にいる少女に話しかけるとき、ビフの声は少し荒っぽくなった。

「真夜中過ぎに出歩いてることを、おたくの家族は知ってるのかね？」

「かまわないの。うちのブロックでは今晩、たくさんの子供たちが遅くまで外で遊び回っているから」

その少女が同年代の子供たちと連れだってそこにやって来たのを、彼はまだ目にしたことがなかった。五、六年前には彼女はいつも兄のあとについて店に来たものだ。ケリー家は家族の数がずいぶん多かった。そのあと彼女は、洟《はな》を垂らした二人の赤ん坊をワゴンに乗せ、それを引いて来店した。赤ん坊たちの世話をしていないときや、年上の人々と連れ立っていないときには、彼女は一人でやって来た。その少女は今、求めていることを言い出しかねて、そこでもじもじしているように見えた。彼女は手のひらで、湿った淡い色合いの髪を後ろに撫でつけていた。

「煙草《たばこ》を一箱ほしいの」と彼女は言った。「いちばん安いものを」

ビフは何かを言いかけたが躊躇《ちゅうちょ》し、カウンターの内側に手を伸ばした。ミックはハンカチーフを取り出し、結び目を解き始めた。そこにお金がしまってあったのだ。彼女が結び目をぐいと引っ張ったときに、小銭が何枚か音を立ててばらばらと下に落ち、ブラントの方に転がっていった。彼はぶつぶつ呟《つぶや》きながら立ち上がった。しばしのあいだ彼は虚《うつ》ろな目でその小銭を見つめていた。しかし少女が小銭を追ってやってくる前に、意識をかき集めて床にしゃがみ込み、金を拾い上げた。それからのそのそとカウンターまでやってきて、そこに立って二枚の一セント貨と、一枚の五セント貨と、一枚の十セント貨を手の中でじゃらじゃらと振った。

「今は煙草は十七セントするのかね？」

ビフは黙っていた。ミックは二人の顔を見比べていた。酔っ払いはカウンターの上に、小銭を小さな山として積み上げたが、まだ大きな汚れた手でそれを包んでいた。ゆっくりと彼は一セント貨を取り上げ、指で弾《はじ》いた。

「煙草を栽培している哀れな農民に半セント、それを巻いているぼんくらどもに半セント」と彼は言った。「あんたに一セントだよ、ビフ」、それから彼は五セント貨と十セント貨に刻まれた銘を読むために、目の焦点を絞った。彼はなおも二枚の硬貨を指でもてあそび続け、輪を描くように回していた。それからようやく押しやった。「そしてこれは自由に対するささやかなる敬意のしるしだ。民主主義と独裁制に対する、自由と不法簒奪《さんだつ》に対する」

ビフは金を静かに手に取り、ちゃりんと鳴らしてレジスターの中に収めた。ミックはもう少しそこに残っていたそうだった。彼女はその酔っ払いを長い時間をかけてまじまじと見つめた。それから店の中央に視線を移し、唖が一人でテーブルに着いているのを見た。少しあとで、ブラントもまたちらちらとそちらに目をやった。唖はビールのグラスを前に、一人で静かにそこに座り、燃え尽きたマッチ棒の先でテーブルの上にあてもなく何かを描いていた。

いちばん先に口を開いたのはジェイク・ブラントだった。「妙な話だが、この三日か四日、夢にずっとあの男が出てきた。おれを一人にしちゃくれないんだ。気がついたかもしれんが、あの男はまるで口をきかないみたいだ」

ビフが客を相手に他の客についての話をすることはほとんどない。「ああ、口はきかない」、彼は気がなさそうにそう返事をした。

「妙なことだな」

ミックは体重を片方の足からもう一方の足に移し替え、煙草の箱をショートパンツのポケットに収めた。「彼がどういう人なのかを少しでも知れば、それは別におかしなことじゃない」と彼女は言った。「シンガーさんは私たちのところに住んでいる。うちに間借りしているのよ」

「そうなのか」とビフは言った。「なんと、そいつはまったく初耳だね」

ミックは戸口の方に歩いて行って、振り返りもせずにビフに答えた。「そう、あの人はもう三ヶ月前から私たちのところにいるの」

ビフはまくっていたシャツの袖《そで》を下ろし、それをもう一度丁寧に巻き戻した。そして食堂から出て行くミックからまっすぐ目を離さずにいた。その少女の姿が見えなくなって五、六分経《た》ったあとでも、まだシャツの袖をいじりながら無人の戸口をじっと見つめていた。それから胸の前でぐいと腕を組み、酔っ払いに向き直った。

ブラントはカウンターに重々しく屈み込んでいた。その茶色の目は潤《うる》んで大きく開き、とりとめのない表情を浮かべていた。長く風呂《ふろ》に入っていないせいで、山羊《やぎ》のような体臭を漂わせていた。首筋には汚れた汗の珠《たま》が浮き、顔には油のしみがついていた。唇は分厚く赤く、茶色の髪は額の上でもしゃもしゃともつれていた。オーバーオールは身長に比べて丈が短く、股《また》の部分を手で引っ張り続けていた。

「なあ、あんた、もう少しまともになった方がいいぜ」とビフはようやく切り出した。「いつまでもそんな風にやっていくのはできない相談だ。これまで浮浪罪で逮捕されなかったのが不思議なくらいだよ。酔いを覚ませよ。身体を洗って、髪も切らなくちゃ。まったくなあ！　とても人前に出られるような風体じゃないぜ」

ブラントはしかめ面《つら》をして、下唇をぐいと噛《か》んだ。

「さあ、気を悪くしないで、私の言うことを聞いてくれ。調理場に行って、黒人の若いのに、大きなたらい一杯のお湯を沸かすように言いなさい。ウィリーにタオルとたっぷりの石鹸《せっけん》を用意させ、それで身体をきれいに洗うといい。それからミルク・トーストを少し食べて、あんたのスーツケースを開けて、きれいなシャツとサイズの合ったズボンを出して、着替えるんだ。そうすれば明日、それがなんであれ、あんたのやるべきことを始められるだろう。どこででも好きなところで仕事をみつけて、まともになるんだ」

「何を偉そうなことを」とブラントはだみ声で言った。「おまえさんなんぞに何が——」

「わかった」とビフはとても静かに言った。「私には何ひとつわかってない。しかしとにかく、もう少しまともになってくれないか」

ビフはカウンターに行って、生ビールのグラスをふたつ手に帰ってきた。その酔っ払いはまともにグラスを持てず、中のビールが手の上にぼたぼた垂れて、カウンターの上を汚した。ビフは自分のぶんを注意深く味わいながらすすった。そして半ば塞《ふさ》がれた目でブラントをじっと見据えていた。ブラントは一見、頭のいかれた男に見えるが、実際はそうではなかった。彼の中の何かが変形させられてしまったかのようだった。しかし子細に彼を眺めれば、ひとつひとつの部分はまっとうで、おかしな点はどこにもないことがわかる。だからもしその違うところが肉体にないとすれば、おそらく精神の中にあることになる。彼は刑務所でなにがしかの刑期をつとめたか、ハーヴァード大学で学んだか、あるいは長いあいだ南アメリカで外国人と生活を共にしたか、そういう人のようだった。普通の人がまず行かないところに行って、普通の人がやりそうにないことをやってきた人のようだった。

ビフは首を片方にかしげて言った。「あんた、どこの生まれだ？」

「どこでもない」

「どこか生まれた場所ってものがあるだろう。ノース・カロライナか、テネシーか、アラバマか、どこかが」

ブラントの目は夢見るような、焦点を欠いた表情を浮かべていた。「カロライナ」と彼は言った。

「きっといろんなところを渡り歩いたんだろうな」とビフはそれとなく仄《ほの》めかした。

しかし酔っ払いは聞いていなかった。彼はカウンターに背中を向け、暗い無人の街路をじっと見ていた。それからややあって、よろよろとした不確かな足取りで戸口の方に歩いて行った。

「アディオス」と彼は振り返って言った。

ビフはまた一人きりになった。彼は例によって食堂の中をざっと素早く見渡した。時刻はもう午前一時を過ぎていて、店には四、五人の客しか残っていなかった。唖《おし》はまだ中央のテーブルに一人で座っていた。ビフはあてもなく彼を眺め、自分のグラスの底に少しだけ残っていたビールを揺すった。それからゆっくり一息でそれを飲み干し、カウンターの上に広げた新聞に目を戻した。

しかし今回、彼は目の前に並んでいる単語に意識を集中し続けることができなかった。彼はミックのことを考えた。あの子に煙草を売ったのは正しいことだっただろうか？　あんな子供が煙草を吸って身体に悪くないだろうか？　ミックが目をぎゅっと細め、手のひらで前髪をかきあげる様子を彼は思い浮かべた。そのしゃがれた男の子のような声音と、カーキ色のショートパンツをぐいと持ち上げる癖と、映画のカウボーイのようにふんぞり返って歩く癖のことを考えた。優しい心持ちが彼の中に生まれた。そして不安になった。

ビフはシンガーの方に落ち着きのない視線を向けた。唖は両手をポケットに突っ込んでそこに座り、半分残ったビールは彼の前で生ぬるく、気の抜けたものになっていた。彼が引き上げる前にビフはよく、ウィスキーを一杯勧めたものだ。彼がアリスに言ったことは真実だった——彼は変わり種《フリーク》が好きなのだ。病んだものや不具な人々に対して、とりわけ親しい気持ちを抱くことができた。兎唇《としん》を持つものや、結核を病むものがやってくると、彼はビールを振る舞った。あるいはその客がせむしだったり、足がひどく不自由だったりしたら、店のおごりでウィスキーを出した。ボイラーの爆発によってペニスと左脚を吹き飛ばされた男がいたが、彼が町にやってくるといつも決まって、半パイントのただ酒が振る舞われた。もしシンガーが飲み助であったなら、彼はいつだって好きなだけ酒を半額で飲めたはずだ。ビフは自分に向かって肯《うなず》いた。それから新聞をきれいに折り畳み、他の新聞と一緒にカウンターの下に仕舞った。週の終わりに彼はそれらをまとめてキッチンの裏の倉庫に持っていく。彼はそこに、過去二十一年間にわたる夕刊の完全なコレクションを所持している。ただの一日も欠かさず。

　二時にブラントが再び食堂に入ってきた。今回は黒い鞄を持った長身の黒人を伴っていた。酔っ払いはその黒人に、カウンターで酒を飲ませようとしたが、黒人はどうして自分が中に導かれたのかを察すると、さっさと出て行った。それが黒人の医師であることをビフは見て取った。思い出せる限り昔からこの町で開業している医師だ。キッチンで働いている若いウィリーとは何か縁戚にあたるはずだ。出て行く前に医師が振り向いて、ブラントのことを身震いするような嫌悪の目で見たことを、ビフは見て取った。

　酔っ払いはただそこに突っ立っていた。

「白人が酒を飲んでいる店に黒人《ニガー》を連れてきちゃいかんということを、あんた知らんのか？」と誰かが声をかけた。

　ビフはこのいきさつを遠くから見ていた。ブラントはとても腹を立てていた。彼がどれくらい酔っているか、今ははっきりと見て取れた。

「おれにはニガーの血が入っている」、彼は挑むようにそう叫んだ。

　ビフは警戒の目で彼を見つめ、店内はしんと静まりかえった。その分厚い鼻孔と、ぎょろりとむいた白目のせいで、彼は真実を語っているのかもしれないというようにも少し見えた。

「おれはニガーとイタ公《ウォップ》と東欧系《ボハンク》と中国人《チンク》との混血だ。すべての血が入っている」

　笑い声が上がった。

「そしてまたおれはオランダ人で、トルコ人で、日本人で、アメリカ人だ」、彼は唖がコーヒーを飲んでいるテーブルのまわりをジグザグに歩いた。彼の声は大きく、しゃがれていた。「おれは知覚した人間だ。異境の地にいる異邦人だ」

「おとなしくしてくれ」とビフは言った。

ブラントは唖以外のそこにいる人間にはまったく注意を払っていなかった。二人はただじっとお互いを見合っていた。唖の目は猫の目のように冷ややかで優しかった。そして彼は全身を使って聴いているように見えた。酔っ払った男は熱狂状態にあった。

「あんたはな、この町で、おれの言わんとすることが理解できるただ一人の人間だ」とブラントは言った。「この二日というもの、おれは心の中で、ずっとあんたに向かって話しかけていたよ。なぜならちゃんとわかっていたからだ。おれの言わんとすることを、あんたなら理解してくれるってことが」

ブース席にいた何人かの男たちは大笑いしていた。というのは酔っ払いは、話しかける相手として、よりによって聾唖の男を選んでいたからだ——そうとは知らずに。ビフは二人の男の方にちらちら目をやりながら、耳をしっかり澄ませていた。

ブラントはテーブルの前に腰を下ろし、シンガーの方に身を屈めた。「世間には知覚したものと、知覚していないものとがいる。していないやつが一万人いれば、知覚者の数はたった一人だ。それはまさに奇跡というしかない——何もかもをご存じの何百万もの人間がいて、それでいてこれがわからんという事実はな。十五世紀の人々がみんな、地球は平らだと信じていたのと同じだ。コロンブスとほかの数人だけは真実を知っていたがな。ただ違うのは、当時地球が丸いことを理解するにはアタマが必要だったってことだ。ところがこの真実ときたら、誰が見たって明白きわまりないことなんだ。なのに人々がそれに気づかないというのは、すべての歴史を通して奇跡とも言うべきことだ。おれの言ってること、わかるか？」

　ビフはカウンターに両肘をつき、好奇の目でブラントを眺めていた。「わかるって、何が？」と彼は尋ねた。

「あいつの言うことに耳を貸すんじゃない」とブラントは言った。「あの扁平足《へんぺいそく》のひげ面の、せこせこ野郎のことなんか気にするな。なぜなら、知覚するものたちがばったり巡り会うってのは、特筆すべき出来事なんだ。そんなことはまず起こらない。たまたま出会ったとしても、相手が同類だとお互いわからないまますれ違っちまうことだってある。そいつは不幸なことだ。そういうのはな、おれの身にも何度となく起こった。でもな、わかるだろう、おれたちの数はなにしろ少ないんだよ」

「フリーメーソンのことか？」とビフは尋ねた。

「いいから、口を出すな！　さもないとあんたの腕を引きちぎって、それでこてんぱんにぶちのめしてやるからな」とブラントが怒鳴った。彼は背中を曲げるようにして唖にぐっと近寄り、酔っ払い特有の低い囁《ささや》き声になった。「それで、なんでだ？　どうしてこんな奇跡のごとき無知な状態が、いつまでも続いているのか？　理由はひとつしかない。陰謀だよ。大がかりで狡猾《こうかつ》な陰謀だ。愚民政策だよ」

　ブース席の男たちは、酔っ払いが唖を相手に会話を続けようと試みていることを、まだ笑っていた。ビフだけがそれを真剣に受け止めていた。唖が相手の話を理解しているかどうか、確かめることができればなとビフは思った。唖はしばしば肯き、その顔は思慮深げだった。ただ反応がいくぶん遅い――それだけだった。ブラントは「知覚する・しない」の話に合わせて、いくつかのジョークをはさみだした。唖は微笑んだが、それはいつも滑稽なことが口にされてから五秒か六秒遅れてのことだった。そのあと話はまた陰鬱《いんうつ》なトーンに戻ったが、それからもまだしばらく、微笑みは彼の顔に場違いに浮かんだままだった。その男には実に名状しがたいものがあった。人々は彼に何か特別なところがあると気づく前から、知らず知らず彼のことをじっと見つめてしまうのだった。彼の目を見ていると、この男は他の人間がこれまで聞いたことがないものを聞きとり、他の人間がこれまで考えつきもしなかったものごとを知っている、そんな気がしてくるのだ。ほとんど生身の人間とは見えないほどだ。

ジェイク・ブラントはテーブルの上に身を乗り出していた。そしてまるで彼の内部にあるダムが決壊したかのように、言葉がどっとあふれ出てきた。彼が何を言っているのか、ビフにはもう理解できなかった。ブラントの舌は酔いのせいで重くもつれていたし、なにしろすさまじいスピードで話していたので、言葉はほとんど聞き分けられなかった。アリスにここを追い出されたら、この男はどこに行くのだろうとビフは思った。そして明日の朝になれば、彼女はそれを実行に移すことだろう。通告したとおりに。

ビフは疲れ切ったあくびをした。顎がリラックスするまで、開いた口を指先でとんとんと叩きながら。時刻はもう三時近くになっていた。一日でもっとものごとが淀む時刻だ。

唖は我慢強かった。もう一時間近くブラントの話に耳を傾けていた。しかし今ではちらちらと時計に目をやるようになっていた。ブラントはそれに気づかないらしく、間も置かず話し続けていた。それでもやっと煙草を巻くために話を中断した。そこで唖は頭を時計の方に向けた。そしていかにも彼らしいこっそり奥まった微笑みを浮かべ、席を立った。例によって両手はポケットに突っ込まれたままだ。そして急ぎ足で店を出て行った。

ブラントはひどく酔っており、何が起こったのか全然わかっていなかった。唖がただの一度も返事を返さなかったという事実にさえ気がつかなかった。ぽかんと口を開け、酔った目をぎょろりとむいて、店内を見渡し始めた。額に赤い血管が浮かび上がり、怒りに駆られて両手の拳でテーブルを叩き出した。そんな発作も長くは続くまいが。

「こちらに来てくれ」とビフは優しい声で言った。「あんたのお友だちはもう帰ったよ」

その男はまだシンガーの姿を求めていた。彼がこれほど酔っ払ったのは、おそらく初めてのことだ。顔は醜く崩れていた。

「ここにあんたに渡すものがある。それから少しばかり話もある」となだめるように言った。

ブラントはテーブルの前からよろよろと立ち上がり、だらしない大股でまた通りの方に向かった。

ビフは壁にもたれかかった。出たり入ったり――出たり入ったり。結局のところ、それは彼が口出しすべきことではないのだ。店内はひどくがらんとして、静まりかえっていた。時がだらだらと過ぎていった。ぐったりして、彼は頭を前に垂れた。すべての動きが店内からゆっくり去り行きつつあるようだった。カウンターも、人々の顔も、ブース席もテーブル席も、隅に置かれたラジオも、天井で静かなうなりを立てている扇風機も――すべてが薄くかすんで、動きを止めつつあるように見えた。

うとうとしていたに違いない。誰かの手が彼の肘《ひじ》を揺さぶっていた。意識がゆっくりと戻ってきた。そして自分に何が求められているかを見るために顔を上げた。ウィリー、調理場で働いている黒人の青年が、帽子と長くて白いエプロンという格好で、彼の前に立っていた。ウィリーはこれから口にしようとしていることに興奮して、どもった。

「あの人、こぶしでレ、レ、レ、レンガの壁をた、た、叩いてた」

「なんだって？」

「ここから、に、に、二軒先の路地で」

ビフはだらんと落ちた肩を上にあげ、ネクタイを直した。「なんだって？」

「そしてみんなはあの人をここに運んでこようとしてます。すぐにもここになだれ込んでくるかもしれません――」

「ウィリー」とビフは我慢強く言った。「最初からちゃんと話してくれ。何が何だかさっぱりわからん」

「ここにく、く、口ひげをはやした背の低い白人の男がいましたね」

「ああ、ミスタ・ブラントだな」

「それで――どうやって始まったのか知りませんが、その騒ぎが聞こえてきたとき、おれ裏口に立っていたんです。路地ででかい喧嘩《けんか》が起こっているみたいでした。だから、そ、そ、それを走って見に行ったんです。そしたら、その白人がすっかり頭がいかれてました。煉瓦《れんが》の壁に頭突きして、両手の拳でがんがんぶっ叩いているんです。いっぱい毒づいて、猛烈に戦っていました、白人があんな戦い方をするのを見たことありません。ただね、戦っている相手が壁なんでね、あんな調子でやってたら、頭が砕けちまいます。それから二人の白人の男が、その騒ぎを聞きつけてやってきて、そこに立ってしばらく様子を見ていて――」

「で、どうなったんだ？」

「それで――あの口のきけない旦那《だんな》がいますよね――ポケットに両手を突っ込んで――ここによくいる――」

「ミスタ・シンガー」

「その人が通りかかりまして、何が起こっているのか、そこに立って見てました。そしてブ、ブ、ブラントさんが彼を見て話しかけたり、怒鳴ったりし始めました。そしてそれから急に地面に倒れ込みました。ほんとに頭が割れちまったのかもしれない。け、け、け、警察の人がやってきて、誰かがブラントさんはここに泊まっているって教えました」

　ビフは頭を垂れ、今聞いた話を筋道が通るように並べ替えた。鼻を撫で、しばし考え込んだ。

「今にもここにやって来ると思いますよ」、ウィリーは外に出て、通りの先に目をやった。

「ほら、やって来ました。身体を引きずられてます」

　十人余りの見物人と一人の警官が、食堂の中になだれ込もうとしていた。外には娼婦《しょうふ》たちが二人立って、正面の窓から店内をのぞき込んでいた。尋常ではないことが持ち上がったときに、多くの野次馬がいずこからともなく現れる様子には、いつもながら何かしら滑稽なところがあった。

「これ以上、不必要に騒ぎ立てんでくれ」とビフは言った。彼は酔っ払いを支えている警官を見た。「関係のない人にはお引き取り願いたいね」

　警官は酔っ払いを椅子《いす》に座らせ、人の群れを表の道路に追い返した。それからビフの方を向いた。「この男はあんたのところに宿泊してるそうだが」

「そうじゃないが、似たようなものではある」とビフは言った。

「署に連れて行ってもらいたいかね？」

　ビフは考えた。「今夜はもうこれ以上面倒は起こさんだろう。もちろん責任は持てないが——まあ、これでいちおうおとなしくなるんじゃないかな」

「オーケー、勤務時間が終わる前にもう一度ここに立ち寄って、様子を見てみよう」

　ビフとシンガーとブラントの三人だけがあとに残された。その酔っ払いが運び込まれてから初めて、ビフはその男に注意を向けた。ブラントは顎にひどい怪我《けが》をしているようだった。彼は口に大きな手をあてたまま、テーブルの上に沈み込んで、身体を前後に揺すっていた。頭に深い切り傷があり、こめかみから血が流れていた。指関節は擦りむけ、全体にひどく薄汚く見えた。まるで襟首をつかまれて下水から引き上げられたばかりという見かけだった。すべての精気が身体から放出されてしまったみたいで、今はまったくの虚脱状態にあった。唖はテーブルの彼の向かいに座り、その灰色の瞳《ひとみ》の視野にすべてを収めていた。

　それからビフは、ブラントが顎に怪我していたわけではないことに気がついた。彼が口に手をあてているのは、唇がぶるぶる震えているためだった。その垢《あか》だらけの顔を涙の筋がつたい始めた。時折彼は、自分が泣いているところを見られることに腹を立てて、ビフとシンガーを横目でちらちらと睨《にら》んだ。それは確かに面目ないことだった。ビフは唖に向かって肩をすくめ、「どうしたらいいだろう」というように眉《まゆ》をぐいと上げた。シンガーは首を横に傾けた。

ビフは困った立場に置かれていた。この事態にいったいどのように対処すればいいのかと、彼は思案した。結論を出しかねているときに、唖がメニューを裏返してそこに字を書き始めた。

もしこの人の行き場が他にないようであれば、うちに連れ帰ってもかまいません。その前にスープとコーヒーを飲ませるといいでしょう。

ビフはほっとして熱心に肯いた。

彼はテーブルの上に昨夜の特別料理を三皿置いた。他にスープのボウルを二つ、そしてコーヒーとデザート。しかしブラントはそれに手をつけようとはせず、口にあてた手をどかそうともしなかった。まるでその唇が、彼にとっての大事な秘密の場所であって、それが人目に晒《さら》されてしまっているかのように。彼の息は不《ふ》揃《ぞろ》いな啜《すす》り泣きとなって吐かれ、大きな肩はぴくぴくとひきつっていた。シンガーは料理の皿をひとつひとつ指さしていったが、ブラントはただそこに座り、片手を口にあて、首を左右に振るだけだった。

唖にわかるように、ビフはゆっくりと発音した。「神経がずいぶん――」と彼は打ち解けた風に言った。

スープの湯気が漂ってブラントの顔に達し、少しして彼は震える手をスプーンに伸ばした。そしてスープを飲み、デザートをいくらか口にした。彼の分厚くたっぷりとした唇はまだぶるぶる震え、頭は皿の上に深く垂れていた。

ビフはそのことを心に留めた。彼はこう思った。ほとんどすべての人の肉体には、常に護《まも》られている何かしら特別な場所が存在するのだ、と。唖にとっては両手だ。ミックという少女はいつもブラウスの正面をつまんでいる。胸で新たに膨らみ始めている柔らかな乳首が、布地でこすれないように。アリスにとってそれは髪だ。かつて彼女は、彼が頭皮にオイルをすり込んだときには、一緒に寝ようとはしなかったものだ。そして彼自身は？

ビフはぐずぐずと小指にはめた指輪を回していた。とにかくそれがそうでないことは、彼にはわかっている。違う、もうそれではない。その額に鋭く皺《しわ》が刻まれた。ポケットに突っ込まれた片手が性器に向かってそわそわと動いた。彼はある歌を口笛で吹き始め、テーブルの前から立ち上がった。他人のそのような箇所をみつけるのは面白いものなのだが。

彼らはブラントに手を貸して立たせた。ブラントは弱々しくよろめいた。もう泣いてはいなかったが、何か恥ずべきことについて思いを巡らせ、鬱々としているように見えた。彼は導かれるままに歩を運んだ。ビフはカウンターの奥からスーツケースを持ってきて、唖にその説明をした。シンガーは何を聞いても驚きはしないようだった。
ビフは二人と一緒に戸口まで行った。「しっかりして、あまり馬鹿《ばか》な真似はしないようにな」と彼はブラントに言った。

　黒い夜の空は次第に明るくなり、新たな朝の深い青色へと変わっていった。そこには弱々しい銀色の星が二つ、三つ残っているだけだ。通りは人気なく静まりかえり、ほとんど冷やりとさえしていた。シンガーは左手にスーツケースを持ち、もう片方の手でブラントを支えていた。彼はビフに向かって肯いて別れの挨拶《あいさつ》をし、二人並んで歩道を歩いて行った。ビフはそこに立って彼らの姿を見送っていた。半ブロックほど離れると、青みがかった闇《やみ》の中に二人の黒い輪郭が見えるだけになった。唖はまっすぐしっかりと立ち、がっしりとした肩のブラントはよろめきながら、彼につかまっていた。二人の姿がもう見えなくなったとき、ビフは一息ついてから空を見上げた。空の果てしない深さは彼を魅了し、同時に憂鬱にした。ごしごし額をこすりながら、煌々《こうこう》と明かりのついた食堂に彼は戻った。

　レジスターの奥に彼は立った。その夜の間に起こったことを思い出そうとすると、顔がこわばり収縮した。自分に向かって何かを説明しなくてはという気持ちが彼にはあった。いくつかの出来事を細かいところまでひとつひとつ思い出してみたが、それでも相変わらずわけがわからなかった。

お客が急に店に入ってくるようになり、ドアが何度も開いたり閉まったりした。夜はもう明けたのだ。ウィリーは椅子をいくつかテーブルの上に重ねてあげ、床にモップをかけていた。彼はもう帰る気分で、歌を口ずさんでいた。ウィリーは怠け者だった。調理場で彼はしょっちゅう仕事の手を止め、常に持ち歩いているハーモニカを吹いた。今彼は眠たそうにモップを動かしながら、寂しげな黒人音楽を休みなくハミングしていた。

店はまだ混んではいなかった。一晩ずっと起きていた人たちが、ついさっき目覚めてこれから新しい一日を始めようとする人たちと顔を合わせる時刻だった。眠たげな顔をしたウェイトレスがお客にビールとコーヒーの両方を出していた。騒音もなく会話もなかった。客はみんな一人客のようだ。目覚めたばかりのものと、長い夜を終えようとしているものとの間には、それぞれに対して気を許さないところがあり、それが全員によそよそしい感覚を与えていた。

通りの向かいにある銀行の建物は、夜明けどきにはとても青白く見えた。それから次第にその白い壁は明瞭《めいりよう》になっていった。昇る太陽の最初の光線がようやく通りを明るく照らしたとき、ビフは店内を最後にざっと見回し、それから二階に上がった。

アリスの眠りを妨げるように、わざとがちゃがちゃという音を立ててドアノブを回した。「まったくなんていう夜だ！」と彼は言った。

アリスは目覚めたときから、用心の色を顔に浮かべていた。そして乱れたベッドの上に横になったまま、機嫌の悪い猫のようにのびをした。暑い新鮮な朝の陽光の中で、部屋は生気を欠いて見えた。窓のカーテンの紐《ひも》に絹のストッキングが一足、だらんと萎《しな》びてかかっていた。

「あの酔っ払いの阿《あ》呆《ほう》は、まだ下でうろうろしているのかしら？」と彼女は尋ねた。

ビフはシャツを脱ぎ、もう一度着ることができるかどうか、襟の汚れを調べた。「下に行って自分の目で確かめてみるといい。前にも言ったとおり、おまえがあの男を蹴《け》り出す邪魔をするものはどこにもいないよ」

アリスは眠たげに手を下に伸ばして、ベッドの脇の床から聖書と、メニューの白紙の側と、日曜学校の本を拾い上げた。彼女は目当ての語句があるところまで聖書の薄いページをぱらぱらと繰り、それを読み上げ始めた。痛々しいまでの集中力を込めて、ひとつひとつの単語をきちんと発音した。今日は日曜日で、所属する教会の年少部・男子班のため、週に一度の訓話の準備を彼女はしているのだ。「さて、かれはガリラヤ湖のほとりを歩き、シモンとその弟であるアンデレが湖に網を打っているのを目にされた。かれらは漁夫であった。イエスは言われた。『わたしのあとに従いなさい。おまえたちを人間をとる漁夫にしてあげよう』。かれらはただちに網を捨て、あとに従った」（新約聖書「マルコによる福音書」第一章）

　ビフは身体《からだ》を洗いに浴室に行った。アリスが読み上げる声が衣擦《きぬず》れのように続いていた。彼はそれに耳を澄ませた。「……そしてその朝、夜明けの遥《はる》か前にかれは起き上がり、外に出て人里離れた地に入り、そこで祈られた。シモンをはじめ、かれに従っていたものたちは、そのあとを追った。そしてかれをみつけたとき、みんなはかれに請《こ》うた。『すべてのものはあなたを求めております』と」

　彼女はそこで語り終えた。ビフは自分の内側で、それらの言葉をもう一度優しく回転させた。彼はそこにある単語のひとつひとつを、アリスがそれを口にした際の声の響きからひきはがそうと試みた。彼としてはその聖書の一節を、子供の頃に母が読んでくれたものとして覚えていたかった。郷愁に駆られ、彼は小指にはめられた結婚指輪に視線を落とした。かつては母親がはめていたものだ。自分が教会と信仰を捨てたことを、母はどのように感じたことだろうと、彼はあらためて思いを巡らせた。

「今日は、使徒たちがどのように集められたかについてお勉強します」とアリスは練習のために一人で語っていた。「聖句は、『すべてのものはあなたを求めております』です」

　ビフは瞑想《めいそう》からはっと我に返り、水道の蛇口をいっぱいに開いた。アンダーシャツをもぎ取るように脱ぎ、身体を洗い始めた。彼は常にベルトから上の身体をとても清潔に保っていた。毎朝、彼は胸と腕と首と足を石鹸で洗った。そして季節ごとにおおよそ二回、バスタブに浸《つ》かって身体のすべての部分をきれいにした。

ビフはアリスが起き上がるのをじれったく待ちながら、ベッドの脇に立っていた。窓の外に目をやり、今日は風もない焼けつく暑い一日になるだろうと思った。アリスは講話を読み終えた。彼が待っているのはわかっていたが、それでも彼女はベッドの上でぐずぐずしていた。静かな、苦々しい怒りが彼の中に高まっていった。彼は皮肉を込めて小さく笑った。それからきつい声音で言った。「もしそう望むのなら、おれはしばらくここに座って新聞を読んでいてもいい。しかしおれはすぐに眠らせてもらいたいんだよ」

アリスは服を着始め、ビフはベッドを直した。手際《てぎわ》よくシーツをあらゆる方向で入れ替えた。上のシーツを下にして、ひっくり返して裏を表にし、上下を変えた。ベッドがきれいに整えられると、彼はアリスが部屋を出て行くのを待った。そしてズボンを脱いで、ベッドに潜り込んだ。両足は掛け布団《ぶとん》から飛び出し、もしゃもしゃと毛の生えた胸は、枕《まくら》の上でいかにも黒々としていた。あの酔漢の身に起こったことを、アリスに話さなくてよかったと彼は思った。彼はその一部始終を誰かに話して聞かせたいと思っていたのだ。すべての事実を声に出して語ることで、自分の頭を戸惑わせているのが何であるかを見定められるかもしれない。あの気の毒な男は際限なくしゃべり続け、それでも自分が言いたいことを誰かに理解させることができなかった。何が言いたいのか、おそらく自分でもよくわかっていないのだろう。それからあの男、口もきけず耳も聞こえない人物に抗《あらが》いがたく引き寄せられ、選《よ》りに選ってそんな相手を選び、自分の心中にあるすべてをそっくりぶちまけたのだ。

どうしてだ？

なぜならある種の人間には時として、個人的なすべてを、それが発酵したり毒を含んだりする前に、そっくりよそに委託してしまおうとする傾向が見られるからだ。彼らはそれをどこかの誰かに、あるいは他の誰かの思考に丸ごと放り込んでしまう。そうせずにはいられないのだ。ある種の人間の中にはそういう傾向がある――聖句は『すべてのものはあなたを求めております』。たぶんそれが理由なのだろう――自分は中国人だとあの男は言った。そしてまたニガーであり、イタ公であり、ユダヤ人であると。もし本人が堅くそう信じれば、きっとそのとおりなのだろう。彼は自分が口にしたすべての人間であり、すべてのものごとであり――

ビフは両腕をぐいと外に伸ばし、むき出しの両足を交差させた。陽光の下で彼の顔はより年老いて見えた。閉じられて縮まった瞼《まぶた》、頬と顎《あご》に鋼《はがね》のように堅く密生した髭《ひげ》。次第に彼の口元は柔らかくなり、寛《くつろ》いでいった。厳しく黄色い太陽の光線が窓から差し込んで、部屋は暑く眩《まぶ》しくなってきた。ビフはぐったりと寝返りをうち、両手で目を覆《おお》った。そして彼は自分自身――本名バーソロミューにして、二つの拳と素早い舌を持ついつもながらのビフ、ミスタ・ブラノン――以外の何者でもなくなった。

3

　昨夜は遅くまで外に出ていたのだが、太陽がミックを朝早く起こした。あまりに暑くて、朝食にコーヒーを飲む気にもなれなかった。だから氷水にシロップを入れたものを飲み、冷えたビスケット（スコーンに近い丸パン）を食べた。しばらく台所をうろうろしてから、新聞の漫画を読むためにフロント・ポーチに出た。たいていの日曜日の朝のように、シンガーさんがポーチで新聞を読んでいるかもしれないと思ったのだ。しかしシンガーさんはそこにおらず、あとになって彼女は父親から、彼は前の晩とても遅く帰宅し、連れを自分の部屋に泊めたのだと教えられた。彼女はシンガーさんをずいぶん長いあいだ待っていた。彼以外の下宿人は全員が階下に降りてきていた。それからあきらめて台所に戻り、ラルフを幼児用の食事椅子から抱き上げ、清潔な服を着せ、顔をきれいに拭《ふ》いてやった。そしてババー（「ちびちゃん」というほどの意味の愛称）が日曜学校から戻ると、小さな弟たちを外に連れていく用意をした。ババーもラルフと一緒にワゴンに乗せてやった。ババーは裸足《はだし》で、歩道は焼けつくように熱くなっていたからだ。ミックはワゴンを八ブロックほど引いていった。そこには新築中の大きな家があり、屋根の端には梯子《はしご》がまだ立てかけてあった。彼女は勇気を振り絞ってそれを上っていった。

「ラルフに気をつけておいてよね」と彼女はババーに声をかけた。「あぶが瞼の上にとまったりしないように」

　五分後にミックは立ち上がり、背筋を思い切りまっすぐ伸ばした。そして両腕を翼のように大きく広げた。そこはすべての人々が立ちたいと望む場所だった。いちばん高いところだ。でもそんなことができる子供の数は多くない。たいていの子供たちは怖くてできないはずだ。足を滑らせて転げ落ちたら、きっと命はないだろうから。まわりに見えるのは他の家々の屋根と、樹木の緑色のてっぺんだけだ。町の向こう側には教会の塔と、工場の何本もの煙突が見える。空は透き通った青色で、炎のように熱い。太陽は地上のあらゆるものをくらくらするような白か、それとも黒に変えていた。

　彼女は歌いたかった。知っているすべての歌が喉元までこみ上げてきたが、しかしそこには音はなかった。先週、この屋根のいちばん高いところに上がった大きな少年は叫び声を上げ、それから高校で習った演説を大声で語った。「友たちよ、ローマ人たちよ、同国者たちよ、私の話に耳を貸してくれ！」（シェイクスピア『ジュリアス・シーザー』）。いちばん高い場所に登ることには、何かしら人の心を野性的にかき立てるものがある。人は叫びたくなり、歌いたくなり、両腕を大きく広げて飛び立ちたくなる。テニスシューズの底が滑るのが感じられた。彼女はそろそろと身を屈《かが》め、屋根のてっぺんをまたいで座るような格好になった。家屋はほとんど完成に近く、それは近隣では最も大きな建物のひとつになるはずだった。二階建てで天井がとても高い。そしてその屋根は、彼女がこれまでに見た中ではいちばん鋭く切り立った屋根だった。しかし間もなく工事はすべて終了するだろう。大工たちはどこかに去り、子供たちは他の遊び場を探さなくてはならない。

　彼女は一人きりだった。あたりには誰の姿もなく、しばらくは静かに考えを巡らすことができた。ショートパンツのポケットから昨夜買った煙草の箱を取り出し、ゆっくり煙を吸い込んだ。煙草は酒に酔ったような感覚をもたらし、頭は肩の上でどんよりほどけたみたいになった。でもこの一本はおしまいまで吸い終えなくてはならない。

　ＭＫ――それが十七歳になり、とても有名になったとき、彼女がすべてのものに記すことになる文字だった。彼女は赤と白のパッカードに乗って帰郷するのだが、そのドアには彼女のイニシャルが記されていることだろう。ハンカチーフにも下着にも、赤い字でＭＫと記されている。おそらく彼女は偉大な発明家になるだろう。人々がどこにでも持ち運べ、耳の中にすっぽり収められるような、豆粒ほど小さなラジオを発明するだろう。また人々がナップザックのように背中にとりつけて、世界中どこにでもさっと飛んでいけるような飛行機械を。そのあとで彼女は、世界を突き抜けて中国まで達する大きなトンネルを掘る最初の人間になる。人々は大きな気球に乗って、あちら側まで降りていくことができる。彼女はまずそういったいくつかのものを発明するだろう。それらは既に計画されていた。

　ミックは半分吸い終えた煙草をもみ消し、吸い殻を弾き飛ばして、傾斜した屋根の上を転がした。それから身体を前に屈め、両腕に頭を載せて、誰に聞かせるでもなくハミングを始めた。

　おかしなことだ——でもほとんどひっきりなしに、彼女の頭の奥では何かのピアノ曲か、それとも他の音楽が鳴り響いていた。何をしていようが、何を考えていようが、それはほとんど常にそこにあった。彼女の家に下宿しているミス・ブラウンは、自室にラジオを持っていた。そして昨年の冬のあいだずっと、日曜日の午後になるとミックはいつも階段に座って、そのラジオの番組に耳をじっと傾けていた。おそらくクラシックの作品なのだろうが、彼女がとくによく記憶している音楽があった。その人の音楽を耳にするたびに心臓がきゅっと縮まってしまうような、特別な一人の作曲家がいたのだ。ときにはその人の音楽は、小さな色つきのクリスタル・キャンディーのようだった。またあるときにはそれは、彼女がこれまで心に感じたこともないほど柔らかく、悲しいものになった。

突然泣き声が耳に届いた。ミックは座ったまま身を起こし、耳を澄ませた。風が彼女の前髪を額の上で揺らせ、明るい太陽はその顔を白く汗ばんだものにしていた。訴えるような泣き声は止《や》まなかった。ミックは急勾配《きゅうこうばい》の屋根を、四つん這《ば》いになってそろそろと移動した。縁《へり》まで来ると、下の地面が見えるように前のめりに腹ばいになり、頭を突き出した。

子供たちはさっきと同じところにいた。ババーは地面にある何かの上に屈み込んでいた。彼の脇《わき》には一寸法師のようなちっぽけな黒い影があった。ラルフはワゴンに括《くく》りつけられたままだ。ようやく身を起こせるようになったばかりのその子は、ワゴンの両脇を握りしめて泣いていた。帽子はその頭の上でねじ曲がっていた。

「ババー！」とミックは下に向かって叫んだ。「ラルフが何をほしがっているかを見て、あげてちょうだい」

ババーは立ち上がり、赤ん坊の顔をまじまじとのぞき込んだ。「べつに何もほしがってないよ」

「だったら、すこし揺すってやって」

ミックはさっき座っていた場所までそろそろと戻った。そこで、二人か三人の特定の人物について長い時間をかけて考え、一人で歌をうたい、いくつかの計画を立てるつもりだった。しかしラルフはまだ大声で泣き叫び続けていたし、もうそれ以上平和な時間は持てそうにない。

彼女は大胆に、屋根の端っこに梯子が立てかけてあるところまで、這うようにして降り始めた。屋根の傾斜はとてもきつく、働く人たちが足場として使えるように、ずいぶん広い間隔をとって、二つか三つの木片が釘《くぎ》で打ち付けてあるだけだった。頭がくらくらして、心臓が早鐘を打ち、身体が震えた。彼女は命令するように、声に出して自分に語りかけた。「両手でしっかりそこにつかまって、右のつま先が足場に届くまで下の方に滑らせていくのよ。それから身体をぴったりくっつけたまま、左の方にそろそろと移動していくの。勇気を出しなさい、ミック。しっかりしなくちゃ」

どんな登攀《とはん》にあっても、いちばん難しいのは降りる部分だ。梯子までたどり着き、これでもう安全と思えるまでに長い時間がかかった。ようやく地面に降り立ったとき、前より背が低くなり、ひとまわり身体が縮んだような気がした。少しのあいだ両脚がへなへなと崩れ落ちてしまいそうだった。彼女はショートパンツを引っ張り上げ、ベルトを穴ひとつぶんきつく締めた。ラルフはまだ泣いていたが、彼女はそちらにはまるで注意を払わず、空っぽの新築家屋の中に入っていった。

子供たちは敷地の中に入ってはならないという立て札が先月、家の正面に出された。子供たちの一団がある夜、その家の中で騒ぎ回っていたとき、一人の女の子が何も見えない暗闇の中で、まだ床を張っていない部屋に走り込んで、下に落ちて脚を折ってしまったのだ。彼女はまだギプスをはめられたまま入院している。また何人かのタフな男の子たちが中に入り込んで、壁にみんなで小便をかけ、いくつかのかなり汚い言葉を書き残したこともあった。しかしどれだけたくさん「立ち入り禁止」の札を立てたところで、家が塗装されて完成し、人が入居するまでは、子供たちをそこから追い払うことは不可能だ。

　屋内は新しい木材の匂《にお》いがして、歩くとテニスシューズの底がパタパタと音を立て、家の中にこだました。空気は暑く、しんとしていた。彼女は表の部屋の真ん中にしばらくじっと立っていた。それから突然ふとあることを思いついた。ポケットに手を突っ込んで短くなったチョークを二本取り出した。一本は緑で、もう一本は赤だ。

　ミックは大きな活字体でとてもゆっくりとそれを書いた。いちばん上に彼女は「エジソン」と書き、その下に「ディック・トレイシー」「ムッソリーニ」と名前を書いた。それからそれぞれの角にどれよりも大きな緑の字で、彼女のイニシャルを書いた。ＭＫ。そして赤の縁どりをつけた。それを書き終えると、彼女は反対側の壁に移り、とてもいけない言葉を書いた。「プッシー」と。そしてその下にも自分のイニシャルを書き付けた。

　彼女は空っぽの部屋の真ん中に立って、自分のやったことをじっと見つめた。チョークはまだ手の中にあり、自分のやったことに本当に満足しているわけではなかった。去年の冬にラジオで聴いた曲を作った人の名前を思い出そうと努めた。ピアノを持っており、彼の音楽を習ったことのある同級生の女の子に、その人のことを尋ねてみた。女の子は彼女の先生に尋ねた。その人はずっと昔にヨーロッパのどこかの国に住んでいた、まだ小さな子供であるらしかった。しかし小さな子供でありながらも、多くの美しいピアノの曲や、ヴァイオリンの曲や、楽団やオーケストラのための曲をこしらえたのだ。彼女は六つばかり違う曲を頭に思い浮かべることができた。どれもラジオで聴いた作品だ。そのうちのいくつかは軽快できらびやかなものだった。他のは春の雨上がりのような匂いがした。それらはすべて、彼女をなんだか悲しい気持ちにさせ、同時にまた心を浮き立たせた。

その曲をひとつ彼女はハミングした。そしてその暑くて空っぽの家の中にしばらくいたあと、目に涙が浮かんでくるのが感じられた。喉《のど》がぎゅっと締まってざらつき、それ以上歌うことができなくなった。素早く彼女は、リストのいちばん上にその人の名前を記した。ＭＯＴＳＡＲＴ《モッアート》（モーツァルトのこと。正しくはＭＯＺＡＲＴ）。

ラルフは置いていったときと同じようにワゴンに括りつけられていた。座ったまま身を起こし、じっと静かにしていた。肉付きの良い小さな両手はワゴンの両側を摑《つか》んでいた。まっすぐ揃えられた黒い前髪と、黒い瞳のせいで、中国人の小さな赤ん坊のように見えた。顔に陽光があたり、そのせいで泣き叫んでいたのだ。ババーの姿はどこにも見当たらない。彼女がやって来るのを目にして、ラルフはもう一度泣き出す態勢を取り始めた。彼女は新築家屋の脇にある影の中にワゴンを引いていき、シャツの胸ポケットから青色のジェリービーンを取り出した。そしてそのキャンディーを赤ん坊の温かくつるりとした口に入れてやった。

「ゆっくりと味わいなさいね」と彼女は言った。でもそれは無益なことだった。というのは、キャンディーの素敵な香りを本当に味わうには、ラルフはまだ小さすぎたから。かわりに清潔な小石を口に入れてやったとしても違いはなかったろう――そのお馬鹿さんはきっとそれを呑《の》み込んでしまっただろうが。赤ん坊は人の言うことが理解できないのと同じくらい、味というものを理解しなかった。

「あんたをワゴンに乗せてあちこち引いて回るのにも疲れたし、うんざりしたし、いっそ川にでも放り込んじゃおうかな」と言ったところで、彼にとっては「あんたのことがとても好きだよ」と言われたのと同じことだ。その違いはわからない。だからこそ、赤ん坊を引いて回るのはおそろしく退屈なことなのだ。

彼女は両手をぴたりとくっつけ、親指と親指のあいだから息を吹いた。頬がぷくっと膨らみ、最初のうちは空気が拳《こぶし》をこする音しかしなかった。それからぴゅうっという甲高い口笛の音になった。数秒後には、ババーが家の角を回って姿を見せた。

彼女はババーの髪からおが屑《くず》を払い、ラルフのかぶった帽子をまっすぐに直してやった。その帽子はラルフの持ち物の中ではいちばん立派なものだった。レースでできていて、いたるところに刺繍《ししゅう》が施してある。顎の下のリボンは片側が青色で、片側が白色、両方の耳の上には大きな薔薇《ばら》の花飾りがついている。彼の頭はその帽子には大きくなりすぎて、刺繍がこすれたが、赤ん坊を外に連れ出すとき、ミックはいつもその帽子をかぶせた。ラルフは、たいていの家の赤ん坊が与えられているようなちゃんとした乳母車や、夏用の編み靴を持たなかった。彼はミックが三年前のクリスマスにもらったみすぼらしい古いワゴンに乗せられ、あちこち連れ回された。でもその素敵な帽子のおかげでなんとか体面は保てた。

　通りには人影はなかった。日曜日の昼前で、ひどく暑かったからだ。ワゴンはきいきい、がたがたと音を立てた。ババーは裸足で歩いていたが、歩道はやけどしそうに熱かった。緑色のオークの木は涼しげな見かけの黒い影を地面に落としていたが、さして役には立たなかった。

「ワゴンに乗りなさい」と彼女はババーに言った。「ラルフを膝《ひざ》に載せて」

「ちゃんと歩けるさ」

　長い夏の日々、ババーはしょっちゅう腹痛を起こした。彼はシャツを着ておらず、肋《ろっ》骨《こつ》は白っぽく、鋭く目立っていた。太陽は彼を褐色にではなく、むしろ青白くした。小さな乳首は胸についた青い干し葡萄《ぶどう》のように見えた。

「引っ張るくらいなんでもないから、乗りなさいよ」とミックは言った。

「オーケー」

ミックはゆっくりとワゴンを引いた。急いで家に帰る必要はなかったからだ。彼女は子供たちに向かって話し始めた。しかしそれらの言葉は実は彼らより、むしろ自らに向けられたものだった。

「最近私がよく見る夢はね、とってもヘンテコなものなの。私は泳いでいるみたいなんだ。でも私が両腕でかいているのは水ではなくて、すごい人混みなの。土曜日の午後のクレスさんの店に押しかける人たちの、その百倍くらいの数の人がそこにいてさ、なんたって世界でいちばんすごい人混みなわけ。私はときどき大声で怒鳴りながら、人々のあいだを泳いでる。進むごとに、いたるところでみんなをなぎ倒しながら。またあるときには私は地面に横たわっていて、みんなが私をどんどん踏みつけていくの。それで私の内臓が歩道の上に漏れ出ちゃうわけ。それって、とんでもない夢よね。まったくの悪夢だわ――」

日曜日には家はいつも人でいっぱいになる。下宿人たちを訪ねてくる人たちがいるからだ。新聞がかさかさと音を立て、葉巻の煙があたりに漂う。階段にはひっきりなしに足音が響く。

「誰にだって、自分の中だけにしまっておきたいと思うものごとがあるの。いけないことだからそうするんじゃなくって、ただ秘密にしておきたいからなの。たとえあんたたちにだって知られたくないことが、私にも二つか三つはある」

角のところに来るとババーはワゴンから降り、彼女がそれを持ち上げて縁石から降ろし、次の歩道に載せるのを手伝った。

「でも何を差し置いても欲しいものがひとつある。それはピアノよ。もしうちにピアノがあったら、私は毎晩欠かさず練習して、世界中の曲を覚えちゃうな。それが私が何よりも求めているものよ」

彼らは今では自宅のあるブロックに来ていた。家はほんの数軒向こうにある。それは町の北側の区域ではいちばん大きな家のひとつだった——三階建てだ。その家には十四人の人々が家族として暮らしていた。といっても血の繋《つな》がったケリー家の人々がそんなにたくさんいるわけではない。とはいえ下宿人たちも、一人あたま五ドルを払ってそこで食事をとり、宿泊していたから、まずは家族の一員のようなものだった。ただしシンガーさんはその中には入らない。彼は部屋を借りているだけで、食事はよそでとっていたからだ。

家屋は細長く、ずいぶん長いあいだペンキの塗り替えをしていなかった。三階建てにしてはあまり頑丈には建てられていなかったようで、家は片方に傾《かし》いでいた。

ミックはラルフを括っていた紐をほどき、ワゴンから抱き上げた。そして廊下を急いで駆け抜けながら、居間が下宿人たちでいっぱいになっている様子を目の端で捉《とら》えた。父親もそこにいた。母親は台所だろう。人々はそこでぶらぶらしながら食事の時刻を待っているのだ。

家族はその家の三つの部屋を使っていた。彼女はそのうちの最初の部屋に入った。そして両親の使っているベッドの上にラルフを置き、遊ぶための数珠《じゅず》を与えた。隣の部屋に通じる閉まったドアの奥から人の話し声が聞こえた。彼女はその中に入ることにした。

彼女の姿を目にすると、ヘイゼルとエッタは話をやめた。エッタは窓際の椅子に座り、足の指に赤いペディキュアを塗っていた。髪は金属のローラーでしっかり巻かれ、顎の下のにきびが出ているところに、フェイス・クリームの小さな点がひとつぽつんとついていた。ヘイゼルはいつものようにベッドの上にだらしなく寝転んでいた。

「何をそんなにぺちゃくちゃしゃべくってるのよ?」

「ふん、余計なお世話よ」とエッタは言った。「黙ってさっさとどこかに出て行ってちょうだい」

「ここはあんたたちだけのものじゃないわ。私の部屋でもあるのよ。私にだってここにいる権利はあるんだから」。ミックは部屋の隅から別の隅まで気取ってつかつかと歩いて、部屋のすべての部分を踏破した。「でもそのことで喧嘩するつもりはないのよ。私はただ権利を主張しているだけ」

ミックは手のひらで、こんがらがった前髪を後ろに撫《な》でつけた。あまりにたびたびそれをやってきたので、額の上には小さな逆毛が一列に立っていた。それから鼻をひくひくさせ、鏡の中の自分に向かって顔をしかめた。そしてもう一度部屋の中を歩き回り始めた。

ヘイゼルとエッタは姉妹としてとくに悪くはなかった。しかしエッタにはいろいろ問題があった。彼女の頭にあるのは映画スターたちのこと、そして自分が映画に出演することだけだった。一度彼女はジャネット・マクドナルドに手紙を書いて、タイプされた返事を受け取った。そこには「ハリウッドに来ることがあったら寄ってちょうだい。一緒にうちのプールで泳ぎましょう」と書いてあった。そしてそれ以来、そのプールが頭から離れなくなってしまった。考えることといえば、バスの料金をなんとか貯《た》めてハリウッドに行き、そこで秘書の仕事を見つけ、ジャネット・マクドナルドと友だちになり、自分も映画に出演する——それだけだった。

彼女は一日中おめかしをしていた。それが彼女の困ったところだ。エッタはヘイゼルのような美人には生まれついていない。いちばんの問題点は、顎先がないことだった。彼女は下顎をぐいぐい引っ張り、映画雑誌で読んだ顎先の運動を片端からせっせとやっていた。いつも鏡に横顔を映し、口をある特定の形に留めようと努めていた。しかしそんなことをしてもまるで効果はない。夜になると時折、エッタはそのことを気に病み、両手で顔を覆って泣いた。

ヘイゼルはただ怠惰なだけだ。彼女は器量よしだったが、頭の働きは鈍かった。十八歳で、家族の子供たちの中ではビルに次いで年長だった。あるいはそれが問題だったのかもしれない。彼女はあらゆるものの最も美味な部分を、いちばん最初に手にした。新しい服を最初に着るのも彼女だったし、特別なごちそうのいちばん大きなところをもらうのも彼女だった。ヘイゼルには何かをつかみ取る必要はなかったし、そのぶんやわだった。

「あんたは一日中、部屋をうろつき回っているつもりなの？　あんたがその男の子みたいな、馬鹿な格好をしているのを見ていると、気分が悪くなってくるわ。誰かがあんたの性根をたたき直すべきなのよ、ミック・ケリー。もう少しまともな人間になるようにね」とエッタは言った。

「黙りなさい」とミックは言った。「私がショートパンツをはくのはね、あんたたちのお下がりの洋服なんて着たくないからよ。私はあんたたち二人みたいになりたくないし、あんたたち二人みたいに見えたくないの。ええ、まっぴらごめん。だからこうしてショートパンツをはいてるわけ。なれるものなら、すぐにでも男の子になりたい。そしてビルと一緒の部屋になりたいわ」

ミックはベッドの下に潜り込んで、大きな帽子の箱を取り出した。彼女がそれを持ってドアに向かうと、二人は声を合わせて言った。「ああ、せいせいした！」ビルは家族の中の誰よりも良い部屋を持っていた。こぢんまりとした居室で、ババーを別にすれば、彼はその部屋を独り占めしていた。彼は雑誌から写真を切り抜いて壁に貼《は》り付けていた。そのほとんどはきれいな女性たちの顔だった。別の隅には、昨年ミックが無料美術教室で描いた絵がいくつか飾ってあった。部屋の中にはベッドがひとつ、机がひとつ置かれているだけだ。

　ビルはデスクの上で前屈みになって「ポピュラー・メカニックス」誌を読んでいた。彼女は彼の背後にまわって、両腕をその肩に回した。「やあ、どうしてる？」

　彼はかつてのように妹を相手にすぐに取っ組み合いを始めたりはしなかった。「やあ」と彼は言った。そして肩を少し揺すっただけだった。

「少しのあいだここにいても邪魔じゃないかな？」

「かまわないよ。もしここにいたいのなら」

　ミックは床に膝をつき、大きな帽子の箱の紐をほどいた。彼女の両手は蓋《ふた》のまわりをしばらくさまよっていたが、しかし何かしらの理由があって、彼女にはそれを開ける決心がつかなかった。

「これについては、ずいぶんあれこれ手を入れてきたけど、どうだろう」と彼女は言った。「うまくいくかもしれないし、いかないかもしれない」

　ビルは雑誌を読み続けた。彼女はまだ箱の前に膝をついていたが、蓋を開けてはいなかった。その目は、彼女に背中を向けているビルの方にふらふらと向けられていた。雑誌を読み続けながら、彼の大きな片足はもう片方の足の上をとんとんと踏んでいた。彼の靴はすり切れていた。一度父親がこう言ったことがある。ビルの夕ご飯は全部足に行って、朝ご飯は片方の耳に行って、昼ご飯はもう片方の耳に行っちまうんだと。それはずいぶん意地の悪い冗談で、おかげでビルは一ヶ月くらいむすっとしていたが、でも笑えることではあった。彼の両耳は左右に大きく張り出して、とても赤い。そして高校を卒業したばかりなのだが、サイズ13の靴を履いている。彼は足を見せまいと、立っているときには片方の足を、もう片方の足の後ろにずらせて隠そうとするのだが、それは事態を余計に悪化させるだけだった。

　ミックは箱を数インチ開け、それからまた閉めた。あまりに気が高ぶっていて、今はまだ中をのぞき込むことができなかった。彼女は立ち上がり、気持ちが少し落ち着くまで、部屋の中をうろうろと歩き回った。数分あとに彼女は去年の冬、政府が主催する学童のための無料美術教室に通っていた時、そこで描いた絵の前で立ち止まった。海上の嵐《あらし》と、強風に吹き飛ばされていくカモメの姿を描いた絵があった。『嵐に背骨を折られたカモメ』という題がついていた。最初の二つか三つのレッスンのあいだに、教師は海を描いて見せてくれた。そしてほとんど全員がそこから出発した。でも子供たちの大半はミックと同様、実際には海を見たことがなかった。

　それがミックの仕上げた最初の絵で、ビルはそれを自室の壁にピンで留めた。それ以外のすべての彼女の絵は、人でいっぱいだった。彼女は最初のうち、他にも何枚か海の嵐の絵を描いた。一枚は墜落した飛行機から、人々が助かろうと海に飛び込んでいる絵だった。もう一枚は大西洋横断の客船が沈みつつあり、乗客がみんな一艘《そう》の小さな救命ボートに乗り込もうと、押し合いへし合いしている絵だった。

　ミックはビルの部屋のクローゼットに入り、彼女が教室で描いた他の何枚かの絵を持ち出した。鉛筆画が何枚か、水彩画が何枚か、そしてキャンバスを使った油絵が一枚。それらの絵はどれも、人で満ち溢《あふ》れていた。彼女はブロード・ストリートが大きな火事になるところを想像し、頭に浮かんだ光景を描いた。炎は鮮やかな緑とオレンジ色で、ブラノンさんの食堂とファースト・ナショナル銀行だけが、焼け残ったごく僅《わず》かな建物だった。通りには死体が累々《るいるい》と横たわり、他の人々は命からがら走って逃げていた。一人の男は寝間着姿で、一人の女性はバナナの房を持ち出そうと努めていた。もう一枚の絵は『工場のボイラー爆発』というもので、人々は窓から飛び出し、走って逃げていた。一方でオーバーオールを着た子供たちは、父親に届けにきた弁当箱を抱きしめ、一ヶ所にしっかり固まっていた。油絵に描かれているのは、町中の人々がブロード・ストリートで争っている光景だった。どうしてそんな絵を描いたのか、自分でもわからなかったし、その絵にぴったりの題がどうしても思いつけなかった。そこでは火事も嵐も起こっていなかったし、人々がみんなで争わなくてはならない理由も見当たらなかった。しかしその絵には、他のどんな絵より多くの人々と、多くの動きが描き込まれていた。それがいちばん出来の良い絵だったので、相応《ふさわ》しい題を思いつけないのは残念だった。しかし意識の奥のどこかで、それが何であるか彼女にはわかっていた。

ミックはそれらの絵をクローゼットの棚に戻した。どれもたいして優れた絵ではない。絵の中の人々は指を持っておらず、いくつかの腕は脚よりも長かった。でも教室はとても楽しかった。彼女はこれというわけもなく頭に浮かんだことを、なんでも片端から絵にしていった。しかしそれが心に与えてくれる感覚は、音楽が与えてくれるものには及ばなかった。音楽ほど素晴らしいものは他になかった。

ミックは床に膝をつき、大きな帽子の箱の蓋をさっと素早く開けた。箱の中にはひび割れたウクレレが入っていた。そこには二本のヴァイオリンの弦と、一本のギターの弦と、一本のバンジョーの弦が張られていた。ウクレレの背にあるひびは絆創膏《ばんそうこう》できれいに補修され、中央に空いた丸い穴は木片で塞《ふさ》がれていた。ヴァイオリンのブリッジが四本の弦を端っこで持ち上げ、その両側に音響穴が開けられていた。ミックは手製のヴァイオリンをこしらえたのだ。彼女はそのヴァイオリンを膝の上に載せた。そしてそれを初めて目にするような感覚に襲われた。少し前に彼女はババーのために、葉巻の箱とゴムバンドを使って、小さな玩具《おもちゃ》のマンドリンをつくってやった。それが彼女にアイデアを与えてくれたのだ。それ以来ミックは至るところを漁《あさ》りまくって、様々な部品をかき集め、毎日少しずつ手を加えていった。頭を用いる以外のすべてのことをおこなってきたという気がした。

「ビル、これは私がこれまでに見てきた、どんな本物のヴァイオリンにも似てないんだけど」

　彼はまだ雑誌を読み続けていた。「そうかい――？」

「正しいヴァイオリンには見えないのよ。どう見ても――」

　彼女はその日、ペグを巻いて調弦をするつもりでいた。しかしその出来上がりがどんなものかに突然気づき、もうそれを目にするのもいやになった。彼女はゆっくりとひとつひとつの弦を指で弾《はじ》いてみた。どれも同じような小さく虚《うつ》ろな「ピン」という音を出した。

「どうしたら弓を手に入れられるかしら？　ヴァイオリンの弓って、本当に馬の毛だけで作られなくちゃならないのかしら？」

「ああ」とビルは苛立《いらだ》たしく言った。

「柔らかな棒に細い針金か、人の髪を張ったみたいなものじゃうまくいかないかな？」

ビルは両足をこすり合わせ、返事をしなかった。

怒りのせいで彼女の額に汗の珠《たま》が浮かび、その声はしゃがれた。「これは出来の悪いヴァイオリンですらない。ただのマンドリンとウクレレのあいのこよ。そんなの大嫌い。冗談じゃないわ――」

ビルは振り向いた。

「ぜんぜんうまくいかなかった。こんなガラクタ、どうしようもない」

「落ち着けよ」とビルは言った。「その壊れたおんぼろウクレレのことで文句を言ってるのか？　おまえがずっといじくり回していたやつのことで？　だいたいな、そんなものでヴァイオリンを作れるなんて考えることからして、どうかしてるんだ。最初にはっきり言ってやるべきだったな。ヴァイオリンがそんな簡単に作れるわけはないんだ。それはどこかで買ってこなくちゃならないものだ。それくらい誰にだってわかると思っていたよ。しかし自分で実際にやってみて、そこから学ぶのも悪くないと思ったのさ」

ときどき彼女は世界中の他の誰よりも、ビルのことが嫌いになった。ビルは以前の彼とはまったく違う人間になってしまった。彼女はヴァイオリンを床に叩《たた》きつけ、それを踏みつけようかと思った。しかしそうする代わりに、楽器を荒々しく帽子の箱に戻した。瞳《ひとみ》に浮かんだ涙はまるで火のように熱かった。彼女は箱を一度蹴飛ばし、それからビルの方を見もせずに部屋を飛び出した。

裏庭に出るために、廊下を駆け抜けているときに、母親にばったり出くわした。

「いったいどうしたのよ？　今度は何をしでかしたわけ？」

ミックは身をひねって自由になろうとしたが、母親は腕を摑んだまま放さなかった。彼女はすねた様子で、流れる涙を手の甲で拭《ぬぐ》った。母親は台所にいたので、エプロンに室内履きという格好だった。いつものように母親は心にかかっていることがたくさんあるらしく、ミックにそれ以上の質問をする時間もないみたいだった。

「ジャクソンさんが二人の妹さんを昼食に連れてきたの。それで椅子《いす》の数がいっぱいになったものだから、今日はババーと一緒に台所で食べてちょうだい」

「いいわよ、べつに」とミックは言った。

母親はミックを解放し、エプロンをはずすために行ってしまった。食堂からは昼食の開始を告げるベルの音と、みんなが唐突に話し始める楽しげな声が聞こえた。父親の話し声も聞こえた。彼が腰の骨を折るまで事故保険を継続しておかなかったために、どれくらい損をしたかという話だった。それは父親がどうしても頭から追い払うことのできない話題だった――お金をたっぷり手に入れられたはずなのに、そうならなかった顚末《てんまつ》。お皿がかたかたと触れあう音がして、少しあって話し声が途絶えた。

ミックは階段の手すりから身を乗り出していた。突然泣きだしたことで、しゃっくりが始まったのだ。この一ヶ月を振り返ってみると、ヴァイオリンがまともに機能するなんて、頭の中では自分でも信じていなかったんだという気がした。でも心の中で、彼女は自分にそう信じさせ続けていたのだ。そしてこの今でさえ、それをまったく信じないでいるのはむずかしいことだった。彼女は疲れ果てていた。今ではもう、ビルはちっとも助けになってくれない。彼女はかつて、ビルをこの世界でいちばん立派な人だと思っていた。彼が行くところ、どこにでもついていったものだ——森に釣りに行くときも、彼が他の男の子たちと作ったクラブハウスに行くときも、ブラノンさんの食堂の奥に置かれたスロットマシーンをやりに行くときも——どこにでも。たぶんビルには、妹をそんなに深く落ち込ませるつもりはなかったのだろう。でもとにかく二人はもう二度と、良き相棒には戻れないだろう。

　廊下には煙草《たばこ》の匂いと、日曜日の昼食の匂いが漂っていた。ミックは大きく息を吸い込んでから、奥の台所に向かった。食事の素敵な匂いが鼻に届き、空腹を感じた。ババーに向かって話しかけているポーシャの声が聞こえた。鼻歌混じりにしゃべっているか、あるいは何かお話を聞かせているみたいだった。

「それでね、あたしがどうして他のたいていの黒人娘よりもだんぜん幸運に恵まれているか、それにはいくつかの理由があるんだよ」

「どうしてなの?」とミックが尋ねた。

　ポーシャとババーはキッチン・テーブルの前に座って食事をとっていた。ポーシャの緑色のプリントのドレスは、彼女の濃い褐色の肌の上で涼しげな印象を与えていた。緑のイヤリングをつけて、髪にはとてもきつく丁寧に櫛《くし》が当てられていた。

「まったく、あんたはいつだって人の言葉尻《じり》を耳にとめて、それでもってすべてを知りたがるんだから」とポーシャは言った。彼女は立ち上がって、調理ストーブの前に行き、ミックの食事を皿に盛った。「ババーとあたしはね、オールド・サーディス・ロードにある、あたしのおじいちゃんのうちのことをちょうど話していたんだよ。おじいちゃんと、あたしの叔父さんたちが、その土地をそっくり所有しているんだって、ババーに話してたのさ。全部で十五エーカー半あって、そのうち四エーカーに常時綿花を植えているんだけど、数年ごとにそれを豆に植え替える。土地の養分を保つためにね。そして丘の上の一エーカーは桃専用にとってある。それからラバが一頭と、繁殖用の雌豚が一頭と、卵を産む雌鶏《めんどり》と食肉用の鶏が常時二十羽から二十五羽いて、野菜を植えるための畑と、二本のペカンの樹《き》があり、イチジクとプラムとイチゴもいっぱいとれる。嘘《うそ》じゃないよ。うちのおじいちゃんが持ってるような立派な農園は、白人だってそれほど多くは持っちゃいないさ」

　ミックはテーブルに両肘《ひじ》をついて、皿の上に身をかがめた。自分の夫と兄弟のことを別にすれば、ポーシャは何よりその農園について語ることが好きだった。彼女の話を聞いていると、その黒人の農園はまさにホワイトハウスみたいに思えてくることだろう。

「その家は最初は小さな一間から始まったんだ。そして年月をかけて、ちょっとずつ増築していって、やがてはあたしのおじいさんと、その四人の息子と、彼らのお嫁さんたちと子供たち、そしてあたしの兄さんのハミルトンが一緒に住めるまでになった。居間には本物のオルガンと蓄音機が置いてある。壁には、組合《ロッジ》の制服に身を包んだおじいさんの大きな写真が飾ってある。果物や野菜をいっぱい缶詰にして、冷たい雨降りの厳しい冬がやってきても、いつだって食べ物は不自由しないで済むようにしているんだ」

「じゃあ、どうしてあんたは今、その人たちと一緒にそこに住んでないの？」とミックは尋ねた。

　ポーシャはジャガイモを剥《む》く手を止め、その長い褐色の指が、彼女の言葉のリズムに合わせてとんとんとテーブルを打った。「それはね、こういうことなのさ。いいかい、それぞれの人は自分の家族のために、自分の部屋を建てた。みんなはそのために、長い時間をかけてこつこつと働いてきた。そして言うまでもなく、みんなにとって今はきつい時代だ。あたしは小さな頃はおじいちゃんと一緒にそこで暮らしていた。そのあと、あたしはあそこで働いたことはない。でもね、いざ何か困ったことがあれば、あたしとウィリーとハイボーイは、いつだってあそこに戻れるんだよ」

「あんたのお父さんは、自分たちの部屋を建てなかったわけ？」

ポーシャは食べ物を噛《か》むのをやめた。「お父さんって、誰のこと？　あたしの父親のことかい？」

「そうだよ」とミックは言った。

「あんたもよく知ってのように、うちのお父さんはこの町の黒人医者だ」

それをポーシャが口にするのを、ミックは前にも聞いたことがあった。でも彼女はそれを作り話だと思っていた。だって、黒人が医者になるなんて。

「要するにこういうことなんだよ。うちの父さんと結婚するまで、うちの母さんはね、ほんとの親切心以外のものを何ひとつ知らなかった。あたしのおじいさんときたら、そりゃもう、親切心をそのまま絵に描いたような人なんだ。でもうちの父さんはそうじゃない。おじいさんとは昼と夜くらいそっくり違っている」

「意地が悪いってこと？」とミックは尋ねた。

「いいや。意地が悪いっていうんじゃない」とポーシャはゆっくりと言った。「ただね、何かの作用が働いているんだよ。うちの父さんはほかの黒人の男たちとは違っているんだ。これは説明するのがむずかしいんだけどね。父さんはいつもいつも一人で勉強をしていた。そしてずっと昔に、ひとつの考えをしっかりと持ったんだ。家族というものがどうあるべきかについてね。そしてうちの中のすべてのものごとに対して、事細かに偉そうに命令した。そして夜になると、あたしら子供たちに勉強を教えようとした」

「それほどひどいことじゃないみたいだけど」とミックは言った。

「よくお聞きよ。父さんはね、だいたいのときはとても物静かなんだ。しかし時として、夜になると急に発作みたいなのを起こすんだ。あんな風に頭がいかれちまう人を、あたしは他に見たことがないね。うちの父さんを知っている人はみんな言うよ。あの男は間違いなくクレイジーだってね。とんでもなく荒っぽい、クレイジーなことをやらかし続けていたものだから、うちの母さんはとうとう愛想を尽かしてしまったんだ。そのときあたしは十歳だった。母さんはあたしたちを連れておじいちゃんの農場に行って、あたしらはそこで育った。父さんはあたしたちに帰ってほしがったが、母さんが亡《な》くなったあとでも、あたしら子供たちは父さんのところには決して戻らなかった。父さんは今でもずっと一人で暮らしているよ」

　ミックはストーブのところに行って、皿に料理のお代わりをよそった。ポーシャの声は唄《うた》のように上がったり下がったりした。もう誰にも彼女の話を止めることはできなかった。

「父さんとはほとんど会っていない。週に一度くらいのものかね。でも父さんのことはよく考えるよ。誰に劣らず、父さんのことを気の毒には思うんだ。この町のどんな白人よりも、父さんはもっとたくさんの本を読んできたはずだ。そして本を読めば読むほど、頭を煩《わずら》わせるものが次々に増えていくんだ。本を読みすぎて、頭の中が悩みでこてこてに膨らんでいくんだ。神様を見失い、信仰に背を向けてしまった。結局のところ、そいつが大きな問題なのさ」

　ポーシャは気を高ぶらせていた。神様のことが話題になるたびに――あるいは弟のウィリーや夫のハイボーイのことが話題になるたびに――彼女は興奮した。

「あたしは叫び屋なんかじゃないよ。あたしは長老派教会に属しているし、あたしたちは床を転げ回ったり、異言を語ったり、そういう真似《まね》はしない。毎週身を清められたり、みんなで一緒にのたうったり、そんなこともしない。あたしらの教会ではみんなで歌をうたい、牧師さんのお説教を聞くだけさ。それであんたにひとつ言いたいんだけどね、ちょっとばかし歌をうたったり、お説教を聞いたりしても、決して害はないんだよ、ミック。あんたは弟を連れて日曜学校に行くべきだし、それにもう大きいんだから、一人前に教会にも通うべきだよ。最近のあんたのふんぞり返った態度を見ていると、あんたはもう既につま先を地獄に突っ込んでいるみたいに、あたしには思えるんだけどね」

「ふんだ」とミックは言った。

「あたしたちが結婚する前は、ハイボーイはホーリネス教会の信者だったんだよ。毎週日曜日には叫び声をあげて、身を清められていた。でもあたしと結婚してからは、あたしたちと同じ教会に通うようになって、今ではそちらでちゃんとやっているよ。ときどき叫び声を抑えるのがむずかしくなるみたいだけどね」

「神様を信じるくらいなら、サンタクロースを信じるね」とミックは言った。

「そうか、そうだったのか！　ときどきあんたが、あたしが知ってる他の誰よりも、うちの父さんに似てるように感じることがあったけど、それはきっとそのせいだったんだね」

「私が？　私が彼に似ているって？」

「あたしが言ってるのは、顔立ちとか見かけとか、そういうことじゃないんだ。あたしが言ってるのは、魂のかたちとか色とか、そういうことだよ」

　ババーはそこに座って、二人の顔を交互に見比べていた。ナプキンが彼の首のまわりに巻かれていた。手にはまだ空っぽのスプーンが握られていた。「神様って、どんなものを食べるんだい？」と彼は尋ねた。

　ミックはテーブルから立ち上がって、すぐに出て行けるように戸口に立った。時にはポーシャをからかうのも楽しかった。彼女はいつだって同じ調子で、同じことを何度も何度も繰り返すのだ。なんとかの一つ覚えみたいに。

「あんたや、うちの父さんみたいに教会に行かない人間はね、心の平穏というものをけっして手にできないんだよ。あたしをごらんよ――あたしは神様を信じて、心の平穏を得ている。そしてババーも、この子もそれなりの平穏を得ている。うちのハイボーイやウィリーにしても同じだよ。ここにいるシンガーさんにしたって、はたから見ている限り、安らぎを手にしていなさる。あの人を一目見たときから、そのことは感じていたよ」

「まあ、好きに思ってなさいよ」とミックは言った。「あんたはあんたのお父さんに負けず劣らず、クレイジーだよ」

「でもあんたときたら、神様だろうが人だろうが、誰ひとり愛したことがないんだ。あんたは牛革みたいに頑《かたく》なで、ぐいぐい突っ張っている。でもね、あたしにはちゃんとわかってるんだ。今日の午後、あんたはあちこちうろうろと歩き回るだろうけど、満足を得ることはできないだろう。何かなくしたものを探しまわるみたいに、至る所をほっつき歩くだろう。興奮して、気がずいぶん高ぶるに違いない。あんたの心臓はばくばくして、今にも死んでしまいそうになるだろうよ。それというのも、あんたは誰ひとり愛さないし、安らぎを見つけることができないからさ。あんたはいつの日にか破裂してばらばらになって、損なわれてしまうだろう。そうなるともう、誰にもあんたを助けることはできないんだよ」

「ねえ、どうなのさ、ポーシャ?」とババーが尋ねた。「神様って、いったいどんなものを食べてるの?」

ミックは笑って、足音も高くそこから出て行った。

彼女が事実その日の午後のあいだ、家の周りをずっとうろつき歩いたのは、気持ちがどうしても落ち着かなかったためだ。そういう日がときどきあった。ひとつには、ヴァイオリンのことを考えると、頭が乱れたからだ。それを本物のヴァイオリンのようにするなんて、とてもできない相談だった。何週間もその計画で頭をいっぱいにしてきたあとでは、それについて考えると気分が悪くなった。どうしてまた、そんなアイデアがうまく行くだろうなんて、確信が持てたのだろう？　どうしてそこまで愚かになれたのだろう？　何かを熱く切望するとき、それを自分に与えてくれるかもしれないものを、人は信じるようになってしまうのかもしれない。

　ミックは家族の揃《そろ》っている家の中に戻りたくなかった。下宿人の誰かともしゃべりたくなかった。通り以外に彼女の行くべき場所はなかったが、そこは太陽が焼けつくように暑かった。彼女は廊下をあてもなく行ったり来たりして、手のひらでくしゃくしゃになった髪を後ろに撫でつけ続けた。「まったくもう」と彼女は自らに言った。「本物のピアノもほしいけど、自分ひとりでいられる場所が、なんとしてもほしい」

　ポーシャには少し黒人特有のクレイジーなところがあるけれど、悪くない。彼女はバーやラルフに対して、こっそり裏で意地悪なことをしたりしない。黒人娘の中には時々、そういうことをするものがいるけれど。でもポーシャは言った。私は誰ひとり愛したことがないと。ミックは歩くのをやめて、そこにじっと立って、拳で頭のてっぺんをごしごしとこすった。もし本当のことを知ったなら、ポーシャはどう思うだろう？いったいなんと思うだろう？

彼女はいつも考えを、自分一人の中だけに留めておいた。それは疑いの余地なく確かな真実だ。

ミックはゆっくりと階段を上がっていった。最初の踊り場を通り過ぎ、二つ目の踊り場に近づいていった。風を入れるために、いくつかのドアは開かれ、家の中にはたくさんの物音が聞こえた。ミックは階段の最後の段で歩を止め、そこに腰を下ろした。ミス・ブラウンがラジオをつけてくれれば、音楽が聴けるのだが。何か素敵な番組をやっているはずだ。

ミックは膝の上に頭を置き、テニスシューズの紐《ひも》を結んだ。私が次々にいろんな人を好きになってきたなんてわかったら、ポーシャはなんて言うかしら？　そしてそのたびにまるで、自分の一部がばらばらにはじけ飛びそうに感じられたものだ。

でも彼女はいつもそういう思いを自分だけに留めておいたので、誰もそれを知ることはなかった。

ミックは長い時間その階段に座っていた。ミス・ブラウンはラジオをつけなかったので、聞こえてくるのは人々が立てるいろんな雑音だけだった。彼女は長いあいだ考えごとをしながら、自分の腿《もも》を拳でぱたぱたと打っていた。自分の顔がばらばらに飛び散ってしまったみたいに感じられた。それをひとつにまとめておくことができなかった。お腹《なか》をすかせて食事を待っているときの状態に似ていた。ただそれよりも遥《はる》かに惨《みじ》めなだけだ。私は欲しい――私は欲しい――私は欲しい――考えることはただそれだけだ。しかしこの本物の欲求というのがどういうものなのか、それが彼女にはわからなかった。

一時間ほどしてから、上の踊り場でドアノブが回される音が聞こえた。ミックがさっと頭を上げると、シンガーさんの姿が見えた。それから彼は廊下に立っていた。その顔は悲しげで物静かだった。それから彼はバスルームの方に歩いて行った。連れは一緒ではなかった。彼女の座っているところから、彼の部屋の一部が見えた。連れの男はシーツをかぶって、ベッドで眠っていた。彼女はシンガーさんがバスルームから出てくるのを待った。両方の頬が熱くなり、それを手に感じることができた。ミックが時折この階段の一番上の段にあがって、階下のミス・ブラウンのラジオに耳を澄ましていたのは、そこでシンガーさんに会えるかもしれないと思ってのことだった、というのはあるいは真実であったかもしれない。彼は頭の中でいったいどのような、耳には聞こえない音楽を聴いているのだろうと彼女は考えた。もちろんそんなことは誰にもわからない。もし口がきけたら、彼はどんなことを話すのだろう？　それもまた誰にもわからないことだ。

ミックは待った。しばらくしてから彼がまた廊下に姿を現した。彼が下に目をやり、自分に微笑《ほほえ》みかけてくれればいいんだけどと、彼女は思った。シンガーさんは自室のドアの前まで来ると、ちらりとこちらを見て、そして肯《うなず》いた。ミックの笑みは大きくて、ぴくぴく震えていた。彼は部屋に入り、ドアを閉めた。それは「部屋を訪ねてきてもいいんだよ」という誘いを意味するのかもしれなかった。ミックは急にすごく彼の部屋に行きたくなった。そのうち、連れがいないときに、彼女は本当にシンガーさんに会いに、その部屋を訪ねることだろう。本当にそうするんだから。

暑い午後はゆっくりと過ぎていった。ミックはまだ一人で階段に座っていた。頭の中でまた、モツアートという人の音楽が鳴り始めた。おかしなことだが、シンガーさんが彼女にその音楽を思い出させたのだ。それを声に出してハミングできる場所がどこかにあるといいのだけど、と彼女は思った。どこまでも個人的なものなので、人で溢れた家の中では歌うことができない種類の歌があるのだ。こんなに混み合った家の中で、人がこんなにも寂しい気持ちになれるというのも、考えてみればおかしなことだった。ミックは自分一人だけになれる、そしてこの音楽のことがじっくり考えられる、自分だけの場所のことを考えようとした。しかし、ずいぶん長く考えてはみたけれど、そんな場所がどこにもないことは最初からわかっていた。

4

午後遅くにジェイク・ブラントは目を覚ました。十分寝足りたという感覚があった。部屋は小さく、きれいに整頓《せいとん》されていた。整理ダンスとテーブル、ベッドといくつかの椅子があった。整理ダンスの上には扇風機が置かれ、一つの壁からもう一つの壁へと首を振っていた。その風が顔の上を吹き過ぎるとき、ジェイクは冷たい水のことを思った。窓際《まどぎわ》には一人の男が座って、テーブルの上に置かれたチェス・ゲームをじっと見下ろしていた。昼の光の中では、その部屋はジェイクに見覚えのないものに見えた。しかし男の顔はすぐにわかった。ずっと昔から知っている顔のように。

ジェイクの中でたくさんの記憶が入り乱れた。彼は目を開けたまま、そこにじっと横になっていた。両方の手のひらは上に向けられていた。彼の手は大きく、白いシーツの上でその褐色がひどく目立った。両手を顔の前にかざしてみると、傷だらけ、あざだらけになっていることがわかった。血管は、長いあいだ何かを力の限り握りしめていたみたいに膨れあがっている。顔は疲れ果てて、むさくるしかった。茶色の髪は額に落ちかかり、口ひげはねじ曲がっていた。翼のような形をした眉毛《まゆげ》さえ、もしゃもしゃに粗く乱れていた。そこに横になりながら、彼の唇は一度か二度動き、口ひげは神経質そうにぴくぴく震え、ひきつった。

しばらくして彼は身を起こし、頭をはっきりさせるために、こめかみを大きな拳でごつんと叩いた。彼が動くと、チェスをしていた男はさっと顔を上げ、彼に向かって微笑みかけた。

「ああ、喉がからからだ」とジェイクは言った。「ロシアの軍隊が靴下だけの足で、口の中を行進していったみたいだ」

男は微笑みを浮かべたまま、彼をまだじっと見ていた。それから突然テーブルの反対側に手を伸ばし、霜の付いた氷水入りのピッチャーと、グラスをひとつ取り上げた。ジェイクは半ば裸で部屋の真ん中に立ち、あえぎながらその水を思い切りごくごくと飲んだ。頭はがっくりと後ろに投げ出され、片方の手は堅く握りしめられていた。水を四杯飲み終えてから、彼は深く息をつき、身体《からだ》の力を緩めた。

その瞬間に記憶がいくらか戻ってきた。この男と一緒に帰宅したところは思い出せなかったが、そのあとのことはだんだん記憶が戻ってきた。冷たい水を張った風呂《ふろ》に入れられて目を覚まし、そのあとコーヒーを飲んで話をした。彼は語るべきことを胸にたっぷり貯め込んでおり、男は静かにそれに耳を傾けていた。彼は声が嗄《か》れるまで語りつづけたが、そこで口にされたどんなことより、その男の顔に浮かんでいた表情を、ジェイクはよりはっきりと記憶していた。朝になってから二人は眠りに就いた。日の光が入らないように、窓のシェードをしっかり下ろして。最初のうち彼は悪夢を見続け、何度も目を覚ました。もう一度頭をはっきりさせるために、そのたびに明かりをつけねばならなかった。明かりのせいで男も目を覚ましたが、苦情ひとつ言わなかった。

「どうしてゆうべ、おれを追い出さなかったんだね？」

男はもう一度微笑んだだけだった。どうしてこの男はこんなにももの静かなんだろうと彼は不思議に思った。あたりを見回して自分の服を探したが、ベッドの脇《わき》の床に自分のスーツケースが置いてあるのを目にした。どうやってあの食堂からそれを取り戻せたのか、彼には思い出せなかった。飲み代のかたに取られていたはずなのに。彼の本と、白いスーツと、何枚かのシャツがそっくり、詰めたときのまま中に入っていた。彼は急いで服を着込んだ。

彼が服を着終える頃には、電気式のコーヒーポットがテーブルの上でことことと音を立てていた。男は椅子の背にかけていたヴェストのポケットに手を伸ばした。彼はそこから一枚のカードを取り出し、ジェイクはよくわからないままそのカードを受け取った。ジョン・シンガーという男の名前が、真ん中に浮き彫り印刷されていた。そしてその下に、インクで短いメッセージが記されていた。印刷されたのとほとんど変わりないきっちりとした書体だった。

　私は聾唖《ろうあ》者《しゃ》ですが、唇の動きを読んで、言われたことを理解します。
　どうか大声を出したりしないでください。

　ショックのためにジェイクの頭はふらふらして、空白になった。彼とジョン・シンガーは互いの顔を見つめ合った。

「言われなければ、いつまでもそのことに気づかずにいたかもな」と彼は言った。

　彼がしゃべるときの唇の動きを、シンガーは注意深くいつも見守っていた。彼はそのことに前から気づいていた。しかしなんと唖《おし》だったとは！

　二人はテーブルの前に座り、青いカップから熱いコーヒーを飲んだ。部屋の中は涼しく、半ば下ろされたシェードが、窓から差し込む眩《まぶ》しく強烈な光をやわらげていた。シンガーは部屋のクローゼットからブリキの箱を持ってきた。箱の中にはひとかたまりのパンと、いくつかのオレンジと、チーズが入っていた。彼自身はそれほど多くを食べず、ポケットに片手を突っ込んだまま、椅子の背にもたれかかっていた。ジェイクはむさぼるように食べた。彼としてはすぐにでもここを出て、いろんなものごとをじっくり考えたかった。このように逼迫《ひっぱく》した状態にある以上、何かの仕事を急いで探さなくてはならない。この静かな部屋は、困苦に対して考えを巡らすには、あまりにも平穏で、あまりにも心地よすぎる。ここを出て、一人でしばらく歩き回らなくては。

「このあたりにはほかにも聾唖の人たちがいるのかね？」と彼は尋ねた。「たくさん友だちはいるのかい？」

シンガーはまだ微笑んでいた。最初、相手の言葉をうまく捉えることができなかったので、ジェイクはもう一度同じ質問を繰り返さなくてはならなかった。シンガーは黒く鋭い眉を持ち上げ、首を振った。

「寂しくはないか？」

男は首を横に振ったが、それはイエスともノーとも言えそうな首の振り方だった。二人はそれからしばらくそこに座っていたが、やがてジェイクは立ち上がってそこを辞去した。一晩泊めてもらったことを、彼はシンガーに何度も感謝した。相手にしっかりわかるように、唇を注意深く動かして。それに対して唖は再び微笑み、肩をすくめただけだった。スーツケースを数日のあいだ、ベッドの下に置かせてもらえまいかとジェイクが尋ねると、唖は「かまわない」と肯いた。

それからシンガーはポケットから両手を出して、メモ用紙に銀色の鉛筆で丁寧に字を書いた。そしてそのメモ帳をジェイクに向かって差し出した。

床にマットレスを置けます。住まいがみつかるまで、ここに泊まってもかまいませんよ。私は一日の大半は外にいるし、べつに迷惑ではありませんから。

感謝の念に打たれ、ジェイクの唇はぴくぴくと震えた。しかしそこまで好意には甘えられない。「ありがとう」と彼は言った。「でも寝る場所はあるから」

ジェイクが出て行くとき、唖は堅く丸めたブルーのオーバーオールと七十五セントを、彼に渡した。オーバーオールはひどく汚れていて、それが自分の着ていた服だとわかると、その一週間に起こったことの記憶が、ジェイクの脳裏につむじ風のように突然わき上がった。その金はポケットの中に入っていたと、シンガーは彼に説明した。

「アディオス」とジェイクは言った。「そのうちにまたここに顔を出すよ」

彼が出て行くとき、唖は戸口に立ち、両手をまだポケットに突っ込んでいた。口元には淡い微笑みが浮かんでいた。階段を何段か下りたところで彼は振り返って手を振った。唖も手を振り返し、それからドアを閉めた。

外に出ると、眩しい陽光が待ち構えていたように彼の目を鋭く射た。その家の正面の歩道に立ったが、最初のうち、光線の眩しさのためにはっきりものが見えなかった。少女がひとり家の手すりの上に腰掛けていた。どこかでその子を見かけたことがあった。

彼女のはいている男物のショートパンツと、目の細め方に記憶があった。

彼は丸まった汚いオーバーオールを持ち上げて彼女に示した。「こいつを捨ててしまいたいんだが、どこかゴミ捨て場みたいなところを知らないかね？」

少女は手すりからひょいと下りた。「裏庭にあるわ。案内してあげる」

彼は少女のあとについて、家の横手の狭くじめじめした路地を抜けていった。二人が裏庭に入ると、裏の階段に二人の黒人の男が座っているのが見えた。二人とも白いスーツに白い靴というなりをしていた。一人はとても背が高く、ネクタイと靴下は鮮やかな緑色だった。もう一人は中背の淡い肌のムラート（黒人と白人の混血）で、金属のハーモニカを膝《ひざ》の上でこすっていた。長身の連れとは対照的に、靴下とネクタイは燃えるような赤色だった。

少女は裏手の塀の脇に置いてあるゴミ缶を指し示した。それから台所の窓に向かって叫んだ。「ポーシャ！」と彼女は言った。「ハイボーイとウィリーがここであんたを待っているよ」

台所から柔らかな声音の返事が聞こえた。「大声でわめく必要はないよ。いることはわかってるから。いま帽子をかぶっているところさ」

ジェイクは捨てる前にオーバーオールを広げてみた。それは泥だらけでごわごわしていた。片方の脚が破け、前の部分には数滴、血の染《し》みがついていた。彼はそれをゴミの缶に入れた。黒人の娘が家から出てきて、階段に座っていた白いスーツの男たちと一緒になった。ショートパンツの少女が自分をしげしげと眺めていることに、ジェイクは気づいた。彼女は体重を一方の足から、もう一方の足に移し替え、気を高ぶらせているように見えた。

「あなたはシンガーさんの親戚《しんせき》なの？」と少女は尋ねた。

「違うね」

「親友なの？」

「一晩泊めてもらうくらいには友だちだよ」

「わたしはてっきり――」

「メインストリートはどっちの方かね？」

彼女は右を指した。「二ブロックあっちの方よ」

ジェイクは口ひげを指で梳《す》いて、それからそこを立ち去った。手の中で七十五セントをじゃらじゃら言わせ、下唇を赤くまだらになるまでぎゅっと噛みしめた。三人の黒人たちは話をしながら、彼の前をゆっくりと歩いていた。彼はこの町に知り合いを持たず、孤独を感じていたので、彼らのすぐ後ろについて耳を澄ませた。娘は若い男たちの両方と腕を組んでいた。彼女は緑のドレスを着て、赤い帽子をかぶり、赤い靴をはいていた。男たちは彼女にぴったり寄り添って歩いていた。

「今日の夜、私たちは何をする予定なのかしら？」と彼女は尋ねた。

「すべてはおまえさん次第さ、ハニー」と長身の青年が言った。「ウィリーもおれも、とくべつ予定みたいなものはないから」

彼女は二人を順番に見た。「あんたたちが決めなくちゃ」

「そうだな——」と赤い靴下をはいた背の低い方の青年が言った。「ハイボーイとおれとはちょっと考えていたんだけど、三人で教会に行くってのはどうだろう？」

娘は三通りの声音で歌って返事をかえした。「オーケー」と。「そして教会の帰りにあたしは父さんと会って、ちっと話をする必要があると思うんだ。ほんの短いあいだだけどさ」。彼らは最初の角を曲がり、ジェイクはそこに立って、少しのあいだ彼らの姿を見ていた。それからまた歩き出した。

メインストリートは暑く静かで、ほとんど無人だった。今日が日曜日であることに、ジェイクはそこで初めて気づいた。そのことは彼を落ち込ませた。閉まった店の日除《ひよ》けは巻き上げられ、建物は眩しい陽光にそっくりむき出しになっていた。「ニューヨーク・カフェ」の前を通り過ぎた。ドアは開いていたが、中は暗く空っぽに見えた。彼はその朝、はくべき靴下を見つけられなかった。薄い靴底をとおして、舗道の焼けつく熱が足の裏に伝わってきた。太陽は、頭の上から押さえつけてくる焼けた鉄板のようだった。町は、かつて彼が目にしたどんな場所よりもうら寂しく見えた。通りの静けさは、彼に違和感をもたらした。飲んだくれていたとき、そこは暴力的で不穏な場所に思えたものだ。なのに今では、すべてが急にぴたりと動きを止めてしまったようだ。

彼は果物とキャンディーを売っている店に入って、新聞を買った。求人欄はとても短いものだった。二十五歳から四十歳の間の、車を所持する若者を求める広告がいくつかあった。様々な商品を販売し、コミッションを得る仕事だ。彼はその部分はさっさと飛ばした。トラック運転手の募集広告が少しのあいだ彼の注意をひいた。しかし最も興味を惹《ひ》かれたのは、いちばん下に出ていた告知だった。そこにはこう書かれていた。

求む。経験ある機械工。サニー・ディキシー・ショー。ウィーヴァーズ・レーンと十五丁目通りの角にて受付。

知らず知らず彼の足は食堂に向かった。彼がここのところ二週間ほどを過ごした店だ。果物店を別にすれば、それがこのブロックで閉まっていない唯一《ゆいいつ》の店だった。そこに立ち寄ってビフ・ブラノンに会おうと、ジェイクは突然心を決めた。

眩しい外から入ると、カフェの中はひどく暗く感じられた。彼が記憶していたよりもすべてが煤《すす》けて、ひっそりとして見えた。ブラノンはいつものように腕組みしてレジの奥に立っていた。ぽっちゃりとした美人の奥さんは、カウンターの向こう端に座って爪《つめ》やすりをかけていた。彼が入って来るのを見て、二人が顔を見合わせたのをジェイクは目に留めた。

「こんちは」とブラノンは言った。

ジェイクは雰囲気に何かを感じた。おそらくこの男は笑っているのだろう。自分が酔っ払っているときにやらかしたいくつかの愚行を思い出して。ジェイクは腹を立て、むっつりした顔でそこに立っていた。「ターゲットを一箱もらおう」と彼は言った。ブラノンがカウンターの下に手を伸ばして煙草をとるとき、彼が笑ってはいないことがジェイクにはわかった。昼間、この男の顔は夜ほど厳しい見かけではないのだ。眠りが足りないらしい青白い顔、目はくたびれたノスリのような表情を浮かべている。

「どれくらいの借りがあるか、教えてくれ」とジェイクは言った。

ブラノンは抽斗《ひきだし》を開け、カウンターの上に学童が使うようなノートを出した。そしてゆっくりとページを繰った。ジェイクはそれを見ていた。そのノートは業務上の数字を書き留めるものというより、個人的なメモ帳のように見えた。数字が長く書き連ねられ、足し算され、割り算され、引き算されていた。ちょっとした絵も描かれていた。彼はあるページで繰るのをやめた。そのページの隅っこに自分のラストネームが書かれているのを、ジェイクは目に留めた。そこには数字はまったく書き込まれていなかった。ただ小さな✓印《チェック》と×印《クロス》が記されているだけだ。ページのあちこちに、気まぐれに小さな丸っこい猫の絵が描いてあった。座っている猫で、尻尾《しっぽ》は長い曲線で描かれている。ジェイクはそれをじっと見た。その子猫の顔は人間で、女性だった。子猫たちの顔はどれもミセス・ブラノンだった。

「チェックはビールだ」とブラノンは言った。「クロスは夕食で、直線はウィスキーだ。とするとだな――」、ブラノンは鼻をこすり、瞼《まぶた》がだらんと下りた。それから彼はノートパッドを閉じた。「おおよそ二十ドルというところだね」

「日にちはかかると思うが」とジェイクは言った。「借りはちゃんと返すよ」

「べつに急ぐことはない」

ジェイクはカウンターに寄りかかった。「なあ、この町はどういう成り立ちのところなんだね？」

「ありきたりの町さ」とブラノンは言った。「どこにでもある普通の町だよ。この規模のものとしてはね」

「人口はどれくらい？」

「三万人ってところだろう」

ジェイクは煙草の封を切り、紙で巻いた。彼の両手は震えていた。「工場が町の中心になっているんだね」

「そのとおり。大きな紡績工場が四つあり、それが町の屋台骨だ。あとはメリヤス工場がひとつ。そして綿繰り工場と製材所が少しばかり」

「給料はいいのかね？」

「平均して週給十から十一ドルってところだ。ただ言うまでもなく、ちょくちょくレイオフ（一時的解雇）はある。なんでまたそんなことを訊《き》くんだね？　紡績工場で仕事を見つけようっていうのかい？」

ジェイクは拳《こぶし》を目に押し当て、眠たそうにごしごしとこすった。「さあ、どうだろう。そうするかもしれんし、そうしないかもしれん」。彼は新聞をカウンターの上に載せ、読んだばかりの広告を指さした。「ちょっと行って、どんなものか見てこようと思うんだが」

ブラノンはそれを読んで、考えた。「そうだな」と彼は少し後で言った。「その見世物には行ったことがある。大したものじゃない——いくつか機械装置がある。回転木馬とか、回転ブランコとか。やって来る客は黒人とか、工場の職工とか、子供たちだ。町の適当な空き地を見つけて、あちこち移動している」

「どうやってそこに行くか教えてくれ」

ブラノンは彼と一緒に戸口に出て、方向を示した。「今朝はシンガーのところに行ったのか？」

ジェイクは肯いた。

「彼のことはどう思う？」

ジェイクは唇を噛んだ。頭にその唖の顔がずいぶん鮮やかに浮かんだ。遥か昔から知っている友人の顔のように。あの部屋を辞去してからずっと、ジェイクはその男のことを考え続けていた。「口がきけないことすら知らなかったんだ」と彼はようやく言った。

ジェイクは焼けつくような、人影のない街路を再び歩き始めたが、それは見知らぬ町を行く、新参者の歩き方ではなかった。彼は誰かを捜し求めているように見えた。ほどなく川に面している工場地区のひとつに入った。通りはぐっと狭くなり、舗装もされておらず、無人でもなくなった。いかにも腹を減らした顔つきの、汚いなりの子供たちの群が、叫び合いながらゲームをしていた。似たような二間のみすぼらしい家々はペンキも塗られず、朽ちかけていた。食べ物と下水の匂《にお》いが混じり合い、土埃《つちぼこり》と共に空中に漂っていた。川の上流には滝があり、それが微《かす》かなさわさわという音を立てていた。人々は寡黙《かもく》に戸口に立つか、あるいは階段に座り込み、表情を欠いた黄ばんだ顔でジェイクを見た。彼は茶色の目を大きく開き、まっすぐ彼らを見返した。ぎこちなく歩き、時折毛だらけの手の甲で口元を拭った。

ウィーヴァーズ・レーンのいちばん奥に、空き地になったブロックがあった。かつては廃車置き場になっていたところだ。錆《さ》びた機械部品や、裂けたタイヤのチューブなんかがまだあたりに散らばっている。敷地の隅にトレイラーがとまって、そのそばには、部分的にキャンバスの覆《おお》いをかけられた回転木馬が置かれていた。

ジェイクはゆっくりとした足取りでそちらに近づいていった。オーバーオール姿の子供が二人、回転木馬の前に立っていた。子供たちの近くで、一人の黒人の男が箱の上に座り、夕方近くの日差しの中でうとうとまどろんでいた。両膝はお互いに寄りかかるように、力なく合わさっていた。片手には溶けたチョコレートの袋が握られていた。彼がどろどろになったキャンディーに指を突っ込み、それをゆっくり舐《な》める様をジェイクは見ていた。

「この施設の責任者は誰だね？」

黒人は甘みのついた二本の指を唇のあいだに突っ込み、それを舌でくるくると舐め回した。「赤毛の男だ」、それが終わると彼はそう言った。「それ以上のことは知らんよ、旦那《だんな》」

「今どこにいる？」

「あそこの、いちばん大きなワゴンの裏におるよ」

ジェイクは草の上を歩きながら、ネクタイをほどき、それをポケットに入れた。太陽は西に沈みつつあった。家の屋根の黒い連なりの上で、空は生温かい緋色《ひいろ》に染まっていた。見世物小屋の主宰者はそこに立って、一人で煙草を吸っていた。赤い髪が頭のてっぺんからスポンジのように飛び跳ねている。彼はだらんとした灰色の目でジェイクをじっと見た。

「あんたがマネージャーですか？」

「そうだ。名前はパターソンだ」

「朝の新聞で求人広告を見て、ここに来たのですが」

「ああ、未経験者はいらんぜ。経験のある機械工がほしいんだ」

「経験ならたっぷりありますよ」とジェイクは言った。

「どんな仕事をしてきた？」

「紡績機、機《はた》織り機の修理工として働いていました。自動車修理工場や、自動車製造工場でも仕事をしました。あちこちあらゆる仕事をしてきましたよ」

　パターソンは彼を、部分的に覆いのかかった回転木馬のところに連れて行った。夕暮れ近くの太陽の下で、動きのない木製の馬たちはいかにも幻想的に見えた。馬たちは前脚を宙に踊らせたままぴたりと静止し、鈍い色に金箔《きんぱく》されたバーに刺し貫かれていた。ジェイクのいちばん近くにいる馬は、木製の汚れた臀部《でんぶ》にひび割れがあり、塗料が眼窩《がんか》から剝《は》がれ落ちて、視力をなくしたまま逆上していた。静止した回転木馬はジェイクには、酔っ払って見る夢に出てくるものたちのように思えた。

「こいつをきちんと動かして、問題のない状態に保っておける熟練工を求めているんだ」とパターソンは言った。

「仕事をいくつかかけもちでやるんだよ」とパターソンは説明した。「あんたにはこのアトラクション全体の責任を持ってもらう。機械を操作するばかりじゃなく、客を仕切らなくちゃならん。ちゃんと切符を持っているかどうか確かめるんだ。それが正規の切符であって、どっかの古いダンスホールの切符なんかじゃないことを、いちいち確認しなくちゃならん。誰もが馬に乗りたがる。金を持たないニガーたちは、うまくごまかしてただで馬に乗ろうとあらゆる手を用いる。あんたはいつも、目ん玉を三つくらいしっかり見開いておかなくちゃならん」

「任せてください」

パターソンは彼を、馬たちのサークルの内側にある機械装置のところに連れて行って、いろんな部品の説明をした。ひとつのレバーを調整すると、薄っぺらい音で調子外れの機械音楽が鳴り出した。まわりを囲んだ木製の騎馬隊が、彼らを現実世界から切り離してしまったみたいに感じられた。馬たちが動きを止めると、ジェイクはいくつか質問をし、自分で実際にその機械を動かしてみた。

「これまで雇っていた男が突然辞めちまってね」、そこを出て再び敷地に戻り、パターソンは言った。「新顔を仕込むのはもううんざりだ」

「いつから仕事を始めればいいんですか？」

「明日の午後だ。週に六日、昼夜の興行だ。四時に始めて、十二時に終える。三時ごろに出勤して、開場の準備をしてほしい。そして見世物が終わったあと、片付けに一時間ばかりかかる」

「給料は？」

「十二ドルだ」

ジェイクは肯いた。パターソンは死人のように真っ白な手を差し出した。締まりのない手で、爪は汚れていた。

空き地を後にしたときには、もう時刻も遅くなっていた。堅く青みを帯びた空は漂白され、東の方には白い月が浮かんでいた。夕闇《ゆうやみ》が通りに並んだ家々の輪郭を柔らかく見せていた。ジェイクはウィーヴァーズ・レーンを戻ってすぐには帰らず、その近所をしばらく歩き回った。何かしらの匂いが、遠くから聞こえる何らかの声が、彼を埃っぽい通りの脇に時折、立ち止まらせた。彼は気の向くままにあちこち方角を変え、これというあてもなく歩いた。頭がずいぶん軽く感じられた。まるで薄いガラスで作られているみたいに。彼の内部で化学変化らしきものが生じていた。これまで体内に休みなく溜《た》め込んできたビールとウィスキーが、その反応を開始していたのだ。彼は酔いによる側面攻撃を受けていた。さっきまで死んだようだった通りは、急速に活気を帯び始めていた。だらしなく生えた雑草の帯に縁取られた通りを歩くと、ジェイクの顔近くまで地面がせり上がってくるみたいに感じられた。彼はその雑草の帯の上に腰を下ろし、電柱にもたれかかった。身体の力を抜き、トルコ人のようにあぐらをかいた。そして口髭《くちひげ》の端を撫《な》でつけた。いくつかの言葉が頭に浮かび、彼は夢でも見るようにそれを声に出してみた。

「憤怒《ふんぬ》は貧困に咲く最も貴重な花だ。そのとおり」

語るのは良きことだ。声の響きは彼に喜びを与えた。声音はこだまし、空中に浮かんでいるみたいで、そのためにひとつの単語が二度繰り返し聞こえた。彼は唾《つば》を呑《の》んで、もう一度しゃべるために口中を潤《うるお》した。それから突然、唖のあの静かな部屋に戻りたいと思った。そして心の内に今あることを彼に告げるのだ。耳の聞こえない相手に話をしたくなるなんて妙なものだ。でも彼は人恋しかった。

夜が近づいており、通りは彼の前で仄《ほの》かに霞《かす》んでいた。時折人々がその狭い通りを歩き過ぎていった。彼のすぐ目の前を。人々は単調な声で言葉を交わし、彼らの一歩一歩が土埃を立てていった。あるいは娘たちが連れだって歩き過ぎていった。子供を肩に背負った母親もいた。ジェイクは何をするでもなく、ぼんやりそこにしばらく座っていた。それからようやく立ち上がり、歩き出した。

ウィーヴァーズ・レーンは暗かった。石油ランプが窓や戸口を、黄色く揺れる光で彩《いろど》っていた。いくつかの家はまったく真っ暗なままだった。そんな家の家族たちは正面の階段に座り、近所の家が投げかける明かりの僅《わず》かな反映を受けていた。ひとりの女が窓から身を乗り出し、桶《おけ》の汚れた水を通りに捨てた。それが二、三滴ジェイクの顔にはねた。いくつかの家の奥からは、甲高い怒りの声が聞こえた。他の家からは、ゆっくりと揺り椅子《いす》を揺する平和な音が聞こえてきた。

　三人の男たちが正面の階段に腰掛けている家の前で、ジェイクは立ち止まった。家の中の淡く黄色い明かりが彼らを照らしていた。男たちのうちの二人はシャツなしのオーバーオール姿で、裸足《はだし》だった。一人は長身で、全体に締まりがなかった。もう一人は小柄で、口の端に腫《は》れ物ができていた。三人目の男はシャツを着てズボンをはいており、麦わら帽を膝の上に置いていた。

「やあ」とジェイクは言った。

　三人の男たちは土気色の、表情を欠いた顔で彼をじっと見た。彼らはもそもそと何かを口にしたが、姿勢は微動だにしなかった。ジェイクはポケットからターゲットの箱を出して、みんなに回した。それから階段の一番下の段に座り、靴を脱いだ。ひやりと湿った地面が足に心地よかった。

「今働いているのかね？」

「ああ」とストローハットの男が言った。「だいたいはね」

　ジェイクは足指のあいだをほじくった。「私は福音《ゴスペル》を身のうちに受けたんだ」と彼は言った。「そのことを誰かに話したくてね」

　男たちは微笑んだ。狭い通りの向かい側から、一人の女が歌う声が聞こえてきた。動きのない空気の中で、彼らの吸う煙草《たばこ》の煙が、彼らのまわりにまとわりつくように垂れ込めていた。通りをやって来た小さな男の子が、ズボンの前を開けて小便をした。

「角を曲がったところにテントが張ってあって、今日は日曜日だ」と小柄な男が少しして言った。「そこに行けば、あんたは好きなだけ福音を説くことができるよ」

「そういう種類のものじゃない。もっと善きもの、もっと真なるものだ」

「どんな種類のものなんだね？」

ジェイクは口ひげを舐め、何も言わなかった。少ししてから彼は言った。「ここでストライキを打ったことはあるかね？」

「一度な」と長身の男が言った。「六年ばかり前のことだが、ここでもストライキがあったよ」

「どうなった？」

口に腫れ物のある男が両足をもそもそと回した。そして煙草の吸い殻を地面に落とした。「みんなは職場を放棄した。時給を二十セントにしてほしくってな。三百人ばかりがストライキに参加した。彼らは一日中、通りをうろつき回った。工場はトラックを出して、一週間もせんうちに、職を求めてここに押し寄せて来た連中で町は溢《あふ》れかえったよ」

ジェイクは振り返って彼らと顔を合わせた。彼らはジェイクより二段上に腰掛けていた。だから彼らの目をのぞき込むためには、彼はぐっと頭を上げなくてはならなかった。

「そのことで頭に来ないか？」と彼は尋ねた。

「頭に来るって、どういう意味だね？」

ジェイクの額の血管が緋色に腫れ上がった。「おい、よしてくれよ！　頭に来るってのは、ただアタマにくるってだけのことだ」。彼らのぽかんとした、土色の顔に向かって彼は怒鳴りつけた。男たちの背後の、開け放たれた玄関ドアの向こうに、家の内部が見えた。前面の部屋には三つのベッドが置かれ、洗面台があった。奥の部屋では裸足の女が、椅子に座り込んで眠っていた。近所の暗いポーチのひとつからは、ギターの音が聞こえてきた。

「おれはトラックに乗って、よそから来た人間の一人でね」と長身の男が言った。

「それでも変わりはない。私が言おうとしているのは、とても単純で明々白々なことだ。ここにあるいくつかの工場を経営しているのは、百万長者たちだ。その一方で、ボビン着脱工《ドッファー》や梳毛工《カーダー》や、機械の前で紡《つむ》いだり織ったりしている工員たちは、満足に食事もできない賃金しかもらっていない。そうだろう？　だから通りを歩き回って、そんなあれこれを思い巡らせ、腹を減らせて疲れはてた人々や、脚の曲がった子供たちを目にするとき、頭に来ないかって訊いてるんだ。それでなんともないのか？」

ジェイクの顔は暗く紅潮し、唇はぶるぶる震えていた。三人の男たちは用心深く彼を見ていた。それからストローハットの男が笑い出した。

「馬鹿《ばか》笑いしているがいい。腹がよじれるくらいな」

男たちはゆっくり気楽に笑っていた。三人対一人なら好きなだけ笑える。ジェイクは足の裏から土を払い落とし、靴を履いた。拳はぎゅっと握りしめられ、口は怒りの冷笑で歪《ゆが》んでいた。「笑っているがいい。それくらいしか能がないんだからな。そこに座り込んで、腐り果てるまで馬鹿笑いしてるがいい！」。彼がぎこちない身のこなしで通りを歩いて行く背後から、笑い声と囃《はや》し声が追ってきた。

　メインストリートは明るく照明されていた。ジェイクは街角にあてもなく立って、ポケットの中の小銭を手でいじった。頭がずきずき脈打った。暑い夜だというのに、身体を悪寒《おかん》が走った。彼は唖のことを考え、すぐにそこに戻って、しばらく彼と二人になりたいという強い衝動に駆られた。その午後に新聞を買い求めた果物屋に入り、セロファンで包まれた果物バスケットを選んだ。レジのギリシャ人は値段は六十セントだと言った。それを払うと、あとには五セント玉しか残らなかった。しかし果物屋から出ると、そのプレゼントは、健康な人のところに持って行くにはいかにも場違いに見えた。葡萄《ぶどう》が幾粒かセロファンの外に出ていたので、彼はひもじそうにそれを食べた。

　ジェイクがそこに着いたとき、シンガーは部屋にいた。窓際に座り、前のテーブルの上ではチェス・ゲームが展開されていた。部屋はジェイクが出て行ったときのままだった。扇風機が回り、テーブルの脇には氷水を入れたピッチャーが置かれている。ベッドの上にはパナマ帽があり、紙包みがひとつあった。たぶん外から帰ってきたばかりなのだろう。シンガーは顔を振って、テーブルの向かいの椅子に座るように客に勧め、チェス盤を脇に押しやった。そしてポケットに両手を突っ込んで後ろにもたれかかった。彼の顔には「ここを出て行ってから何があったのですか？」とジェイクに向かって問いかけるような表情が浮かんでいた。

　ジェイクは果物をテーブルの上に置いた。「今日の午後はまさに」と彼は言った。「『外に出て蛸《たこ》を見つけ、それに靴下をはかせろ』ってところだったな（蛸に靴下をはかせるというのは、きわめて困難な作業に取り組むことを意味する）」

　唖は微笑んだ。しかし自分が言ったことの意味が相手に通じたのかどうか、ジェイクにはよくわからなかった。唖は果物バスケットを見て、顔に驚きの色を浮かべ、それからセロファンの覆いをとった。その果物を手に取っているとき、唖の顔にはひどく不可思議な表情が浮かんだ。ジェイクはその表情の意味を理解しようと努めたが、無駄に終わった。それからシンガーはにっこり明るく微笑んだ。

「今日の午後、仕事を見つけたよ。見世物小屋みたいなところなんだが。回転木馬を回すんだ」

　唖はまったく驚かなかったようだった。彼はクローゼットに入って、ワインの瓶とグラスを二つ持ってきた。二人は黙ってそれを飲んだ。ジェイクにとって、それほど静かな部屋に入ったのはたぶん初めてのことだった。頭上の明かりが、前に掲げているワイングラスを照らし、彼の歪んだ像をそこに映していた。ピッチャーとかブリキのマグカップの曲面で、これまで何度となく目にしたことのある、彼自身の戯画《カリカチュア》だ。顔は卵型にずんぐりして、口ひげは締まりなくほとんど耳まで達している。彼の向かい側で、啞は両手でグラスを持っていた。ワインはジェイクの血管を心地よく通り抜け、彼はまた酔いの万華鏡《まんげきょう》に引き込まれそうになった。興奮のために口ひげが引きつるように震えた。彼は両肘《ひじ》を膝に載せ、前屈《まえかが》みになった。そして目を大きく開き、探るような視線をシンガーに据えた。

「おれはこの町でただ一人、頭に来ている人間だと思う――おれはとことんアタマに血が上ることについて語ってるんだぜ。この十年というもの、ずっと休みなく頭に来ていたと思う。少し前にも、あやうく喧嘩《けんか》になりそうになった。ときどき頭がいかれているんじゃないかと思うことがある。自分でもよくわからん」

シンガーはワインを客の方に差し出した。ジェイクは瓶から飲み、頭のてっぺんをごしごしさすった。

「なあ、まるで自分が二人いるみたいに思えるんだ。一人のおれは教育を受けた人間だ。おれはこの国でも有数の大きな図書館をいくつか回った。よく本を読んだ。暇があれば本を読んでいた。混じりけのない正直な真実を告げる本を読んだ。おれのスーツケースの中にはカール・マルクスとかソースティン・ヴェブレン（アメリカの社会学者、『有閑階級の理論』などの著者として知られる、制度派経済学の祖。一八五七－一九二九）とか、そういう人たちの著書が入っている。おれはそういう本を何度も何度も繰り返し読んだ。そして読めば読むほど、おれの頭はおかしくなっていった。すべてのページに印刷されているすべての言葉を、おれは覚えている。おれはそもそも言葉というものが好きなんだ。弁証法的唯物論――詭弁《きべん》的言説回避」、ジェイクはそれらの音節を、愛《いと》おしむような真剣さをもって口中に転がした。「目的論的偏向」

　きれいに折りたたまれたハンカチーフで唖は額の汗を拭《ぬぐ》った。

「でもおれが言いたいのはこういうことだ。自分ではわかっていても、それを人に理解させられなかったら、どうしたらいい？」

　シンガーはワイングラスに手を伸ばし、縁までなみなみとワインを注いだ。そしてそれをジェイクの傷だらけの手にしっかり握らせた。「酔っ払えってか？」とジェイクは言って、腕をさっと振った。おかげでワインがいくらか白いズボンの上にこぼれた。

「でもな、聞いてくれ！　どこを見ても、目につくのは貪欲《どんよく》と腐敗だ。この部屋、この葡萄酒の瓶、このバスケットの果物、すべてが得失の産物だ。貪欲を呑み込み、受《う》け容《い》れなければ、人は生きていくこともできない。おれたちが何か食べ物を頬張ったり、服を着たりするたびに、誰かがどこかで惨めに身をすり減らしているんだ。なのに誰もそんなことには思い至らないみたいだ。みんなめくらで、つんぼで、あほうで、抜け作で、心卑《いや》しいんだ」

彼は両手の拳でこめかみを押した。考えはいくつもの違う方向に銘々ばらばらに走って行って、ジェイクにはそれを制御することができなかった。彼は暴れ出したかった。混み合った通りに出て、誰かと思い切り喧嘩をしたかった。

唖は辛抱強い興味をもって彼を眺めていたが、やがて銀色の鉛筆を探した。そしてメモ帳に丁寧に字を書いた。「あなたは民主党ですか、それとも共和党ですか？」と。そしてその紙片をテーブル越しに差し出した。ジェイクはその紙を手の中でもみくしゃにした。部屋全体が彼のまわりで再び回転し始めており、字をまともに読むこともできなかった。

自分を落ち着けるために、ジェイクは唖の顔にまっすぐ視線を据えていた。この部屋で動きまわっているように見えないのは、シンガーの目だけだった。そこには様々な色が入り込んでいる。琥《こ》珀色《はくいろ》と灰色と柔らかな茶色がまだらに混じっている。彼はその目をあまりに長いあいだ見つめていたので、やがてほとんど催眠術にかけられたような状態になった。暴れたいという衝動が鎮《しず》まり、再び静けさを身のうちに感じた。その目は彼が言わんとしたことを残らず理解し、彼に対する何らかのメッセージを用意しているように見えた。少しして部屋は再び安定を取り戻した。

「おれの言ってることがあんたにはわかるんだ」と彼は霞《かすみ》のかかった声で言った。「おれが言わんとすることが」

遠くから、教会の鐘の柔らかな銀色の音色が聞こえてきた。隣家の屋根の上を白い月光が照らし、空は穏やかな夏の青に染まっていた。ジェイクが部屋を見つけるまで数日の間、シンガーの部屋に厄介になるというのは、口にこそ出されなかったが、二人のあいだで同意されたことだった。ワインが飲み干されると、唖はマットレスをベッドの隣の床に敷いた。服をそっくり着たままジェイクはそこに横になり、あっという間に眠りに就いた。

5

メインストリートから遠く離れた、町の黒人居住地域のひとつで、ベネディクト・メイディー・コープランド医師は暗い台所に一人で座っていた。九時も過ぎ、日曜日に鳴らされる鐘ももう沈黙していた。ずいぶん暑い夜だったが、薪《まき》をくべるだるまストーブには小さく火が入っており、コープランド医師はそのそばに座っていた。背中のまっすぐな台所椅子に座り、前屈みになって、ほっそりとした長い両手で頭を抱えていた。ストーブの隙間《すきま》から洩《も》れる赤い輝きが彼の顔を照らしていた。その光の中で、彼の厚い唇は黒い肌色を背景に、ほとんど紫色に見えた。白くなった髪は、ラム・ウールの帽子のように頭頂にぴたりと張りつき、それもまた青っぽい色合いを帯びていた。長いあいだそこに座ったまま、彼は寸分も姿勢を変えなかった。眼鏡の銀色の縁の奥からじっと見つめる両目さえ、その生真面目《きまじめ》な凝視する視線を乱すことはなかった。それから彼はざらついた咳払《せきばら》いをし、椅子の脇の床に置いた一冊の本を取り上げた。彼のいる部屋の中はとても暗かったので、活字を読み取るために、ストーブのすぐ近くまで本を寄せなくてはならなかった。その夜、彼はスピノザを読んでいた。その精緻《せいち》な観念の展開や、込み入った言い方のすべてを理解できたわけではないが、読んでいれば、言葉の背後にある力強く真なる目的を感じ取ることはできたし、内容もおおむね理解できたように思えた。

夜間にしばしば、ドアベルががらがらと鋭く鳴らされ、彼を沈黙から立ち上がらせることがあった。行ってみると玄関ホールには、骨折をしたり、剃刀《かみそり》で切られたりした患者がいた。しかしその夜は、誰も彼の邪魔をしなかった。そして暗い台所に一人で何時間も座っているうちに、彼は身体を左右に揺すり始め、その喉《のど》からは苦悶《くもん》にも似た声が、まるで歌われるように洩れてきた。ポーシャが訪ねて来た時、彼はそのような音を立てていた。

コープランド医師は彼女がやって来ることを、前もって知っていた。外の通りからブルーズ曲を吹くハーモニカの音が聞こえてきたし、それを吹いているのが息子のウィリアムであることが、彼にはわかっていたからだ。灯りをつけることなく、彼は廊下を歩いていって、玄関のドアを開けた。しかし表のポーチには出ず、網戸の手前の暗闇の中にじっとたたずんでいた。月の光は明るく、ポーシャとウィリアムとハイボーイの影が埃っぽい通りの上に、黒くくっきりと落ちていた。近隣の家はどれもみすぼらしかったが、コープランド医師の家はあたりの他の家々とは違っていた。家は煉瓦《れんが》と漆喰でしっかり建てられ、小さな前庭は杭型《くいがた》の垣根で囲まれていた。ポーシャは垣根の入り口のところで夫と弟にさよならを言って、それから網戸をノックした。

「なんでそんな暗いところに座っているわけ？」

二人は一緒に暗い廊下を抜け、台所に行った。

「せっかく立派な電灯があるっていうのに、いつもこんな暗い中に座っているなんて、おかしな話ね」

コープランド医師はテーブルの上に下がっていた電球をひねり、部屋は突然煌々《こうこう》と照らし出された。「暗い方が落ち着くんだ」と彼は言った。

部屋は清潔だが、がらんとしていた。台所のテーブルの片側には何冊かの本と、インク・スタンドが置かれていた。もう一方の側にはフォークとスプーンと皿があった。コープランド医師は長い脚を組み、背筋をまっすぐ伸ばして座っていた。ポーシャも最初のうちは堅苦しい姿勢で座っていた。父と娘は驚くほど外見がよく似ていた——どちらも広く扁平《へんぺい》な鼻を持ち、同じ口と同じ額を持っていた。しかし父親と比べると、ポーシャの肌は遥《はる》かに色合いが淡かった。

「ここはひどく暑い」と彼女は言った。「料理をしないときは火を落としたらどうなの」

「よければ、私のオフィスに移ってもいいが」とコープランド医師は言った。

「いいえ、けっこうよ。ここでいい」

コープランド医師は銀縁の眼鏡をかけ直し、膝の上で両手を合わせた。「この前会ってからあと、どんなことがあったね？　おまえと、おまえの夫と、おまえの弟に」

ポーシャは肩の力を抜き、パンプスを足から脱いだ。「ハイボーイとあたしとウィリーは、三人でつつがなくやってるよ」

「ウィリアムはまだ、おまえのところに同居しているのかね？」

「ああ、そうだよ」とポーシャは言った。「いいかい――あたしたちは自分らなりのやり方で、段取りを立てて生活している。ハイボーイが家賃を払う。あたしは自分の稼いだお金で食品を買う。ウィリーは教会の費用や、保険や組合《ロッジ》の支払いや、土曜日の夜のかかりを引き受けている。あたしたちはそういう風に段取りを決めて、それぞれ責任を分担しているんだよ」

コープランド医師は頭を垂れてそこに座り、長い手の指を一本一本引っ張り、すべての関節をぽきぽきと鳴らした。シャツの清潔なカフは手首の先までおろされ、その先にある痩《や》せた両手は、身体の他の部分よりも色合いが淡く、手のひらは柔らかな黄色だった。手は清潔そのもので、小さく縮こまったような印象があった。まるでブラシできれいにこすられ、長いあいだ洗面器の水に浸《つ》けられていたみたいに。

「そうだ、忘れるところだった」とポーシャは言った。「持ってきたものがあるんだけど、夕ご飯はもう食べたかしら？」

コープランド医師は常にとても注意深くしゃべったので、それぞれの音節がそのむっつりとした重い唇から、ひとつひとつフィルターを通して出てくるみたいだった。「いいや、まだ何も食べておらんね」

ポーシャは台所のテーブルに置いた紙袋を開いた。「コラード菜（キャベツの一種。南部の黒人が好んで食べる）をうんと持ってきた。よかったら一緒に食べよう。肉も少しばかりある。一緒に料理すると味がよくなるんだよ。肉と一緒にコラード菜が炒《いた》めてあっても、たぶん気にはしないよね？」

「気にはしないね」

「相変わらず肉は口にしないのかい？」

「しない。純粋に個人的な理由から、私は菜食主義者なんだ。しかし多少の肉と一緒にコラード菜を調理したければ、それくらいは気にならない」

ポーシャは靴を履かずにテーブルの前に立ち、コラード菜を丁寧にむしり始めた。

「ここの床は足に気持ちがいいね。この窮屈なパンプスを脱いで歩き回っても、かまわないかな？」

「ちっともかまわんさ」とコープランド医師は言った。

「それではこのおいしいコラード菜をいただいて、パンケーキとコーヒーも出そう。それからあたしはこの塩漬け豚を切って、自分のためにちょいと炒めさせてもらうよ」

　コープランド医師はポーシャの動きを目で追っていた。彼女はストッキングだけの足で部屋の中をゆっくり歩き回り、壁からきれいに磨かれた平鍋《ひらなべ》をいくつか取り、火をおこし、コラード菜についた泥を洗って落とした。彼は何かを言おうと口を開いたが、それからまた口を閉じた。

「つまりおまえたち夫婦と、おまえの弟は、三人で自分たちなりの共同組合的生活を営んでいるというわけだな」とようやく彼は言った。

「そのとおりだよ」

　コープランド医師はまた指をぐいと引っ張って、関節の音を立てようとした。「子供をつくるつもりはあるのかい？」

　ポーシャは父親の方を見なかった。彼女は腹立たしげにコラード菜の鍋から水を跳ね返らせた。「神様にすべてをお任せしなくちゃならないってことが、この世界にはいくつかあるんだよ」と彼女は言った。

　二人はそれ以上口をきかなかった。ポーシャは調理中の夕食をストーブに載せたままにして、長い両手をだらんと膝のあいだにおろし、黙して座っていた。コープランド医師はまるで眠っているみたいに、がっくりとうつむいていた。しかし眠ってはいなかった。時折、神経質な震えがその顔面をよぎった。そのたびに彼は大きく息をつき、表情をなんとか持ち直した。むっとして息苦しい部屋に、料理の匂いが充満していった。その静けさの中で、食器棚の上に置かれた時計の音がとても大きく響いていた。さきほど二人が口にした話題のせいで、時を刻むその単調な音は「チル・ドレン《子供たち》、チル・ドレン《子供たち》」と繰り返し告げているように聞こえた。

彼はしょっちゅう子供たちの誰かと顔を合わせていた。子供たちは裸で床を這《は》い回っていたり、おはじき遊びをしていたり、あるいはまた暗い街路で女の子に腕を回していたりもした。男の子たちは全員がベネディクト・コープランドと名付けられていたが、女の子たちにはベニー・メーとか、メディベンとか、ベネディーン・マディーンとかいった名前がついていた。ある日数えてみると、一ダース以上の町の子供たちが彼にちなんだ名前をもらっていた。

とはいえ彼はその生涯を通して、人々に理を尽くして説明し説得し、意見してきたのだ。こんなことを続けていてはいけない、六人目や五人目や九人目の子供をつくってどうする、と彼は人々に言ったものだ。必要なのは、これ以上子供を増やすことではなく、今ここにいる子供たちにチャンスを与えることだ。彼が説いてきたのは「黒人のための優生学的出産」だった。彼はそれを平易な言葉を用いて、いつも同じ論法で人々に語ってきた。おかげで最後にはそれは、すらすら暗唱できる怒りの詩のごときものになった。

彼は勉強して、すべての新しい学説に目を配ってきた。そして自分の患者たちに、自費で避妊具を配った。今までのところ、そんなことを思いついた医師はこの町には一人もいなかった。彼は与えて説明し、与えて意見した。またその一方で、週に四十人くらいの子供を医師として取り上げてきた。メディベンやら、ベニー・メーやらを。

それは多々ある問題の一つに過ぎなかった。ただの一つだ。

その人生を通して彼にはよくわかっていた。自分の仕事は道理にかなったものなのだということが。また彼には常にわかっていた。自分には人々に教えを与える使命があるのだということが。だから一日中、鞄《かばん》を手に家から家を訪れ、あらゆる事柄について人々に語りかけた。

長い一日が終わると、疲れがどっと彼に押し寄せた。しかし日が暮れて帰宅し、入り口の扉を開けるとき、そのような疲れはどこかに吹き飛んでしまった。そこにはハミルトンがおり、カール・マルクスがおり、ポーシャがおり、幼いウィリアムがいた。そして妻のデイジーもいた。

ポーシャは火口《ひぐち》に載せた鍋の蓋《ふた》を取った。そしてフォークでコラード菜をかき回した。

「父さん――」としばらくしてから彼女は言った。

コープランド医師は咳払いをし、ハンカチーフに唾を吐いた。彼の声はざらついて厳しいものだった。「なんだね？」

「こうやって言い合いをするのはもうやめようよ」

「言い合いなんてしておらんぞ」とコープランド医師は言った。

「言葉を使わない言い合いだってあるんだよ」とポーシャは言った。「こんな風にまったくの無言で座っているときだって、あたしたちはいつも何か言い争っているような気がするんだ。そう感じるっていうだけのことなんだけどさ。正直に言わせてもらえばね、あたしは父さんに会いにここに来るたびに、もうぐったり疲れきっちまうんだよ。だからとにかく、こんな風に角突き合わせるのは、もうよしにしようよ」

「角突き合わせるのは、もちろん私が好むところでもない。もしおまえを、私がそういう気持ちにさせたのなら、それはすまないと思うよ」

彼女はコーヒーを注ぎ、砂糖を入れないカップを父親に渡し、自分のカップにはスプーン何杯かの砂糖を入れた。「あたしはお腹《なか》がすいてきたし、きっとおいしくご飯が食べられるだろう。ちっと前にあたしたちに起こったことを話すから、そのあいだコーヒーを飲んでてちょうだい。今では話もいちおう片付いたから、多少は笑えもするけど、それが実際に持ち上がっていたときは、とても笑いごととは言えなかったね」

「聞かせてくれ」とコープランド医師は言った。

「そうさね——ちっとばかり前のことだけど、とても顔立ちの良い黒人の男が、ぱりっとしたなりでこの町にやってきた。彼はＢ・Ｆ・メイソンと名乗った。ワシントンＤＣから来たと言った。毎日きれいな色つきのシャツを着て、ステッキを手に、街の通りをぶらついていた。夜になると『ソサエティー・カフェ』に行って、この町の誰よりも豪勢な食事をとった。毎晩ジンのボトルを注文し、夕食にポークチョップを二本とった。そしてあらゆる人に微笑《ほほえ》みかけ、娘たちには丁寧にお辞儀をし、誰かが出入りするときにはドアを開けて持っていた。一週間ばかり行く先々でとても愛想良く振る舞った。人々はこの羽振りの良いB・F・メイソン氏はいったいどういう人物なのだろうと首をひねり、尋ね合った。そしてほどなく、みんなと十分顔なじみになった頃合いに、彼は腰を据えて仕事にとりかかった」

　ポーシャは唇を前に出し、ソーサーにこぼしたコーヒーを吹いて冷ました。「政府が老人たちのための扶助事業を始めたことは、新聞できっと読んだでしょう？」

　コープランド医師は肯《うなず》いた。「年金のことだね」と彼は言った。

「それでね——彼はその事業に関係していたの。彼は政府から派遣されてきた。みんなをこの扶助事業に参加させるように、ワシントンDCの大統領の命を受けてきたわけ。彼は一軒一軒を回って、みんなに説明した。最初に一ドルを払ってそれに参加し、そのあと週に二十五セントずつ払っていれば、四十五歳になってから死ぬまで、毎月政府が五十ドルを支給してくれるんだって。あたしの知り合いは全員、この話を聞いてすごく興奮した。この事業に参加した全員に、彼は大統領のサイン入りの写真を、ただでプレゼントした。六ヶ月後にはすべての参加者に制服が無料で配られるとも約束した。

そのクラブには「黒人のための扶助大連盟（Grand League of Pincheners for Colored Peoples)」という名前がついていて、二ヶ月後には「黒扶連（G.L.P.C.P.)」という名前入りの、オレンジ色の飾り帯が届けられるということだった。ほら、わかるでしょ、政府の事業にはなんだって、そういう頭文字がついているじゃない。彼は小さな帳簿を持って家から家を回ったわけ。みんながそれに進んで参加した。彼は全員の名前を帳簿に記載し、お金を受け取った。毎週土曜日に彼は集金をした。三週間のうちに、このB・F・メイソンさんはあまりに多くの参加者を獲得したので、土曜日一日では全員の家を回りきれなくなり、人を雇って、三ブロックか四ブロックずつ集金を任せなくちゃならなくなった。あたしも毎週土曜日の早いうちに、近所を回ってその二十五セントを集金したよ。もちろんウィリーも最初からそれに参加していた。自分とハイボーイと私のためにね」

「おまえの住んでいるあたりの家で、大統領の写真をずいぶん見かけたよ。メイソンという名前も何度か耳にしたと思う」とコープランド医師は言った。「彼は詐欺師《さぎし》だったんだな？」

「そのとおり」とポーシャは言った。「誰かがこのB・F・メイソンさんのことを調べて、彼は逮捕された。彼はアトランタあたりの出身で、ワシントンDCにも大統領にも、ちらりとも近づいたことはなかった。集めた金はすべてどこかに隠されたか、使われたかしていた。ウィリーは七ドル五十セントを失った」

　コープランド医師は興奮の色を見せた。「それこそがまさに私の言わんとする――」

「来世では」とポーシャは言った。「その男はきっと焼けた三叉《ピッチフォーク》を腸《はらわた》に突き刺されて目覚めることだろうね。まあ今では一応話は片付いたから、多少は笑えるけどさ。もちろん笑い飛ばせないできごとであるんだけど」

「ニグロたちは自ら選んで、毎週金曜日に十字架にのぼるんだよ」とコープランド医師は言った。

　ポーシャの両手が震え、コーヒーがソーサーからこぼれた。彼女は腕に落ちたコーヒーを舌で舐めた。「それはどういう意味？」

「私が言いたいのは、私はいつも探し求めているということだ。背骨と頭脳と勇気を持ち合わせた、十人のニグロをな。そんな十人の我が同胞たちがここにいて、自分たちの持てる力をしっかり出し切る用意ができていれば――」

　ポーシャはコーヒーを置いた。「あたしたちはね、そういう話をしているわけじゃないよ」

「四人のニグロだけでいい」とコープランド医師は言った。「ハミルトンとカール・マルクスと、ウィリアムとおまえだけでいい。真の資質と背骨を持った四人のニグロがいれば――」

「ウィリーとハイボーイとあたしには、ちゃんと背骨があるさ」とポーシャは腹を立てて言った。「ここはとても厳しい世界だけど、あたしたち三人はなんとかうまく乗り切っていると思うよ」

　しばらくのあいだ二人は黙っていた。コープランド医師は眼鏡をテーブルの上に置き、その萎《しな》びた指で両方の眼球を押さえた。

「父さんはいつも、そのニグロという言葉を使う」とポーシャは言った。「その言葉で気分を害する人たちだっているんだよ。昔からお馴染《なじ》みの『ニガー』っていう言葉の方がまだましなくらいさ。でも礼儀をわきまえた人なら、その肌がどのような色合いであれ、普通はカラード（有色人種）という表現を使うね」

　コープランド医師は返事をしなかった。

「ウィリーとあたしを見てごらんよ。あたしたちはそんなに色が濃くない。あたしたちのママは肌色がとても淡かったし、あたしたち二人には白人の血がかなり混じっている。そしてハイボーイ、彼はインディアンだ。あの人にはインディアンの血がしっかり混じっている。あたしたちはみんな純粋な有色人種《カラード》というわけではないし、父さんがいつも使っているその言葉は、いろんな人の気持ちを傷つけることになると思うよ」

「姑息《こそく》な言い換えには興味がない」とコープランド医師は言った。「大事なのは紛れもない真実だ」

「じゃあ、ひとつ真実を言ってあげよう。みんなは父さんのことを怖がっている。ハミルトンにしてもバディー（カール・マルクスの呼び名）にしてもウィリーにしてもハイボーイにしても、この家に来て、あたしが今やっているみたいに、父さんと面と向かって話をするには、ジンをたっぷりひっかけてくる必要がある。ウィリーが言うには、あの子が覚えている父さんは、あの子がまだほんの小さいときのことで、自分の父親が怖くてたまらなかったということだ」

　コープランド医師はかすれた咳をして、咳払いをした。

「人には感情ってものがあるんだよ。誰であろうがね。そして自分が傷つけられるに決まっている家には、誰も好んで足を踏み入れようとはしない。父さんだってそうだろう。父さんがずいぶん何度も、白人たちに心を傷つけられるのを見てきたよ。それくらいはあたしにもわかるよ」

「いや」とコープランド医師は言った。「おまえは私が傷つけられるところを見てなんかいないはずだ」

「もちろんウィリーもハイボーイもあたしも、学者なんかじゃないよ。そいつは確かだ。でもハイボーイもウィリーも、どこまでもかけがえない人間だ。彼らと父さんは違うっていうだけだよ」

「そのとおり」とコープランド医師は言った。

「ハミルトンもバディーもウィリーもあたしも、父さんみたいなあらたまったしゃべり方はしない。あたしたちはみんな、ママや、ママの家族みたいなしゃべり方をする。そのまた先祖から伝わってきたしゃべり方をね。父さんはすべてのものごとを頭で考える。その一方であたしたちはむしろ、自分の心にずっと昔から具《そな》わっている何かの中から語ろうとする。それがひとつの違いだよ」

「そのとおりだ」とコープランド医師は言った。

「人はね、自分の子供たちを取り上げてこねくりまわし、自分の望むようなかたちにこしらえるなんてことはできないんだよ。それで子供たちが傷つく、傷つかないには関係なく。正しいか間違っているか、それとも関係なく。父さんはほかの誰よりも熱烈にそういうことをやってきた。そしてその結果、この家にこうやって足を運び、父さんと膝《ひざ》を交えて話をしようとする人間は、子供たちのうちであたし一人だけになっちまったんだよ」

コープランド医師の目は光を放っていた。彼女の声は大きく厳しかった。彼が咳をすると、顔全体がぶるぶると震えた。冷めたコーヒー・カップを持ち上げようとしたが、しっかり手に持つことができなかった。涙が彼の目にこみ上げてきて、それを隠すために彼は眼鏡に手をやった。

ポーシャはそれを見て、足早に彼のところに行き、両腕で頭を抱き、頬をその額に押しつけた。「あたしは自分の父親の気持ちを傷つけてしまったんだね」と彼女は優しい声で言った。

彼の声は堅かった。「いや、違う。気持ちを傷つけるとか、そんなことを言い続けるのは、愚かしく幼稚なことだ」

涙が彼の頬をゆっくりつたって流れ、炎がそれを青や緑や赤に染めた。「ほんとに悪かったね。謝るよ」とポーシャは言った。

コープランド医師は木綿のハンカチーフで顔を拭《ふ》いた。「なんでもない」

「言い合いをするのはもうよそう。こんな風に二人で角突き合わせるのはもうたくさんだ。ここに来て父さんに会うたびに、何かほんとに良くないことが持ち上がるような気がする。こんな風に言い合いをするのはよそう」

「そうだ」とコープランド医師は言った。「言い合いはもうやめよう」

ポーシャはすすり上げ、手の甲で鼻を拭いた。数分のあいだ彼女は父親の頭を腕で抱いていた。それから最後に自分の顔を拭い、菜っ葉を温めている鍋の前に行った。

「良い具合に柔らかくなってきたよ」と彼女は明るい声で言った。「これと一緒に食べるおいしいパンケーキを、今からつくってあげるからね」

ポーシャはストッキングだけの足でゆっくりと台所を歩き回り、父親はその動きを目で追っていた。二人はまたしばらく口を閉ざしていた。

目が涙で潤《うる》んでいたせいで、事物の輪郭はいくぶんぼやけていたが、ポーシャは彼女の母親に実によく似ていた。遥か昔のことだが、デイジーもこんな風に台所を歩き回っていたものだった。口を閉ざし、いかにも忙しそうに。デイジーは彼みたいに肌が黒くなかった。彼女の肌は暗い蜂蜜《ダークハニー》のような美しい色合いだった。彼女は常に物静かで温厚だった。しかしそのソフトな温厚さの下には、強情な何かが潜んでいた。そして彼がどれほど念入りに検証しても、妻のその温厚な強情さを理解することはできなかった。

　彼は妻に対して、自分の心にあることのすべてを熱心に説き、語り尽くしたものだ。それでも彼女はやはり温厚なままだった。そして夫の言うことになど耳を貸さず、自らの道を歩んだ。

　それからハミルトンとカール・マルクスとウィリーとポーシャが生まれた。子供たちには人生の真なる目的があるという思いは、医師にとってはきわめて強固なものであり、それぞれに何を割り当てればいいのかは実に明白だった。ハミルトンは偉大な科学者になり、カール・マルクスは黒人民族の教育者になり、ウィリアムは不正と闘う弁護士になり、ポーシャは女性と子供たちのために働く医師になるのだ。

　そしてまだ赤ん坊のうちから、彼は子供たちに向かって、彼らが肩から振り払わなくてはならない軛《くびき》について語ったものだ――服従と怠惰という軛だ。子供たちがもう少し大きくなると、神様などいないのだと教え聞かせた。しかし彼らの人生は神聖なものであり、それぞれ一人ひとりが真なる人生の目的を持っているのだ、と。医師は彼らにそのことを繰り返し繰り返し言い続け、子供たちは父親から離れたところに一緒に座って、黒人らしい大きな目で母親の方を見ていた。デイジーはそこに座ったままあくまで温厚に頑固に、そんな話には耳を貸さなかった。

　ハミルトンとカール・マルクスとウィリーとポーシャの真なる目的のために、すべての細部がどうあるべきかが彼にはわかっていた。毎年秋になると、彼は子供たちを町に連れて行き、彼らのために上等の黒い靴と、黒いストッキングを買ってやった。ポーシャのためにはドレス用の黒いウールの生地と、襟と袖《そで》のための白いリネンを買った。男の子たちのためには、ズボンのための黒いウールと、シャツのための目の細かい白のリネンを買った。彼は自分の子供たちに、派手な色合いのぺらぺらした服を着てもらいたくなかったのだ。しかし彼らが学校に上がったとき、実際身に纏《まと》いたいと思うのはそのような類《たぐ》いの服だった。デイジーは、子供たちは自分たちの着ている服を恥ずかしがっているし、あなたは父親としてあまりに厳しすぎると言った。しかし家庭というものがどうあるべきか、彼にはすべてわかっていた。そこには華美なものは不要だ。けばけばしいカレンダーや、レースのついたクッションや、細々した小物なんかいらない。家の中にあるすべてのものは簡素で、地味な色合いで、為《な》すべき仕事と真なる現実的目的が示されたものでなくてはならない。

そしてある夜、デイジーが幼いポーシャの耳にイヤリングのための穴を開けたことを、彼は知った。またある日帰宅するとマントルピースの上に、羽根のスカートをはいたキユーピー人形が置いてあった。そして温厚で頑固なデイジーはそれを捨てることを断固拒否した。また彼は知っていた。デイジーが子供たちに従順であることの大切さを教えていることを。天国と地獄の話をしていることを。幽霊やら、霊に取り憑《つ》かれた場所が存在すると信じ込ませていることを。またデイジーは毎週日曜日に教会に通い、牧師に夫のことを悲しげに語っていた。そして教会に行くときには、何があろうと子供たちを一緒に連れていった。子供たちはそこで語られていることに耳を傾けた。

黒人たちはすべて病んでおり、おかげで彼は昼間は間断なく忙しく、夜の半分くらいも用が詰まっていることがあった。長い一日が終わると、ぐったりと疲れ果てた。しかしいったん家の表の戸口を開けると、その疲れはきれいに消え失《う》せた。とはいえ家の中に入ると、ウィリアムはトイレットペーパーを巻き付けた櫛《くし》を吹いて演奏していたし、ハミルトンとカール・マルクスは昼食代を賭《か》けてクラップゲームをしていたし、ポーシャは母親と笑い合っていた。

彼はみんなを相手に最初からやり直そうとした。前とは違ったやり方で。彼は子供たちの学校の課題を持ち出し、語り合った。子供たちは固まって座り、じっと母親の方を見た。彼は熱心に語り続けたが、子供たちは誰ひとりそれを理解しようとはしなかった。

彼はしばしばどす黒く恐ろしい、黒人的な感覚に襲われることになった。彼は自分の診察室に座り、心を宥《なだ》め、頭を冷やして出直そうと、読書をし瞑想《めいそう》するべく努めた。窓のシェードを下ろし、電灯の明かりと、書物と、瞑想の感覚だけがそこにあるようにした。しかし時には静けさが訪れてくれないこともあった。彼は若く、いくら勉強をしてもその恐ろしい感覚は去ってくれなかった。

ハミルトンとカール・マルクスとウィリアムとポーシャは彼を恐れ、母親の方を見た。そして時折、そのことに気づくと、どす黒い感覚が彼を支配し、そうなると自分が何をしているのか、自分でもわからなくなった。

彼はそのような恐ろしい真似《まね》を止めることができなかった。そしてそれが終わった後では、どうしてそんなことをしたのかまるで理解できなかった。

「とても良い匂《にお》いがしてきたね」とポーシャは言った。「早く食べた方がいいよ。ハイボーイとウィリーがそろそろ迎えに来るころだから」

コープランド医師は眼鏡をかけ直し、椅子をテーブルに寄せた。「おまえの夫とウィリアムは今晩どこに行っているんだね？」

「二人で馬蹄《ばてい》投げをしていたのさ。レイモンド・ジョーンズという男が裏庭に馬蹄投げの場所を持っているんだ。レイモンドと、彼の妹のラヴ・ジョーンズが、毎晩そこでゲームをしている。ラヴはとっても醜い女なので、ハイボーイとウィリーがどれだけその家に遊びに行っても、あたしはちっとも気にならないんだよ。でも二人は、十時十五分前には私を迎えに来ると言っていた。だからいつ二人が顔を見せても不思議はない」

「忘れないうちに訊《き》いておくが」とコープランド医師は言った。「ハミルトンとカール・マルクスからは、おまえのところにちょくちょく連絡があるんだろうね？」

「ハミルトンからはしょっちゅうあるね。彼はおじいちゃんの農園の仕事を実質的にそっくり引き継いでいるんだ。しかしバディーのほうはねえ。彼はモビール（アラバマ州の都市）にいるよ——けど、あの子がひどく筆無精なことはよく知ってるでしょう。とはいえ、あのとおり人好きのする性格だから、あたしはあんまり気にしてないんだ。きっと誰とだってうまくやっていけるよ」

二人は夕食を前に、黙ってテーブルについていた。ポーシャはしょっちゅう食器棚の上の時計を見上げていた。そろそろハイボーイとウィリーが迎えに来る時刻になっていたからだ。コープランド医師は皿の上に首を傾けていた。そして何か重いものでも持つみたいにフォークを手にしていた。その指はぶるぶる震えていた。彼は黙って食べ物を咀嚼《そしゃく》し、口に入れたものを苦労して呑《の》み込んでいた。張り詰めた雰囲気がそこにはあった。そして二人とも、なんとか会話らしきものを維持したいと望んでいるようだった。

どう切り出せばいいのか、コープランド医師にはわからなかった。ときどき彼は思った。自分はその昔、子供たちに向かってあまりに多くを語り、それが誰にもほとんど理解されなかったため、彼らに向かって語るべきことがもうなくなってしまったのだと。

少しあとで彼は口元をハンカチーフで拭い、不確かな声で語り始めた。

「おまえは自分のことをほとんど話さないね。おまえの仕事のことや、最近どんな風に暮らしているか、そういうことを話してくれないか」

「もちろんあたしはまだケリーさんのところで働いているよ」とポーシャは言った。「しかし父さん、正直なところ、あとどれくらい長くこの仕事を続けられるか、よくわからないよ。なにしろ仕事はきついし、全部こなすのにいつも長い時間がかかる。でもね、それは大したことじゃない。問題はお給金だね。週に三ドルもらう約束なんだけど、ミセス・ケリーはときどき、それに一ドルか五十セントか足りないぶんしか払えないの。もちろんいつも都合がつき次第すぐに、不足ぶんを払ってくれるんだけど、あたしの方もそういうのはちっときついんだよね」

「それはよくない」とコープランド医師は言った。「どうしてそんなことに我慢しているんだ？」

「それはね、奥さんが悪いんじゃないからさ。あの人にはどうしようもないことなんだ」とポーシャは言った。「あそこに住んでいる人たちの半分はまともに家賃を払っていない。そしてあそこを維持していくには、けっこう費用がかかる。本当のことを言えばね、ケリーさんの一家は、裁判所の管轄《かんかつ》に置かれるまさに一歩手前のところにいるんだよ。ずいぶんきつい状況に置かれている」

「もっと条件の良い仕事もあるだろうに」

「それはわかってるさ。でもね、ケリーさんのうちは、白人の仕事先としてはとても良いところなんだ。みんな良い人たちだしね。三人の小さな子供たちは、まるで自分の家族みたいに思える。ババーと赤ん坊は、あたしが自分の手で育てたも同然なんだ。ミックとあたしは、顔を合わせれば口喧嘩みたいなことばかりしているけど、それでもあの子のことはとても気に入っている」

「しかしおまえは、自分の暮らしのことを考えなくちゃな」とコープランド医師は言った。

「そのミックって子供は——」とポーシャは言った。「まあ、いささか問題児でね。誰にもあの子をうまく扱えないんだ。なにしろ偉そうにかまえていて、おそろしく強情ときている。そしてあの子の中では、いつも何かが持ち上がっている。あの子のことであたしには、ちっとばかりけったいな予感があるんだ。いつかそのうちに、あの子は何か人をあっと驚かすようなことをしでかすんじゃないかな。でもそれが驚くような良いことなのか、驚くような悪いことなのか、そこまではわからない。ミックを見ていると、ときどきわけがわからなくなっちまう。それでも、あたしはあの子のことがとても好きなんだよ」

「しかし自分の生活を、おまえはまず第一に考えなくちゃな」

「だからね、それはミセス・ケリーのせいじゃないんだよ。あの大きな古い家を維持するにはお金がかかるし、ただ一人を別にして、誰もまともに下宿代を払わない。その人だけはちゃんとした額の下宿代を、一日の滞りもなく払っている。そこに住みだしてまだ間がないんだけどね。彼は口もきけないし、耳も聞こえない。そんな人を間近に見たのは初めてだけど、でも本当に立派な白人だよ」

「背が高くて痩せていて、緑の混じった灰色の目の男かな？」とコープランド医師は出し抜けに尋ねた。「誰にも丁重な態度で接し、常に隙のない服装をしている。この町の住人たちとはぜんぜん違う。北部人か、あるいはユダヤ人みたいに見える」

「その人だよ」とポーシャは言った。

コープランド医師の顔に熱意が浮かんだ。彼はパンケーキを、皿の中のコラード菜の汁の中で細かくつぶし、新たに生じた食欲をもってそれを食べ始めた。「私には聾啞《ろうあ》の患者が一人いる」と彼は言った。

「なんでシンガーさんのことを知っているの？」とポーシャは尋ねた。

コープランド医師は咳をして、ハンカチーフで口を覆《おお》った。「ただ何度か見かけただけだよ」

「そろそろ皿を洗った方がいいね」とポーシャが言った。「もうウィリーとハイボーイが来るころだ。まあ、ここみたいな立派な流し台があって、しっかり水が出れば、これくらいの皿はすぐに片付いちまうけどさ」

　白人たちの平然たる尊大さを、彼は何年にもわたって脳裏から追い払おうと努めてきた。怒りがこみ上げてくると、彼は深く思考し、勉学に励んだ。通りを歩いていて、白人たちの近くにいるとき、彼は常に威厳に満ちた顔をし、沈黙をまもった。若いときには「ボーイ」と呼ばれた——今では「アンクル」だ（ボーイもアンクルも白人が黒人を呼ぶときの呼称）。「アンクル、角のガソリンスタンドまでひとっ走りして、修理工を呼んできてくれや」、それほど遠い昔のことではなく、車に乗った一人の白人が彼に向かってそう呼びかけた。「ボーイ、ちょっとこいつに手を貸してくれ」「アンクル、それをやってくれ」。彼はそんな声に耳を貸すことなく、威厳をもって無言で歩き続けた。

　数日前の夜、酔っ払った一人の白人が彼のところにやって来て、通りを引っ張っていった。彼はちょうど鞄を持っており、誰かが怪我《けが》でもしたのだろうと思った。しかしその酔っ払いは彼を白人の食堂に連れ込んだ。そしてカウンターにいた白人の男たちは、大声で侮蔑《ぶべつ》的なことを叫び始めた。その酔っ払いは自分を笑いものにしようとしたのだと医師は思った。そのときでさえ彼が威厳を失うことはなかった。

　しかしその長身の痩せた、灰緑色の目をした白人に出会ったとき彼の身に、これまで他のどんな白人を前にしても起こらなかった何かが起こった。

それが起こったのは、五、六週間前の暗い雨の夜だった。彼は出産に立ち会ってきたばかりで、雨の降る街角に立っていた。煙草《たばこ》の火をつけようとしていたのだが、箱の中のマッチは一本また一本と濡《ぬ》れて消えていった。彼が火のついていない煙草を口にくわえてそこに立っていると、一人の白人がやってきて、火のついたマッチを差し出してくれた。暗いところで真ん中に炎を挟んで、二人は互いの顔を見合わせた。白人の男は彼に微笑みかけ、そのくわえた煙草に火をつけてくれた。どう言えばいいのか彼にはわからなかった。というのは、そのようなことはこれまで一度として彼の身に起こらなかったからだ。

二人は数分の間その街角に並んで立っていた。それから白人の男は自分の名刺を差し出した。彼はその白人に話しかけ、いくつかの質問をしてみたかったのだが、彼が本当にこちらの言うことを理解してくれるかどうか、確信が持てなかった。すべての白人種の男たちが具え持っている尊大さを思い、彼は恐れたのだ。友好的な振る舞いによって自分の威厳が失われてしまうことを。

しかしその白人は彼の煙草に火をつけてくれ、微笑みかけ、彼と一緒にいたがっているように見えた。それ以来彼は、そのときのことをずいぶん何度も思い返してきた。

「私には聾唖の患者が一人いるんだ」とコープランド医師はポーシャに言った。「五歳の子供なんだが、彼がそんなハンディキャップを背負ったのも、私のせいではないかという疑念を拭いきれずにいる。私がその子を取り上げたんだが、二度ばかり産後の様子を見に行ったあとは、当然ながらその子のことなど忘れてしまった。その子は耳の障害が進行していたんだが、母親は赤ん坊が耳だれの膿《うみ》を出していることなど気にもかけず、私のところに連れてきもしなかった。そして連れてきたときにはもう手遅れだった。もちろん耳はまったく聞こえず、従ってもちろん話すこともできなかった。私はその後も気をつけて彼のことを見てきたんだが、もし障害がなければ、彼はずいぶん賢い子供になっていたに違いないと思うよ」

「父さんはいつも、小さな子供たちにすごく関心を払っていたものね」とポーシャは言った。「成長した人たちよりも、子供たちの方にずっと深い注意を向けている。そうでしょ?」

「小さな子供たちにはより多くの希望があるからな」とコープランド医師は言った。「しかしこの唖《おし》の子供については、私はあちこち問い合わせて、彼を引き取ってくれる施設がないものか、本気で探してきたんだ」

「シンガーさんならきっと相談に乗ってくれるわ。白人だけどとても親切な人だし、偉そうに構えたところがないから」

「どうしたものだろう――」とコープランド医師は言った。「彼に短い手紙を書いてみようかと思ったことも何度かあった。何か情報をもらえないかとね」

「もしあたしが父さんなら、迷いもなくそうするね。父さんは手紙を書くのが得意だし、あたしがその手紙をシンガーさんに手渡してあげるよ」とポーシャは言った。「二、三週間前に彼はシャツを何枚か持って台所にやって来て、洗ってくれないかとあたしに頼んだ。そのシャツは、洗礼者ヨハネ様がお召しになっていたみたいに、汚れひとつなかったんだけどね。あたしがやったことといえば、それらをぬるま湯に浸けておいて、襟をちょこちょこつまみ洗いして、アイロンをかけたくらいだ。でもその夜、あたしが五枚のきれいなシャツを彼の部屋に持っていったら、いくらくれたと思うね？」

「わからないね」

「彼はいつものようににっこり微笑んで、なんと一ドルもくれたんだ。ちっちゃなシャツを何枚か洗うだけで一ドルだよ。ほんとに優しくて感じの良い人だよ。あの人になら なんでも遠慮なく相談することができるよ。あの素敵な白人にならあたしが自分で手紙を書いてもいいくらいのものさ。もしそうしたいのなら、さっそく手紙を書いた方がいいと思うよ、父さん」

「ああ、書いてみよう」とコープランド医師は言った。

ポーシャは急に身体《からだ》をまっすぐにして、油をつけて固めた髪を手で整えた。ハーモニカの音が微《かす》かに聞こえ、その音楽は次第に大きくなっていった。「ウィリーとハイボーイが迎えに来たようだ」とポーシャは言った。「さあ、そろそろ行かなくちゃ。元気でね。何かあったらあたしに連絡をちょうだい。父さんと一緒に食事をして、話ができて良かったよ」

　ハーモニカの音楽は今ではとても明瞭《めいりょう》になっていた。ウィリーはどうやら垣根の扉のところで待ちながら、その楽器を吹いているようだった。

「ちょっと待ちなさい」とコープランド医師は言った。「私は、おまえがご亭主と一緒にいるところを、二度くらいしか目にしたことがない。まともに引き合わされたこともないんだ。それにウィリアムが最後に私に会いに来たのは、三年も前のことだ。少しうちに寄っていくよう、二人に言ってみてくれないか?」

　ポーシャは戸口に立って、髪とイヤリングを指でいじっていた。

「最後にウィリーがここに来たとき、父さんは彼の心を傷つけたんだよ。だからね、父さんにはよくわかってないんだよ、どれくらい――」

「もういい」とコープランド医師は言った。「ただ言ってみただけだ」

「待ちなよ」とポーシャは言った。「声をかけてみよう。ちっと寄っていかないかと」

　コープランド医師は煙草に火をつけ、部屋の中を歩いて行き来した。彼の指はぶるぶると震え続け、眼鏡をうまくかけ直すことができなかった。前庭からは話し合う低い声が聞こえてきた。それから重い足音が廊下に響き、ポーシャとハイボーイとウィリアムが台所に入ってきた。

「さあ、みんな来たよ」とポーシャが言った。「ハイボーイ、考えてみたらあんたは父さんに、まだ正式には紹介されていなかったんだね。でもお互いのことはもう知ってるわよね」

　コープランド医師は二人と握手した。ウィリーは恥ずかしそうに壁の方に後ずさりしたが、ハイボーイは前に出て、礼儀正しくお辞儀をした。「あなたのお話はよくうかがっとります」と彼は言った。「知り合えて何よりです」

　ポーシャとコープランド医師は廊下から椅子《いす》を二つ持ってきて、四人はストーブを囲んで座った。彼らは無言で、もじもじしていた。ウィリーは落ちつかなげに部屋の中を見回していた――キッチン・テーブルの上の本や、流し台や、壁にくっつけて置かれた簡易寝台や、父親の姿を。ハイボーイは笑みを浮かべ、ネクタイを指でいじくっていた。コープランド医師は何かを話しかけたが、それから唇を湿し、やはり沈黙をまもった。

「ウィリー、あんたは楽器がずいぶん上手になったね」とポーシャがやっと口を開いた。

「あんたとハイボーイは、たっぷりジンのお相伴にあずかったみたいに見えるけど」

「いや、そんなことはありませんよ」とハイボーイはあらたまった口調で言った。「おれたち、先の土曜日以来、酒は飲んでない。ただ馬蹄投げゲームを楽しんでいただけさ」

　コープランド医師は相変わらず無言のままだった。みんなは彼の方をちらちらと見て、医師が口をきくのを待っていた。部屋は閉め切られ、その静けさがみんなを落ち着かない気持ちにさせた。

「この人たちの服の世話がなにしろ大変でね」とポーシャは言った。「二人の白のスーツを毎週土曜日に洗濯し、週に二回アイロンをかけるんだ。なのに、このなりを見てごらんよ。もちろん仕事のときには、こんな格好はしないよ。それでも二日後にはもうどろどろになっているんだもの。昨夜《ゆうべ》二人のズボンにぴしりとアイロンをかけたばかりなのに、もう筋がまるで消えてしまっている」

コープランド医師はそれでもなお沈黙を守っていた。視線は息子の顔にまっすぐ注がれていた。ウィリーはそれに気づき、ずんぐりしたざらざらの指を噛《か》み、足下を見つめていた。手首とこめかみのあたりが激しく脈打つのを、コープランド医師は感じた。彼は咳《せき》をし、拳《こぶし》を胸にあてた。彼は息子に語りかけたかったが、何をどう言えばいいのかわからなかった。過去の苦い思いが彼の中に蘇《よみがえ》ってきた。そしてそれについて再考し、押し戻すだけの余裕を彼は持ち合わせなかった。脈動はとても激しく、それが彼を混乱させた。みんなは彼をじっと見つめており、沈黙はひどく重かった。何かを言わなくてはならない。

彼の声は甲高く、自分が発した声のようには聞こえなかった。「ウィリアム、おまえがまだ小さい頃に私が話して聞かせたことを、今でもまだ少しは覚えているかね？」

「い、い、いったい、それはどういう意味?」とウィリーは言った。

言葉はコープランド医師の口から、彼のつもりとは無関係に出てきた。「私が言いたいのは、おまえやハミルトンやカール・マルクスに、私は自分の中にあるすべてを与えてきたということだ。私の信頼するもの希望するもののすべてを、おまえたちに伝えた。そしてその結果私が手にしたのは、まったくの思い違いと怠け癖と無関心だ。私が注ぎ込んできたものは、何ひとつ残ってはいない。すべては私から奪い取られてしまった。私がやろうとしたことは何もかも――」

「よしなさい」とポーシャは言った。「父さん、あたしに約束したじゃないか。もう言い合いはしないって。頭がおかしくなっちまったのかね。あたしたちにはね、言い争っているような余裕はないんだよ」

ポーシャは立ち上がって玄関口に向かった。ウィリーとハイボーイはすぐそのあとを追った。コープランド医師が最後にやってきた。

彼らは玄関ドアの前の暗闇《くらやみ》に立っていた。コープランド医師は何かを言おうとしたが、言葉は彼のどこか奥深いところに失われてしまったようだった。ウィリーとポーシャとハイボーイは三人で固まって立っていた。

ポーシャは片腕で夫と弟を抱え、もう一方の腕をコープランド医師の方に差し出した。「別れる前に仲直りをしよう。こんな風に喧嘩《けんか》別れはしたくない。これ以上の言い合いはなしにしよう」

無言のうちにコープランド医師は、彼らの一人ひとりともう一度握手をした。「すまなかった」と彼は言った。

「おれはちっともかまいません」とハイボーイは礼儀正しく言った。

「おれもちっともかまわないよ」とウィリーはもそもそと言った。

ポーシャはみんなの手をひとつにした。「あたしたちにはね、言い争いをしているような余裕はないんだよ」

彼らは別れの挨拶《あいさつ》をし、コープランド医師は玄関ポーチの暗闇の中から、彼らが並んで通りを歩き去る姿を見守っていた。彼らの足音は淋《さび》しく響き、医師は疲れと弱々しさを感じた。一ブロックほど離れたところで、ウィリーはまたハーモニカを吹き始めた。その音楽は悲しく虚《うつ》ろだった。彼らの姿がもう見えなくなり、音が聞こえなくなるまで、彼は玄関のポーチに留まっていた。

コープランド医師は家中の灯りを消し、ストーブの前の暗闇の中に座った。しかし平穏は訪れなかった。ハミルトンとカール・マルクスとウィリアムのことを脳裏から追い払ってしまいたかった。ポーシャの口にした一言ひとことが、大きく厳しく記憶に蘇ってきた。彼はさっと立ち上がり、部屋の灯りをつけた。そしてスピノザとシェイクスピアとカール・マルクスを手に、テーブルの前に腰を据えた。スピノザを声に出して読むとき、その言葉は豊かで仄暗《ほのぐら》い響きを帯びた。

彼はさっき話題にのぼった白人の男のことを考えた。もしその白人の男が、彼の聾唖の患者、オーガスタス・ベネディクト・メイディー・ルイス少年のことで手助けをしてくれたなら、それはありがたいかもしれない。もしたとえそのような理由がなくても、頼みの要件がなくても、その白人の男に手紙を書くのは良いことかもしれない。コープランド医師は両手で頭を抱え、歌うような、苦悶《くもん》するような不思議な音声を喉《のど》から洩《も》らした。あの雨の夜に、黄色いマッチの炎の向こうから自分に微笑みかけてきたその白人の男の顔を彼は思い出した――そして彼の心に平和が生まれた。

6

夏が盛りを迎える頃には、シンガーはその家に寄宿する他の誰よりも頻繁に訪問客を迎えるようになっていた。夜になると、彼の部屋からはほとんどいつも誰かの話し声が聞こえてきた。ニューヨーク・カフェで夕食をとったあと、彼は風呂《ふろ》に入り、涼しげな部屋着に着替え、原則としてもう外出はしなかった。部屋は涼しく、居心地が良かった。クローゼットの中には冷蔵庫があり、そこには冷えた瓶ビールとフルーツ・ドリンクが用意されていた。彼が忙しくしていたり、何かで急いでいたりするようなことはなかった。そして誰が部屋を訪ねて来ても、迎える彼の顔には変わることなく微笑みが浮かんでいた。

ミックはシンガーさんの部屋に行くのが好きだった。彼は耳も聞こえず口もきけなかったが、彼女の口にするすべての言葉を理解してくれた。彼と話をするのはゲームのようなものだったが、どんなゲームよりもずっと大きな意味を持っていた。それは音楽に関して新しい何かを発見するようなものだった。彼女は自分が胸に抱いている計画のいくつかを彼に打ち明けた。他の誰にも話せないことを。小さな愛らしいチェスの兵隊たちもいじらせてもらった。一度すごく興奮したせいで、シャツの裾《すそ》を扇風機に巻き込んでしまったのだが、彼はとても親切に対応してくれ、おかげで恥ずかしい思いをせずにすんだ。父親を別にすれば、シンガーさんは彼女が知っている中で、いちばん素敵な男の人だった。

オーガスタス・ベネディクト・メイディー・ルイス少年のことで、コープランド医師がジョン・シンガーに手紙を書いたとき、丁重な返事が来て、そこにはご都合の良い折にどうぞお越し下さいと書かれていた。コープランド医師はその家の裏手に回り、台所でしばらくポーシャと共に座っていた。それから階段を上って、その白人の男の部屋に行った。その男には、平然とした尊大さのようなものは微《み》塵《じん》もうかがえなかった。二人は一緒にレモネードを飲み、医師が知りたがっていた質問の答えを、唖は紙に書き付けていった。その男は、これまでコープランド医師が巡り会ってきた白人男たちとはまるで違っていた。あとで彼はその白人の男について長い時間をかけて熟考した。その後、またお越しくださいと温かく誘われていたので、彼は再びそこを訪問した。

ジェイク・ブラントは毎週やって来た。彼がシンガーの部屋に上がっていくとき、階段全体がみしみしと震えた。だいたいいつもビールを入れた紙袋を抱えてやって来た。

しばしば彼の怒りの大声が部屋から漏れ聞こえてきたが、そこを立ち去るまでには、声は徐々に静かになっていった。階段を降りてくるとき、彼はもうビールの袋を持ってはいなかった。そして自分がどこに向かっているのかもよくわからぬ様子で、深く考え込みながら歩き去って行った。

ビフ・ブラノンさえある夜、唖の部屋にやって来た。しかし食堂を長く留守にはできなかったので、半時間そこにいるだけで帰って行った。

シンガーは常に誰にでも同じ態度で接した。窓際《まどぎわ》に置いた背中のまっすぐな椅子に座り、両手を深くポケットに入れていた。そして自分が相手の言うことを理解していることを示すために、客たちに向かって肯いたり微笑んだりした。

訪問客のない夜には、シンガーは夜遅くの回の映画を見に行った。シートにゆったり腰掛け、俳優たちがスクリーンの上でしゃべったり、歩き回ったりするのを眺めるのが、彼は好きだった。映画のタイトルを確かめることなく映画館に入り、それがどんな映画であろうが、変わりのない興味を持ってひとつひとつのシーンを眺めた。

そして七月のある日、シンガーは何の予告もなくいなくなった。部屋のドアは開け放しにされ、テーブルの上にはミセス・ケリーあての封筒が置かれていた。封筒の中には前の週の家賃、四ドルが入っていた。彼のいくつかの簡単な所有物はなくなって、空っぽになった部屋はとても清潔だった。訪問客たちは無人の部屋を目にし、驚きまた心を傷つけられ、そこを立ち去った。彼がどうして何も言わずに姿を消したのか、誰にもそのわけは思いつけなかった。

シンガーはその夏の休暇をすべて、アントナプーロスが収容されている精神病院がある町で過ごしたのだ。彼は何ヶ月もかけてその旅行の準備を整え、二人でまた共に過ごせる時間のことを楽しみに思い描いてきた。二週間前にはホテルの予約を済ませ、鉄道の切符を入れた封筒をずいぶん前からポケットに入れて持ち歩いていた。

アントナプーロスはちっとも変わっていなかった。シンガーが部屋に入っていくと、アントナプーロスは友人を迎えるためにゆっくり穏やかに歩いてきた。彼は前にも増して太っていたが、顔に浮かんだ夢見るような微笑みは前と同じだった。シンガーはいくつかの包みを両腕に抱えており、大柄なギリシャ人がまず目に留めたのはそれらだった。彼の贈り物は緋色《ひいろ》の部屋着であり、柔らかい寝室用のスリッパであり、二枚のイニシャル入りのシャツ型の寝間着だった。アントナプーロスは、箱の中に詰められたすべての薄葉紙の下を念入りに点検し、美味《おい》しい食べ物が隠されていないことがわかると、がっかりして贈り物をみんな自分のベッドの上に放り出し、そのまま目もくれなかった。

部屋は広く、陽光で明るかった。いくつかのベッドが隙間《すきま》を開けて一列に並べられていた。隅では三人の老人たちがトランプ遊びをしていた。彼らはシンガーにもアントナプーロスにもまったく関心を払わなかった。二人の友人たちは部屋の反対側に、二人だけで座っていた。

二人が一緒に暮らしていたときから、もう何年も経《た》ってしまったようにシンガーには感じられた。言いたいことは山ほどあって、サインを形作る両手のスピードが追いつかないほどだった。彼の緑色の瞳《ひとみ》は明るく燃え上がり、額には汗が光った。かつての愉悦と至福の感覚が瞬時に押し寄せ、自分を抑制することができなくなってしまった。

アントナプーロスはその黒く艶《つや》やかな目を友人に注いだまま、身動きひとつしなかった。彼の両手はズボンの股《また》のあたりをもそもそと手探りしていた。シンガーが彼に語ったのは、とりわけ自分を訪ねてくる客たちのことだった。その人たちは自分の感じている寂寥《せきりよう》を、うまく紛らわせてくれるのだと彼は言った。みんな変わった人々で、何しろ休みなしにしゃべりまくる。でも彼らが来てくれるのはありがたいんだよと、彼はアントナプーロスに言った。彼はジェイク・ブラントとミックとコープランド医師の簡単な似顔絵を描いた。でもアントナプーロスが興味を示さないのを見てとると、シンガーはそれらのスケッチをくしゃくしゃと丸めて、そのまま忘れてしまった。付添人が来て、そろそろ面会時間は終わりですと告げたとき、シンガーは言いたいことの半分もまだ言っていなかった。しかし彼は、疲れてはいるが幸福な心持ちでその部屋を後にした。

患者に面会できるのは、木曜日と日曜日に限られていた。アントナプーロスに会えない日には、シンガーはホテルの部屋の中を歩いて行ったり来たりした。

彼の二度目の面会は、一度目と同じようなものだった。ただ同室の老人たちはトランプ遊びはせず、二人のことを物憂《ものう》げにじっと眺めていた。

シンガーは苦労して病院側を説き伏せ、アントナプーロスを数時間外に連れ出す許可を得た。彼はそのちょっとした遠足で、どこでどんなことをするか、前もって細かく予定を立てておいた。二人はタクシーに乗って郊外に出た。そして四時三十分にホテルの食堂に入った。アントナプーロスはこの特別な食事をとても喜んだ。アントナプーロスはメニューに載っている料理の半分くらいを注文し、がつがつとそれらを食べた。そして食べ終わってもそこを立ち去ろうとはしなかった。彼はテーブルにしがみついていた。シンガーはなだめすかしたが、タクシーの運転手は力尽くで引き離そうとした。アントナプーロスはそこに無表情に座り、二人がそばに寄ると卑《ひ》猥《わい》な仕草をした。結局シンガーはホテルの支配人に頼んでウィスキーの瓶を売ってもらい、それを餌《えさ》にしてなんとか彼をもう一度タクシーに誘い込んだ。シンガーが封を切っていない瓶を窓から放り捨てたとき、アントナプーロスは失望と怒りのためにしくしく泣き出した。そのささやかな遠足の終わり方は、シンガーをひどく悲しい気持ちにさせた。

次の訪問が最後になった。二週間の休暇はもう終わりかけていたからだ。前回何が起こったか、アントナプーロスはまったく記憶していなかった。彼らは部屋の同じ隅に二人で座っていた。一分一分が飛ぶように過ぎていった。シンガーの両手は絶望的なまでに素早く動いて語り、彼の細い顔は蒼白《そうはく》になっていた。ついに去るべき時刻がやってきた。彼は友人の腕を取り、その顔をしっかりのぞきこんだ。かつて毎日、仕事場の前で別れるときにそうしていたように。アントナプーロスは眠そうな目で彼をじっと見つめ、動かなかった。シンガーは両手をポケットに深く突っ込んで、その部屋を出た。

ほどなくシンガーは下宿屋の部屋に戻った。ミックとジェイク・ブラントとコープランド医師が再びそこを訪れるようになった。シンガーがどこに行っていたのか、そしてまたなぜ予告もなく姿を消したのか、みんなは知りたがった。しかしシンガーは彼らの質問がよく理解できないふりをした。彼の微笑《ほほえ》みはどこまでも謎《なぞ》めいていた。

一人また一人と彼らはシンガーの部屋にやって来て、宵を共に過ごすようになった。唖は常に思慮深く冷静だった。いろんな色が混じり合ったその穏やかな両目は、魔術師の目のような厳粛さを持っていた。ミック・ケリーとジェイク・ブラントとコープランド医師はその沈黙の部屋にやって来て話をした。なんであれ彼らが語りたいと思うことを、唖が常に理解してくれるだろうと思えたからだ。あるいはそれ以上のものさえ。

第二部

1

ミックが思い出せる限り、その夏はほかのどのような時節とも違っていた。彼女が考えや言葉にして自らに語れるようなことは、あまり起こらなかった。しかしそこには、何かが変わりつつあるという感覚があった。ずっと彼女は気を高ぶらせ続けていた。朝になると、ベッドから出てその日いちにちを始めるのが待ちきれなかった。夜になると、自分がまた眠らなくてはならないことが悔しくてたまらなかった。

朝食が終わるとミックは子供たちを外に連れ出した。そして食事どきを別にすれば、一日のほとんどを屋外で過ごした。彼らは多くの時間を、通りをただうろうろとほっつき回ることに費やした。彼女はラルフを載せたワゴンを引っ張り、ババーはそのあとに従った。彼女の頭はいつも、何か考えごとをしたり、計画を練ったりすることで満杯になっていた。ふと顔を上げると、見覚えのない町の離れた地域に入り込んでいたというようなこともしばしばあった。また一度か二度、通りで兄のビルにばったり出くわした。

でも彼女は考えに耽《ふけ》っていたので、彼は妹の腕を摑《つか》んで、自分の方を向かせなくてはならなかった。

　早朝はまだ少しばかり涼しく、彼らの影は前の歩道の上に長く伸びていた。しかし昼近くになると、空はいつも焼けつくように暑くなった。照り返しはあまりに強烈で、痛くて目を開けていられないほどになった。そんなわけで多くの場合、彼女がこれから自分の身に起こるであろうと思い描いているものごとは、氷や雪と避けがたく結びつくことになった。時にはミックはスイスにいて、そこではすべての山々が雪に覆《おお》われ、彼女は緑がかった色の冷たい氷の上でスケートをしていたりした。そこではシンガーさんが、よく一緒にスケートをしていたものだ。そしてキャロル・ロンバードとか、よくラジオで音楽を聴いたアルトゥーロ・トスカニーニなんかもそこにいた。二人でスケートをしているときに、シンガーさんが氷の隙間《すきま》から水の中に落ちてしまい、ミックは危険をも顧みず水の中に飛び込んで、氷の下を泳いで彼の命を救うことになる。そういうのが、彼女の頭の中で休みなく進行している計画の一例だった。

　だいたいいつも、三人でしばらくうろつき回ったあとで、彼女はラルフとババーを樹《こ》陰《かげ》に休ませた。ババーは呑《の》み込《こ》みの良い子供で、ミックは彼をかなりうまくしつけた。ラルフが叫んでも聞こえない遠くには行くんじゃないよと命じておいたのに、二、三ブロック先で他の子供たちとおはじき遊びをしていた、というようなことは決して起こらなかった。常にワゴンの近くで一人で遊んでいた。だから二人を置いてどこかに行っても、とくに心配する必要はなかった。そういうとき彼女は、図書館に行って『ナショナル・ジオグラフィック』を眺めるか、あるいはただうろうろ歩き回って更に考えごとをするかだった。もしお金があれば、ブラノンさんの店で煙草《たばこ》を買うか、ミルキーウェイを買うかした。彼は子供たちに割引をした。五セントのものを三セントで売ってやったりした。

　しかしいつも——たとえ何をしていようと——そこには音楽があった。時々彼女は歩きながらハミングをした。またある時には、自分の中にある歌に静かに耳を澄ませた。頭の中にはあらゆる種類の音楽が詰まっていた。あるものはラジオで聴いた音楽だったし、あるものはもともと彼女の中にあった音楽だった。その音楽を以前にどこかで聴いたわけではなく。

　小さな弟たちが夜の眠りに就いてしまうと、自由の身になった。そしてそれが何よりも意味ある時間になった。一人きりになり、あたりが暗くなると、たくさんのことが起こった。夕食が終わると、彼女は家から再び外に飛び出して行った。夜に屋外で何をしているのか、誰にもそれは教えられなかった。母親に質問をされると、いつもそれらしい話をこしらえて答えたものだ。しかしほとんどの場合、もし誰かに声をかけられても、彼女は聞こえないふりをして、そのまま外に逃げ出した。ただし相手が父親の場合はそうはいかない。父親の声には、何かしら簡単には振り切れない響きがあった。彼は町でもいちばん長身で、大柄な男の一人だった。しかしその声はとても静かで優しかったので、彼が口を開くと人々は驚いたものだった。どんなに急いでいるときでも、父親に声をかけられると、ミックは立ち止まらないわけにはいかなかった。

その夏、彼女はこれまで知らなかった父親の何かに気づかされることになった。そのときまで彼女は父親を、ひとつの独立した人格として意識したことは一度もなかった。父親はしょっちゅうミックに声をかけた。そして彼女は、父親が仕事をしている正面の部屋に入っていって、彼のそばに数分立っていたものだ。しかし彼の声に耳を傾けながらも、彼女の心はそこで語られることにまったく注意を向けていなかった。ところがある夜彼女は突然、父親という存在を認めたのだ。その夜、何かいつもとは違うことがあったわけではない。いったい何が自分に父親を理解させたのか、それは彼女自身にだってわからない。でもそのあとでは、自分がちょっぴり大人になったように感じられたし、父親という人間が他の誰にも増してよくわかったという気がした。

それは八月も終わり頃の夜で、彼女はひどく急いでいた。たとえ何があろうと、九時までにはあの家に行かなくてはならなかった。父親に呼ばれ、彼女は正面の部屋に入っていった。父親は座って、作業台に屈《かが》み込んでいた。彼がそこにいるのは、なぜか自然なことには思えなかった。去年事故に遭うまでは、彼は大工にして塗装工だった。毎朝、夜明け前にオーバーオール姿で家を出て行って、一日外で仕事をしていた。そして夜には時々、副業として時計を修理した。彼は宝飾店で仕事がしたくて、その職に就くべくこれまで何度となく試みを続けてきた。そうすれば白い清潔なシャツとネクタイというなりで一日中、一人で机の前に座って仕事ができるからだ。大工の仕事ができなくなった今、家の前にはこんな看板が出ていた。「掛け時計・腕時計の修理、安価にておこないます」。でも彼はとても宝飾の職人には見えなかった。町で見かけるその手の職業の人たちは、おおむね小柄で色黒できびきびしたユダヤ人たちだ。父親は作業台に向かうには長身すぎたし、その大ぶりな骨はなんだか雑に繋《つな》ぎ合わされているみたいに見えた。

　父親はただじっと彼女を見ていた。自分を呼ぶ理由なんて何もなかったのだということがミックにはわかった。ただ娘とすごく話がしたかっただけなのだ。それで、何をどう切り出せばいいのか、彼は頭を巡らせていた。その茶色の目は、痩《や》せた面長の顔にはいかにも大きすぎた。頭にはもう一本の髪の毛も残っておらず、禿《は》げ上がった青白い頭頂部は、むき出しにされたような印象を彼に与えていた。彼はなおも黙ったまま娘を見ており、彼女は急いでいた。九時きっかりにあの家に着かなくてはならないし、一刻も時間を無駄にできなかった。父親は彼女が急《せ》いていることを見て取り、ひとつ咳払《せきばら》いをした。

「おまえにあげるものがあるんだ」と彼は言った。「たいしたものじゃないが、それで楽しめるかもしれない」

寂しくて誰かととても話がしたいからというだけで、ニッケル（五セント）やダイム（十セント）を彼女に与えるような必要はなかった。彼の稼ぐお金では、週に二回ほどビールを飲む小遣い銭を手にするのがやっとというところだ。今、彼の椅《い》子《す》の脇《わき》の床には瓶が二本置かれていた。一本は空で、一本はさっき開けたばかりだ。そしてビールを飲むと、彼はいつも誰かと話をしたくなるのだ。父親はもそもそとベルトをいじり、彼女はそこから目をそらせた。その夏、父親は子供同然のやり方でへそくりを隠すようになった。あるときは靴の中に隠し、あるときはベルトに自分で開けた小さな裂け目に入れた。彼女としてはそんなお金がさしてほしいわけではなかったが、それでも父親が硬貨を差し出したとき、手は自然に開き、それを受け取る用意ができていた。

「仕事がありすぎて、もうどこから手をつければいいかわからんよ」と彼は言った。

それはまったく真実に反しており、そのことは彼自身にも娘にもよくわかっていた。修理すべき時計をたくさん引き受けたことなど一度もなかったし、仕事がなくなると家の中をうろつきまわり、どんな些《さ》細《さい》なことでもいいから、自分が必要とされる仕事はないかと探し回るのだった。そして夜になると作業台の前に座り、古いスプリングやらホイールを掃除しながら、寝る時刻が来るまで作業を長引かせた。腰を痛めてまともに働けなくなって以来、彼は常に何かしら仕事をしていないと落ち着かないようになった。

「いろんなことを今夜は考えていたんだ」と父親は言った。そしてビールをグラスに注ぎ、手の甲に塩を何粒か載せた。塩を舐《な》め、グラスからビールを一口飲んだ。

彼女はとても急いでいたので、じっとそこに立っているのが難しかった。父親もそれに気づいた。彼は何かを言おうと試みたが、もともと言いたいことがあって彼女に声をかけたわけではない。娘と少しばかり話がしたかっただけだ。彼は何かを言おうとして、それから口をつぐんだ。二人はただ相手の顔を見ていた。静けさだけがどんどん長引き、どちらにも語るべきことはなかった。

父親のことが理解できたのはそのときだった。新しい事実を発見したというのではない。彼女にはそれが前からずっとわかっていたのだが、ただ頭脳では理解できずにいた。でもそのとき彼女には突然、自分が父親のことをわかっていたということがわかったのだ。彼は一人の淋《さび》しい、年老いた男なのだ。何故《なぜ》なら子供たちは誰一人、自分から彼に近寄ろうとはしなかったし、もうろくに収入を得られなくなっていたために、自分が家族から切り捨てられてしまったように感じていた。そんな寂しさの中で、彼は子供たちの誰かと親しくなりたかったのだが、子供たちはみんな忙しくて、誰も彼の気持ちをわかってやれなかった。彼は自分が、みんなにとって無用な人間になってしまったように感じていたのだ。

父親と黙って顔を見合わせているあいだに、そのことが呑み込めた。そしてなんだか妙な心持ちになった。父親は時計のスプリングをひとつ取り上げ、それをガソリンに浸した刷毛《はけ》で掃除した。

「おまえが急いでいるのは知っているよ。ただちょっと挨拶《あいさつ》がしたくて、声をかけただけだ」

「ううん、別に急いでるわけじゃない」と彼女は言った。「ほんとに」

その夜、彼女は作業台のそばの椅子に座り、父親としばらく話をした。彼は請求書や経費について語り、自分がもっと違う風にやっていたら、ものごとがどのように展開していたかについて語った。彼はビールを飲み、一度は目に涙を浮かべ、シャツの袖《そで》に鼻を当ててぐすんと音を立てた。その夜、彼女はけっこう長く父親に付き合っていた。ずいぶん急いでいたのだが、それでも。とはいえどうしてかはわからないが、自分の心にある事柄について――暑く真っ暗ないくつもの夜について、彼女が父親に打ち明けることはできなかった。

夜のことは彼女の秘密だった。そしてその夏のあいだずっと、夜は最も意味ある時間となった。暗闇《くらやみ》の中を一人で歩いていると、まるで自分がその町にいる唯一《ゆいいつ》の人間であるかのように思えた。町のほとんどあらゆる通りが、自宅のあるブロックと同じくらいわかりきったものになった。子供たちの中には、見知らぬ場所を暗い時間に歩いて抜けることを怖がるものもいたが、彼女はそうではなかった。少女たちはどこからともなく男が現れて、結婚しているみたいに、あれを自分たちに押し込むのではないかと怯《おび》えていた。女の子たちはほとんど馬鹿《ばか》だ。もし飛びかかってきた相手がジョー・ルイス（ボクサー、一九三七年から四九年にかけてヘビー級世界チャンピオン）や山男ディーン（プロレスラー）くらいの巨漢で、力尽くでくるなら、彼女は走って逃げるだろう。しかし体重差が二十ポンド（九キロ）以内であれば、彼女はその相手を殴り飛ばして、そのまま平気で歩き続けるだろう。

　夜は素敵だったし、そんなことをいちいち怖がっている暇はなかった。暗い中にいるといつも、彼女は音楽のことを考えた。通りを歩きながら、彼女は音楽を口ずさんだ。そして町中の人がその音楽に耳を澄ませているように感じた。歌っているのがミック・ケリーだと知ることなく。

　そのような夏の自由な夜に、彼女は音楽についての多くを学んだ。町の裕福な地域を歩くと、どの家もラジオを所有していた。窓はすべて開け放たれ、彼女は素晴らしい音楽を耳にすることができた。しばらくするとどの家が自分の好みにあった番組を聴いているかがわかるようになった。ある一軒の家は、常に素敵なオーケストラ音楽を流していた。夜になるとその家に行って、暗い庭に忍び込み、音楽に耳を澄ませたものだ。その家の周囲には美しい灌木《かんぼく》の植え込みがあり、彼女は窓の近くの茂みの陰に腰を下ろした。音楽が終わると暗い庭に立って、両手をポケットに突っ込み、長いあいだ考えに耽ったものだ。それがその夏全体を通して、最も溌剌《はつらつ》とした部分だった。ラジオから流れる音楽に耳を澄ませ、それについてじっくり考えること。

「Cerra la puerta, señor（ドアを閉めて下さい）」とミックは言った。

ババーはイバラの棘《とげ》のように鋭敏だった。「Haga me usted el favor, señorita（どうかお願いします）」と彼は間髪いれず切り返した。

ヴォケーショナル校でスペイン語を選択したのは正解だった。外国語で話をするのは素敵だった。自分がずいぶん世事に通じた人間になったように思えた。学校が始まってから毎日の午後、彼女は新しく習ったスペイン語の単語や文章を口にすることを楽しんだ。最初のうちババーは困った顔をしていた。彼女は外国語を話しながら、そんな彼の顔を見るのを楽しんだ。でもそれから彼は急速にコツを呑み込んでいき、ほどなく彼女の口にすることのすべてをそっくり繰り返せるようになった。学んだ単語を覚えていられるようにもなった。もちろんそれらの文章が何を意味するかまではわからなかったが、いずれにせよ彼女だって、意味には関係なく、それらの文章をただそのまま口にしていたのだ。その子の上達はあまりに早かったので、やがて彼女のスペイン語が追いつかなくなり、自分ででっち上げた意味のない早口言葉を口にするようになった。しかしその子供は彼女の誤魔化しをすぐに見抜いてしまった。誰にもババー・ケリーを出し抜くことはできないのだ。

「私はこの家に初めて足を踏み入れたというふりをするわ」とミックは言った。「そうすれば、デコレーションに何かまずいところがないか、正しい判断が下せるでしょう」

彼女はいったん玄関ポーチに出て、また家の中に戻り、玄関ホールに立った。彼女とババーとポーシャと父親は、パーティーのために一日がかりで、玄関と食堂の飾り付けをしたのだ。デコレーションは秋の枯れ葉と蔓《つる》と、赤いクレープ紙だ。明るい黄色い木の葉が、食堂のマントルピースの上に置かれ、そして帽子掛けの背後に貼《は》り付けてあった。蔓は壁に沿って、またパンチ・ボウルが置かれるテーブルの頭上に這《は》わせてあった。赤いクレープ紙は長い房飾りのようにマントルピースから垂らされ、椅子の背のまわりにも巻き付けられていた。デコレーションはたっぷりあった。問題ない。

彼女は手でおでこをこすり、目をぎゅっと細めた。ババーは彼女のそばについていて、そのすべての動作を真似《まね》した。「私はね、このパーティーをそつなくやりたいのよ。ばっちり成功させたいの」

それは彼女の催す最初のパーティーになる。これまでパーティーに出たことも四回か五回くらいしかない。去年の夏にはプロム・パーティーに出た。しかし彼女をプロム（二人だけの散歩）に誘ったり、ダンスに誘ったりする男の子は一人もいなかった。だから彼女はパンチ・ボウルの横にずっと立っていた。そして食べ物がすべてなくなってしまうと家に帰った。このパーティーはそんな風であってはならない。あと数時間すれば、彼女が招待した人々は顔を見せるだろうし、賑《にぎ》やかな騒ぎが始まるだろう。

　彼女がどのような経緯で、このパーティーを開こうと思いついたか、記憶を辿《たど》るのは簡単ではない。ヴォケーショナル校に通い始めてほどなく、彼女はそのことを思いついた。ハイスクール（ここでは中学校も含む）は素敵だった。小学校とはすべてが違っている。もし彼女がヘイゼルやエッタと同じように速記タイプのクラスを選択していたなら、きっとそれほど学校を満喫することはできなかっただろう。しかし彼女は特別な許可をもらい、男子に混じって機械工作のクラスをとることができた。機械工作と代数とスペイン語は素敵だった。英語はずいぶんむずかしかった。英語の先生はミス・ミナーだった。ミス・ミナーは自分の脳みそをある高名な医師に一万ドルで売却したという話だった。彼女が死ねば医師は、その脳みそを切り刻み、彼女がどうしてそれほど聡明《そうめい》であったのか調査することができるのだ。筆記試験では彼女はこのようなむずかしい問題をぶっつけてきた。「ジョンソン博士（一七〇九年生。英国の文学者、英語辞典の編修と巧みな警句で知られる）と同時代の有名人を八人挙げなさい」とか「『ウェークフィールドの牧師』（一七六六年に英国で出版されたオリヴァー・ゴールドスミスの小説）から十の文章を引用しなさい」とか。彼女は生徒たちをアルファベット順に指名し、授業のあいだ成績簿を開けたままにしていた。頭は良いかもしれないが、陰気くさい年寄りだった。スペイン語の先生は一度ヨーロッパに旅したことがあった。フランスでは人々は買ったパンを紙にもくるまず、そのまま家に持って帰るのだと彼女は言った。彼らは路上で立ち話をし、パンを街灯にぶっつけたりしている。そしてフランスには水がない。あるのはワインだけだ。

ほとんどすべての点でヴォケーショナル校は素晴らしかった。授業と授業の合間にはみんなが廊下を行き来していた。昼休みの時間には生徒たちは体育館にたむろしていた。しかしやがてあることが彼女の気になりだした。人々は誰かと連れだって廊下を行き来し、誰もがどこか決まったグループに所属しているみたいなのだ。一週間か二週間のうちに彼女は廊下を行き来する人々や、クラスの人々と知り合いになり、言葉を交わすようになった。しかしそれ止まりだった。彼女はどのグループにも属していなかった。グラマー・スクールでは彼女は自分が加わりたいと思う人々の集まっているところに行き、ただ自由にそこに加わっていた。話は簡単だった。しかしここでは事情が違っていた。

最初の週、彼女は一人で廊下を行き来して、そのことに思い当たった。彼女は音楽について考えるのとほとんど同じくらい熱心に、どこかのグループの一員になることを考えた。その二つのことが常に頭にあった。そしてとうとう彼女は思いついたのだ。パーティーを催そうと。

誰を招待するかに関して、彼女はとても厳密だった。グラマー・スクールの生徒はだめ、十二歳以下の子供たちもだめ。誘う相手は十三歳と十五歳のあいだに限る。彼女は招待した人々みんなを、廊下で声をかけられる程度には知っていた。相手の名前を知らない場合には、あらためて尋ねた。電話のある家には電話をかけ、電話がない場合は学校で声をかけた。

電話では彼女は誰にも同じ台詞《せりふ》を口にした。彼女は受話器をババーの耳に当てて、会話を聞かせてやった。「こちらはミック・ケリーだけど」と彼女は言った。相手がその名前に覚えのない場合、覚えるまで繰り返した。「土曜日の夜の八時にプロム・パーティーを開くつもりなんだけど、あなたにも来てもらいたいの。うちはフォース・ストリートの一〇三番地のアパートメントAよ」。アパートメントAという言葉は電話ではとてもお洒落《しやれ》に響いた。ほとんどすべての相手が、喜んで伺うと答えた。二人ばかりのタフぶった男の子たちは小賢《こざか》しく振る舞い、彼女の名前を何度も繰り返し尋ねた。うちの一人は生意気にも「君のことなんて知らないね」と言った。彼女はすかさず「どっかで草でも食ってな！」とぴしゃりと言い返した。その子一人だけを除いて、十人の男子と十人の女子が揃《そろ》い、彼らは全員パーティーにやって来るはずだった。それは本物のパーティーだったし、彼女がこれまで顔を出したり、話に聞いたりしたどんなパーティーよりも素敵で、またどんなパーティーとも違ったものになるはずだった。

ミックは玄関ホールを、そして食堂を最後に今一度見回した。それから帽子掛けのわきの、「オールド・ダーティー・フェイス」の写真の前で立ち止まった。写真に写っているのは母親の祖父で、南北戦争のとき少佐だったが、戦闘中に死んだ。かつてどこかの子供がその写真に鉛筆で眼鏡と髭《ひげ》の落書きをして、それを消しゴムで消したのだが、そのあと顔がそっくり汚れたままになっていた。それで彼女はその写真を「オールド・ダーティー・フェイス」と呼ぶようになったのだ。写真は三つに分かれたフレームの真ん中に収まっていた。両脇には彼の息子たちの写真があった。ババーと同じくらいの歳《とし》に見えたが、彼らは制服を着て、びっくりしたような顔をしていた。息子たちもまた戦死した。大昔の話だ。

「パーティーのあいだこれを外しておこうと思うんだけど。ちょっと品がないからね。どう思う？」

「よくわからないな」とババーは言った。「ぼくらは品がないのかい、ミック？」

「私は違うけどね」

　彼女は写真を帽子掛けの下に置いた。デコレーションには問題はなかった。シンガーさんは帰宅したとき、これを見てきっと喜んでくれるだろう。部屋はどれも空っぽで静かに見えた。テーブルは夕食のためにセットされていた。夕食が終わるとパーティーの時間になる。パーティーに出す軽食の様子を見るために、彼女は台所に入って行った。

「すべてうまくいくかしら？」と彼女はポーシャに尋ねた。

　ポーシャはビスケットをつくっていた。軽食は調理ストーブの上に載っていた。ピーナツバターとジャムのサンドイッチがあり、チョコレートのクッキーがあり、パンチがあった。サンドイッチには濡《ぬ》れ布巾《ぶきん》がかぶせてあった。彼女はちらりとその下を覗《のぞ》いてみたが、一個つまんだりはしなかった。

「すべてうまくいくって、四十回くらいあんたに言ったよね」とポーシャは言った。「うちの夕食の支度が終わり次第、ここに戻ってきて、あの白いエプロンをつけてお上品に食事をサーヴしてあげる。でも九時半までには帰らせてもらうよ。土曜日の夜だし、ハイボーイとウィリーとあたしにも予定があるものでね」

「もちろん」とミックは言った。「パーティーの出だしがうまく運ぶように助けてもらいたいだけなの。わかるでしょ？」

彼女は誘惑に屈してサンドイッチをひとつつまんだ。それからババーをポーシャに預け、真ん中の部屋に入った。彼女が着る予定のドレスがベッドの上に広げてあった。ヘイゼルとエッタは、自分たちがパーティーに出ることはないとわかっていたから、彼女たちのいちばん良いドレスを気前よく貸してくれた。エッタの青いデシンのロングドレスがあり、白のパンプスがあり、髪につけるラインストーン（模造ダイヤ）のティアラがあった。衣装はとても豪華だった。そんなものを着た自分がどのように見えるのか、想像もつかない。

時刻は夕方近くで、黄色い陽光が窓から斜めに差し込んでいた。パーティーのための服を着るのに二時間を要するとすれば、そろそろ始めなくてはならない。これから上等な服を着るのだと思うと、気持ちが落ち着かず、じっとしていられなかった。ひどくゆっくり歩いてバスルームに入り、着慣れたショートパンツとシャツを脱ぎ、水道の水を出した。そして踵《かかと》や膝《ひざ》のざらざらした部分をこすって洗った。とりわけ肘《ひじ》の部分を。それから時間をかけて風呂《ふろ》に浸《つ》かった。

彼女は裸のまま真ん中の部屋に駆け込み、服を順番に身につけていった。まず絹のテディー（上下つなぎの下着）を着て、絹のストッキングをはいた。ものは試しと、エッタのブラジャーまでつけた。とても注意深くドレスを身にまとい、足をパンプスに入れた。イヴニング・ドレスを着たのは生まれて初めてで、その格好で長いあいだ鏡の前に立っていた。彼女はとても背が高かったので、ドレスの裾《すそ》は足首より二インチか三インチほど上になった。靴は前後が短すぎて足が痛んだ。彼女は長いあいだ鏡の前に立って、最終的な結論に達した。私は間抜けに見えるか、あるいはとんでもなくきれいに見えるか、そのどちらかだ。二つのうちのひとつだ。

六種類の異なった髪型を試してみた。額の逆毛がいささか問題になった。だから彼女は前髪を濡らし、三つのスピットカール（額に貼り付ける巻き毛）にした。最後にラインストーンを頭につけ、口紅と頬紅をたっぷり塗り込んだ。それが終わると彼女は顎《あご》をつんと上げ、映画スターのように目を半ば閉じた。そして顔を片方からもう片方にゆっくりと曲げていった。彼女はとても美しく見えた——紛れなく美しい。

自分が自分ではないように思えた。ミック・ケリーとはまったく違う誰かに、私は今なっている。パーティーが始まるまでにまだ二時間もあったし、こんな早い時刻からドレスアップしているのを、家族の誰かに見られるのは恥ずかしかった。だからもう一度バスルームに入り、内側から鍵《かぎ》を閉めた。腰を下ろしてドレスを台無しにしたくなかったので、部屋の真ん中にじっと立っていた。まわりの狭い壁がすべての興奮をぐいぐい押しつけてくるようだった。自分がかつてのミック・ケリーとはぜんぜん違ってしまったように感じられ、これはきっと、これまでの人生に起こったどんなことより素晴らしいものになるだろうという気がした――このパーティーは。

「すげえ！　パンチがあるぜ！」

「そのドレス、素敵――」

「なんとまあ！　あなたはあの三角法の問題が解けたわけ？　46×20……」

「通してくれよ。そこ邪魔なんだからさ」

　毎秒のように玄関のドアがばたんと音を立て、人々が家の中に勢いよく入り込んできた。鋭い声と柔らかな声が混じり合い、やがてはひとつのどよめく騒音となった。ロングの素敵なイヴニング・ドレスを着た女の子たちは、いくつかのグループに分かれて立ち、男の子たちは小ぎれいなダック・パンツや、ＲＯＴＣ（予備役将校訓練所）の制服や、新しい秋もののダークスーツを身にまとってきびきび歩き回っていた。ずいぶん騒々しいことになっており、ミックは一人ひとりの顔や名前を見分けることができなかった。だから帽子掛けの横に立って、パーティーを全体のものとして眺め回していた。

「みんな、プロムカードをとって、名前を書き入れ始めてね」

　最初のうち部屋はうるさすぎて、誰の耳にもその声は届かなかったし、それに注意を払うものもいなかった。男の子たちはみんなでどっとパンチ・ボウルの周りに群がり、テーブルも蔓も何も見えなくなっていた。父親の顔だけが、男の子たちの頭の上にひょいと浮かんで見えた。彼は微笑《ほほえ》みながら、パンチをひしゃくで次々に紙コップに注いでいた。彼女の隣の帽子掛けについたシートには、キャンディーのジャーと、二枚のハンカチーフが置いてあった。二人ばかりの女の子は、それが彼女の誕生日の集まりなのだと思って、贈り物を持ってきたのだ。彼女はお礼を言って包みを開けた。十四歳の誕生日までにはあと八ヶ月待たなくてはならない、なんてことは口にもせず。すべての人がクリーンでフレッシュで、彼女と同じようにドレスアップしていた。そして素敵な匂《にお》いを漂わせていた。男の子たちはみんな髪を湿らせ、ぴったり艶《つや》やかに撫《な》でつけていた。女の子たちは様々な色合いのロングドレスに身を包んで立ち、鮮やかな花束みたいに見えた。始まりは上々、パーティーは順調に滑り出していた。

「私はね、スコットランドとアイルランドの血が入っていて、そしてフランスと――」

「うちはドイツ系で――」

食堂に移る前に、彼女はプロムカードのことをもう一度叫んだ。やがて人々は玄関ホールから食堂に、押し寄せるように入ってきた。みんながプロムカードを取り、部屋の壁に沿ってグループごとに列をつくった。それがパーティーの本当の始まりになる。

それから出し抜けに妙な具合になった。部屋はしんと静まり返ってしまったのだ。男子は一方の壁に集まって立ち、女子は向かい側の壁に立っていた。どうしたわけか、誰もがおしゃべりをやめていた。男の子たちは銘々カードを手に女の子たちの方を見て、部屋はひどく静まり返っていた。男の子たちは誰一人、目当ての女の子にプロムの申し込み（共にひとときを過ごす同伴散歩の権利を申し込むこと）をしようとはしなかった。そうするのが決まりなのだが。凍りつく沈黙はますます手に負えなくなり、パーティー経験の乏しいミックはそういう場合どう対処すればいいのかわからなくて、途方に暮れた。それから男の子たちはお互いにパンチを入れ、しゃべり始めた。女の子たちはくすくす笑い合っていた。しかし男の子たちの方を見ていなくても、彼女たちの頭にあるのが、自分は人気があるだろうかないだろうか、それだけであることははっきりしていた。恐ろしいまでの沈黙は去ったものの、部屋には今では何かしら緊迫した空気が漂っていた。

少しあとで一人の少年が、デローレス・ブラウンという娘のところに行った。彼がプロムカードにサインすると、他の少年たちも一斉にデローレスの方に向かった。彼女のカードがいっぱいになると、彼らはもう一人の娘のところに向かった。メアリという名の子だ。そしてそのあと急に、すべてが再びぴたりと停止した。他にも一人か二人の女の子が、二つばかり申し込みを受けた。そしてミックはパーティーの主催者だったから、三人の男の子たちが彼女のところにやって来た。しかしそれだけだった。

人々は食堂や玄関ホールにただたむろしていた。ほとんどの男の子たちはパンチ・ボウルのまわりに集まり、威勢の良さを誇示し合っていた。女の子たちは集まって賑やかに談笑していた。目いっぱい楽しんでいるというふりをして。男の子たちは女の子たちのことを考え、女の子たちは男の子たちのことを考えていた。なのにそこから生み出されるのは、部屋に漂う落ち着きのない感覚だけだった。

ハリー・ミノウィッツに彼女が目を留めるようになったのはそのときだった。ハリーは隣の家に住んでいたから、ミックは生まれたときからずっと彼のことを知っていた。ハリーは二歳年上だが、彼女の背丈の伸び方は彼よりも早かった。夏には二人は通り沿いの芝生の上で、よく取っ組み合いをしたものだ。ハリーはユダヤ系だったが、見かけはあまりユダヤ人らしくなかった。髪は淡い褐色で、まっすぐだった。今夜彼はとてもぱりっとした身なりをしていた。家に入ってくると、大人がかぶるような羽根のついたパナマ帽を帽子掛けにかけた。

彼女がハリーに注目したのは、身なりのためではなかった。前にはいつもかけていた角縁《つのぶち》の眼鏡をもうかけてはおらず、そのために顔つきが以前とは何かしら違って見えたからだ。片方の目には、ずんぐりした赤いものもらいができていて、何かを見るためには鳥みたいに頭そのものを曲げなくてはならなかった。そしてそのひょろ長い手は、しょっちゅうものもらいのまわりに触れていた。まるでそれが痛むみたいに。パンチを頼むとき、彼は紙コップを彼女の父親の目の前にぐいと突き出した。眼鏡がないとものがよく見えないのだろうと彼女は推測した。彼は神経質になり、しょっちゅう人にぶつかっていた。彼はミックの他には、どの女の子にもプロムの申し込みをしなかった。ミックに申し込んだのは、彼女がパーティーの主催者だったからだ。

　パンチが全部なくなってしまった。父親はミックの面目がつぶれないようにレモネードを用意しようと、妻と共に台所に引っ込んだ。玄関ポーチや歩道に出てくる人たちもいた。外に出て涼しい夜気を感じられるのは、彼女には嬉《うれ》しかった。明るく暑い屋内から出ると、暗闇の中に新しい秋の匂いが感じ取れた。

　それから彼女は予想もしなかった光景を目にした。歩道の縁に沿って、また暗い路上に、近所の子供たちが参集していたのだ。ピートとサッカー・ウェルズとベイビーとスペアリブズ、集団の最年少はババーよりも年下で、最年長は十二歳を超えている。中には見たこともない子供たちも混じっている。パーティーが開かれていることに気づいて、どこからともなく集まってきたのだろう。そしてまたそこには彼女と同年齢か、あるいはもっと年上の男の子たちもいた。彼女が招待しなかった連中だ。かつて向こうが彼女に意地悪をしたか、あるいはかつて彼女が向こうに意地悪をしたというのが、彼らを呼ばなかった理由だ。みんな汚い格好で、ぱっとしないショートパンツか、裾が垂れて引きずられているニッカーボッカーか、むさくるしい普段着をまとっていた。彼らはただ暗闇の中にたむろし、パーティーを見物していた。そんな少年たちを見ていると、彼女は二種類の感情を抱いた。ひとつは哀れさであり、もうひとつは警戒心だった。

「君とプロムすることになっている」とハリー・ミノウィッツは言った。まるでカードに書かれた文字を読み上げるみたいに。しかし彼女が見たところカードには何も書かれていなかった。父親がポーチに出て来て、笛を吹いた。最初のプロムが始まる合図だ。

「そうね」と彼女は言った。「始めましょう」

彼らはブロックを歩いて曲がり始めた。ロングドレスを着ていると、彼女はまだ自分がとてもゴージャスに感じられた。「ミック・ケリーを見てみろよ！」と少年たちの一人が叫んだ。「見てみろよ！」。彼女は聞こえないふりをしてそのまま歩き続けた。でもそれはスペアリブズの声だったし、いつかそのうちに懲《こ》らしめてやろうと彼女は思った。彼女とハリーは暗い歩道を急ぎ足で歩いた。そして通りの終わりまで来ると、ブロックをもうひとつ回った。

「君はいくつになったんだ、ミック――十三歳かな？」

「もうすぐ十四になるわ」

彼が何を考えているか、彼女にはわかった。それは始終彼女を悩ませてきた問題だった。五フィート六インチ、百三ポンド（百六十七センチ、四十七キロ）、まだ十三歳だというのに。パーティーに来ていた男の子たちは、彼女の隣に立つとみんなちび助だった。ハリーは二インチ（五センチ）ほど背が低いだけだが。自分よりずっと長身の女子と並んで歩きたがる男はいない。でも煙草を吸えば、成長は停まってくれるかもしれない。

「去年だけで三インチと四分の一（八センチ）、背が伸びちゃった」と彼女は言った。

「一度、身長八フィート半の女の人を見世物で見かけたことがあるよ。君はそこまで大きくはならないだろうけどね」

ハリーは黒々としたサルスベリの茂みの横で立ち止まった。あたりには誰もいなかった。彼はポケットから何かを取り出し、もそもそといじくり始めた。彼女は何だろうと屈み込んで見た。彼は眼鏡をハンカチーフで拭《ふ》いていたのだ。

「ちょっと失礼」と言って彼は眼鏡をかけた。彼がほっと一息つくのが聞こえた。

「いつもちゃんと眼鏡をかけてた方がいいよ」

「そうだね」

「どうしてずっと眼鏡を外してたわけ？」

夜はとても静かで暗かった。通りを渡るとき、ハリーは彼女の肘をとった。

「あのパーティーにはね、眼鏡をかけた男は女々しいと思っている、さるヤング・レディーが一人いるんだよ。その女性というのが、ああ、それはその、僕はたぶん――」

彼は最後までそれを言い終わらなかった。突然身を固くし、数歩走ると、四フィートばかり頭上にジャンプした。彼女が見上げると、暗闇の中の高いところに木の葉があった。彼はバネをきかせてうまくジャンプし、最初の跳躍でその木の葉をむしり取った。そしてその木の葉を口にくわえ、シャドウ・ボクシングの真似をして、暗闇に数回パンチをくれた。彼女は彼に追いついた。

いつものように彼女の心には歌があった。彼女はそれを一人でハミングした。

「何をハミングしてるんだい？」

「モーツァルトって人がつくった作品よ」

ハリーはかなり良い気分になっていた。彼は敏捷《びんしょう》なボクサーのようにサイドステップをした。「それって、ドイツ系の名前みたいだな」

「そう思うけど」

「ファシストかい？」

「何ですって？」

「そのモーツァルトって人ってのは、ファシストかナチかって言ったんだよ」

ミックは少し考えた。「違うわ。そういうのは最近起こっていることだし、この人はもうずっと昔に死んでいる」

「そいつはよかった」。彼はまた暗闇の中にパンチを入れ始めた。彼は「それはどうして？」と彼女に訊《き》いてほしかった。

「そいつはよかったと僕は言ったんだ」と彼は繰り返した。

「どうして？」

「僕はファシストが大嫌いだからさ。道を歩いているのを見かけたら、殺してやる！」

彼女はハリーの顔を見た。街灯を背にした木の葉は彼の顔に、素早く動く斑《まだら》の模様を描いていた。彼は気を高ぶらせていた。

「それはどうしてなの？」と彼女は尋ねた。

「おいおい、君は新聞ってものを読まないのか？　つまりそれはね――」

二人はブロックをぐるりと回って元に戻っていた。彼女の家では騒ぎが起きていた。人々は叫びながら歩道を走り回っていた。彼女はお腹《なか》にずしりと重いものを感じた。

「このブロックをもう一度ぐるっと回らない限り、そいつは説明しきれないね。どうしてファシストを僕が憎むか、君に説明してもいいよ。できればその話をしたいな」

そういう思いを誰かに打ち明ける機会を持ったのは、彼にとっておそらく初めてのことだったのだろう。しかし彼女にはそれをおとなしく聞いているような余裕はなかった。ミックの気持ちは、自宅の正面で繰り広げられている出来事の方に移っていた。「オーケー、またあとで会いましょう」。プロムはもう終わった。だから彼女は今、眼前で繰り広げられている混乱を見て、そちらに意識を集中することができた。

　自分がいない間にいったい何ごとが持ち上がったのだろう？　彼女がそこを離れたとき、人々は素敵な服装でそこに立ち、正式なパーティーが進行していた。ところがそれから五分も経《た》たぬうちに、もう精神病院同然の様相を呈している。彼女が外に出ている間に、子供たちが暗闇から飛び出してパーティーに乱入したのだ。なんて厚かましい！　なじみのピート・ウェルズがパンチのカップを手に、玄関ドアから騒々しく出てきた。彼らは奇声を発して走り回り、正式に招待された人々の間に潜り込んでいた。裾がよれっとしたニッカーボッカーみたいな普段着姿で。

　ベイビー・ウィルソンは正面ポーチでふざけ回っていた。まだ四歳にもなっていないのに。この時間にはその子は、ババーと同じようにベッドに入っていなくてはならない。それくらい誰が見たってわかる。ベイビーは頭上高くパンチのカップを掲げ、一度に一段ずつ階段を下りていた。彼女がここに来なくてはならない理由なんて何にもない。ブラノンさんはその子の伯父で、彼女は彼の店に行けば、キャンディーでも飲み物でも、いつでもただで口にできるのだ。彼女が歩道までやって来ると、ミックはすかさずその腕を捕まえた。「さあ、おうちに帰るのよ、ベイビー・ウィルソン。すぐに帰りなさい」。ミックはあたりを見回し、他に何をすれば元の状態を回復できるか、頭を巡らせた。そしてサッカー・ウェルズのところに行った。彼は歩道のずっと先にいた。暗闇の中で紙コップを手に立って、夢見るような目でみんなを見ていた。サッカーは七歳で、ショートパンツをはいていた。上半身は裸で、靴も履いていない。彼は騒ぎには加わっていなかったが、ミックはことの成り行きにすっかり頭に来ていた。

　彼女はサッカーの両肩を摑んで、ぐいぐい揺さぶり始めた。彼は最初のうち顎をぎゅっと嚙《か》みしめていたが、やがて歯がかたかた音を立てだした。「とっとと家に帰りなさい、サッカー・ウェルズ。招待もされてないところに、のこのこ顔を出すんじゃないの」。摑んでいた手を離してやると、サッカーはうなだれてゆっくり通りを歩き去った。しかし家には帰らなかった。角に着くと縁石に腰を下ろし、パーティーを眺めていた。もう自分の姿はミックには見えないだろうと思ったのだろうが、ちゃんと見えていた。

　少しのあいだ、サッカーを脅しつけてやったことで、彼女は良い気持ちになった。でもそれからすぐなんだかやりきれない気持ちになって、彼を引き戻しに向かった。すべてをぶち壊したのはもっと年上の連中なのだ。そいつらは本物の悪ガキだったし、根性は筋金入りに悪かった。彼らは飲み物を飲み干し、正式なパーティーを混乱に陥《おとしい》れたのだ。彼らは派手な音を立てて玄関のドアから乱入し、大声でわめいて、互いに身体《からだ》をぶつけ合った。彼女はピート・ウェルズのところに行った。というのは彼がいちばんたちが悪かったからだ。彼はフットボールのヘルメットをかぶり、人々に頭突きをかましていた。ピートはもう十四歳だったが、学校ではまだ七学年に留められていた。彼女は彼のところに行ったが、サッカーを扱ったときのように肩を摑んで揺さぶるには、身体が大きすぎた。もう帰ってちょうだいとミックが言うと、彼は身体をぶるぶる震わせ、彼女に向けて頭から突っ込んできた。

「僕は六つの違う州に行ったことがある。フロリダとアラバマと――」

「サッシュ（飾り帯）のついた銀色の布地でつくられていて――」

パーティーは出鱈目なことになっていた。誰もが一斉に話をしていた。正式に招待されたヴォケーショナル校の生徒たちと、近所の連中とが入り混じっていた。とはいえ少年たちと少女たちは相変わらず、それぞれ分かれて立ったままで、誰もプロムなんてしていなかった。家の中ではレモネードはもうほとんどなくなりかけていた。ボウルの底には僅《わず》かな液体が残り、レモンの皮が何枚か浮かんでいるだけだ。子供たちにはいつも必要以上に甘く振る舞う父親が、カップを差し出すものには誰彼かまわずパンチを振る舞ったせいだ。彼女が食堂に入ると、ポーシャがサンドイッチを給仕しているところだった。五分ほどでサンドイッチはすっかりなくなってしまい、ミックはひとつ取ることができただけだ。ジャムを挟んだやつで、パンがピンク色の汁でべとべとになっていた。

ポーシャは食堂に残って、様子を眺めていた。「パーティーが楽しくて、帰れなくなっちまったよ」と彼女は言った。「ハイボーイとウィリーには、今日の土曜日の夜はあたし抜きでやってくれって連絡をした。みんなこんなに興奮しているんだもの、このパーティーは最後まで見届けたいよ」

　興奮――それこそがまさにぴったりの言葉だった。彼女は部屋の中でもポーチでも、歩道でもそれを感じ取ることができた。彼女もまた興奮を感じていた。それは何も彼女の身につけたドレスや、帽子掛けの脇の鏡の前を通りかかったときにちらりと目にした、自分の顔の美しさや、また頰に塗った紅や、ラインストーンのティアラのせいだけではなかった。あるいはそれはデコレーションや、ヴォケーショナル校の人たちと近所の子供たちが一緒に混じり合ったせいだったかもしれない。

「彼女の走る様子をみてみろ！」

「痛い！　よしてったら――」

「年相応に振る舞えば！」

　一群の女の子たちがドレスをたくし上げ、髪を後ろにたなびかせながら、通りを駆けていた。何人かの男の子たちが、センジュランの茂みから長い尖《とが》った葉を折って、それを手に女の子たちを追いかけていた。ヴォケーショナル校の一年生たちは本物のプロム・パーティーのようにぱりっとドレスアップしていたが、まるで子供のように振る舞っていた。それは遊び半分ではあったが、あとの半分は遊びとも言えない。一人の少年が葉を持ってやってきたので、ミックも走って逃げた。

パーティーのあるべき姿はすっかり消え失《う》せていた。これじゃただの「お遊び会」に過ぎない。しかしそれは、彼女がこれまで目にした中では最高にワイルドな夜だった。近所の子供たちがそれを引き起こしたのだ。彼らはまるで病原菌か何かのようだった。いったん彼らが入り込んでくると、高校のことや、大人になりかけていることとか、すべてどこかに忘れ去られてしまった。それはまるで午後に裏庭で転げ回って、お風呂に入る前のような気分だった。お風呂に浸かる前に、ただ気持ちよさを味わいたくて、とことん泥だらけになるのだ。誰もが土曜日の夜に外で騒ぎまくるワイルドな子供になっていた。そして彼女は、自分がその中で誰よりもワイルドな子供になったような気がした。

彼女は大声で叫び、人を押し、何か突飛なことを新たに始める存在になった。とても騒がしい音を出し、とても速く動き回ったので、他のみんながいったいどんなことをしているのか、彼女の目に入らなくなってしまった。思いつくあらゆるワイルドなことをしたかったが、息が追いつかなかった。

「溝が通りの先にある！　溝よ！　溝！」

彼女は先に立ってそちらに向かった。通りのブロックひとつ先で、地中にパイプを埋める作業がおこなわれており、地面がかなり深く掘られていた。穴のまわりの縁に沿って配された松明《たいまつ》は、暗闇に赤々と輝いていた。彼女はそろそろと降りていくのが待ちきれず、ちらちら揺れる炎のところまで行くと、ぴょんと飛び込んだ。もしテニスシューズを履いていれば、彼女は猫のように軽く着地できたはずだ。しかしかかとの高いパンプスのせいで、彼女は足を滑らせ、パイプで腹を打ってしまった。息が止まった。彼女は目を閉じてそこにじっと横たわっていた。

　彼女はパーティーのことをずいぶん長く心に思い描いてきた。それはいったいどんなものになるのだろうと思いを巡らせ、ヴォケーショナル校の人々はいったいどんな感じなのだろうと想像してきた。そしてまた、彼女が日々を一緒に過ごしたいと思うグループについて。彼らが特別な人々ではなく、他の子供たちと変わりないのだとわかると、今では廊下で出会っても、これまでとは違う風に感じることだろう。損なわれてしまったパーティーのことはべつにかまわない。でもそれはとにかく終わった。もうお開きになったのだ。

　ミックは溝から這い上がってきた。何人かの子供たちは、小さな炎の明かりのまわりで遊んでいた。炎は赤く照り映え、長いきびきびした影を作っていた。一人の男の子は家に帰って、ハロウィーンのために買った仮面をつけて戻っていた。彼女以外には、パーティーに関して変わったところはなにもなかった。

　彼女はゆっくり歩いて家に戻った。子供たちとすれ違っても、彼らには目を向けず、話しかけもしなかった。玄関ホールのデコレーションはすべてちぎれ落ちて、家の中はひどくがらんとしていた。みんな外に出てしまったからだ。バスルームで彼女はブルーのイヴニング・ドレスを脱いだ。へりが破れていたので、その部分が見えないように折りたたんで隠した。ラインストーンのティアラはどこかでなくしてしまった。ショートパンツとシャツは彼女が脱いだときのまま、床に落ちていた。彼女はそれを身にまとった。今となっては彼女はもう、ショートパンツをはくには大きくなりすぎたように感じられた。とくに今夜のあとでは。そしてまたこの先ずっと。

ミックは正面ポーチに出て立っていた。化粧を落としたその顔はとても青白かった。彼女は口の前で両手を丸く合わせ、深く息を吸い込んだ。「みんな家に帰って！　ドアを閉めるわ！　パーティーはお開きよ！」

その静かで密《ひそ》やかな夜、彼女は再び一人きりになった。まだ遅くはない——通りに沿って並んだ家々の窓には、四角く黄色い明かりがともっている。彼女は両手をポケットに突っ込み、首を片方に傾《かし》げてゆっくりと歩いた。長い時間、方向も気にせずただ歩き続けた。

やがて家と家との距離が広くなり、大きな樹木の生えた庭が見受けられるようになった。そこには黒々とした灌木の茂みもあった。彼女はあたりを見回し、その夏何度も訪れた家の付近に自分がいることを知った。自分でも気づかないうちに、足が自然に彼女をそこに運んできたのだ。その家の前に来ると、しばし立ち止まり、誰にも見られていないことを確かめた。それから横手の庭を抜けた。

　いつものようにラジオがかかっていた。少しの間、彼女は窓際《まどぎわ》に立って中にいる人々を目にした。頭の禿げた男と、白髪の女性がテーブルに向かってカード遊びをしていた。ミックは地面に腰を下ろした。人目につかないとても素敵な場所だ。まわりには太いヒマラヤスギが何本も生えて、その陰にすっかり姿を隠すことができる。ラジオの番組はその夜、あまり好ましいものではなかった。誰かがポピュラー・ソングを歌っていたが、みんな似たような終わり方をした。なんだか自分が空っぽになったような気がした。彼女はポケットに手を入れて、指で中を探った。レーズンが何粒かと、バックアイ（栃《とち》の実に似せたキャンディー）がひとつ、ビーズの紐《ひも》が入っていた。そして煙草《たばこ》が一本とマッチ。彼女は煙草に火をつけ、両腕を膝にまわした。自分がそっくり空っぽになって、あとにはもう感覚や考えさえ残っていないみたいだ。

　番組が次々に変わったが、どれもつまらないものだった。彼女はもうほとんど聴いてはいなかった。煙草を吸いながら、草の葉を小さくまとめてむしった。しばらくして、新しいアナウンサーが話し出した。ベートーヴェン、と彼は口にした。その音楽家について、図書館の本で読んだことがあった。名前の綴《つづ》りにはｅが二つ入るが、発音はａになる。モーツァルトと同じドイツ人だ。生きているときは異国の言葉をしゃべり、異国の地に暮らしていた——彼女がそうありたいと望んでいたように。これから彼の「交響曲三番」をお送りします、とアナウンサーは告げた。彼女はそれをぼんやり聞き流していた。もう少し散歩がしたかったし、どんな音楽がかかろうが、べつにどうでもよかったからだ。それから音楽が始まった。ミックは顔を上げ、拳《こぶし》が喉元《のどもと》まで上がった。

それはどのようにやって来たのだろう？　数分間、冒頭部分はひとつの側からもうひとつの側へとバランスをとっていた。歩いているか、あるいは行進しているみたいに。まるで神様が夜中に堂々と闊歩《かっぽ》していたみたいに。彼女の外側が一瞬にして凍りつき、その音楽の冒頭の部分だけが心の中で熱くなった。そのあとにどんな音が続いたのか、聴き取ることさえできなかった。しかし彼女はそこに座って両の拳をしっかり握りしめ、凍りついたままじっと待ち受けていた。少し後で音楽はまた戻ってきた。より強く、より大きくなって。それは神様とは関係のないものだった。それは彼女、ミック・ケリーだった。昼間に歩いている彼女であり、夜に一人ぼっちで歩いている彼女だった。あらゆる計画と感性で頭をいっぱいにして、暑い太陽の下を、そして暗闇の中を歩く。その音楽は彼女そのものだった——飾りのない生身の彼女だ。

彼女はその音楽をそっくり十全に聴き取ることはできなかった。その音楽は彼女の中でぐつぐつと沸き立っていた。どっちにしよう？　いくつかの素晴らしい部分にしがみついて、それについてしっかり考える——そうすればあとになって思い出すことができる。あるいは何も考えずに、覚えておくことなんて忘れて、聴こえてくるそれぞれの部分に無心に耳を澄ませるべきなのか。どうすればいいの？　全世界がこの音楽に凝縮されているのだ。どれだけ熱心に耳を澄ませても十分ではない。それから遂《つい》に冒頭の部分が再び戻ってきた。異なった種類の楽器が一体となり、一音一音を固く握りしめた拳のように心臓にたたき込んでくる。そのようにして最初の楽章が終了した。

　この音楽は長いとも言えず、また短いとも言えなかった。それは時間の流れに左右されるような音楽ではないのだ。彼女は両腕で脚をぎゅっと抱きしめ、塩の味のする膝をきつく嚙んでいた。彼女が耳を澄ませていた時間は五分くらいだったかもしれない。あるいは夜の半分だったかもしれない。第二楽章は黒い色をしていた。ゆっくりした行進曲だ。悲しくはない。しかし全世界が死んでしまって、黒く染まり、そこがかつてはどんな場所だったか、もう思い出しても仕方ない――そんな感じだ。管楽器みたいなのが悲しい銀色の音楽を奏《かな》でる。それから音楽は怒りをもって起き上がる。その底には興奮が秘められている。そして最後に黒い行進曲が再現される。

　しかしおそらくは交響曲の最後の部分が、彼女がいちばん愛した音楽だった。それは楽しく、世界でいちばん優れた人々が自由に、力強くそのへんを走り回ったり、飛び跳ねたりしているみたいだ。このような素晴らしい音楽は、同時に何よりも厳しい苦痛でもある。全世界がそのままこの交響曲であるというのに、彼女にはそれが十分に聴き取れないのだから。

音楽は終わった。彼女は身を固くしてじっとそこに座っていた。両腕を膝にまわして。ラジオの別の番組が始まったので、指を両耳に突っ込んだ。その音楽は心の厳しい痛みと空白だけを、彼女の中に残していった。その交響曲のどのような部分をも、思い出すことができなかった。最後の僅かな数音さえ。思い出そうとどれだけ努めても、音は何ひとつ蘇《よみがえ》ってこない。今ではすべてが終わってしまい、あとには兎《うさぎ》のように跳びはねる彼女の心と、恐ろしい痛みがあるだけだ。

ラジオが消され、家の灯りも消えた。夜の闇《やみ》がひどく深かった。突然ミックは自分の太腿《ふともも》を拳でどんどんと叩《たた》き始めた。筋肉の同じ部分を全力で叩き続けた。涙が頬をつたい始めるまで。しかし彼女にはそれでもまだ痛みが足りなかった。茂みの下にある石は鋭く尖っていた。その石を一摑《ひとつか》み手に取り、同じ場所をそれでごしごしと擦《こす》った。やがて手は血だらけになった。それから地面にごろんと仰向《あおむ》けになり、夜空を見上げた。脚がひりひりと痛み、それでようやく気持ちが落ち着いた。濡れた草の上で全身の力を抜いた。やがて呼吸が再び緩やかに、穏やかになった。

どうして昔の探検家たちは空を見上げるだけで、地球が丸いとわからなかったのだろう？　空はちゃんと曲線を描いているではないか。まるで巨大なガラスの球体の内側にいるみたいに。とても暗い青色、そこに星がまぶしくちりばめられている。夜は静かだった。ヒマラヤスギの暖かな匂いがした。その音楽が戻ってきたとき、彼女はそれを思い出そうと努力していたわけではまったくなかった。冒頭の部分が、まるでそれが演奏されていたときと同じように、彼女の中に急に蘇った。彼女はそれに静かにゆっくりと耳を澄ませ、それらの音符について考えを巡らせた。あとでしっかりと思い出せるように、あたかも幾何学の問題に対するときのように。その音の形ははっきり目で見ることができたし、それを忘れることはないだろう。

それで気持ちが良くなった。いくつかの言葉を声に出してみた。「主よ、我を赦《ゆる》し給《たま》え。我、自らの為《な》すことを知らざればなり」。どうしてそんなことを思いついたのだろう？　今どき、神様なんて本当にはいないことを、誰もが知っているというのに。自分がかつて神様ということで想像していたものを考えてみると、目に浮かぶのは、白く長いシーツを身にまとったシンガーさんの姿だけだった。神様は寡黙《かもく》だ——シンガーさんの姿を思い浮かべたのも、おそらくはそのためだろう。彼女はその言葉をもう一度口にした。あたかもシンガーさんに語りかけるように。「主よ、我を赦し給え。我、自らの為すことを知らざればなり」と。

その部分の音楽は美しく、鮮明だった。今ではそうしたいと思えば、いつだってその音楽を歌うことができた。おそらくもっとあとになれば、たとえば朝に目覚めたときなんかに、その音楽のもっと多くが思い出せるだろう。その交響曲をもう一度耳にする機会があれば、既に頭に入れているものに、更にいくつかの部分をつけ加えることができるだろう。そしてその曲をあと四回聴けたら――あと四回だけでいい――おそらくそのすべてを知りうるだろう。たぶん。

今一度、その音楽の冒頭の部分に耳を澄ませた。それから音符たちはだんだん緩慢に、そしてソフトになり、彼女は自分が暗い地面にゆっくり沈み込んでいくような気持ちになった。

ミックははっと身を震わせて目覚めた。あたりの空気は冷え込んでいた。そして眠りから覚めたとき、エッタ・ケリーが掛け布団《ぶとん》をそっくり奪ってしまっている夢を見ていた。「毛布をもっとちょうだい――」、そう言おうとして、それからはっと目が開いた。空は真っ暗で、星はすっかり見えなくなっていた。草は濡れていた。彼女は慌《あわ》てて身を起こした。きっと父親は気をもんでいることだろう。それから彼女はその音楽を思い出した。今が真夜中なのか、それとも午前三時なのか、それすらわからない。だから慌てて家に向けて走り出した。空気には秋の匂いがした。頭の中で、音楽は大きくきびきびと鳴り響いていた。彼女は家のあるブロックに向けて、歩道を矢のように走った。

2

十月が来ると、日々は青みを帯びて冷ややかになった。ビフ・ブラノンはシアサッカーの明るいズボンを、ダークブルーのサージ生地のものにはき替えた。そしてカウンターの奥にホットチョコレートを作る機械を置いた。ミックはホットチョコレートに目がなくて、週に三度か四度はそれを飲みにやって来た。一杯十セントのところを、彼女には五セントにしてやった。ただにでもしてやりたいところだったが。カウンターの向こう側に立つ彼女を眺めていると、彼の心は乱れ、悲しみを覚えた。手を伸ばして、彼女の日焼けしたくしゃくしゃの髪に触れたくなった――これまで他の女に対してそうしたのとは違った風に。彼の中にはうまく収められないものがあった。彼女に話しかけるとき、その声は粗くなり奇妙な響きを帯びた。

気がかりなことはたくさんあった。ひとつはアリスの具合が思わしくなかったことだ。彼女はいつものように階下で、朝の七時から夜の十時まで立ち働いた。しかし歩き方はひどくゆっくりしていたし、目の下には茶色のくまができていた。その具合の悪さが最も顕著に出てくるのは、仕事の面においてだった。ある日曜日、彼女がその日のメニューをタイプしたとき、特別ディナーの「チキン・ア・ラ・キング」の値段を、本当は五十セントだったにもかかわらず、二十セントと打ってしまった。そして何人ものお客がそれを注文し、勘定を払うときまでその間違いに気がつかなかった。あるときには十ドル札のお釣りに、五ドル札を二枚と、一ドル札を三枚渡した。ビフはずっとそこに立ち、思慮深げに鼻をこすりながら、目を半ば閉じて、長いあいだ彼女を見守っていたものだ。

二人はそれについて語り合ったことはなかった。夜、彼女が寝ている間、彼は下で仕事をしていた。そして午前中は彼女が一人で食堂を仕切っていた。そして二人で一緒に働いているときは、彼がレジスターの後ろに立ち、キッチンとテーブルに目を配った。それがいつもの習慣だった。二人は仕事以外の話はしなかった。しかしビフは困惑した顔つきでそこに立って、彼女の様子を眺めていた。

そして十月八日の午後、二人の寝室から出し抜けに苦痛の叫びが聞こえた。ビフは急いで二階に駆け上がった。一時間のうちにアリスは病院に運び込まれ、医師は彼女の身体からほとんど新生児ほどの大きさの腫瘍《しゅよう》を摘出した。そのあと一時間を経ずしてアリスは亡《な》くなった。

ビフは病院の彼女のベッドの脇《わき》に座り、茫然《ぼうぜん》とした頭で回想に耽《ふけ》った。妻が死んだとき、彼はそばに付き添っていた。彼女の目はエーテルのせいでうっすら霞《かすみ》がかかっていたが、やがてガラスのように固くなった。看護婦と医師は部屋から出て行った。彼はなおも妻の顔をじっと見ていた。蒼白《そうはく》であることを除けば、普段の顔とほとんど変わりはない。この二十一年間、毎日顔を合わせてきたというのに、彼はあらためて妻の細部をひとつひとつ子細に見つめ、記憶に留めた。そこに腰を下ろしながら、思考は徐々にひとつの情景に向けられていった。彼の脳裏に長い間しまい込まれていた情景だ。

冷ややかな緑色の海と、長く伸びる熱い金色の砂州。細やかな白い泡が立つ波打ち際で、子供たちが遊んでいる。丈夫な体つきの褐色の幼女、半裸の痩《や》せた幼い少年たち、成長途上にある子供たちは走って、可愛《かわい》らしく甲高い声でお互いを呼び合っている。そこには彼が知っている子供たちもいる。ミックと、姪《めい》のベイビーだ。これまで誰も目にしたことのない、見慣れぬ子供たちの顔もそこにはある。ビフは頭を垂れた。

長い時間が経ったあとで、彼は椅子《いす》から腰を上げ、部屋の中央に立った。義理の妹のルシールが、外の廊下を歩いて行ったり来たりしている音が聞こえた。一匹の太った蜂《はち》が化粧台の上を這《は》っていた。ビフはそれを器用に手で捕まえ、開いた窓の外に放り出した。そのあとで妻の死に顔をもう一度眺めた。それから彼は残された夫の静けさを見せつつ、病院の廊下に通じるドアを開けた。

翌日の朝遅く、彼は二階の部屋に座って縫い物をしていた。なぜだろう？　そこに真実の愛がある場合でも、残されたものが伴侶《はんりょ》のあとを追って自らの命を絶つということが、なぜあまり起こらないのだろう？　生きているものが死んだものを葬《ほうむ》らなくてはならないから、というだけのことだろうか？　死んだあと、然《しか》るべき儀式がきちんとおこなわれることが求められているからか？　それとも、残されたものはしばしのあいだ、いうなれば舞台に上がることになり、その一秒一秒が際限ない時間へと膨れあがっていき、また多くの目によって終始見守られているから、ということなのだろうか？　彼が背負わねばならぬ何かしらの機能があるからだろうか？　あるいはそこに愛があるとき、残された伴侶は愛するものの復活を期して、あとに留まらなくてはならないからか？　亡くなったものは本当は死んでおらず、生きているものの魂の内でもう一度成長し、創造されるからか？　わからない。

　ビフは縫い物の上に顔を伏せるようにして、多くの事柄を熟考した。彼は上手に縫い物をした。そして指先のタコはとても硬かったので、指ぬきなしでも針を生地に押し込むことができた。二着のグレーのスーツの腕に巻く喪章が、既に縫い上がっていた。そして彼は最後のひとつに取りかかっていた。

　その日はよく晴れて暖かだった。秋の最初の枯葉が歩道にかさかさと音を立てていた。彼は早い時刻から外に出ていた。一分一分がとても長く感じられた。彼の前には無限の暇な時間があった。食堂のドアの鍵を閉め、外側に白い百合《ゆり》の花輪をかけた。そしてまず葬儀社に行き、慎重に棺を選んだ。ライニングの材質を手で確かめ、フレームの強度を試してみた。

「このクレープ生地の名前はなんていうんだね？　ジョーゼットかな？」

　葬儀屋はひどく愛想の良いべったりした声でその質問に答えた。

「それで、おたくの場合、火葬の率はどれくらいなのだろう？」

　再び通りに出ると、ビフは抑制された律儀《りちぎ》な歩調で歩いた。西からは温暖な風が吹いて、太陽はひどく眩《まぶ》しかった。腕時計が停まっていたので、ウィルバー・ケリーが最近「時計修理」の看板を出している通りに向かった。ケリーは継ぎのあたったバスローブ姿で作業台に向かっていた。作業場は寝室にもなっており、ミックがワゴンに乗せて引き回していた赤ん坊が、床に敷かれた藁《わら》布団の上にちょこんとおとなしく座っていた。一分一分がとても長かったので、そこには熟考と問いかけの余裕が十分にあった。彼はケリーに、時計の内部での宝石の正確な役割について説明を求めた。時計職人のルーペを通して見える、歪《ゆが》められたケリーの右目に、彼は注意を惹《ひ》かれた。二人はチェンバレン首相とミュンヘン会談についてひとしきり話をした。そしてまだ時刻は早かったので、彼は二階の唖《おし》の部屋に上がってみることにした。

　シンガーは仕事に出かける着替えをしていた。昨夜、シンガーからの悔やみの手紙が届いていた。彼は葬儀において、棺を担《かつ》ぐ役の一人になっていた。ビフはベッドに腰掛け、二人は一緒に煙草を吸った。シンガーは時折、その緑色の目で観察するように彼を見た。そしてビフにコーヒーを出した。ビフは口をきかなかった。そして唖は一度歩を停めて、彼の肩をとんとんと叩き、それから一瞬、彼の顔をのぞき込んだ。シンガーが着替えを終えると、二人は外に出た。

　ビフは店で黒いリボンを買い求め、アリスの通っている教会の牧師に会った。すべての手配を済ませて帰宅した。物事を秩序正しく運ぶこと——それが彼の頭にある考えだった。ルシールに与えるために、アリスの衣服と細々した私物をまとめた。衣装ダンスの中をそっくりきれいにして、中身を入れ替えた。階下のキッチンの棚を配列し直し、扇風機についた明るい色の布の吹き流しを取りまでした。それだけのことを終えると、ゆっくり風呂《ふろ》に入って身体をきれいにした。そのようにして午前中が終わった。

　ビフは糸を噛み切り、上着の袖《そで》につけた黒い喪章のしわを伸ばした。ルシールが彼を待っている頃合いだ。彼と彼女とベイビーは葬儀社の車に同乗することになっている。彼は裁縫箱を仕舞い、喪章をつけた上着の袖にそろそろと注意深く腕を通した。再び外に出る前に、万事怠りないか、部屋を素早く見回して点検した。

　一時間後、彼はルシールの家の台所にいた。彼は脚を組んで座り、膝《ひざ》にナプキンを敷いて、お茶を飲んでいた。ルシールとアリスはあらゆる面で異なっており、二人が姉妹だと納得するのはむずかしかった。そして今日、彼女は黒ずくめのなりをして、ベイビーの髪を整えていた。母親にそうしてもらっているあいだ、女児はキッチン・テーブルの上に腰掛けて膝に手を重ね、我慢強くじっとしていた。部屋に差し込む日の光は静かでまろやかだった。

「バーソロミュー……」とルシールが言った。

「なんだい？」

「あなたは、後ろ向きにものを考えてしまうことってある？」

「ないね」とビフは言った。

「私はいつも馬の遮眼帯をつけていなくちゃならないような気がするのよ。横や背後に目をやらないようにね。だから、毎日仕事に行くことやら、食事の支度をすることやら、ベイビーの将来のことやら。それだけを考えるようにしているの」

「それは正しい態度だよ」

「私はベイビーの髪に、店でフィンガーウェーブをかけてたの。でもそれがすぐに消えちゃうので、パーマネントをかけようかと思っているわけ。しかし自分ではそれをやりたくない。アトランタで美容師の集まりがあるんだけど、そのときにこの子を連れて行って、そこでやってもらおうかと思っているんだけど」

「なんてことだ！　この子はまだ四歳だぞ。そんなことしたら、きっと怖がっちまう。それだけじゃなく、パーマネントは髪をぱさぱさにしてしまう」

ルシールは櫛《くし》をグラスの水に漬け、ベイビーの耳の上のカールを撫でつけた。「いえ、そんなことないわ。それにこの子はそうしてほしがっているのよ。ベイビーはまだ小さいけど、私に負けないくらい野心をしっかり持っている。それって大したことよ」

　ビフは手のひらで爪《つめ》を磨きながら首を振った。

「ベイビーと私が映画を見に行って、良い役を演じている子供たちを見るたびに、この子は私と同じように感じているの。本当よ、バーソロミュー。そのあと夕ご飯を食べさせることもできないくらい」

「参ったね」とビフは言った。

「ダンスと演技のクラスではとても上手にやっているのよ。来年になったらピアノを習わせようかと思っているの。ピアノが弾ければ、きっと何か役に立つでしょうしね。ダンスの先生は、発表会《ソワレ》でこの子にソロをとらせようと考えているの。私としてはできるだけこの子の後押しをしたいわけ。そういうキャリアは早いうちに始めた方が、私たち二人にとって良いことだから」

「まったくなんてことを！」

「あなたにはわからないのよ。才能のある子供は、普通の子供と同じようには扱えないんだから。私がここみたいな大衆的な環境からベイビーを連れ出したいと思うのは、ひとつにはそういう理由からよ。この子に、この近所の子供たちみたいな品のない話し方をさせたり、一緒に走り回らせたりするわけにはいかないもの」

「このへんの子供たちのことはよく知っているが」とビフは言った。「良い子供たちだよ。この通りの向かいのケリーの家の子供たちだって——それからクレーンの家の坊やだって——」

「あなたにもわかるはずよ。あの子供たちの誰一人として、ベイビーとは比較にならないんだから」

ルシールはベイビーの髪に最後のウェーブをつけた。そして顔色を良くするために、子供の小さな頬をつねった。それから抱き上げてテーブルから下ろした。葬儀のためにベイビーは白いドレスに、白い靴に白い靴下というなりで、小さな白い手袋まではめていた。人々に見られるとき、ベイビーはいつも決まった角度で首をかしげたが、今もまたそういう仕草をしていた。

彼らはしばらくその小さな暑いキチネットに座っていたが、誰も口をきかなかった。それからルシールが泣き出した。「私たちはとても仲の良い姉妹とは言い難かったわね。私たちはずいぶん違っていたし、しょっちゅう会っていたわけでもなかった。それはたぶん私がずっと年下だったからでしょうね。でも血のつながりというのはやはり意味のあることだし、こんなことになってしまうと——」

ビフはなだめるように舌を鳴らした。

「あなたたち二人がどんな風だったかもわかっている」と彼女は言った。「あなたと姉さんとはそれなりに問題を抱えていた。でもだからこそ、今はいっそうきついんじゃないかしら」

ビフはベイビーの脇の下を持って、自分の肩の高さまでひょいと抱き上げた。子供は日々重くなっていた。彼女を注意深く抱いたまま、彼は居間に移動した。ベイビーは彼の肩にくっついて温かだった。その小さなシルクのスカートは、彼の暗い色合いの上着の上で、鮮やかに白かった。彼女は彼の片方の耳を、小さな手でとてもしっかりと摑んでいた。

「ビフおじさん！　私がスプリット（開脚）やるのを見て」

彼はベイビーをそっと床に下ろした。彼女は頭の上に両腕で曲線を描き、その両足はワックスをかけられた黄色い床の上で、ゆっくりと反対方向に滑っていった。間もなく一方の脚はまっすぐ前に出され、もう一方の脚は後ろに出され、彼女はぴったりとそこに座り込んだ。そして両腕は美しい角度にポーズをとっていた。横の壁を向いたその顔は、悲しげな表情を浮かべていた。

彼女はもそもそとまた身を起こした。「倒立回転跳《ハンドスプリング》びをやるから見てくれる。それから――」

「ハニー、少し静かにしてちょうだい」とルシールは言った。彼女はビロードのソファの、ビフの隣に腰を下ろした。「この子は彼のことを少し思い出させない？　目とか顔立ちとか、そんなところが？」

「よしてくれよ。ベイビーとルロイ・ウィルソンが似ているところなんて、私の目にはひとつも見えないね」

ルシールはその歳《とし》にしてはあまりに痩せすぎており、やつれて見えた。あるいはそれは黒いドレスを着て、泣いたあとだったからかもしれない。「それでも彼がベイビーの父親だってことだけは、認めざるを得ないでしょう」と彼女は言った。

「あの男のことを忘れるってことができないのか？」

「わからないわ。私は二つの事柄に関しては、頭がまともに働かないみたいなの。ルロイとベイビーのことではね」

新たに生えてきたビフの顎《あご》の髭《ひげ》は、血色の悪い顔とは対照的に黒々としていた。その声は疲れ果てていた。「君はひとつのものごとについてしっかり思いを巡らせ、そこで何が起こったか、そこから何が生じるかを見定めたことがあるのかね？　論理というものを働かせられないのか？　定まった事実があれば、そこには定まった結果しかないんだ」

「彼に関しては無理ね」

ビフはくたびれた口調で語った。彼の目はほとんど閉じられていた。「君は十七歳のときにあの男と結婚した。そしてその後、君たちのあいだには次から次へとごたごたがあって、結局離婚した。でもその二年後に君たちはもう一度結婚し直した。そしてそのあとあいつはまた姿をくらまして、今いったいどこにいるのかもわからない。そういういきさつを考えれば、話はなんともはっきりしているじゃないか。君たちはお互いに相応《ふさわ》しくない相手なんだ。これは個人的な側面は抜きにして言っているんだぜ。あの男がそもそもどういう人間かはともかく」

「あいつが悪党だってことは、私にもずっとわかっていたのよ。あいつがうちのドアを、もう二度とノックしないでいてくれればいいと思う」

「見てごらん、ベイビー」、ビフはすかさずそう言った。そして指を組み合わせ、その手を上げた。「これが教会で、これが塔だよ。ドアを開けると、そこには素敵な人たちがいる」

ルシールは首を振った。「ベイビーのことは気にしないでいい。この子には何でも話しているの。この子はこのごたごたの一部始終を知っているんだから」

「そしてもしあいつが戻ってきたら、君はまた家に迎え入れ、好きなだけ金を搾《しぼ》り取らせるんだ。前にもそうしたようにな」

「ええ、そうするでしょうね。ドアベルが鳴るたびに、電話のベルが鳴るたびに、誰かがポーチの階段を上がってくるたびに、私はつい心のどこかで考えてしまうのよ、あの男のことを」

ビフが両方の手のひらを広げた。「始末に負えないね」

時計が二時を打った。部屋はとてもむっとして、暑かった。ベイビーはまたハンドスプリングをやり、ワックスを塗った床でもう一度スプリットをやった。ビフは彼女を抱き上げて膝に載せた。彼女の小さな脚が彼の向こう臑《ずね》にあたった。彼女は彼のヴェストのボタンをはずし、顔を彼の中に埋めた。

「ねえ」とルシールは言った。「あなたにひとつ質問があるんだけど、正直に答えてくれるかしら？」

「いいとも」

「どんなことでも？」

ビフはベイビーの柔らかな金髪に触れ、小さな頭の横側にそっと手を置いた。「もちろん」

「七年くらい前に起こったことについてよ。最初の結婚のすぐあとのこと。ある夜、彼は頭を大きな瘤《こぶ》だらけにして、あなたの店から戻ってきた。あなたに首をつかまれて、壁に何度もぶっつけられたと彼は言った。どうしてそんなことになったか、彼は適当な作り話をした。でも私はその本当の理由を知りたいの」

ビフは指にはめた結婚指輪をぐるぐる回した。「私はただ、ルロイのことがまったく好きじゃなかった。そして喧嘩《けんか》になったんだ。ただそれだけだ。当時の私は、今とは違う人間だったから」

「いいえ。あなたがそんなことをするからには、もっとはっきりした何かがあったはずよ。私たちはもうずいぶん長いつきあいになるし、今では私にはちゃんとわかっているのよ。あなたは何をするにせよ、明確な理由を必要とする人だっていうことが。あなたは欲求によってではなく、理屈でもってものを考える人よ。なんでも正直に教えてくれるって、さっき約束したわよね。私はどうしてもそのことが知りたいの」

「今となってはどうでもいいことだ」

「それでもどうしても知りたいの」

「わかったよ」とビフは言った。「あいつはその夜うちの店にやってきて、酒を飲み出した。そして酔っ払うと、君のことをべらべら話し始めた。月に一度くらい家に帰って、君のことをさんざんぶちのめすんだが、君はそれを甘んじて受けている。でもそのあとで君は廊下に出ていって、みんなに聞こえるように何度か笑い声をあげる。そうすればまわりの部屋の住人たちも、その騒ぎがただのおふざけで、冗談みたいなものだったと思ってくれるだろうと期待してな。それがそのときにあったことだよ。だからそんなことはもう忘れてくれ」

ルシールはまっすぐに身を起こした。その両方の頬には赤みがさしていた。「ねえバーソロミュー、それこそが私が、遮眼帯をいつもつけていなくちゃならない理由なのよ。後ろや横に目を向けないようにね。日々仕事に出かけ、うちで三度の食事をこしらえ、ベイビーの将来を考える、ただそんなことだけに頭を使うようにしているの」

「なるほど」

「あなたも同じことをするといいと思う。背後を振り返らないようにするの」

ビフは頭を垂れて胸に近づけ、目を閉じた。その長い一日を通して、彼はアリスについて一度も考えることができなかった。彼女の顔を思い出そうとしても、そこにあるのは奇妙な空白だけだった。彼女についてビフにはっきりと思い出せるのは、その両足だけだった。ずんぐりとして、とても柔らかくて白く、むっくりとした小さな指がついている。足の裏はピンク色で、左の踵《かかと》の近くには小さな茶色のほくろがある。二人が結婚したその夜、彼は彼女の靴をとり、ストッキングを脱がせ、その足にキスした。そして考えてみれば、それはずいぶん意味のあることだ。なぜなら日本人はこう信じているからだ、その場所こそは女性の最も選《え》りすぐりの――

ビフはもぞもぞ動いて、腕時計に目をやった。もう少ししたら教会に向かわなくてはならない。そこで葬儀がおこなわれることになっている。彼は頭の中で、その儀式のいろんな段階をくぐり抜けていた。教会――霊柩車《れいきゅうしゃ》の背後を、追悼の緩やかな速度で従う車には、彼とルシールとベイビーが乗っている――人々がそこに集まり、九月の陽光を浴びて立ち、頭を垂れている。白い墓石、萎《しお》れつつある献花、キャンバスのテントをかけられた新しく掘られた墓穴、それらの上に太陽が照りつける。それから帰宅する——

そのあとは？

「どれだけ激しく言い争ったとしても、血の繋《つな》がった姉妹には何かがあるのよ」とルシールは言った。

ビフは顔を上げた。「どうして君は再婚しないんだ？　まだ結婚したことのない素敵な若者がどこかにいるだろう。その男が君とベイビーの面倒をみてくれるはずだ。もしルロイのことを忘れられたなら、君は誰かまともな男の素敵な奥さんになれるはずなのに」

ルシールはなかなか返事をしなかった。それからようやく彼女は言った。「私たちがいつもどんな風だったか、あなたも知っているでしょう？　どちらにも心の疼《うず》きみたいなのがなくても、私たちはおおむねいつもお互いのことがよくわかっていた。もう一度男の人と一緒になるとしたら、そういう関係でなくちゃならない」

「それは私も同じだ」とビフは言った。

半時間後、ドアにノックの音がした。葬儀に向かう車が家の前に停まっていた。ビフとルシールはゆっくりと立ち上がった。白いシルクのドレスを着たベイビーを少し先に立てて、三人は厳粛な静けさをもって外を歩いた。

ビフは翌日も昼の間は店を閉めた。しかし夕方前には、入り口のドアにかけてあった色褪《いろあ》せた百合の花輪を外し、店を開けて商売を再開した。なじみの客たちが悲しげな顔つきでやってきて、注文をする前にレジの横で数分間、彼に言葉をかけていった。いつもの顔ぶれがそこにいた――シンガー、ブラント、そのブロックにあるいくつかの店に勤めている人々、川縁《かわべり》の工場で働いている人々。夕食のあとにミック・ケリーが小さな弟と共に姿を見せ、スロットマシーンに五セント玉を入れていった。最初の硬貨が無駄に終わると、彼女は両の拳で機械をどんどんと叩き、お金が戻ってはいないかと、何度も返却口をのぞいた。それからもう一枚五セント貨を投入し、ほとんど大当たり《ジャックポット》に近い当たりをとった。硬貨がじゃらじゃらと出てきて、床を転がった。少女とその弟は、他の客がその上にすっと足を乗せたりしないように、怠りなく鋭くまわりに目を配りながら、落ちた硬貨を拾い集めた。唖は部屋の真ん中で、テーブルに向かって夕食をとっていた。向かいではジェイク・ブラントが一張羅の服を身に纏《まと》い、ビールを飲みながら話をしていた。すべては以前と同じお馴染《なじ》みの光景だった。やがて空気は煙草の煙で曇り、店は騒がしくなっていった。ビフは注意を怠らなかったが、どのような物音も、どのような動作も、彼から発されることはなかった。

「おれは歩き回っている」とブラントは言った。そしてテーブルの上にぐいと身を乗り出し、唖の顔をじっと見ていた。「おれは歩き回って、みんなに理を説いている。しかしみんな笑い飛ばすだけだ。何ひとつ彼らにわからせることはできない。どんなに努力しても、その目を真実に向けることはできないんだ」

シンガーは肯《うなず》き、ナプキンで口もとをぬぐった。顔を下に向けられなかったために、彼の夕食は冷えてしまっていた。しかし彼は礼儀正しかったので、ブラントにずっとしゃべらせていた。

男たちのしゃがれた声に比べると、スロットマシーンの前の子供たちの声は高く澄んでいた。ミックは自分の五セント貨をまた機械に入れた。ときどき振り向いて中央のテーブルに目をやったが、唖はミックの方に背中を向けていたので、彼女を目にすることはなかった。

「シンガーさんは夕食にフライドチキンを注文したのに、まだ一切れも食べていないよ」と小さな男の子は言った。

ミックは機械のレバーをとてもゆっくり引き下ろした。「よその人にかまうんじゃないの」

「だって姉ちゃんはいつもあの人の部屋か、あの人がいそうなところに行くじゃないか」

「黙りなさいって言ったでしょう、ババー・ケリー」

「だってそのとおりじゃないか」

ミックはババーを歯がかたかたいうまで揺さぶり、その身体《からだ》をドアの方に向けた。「もううちに帰って寝なさい。前にも言ったように、昼間あんたとラルフの面倒をみているだけで、もうたくさんなの。やっと一人になれる夜の時間にまで、そうしてつきまとわれたくない」

ババーは垢《あか》だらけの小さな手を前に差し出した。「じゃあ、ニッケル玉を一枚おくれよ」。その金をシャツのポケットに入れると、彼は家に帰っていった。

ビフは上着のしわをのばし、髪を後ろにぴたりと撫《な》でつけた。ネクタイは漆黒で、グレーの上着の袖には、自分で縫った喪章が巻かれていた。彼はスロットマシーンのところに行って、ミックと話がしたかった。しかしそうするのを何かが押しとどめた。彼ははっと鋭く息を吸い込み、グラスの水を飲んだ。ラジオではダンス・オーケストラがかかっていたが、そんなものを聴きたくはなかった。この十年間に流れていた音楽はみんな同じようなものばかりで、どれがどれだか見分けがつかない。一九二八年以降、彼は音楽を楽しめたことがなかった。若い頃はマンドリンを弾いていたので、すべての流行歌の歌詞とメロディーを知っていたものだが。

彼は鼻の脇に指をやり、小首を傾げた。この一年の間にミックはずいぶん背が伸びたし、そのうちに彼よりも背が高くなるだろう。ミックは赤いセーターに、ブルーのプリーツ・スカートをはいていた。彼女は学校が始まってから毎日その格好をしていたので、今ではプリーツは消え、スカートのへりは彼女の尖って突きだした膝のまわりに、だらしなく垂れ下がっていた。少女というよりはむしろ、育ちすぎた少年みたいに見える年代にミックはさしかかっていた。よほど頭の良い人でも、この手の問題についてはたいてい思い違いをしてしまうようだが、それはどうしてだろう？　人間は生まれつき両方の性を有しているのだ。結婚やベッドみたいなことだけがすべてでは決してない。証拠は？　若いときと老齢とを比較してみよう。老人男性の声はしばしばひょろひょろと甲高くなり、歩き方はちょこまかと内股《うちまた》になる。その一方で年老いた女性は往々にして肥満し、声が太く深くなり、そこそこ黒い髭が生えたりもする。そして彼自身が、そのことを証明していたといってもいい。ときとして自分が母親であり、ミックとベイビーが自分の子供たちであればいいのにと望んでしまう部分が、彼の中にはあった。唐突にビフはレジから後ろを振り向いた。

新聞が雑然と積み重なっていた。この二週間、ただの一度も新聞を整理していなかった。カウンターの下に置かれていた新聞の束を彼は持ち上げた。訓練された目で、いちばん上の見出しから、紙面のいちばん下までをざっと流し読みした。明日、裏の部屋でこの束に目を通し、整理の様式をどのように変更すればいいか、考えてみることにしよう。棚をこしらえて、缶詰が入っていた丈夫な箱を抽斗《ひきだし》の代わりに使うのだ。一九一八年十月二十七日から現在に至るまでを、年代順に並べる。紙ばさみを用いて、歴史的出来事には上に簡単な見出しをつける。見出しは三つに分かれている――ひとつは国際的なもの。休戦協定に始まり、ミュンヘン会談に至る結果へと続く。二つ目は国内問題、三つ目はこの地域のあれこれの話題だ。レスター知事がカントリー・クラブで夫人を銃で撃った事件から、ハドソン紡績工場の火事まで。この二十年に起こったすべての出来事が摘要を記載され、見出しをつけられ、まとまった形にされなくてはならない。顎をこすりながら、ビフの顔はその手の背後でほくそ笑んだ。その部屋を婦人用洗面所に改装できるように、新聞の山はどこかに片付けてくれと、アリスは彼にずっと前から求めていた。彼女はずいぶんうるさく迫っていたが、彼はそのことだけは頑として譲らなかった。妻の要求に耳を貸さなかったのはそれくらいだ。

　安らかな没頭のうちに、ビフは前に置いた新聞を細かく読んでいった。彼は意識を集中して綿密に新聞を読んだが、それでも習慣として意識の予備の部分は、周囲のあらゆる出来事に注意を払っていた。ジェイク・ブラントはまだしゃべり続けていた。そしてしばしばテーブルを拳で打ちつけた。啞はビールをすすった。ミックは落ち着きなくラジオのまわりをうろうろと回り、客たちをじっと見ていた。ビフは最初の新聞を一語洩《も》らさずに読み終え、余白にいくつか書き込みをした。

　それから突然、彼はびっくりした表情を浮かべて顔を上にあげた。あくびをしかけていたのだが、口はぴしっと閉じられた。彼とアリスが婚約をした時代に流行《はや》っていた古い曲が、ラジオから流れ出したからだ。『幼な子の黄昏《たそがれ》の祈り』。ある日曜日、二人は路面電車に乗ってオールド・サーディス湖に行き、手漕《てこ》ぎボートを借りた。夕暮れに彼はマンドリンを弾き、彼女が歌った。彼女は水兵帽をかぶっていた。そして腰に手を回したとき、彼女は——アリスは……。

曳《ひ》き網にかかった過去の感覚。ビフは新聞を畳み、カウンターの下に戻した。片足で立ち、それからもう片方に重心を移した。ようやく彼は部屋の向こう側にいるミックに声をかけた。「ラジオ、聴いてないいんだろう？」

ミックはラジオを消した。「うん。今夜はろくな番組をやってないんだもの」

そんな過去はすべて頭から追い出し、何か他のことに気持ちを集中しよう。彼はカウンターの上に身を乗り出し、客の一人ひとりを順番に見ていった。最後に、彼の注意は中央のテーブルに座っている唖に落ち着いた。そしてミックがじりじりとそちらに接近し、唖が彼女を誘って席に座らせるのを目にした。シンガーはメニューの何かを指さし、ウェイトレスが彼女のためにコカコーラを持ってきた。男二人で酒を飲んでいるときに、まっとうな若い娘をテーブルに同席させるなんて、唖のような世間から孤立した半端《フリーク》ものにしかできない真似《まね》だ。ブラントもミックもそれぞれに視線をシンガーにじっと注いでいた。彼らは語り、唖は彼らの顔を見ながら表情を変えた。それはなんだか奇妙な光景だった。その奇妙さの理由はシンガーにあるのか、それとも相手の二人にあるのか？　シンガーはポケットに両手を突っ込んだまま、じっと静かに座っていた。彼はしゃべらないことで、二人より優位に立っているみたいに見えた。この男はいったい何を思い、何を把握しているのだろう？　いったい何をわかっているのだろう？

夜の間にビフは二度、その中央のテーブルに向かいかけた。でもその度に自分を引き留めた。彼らがいなくなってからも、彼はなおも考え込んでいた。あの啞のいったい何がここまで気にかかるのだろう？　そして明け方、彼はベッドに横になり、満足を得られぬまま、いくつかの疑問と解答を頭の中でひねくり回していた。その謎《なぞ》かけは彼の中にしっかり根を張っていた。それは彼の意識の奥を悩ませ、不穏な気持ちにさせた。そこには何か正しからざるものがあった。

3

コープランド医師はミスタ・シンガーと何度も話をした。彼は他の白人たちとはまるで違っていた。彼は賢い人であり、真実に向けられた強い思いを理解してくれた。他の白人たちにはできないことだ。彼は耳を傾けた。その顔には穏やかでユダヤ人的な表情が浮かんでいた。抑圧されてきた民族に属する人が身につけた知見だ。あるとき一度、医師は回診にミスタ・シンガーを伴って行った。狭く冷え込んだ路地を抜けて彼を導いた。路地には泥と、病気と、揚げた豚の背脂《せあぶら》の匂《にお》いが漂っていた。ひどい火傷《やけど》を負った女性の顔に皮膚移植をして、それがうまくいった結果を見せた。梅毒にかかっている子供の治療をし、その手のひらの鱗《うろこ》状になった発疹《ほっしん》をミスタ・シンガーに示し、どろんとした乳白色の目の表面や、反った上側の前歯を示した。二間の粗末な家屋をいくつか訪問したが、そこには十二人から十四人の人がひしめき合って暮らしていた。暖炉の火がオレンジ色にちろちろと燃えている部屋では、肺炎を病んだ老人が息を詰まらせていたが、二人にはどうすることもできなかった。ミスタ・シンガーは医師の背後について歩き、目撃し理解した。そして子供たちに五セント貨を与えた。その静けさと慎み深さのせいで、彼が患者たちの心を乱すようなことはなかった。他の人であれば、そうはいかなかったはずだ。

日々は冷ややかになり、油断ならぬものになっていった。町ではインフルエンザが猛威をふるい、コープランド医師は昼も夜もほとんど休む暇がなかった。彼は九年間乗り続けている丈の高いダッジで町の黒人地域を駆け回った。サイドカーテンを車の窓に貼《は》り付けて隙間《すきま》風《かぜ》を防ぎ、グレーのウールのマフラーをしっかり首に巻いた。その期間、彼はポーシャにもウィリアムにもハイボーイにも会わなかったが、しょっちゅう彼らのことを考えていた。一度彼が留守をしているときにポーシャが訪ねてきて、短い手紙を残し、半袋ぶんの粗挽《あらび》き小麦を借用していった。

ある夜彼はもうくたくたに疲れ果てて、往診に行かなくてはならない家がまだ何軒かあるというのに、ホットミルクを飲んで、ベッドに入ってしまった。寒気がして熱があり、最初のうち身体を休めることができなかった。それからようやく眠りにつけそうになったところで、彼を呼ぶ声が聞こえた。医師はよろよろと立ち上がり、長いフランネルの寝間着姿のまま、玄関のドアを開けた。ポーシャがそこにいた。

「お父さん、大変なことになったの」と彼女は言った。

コープランド医師は寝間着をぴったり身体に巻き付けたまま、がたがたと震えていた。片手を喉《のど》にあて、娘の顔を見ながら言葉を待った。

「ウィリーのことなの。あの子、まずいことをしでかして、ずいぶん面倒なことになっているの。あたしたちが、なんとかしてやらなくちゃならない」

コープランド医師はこわばった足取りで玄関を離れた。途中で寝室に立ち寄り、バスローブとマフラーとスリッパをとって、台所に行った。ポーシャはそこで彼を待っていた。台所はがらんとして、冷え込んでいた。

「ああ、それであいつは何をしたんだね？　どんなことなんだ？」

「ちょっと待ってくれる。頭を整理して筋道をまとめないと、父さんに事情を話すこともできない」

彼は暖炉の上に置いてあった新聞紙を丸め、小さな薪《まき》をいくつか手に取った。

「火はあたしがおこすよ」とポーシャが言った。「父さんはそこに座っていて。このストーブが温まったら、コーヒーをつくるよ。そのときにはもう、それほど大したことには思えなくなっているかもしれない」

「コーヒーは切らせている。昨日、最後のを使い切ったから」

彼がそう言うと、ポーシャはわっと泣き出した。それから紙と薪を乱暴にストーブの中に突っ込み、震える手で火をつけた。「こういうことなんだよ」と彼女は言った。「ウイリーとハイボーイは今夜、いるべきではないところをうろついていたんだ。あたしがウィリーとハイボーイをいつも目の届くところに置いておきたいわけが、父さんにもわかるでしょう。だからね、もしあたしがついていたなら、そんなことは起こらなかっただろうね。でもあたしはそのとき教会の婦人会の集まりがあって、男たちは遊びたくてうずうずしていた。そして二人はマダム・リーバの店、『パレス・オブ・スウィート・プレジャー』に行ったんだよ。そして父さん、ここはとことん性悪の店なんだ。ナンバー賭博《とばく》の券を売ってる男がいて、たちの悪い黒人娘たちがたむろしている。お尻《しり》を振ってちょこまか歩きをして、男の気を惹く娘たちが。そしてそこには赤いサテンのカーテンがかかっていて——」

「ねえ、おまえ」と医師は苛立《いらだ》ったように言った。そして手のひらを頭の両側にぴたりと押しつけた。「その店のことは知っている。だから要点を話してくれ」

「ラヴ・ジョーンズがそこにいた——はねっかえりの黒人娘だ。ウィリーは酒を飲んで、その子とシミーを踊ってたんだが、そのうちに喧嘩になった。ラヴをめぐってジューンバグという男と喧嘩になったんだよ。最初は二人とも素手で取っ組み合いをしていたんだが、やがてジューンバグがナイフを取りだした。こっちのウィリーはナイフを持っていなかったんで、大声でわめきながら店中を逃げ回った。そうするうちにハイボーイが剃刀《かみそり》をウィリーのために見つけてやって、加勢もして、おかげであやうくジューンバグの頭をすっぱり切り落としてしまうところだったんだ」

コープランド医師は首に巻いたマフラーをきつくしめた。「それで相手は死んだのか？」

「簡単に死ぬような可愛らしいやつじゃない。病院に入ってるよ。しかし退院したらきっとすぐにまた騒ぎを起こすだろうね」

「で、ウィリアムは？」

「警察がやってきて、護送車で監獄に連れて行かれた。まだそこにぶち込まれたままだよ」

「怪我《けが》はしてないのか？」

「目にあざをつくって、お尻をちょびっとだけ切られている。でもぜんぜん大した傷じゃない。あたしに理解できないのは、どうしてラヴみたいな女をめぐって喧嘩沙汰《ざた》になったかってことだよ。あの子はあたしより十倍くらい色が黒いし、あんなブスはいないっていうくらいしっかり醜い顔をしているんだ。脚の間に卵をはさんで、それを割らないように気をつけているみたいなけったいな歩き方をしてね、おまけに清潔ですらない。なのにそんな女を巡って、ウィリーは無茶苦茶をやっちまった」

コープランド医師はストーブの方に屈《かが》み込んで、うなり声を出した。彼は咳《せき》をし、その顔はこわばった。紙のハンカチーフを口にあてたが、そこには血の点がついていた。

黒い肌は、緑がかった蒼白になった。

「もちろんハイボーイはすぐにあたしのところに来て、一部始終を残らず話してくれた。わかってもらいたいんだけど、あたしのハイボーイは、あそこの性悪女たちとはぜんぜん関わっちゃいない。ウィリーにつきあっていただけだよ。彼はウィリーのことを哀れに思って、それ以来ずっと監獄の前の歩道の縁石に座ったままなんだ」、炎の色に染まった涙がポーシャの頬を流れて落ちた。「あたしたち三人がいつもうまくやってきたことを、父さんだって知ってるよね。あたしたちには計画があり、こんなことが起こるまでは何の問題もなくそれを進めてきた。お金のことだって不自由はなかった。ハイボーイが家賃を払い、あたしが食料品を買い、ウィリーが土曜の夜の費用を持った。あたしたちはまるで三つ子みたいに、いつだってぴったり一緒だったんだよ」

　とうとう朝がやって来た。工場の最初のシフトを告げるホイッスルが鳴った。太陽があがって、ストーブの上にかかっている清潔なソースパンを輝かせた。二人は長いあいだそこに座っていた。ポーシャは両耳につけたリングを指で引っ張り、おかげで耳たぶが刺激されて赤紫色に染まった。コープランド医師は相変わらず両手で頭を抱え込んでいた。

「思うんだけど」とポーシャはやっと口を開いた。「たくさんの白人の人たちに、ウィリーのことで嘆願書を書いてもらったら、少しは役に立つんじゃないかな。あたしはブラノンさんには頼んでみたのよ。彼はあたしが頼んだままのことを書いてくれた。その事件が起こったあとにも、ブラノンさんはいつものように自分の店で働いていた。だからあたしは中に入っていって、事情を説明したわけ。そしてその手紙をうちに持って帰って、汚したりなくしたりしないように、聖書のあいだに挟んでおいた」

「手紙にはなんて書いてあったんだ?」

「ブラノンさんは、あたしがそう書いてくれって頼んだとおりに書いてくれたの。手紙に書いてあるのは、ウィリーはブラノンさんの店で三年間近く仕事をしているということ。そしてウィリーは見上げた黒人青年であり、これまで問題を起こしたことは一度もないってこと。店でものをくすねる機会はたくさんあったし、他のタイプの黒人の若者ならおそらくそうしていただろうけど——」

「あきれたな!」とコープランド医師は言った。「そいつはよくない」

「じっと何もせずに待っているわけにはいかないよ。ウィリーは監獄に入りっぱなしになっちまう。たしかに今夜は間違ったことをしでかしたけど、ウィリーはもともととても良い子なんだ。ただ座り込んで待っているわけにはいかない」

「待たなくちゃならん。それが我々にできる唯一《ゆいいつ》のことなんだ」

「そんなこと、あたしにはできないね」

ポーシャは椅子から立ち上がった。彼女の目はまるで何かを探し求めるかのように、あてもなく部屋の中をさまよった。それから唐突に玄関に向かった。

「ちょっと待ちなさい」とコープランド医師は言った。「これからどこに行くつもりなんだ？」

「仕事に行くよ。働かないわけにはいかないからね。ケリーさんのところで仕事をして、毎週のお給料をもらわなくては」

「私は監獄に行ってみる」とコープランド医師は言った。「ひょっとしてウィリアムに会えるかもしれない」

「あたしも仕事に行く道で監獄に寄ってみるよ。ハイボーイを仕事に送り出さなくちゃならないし。そうしなきゃ、きっとあの人はウィリーのことを嘆いて、昼までそのへんでくよくよへたり込んでいるだろうから」

　コープランド医師は急いで服を着替えた。そのあいだポーシャは玄関で待っていた。外に出ると、そこには涼しく青色に染まった秋の朝があった。監獄の係員は彼らにひどく素っ気なく、ほとんど何も教えてくれなかった。コープランド医師は以前に関わりを持ったことのある弁護士のところに行って、相談をしてみた。そしてそれからの長い何日かを、心痛のうちに過ごした。三週間目の終わりにウィリーの裁判があり、致死的な凶器を用いた傷害罪で有罪を宣告され、九ヶ月の重労働が科せられた。そして即刻、州北部にある刑務所に移された。

今でもなお、強く真なる目的は常に彼の内にあった。しかしそれについて考えを巡らせる暇がなかった。彼は一軒の家から別の家へと往診して回り、その仕事には終わりがなかった。まだ早朝から車を運転して出かけ、十一時になると患者たちは彼の診療所に押しかけてきた。鋭敏な秋の外気を吸ったあとでは、屋内のむっとする熱い匂いは彼を咳き込ませた。入り口のベンチはいつも病んだ辛抱強い黒人たちで埋まっていた。彼らは医師を必要としていた。時には正面ポーチや居室にまで人が溢《あふ》れた。一日中、ときには深夜に至るまで仕事が続くこともあった。体の内に疲労が蓄積し、床に横になって拳《こぶし》でどんどんと叩《たた》き、泣き叫びたくなることもあった。休息をとることができれば、体調は良くなるかもしれない。彼は肺結核を病んでいた。一日に四度熱をはかり、月に一度レントゲン写真を撮っていた。しかし休息をとることができなかった。疲労よりもっと大事なことがあったからだ――それは強く真なる目的だった。

彼はその目的について熱心に考えを巡らせたものだが、そのうち、昼夜を分かたず働いたあとなんかに、頭の中が真っ白になり、それがいったいどんな目的であったか、思い出せなくなることが往々にしてあった。でもそのうちにそれはまた戻ってきて、そうするとやはり安閑としていられなくなり、新しい職務を引き受けたくてうずうずするのだった。しかし言葉はしばしば彼の喉でつっかえた。声は今ではすっかりしゃがれて、かつての力強さを失っていた。彼は同胞である病んだ辛抱強い黒人たちの顔に向かって、言葉を絞り出すように語りかけた。

しばしば彼はミスタ・シンガーに向かって語った。彼を前にすると医師は、化学や宇宙の謎について語った。微小な精子と受精卵の分裂について。細胞の複雑きわまる百万倍の分裂について。生物の神秘と、死の単純さについて。また彼はミスタ・シンガーを相手に人種について語った。

「私の民族は広大な平原から連れてこられました。そしてまた暗く緑なすジャングルから」と彼は一度ミスタ・シンガーに向かって語ったことがあった。「沿岸までの鎖に繋がれた長い道中、何千、何万という数の人々が命を落としました。強いものだけが生き残れたのです。それから劣悪な環境の船に乗せられ、鎖で繋がれ、ここまで運ばれてくる間に、更に多くが死にました。意志の強いたくましい黒人だけが生き残れました。殴られ、鎖に繋がれ、台の上で競《せ》り売りされました。それら強いものの中でも、今ひとつ力の不足したものは、そこでまた消滅させられました。それからなおも過酷な時代を経て、私の民族の中でも最も強靭《きょうじん》なものが、こうして生き残っておるのです。彼らの息子たちや娘たちや、孫たちやひ孫たちが」

「あたしがここに来たのは、借りたいものがあるのと、頼みごとがあるからだよ」とポーシャは言った。

　ポーシャが玄関を抜けて、ドアのところに立ってそう告げたとき、コープランド医師は一人で台所にいた。ウィリアムが刑務所に送られてから二週間が経過していた。ポーシャは様変わりしていた。彼女の髪はいつものように、油をつけてきちんと櫛を入れられてはおらず、目は強い酒でも飲んだみたいに赤く血走っていた。頬はげっそり落ち込み、悲しみに満ちた蜜色《みついろ》の顔はますます母親にそっくりになっていた。

「素敵な白いお皿とカップを父さんは持っていたよね」

「ああ、おまえにあげるよ」

「いいえ、ただ借りるだけでいい。それから父さんに頼みがあるんだよ」

「なんでも言ってごらん」とコープランド医師は言った。

　ポーシャはテーブルの父親の向かいに腰を下ろした。「まず最初に説明しておいた方がいいと思う。昨日、あたしはおじいちゃんからの伝言を受け取ったんだよ。家族みんなでやってきて、明日の夜と、それから日曜日の一部を、あたしたちのところで一緒に過ごしたいということだ。もちろんみんなはウィリーのことをとても案じているし、家族はもう一度身を寄せ合わなくちゃならないと、おじいちゃんは考えている。ほんとにそのとおりだよ。身内の人たちともう一度会いたいとすごく思う。ウィリーがいなくなってから、あたしはずいぶん家族というものが恋しくなった」

「皿でもなんでも、要り用なものがあれば自由に持っていってかまわんよ」とコープランド医師は言った。「でもおまえ、背筋をしっかり伸ばした方がいいぞ。姿勢が悪くなっているから」

「これは本物の家族再会《リユニオン》になるのよ。おじいちゃんはこの二十年間、一度だって町で夜を過ごしたことはなかったし、生まれてこの方、自分の家以外で寝泊まりしたこともたった二度しかないのよ。そして夜になると、おじいちゃんはとにかく神経質になるの。まわりが暗いあいだ、起きて水を飲んで、子供たちがちゃんと布団《ふとん》をかぶってこともなく眠っているかどうか確かめなくちゃならないの。おじいちゃんがこっちでうまく落ち着けるかどうか、あたしとしてはいささか心配ではあるんだけどね」

「私が持っているもので、おまえが必要とするものがあったら——」

「もちろんリー・ジャクソンがみんなを運んでくる」とポーシャは言った。「リー・ジャクソンがここまでみんなを連れて来るには、丸一日かかるんだよ。まあ夕ご飯前に到着することはあるまいね。もちろんおじいちゃんはリー・ジャクソンのことではいつも辛抱強いし、急がせるようなことはないだろうけど」

「なんと！　あの年寄りラバはまだ生きておるのか？　もう十八歳にはなっているはずだが」

「そんなのじゃきかないよ。もう二十年は使っているもの。ずいぶん長いあいだ一緒にいるから、あのラバはもう肉親みたいに思えるって、おじいちゃんはいつも言ってる。おじいちゃんはあのラバのことがよくわかっているし、愛しているんだよ。自分の孫たちを愛するのと同じくらいね。おじいちゃんみたいに動物の心がわかる人って、他に見たことない。歩いて食べるものであれば、何にだって親しみを感じちまうみたいだ」

「一頭のラバを二十年も働かせるなんて、そりゃたいしたものだ」

「ほんとにねえ。今じゃリー・ジャクソンはすっかり弱ってしまっている。でもおじいちゃんは親身にその世話をしている。暑い太陽の下で畑を耕すときには、リー・ジャクソンに自分がかぶっているのと同じような、大きな麦わら帽をかぶせてやるんだよ。耳を出す穴をつけてね。ラバに麦わら帽なんてまったくお笑い草だけど、でもリー・ジャクソンは畑を耕すとき、その帽子を頭にかぶせてもらわなくちゃ、一歩だって動こうとはしないんだよ」

　コープランド医師は白い陶器の皿を棚から下ろし、それを新聞紙でくるみ始めた。

「ポットやら鍋《なべ》やら、料理をするのに必要なものは揃《そろ》っているのかい？」

「たっぷりあるよ」とポーシャは言った。「そんなに特別なことをするわけじゃないから。おじいちゃんはよく気のつく人だから、みんなを連れて食事に来るときには、いつも何か助けになるものを持ってきてくれるんだ。あたしは粗挽き粉とキャベツをたっぷり、それにおいしいボラを二ポンドほど用意しておけばいいだけさ」

「それはいい」

ポーシャは落ちつかなげに両手の黄色い指を組み合わせた。「父さんにまだ言っていないことがひとつあるんだ。びっくりすることだよ。ハミルトンだけじゃなく、バディーもやって来る。バディーはモビールから戻ってきたところなんだ。今では農場の手伝いをしているんだよ」

「カール・マルクスにはもう五年も会ってないな」

「あたしが父さんに頼みごとがあるというのは、そのことだよ」とポーシャは言った。「あたしがここに入ってきたとき、父さんに借りたいものと頼みごとがあるって言ったよね。覚えている？」

コープランド医師は指の関節をぽきぽきと鳴らした。「覚えている」

「明日の家族再会《リユニオン》に父さんも顔を出してくれないかって、それを頼みに来たんだよ。ウィリーだけを除いて、父さんの子供が全員集まるんだもの、父さんもやはりそこに加わるべきだと思うんだ。もし父さんが来てくれれば、とても嬉《うれ》しいんだけどね」

ハミルトンとカール・マルクスとポーシャ――そしてウィリアム。コープランド医師は眼鏡をはずし、両方の瞼《まぶた》に指を当てた。少しのあいだ彼は、遥《はる》か昔の四人の姿をありありと思い浮かべることができた。それから彼は顔を上げ、眼鏡を正しい位置に戻した。「ありがとう」と彼は言った。「寄らせてもらうよ」

　その夜、彼は一人で暗い部屋のストーブの前に座り、回想に耽《ふけ》った。自分の子供時代のことを思い出した。彼の母親は奴隷《どれい》として生まれ、解放後には洗濯女になった。父親はジョン・ブラウン（黒人解放の運動家。白人。一八五九年に反逆罪などのかどで絞首刑を執行された）も関わりを持った牧師だった。二人は彼を教育し、週に二、三ドルしかない収入の中から貯金をした。そして十七歳になったとき、二人は息子を北部に送った。靴の中に八十ドルを忍ばせて。彼は鍛冶屋《かじや》で働き、ウェイターとして、ホテルのベルボーイとして働いた。そして働きながら勉強し、本を読み、学校に通った。そのうちに父親は亡《な》くなり、母親も夫の死後長くは生きられなかった。十年にわたって苦労を重ねたあとで、彼は医師となった。そして自分の使命を知り、再び南部に戻ってきた。

　結婚し、家庭を持った。彼は絶え間なく家から家へと巡り、使命を説き、真実を説いた。同じ民族の人々が、希望のない悲惨な暮らしを送っていることで、彼の中に次第に狂気が芽生えていった。荒々しく邪悪な破壊の感覚だった。時には強い酒を飲み、頭を床に打ちつけた。心の中に野蛮な暴力が生じ、暖炉の火《ひ》掻《か》き棒を手に妻に打ちかかったこともあった。彼女はハミルトンとカール・マルクスとウィリアムとポーシャを連れて、実家の農場に戻った。彼は自らの魂の内で激しく闘い、その邪悪な暗黒になんとか打ち勝った。しかしデイジーはもう彼のもとに戻ろうとはしなかった。そして八年後に彼女が亡くなったとき、息子たちは既に子供ではなくなっており、誰も父親の元には戻らなかった。彼は一人の老人として空っぽの家に残された。

翌日の夕方ぴったり五時に、彼はポーシャとハイボーイが暮らす家を訪れた。彼らはこの町の、シュガーヒルと呼ばれる地域に住んでいた。家はポーチがついた二間の狭いコテージだった。中からはざわざわという入り混じった人々の話し声が聞こえてきた。コープランド医師はぎこちない足取りでそちらに近づき、みすぼらしいフェルト帽を手に、じっと戸口に立っていた。

部屋の中は混み合っていて、しばらくのあいだ彼の姿は誰の目にもとまらなかった。彼はカール・マルクスとハミルトンの顔をその中に探し求めた。彼らの隣にはおじいちゃんと、床に座っている二人の子供たちがいた。二人の息子たちの顔をなおもじっと見つめていると、ポーシャが戸口に立っている彼を目に留めた。

「父さんだよ」と彼女は言った。

人々の声がやんだ。おじいちゃんが椅子《いす》に座ったまま振り返った。ひょろひょろに痩《や》せて背中が曲がった、皺《しわ》だらけの老人だ。彼は三十年前に娘の結婚式で着ていたのと同じ、暗緑色の背広を着ていた。ヴェストの前には変色した真鍮《しんちゅう》の時計鎖が下がっていた。カール・マルクスとハミルトンは顔を見合わせた。そして床を見下ろし、それからようやく顔を上げて父親を見た。

「ベネディクト・メイディー」と老人は言った。「会うのは久しぶりじゃな。じつに久しぶりだ」

「ほんとにねえ！」とポーシャが言った。「この長い歳月で、あたしたちにとっては初めての家族再会《リユニオン》なんだよ。ハイボーイ、台所から椅子をひとつ持ってきて。父さん、バディーとハミルトンだよ」

　コープランド医師は二人の息子たちと握手をした。二人とも背が高く、たくましく、動作がぎこちなかった。青いシャツとオーバーオールを着た彼らの肌は、ポーシャと同じように豊かな褐色だった。彼らは医師の目をまっすぐ見なかった。彼らの表情には愛情も憎しみもうかがえなかった。

「全員が来られなかったのは残念だけど——サラ叔母さんやジムやら、その他の人々」とハイボーイが言った。「でもこうして集まりが持てたことはとても嬉しいです」

「ワゴンはとっても混み合ってたんだよ」と子供たちの一人が言った。「乗る人が多すぎたもんだから、ぼくらはずいぶん歩かなくちゃならなかった」

　おじいちゃんはマッチ棒で耳を掻いた。「誰かは家に残らなくちゃならんしな」

　ポーシャは落ち着かなげに、暗い色合いの薄い唇をなめた。「あたしたちのウィリーのことを考えていたんだよ。ウィリーはどんなパーティーでも、お祭り騒ぎでも、いつも中心にいる子だった。あたしたちのウィリーのことがね、どうしても頭から離れないんだ」

部屋のあちこちから静かな同意の呟《つぶや》きがあがった。老人は椅子に座ったまま身を後ろにそらせ、首を上下に揺すった。「ポーシャ、わたしらのためにちょっと、声に出して読んでくれんかね。こういう困苦のときにこそ神の言葉がずいぶん役に立つんじゃ」

ポーシャは部屋の真ん中にあるテーブルの上から聖書を取り上げた。「どんなところを読んでほしいの、おじいちゃん？」

「そいつは隅々まで聖なる主の御本だ。どこでもかまわん、目についたところを読んでくれればいい」

ポーシャは「ルカによる福音書」の一節を読んだ。彼女はその長くしなやかな指で言葉を辿《たど》りながら、ゆっくりと読んだ。部屋はしんとしていた。コープランド医師はグループの端に座り、指の関節を鳴らしながら、その視線をあちこちに巡らせていた。部屋はとても狭く、空気は濃くこもっていた。四方の壁には、カレンダーやけばけばしい色合いの雑誌の広告ページが雑然と貼られていた。マントルピースには、赤い紙製のバラの造花を入れた花瓶が置かれていた。暖炉の火がゆっくりと燃え、石油ランプのちらちら揺れる光が壁に影を描いていた。ポーシャはゆっくりしたリズムをつけて読んだので、その言葉はコープランドの眠気を誘い、思わずうとうとしてしまった。カール・マルクスは子供たちの隣の床に大の字に寝そべっていた。ハミルトンとハイボーイはうたた寝をしていた。老人だけがそれらの言葉の意味を玩味《がんみ》しているようだった。

　ポーシャはその章を読み終え、聖書を閉じた。

「そのことについては、ずいぶん何度も思いを巡らせたものだ」とおじいちゃんは言った。

　部屋の人々はうたた寝から覚めた。「なんですって？」とポーシャが尋ねた。

「こういうことだ。おまえたちも覚えているだろう。イエスが死者を蘇《よみがえ》らせ、病んだものを治癒するところを」

「もちろん覚えていますとも」とハイボーイが恭《うやうや》しく言った。

「長年にわたって畑を耕したり、いろんな仕事をしているあいだ」とおじいちゃんはゆっくりと言った。「わしはずっと考えを巡らせていたんだ。いったいいつになったら、イエス様は再びこの地上に降りてこられるんだろうと。わしはいつだってそのことをずっと強く望んできたから、それはたぶんわしの生きているあいだに起こるだろうという気がしていた。だからそのことについて、何度となくしっかり吟味をしてきた。そしてそのときはこのように振る舞おうと心を決めたのだ。わしの考えはこうだ。イエス様の前に、すべての子供たちや、孫たちや、ひ孫たちや、親戚《しんせき》のものたちと共に立って、わしはこう言うんだ。『イエス・キリスト様、わしらはみんな哀れな黒人たちでございます』と。するとイエス様はその御手《みて》をわしらの頭の上に置かれ、わしらはそこで直ちに綿みたいに真っ白になるんだ。それがわしが長い長い年月にわたって思い描いてきた計画であり、心に決めたことだ」

　部屋に沈黙が降りた。コープランド医師はシャツのカフをぐいと引っ張り、ひとつ咳払いをした。脈がひどく速くなり、喉がこわばった。彼は部屋の片隅に座り、自分が孤立し、怒り、ひとりぼっちであることを実感した。

「おまえたちの誰か、天からのしるしを受けたことはあるかね？」とおじいちゃんが尋ねた。

「おれはあります」とハイボーイが言った。「一度肺炎にかかったとき、神様の顔が見えました。暖炉からおれを見ておられたんです。おっきな白人の顔で、真っ白な髭《ひげ》が生えて、目は青色だった」

「あたしはお化けを見たことあるわ」と子供たちの一人が言った。女の子だ。

「おれも一度――」と小さな男の子が言いかけた。

　おじいちゃんが手を上げそれを制した。「子供たちは黙っておいで。おまえ、シーリア――そしておまえホイットマン――おまえたちにとって、今は静かに耳を澄ませる時間であって、人に話をする時間ではない」と彼は言った。「たったいっぺんだけ、わしはほんもののしるしを受けたことがある。それはこんな風だった。去年の夏のことで、とても暑い日だった。豚小屋の近くにある大きなオークの木の、切り株の根っこをわしは掘り起こそうとしていた。それで屈み込んだところで、一種のひっかかりというか、突然背中のくぼみに痛みを感じた。身体をまっすぐ伸ばすと、まわりが真っ暗になった。わしは手で背中を押さえて空を見上げた。そうしたらそこに突然小さな天使様が見えたんじゃ。白くちっちゃな少女の天使様じゃった。わしの目にはエンドウ豆ほどの大きさに見えた。髪は黄色く、白い衣を身に纏って、それが太陽の近くを飛んでいた。そのあとわしは家に入って祈ったよ。そして聖書を読み込んだ。再び畑に出るまで、わしは三日間ずっと聖書を読んでおった」

かつての邪《よこしま》な怒りが身のうちに湧《わ》き起こってくるのを、コープランド医師は感じた。言葉が取り留めもなく喉元までこみ上げてきたが、それを声にはできなかった。みんなは老人の話に耳を澄ませている。理にかなった言葉には誰ひとり耳を傾けないくせに。これが私の同胞なのだ、医師は自らにそう言い聞かせようとしたが、しかし口を閉ざした状態にあったから、何を考えたところで今は助けにはならなかった。彼は緊張し、むっつりした顔でそこに座っていた。

「それは奇妙な体験じゃった」とおじいちゃんは唐突に言った。「ベネディクト・メイディー、あんたは立派なお医者だ。わしはひとしきり畑を掘ったり、種まきをしたりしたあと、背中のくぼみにときおり痛みを感じるんだが、それはどうしてかね？　なんで背中が痛くなったりするんだろう？」

「あなたはいくつになります？」

「七十と八十のあいだのどこかだね」

　老人は薬と治療が好きだった。家族と一緒にデイジーを訪ねてきたとき、彼はいつも診療をしてもらい、家族全員のための薬品や塗り薬を持ち帰ったものだった。しかしデイジーが家を出て行ってからは、ぱったりと顔を見せなくなった。そして新聞で宣伝をしている下剤と腎臓《じんぞう》の薬だけで満足せざるを得なくなった。老人は今、おずおずした熱意を持って彼を見ていた。

「たくさん水を飲むんですね」とコープランド医師は言った。「そしてできるだけ休息をとること」

　ポーシャは夕食の用意をするために台所に入っていった。暖かな匂いが部屋に満ちていった。静かな、とりとめない会話がそこにあった。しかしコープランド医師は何も聞いていなかったし、何も言わなかった。ときどき彼はカール・マルクスとハミルトンに目をやった。カール・マルクスはジョー・ルイスについて話していた。ハミルトンは主に雹《ひょう》のことを語っていた。その雹は作物の一部に被害を与えたのだ。父親と視線が合うと、彼らは笑みを浮かべ、足をもそもそと床に這《は》わせた。医師は二人を、怒りと悲嘆の目でじっと見続けていた。

　コープランド医師は歯をきつく嚙《か》みしめた。彼はカール・マルクスとハミルトンとウイリアムとポーシャについて、また自分がかつて彼らのために用意していた真なる目的について、ずいぶんあれこれ思いを巡らせてきたものだった。だから彼らの顔を目にしていると、医師の中には黒く膨れた感情が湧き起こってきた。もしその気持ちを、遠い過去の始まりから今夜のこの場に至るまでの一切を、そっくり子供たちにぶちまけることができたなら、それによって彼の心を厳しく蝕《むしば》む痛みはおそらく癒《い》やされたことだろう。しかし子供たちはそんな言葉に耳を傾けることも、また理解することもなかっただろう。

　彼は身を引き締めた。それで彼の身体のひとつひとつの筋肉がこわばり、力んだ。彼は自分のまわりにあるものに対して、まったく耳を傾けず、目も向けなかった。目も見えず口もきけないもののように、部屋の片隅にじっと座っていた。ほどなく一同は食事のテーブルの前に着き、老人が食前の祈りを唱えた。しかしコープランド医師は食事には手をつけなかった。ハイボーイがジンのパイント瓶を持ち出し、みんなが笑いながら回して口飲みしたときも、彼はそれを断った。彼は硬くこわばった沈黙のうちに、じっとそこに座っていたが、やがて帽子を手に立ち上がり、別れも告げずにそこを去って行った。もし長い真実をそっくり語れないのであれば、口にすべきことなど何ひとつなかった。

その夜、彼は横になったまま、緊張した眠れぬ夜を過ごした。その翌日は日曜日だった。彼は五、六の往診をし、昼になる前にミスタ・シンガーの部屋を訪れた。その訪問によって孤独感はそれなりに癒やされ、別れを告げたときには、再び心の平穏を得ていた。

　ところがその家を出る前に、平穏は彼から去ってしまった。ちょっとした事故が起こったのだ。彼が階段を降りようとしたとき、大きな紙袋を抱えた白人の男の姿が見えた。だからすれ違えるように手すりの側に身を寄せた。しかしその白人の男は脇目《わきめ》もふらず、一度に二段ずつ階段を駆け上がってきて、二人は激しい勢いで正面衝突した。コープランド医師は気分が悪くなり、息ができなくなった。

「ああ、あんたの姿が目に入らなかった」

　コープランド医師は相手の顔を間近に見たが、返事はしなかった。その白人の顔には見覚えがあった。まるでどこか育ち損ねたような、その荒々しい身体と、大きくて不格好な手を覚えていた。それから突然わき起こった医学的興味をもって、その白人の顔をしげしげと観察した。その瞳《ひとみ》の奥に、揺るぎなき異様な狂気が隠されていることが見て取れたからだ。

「すまなかった」とその白人の男は言った。

　コープランド医師は手すりに手を置き、そのまま進んでいった。

4

「あれは誰だ？」とジェイク・ブラントは尋ねた。「背の高い、痩せた黒人の男で、この部屋から出てきた」

小さな部屋はきれいに片付いていた。テーブルの上に置かれた紫の葡萄《ぶどう》の鉢に陽光が輝いていた。シンガーは両手をポケットに突っ込み、座った椅子を後ろに傾け、窓の外を眺めていた。

「階段でその男に正面衝突したんだが、おれの顔をまるで汚いものでも見るみたいに見やがった。ああ、今まであんな目で人に見られたことはない」

ジェイクはエールの入った袋をテーブルの上に置いた。そして自分が部屋にいることにシンガーが気づいていないことを知って、ショックを受けた。彼は窓のところに近づいて、シンガーの肩に手を触れた。

「わざとぶつかったわけでもないのに、何もあんな態度をとることはないだろう」

ジェイクは身震いした。太陽は輝いていたが、部屋の中はひやりとした。シンガーは人差し指を一本立て、廊下に出て行った。戻ってきたときは、石炭を入れたバケツと、何本かの細い薪を手にしていた。ジェイクは彼が暖炉の前に屈み込むのを見ていた。彼は膝《ひざ》できれいに薪を折り、紙の土台の上にそれを置いた。そしてそこに順序よく石炭を配した。最初のうちうまく火がつかなかった。炎は弱々しくちらちらと揺れるだけで、やがて黒い煙に巻かれるように消えていった。シンガーは火床《ひどこ》を二枚続きの新聞紙で囲んだ。隙間風が火に新しい命を与えた。部屋には音がごうごうと響き渡った。新聞紙は赤く輝き、内側にすっと吸い込まれた。ぱりぱりと音を立てる一面のオレンジ色の炎が火床を満たした。

　朝の最初のエールは、細やかでまろやかな味わいを持っていた。ジェイクは自分のぶんをあっという間に飲み干してしまった。そして手の甲で口もとを拭《ぬぐ》った。「遠い昔のことだが、おれは一人の女性を知っていた」と彼は言った。「あんたはなんとなく彼女を思い出させる。ミス・クララっていうんだが、テキサスに小さな農場を持っていて、プラリネ（アーモンドを使った砂糖菓子）をつくって、街で売っていた。大柄で背が高く、顔立ちの良い女性だった。丈の長いぶかっとしたセーターを着て、作業靴を履いて、男物の帽子をかぶっていた。おれが出会ったときは、亭主を亡くしていた。おれが言いたいのはこういうことだよ。もし彼女に会わなかったら、おれは知覚を得ないままだったかもしれない。何も知らずにいるほかの何百万人と同様の人生を送っていたかもしれない。ただの説教師か、そのへんの工場労働者か、それともセールスマンとして一生を終えていたかもしれない。おれの人生はまったくかすみたいなものだったかもしれない」

　ジェイクは思案するように首を振った。

「それを理解するためには、過去に何があったかを知らなくちゃならん。おれは若い頃にはガストニアに住んでいた。ぶかっこうなちびのガキで、幼すぎて紡績工場にも勤められなかった。それでボウリング場でピンボーイをやって、給料代わりに飯を食わせてもらっていた。あるとき、利発で素早い子供なら煙草《たばこ》の葉に糸を通すだけで一日に三十セント稼げるところがある、という話を耳にした。それほど遠くないところにな。おれはそこに行って一日に三十セント稼いだ。十歳のときだよ。そしておれは家を出て、以来手紙ひとつ書かなかった。家族はおれがいなくなってほっとしていたはずだ。生活はきつかったからな。それにどうせ家族の中で字が読めるのは、姉一人だけだった」

　彼は空中で手を振った。まるで自分の顔から何かをぬぐい去ろうとするかのように。

「とにかくおれが言いたいのはこういうことだ。おれが最初に信じたのはイエスだった。同じ工場で働いていたやつがテント小屋を持っていて、そこで毎晩説教をしていた。おれはそこに行って話を聞いて、それで信仰に目覚めた。おれの頭の中には朝から晩までイエスがいたよ。暇があれば聖書を読んで、祈りを捧《ささ》げた。それである日、おれは金槌《かなづち》を持って、テーブルの上に手を置いた。おれは腹が立っていて、手にずぶりと釘《くぎ》を打ち込んだ。手がしっかりとテーブルに釘付けされ、おれはそれをじっと見ていた。指がぴくぴくと震え、青くなっていった」

　ジェイクは手のひらを差しだし、その真ん中にある白く変色したぎざぎざの傷跡を見せた。

「おれは福音伝道者になりたかった。国中をまわって説教をし、信仰復活集会をやりたかったんだが、まずは各地を移動し続け、二十歳の頃にはテキサスにいた。ミス・クララの住まいの近くにあるペカン果樹園で働いていたんだ。彼女と知り合いになって、夜にときどきうちに遊びに行った。彼女はおれに話をした。わかるだろ、おれは何もいっぺんにすべてがわかりだしたわけじゃないんだ。誰にとっても、ものごとはそんな風にぱっと急に起こるもんじゃない。徐々に起こっていくものだ。おれは本を読むようになった。働いて得た金の一部を貯《た》めておいて、しばらく仕事をせずに勉強をする時間を持てるようにした。それはまさに生まれ変わりのようなものだった。知覚を得ているおれたちには、それが何を意味するかが理解できる。おれたちは目をしっかり開いて、物ごとを見てきたんだ。おれたちは、遥か彼方《かなた》からやってきた人間のようなものなんだ」

　シンガーは彼に同意した。部屋は家庭的なくつろぎを与えてくれた。シンガーはクローゼットからブリキの缶を出してきた。缶の中にはクラッカーや果物やチーズが入っていたが、彼はその中からオレンジを選び、ゆっくり皮をむき始めた。彼は白い筋の部分も残らずむいてしまい、その果実は陽光を受けてきれいに透明になった。彼は果実を切り分け、それを二人で分けた。ジェイクは一度に二きれずつ食べ、景気の良い音を立てて種を火に向けて吹いた。シンガーは自分のぶんをゆっくりと食べ、取った種は片方の手のひらに丁寧に置いた。彼らは更に二本のエールを開けた。

「おれたちのような人間はこの国にいったい何人いるだろう？　一万人ほどかな。二万人くらいか。あるいはもっとたくさんか。おれはいろんな場所に行ったが、同じような人間にはほんの少ししか出会わなかった。しかし一人の人間がそれを知覚しているとしよう。彼は今の世界の状況を見ることができるし、何千年の過去を見渡し、どのようにしてこうなったのかを見てとることができる。資本と権力がゆっくりと癒着していく様を目にし、こんにちそれがまさに頂点に達していることを知る。彼はアメリカを気違い病院《クレイジーハウス》として捉《とら》えるだろう。生きるために人は、兄弟からさえものを奪い取らなくてはならないことを知る。子供たちは腹を減らせ、女たちは食べていくために、週に六十時間労働を強いられている。彼は失職者の大群を目にする。その一方で何十億ドルという金、何千マイルという土地が無意味に消耗されていく。そして戦争がすぐそこに近づいている。かくも厳しい困苦の渦中《かちゅう》にあるがために、人々がいかにして卑《いや》しく醜くなり、彼らの中で何が息絶えつつあるのか、彼にはそれが見える。しかし彼が目にする最も重要なことは、世界のシステム全体が虚偽の上に打ち立てられているという事実だ。それは白日の下に、かくもはっきり晒《さら》されているというのに、知覚せざるものたちはあまりに長いあいだ虚偽と共に生きてきたために、それが虚偽であることが見抜けないんだ」

ジェイクの額の血管が、怒りのために赤い編み目となって浮かび上がった。彼は石炭バケツをぐいと摑《つか》み、その中身を雪崩《なだれ》のように火の中に勢いよく放り込んだ。片足が痺《しび》れていたので、それをどんどんと踏み鳴らし、おかげで床が震えた。

「おれはあらゆるところに行った。おれはうろつきまわった。おれは話した。みんなに理を説こうとした。でもそれが何かの役に立ったか？　とんでもない！」

彼はまっすぐ火を見つめていた。エールの酔いと熱気のせいで顔の色がいっそう赤黒くなっていた。足先のむずむずした感触が脚の上の方まで広がっていた。彼はうとうとまどろみながら、火の色に見とれていた。そこには緑や青や燃えさかる黄色が混じり合っていた。「あんたただ一人だ」と彼は夢見るように言った。「あんただけだ」

彼はもうよそ者ではなかった。今ではブラントは、町を囲むように広がっていくスラムのすべての通りと、すべての裏道と、すべての塀を知っていた。彼は相変わらず「サニー・ディキシー」の仕事を続けていた。秋のあいだその見世物は、常に町の境界線の少し内側に留まりつつ、空き地から空き地へと移動して営業していた。そのようにしていつしか町のまわりをぐるりと一周してしまった。場所こそ変化したが、内容はおおむね似たようなものだ。朽ちた小屋の列によって区切られた荒廃地の一角、近くには紡績工場か、綿繰り機の作業場か、あるいは瓶詰め工場があった。やってくる客たちの顔ぶれも同じだ。大半は工場労働者か黒人だった。日が暮れると色つきの電球がともり、見世物はけばけばしい様相を帯びた。回転木馬の馬たちが機械仕掛けの音楽に合わせてぐるぐると回った。ブランコ機械は大きく旋回し、手すりで囲まれた小銭投げゲームはいつも混み合っていた。二つある屋台では飲み物と、血の色が混じった茶色のハンバーガーと、綿菓子が売られた。

彼はもともと機械操作係として雇われたのだが、その職分は徐々に広がっていった。その粗い胴間声は騒音をものともせずよく通ったし、彼は会場のあちこちを巡回して歩いた。額には汗が浮かび、口髭はしばしばビールで濡《ぬ》れていた。土曜日の彼の役目は、人々に秩序を保たせることにあった。そのずんぐりとした堅固な身体《からだ》は、野蛮なエネルギーで群衆を制御した。しかし目だけは、彼のそれ以外の部分に見られる暴力性を帯びてはいなかった。広い威《い》嚇《かく》的な額の下で、大きく見開かれたその眼差《まなざ》しにうかがえるのは、取り乱し孤立した様相だった。

帰宅するのは夜中の十二時から一時にかけてだった。彼が住む家は四つの部屋に区切られ、家賃は一人あたま一ドル半、裏手に便所があり、玄関脇に水道の蛇口があった。

彼の部屋の壁と床はむっとする湿った匂《にお》いがした。窓には黒ずんだ安物のレースのカーテンがかかっていた。彼は一張羅のスーツをバッグの中に入れ、オーバーオールを釘に吊《つる》しておいた。部屋には暖房もなく、電気もなかった。しかし街灯が窓の外側を照らし、その淡い緑がかった反射光が部屋の中を明るくしてくれた。ベッドの枕元《まくらもと》には石油ランプがあったが、本を読むとき以外それに火をつけることはなかった。石油が燃えるきつい匂いが不快だったからだ。

　部屋にいるとき、彼はせわしなく床を歩きまわった。乱れたままのベッドに腰掛け、ぼろぼろになった汚い爪《つめ》の先を乱暴に噛みまくった。垢《あか》のきつい味が口の中にじわりと広がった。内なる孤独感はあまりに強烈であり、心が恐怖に満たされた。彼はいつもだいたい粗悪な密造酒のパイント瓶を飲んだ。そのアルコール分のきつい酒のおかげで、夜が明ける頃には身体が温まり、リラックスしていた。そして午前五時には、早番のシフトの始まりを告げるホイッスルが工場から聞こえてきた。ホイッスルは気味の悪い茫《ぼう》漠《ばく》としたこだまをあとに残していった。彼はその響きを耳にするまで、眠りに就くことができなかった。

　しかしおおむね彼は部屋にはいなかった。外に出て、人気のない狭い通りに入っていった。早朝の未明の時刻、空はまだ真っ暗で、星たちはくっきりと硬く光っていた。工場が稼働《かどう》していることもときどきあった。黄色く照らされた建物から、機械の騒音が聞こえてきた。彼は門のところで夜勤の人々が出てくるのを待った。セーターやプリントのドレスを着た若い娘たちが出てきて、暗い街路に消えていった。男たちは弁当の箱を手に出てきた。彼らのうちの何人かは家に帰る前に必ず、電車の車両を利用したカフェに寄って、コカコーラかコーヒーを飲んでいった。ジェイクも彼らと共にそこに入った。騒音の激しい工場の中では、男たちは口にされる言葉のひとつひとつをはっきり聴き取ることができた。しかしいったん工場の外に出ると、一時間ばかり彼らは何ひとつ聴き取ることができなかった。

　車両カフェでジェイクは、ウィスキーを入れたコカコーラを飲んだ。そして話をした。冬の夜明けどきは白っぽく、煙っぽく、冷ややかだった。彼は男たちのやつれて黄ばんだ顔を、酔っ払い特有の性急な眼差しで覗《のぞ》き込んだ。しばしば彼は笑い飛ばされたが、そんなときはそのずんぐりした身体をまっすぐに立てて、音節の多い難しい言葉を使って相手を叱責《しつせき》した。グラスを持った手の小指を突き出し、偉そうに口髭をひねった。それでも相手がまだ笑っているようなら、ときには喧嘩《けんか》になった。彼はその大きな褐色の拳を、恐ろしいほどの荒々しさをもって振るい、声を上げてすすり泣くのだった。

　そのような朝を過ごしたあと、彼はほっとした心持ちで見世物に戻っていった。そして人々の群れを押し分けていくことで、心の安らぎを得た。騒音、むっとする悪臭、人々の肉体に肩が触れること、そういうことが彼のささくれた神経を鎮《しず》めてくれた。

町の施行する「日曜日安息法」のために、安息日には見世物は休まなくてはならなかった。日曜日には彼は朝早く起きて、スーツケースからサージのスーツを取りだし、メインストリートに向かった。まず「ニューヨーク・カフェ」に寄って、エールを買い求め、袋に入れてもらい、それを持ってシンガーの部屋を訪れた。彼は町に住む多くの人々の名前と顔を覚えていたが、友だちと呼べるのはその啞《おし》くらいだった。二人は静まりかえった部屋で何をするともなく時を送り、エールを飲んだ。そして彼は語った。それらの言葉は、通りや部屋で独りで過ごした暗い朝から、ひとりでに生まれてきた。それらの言葉は安堵《あんど》と共に形作られ、安堵と共に語られた。

火は消えてしまった。シンガーはテーブルに向かってカードの独り遊びをやっていた。ジェイクは眠り込んでいた。彼は神経質そうにぶるっと身を震わせて目覚めた。顔を上げてシンガーの方を見た。「そうだ」と彼は突然の質問に答えるように言った。「おれたちの何人かはコミュニストだ。しかし全員じゃない――おれ自身は共産党員にはなっていない。というのは、共産党員なんてたった一人しか知らんからだ。何年も浮浪者みたいなことをやってたって、共産党員になんてまず出くわさないものさ。このへんには党の支部もないし、ちょっと足を運んで気軽に入党できるってものでもない。どこかに支部はあるのかもしらんが、そんな話を聞いたことがない。そして入党するために、わざわざニューヨークまで出かけていくわけにもいかんだろう。さっきも言ったように、おれは共産党員なんて一人しか知らんし、そいつはみっともないちびの絶対禁酒主義者で、息がひどく臭かった。そしておれたちは喧嘩をした。共産主義に文句があったからじゃない。おれがスターリンやロシアをそれほど高く評価していないというのが、その喧嘩のいちばんの理由だった。おれはあらゆる国家や政府を嫌悪《けんお》しているからな。しかしそれはひとまずおいて、まず共産党に入るべきなのかもしれない。何がどうなのか、おれにはよくわからんのだ。あんたはどう思うね？」

　シンガーは額に皺を寄せて考えていた。そして銀色の鉛筆に手を伸ばし、メモに「私にもわからない」と書いた。

「しかしひとつわかっていることがある。いいか、おれたちはいったんこの知覚を得ると、じっとしているわけにはいかなくなるんだ。行動を起こさなくちゃならなくなる。中には頭が変になっちまうものもいる。やらなくちゃならないことがあまりに多く、どこから手をつければいいのかわからないからだ。まったく気が狂いそうだよ。おれにしたってそうだった——今から振り返ってみると、正気の沙汰《さた》とは思えないことを、ずいぶんやってきた。一度おれは自分の組織を立ち上げたんだ。二十人ほどの労働者たちを集めて、これくらい言えばもうわかっただろうと思うまで、みっちり話をして聞かせた。おれたちのモットーはただ一言だった——行動。まったくなあ！　おれたちは暴動を起こすつもりだった。できるだけ盛大に騒ぎを起こしてやろうと思っていた。おれたちの究極のゴールは自由だった――本物の自由だ。人の魂の持つ正義の感覚によってのみ達成できる偉大なる自由だ。おれたちのモットーである『行動』は、資本主義の徹底した破壊を意味していた。おれたちの仕事が首尾良く達成され次第、（おれの手で起草された）憲法のいくつかの条文において、おれたちのモットーである『行動』は『自由』へと置き換えられることになっていた」

ジェイクは尖《とが》らせたマッチ棒を使って、問題のある歯の窪《くぼ》みを掃除した。少しあとで彼は続けた。

「そして憲法がすべて書き上げられ、最初の同志たちが組織化されたとき、おれはその組織の支部を立ち上げるべくヒッチハイクの旅に出た。そして三ヶ月後に戻ってきたんだが、そこでいったい何を目にしたと思う？　最初の英雄的行動とはどんなものだったと思うね？　みんなは然《しか》るべき怒りに駆られ、戦術的行動なんてものにはおかまいなく、おれ抜きで勝手に暴走を始めていただろうか？　破壊や、殺人や、革命が派手に眼前に展開されていただろうか？」

ジェイクは椅子の中で前のめりになった。そして一息置いてから、陰鬱《いんうつ》な顔つきで言った。

「それがな、マイ・フレンド、やつらは資金の中から五十七ドル三十セントを勝手に流用し、それでお揃いの帽子と、土曜日の夕飯弁当を買い込んだんだよ。おれが入っていったとき、やつらは揃いの帽子をかぶり、会議用のテーブルを囲んでサイコロ賭博《とばく》をやっていやがった。ハムを囓《かじ》り、ジンのガロン瓶を手近にどんと置いてな」

ジェイクの大笑いにつられるように、シンガーはおずおずと微笑《ほほえ》んだ。少ししてシンガーの口もとに浮かんだ笑みはこわばり、そして消えていったが、ジェイクはなおも大声で笑い続けていた。こめかみの血管は大きく膨れあがり、顔色はくすんだ赤色に染まっていた。彼はあまりに長く笑いすぎていた。

シンガーは時計を見上げて、時間を指さした。十二時半だ。彼は自分の時計を手に取り、銀色の鉛筆を持ち、メモ帳を持ち、マントルピースの上に置いた煙草とマッチを取った。それらをポケットに分けて入れた。食事の時刻だ。

しかしジェイクはまだ笑っていた。その笑い声にはどこかしら狂気をうかがわせるところがあった。そしてポケットの小銭をじゃらじゃらいわせながら部屋を歩き回った。彼の長く逞《たくま》しい両腕は、堅苦しく不器用に振り回された。彼はこれから出される食事の品目を口にし始めた。食品の名前を口にするとき、彼の顔は盛大な食欲のために猛々《たけだけ》しくなった。ひとつひとつの単語を口にするたびに、腹を減らせた動物みたいに、上唇がぎゅっと持ち上げられた。

「ローストビーフのグレイヴィー(肉汁)かけ。米飯。キャベツと軽いパン。アップルパイの大切り。ああ、腹の皮が背中にくっつきそうだ。ああ、ジョニー、北軍兵《ヤンキー》がやってくる足音が聞こえるぞ。ところで食事といえばだな、マイ・フレンド、おれはあんたにクラーク・パターソン氏の話をしたことがあったっけな？　〈サニー・ディキシー・ショー〉を所有しておられる紳士だよ。あまりに肥満しているので、じぶんのおちんちんをもう二十年見たことがないっていう人物だ。彼は一日中トレイラーに籠《こ》もって、トランプの独り遊びをして、大麻煙草を吸っている。食事は、近くの簡易食堂から出前をとっている。そして毎朝食べるものといえば――」

　シンガーが部屋を出て行けるように、ジェイクは一歩後ろに下がった。唖と一緒にいるとき、彼は常に戸口で身を引いて、相手に先を譲った。彼はいつも後に従い、シンガーが先に立って進むことを望んでいた。一緒に階段を降りながら、神経質に休みなく彼は語り続けた。その大きな茶色の目はずっとシンガーの顔に向けられていた。

　柔らかく穏やかな午後だった。二人は屋内に籠もっていた。ジェイクはウィスキーのクォート瓶を買って持ち帰った。そしてベッドの足もと側に腰掛け、床に置いた瓶を取ってグラスに注ぐために、ときおり身を屈《かが》めることを別にすれば、ただ黙して考えに耽っていた。シンガーは窓際《まどぎわ》のテーブルの前に座ってチェスを差していた。ジェイクは今ではそれなりに落ち着きを得ていた。彼は友人のゲームを眺めながら、穏やかで静かな午後が、夕刻の暗さと混じり合っていく様を味わっていた。火明かりが部屋の壁に暗い沈黙の波を描いていた。

しかし日が暮れると、再び興奮がぶり返してきた。シンガーはチェス駒《ごま》をどかせ、二人は向かい合って座った。神経の高ぶりがジェイクの唇を不規則にぴくぴくと震わせ、気持ちを宥《なだ》めるために彼は酒を飲んだ。やり場のない欲求が逆流となって押し寄せ、ジェイクを支配した。ウィスキーをがぶ飲みし、彼は再びシンガーに向かって語りかけた。言葉が内部で膨れあがり、口から吹き出した。彼は窓際からベッドまで歩き、そこからまた窓際に歩いて戻った。それを何度も何度も繰り返した。そして遂《つい》に膨れあがった言葉が洪水となり、それが酔っ払い特有の大げさな物言いと共に啞に向けられた。

「やつらはおれたちに何をやったか？　やつらは真実を嘘《うそ》に作り替えたんだ。やつらは理想を台無しにし、堕落させた。イエスのことを思ってくれ。彼はおれたちのうちの一人だった。彼は知覚していた。ラクダが針の穴を抜けるのは、金持ちが神の王国に入るよりもむずかしいと言ったとき（ジェイクの引用は間違って意味が逆になっている）、彼は文字通りの真実を語っていたんだ。しかしこの二千年のあいだに教会がイエスに対してなしてきたことを見てみろ。やつらがどれほど彼を作り替えてしまったか。連中は彼の口にしたすべての言葉を、自分たちの邪悪な目的のために、とことん変形してしまった。もしイエスが今生きていたら、きっと不当に罪を押しつけられ、監獄に放り込まれていることだろうな。イエスこそ物ごとを真に知覚していることだろう。おれとイエスはテーブルをはさんで座り、おれは彼を見て、彼はおれを見て、そしておれたちは互いに理解するだろう——おれたちはどちらも物ごとをまともに知っている人間なんだと。おれとイエスとカール・マルクスは、揃ってひとつのテーブルに座ることだってできて、そして——

そしておれたちの自由に何が起こったかを見てくれ。アメリカ独立戦争を戦った男たちは、DAR（「アメリカ革命の娘たち」。アメリカ独立戦争を戦った人々の子孫で構成されている愛国婦人団体）のご婦人がたなどとはまったく別物だ。おれが腹の膨らんだ、香水の香りのする狆じゃないのと同じくらいな。彼ら戦士が自由について語るとき、それは誠心誠意のものだった。そして彼らは紛れなき革命を戦った。この国のすべての人間が自由で平等であるべきだと信じて戦ったんだ。まったくな！　そしてそれはつまり、造物主の前にあってはすべての人間は平等であり、みんなに平等な機会が与えられているということなんだ。それは二十パーセントの人間が、残りの八十パーセントの人々から生活の資を勝手気ままに奪い取っていいということじゃないんだよ。一人の人間がもっと金持ちになるために、一万人の貧しい人々を好きなだけ搾取《さくしゅ》してもいいってことじゃないんだ。暴君たちがこの国をかくもあさましい状態に追い込み、何百万という数の人々が職にあぶれ、三度の食事と寝場所さえ手に入れればどんなことでもやる——嘘をついたり、ごまかしたり、右腕を切り落としたり——という窮状に置かれてもかまわない、みたいなことじゃないんだ。連中は自由という言葉をとことん穢《けが》れたものに貶《おとし》めてしまった。聞いているか？　自由という言葉は、すべての知覚するものにとって、スカンク並みに悪臭芬々《ふんぷん》たるものになってしまったんだ」

　ジェイクのこめかみの血管は荒々しく脈打ち、その口は痙攣《けいれん》するように動いた。シンガーは案ずるように、椅子の上でまっすぐ身を起こした。ジェイクはまた話し出そうとしたが、口もとで言葉がつっかえた。震えが彼の身体を通り抜けていった。彼は椅子に座り込み、指で震える唇を押さえた。それからかすれた声で言った。

「こういうことなんだ、シンガー。頭に血を上らせても役には立たない。おれたちが何をやったところで、何の役にも立ちやしない。そうとしかおれには思えない。おれたちにできるのは、歩き回って真実を告げることだけだ。そして然るべき数の『無知覚者』が真実を学んだら、もう戦う理由なんてまったくなくなってしまう。だからおれたちのやるべきは、ただ彼らにそれを知らしめることなんだ。必要なのはそれだけだ。しかしどうやって？　どうやればいいんだ？」

　炎の影が壁に打ち寄せていた。暗い影のような波が高く盛り上がり、部屋そのものが動いているようだった。部屋が上がったり下がったりしているようで、バランスがすっかり失われていた。ジェイク一人だけが下に沈み込んでいくように感じていた。波に揺られるような動きでゆっくりと、影になった海洋に沈んでいくのだ。無力さと恐怖にとらわれ、彼は大きく目を見張った。しかし彼に見えるのは、飢えたように頭上で轟音《ごうおん》を立てる、暗い緋色《ひいろ》の波だけだった。それからようやく、彼は自分が探していたものを認めた。でも唖の顔は霞《かす》んで、遥か遠くにあった。ジェイクは目を閉じた。

翌朝、彼はずいぶん遅く目を覚ました。シンガーはもう何時間も前に仕事に出かけていた。テーブルの上にはパンとチーズとオレンジと、ポット入りのコーヒーが置いてあった。朝食を食べ終えると、もう仕事に出かける時刻になっていた。酔いも醒《さ》めた頭で、うなだれて町を抜け、自分の下宿に向かった。住まいの近所まで来ると、黒く煤《すす》けた煉《れん》瓦《が》造りの倉庫の脇を通る狭い小路に入った。その建物の壁には、彼の心を漠然とかき立てるなにかがあった。彼はそこを歩き始めたが、突然あるものに目が釘付けになった。壁には鮮やかな赤いチョークでメッセージが書き付けてあったのだ。字は一風変わった書体でしっかり太く書かれていた。

汝《なんじ》ら、覇者の肉を食らい、地の君主たちの血をすするであろう。（旧約聖書・エゼキエル書）

彼はそのメッセージを二度読み、不安げな眼差しで通りを見渡した。人影はなかった。数分間、戸惑いつつ熟考したあとで、ポケットから太い赤鉛筆を取り出し、その文句の下に注意深く書き付けた。

この上の文章を記したものが誰であれ、明日の正午にここで会いたい。十一月二十九日水曜日。さもなくばその翌日に。

翌日の正午、彼はその壁の前で待っていた。時折待ちきれずに角のところまで歩いて行って、通りを見渡した。しかし誰も来なかった。一時間待ってから、見世物の仕事に出かけた。

その翌日も彼は待った。

金曜日には冬の冷たい長雨がしとしとと降った。壁は濡れて、書かれたメッセージは筋となって流れ落ち、言葉は一語も読めなくなった。雨はいつまでも降り続けた。灰色の、冷たく厳しい雨だった。

5

「ねえ、ミック」とババーが言った。「このぶんじゃ、ぼくらみんな溺《おぼ》れちゃうことになるかもね」

まったくのところ、雨は永遠に止《や》みそうになかった。ミセス・ウェルズが自分の車で、みんなを学校まで送り迎えしてくれた。そして子供たちは日々の午後を、玄関ポーチか家の中で過ごさなくてはならなかった。彼女とババーは「インドすごろく」と「ばば抜き」をして遊び、居間のカーペットの上でおはじきをした。クリスマスの時期が近づいており、ババーは幼子イエスのことや、サンタクロースに持ってきてもらいたい赤い自転車について語るようになっていた。雨粒が窓ガラスに銀色に光り、空は灰色で、冷ややかに湿っていた。川の水位が上がり、工場に勤める人たちの一部は家から避難しなくてはならなかった。でもそれから、このぶんでは未来永劫《えいごう》降りやまないかもしれないと人々が思い始めた頃に、雨が唐突にあがった。ある朝目を覚ますと、空には太陽が明るく輝いていた。午後になる頃には、まるで夏みたいにぽかぽかした陽気になった。午後遅くにミックが学校から戻ると、ババーとラルフとスペアリブズが家の前の歩道にいた。子供たちは暑くて汗をかいて、彼らの冬用の衣服はむれた匂いを放っていた。ババーはパチンコを手に持ち、ポケットに石ころをいっぱい詰め込んでいた。ラルフはワゴンの中で起き上がり、捻《ねじ》れた帽子をかぶってむずがっていた。スペアリブズは新しいライフルを抱えていた。空は見事に真っ青に晴れ渡っていた。

「ぼくら、ずっと待っていたんだぜ、ミック」とババーが言った。「今までどこにいたんだよ?」

彼女は正面の階段を三段一度に跳び上がり、セーターを帽子かけめがけて放った。

「体育館でピアノの練習をしていたんだよ」

毎日放課後の一時間、ミックは学校に残ってピアノの練習をした。体育館は混み合っていてやかましかった。女子バスケットボールの試合がおこなわれていたからだ。その日、頭に二度ボールが当たった。しかしピアノの前に座れるのなら、どんな仕打ちや障害だって彼女は堪え忍べた。自分が求める音が見つかるまで、たくさんの音を片端から組み合わせて叩《たた》いた。それは思っていたよりも容易《たやす》いことだった。最初の二時間か三時間で、彼女は低音部の和音をいくつか探り出すことができたし、それは右手で弾く主旋律にうまく合った。今では、ほとんどどんな曲でも自由に弾きこなせた。また新しい曲をつくることもできた。それは既成の曲をただそのまま弾くより楽しいことだった。自分の両手がそれらの美しい新しい響きを辿るとき、彼女はこれまで経験したことのない素敵な気分になれた。

　楽譜になっている音楽を読む勉強をしたいと思った。デローレス・ブラウンはもう五年も音楽のレッスンを受けていた。彼女は一週間ぶんの昼食代としてもらった五十セントをデローレスに払って、楽譜の読み方を教えてもらった。おかげで彼女は一日中空《す》きっ腹を抱えることになった。デローレスは数多くの速い曲を流麗に弾くことができたものの、ミックが持ち出すすべての質問に答えられるわけではなかった。デローレスに教えられるのはそれぞれの音階や、長調と短調の和音の違いや、音符の長さといった初歩的な楽理だけだった。

　ミックは台所のストーブの蓋《ふた》をばたんと閉めた。「食べられるものはこれしかないの？」

「ハニー、これ以上のものはあたしには用意できないよ」とポーシャが言った。

コーンブレッドとマーガリンだけ。彼女はそれを食べ、グラスの水でなんとかそれを喉《のど》の奥に流し込んだ。

「そんなにがつがつした真似《まね》はしなさんな。誰もあんたから食べものを奪い取ったりしないんだから」

子供たちはまだ家の正面でうろうろしていた。ババーはパチンコをポケットにしまい、今はライフルで遊んでいた。スペアリブズは十歳で、一ヶ月前に父親をなくしており、銃は父親の持ち物だった。年下の子供たちはそのライフルをいじりたがった。数分ごとにババーは銃を持ち上げて肩に当てた。そして狙《ねら》いを定め、ばんという大きな音を口で出した。

「引き金をいじるんじゃないぞ」とスペアリブズは言った。「弾丸《たま》が入っているんだからな」

ミックはコーンブレッドを食べ終えると、何をしようかとあたりを見回した。ハリー・ミノウィッツが新聞を手に、玄関ポーチの手すりに腰掛けていた。彼女はその姿を見て嬉《うれ》しくなった。そして冗談で片腕を上げ、彼に向かって「ハイル！」と叫んだ。

しかしハリーはそれを冗談とはとらなかった。玄関の中に入り、ドアをぴしゃっと閉めた。彼の心は容易く傷つけられる。悪いことをしたと彼女は思った。というのは、このところ彼女とハリーは良い友だちになっていたからだ。小さい頃は同じ仲間うちで一緒に遊んでいたのだが、この三年ばかりは、彼はヴォケーショナル校に通い、彼女はまだ小学校に通っていた。彼はまたアルバイトをしていたし、急速に大人びて、どこかの庭で子供たちに遊んだりすることもなくなった。ときどきハリーが自室で新聞を読んだり、夜遅く着替えをしている姿を目にした。数学と歴史では彼は学校でも飛び抜けて優秀な成績を取っていた。彼女もハイスクールに上がった今、二人は学校からの帰り道でしばしば顔を合わせた。そして家まで並んで歩いた。二人は同じ工作技術の授業をとっており、あるとき教師はモーターを組み立てる作業で二人を組ませた。彼は本を読み、毎日欠かさず新聞を読んだ。頭の中は常に世界情勢のことでいっぱいだった。何かに対してとても真剣になるとき、彼のしゃべり方はゆっくりしたものになり、その額には汗が浮かんだ。そして今、彼女は彼をすっかり怒らせてしまったのだ。

「ハリーはまだ金貨をちゃんと持っているんだろうか？」とスペアリブズが言った。

「金貨って何よ？」

「ユダヤ人は男の子が生まれると、その子のために銀行に金貨を一枚預けるんだって。それがユダヤ人の習慣なんだ」

「馬鹿馬鹿《ばかばか》しい。あんたは話をごっちゃにしている」と彼女は言った。「あんたが言ってるのはカソリック教徒のことでしょう。カソリック教徒は赤ん坊が生まれたら、その子のためにピストルを一挺《ちょう》買い込むの。彼らはいつの日か戦争を始めて、カソリック以外の全員を殺しちゃうつもりなのよ」

「尼さんたちって、なんだかブキミだよね」とスペアリブズが言った。「通りで見かけるとぞっとしちゃうよ」

彼女は正面の階段に腰を下ろし、膝に頭を置いた。そうして「内部屋」に入っていった。自分の中には二つの場所があるように彼女には思えた。ひとつは「内部屋」であり、もうひとつは「外部屋」だ。学校や家族や日々の出来事は外部屋の中にある。シンガーさんは両方の部屋にいる。外国旅行やいろんな計画や音楽は内部屋にある。彼女が心を傾ける歌もそこにあった。あの交響曲もそうだ。内部屋に一人で閉じこもっているときには、あの夜パーティーのあとで耳にした音楽も蘇《よみがえ》ってきた。その交響曲は彼女の心の内で、大きな花のようにゆっくりと育っていった。時々昼の間、あるいは朝に目覚めたばかりのとき、その交響曲の新しい部分が突然、彼女の脳裏に蘇ってくることがあった。そうすると彼女は内部屋に入って、それを何度となく聴き返し、自分が覚えている交響曲の一部にそれを組み込んで加えなくてはならなかった。内部屋はとてもプライベートな場所なのだ。彼女は多くの人々で混み合った家の中にいながら、個室に鍵《かぎ》をかけてそこに一人きりで閉じこもっているような気分になれた。

　スペアリブズは汚れた手でミックの目をつっついた。彼女はぼんやり宙の一点を見つめていたからだ。彼女はその子供を叩いた。

「尼さんってなに？」とババーが尋ねた。

「カソリックの女の人だよ」とスペアリブズが言った。「頭の後ろまでかぶるような大きな黒い服を着たカソリックの女の人だよ」

　彼女は子供たちにつきあっていることに飽いていた。彼女は図書館に行って、『ナシヨナル・ジオグラフィック』の写真を見ていたかった。世界中の見知らぬ土地のいろんな写真。フランスのパリや、大きな氷河。そしてアフリカの未開のジャングル。

「あんたたち、ラルフが通りに出て行かないように見ていてね」と彼女は言った。

ババーは大きなライフルを肩に乗せた。「何かお話の本を持って帰ってきてね」

ババーは生まれつき、本の読み方を知っているようだった。まだ二年生だったが、お話の本を自分で読むのが大好きで、「お話を読んで」と他の誰かに頼むようなことはなかった。「今度はどんなものがいいの？」

「なにか食べるものが出てくるお話がいいな。ぼくの大好きなのは、ドイツの子供たちが森の中に入っていって、いろんなお菓子でできた家にでくわすお話だよ。魔女がいてさ。そういうなにか食べるものが出てくるお話、ぼくは好きなんだ」

「探してみるよ」とミックは言った。

「でもお菓子はもういいかもね」とババーは言った。「できたらバーベキュー・サンドイッチみたいなのが出てくるお話がいいな。でももしそういうのが見つからなかったら、カウボーイのお話でもいいよ」

彼女は行こうとしたが、突然立ち止まってまじまじと見つめた。子供たちもそちらをじっと見た。全員がそこで動きを止め、ベイビー・ウィルソンが通りの向かい側の、自宅の正面階段を降りてくるのを見つめていた。

「ベイビーは可愛《かわい》いねえ！」とババーが小声で言った。

あるいはそれは、何週間も雨降りが続いたあとに突然、暑い快晴の日が訪れていたからかもしれない。そんな素敵な午後に、みんなの着ている暗い色の冬服がいかにも醜く見えたからかもしれない。いずれにせよベイビーは映画に出てくる妖精《ようせい》か、何かそういうもののようだった。彼女はこの夏のソワレの衣装を着ていた。堅く短く裾《すそ》が外に広がったピンクの薄い布地の小さなスカート、ピンクの胴衣、ピンクのダンス靴、そしてピンク色の小さなバッグまで手にしている。そこに黄色い髪が加わって、全身がピンクと白と金色に輝いていた。あまりにも小さくて汚《けが》れなくて、見ているだけでほとんど胸が痛むほどだった。彼女はつんと取り澄まし、可愛い足取りで通りを横切っていった。でも子供たちの方には顔を向けようとしなかった。

「こっちにおいでよ」とババーが声をかけた。「そのピンクの小さなバッグをぼくに見せておくれよ」

ベイビーは顔をよそに向けたまま、通りの端に沿って彼らの前を通り過ぎていった。彼らとは一言も口をきくまいと心を決めているようだった。

歩道と通りとのあいだには細長い草地があった。彼女はそこに来ると一瞬立ち止まり、倒立回転跳《ハンドスプリング》びをやって見せた。

「いいから、かまうんじゃない」とスペアリブズが言った。「あの子はいつだって見せびらかすんだ。ブラノンさんのカフェにキャンディーをもらいに行くところさ。ブラノンさんの姪《めい》だから、キャンディーはただなんだよ」

ババーはライフルの銃床を地面に置いた。大きな銃は彼に重すぎたのだ。彼は通りを歩いていくベイビーを見守りながら、ほつれた前髪を引っ張っていた。「あのバッグはすごくキュートだったよね」と彼は言った。

「あいつのママはいつも、ベイビーにどれくらい才能があるかっていう話をする」とスペアリブズが言った。「いつか映画に出演させるつもりなのさ」

『ナショナル・ジオグラフィック』を見に行くにはもう遅くなりすぎていた。夕食の用意はもうほとんどできている。ラルフは大声で泣き出したので、ミックは赤ん坊をワゴンから抱き上げて地面に降ろした。今はもう十一月で、ババーのような幼い子供にとっては、夏からはずいぶん時間が経《た》っていた。この前の夏のあいだずっとベイビーはソワレの衣装を着て、通りの真ん中で踊りまくっていた。最初のうち子供たちは彼女のまわりに集まってじっと見物していたのだが、すぐに飽きてしまった。やがて彼女が外に出てきて踊るのを見物するのは、ババーひとりだけになってしまった。彼は敷石に座り、車がやってくるのが見えると、大声で彼女に注意を与えた。ババーはベイビーがソワレのダンスを踊るのを百回は見ていただろう。しかし夏から三ヶ月を経た今、彼はそれを再び目新しいものとして目にしていた。

「ぼくにも衣装があったらなあ」とババーは言った。

「どんな衣装がほしいのよ？」

「すごいクールなコスチュームだよ。いろんな違う色でできたすごくきれいなやつ。蝶々《ちょうちょう》みたいなのがいい。クリスマスにそんなのがほしいな。それと自転車と！」

「女々しいやつ」とスペアリブズが言った。

ババーは大きなライフルをもう一度肩に当て、通りの向かいの家に狙いをつけた。

「もしそんな衣装があれば、ぼくは踊りまくるんだ。そして毎日それを着て学校に行くんだ」

ミックは正面の階段に座ってラルフを見守っていた。スペアリブズは間違っている。ババーは決して女々しいわけではない。彼はただきれいなものが好きなのだ。スペアリブズなんぞに勝手なことを言わせておくわけにはいかない。

「人はどんなものであれ、闘って手に入れなくちゃならない」と彼女はゆっくりと言った。「そして私がこれまで見てきた限り、家族の中では後から生まれてきた子供の方が出来がいいみたいだよ。年下の子供が、いつだっていちばんタフなのよ。私はかなりタフだと思う。上にたくさん兄弟姉妹がいるからね。ババーは一見か弱く見えるし、きれいなものが好きだけど、実はなかなか性根が据わっているんだよ。もし私の説が正しければ、ラルフは大きくなったらきっと強い男になっているはずよ。まだ生後十七ヶ月にしかならないけど、私にはこのラルフの顔に既に、すごく強力で逞しいものが見て取れるのよ」

　ラルフはきょろきょろとあたりを見回した、自分のことが話されているとわかるのだ。スペアリブズは地面に腰を下ろすと、ラルフの帽子を頭からもぎ取り、それを彼の目の前で振ってからかった。

「よしなさい！」とミックは言った。「もしこの子が泣き出したら、ただじゃおかないからね。馬鹿な真似はしない方がいいよ」

　すべてがしんと静まりかえった。太陽は家々の屋根の向こうに隠れ、西の空は紫とピンクに染まっていた。隣のブロックからは子供たちがローラースケートで遊んでいる音が聞こえた。ババーは木にもたれて、何かを夢見ているようだった。家からは夕食の匂いが漂ってきた。間もなく食事の時間だ。

「ごらんよ」とババーが突然言った。「ベイビーがまた来たよ。ピンクの衣装がやっぱりかわいいよねえ」

　ベイビーは彼らの方にゆっくり歩いてやってきた。彼女は景品入りのポップコーン・キャンディーの箱をもらっており、中に手を入れてその景品を探っていた。彼女は前と同じようにつんと気取って歩いていた。自分がみんなの注目を浴びているとわかっているのだ。

「頼むよ、ベイビー」、彼女が前を通り過ぎるときにババーが声をかけた。「そのピンクのバッグを見せておくれよ。それからピンクの服にもちょっと触らせて」

ベイビーは何かの歌のハミングを始め、そんな言葉は耳にも入らない様子だった。ババーのことは相手にもせず、前を通り過ぎていった。ひょいと頭を下げ、彼に向けて小さくにっこり微笑みかけただけだった。

ババーはまだ大きなライフルを肩にあてていた。そしてそれを撃つ真似をして、ばん、という大きな音を口で出した。それからまたベイビーに向かって呼びかけた。子猫を呼ぶときのような優しく悲しげな声で「ねえ、頼むよ、ベイビー、こっちにおいでよ――ベイビー」

ババーの動きは素早くて、ミックにはそれを阻止することができなかった。彼の指が引き金にかかるのが見えた。そして恐ろしい「ピン」という銃の音が聞こえ、ベイビーは歩道に崩れ落ちた。まるで階段に釘で打ち付けられ、動くことも悲鳴を上げることもできないみたいに見えた。スペアリブズは頭を抱えるように腕を上げた。

ババーだけが事態を理解していなかった。「起きてくれよ、ベイビー」と彼は叫んだ。

「怒ってなんかいないからさ」

すべては一瞬のうちに起こった。三人は同時にベイビーのもとに駆け寄った。彼女は汚れた歩道に崩れ落ちていた。スカートは頭の上までめくれあがって、ピンク色の下着と白い小さな脚がむき出しになっていた。両手は開かれ、片方の手にはキャンディーの景品が、もう片方には小さなバッグがあった。髪のリボンと、黄色いカールの上の部分は血で染まっていた。彼女は頭を撃たれ、顔は地面の方に曲げられていた。

一瞬のうちにあまりに多くのことが起こった。ババーは悲鳴をあげ、銃を下に落として走り去った。ミックもそこに立ったまま、両手を顔にあてて悲鳴をあげた。それから多くの人がやってきた。最初に駆けつけたのは父親だった。彼はベイビーを家の中に運んだ。

「あの子は死んだ」とスペアリブズは言った。「目の間を撃ち抜かれている。おれ、顔を見たから」

ミックは歩道を行き来した。ベイビーは死んだのかと尋ねようとしたのだが、舌がもつれて言葉が出てこなかった。母親のミセス・ウィルソンが、勤務先の美容室から走って戻ってきた。彼女は家に入り、それからまた出てきた。彼女は泣いて、指のリングを外したりはめたりしながら、通りを行ったり来たり歩き回った。少しすると救急車が到着し、医師が中に入ってベイビーの様子を見た。ミックは医師のあとをついていった。ベイビーは正面の部屋のベッドに横にされていた。家の中はまるで教会みたいにしんと静まりかえっていた。

ベッドの上のベイビーは可愛い人形のように見えた。血さえなければ、傷ついているようには見えなかった。医師は屈み込んで頭の傷を見た。それが済むと彼らはベイビーを担架に乗せた。ミセス・ウィルソンとミックの父親が救急車に同乗した。

家の中はなおもしんとしていた。みんなババーのことなど忘れていた。彼の姿はどこにも見当たらなかった。一時間が経過した。母親とヘイゼルとエッタと、すべての下宿人は正面の部屋に待機していた。シンガーさんは戸口に立っていた。

ずいぶんあとになって父親が戻ってきた。ベイビーは死にはしないが、頭《ず》蓋骨《がいこつ》に損傷を負っていると彼は言った。ババーはどこにいる、と彼は尋ねた。誰もその行方を知らなかった。外はもう暗くなっていた。みんなは裏庭や通りに出て、ババーの名前を呼んだ。スペアリブズや他の男の子たちにあちこち探しにやらせた。ババーはどうやらもう近辺にはいないようだった。彼が立ち寄っているかもしれないと思える家にハリーが行ってみた。

父親は玄関のポーチを歩き回っていた。「私はまだ自分の子供たちに体罰を加えたことがない」と彼は言い続けていた。「そんなことしても無益だと思っていた。しかしあの子を捕まえたら、今度ばかりは痛い目にあわせないわけにはいくまい」

ミックは手すりに腰掛け、暗い通りを見渡していた。「ババーのことは私がなんとかする。戻ってきたら、私にまかせて」

「おまえは外に出て、あいつの行方を探してきなさい。おまえはほかの誰よりも、あいつのことをわかっているだろうから」

父親がそう言ったとたんに、彼女にはババーの居場所がわかった。裏庭には大きなオークの木があり、夏にそこに自分たちでツリーハウスをこしらえたのだ。大きな箱をひとつ、その樹上に引っ張り上げた。そしてババーは一人でそこにいるのが好きだった。ミックは玄関のポーチにいる家族や下宿人たちから離れ、横手の狭い通路を抜け暗い裏庭に行った。

　彼女はその樹木の脇《わき》にしばらく立っていた。「ババー」と彼女は声を殺して言った。「ミックだよ」

　返事はなかったが、彼がそこにいることは確かだった。匂いみたいなのでわかる。彼女はいちばん低い枝にひょいと飛び乗り、ゆっくり上に登っていった。彼女はその子供に対して真剣に腹を立てており、きつくこらしめてやるつもりだった。ツリーハウスに着いたとき、彼女はもう一度彼に向かって声をかけたが、やはり返事はなかった。彼女は大きな箱の中に入り込み、その縁を手で触っていった。やっと彼女はババーに手を触れた。彼は隅っこにうずくまり、脚をぶるぶる震わせていた。じっと息を詰めていたらしく、彼女に触られると、すすり泣きと吐息が一度に洩《も》れ出てきた。

「ぼくは――ぼくにはベイビーを傷つけるつもりはなかったんだ。でも、あの子はあまりにちっちゃくて可愛かったから、ちょっと撃ってみないわけにはいかなかったんだよ」

　ミックはツリーハウスの床に腰を下ろした。「ベイビーは死んだ」と彼女は言った。

「みんながおまえのことを探しているよ」

　ババーは泣くのをやめた。とても静かになった。

「父さんがうちで何をしていると思う？」

　ババーが聞き耳を立てている音まで聞こえそうだった。

「ローズ刑務所長のことは知っているだろう——ラジオで聴いたことがあるよね。シンシン刑務所も知ってるよね。父さんはそのローズ所長に手紙を書いているんだよ。もしおまえが捕まってシンシンに送られても、できるだけ優しく扱ってやってほしいってね」

　その言葉は暗闇《くらやみ》の中であまりに恐ろしく響いたので、彼女自身寒気を感じたくらいだった。ババーがぶるぶる震えているのがわかった。

「刑務所には小さな電気椅子《いす》があるんだよ。ちょうどおまえくらいのサイズのね。電気を通すと、おまえは焼いたベーコンみたいにかりかりにされちゃうんだ。それから地獄に送られる」

　ババーは隅で縮み上がり、まったく物音を立てなかった。彼女は箱の端っこを乗り越え、下に降りようとした。「おまえはここでじっとしていた方がいい。庭はおまわりさんでみっちり囲まれているからね。何日かしたら、たぶん食べものを持ってきてあげられると思う」

ミックはオークの木の幹にもたれかかった。これでババーも少しはこたえただろう。彼女はこれまでいつもその弟の監督をしてきたし、他の誰よりも彼のことがわかっていた。一年か二年前のことだが、彼はいつも茂みの裏に入り、そこでおしっこをして、ひとしきりおちんちんをいじるようになった。彼女はすぐそのことに気づき、現場を見つけては強く叩いた。そうして三日後にはその習慣はやんだが、そのあと普通の子供たちと同じように普通におしっこができなくなった。両手を後ろに回さないとできなくなったのだ。彼女はいつもババーの子守をしなくてはならなかったし、終始思いのまま管理することができた。もう少ししたらまたツリーハウスに戻って、そこから連れ降ろしてやろう。そうすればこの先死ぬまで、二度と銃を手に取りたくなくなるはずだ。

家の中にはまだ死んだような気配が漂っていた。下宿人たちはみんな正面のポーチに座り、口もきかず、揺り椅子を揺らせもしなかった。父親と母親は正面の部屋にいた。父親は瓶からビールを飲み、部屋の中をうろうろ歩き回っていた。ベイビーは回復するだろう。だから気に病んでいるのはその子のことではなかった。そして誰もババーのことは心配していないようだった。問題は何か他のことだった。

「ババーのやつ！」とエッタが言った。

「こんなことをやらかして、恥ずかしくて表に出ることもできやしない」とヘイゼルが言った。

エッタとヘイゼルは真ん中の部屋に入って、ドアを閉めてしまった。ビルは裏手の自室にいた。ミックは彼らと話をしたくなかった。彼女は玄関ホールに立って、一人であれこれと考えていた。

父親の足音が止まった。「意図的にやったことだ」と彼は言った。「子供が銃をいじっていて、それがたまたま暴発したというようなことじゃなかった。あいつは狙いをつけて撃った。見た人はみんなそう言っている」

「ミセス・ウィルソンからいつ話があるでしょうね」と母親が言った。

「たっぷり話があることだろうよ！」

「それはたしかね」

日が落ちると、夜はいつもの十一月の寒さに戻った。人々は正面ポーチから家の中に移り、居間に腰を下ろした。しかし誰も暖炉に火を入れなかった。ミックのセーターが帽子かけにかかっていた。だから彼女はそれを着て、暖をとるために前屈みになって立っていた。寒くて真っ暗なツリーハウスにしゃがみ込んでいるババーのことを彼女は考えた。彼はミックの言ったことをそっくり信じ込んだ。でもそれくらい肝を冷やして当然だ。危うくベイビーを殺してしまうところだったんだから。

「ミック、ババーがどこにいるか、見当はつかないか？」と父親が尋ねた。

「間違いなくこの近くにいるよ」

父親はビールの空き瓶を手に部屋を歩き回っていた。まるで目の見えない人のような歩き方をして、顔には汗が浮かんでいた。「かわいそうに、家に戻るのが怖いんだろう。あの子が見つかったら、この気持ちも少しは楽になるんだが。私はこれまでババーを折《せっ》檻《かん》したことはない。だから私のことを恐《こわ》がりはしないはずだが」

彼女はそれから一時間半、時間を置くことにした。その頃にはババーも、自分のしでかしたことを心から悔やんでいることだろう。彼女はいつも彼を管理し、うまくしつけることができたのだ。

少しあとで家中が大いにざわめいた。父親が病院にもう一度電話をして、ベイビーの容態を確かめたのだが、その数分後にミセス・ウィルソンから電話がかかってきた。お話があるので、これからそちらにうかがいたいということだった。

父親はまだ盲人のような足取りで部屋を歩き回っていた。彼は更に三本のビールを飲んでいた。「状況を考えれば、彼女は訴訟を起こして私を丸裸にすることができる。とはいえ、その結果手にできるのはせいぜい、抵当に入っているぶんをさっ引いたこの家屋くらいのものだが。しかしこの事態からして、我々には抗弁する余地は皆無だ」

突然ミックはあることを考えた。あるいはババーは実際に裁判にかけられて、年少者のための刑務所に送られるかもしれない。あるいはミセス・ウィルソンは彼を少年院に送るかもしれない。あるいはみんなはババーを本当にひどい目にあわせるかもしれない。彼女は今すぐツリーハウスに行って、彼の隣に座り、心配することはないよと慰めてやりたかった。ババーはいつだってやせっぽちで、ちびすけで、頭がよかった。その子をうちの家族から引き離して、どこかに送ろうとするようなものがいれば、彼女は誰だって殺してやったことだろう。彼女はその子にキスして、嚙《か》んでやりたかった。ババーのことが本当に好きだったから。

　しかし彼女はすべてを頭に入れておきたかった。ミセス・ウィルソンがもうすぐここにやってくるし、いったいどんな話になるのか、それを知っておかなくてはならない。そこで初めてババーのところに飛んでいって、自分がさっき言ったことは全部でたらめだったと打ち明けることができる。そうすれば彼も骨身にしみて教訓を得ることだろう。

　十セント・タクシーが歩道につけて停まった。全員が怯《おび》え、静まりかえって正面ポーチで待ち受けた。ミセス・ウィルソンがブラノンさんと一緒に車から降りてきた。二人が階段を上がってくるとき、父親が神経質にぎりぎり歯を嚙みしめる音を、彼女は耳にすることができた。彼らは正面の部屋に入り、彼女もそのあとをついていって、戸口に立った。エッタとヘイゼルとビルと下宿人たちはそこには加わらなかった。

「今回のことについてお話ししたくてここに参りました」とミセス・ウィルソンは言っ

た。

正面の部屋はみすぼらしく、汚れていた。ブラノンさんがすべてを目に入れているのを彼女は見た。踏みつぶされたセルロイドの人形や、ラルフが遊び道具にしているビーズやがらくたが床一面に散らばっていた。父親の作業台の上にはビールがあり、父親と母親が眠るベッドの枕《まくら》はまったくの灰色になっていた。

ミセス・ウィルソンは指の結婚リングを外したりはめたりしていた。彼女の隣でブラノンさんは沈黙を守っていた。脚を組んで座り、顎《あご》には青黒い髭《ひげ》が生えていて、まるで映画に出てくるギャングスターのようだ。彼はいつも私に対して悪意を抱いているみたいだ、とミックは思っていた。彼女に話しかけるときは、他の人たちに話しかけるときとは違う、荒々しい声になったからだ。私とババーが一度、店のカウンターからチューインガムをひとつ盗んだことを彼は知っているのだろうか。彼女はブラノンさんが苦手だった。

「要するにこういうことになります」とミセス・ウィルソンは言った。「おたくのお子さんがうちのベイビーの頭を、意図的に狙って撃ったのです」

ミックは部屋の中央に進み出た。「いいえ、そうじゃありません」と彼女は言った。「私はそこにいました。ババーはその銃を、私やらラルフやら、そのへんのあらゆるものに向けていました。そのときはたまたまベイビーに向けていて、手が滑ってしまったんです。私はそこに居合わせたんですから」

ブラノンさんは鼻をこすり、彼女を悲しげな目で見ていた。彼女は彼のことが本当に嫌いになった。

「みなさんがどのように感じておられるか、よくわかります。だから余計なことは抜きにして肝心の用件に入りたいと思います」

ミックの母親は手にした鍵束をじゃらじゃら言わせていた。父親はそこにおとなしく座って、大きな両手で膝《ひざ》を覆《おお》っていた。

「ババーにはそんなことをするつもりはなかったのよ」とミックは言った。「あの子はただ――」

ミセス・ウィルソンはいらいらしたように指輪をはめたり外したりしていた。「いいですか、私は事情をすべて把握しています。この一件を裁判にかけて、あなた方から全財産を搾《しぼ》り取ることだってできます」

父親の顔からは一切の表情が消えていた。「ひとつ申し上げておきたいのですが」と彼は言った。「訴訟されても、私たちには払えるようなお金はありません。私たちが持っているものといえば――」

「いいから、私の話を聞いて下さい」とミセス・ウィルソンは言った。「あなた方を訴訟するために、弁護士を伴ってここに来たわけじゃありません。バーソロミュー……ミスタ・ブラノンと私は、ここまで来る途中で話し合ったのですが、いくつかの主要な点で意見がおおむね一致しました。まずだいいちに私は、公正で正直な措置を執りたいと思います。そして第二に私は、まだ幼いベイビーの名前を、法的訴訟みたいな代物《しろもの》に関わらせたくないのです」

物音ひとつ聞こえなかった。部屋にいるものは全員ぎこちなく椅子に座っていた。ブラノンさんだけがミックに向かってうっすらと微笑みかけていた。しかし彼女は目を細め、鋭く睨《にら》み返した。

ミセス・ウィルソンは神経が高ぶって、煙草《たばこ》に火をつけるとき指がぶるぶる震えていた。「私としては、この一件であなた方を訴訟したり、そんなことをしたくはありません。あなた方に望むのはただ、公正な処置です。ベイビーが麻酔を与えられ、ようやく眠りにつけるようになるまでに、さんざん苦しんだり泣いたりしたことへの補償を求めたりはしません。どれほどお金を積んだところで、償えることではないからです。そしてこの出来事によって、彼女のキャリアや、私たちが立ててきたいろんな計画が蒙《こうむ》る被害についても、補償を求めたりはしません。あの子はこれから何ヶ月か包帯を巻いて暮らすことになるでしょう。ソワレで踊ることもできません。頭に小さな禿《は》げた部分が残りさえするかもしれません」

ミセス・ウィルソンとミックの父親はまるで催眠術にでもかけられたみたいに、じっとお互いの顔を見つめ合っていた。それからミセス・ウィルソンは小さなバッグに手を伸ばし、中から一枚の紙片を取りだした。

「あなた方に支払っていただきたいのは、実際にかかった各種経費だけです。退院するまでベイビーは個室に入り、専属看護婦をつけます。手術料金と医師への支払いもあります。医師への支払いに関しては、できるだけ早急に済ませなくてはなりません。それからベイビーは髪をそっくり剃《そ》られました。私はパーマネントをかけるために、彼女をアトランタまで連れて行きましたが、その費用も払っていただきます。そうすればあの子の髪がまた自然に生えてきたとき、もう一度パーマをかけなおすことができますから。それから衣装とか、細々したものの損害についてもお支払いいただかなくてはなりません。詳細がわかり次第、すべての品目を書き出します。できる限り公正に正直にやります。ですからその請求書を私が持参したとき、あなた方にはその総額を支払っていただかなくてはなりません」

母親は膝の上でドレスの皺《しわ》を伸ばし、はっと短く息をついた。「個室よりは子供たちの共同部屋の方がいいように、私には思えるんですが。ミックが肺炎にかかったときだって――」

「私は個室と言ったんです」

ブラノンさんはずんぐりした白い両手を前に差しだし、秤《はかり》みたいにそのバランスをとった。「たぶん一日か二日で、ベイビーはよその子供との二人部屋に移れるんじゃないかな」

ミセス・ウィルソンは硬い声で言った。「私の言ったことは聞こえましたでしょう。あなたのお子さんがベイビーを撃ったんです。きちんと回復するまで、あの子はまっとうな待遇を受ける資格があります」

「あなたにはそう主張する権利がある」と父親が言った。「包み隠さずに申し上げて、私たちは今のところ無一文の身ですが、なんとか工面できるでしょう。あなたには私たちを追い詰めるつもりはないようだし、それはありがたく思います。私たちにできる限りのことはやります」

ミックはそこに残って、話を終わりまで聞いていたかったが、ババーのことが気に掛かっていた。彼が暗くて寒いツリーハウスの中に座り込んで、シンシン刑務所のことを考えているところを想像すると、いたたまれなかった。彼女は部屋を出て廊下を歩き、裏口のドアに向かった。風が出ていて、台所の明かりがつくる黄色い四角形を別にすれば、庭は真っ暗だった。振り向くとポーシャの姿が見えた。彼女はテーブルの前に座って、細くて長い指で顔を押さえたまま、じっと動かなかった。庭はうち捨てられたように淋《さび》しく、風が恐ろしい影を次々に繰り出し、暗闇には悲嘆の響きが聴き取れた。

彼女はオークの木の下に立った。それから上に登ろうと最初の枝に手をかけたとき、恐ろしい思いが彼女の脳裏をよぎった。突然彼女は悟ったのだ——ババーはもうそこにはいない。呼びかけてみたが、返事はなかった。彼女は猫のようにするすると音もなく木を登った。

「ねえ！　ババー！」

箱の中を探るまでもなく、彼がそこにいないことがミックにはわかった。念のために箱の中に入って、隅々に手を触れてみたが、間違いなくその子供はいなくなっていた。彼女が出て行ったあと、すぐに木を降りたのだろう。もう遠くまで逃げ延びているはずだ。そしてババーは頭の良い子供だから、行き先の見当がつかない。

彼女は急いで木から降り、正面のポーチまで走った。ミセス・ウィルソンが帰るところで、全員が彼女と一緒に正面の階段まで出てきていた。

「父さん！」と彼女は言った。「ババーをなんとかしなくちゃ。あの子は逃げ出しちゃった。この近所にはもういないよ。みんなで手分けして探さなくちゃ」

どこに行けばいいのか、何から手をつければいいのか、誰にもわからなかった。父親は通りを行ったり来たりして、すべての路地を探し回った。ブラノンさんは十セント・タクシーをミセス・ウィルソンのために呼び、自分はあとに残って子供の捜索に加わった。シンガーさんは手すりに腰かけ、そこで冷静さを保っている唯一《ゆいいつ》の人間になった。どこを探すのがいちばん有望か、ミックが考えをまとめるのを全員が待ち受けた。しかし町はとても大きく、その小さな子供はとても利発だったから、どうすればいいのか彼女にも妙案が浮かばなかった。

あるいは彼はシュガーヒルにあるポーシャの家に行ったかもしれない。台所に行くと、そこではポーシャがまだテーブルの前に座り込んで、両手で顔を覆っていた。

「ふっと思ったんだけど、ババーはあんたの家に行ったかもしれない。あの子を探すのを手伝ってくれない？」

「どうしてそのことを思いつかなかったんだろう！　五セント賭《か》けてもいいけど、あの可哀想《かわいそう》なババーはずっとあたしの家に隠れていたに違いない」

ブラノンさんが車を一台調達してきた。彼とシンガーさんとミックの父親と、彼女とポーシャが車に乗り込んだ。ババーがどんな思いを胸に抱えているか、彼女の他に知る人もいない。ババーが自らの命を守るために必死に逃走しているなんて、彼女しか知らないことなのだ。

ポーシャの家は真っ暗だった。床に月光が市松模様を描いているだけだ。中に足を踏み入れてすぐ、その二間の家が無人であることがみんなにわかった。ポーシャが正面のランプに火を入れた。部屋には黒人特有の匂《にお》いがした。部屋の壁には切り抜きの絵がところ狭しと貼《は》られ、レースのテーブル掛けやら、ベッドの上のレースの枕なんかでごみごみしていた。ババーの姿はない。

「あの子はここにいたんだよ」と突然ポーシャが言った。「誰かがここにいたことがわかる」

シンガーさんが台所のテーブルの上に鉛筆と一枚の紙を見つけた。彼はそれにさっと目を通し、それからみんながそれを読んだ。字は丸っこく、くしゃくしゃしていたが、その賢い子供は綴《つづ》りをひとつしか間違えずに文章を書いていた。そこにはこのように書かれていた。

しんあいなるポーシャに
ぼくはフロラダにいきます。みんなにそういっておいて。
けいぐ
ババー・ケリー

みんなは驚き言葉を失い、ぼんやりそこに立っていた。父親は戸口の外に目をやり、考えあぐねたように親指で鼻をほじっていた。みんなはすぐさま車に飛び乗り、南に向かう幹線道路に向かおうとした。

「ちょっと待って」とミックは言った。「ババーはまだ七歳だけど、もし本気で逃げるつもりなら、自分の行き先を正直に教えるようなことはしないはず。フロリダに行くというのはトリックだと思うよ」

「トリックだって？」と父親が言った。

「ババーがよく知っている場所といえば二つしかない。ひとつはフロリダで、もうひとつはアトランタ。私とババーとラルフは、アトランタに向かう道路を何度となく通っている。どうやってそちらに向かえばいいか、あの子はよく知っているし、それがきっとあの子の目指しているところよ。もしアトランタに行く機会があったらそこで何をするか、そういうことをあの子はいつも話していたから」

彼らは外に出て、再び自動車に乗り込んだ。ミックが後部席に乗り込もうとしたとき、ポーシャが彼女の肘《ひじ》をつねった。「ババーが何をしたか知っているかい？」と彼女は小声で言った。「誰にも言うんじゃないよ。でもね、ババーはあたしのタンスの抽斗《ひきだし》から金のイヤリングを持っていったんだ。あのババーが、あたしにそんなことをするなんて、まったく思いも寄らなかったね」

ブラノンさんが車を発進させた。彼らは通りに隈無《くまな》く目を配り、ババーの姿を求めながら、アトランタに向かう街道の方にゆっくりと進んだ。

ババーの中に強情で、一筋縄ではいかない傾向があるのは間違いないところだった。でも今日の彼は、これまで一度もとったこともないような行動をとっていた。これまでのところ彼はいつもおとなしい小さな子供だった。手に負えないような真似もしなかった。誰かの感情が傷つけられたりすると、彼はいつも身を縮ませて自分を恥じた。それなのに、どうして今日みたいなことができるのだろう？

　彼らはゆっくりとアトランタに向かう街道に出た。最後の家並みを通り過ぎて、あたりは暗い野原と林だけになった。ところどころで彼らは車を停め、ババーを見かけなかったかと人々に尋ねた。「コーデュロイの半ズボンをはいた、裸足《はだし》の小さな男の子をこの道で見かけませんでしたか？」と。しかし十マイルほど進むあいだ、それらしき子供を目にしたものは一人として見つからなかった。開けた窓からは冷ややかな強風が吹き込んできた。夜はもうずいぶん更《ふ》けていた。

　彼らはもう少し先まで進み、それから町に引き返した。父親とブラノンさんは二年生の子供たちのところを全部調べたがったが、ミックはアトランタ街道をもう一度引き返すことを求めた。そのあいだずっと彼女は、自分がババーに向かって口にしたことを思いだしていた。ベイビーが死んだと言ったこと、シンシン刑務所とローズ所長のこと。ちょうど彼くらいの大きさの小型電気椅子のこと。地獄のこと。暗闇の中ではそんな言葉は恐怖の響きを帯びていた。

　とてもゆっくり車を走らせ、町を出て半マイルほど進んだ。そこで突然ミックがババーの姿を目にした。車のライトは正面に、とても鮮やかにババーの姿を照らし出した。それはおかしな眺めだった。彼は道の端っこを歩いて、ヒッチハイクをしようと親指を突き出し、ポーシャの肉切り包丁がベルトに差されていた。暗くて広い道路の上にいると彼はひどく小さく、七歳というより五歳くらいにしか見えなかった。

車が停まると、ババーは乗せてもらおうと走り寄った。車の中にいるのが誰か、見えなかったのだ。彼の目はおはじきの狙いをつけるときのように、ぎゅっと細められていた。父親がすかさずその襟首を摑《つか》んだ。ババーは両手の拳《こぶし》で叩き、足で蹴《け》った。それから肉切り包丁を手に取ったが、父親は間一髪でそれをもぎ取った。ババーは罠《わな》に捕らわれた小さな虎《とら》みたいに凶暴に暴れた。しかし最後には車の中に引きずり込まれた。父親は帰り道、ずっと彼を膝の上に抱いて載せ、子供は身体《からだ》をこわばらせて座り、何かに身を委《ゆだ》ねたりはしなかった。

彼らは子供を引きずるようにして家に入れなくてはならなかった。近所の人たちや下宿人たちがみんなその騒ぎを見るために外に出てきた。みんなはババーをひきずって正面の部屋に入れた。そこに入れられると彼は部屋の隅っこに背中をつけ、両手の拳をぎゅっと握りしめ、きつく細めた目で一人また一人と睨みつけ、全員を相手に闘ってやるという意気込みを見せた。

家に入るまで彼はまったく口をきかなかったのだが、やがて金切り声を上げ始めた。

「ミックがやったんだよ！　ぼくがやったんじゃない！　ミックがやったんだ！」

そのときババーが発した叫び声は、実に前代未聞《ぜんだいみもん》のすさまじいものだった。首筋の血管が浮き上がり、その両の拳は小石のように固くなっていた。

「つかまらないぞ！　だれにもつかまらないぞ！」と彼は叫び続けていた。

　ミックは彼の肩をつかんで揺さぶった。自分がさっき言ったことは全部作り話なんだと彼女は説明した。彼はようやく彼女の言っていることを受け入れた。しかし口はつぐまなかった。何ものにも彼の金切り声を止めることはできないようだった。

「みんな大きらいだ！　みんな大きらいだ！」

　人々はただまわりに立っていた。ブラノンさんは鼻をこすりながら、じっと床を見おろしていたが、やがて何も言わずにそっと部屋から出て行った。シンガーさんだけが場のありようを呑《の》み込んでいるように見えた。彼にはそのおぞましい騒音が聞こえなかったからかもしれない。その顔は穏やかだったし、彼の方を見るたびにババーは落ち着きを取り戻していくようだった。シンガーさんは他の誰とも違っていたし、こういう時には彼の手に場を委ねた方がよさそうだった。誰より多くの分別をそなえていたし、普通の人にはわからないことがわかった。彼はただババーを見ていた。やがてババーはおとなしくなり、父親が彼を寝室に連れて行けるまでになった。

　ベッドでは彼は顔をうつぶせにして泣いた。長く大きなすすり泣きで、全身がぶるぶると震えるほどだった。彼は一時間泣き続け、三つの部屋の住人は誰一人眠ることができなかった。ビルは居間のソファに移ってきて、ミックがババーと一緒のベッドに入った。しかしババーは彼女に身体を触らせようとしなかったし、添い寝もさせなかった。それから一時間にわたって泣きじゃくり、しゃっくりを続けたあとで、ようやく眠りに落ちた。

彼女は長いあいだ目覚めていた。暗い中で彼女は腕をババーの身体にまわし、ぴったりと抱き寄せた。身体じゅうに触り、どこかしことなくキスをした。その身体は柔らかくて小さくて、塩っぽい男の子の匂いがした。彼女が感じた愛はとても強かったので、彼女はその子を腕がくたびれるまで固く抱きしめなくてはならなかった。心の中で彼女はババーのことと音楽のことを一緒に考えていた。この子のために良きことを、決して十分にはしてやれないのだという気がした。彼をぶったり、からかったりするようなことは、この先もう二度とするまい。彼女は一晩ずっと彼の頭に腕をまわして眠った。そして朝目覚めたとき、彼の姿はそこになかった。

しかしその夜以来、ババーのことをからかうような機会は、ミックにはもうほとんど訪れなかった。いや、ミックばかりではなく誰にも。ベイビーを撃ったあとの彼は、もう以前の小さなババーではなくなっていた。堅く口を閉ざし、誰かとふざけまわるようなこともしなくなった。大抵の時間を、彼は裏庭か石炭小屋に一人で座って過ごしていた。クリスマスの季節が間近に迫っていた。ミックは本当はピアノがほしかったのだが、そんなことはもちろん口にはできない。ミッキーマウスの時計がほしいのだとみんなには言っておいた。サンタクロースから何がもらいたいかと訊《き》かれると、ババーは何もほしくないと答えた。彼は自分のおはじきとジャックナイフを隠し、自分の本は誰にも触らせなかった。

その夜を境に、誰も彼をババーとは呼ばなくなった。近所の年上の子供たちには「ベイビー・キラー・ケリー」と呼ばれた。しかし彼はもう誰ともあまり口をきかなかったから、何を言われようと気にならないようだった。家族は彼をジョージという本名で呼んだ。最初のうちミックは彼をババーと呼ぶことをやめられなかったし、またやめたくもなかった。でも不思議なことに一週間ほどすると、他のみんなと同様、自然に彼をジョージと呼ぶようになった。しかし彼は——ジョージは——もう以前とは違う子供だった。もっと年かさの子のように常に一人で行動し、彼が心の中で何を思っているのかは誰にも、ミックにさえはかり知れないようになった。

彼女はクリスマス・イブの夜、彼と一緒に眠った。彼は何も言わずに暗闇の中に横になっていた。「そんなおかしなふりをするのはもうよしなよ」と彼女は言った。「賢者たちと、オランダの子供たちがストッキングの代わりに木靴を吊《つる》しておく話をしよう」

ジョージはそれに答えようとはしなかった。そのまま眠りに就いた。

彼女は四時に目を覚まし、家族全員を起こした。父親が正面の部屋の暖炉に火を入れ、全員がクリスマス・ツリーの前に集まり、プレゼントを開いた。ジョージはインディアンの衣装をもらい、ラルフはゴム人形をもらった。残りの家族はただ衣服をもらった。ミックはミッキーマウスの時計を期待してストッキングを探ったのだが、それはなかった。彼女がもらったプレゼントは茶色いオックスフォード・シューズと、チェリー・キャンディーの箱だった。まだあたりが暗いうちに、彼女とジョージは歩道に出てブラジル・ナッツを砕き、爆竹を破裂させ、チェリー・キャンディーの二段重ねの箱をそっくり食べてしまった。太陽が昇るころには二人とも胃がむかついて、くたくたに疲れていた。彼女はソファに横になり、目を閉じて「内部屋」へと入っていった。

6

八時にコープランド医師は机の前に座り、窓から差し込む荒涼とした朝の明かりの中で、紙片の束に目を通していた。脇にはヒマラヤ杉のクリスマス・ツリーが置かれ、密に繁《しげ》ったその緑色の木は、天井近くまで黒々とそびえていた。医師として活動し始めた最初の年以来彼は、クリスマスには年に一度のパーティーを自宅で開くことに決めていた。そして今、すべての準備は整っていた。ベンチと椅子が何列も、正面の部屋の壁に沿って並べられ、焼きたてのケーキの甘いスパイスと、温かいコーヒーの匂いが家中にほんのり漂っていた。オフィスでは彼とポーシャが、壁にくっつけたベンチに腰を下ろしていた。彼女は両手を顎にあて、身体をほとんど二つに折らんばかりに前屈《まえかが》みになっていた。

「父さん、五時からずっと机に屈み込んでいるじゃないの。父さんはなにも起きている必要ないんだよ。時間になるまで用事はないんだから、ベッドでゆっくり休んでなくちや」

コープランド医師は厚い唇を舌で湿した。彼の頭は様々な事柄でいっぱいで、ポーシャに関わっている余裕はなかった。彼女の存在は彼を苛立《いらだ》たせた。

彼はとうとう我慢できずに彼女の方を向いた。「どうしておまえはそこに座って、ずっとふさぎ込んでいるんだ？」

「あたしにはいくつか心に懸かることがあるんだよ」と彼女は言った。「ひとつにはウィリーが心配でね」

「ウィリアムか？」

「あの子はね、毎週必ず日曜日にあたしに手紙を書いてくる。手紙は月曜日か火曜日にこちらに着く。ところが今週、手紙は届かなかった。もちろんあたしはそんなに心配してない。ウィリーは生まれつき気立てが良くて優しい子だし、人とうまくやっていけるからね。あの子は刑務所から重労働に回されて、アトランタの北あたりで働かされていたんだ。二週間前に届いた手紙にはこう書いてあった。今日はこれから教会の礼拝に出る。服を一式と赤いネクタイを送ってほしいって」

「ウィリアムが書いてきたのはそれだけかね？」

「例のミスタ・B・F・メイソンが刑務所に入っているとも書いていた。バスター・ジョンソンとも出くわしたって。ウィリーが昔から知っていた子だよ。それからハーモニカを送ってほしいって。ハーモニカが吹けないと淋しくってたまらないと書いてあった。あたしは言われたすべてを送ったよ。他にチェッカーとホワイト・アイス・ケーキもね。とにかく何日かのうちに、あの子から手紙が届いてほしいよ」

コープランド医師の目は熱のために赤らんでいたが、手は休みなく動いていた。「なあ、そのことはまたあとで話し合おう。時間を無駄にはできない。私はこれを片付けてしまわなくちゃならないんだ。おまえは台所に戻って、支度が全部できているかどうか確かめてきなさい」

ポーシャは立ち上がり、陽気な顔をしようと努めた。「父さんはあの五ドルの賞金の行く先をもう決めたのかい？」

「実を言えば、何が最も賢明な選択なのか、まだ決めかねているのだ」と医師は言葉を選んで言った。

彼の友人である黒人の薬剤師が、毎年与えられた題目についていちばん優れたエッセイを書いた高校生に、五ドルの賞金を贈ることにしていた。薬剤師は常にコープランド医師を唯一の審査員に指名しており、その優勝者の名は毎年クリスマス・パーティーで発表されることになっていた。その年の作文の題は「私の志すこと・社会における黒人の地位をどのように改善できるか」というものだった。しかし一考に値するエッセイはただひとつしかなかった。しかしこの一文はあまりに稚拙で、分別を欠き、それに賞を与えることにはかなりの疑念を覚えざるを得なかった。コープランド医師は眼鏡をかけ、もう一度集中してそのエッセイを読み返してみた。

　これが私の志すことです。まず最初に私はタスキーギ大学（アラバマ州にある黒人の大学。一八八一年にブッカー・T・ワシントンによって創設された）に入りたいと思います。しかし私はブッカー・ワシントンやドクター・カーヴァー（ジョージ・ワシントン・カーヴァー。タスキーギ大学出身の高名な黒人植物学者）のようになりたいわけではありません。そこでの教育を修了したあかつきには、スコッツボロ・ボーイズ（一九三一年に白人女性をレイプしたかどで九人の黒人青年が裁判にかけられた冤罪事件）の弁護をおこなった人のような、優れた弁護士として活動を始めたいのです。私は白人に対する黒人の法律問題だけを手がけたいと思います。私たちの同胞は日々あらゆる面において、あらゆる手段を用いて、自分たちが劣等人種であると思い込まされようとしています。これは正しいことではありません。我々はまさに発展しつつある人種なのです。我々はいつまでも白人たちの軛《くびき》の下で汗をかき続けることはできません。我々が種を蒔《ま》き、それをいつも他人が刈るというようなことを、このまま許してはおけません。

　私はモーゼのようになりたいのです。抑圧者たちの土地から、イスラエルの子供たちを率いて脱出させたモーゼのような人に。「黒人指導者・有識者秘密組織」を立ち上げたいのです。選ばれた指導者たちのもとにすべての黒人が参集し、革命の準備を始めます。我が人種が置かれている惨状に関心を持つ、あるいはアメリカ合衆国が二分されたところを目にしたいと願う諸外国は、我々に援助の手を差し伸べてくれるはずです。すべての黒人が組織化されれば、そこには革命が起きます。そしてひとつにまとまった黒人たちは、ミシシッピ河の東からポトマック河の南にかけての土地をすべて領土とするでしょう。私は「黒人指導者・有識者組織」のもとに、強力な国家を設立するでしょう。白人は誰一人パスポートを与えられませんし、もしこちらに入ってきても、法的権利を持ちません。

　私は白人種全体を憎んでおり、黒人が受けてきたあらゆる迫害に対する復讐《ふくしゅう》を成し遂げられるよう、常に力を尽くすつもりです。それが私の志すことです。

　コープランド医師は血管の中に熱のほてりを感じた。机の上の時計が時を刻むこ、つこ、つという音が大きく、その響きは彼の神経を乱した。いくらなんでも、こんな乱暴きわまりない思いを抱く少年に、果たして賞を与えていいものだろうか？　さて、どうすればいいのか？

　他のエッセイはどれも、内容らしい内容を持っていなかった。若い連中はものを考えようとはしないのだ。彼らは「私の志すこと」だけを取り上げ、タイトルの残りの部分をすっかり省いていた。ただひとつの点だけが意味を持っていた。二十五のエッセイのうち、九つが同じ文句で始まっていた。それは「私は召使いにはなりたくありません」というものだった。そしてそのあとに続くのは飛行士になりたいとか、拳闘《けんとう》選手に、説教師に、ダンサーになりたいとか、そういう内容だった。一人の少女のただひとつ「志すこと」は、貧乏な人々に対して親切になることだった。

医師の心を悩ませているエッセイの筆者はランシー・デイヴィスだった。最後のページをめくって署名を目にする前から、それを書いたのが誰であるかが彼にはわかっていた。彼は既にランシーとの間にちょっとした問題を抱えていた。彼の姉が十一歳のときに召使いとして働きに出て、雇い主にレイプされたのだ。相手は中年を過ぎた白人の男だった。それから一年かそこらあとに彼は、ランシーを診てくれるようにという緊急の呼び出しを受けた。

コープランド医師は寝室に行って、ファイル・ケースを調べてみた。そこにはすべての患者の診療記録が収められている。「ダン・デイヴィス夫人とその家族」というカードを取り出し、ランシーの名前が出てくるまでそれに目を通していった。日付は四年前になっており、彼についての記述は他のものよりずっと注意深くなされていた。インクで「十三歳、思春期を過ぎており、自らを去勢しようと試みて成功せず。性欲が異常に強く、甲状腺亢進《こうじょうせんこうしん》。苦痛は僅《わず》かなるも、二度の往診のあいだ激しく泣き続ける。饒舌《じょうぜつ》――パラノイア的ではあるが、しゃべることを愉《たの》しむ。ひとつの例外を除き、家庭環境はまずまず悪くない。ルーシー・デイヴィスの項を参照。母親にして洗濯女。頭は良いが、注意深い観察と可能な限りの援助が必要とされる。コンタクトを続けること。診察料は一ドル（？）」

「今年は決めるのがむずかしいんだ」と彼はポーシャに言った。「しかしランシー・デイヴィスに賞を与えざるを得ないだろうね」

「もしその結論が出たら、こっちに来て、ここにあるプレゼントのいくつかについて意見を聞かせてちょうだい」

パーティーで配られる贈り物は台所に置いてあった。袋には食料品や衣服が詰められ、それぞれに赤いクリスマス・カードが添えられていた。訪れる人は誰であれその集まりに歓迎された。ただし参加したい人は事前に立ち寄って、玄関のテーブルの上に置かれた専用のゲストブックに名前を記入しておく（あるいは誰かに代わりに記入してもらう）のが決まりだった。袋は床に積み重ねてあった。全部で四十ばかり、受け取る人の必要に応じて大きさが違う。贈り物のあるものは小さく、中にはナッツとレーズンが入っていた。またあるものはとても重く、持ち上げるには男一人の力では足りなかった。台所は素敵なものでいっぱいだった。コープランド医師は戸口で立ち止まり、彼の鼻は誇りに震えた。

「父さん、今年はずいぶんよくやったわね。みんなこうしてとても親切にしてくれるんだもの」

「まさか！」と彼は言った。「これしき、必要とされるものの百分の一にも達しておらんさ」

「そんなことないよ、父さん。素直にうんと喜んでいいんだよ。でも気持ちを正直に表に出したくないんだね。父さんはいつだって何かしら苦情を言い立てるんだから。ここには四ペック（約三十五リットル）の豆と、二十袋ぶんの粗挽《あらび》き粉と、十五ポンドばかりのベーコン、ボラ、六ダースの卵、グリッツがたっぷりと、トマトと桃の瓶詰めがある。林檎《りんご》と、二ダースのオレンジ。それに衣服。二つのマットレスと四枚の毛布。これだけ揃《そろ》えば大したものだよ！」

「バケツに水がただの一滴、みたいなものさ」

部屋の隅にあるひとつの大きな箱をポーシャは指さした。「あのことだけどね——あれはいったいどうするつもりなの？」

箱に詰められているのは使い途《みち》のないがらくたばかりだった。頭のもげた人形、汚れたレース、兎《うさぎ》の毛皮。コープランド医師はそれらのひとつひとつを吟味した。「それは棄《す》てないでおいてくれ。どんなものにでも用途はある。それらは、他に差し出すものを持たない私のお客たちがくれたものなんだ。あとで何かしら使い途を見つけるから」

「ここにある袋とか箱とかを、父さんがひとつひとつ点検してくれたら、あたしが片端から紐《ひも》をかけていくよ。台所にこれだけのものを置いとくようなスペースはないんだ。今にみんな、食べ物を求めてここに押しかけてくるからね。プレゼントは裏階段の上と、庭に置いておくよ」

朝の太陽が上がった。よく晴れた寒い一日になるだろう。台所には甘く芳潤な匂いが漂っていた。コーヒーの鍋《なべ》が温めてあり、食品棚には砂糖を白くまぶしたケーキが並んでいた。

「そしてこれらのものはどれも白人からもらったものじゃない。みんな黒人からもらったものなんだよ」

「いや」とコープランド医師は言った。「それはまったくの真実ではない。シンガーさんが石炭代の足しにと、十二ドルの小切手を寄付してくださった。今日ここに来てくれるように招待もしておいた」

「なんとまあ！」とポーシャは言った。「十二ドルも！」

「彼を招待するのは礼にかなったことに、私には思えたんだ。あの人は他の白人たちとはまるで違うからね」

「そのとおりね」とポーシャは言った。「でもあたしはずっとウィリーのことを考え続けているんだよ。あの子が今日このパーティーにいてくれたらねえ。そしてあの子からの手紙が届いてくれたらねえ。そのことが気に懸かってならないんだ。でもこうしちゃいられない。おしゃべりはやめて、支度にかからなくちゃ。ぐずぐずしてたら、すぐにパーティーの時間になっちまうから」

　時間はまだたっぷりあった。コープランド医師は丁寧に顔を洗い、身なりを整え、みんなが揃ったときにどんなことを言えばいいか、練習をしようとしばらく試みた。しかし期待と不安とで、うまく気持ちが集中できなかった。やがて十時になり、最初の客が顔を見せた。それから半時間もしないうちに、客の全員がそこに集まった。

「クリスマスおめでとう」と郵便配達夫のジョン・ロバーツが言った。彼は片方の肩をもう一方の肩より高く上げ、白い絹のハンカチで顔の汗を拭《ふ》きながら、混み合った室内を楽しそうに動き回っていた。

「皆様のご長寿を！」

　家の正面には人だかりがあった。客たちは戸口でつっかえて、正面ポーチや庭でグループをつくっていた。そこには押し合いもなければ、きつい言葉が口にされたりというようなこともない。人はひしめき合っていたが、秩序は保たれていた。友人たちは声をかけあい、知らないもの同士が紹介され、握手を交わした。子供たちや若者たちは一群となって、奥の台所の方に入っていった。

「クリスマスの贈りもの！」

　コープランド医師はフロント・ルームの中央、クリスマス・ツリーの脇《わき》に立っていた。

頭がくらくらした。握手をし挨拶《あいさつ》にこたえたが、意識は混乱していた。個人的な贈り物が彼の手に押し込まれた。きれいにリボンがかけられているものもあれば、新聞紙でくるまれたものもあった。それらをどこに置けばいいのか、場所が見つけられなかった。空気は更にもったりとして、人々の声は更に大きくなっていった。彼の周囲で人々の顔がぐるぐると渦巻き、誰が誰だか見分けがつかなかった。でも少しずつ彼は冷静さを取り戻した。腕に抱えた贈り物を置く場所を近辺に見つけることもできた。目眩《めまい》の感じは収まり、部屋がはっきり見えるようになった。彼は眼鏡をかけ直して周囲を見回した。

「メリー・クリスマス！　メリー・クリスマス！」

燕尾《えんび》服《ふく》を着た薬剤師のマーシャル・ニコルズがおり、ごみトラックを運転している義理の息子と話をしていた。「最聖昇天教会」の牧師の姿が見えた。他の教会から二人の助祭が来ていた。派手なチェックのスーツを着たハイボーイが人混みの中をかき分け、社交に励んでいた。立派な体格のダンディーな青年たちが、鮮やかな色合いのロングドレスを着た娘たちにお辞儀をしていた。子連れの母親たちがいて、けばけばしいハンカチーフに唾《つば》を吐くゆっくりとした動きの年長者たちがいた。部屋は暖かく、騒音に満ちていた。

シンガーさんが戸口に立っていた。多くの人が彼をじろじろ見た。コープランド医師は自分が彼に挨拶したのかどうか、記憶を辿《たど》れなかった。啞《おし》は一人きりでそこに立っていた。彼の顔はどことなくスピノザの肖像画を思わせた。ユダヤ人の顔だ。彼の顔を目にして医師は嬉《うれ》しく思った。

ドアも窓も開け放たれていた。隙間《すきま》風《かぜ》が部屋を吹き抜け、そのために火が盛んに音を立てていた。騒音が静まった。席は残らず埋まり、年若い人々は床に列になって座っていた。玄関もポーチも、また庭までも、静まりかえった客たちでいっぱいだった。彼が語るべき時がやってきたのだ。しかしいったい何を言えばいいのか？　パニックが彼の喉《のど》を締め上げた。部屋中がじっと待ち受けていた。ジョン・ロバーツの合図で一同はしんと静まりかえった。

「みなさん」とコープランド医師は行き当たりばったりで始めた。一瞬の間があり、それから突然言葉が湧《わ》いてきた。

「私たちがこうしてクリスマスを祝うためにこの部屋にみんなで集まるようになって、これで十九年になります。我が同胞たちがイエス・キリストの誕生の話を初めて聞かされたのは、暗い時代のことでした。当時、我が同胞たちはこの町の裁判所前の広場で、奴《ど》隷《れい》として売られたのです。それ以来私たちは彼の生涯の物語を数えきれないほど何度も耳にし、また語ってきました。ですから今日は、それとは違う話をしましょう。

今から百二十年前にもう一人の別の人物が、ドイツとして知られる国で生まれました。大西洋を隔てた遠くにある国です。この人はイエスと同じく、理解に達した人物でした。

しかし彼の思想は天国とも、死後の世界とも無縁のものです。彼の使命は生きるもののためにありました。働き、貧困にあえぎ、働き続けて死んでいく圧倒的に多くの人々のためのものです。洗濯の仕事をしたり、料理人として働いたり、綿花を摘んだり、工場の熱湯の染色桶《おけ》の前で働いたりしている人のためのものです。彼の使命は私たちのためにあったのです。その人の名前はカール・マルクスといいます。

カール・マルクスは賢い人でした。彼は学び、働き、自分のまわりにある世界を理解しました。世界は二つの階級に分断されていると彼は言いました。富裕階級と、貧困階級です。一人の裕福な人間に対して、千人の貧しい人々がいて、彼らは裕福な人間をより裕福にするために働いています。彼は世界を黒人か白人か中国人か、みたいに分けることはしませんでした。カール・マルクスにとっては、何百万の貧しい人々の一人であるか、あるいは少数の裕福な人々の一人であるか、そういう分類のほうが、皮膚の色がどうこうより大事なことであったようです。カール・マルクスの生涯の使命は、人々をすべて平等にすることであり、世界中の大いなる富を、貧乏人も金持ちもいなくなるように、それぞれが公正な割り当てを得られるように分配することにありました。カール・マルクスが我々に残した戒律のひとつに、こういうものがあります。『能力に応じて働き、必要に応じて受け取る』（一八七五年に『ゴータ綱領批判』の中でマルクスが述べた有名なスローガン）」

玄関の方で、皺だらけの黄色い手のひらがおずおずと上げられた。「それは聖書に出てくるマーク（使徒マルコの英語読み）のことかね？」

コープランド医師は説明した。彼は姓名の綴りを教え、日付を言い添えた。「他にもっと質問はありますか？　みなさんの誰でもいい、自由に意見を述べてください。討論をしましょう」

「そのマークスさんはキリスト教会の人なのですね」と説教師が尋ねた。

「彼は人間の魂の神聖なることを信じていました」

「彼は白人なのですか？」

「そうです。しかし彼は自分のことを白人だとは考えませんでした。彼はこう言っています。『人間的なるもので、私が異質とみなすものはひとつとしてない』。彼はすべての人類が自分の同胞《はらから》だと考えていました」

コープランド医師はそこで一呼吸間をとった。まわりの人々はじっと待っていた。

「あらゆる財産の価値はなんでしょう？　店で売られているあらゆる商品の価値はなんでしょう？　価値はただひとつのものに拠《よ》っています――その物を作るのに、その物を育てるのにどれだけの労働を要したかということです。煉瓦《れんが》造りの家がなぜキャベツより高いのでしょう？　一軒の煉瓦造りの家をつくるには、多くの人の労働が必要だからです。煉瓦やモルタルを製造する人々がいて、床板にするための木を伐採する人々がいます。煉瓦造りの家の建設を可能にする人々がいます。建築現場まで資材を運ぶ人たちがいて、現場まで資材を運ぶのに必要な手押し車やトラックをつくる人たちがいます。そして最後に現場で家を建てる労働者たちがいます。煉瓦造りの家を一軒建てるには、とても数多くの人々の労働が注ぎ込まれているのです。それに比べれば、裏庭でキャベツを栽培するのは誰にだって簡単にできます。煉瓦造りの家がキャベツより高価なのは、それをつくるのにより多くの労働力が必要とされるからです。だからこの煉瓦造りの家を買うとき、人はそこに関与した労働力に対してお金を支払うわけです。しかし誰がその代金を受け取るのでしょう？　誰が利益を得るのでしょう？　実際に仕事をした多くの人々ではありません。その労働を差配したボスたちなのです。そしてよくよく見ればわかることですが、それらのボスの上には更にボスたちがいます。それらの上級ボスたちの上には、さらに高位のボスたちが控えています。そのようなわけで、これらすべての労働を差配し、商品の価格を決定しているのは、実際にはほんの一握りの人間なのです。みんな、ここまでは理解してもらえたかな？」

「よくわかりますよ！」

しかし本当にわかっているのだろうか？　彼はもう一度最初から最後まで、同じことを繰り返し語った。今度はいくつか質問があった。

「しかしその煉瓦をつくるための粘土にはお金はかからんのかね？　それに穀物をつくる土地を借りるにも金はかかるわな」

「それは良い質問です」とコープランド医師は言った。「土地、粘土、材木——これは天然資源と呼ばれます。人には天然資源をつくることはできない。ただそれらを採取し、仕事に利用するだけです。そうなると誰かが、あるいはどこかのグループが、それらを専有して良いものでしょうか？　穀物収穫のために必要な土地や空間や陽光や雨を、誰かが専有できるものでしょうか？　誰かが『これはおれのものだ』と主張してそれらを独占し、他の人と分け合うことを拒否できるものでしょうか？　カール・マルクスはこう言っています。天然資源は万人に所属すべきものであり、細かく分割されるのではなく、労働能力に合わせて万人の利用に供されるべきだと。たとえば一人の人間が死んで、一頭のラバを四人の息子たちに遺《のこ》したとします。息子たちはラバを四等分して、その四分の一をほしいとは思わないでしょう。ラバを共同で所有し、利用するはずです。それがあらゆる天然資源についてマルクスの主張することなのです——富裕な一群の人々によってではなく、世界の労働者全員によって所有されるべきだと。

　この部屋にいる我々の誰も土地など所有してはいません。あるいは一人、二人は自分の持ち家に暮らしているかもしれない。一ドル、二ドルの蓄えはあるかもしれない。しかし我々は、生命を維持することに直接役立つもの以外、何ひとつ手にしてはいません。我々が手にしているのは己れの肉体だけです。そして我々は生きている日々、その肉体を売って生活しています。朝に家を出て仕事に向かうとき、そして昼間いちにち労働をしているあいだ、我々は自分の身体を売っています。価格も時間も目的も相手の言うがまま、自らの肉体を切り売りすることを余儀なくされているのです。食べ物を口にし、生き延びていかなくてはならないからです。そしてその代価として我々に与えられる賃金といえば、辛うじて体力を維持していける程度のものであり、その体力は他人の利益のために、少しでも長く労働することに用いられます。現在では我々は、裁判所前広場の台に乗せられて売り買いされることはありません。しかし我々はこの世に生きているほとんどすべての一刻一刻、我々の体力を、我々の時間を、自らの魂を売ることを余儀なくされています。私たちはひとつの奴隷制度から解放されはしたが、結局べつの種類の奴隷制度に放り込まれただけではないか？　私たちは自らを自由な人間と呼べるでしょうか？」

　正面の庭からひとつの深い声が応じた。「それはまったくの真実だ！」

「実にそのとおりだ！」

「なにも我々だけがその奴隷制度に組み込まれているわけではありません。この世界中で、肌の色や人種や信条を問わず、何百万という人々が同様の目にあっています。そのことを忘れてはならない。我々黒人の多くは貧乏白人たちを憎んでいるし、また向こうもこちらを憎んでいます。紡績工場で働いて、川べりに住んでいるような人たち。我々黒人に負けず劣らず困窮している人たち。このような憎しみは実に間違ったことだし、そこからは何ひとつ善きものは生み出せません。私たちはカール・マルクスの言葉を思い出さなくてはならないし、彼の教えに沿って真実を見出《みいだ》すべきです。不公正な窮乏は、私たちをひとつに結びつけるべきであり、引き離すべきではないのです。我々の労働があればこそ、この地上の事物が価値あるものになるのだということを、頭に刻んでおかなくてはなりません。カール・マルクスの語るこれら主要な真実を、常に心に留めておかなくてはなりません。決して忘れてはいけない。

しかし我が同胞よ！　この部屋にいる我々は――私たち黒人は――我々だけに与えられた今ひとつの使命を持っています。我々の内には強い真実の目的があります。そしてもし我々がこの目的を達成することにしくじったなら、我々は永遠に失われてしまうことでしょう。さて、この特別な使命とはどういう性格のものなのか、それを見ていこうではありませんか」

コープランド医師はシャツのカラーをゆるめた。喉元につっかえるような感覚があったからだ。彼が身の内に感じている悲痛なまでの愛は、あまりに大いなるものだった。彼はじっと沈黙している客たちを眺め回した。彼らは待ち受けていた。庭に集まっている人々も、ポーチにいる人々も、部屋の中にいる人たちに劣らず静かな集中をうかがわせていた。耳の遠い老人は、耳に手を当てて前屈みになっていた。一人の女性はむずかる赤ん坊におしゃぶりを与えて黙らせていた。シンガーさんは戸口に立って注視していた。若者たちの大半は床に座り込んでいた。その中にはランシー・デイヴィスの姿もあった。その少年の唇は緊張して青くなっていた。彼は両膝《りょうひざ》を腕でとてもしっかりと抱え込んでいた。彼の若々しい顔はむっつりしていた。部屋のすべての目が見つめていた。そしてそれらの目の中には、真実を求める飢えがあった。

「今日、我々はもっとも優れたエッセイを書いた高校生に、五ドルの賞金を与えることになっています。その題は『私の志すこと・社会における黒人の地位をどのように改善できるか』というものです。今年のその賞はランシー・デイヴィスに与えられます」。コープランド医師はポケットから封筒を取りだした。「この賞の価値が、それが提供する賞金の額とはまったく無関係であるということは、あらためてここで私が述べるまでもないでしょう。その価値は、そこに付随する神聖なる信頼と信念にあるのです」

　ランシーはもじもじと立ち上がった。彼のむっつりとした唇は震えていた。彼はお辞儀をして賞を受け取った。「書いた作文を、僕がここで読むのでしょうか？」

「いや」とコープランド医師は言った。「しかし今週のうちにいつか私のところに来て、私と話をしてほしい」

「イエス・サー」、部屋は再び静まりかえった。

「『私は召使いにはなりたくありません！』、これらのエッセイの中で、この願いを私は何度も何度も目にすることになりました。召使《サーヴァント》いだって？　とんでもない。我々の中でサーヴする人《サーヴァント》になることを許されているものなんて、千人に一人くらいのものです。実は我々は働いていないのです！　我々は奉仕《サーヴ》なんてしていないのです！」

部屋に起こった笑いは居心地の悪いものだった。

「いいですか、我々の五人のうち一人は道路を作ったり、市の衛生処理をしたり、製材所や農場で仕事をしています。五人のうちのもう一人は、いかなる仕事も見つけることができません。しかし五人のうちのあと三人――我々の同胞の大部分――はどうでしょう？　我々の多くは、自分の食べるものを自分で満足に調理できない人々のために、調理の仕事をしています。多くは、一人か二人の楽しみのために、一生をかけて庭の花園の手入れをしています。我々の多くは、立派なお屋敷のワックスで艶々《つやつや》した床を磨いています。あるいは自分で運転するのが面倒な、怠惰で裕福な人々のために車を運転しています。つまり我々は本当には誰の役にも立っていない何千もの仕事に従事し、一生を無駄に過ごしているのです。我々は労働するけれど、我々のおこなう労働は無益なものばかりです。それをサーヴィス＝奉仕と呼べるでしょうか？　ノー、それは奴隷労働だ。

我々は労働する。しかし我々の労働は無駄に費やされています。サーヴすることは我々には許されていないのです。今朝、ここにいる君たち学生は、我々同胞の中にあって恵まれた少数を代表しています。我々の大半は学校に行くことを許されていないからです。君たち一人につき、十人以上の若者たちがほとんど自分の名前も書けないまま放置されています。我々は勉学と英知という尊厳を否定されているのです。『能力に応じて働き、必要に応じて受け取る』。ここにいるみんなは、困窮の真の苦しさを身にしみて知っています。それは大いなる不公正です。しかしそれよりもなお切実な不公正がひとつあります。各自の能力に応じて働くことを否定されるという不公正です。生涯を通じて無益な労働に従事させられること。奉仕する機会を否定されること。私たちの魂と頭脳の富を奪われることに比べれば、手にした財布を盗まれることなど、損失としては遥《はる》かに軽いのです。

　今朝ここにいる若い人々の中には教師や、看護婦や、民族の指導者になる必要を感じている人がいるかもしれません。しかしあなた方の大半はそうなるのを拒まれることでしょう。生活のため、有用とは言いがたい目的に自らを売り渡さなくてはならないことでしょう。あなた方は押し戻され、敗退させられることでしょう。若き科学者は綿花を摘み、若き作家は読み書きすら学べず、教師はアイロン台の前で意義を欠いた労働に縛りつけられます。私たちは政府の中に一人の代表者も持たず、投票することもかないません。この偉大な国にいながら、私たちはもっとも抑圧された民族となっています。声を上げることすらできません。使い途のない舌は私たちの口の中で朽ち果てていきます。私たちの心臓は空っぽになり、目的を達成するための強さは失われていきます。

　黒人同胞たちよ！　私たちには豊かな人間の頭脳と魂が具《そな》わっています。我々はすべての資質の中から、選《え》りすぐりのものを差し出そうとするのですが、それは嘲《あざけ》りと侮蔑《ぶべつ》のうちに突き返されます。私たちの美質は泥の中に空《むな》しく踏みにじられ、無用のものに変えられてしまいます。その挙げ句、動物よりも更に無益な仕事に就かされるのです。黒人たちよ！　我らは立ち上がり、再び一体にならねばなりません！　我らは自由にならねばならないのです！」

　部屋の中にはざわめきが起こった。ヒステリーの状態が生まれた。コープランド医師は息を詰まらせ、両の拳を握りしめた。まるで自分が巨人の大きさに膨らんだような気がした。彼の中にある愛が、その胸を発電機《ダイナモ》に変えていた。自分の話が町中に聞こえるように、彼は大きな声で叫びたかった。床に倒れ、巨人の声を発したかった。部屋は呻《うめ》きと叫びで満ちた。

「我らを救い給《たま》え！」

「大いなる主よ！　我らを死の荒野から導き給え！」

「ハレルヤ！　我らが救われんことを！」

　医師は自らをコントロールしなくてはと、もがいた。そして苦闘の末にようやく規律が戻ってきた。自らの内なる叫びをなんとか抑え込み、力強い真実の声を模索した。

「聴いてくれ！」と彼は呼びかけた。「我々は自らを救うのです。悲嘆の祈りによってではなく、怠惰や強い酒によってでもなく、肉の歓《よろこ》びや無知によってでもなく、服従や卑下によってでもなく、誇りと尊厳をもって、堅固に力をつけることによって、自らを救うのです。我々の紛れなき真の目的に向け、我々は強さを築いていかなくてはならないのです」

彼はそこで唐突に語り止《や》め、身体をぐいとまっすぐ伸ばした。「毎年この時季に、私たちはカール・マルクスの第一の戒律を、我々なりにささやかではあるが実行しているのです。この集まりに参加してくれたみんなは、前もって何かしら贈り物を持ち寄ってくれました。皆さんの多くは、それによって他人の窮乏が少しなりとも減じられるなら、自らの安楽が否定されてもかまわないと思ったのです。それぞれが自らの能力に応じて与えたのです。そのお返しに自分が手にする贈り物の価値など考えることなく。他人とものを分かち合うのは、人にとってごく自然なことなのです。何かを受け取るよりは、何かを与える方が素晴らしいことだと、私たちは長いあいだ認識してきました。カール・マルクスの言葉を私たちは、前々から常に承知していたのです。『能力に応じて働き、必要に応じて受け取る』」

コープランド医師はそれで話が終了したかのように、長く口を閉ざしていたが、やがて再び語り出した。

「私たちの使命は、我らが屈辱の日々を、強さと尊厳をもって歩き抜けることにあります。私たちの誇りは強固なものでなくてはなりません。なぜなら我々は頭脳と魂の価値を知っているからです。私たちは子供たちに教えなくてはなりません。勉学と英知の尊厳を子供たちが身につけられるように、身を捨てなくてはなりません。来《きた》るべき日のために。我々の中の優れた資質が、嘲りや侮蔑のうちに突き返されたりすることのない日がいつか巡ってきます。私たちが奉仕することを許される日がいつか巡ってきます。そのときには私たちは労働し、その労働はもはや無益な労働ではなくなります。我々の使命とは、強さと信念を失わずその日を待つことなのです」

それで話は終わった。人々は盛大に拍手をし、足で床を、あるいは家の外では固い冬の地面を踏み鳴らした。温かく強いコーヒーの匂《にお》いが台所から漂ってきた。ジョン・ロバーツがプレゼントの振り分けを担当し、カードに書かれた名前を読み上げた。ポーシャはストーブの上の鍋から柄杓《ひしゃく》でコーヒーをすくい、マーシャル・ニコルズがケーキのスライスを配った。コープランド医師は客たちのあいだを回り、彼の周りにはいつも小さな人垣ができていた。

誰かが彼のわきでしつこく尋ねた。「バディーの名前（本名はカール・マルクス）はその人からとったのかね？」と。そうだと彼は答えた。ランシー・デイヴィスは彼のあとをついてまわり、いろんな質問をした。彼はすべての質問に対して「イエス」と返事した。喜びが彼を酔った人のようにした。同胞たちを前に教え、導き、説くことができたのだ。そして人々は彼の言うことを理解してくれたのだ。それは何より素晴らしいことだ。真実を説き、傾聴されること。

「私ら、このパーティーをとっくり愉しむことができました」

玄関口に彼は立って、人々にさよならを言った。何度も何度も握手をした。彼は壁にぐったりと寄りかかり、目だけを動かしていた。ひどく疲れていたからだ。

「本当にありがとうございました」

シンガーさんが最後に去った客だった。彼はどこまでも善き人だった。知的で、正しい知識を身につけた白人だ。彼の中には不快な尊大さなど微塵《みじん》もうかがえなかった。全員が立ち去ったあとも、彼だけが残っていた。最後のひとことを期待して、そこで待っていたように見えた。

コープランド医師は喉に手をあてていた。喉頭《こうとう》が痛んだからだ。「教師たち」と彼はかすれた声で言った。「それが私たちが最も必要としているものです。指導者たち。我々を団結させ、導いてくれる誰か」

お祭り騒ぎのあとで、部屋にはむき出しにされたような、荒廃した印象があった。家の中は冷えびえしていた。ポーシャは台所で食器を洗っていた。クリスマス・ツリーの銀色の雪は床の上で踏みにじられ、飾りは二つほど壊れていた。

医師は疲れていたが、喜びと熱が彼を休ませてくれなかった。まず寝室から、彼は家の中に秩序を取り戻そうととりかかった。ファイル・ケースの上にばらになったカードが一枚置かれていた。ランシー・デイヴィスに関するメモがそこに記されていた。彼に向かって口にするべきことが、頭の中に形作られていった。そして今それを口にできないことで、落ち着かない気持ちになった。少年のむっつりとした顔はどこまでもひたむきで、彼はどうしてもそれを頭から追い払えなかった。カードを戻すために、ファイルのいちばん上の抽斗《ひきだし》を開けた。A、B、Cと彼は神経質に文字を追って行った。そしてその目は自らの名前の上に釘付《くぎづ》けになった。姓はコープランド、名はベネディクト・メイディー。

フォルダーには肺のレントゲン写真が何枚かと、簡略な病歴が入っていた。レントゲン写真を明かりにかざしてみた。左肺の上部には石灰化した星のような明るい部分があった。下部には大きな曇ったスポットがあり、瓜《うり》二つ同じものが、右側のずっと上方にもあった。コープランド医師は急いでそれをフォルダーに戻した。彼が自ら書き記したメモだけがなおもその手にあった。字は大きく引き延ばされ、くねくねしており、なかなか判読できなかった。「一九二〇年——リンパ腺の石灰化——肺門の著しい肥厚。病状は食い止められる——職務再開。一九三七年——病状がぶり返す——レントゲン写真によれば——」。彼はそのメモを読むことができなかった。最初は文字が読み取れなかったのだ。やがてはっきり読めるようにはなったものの、そうなると今度は記されていることが意味をなさなかった。末尾には三つの単語が並んでいた。「Prognosis: Don't know（予後：不明）」。

過去の暗い暴力的な感覚が再び彼に戻ってきた。彼は前屈みになってファイル・ケースのいちばん下の抽斗を乱暴に開けた。ごたまぜになった手紙の束。黒人地位向上連盟からの短い手紙。デイジーからの黄ばんだ手紙。一ドル半を無心するハミルトンからの手紙。医師はいったい何を探しているのだろう？　彼の両手は抽斗の中をかき回し、それからようやく強《こわ》ばった身体《からだ》を立ち上げた。

無益に費やされた時間。過ぎ去った一時間。

ポーシャは台所のテーブルに向かってジャガイモの皮を剝《む》いていた。背は力なく丸まり、その顔は見るからに痛ましかった。

「しゃんとしなさい」と彼は腹立たしげに言った。「ふさぎ込んでばかりいるんじゃない。ふさぎ込んで、めそめそして、そんなおまえをとてもまともには見ていられない」

「あたしはただウィリーのことを考えているのよ」と彼女は言った。「もちろん手紙が三日ばかり遅れているというだけのことなんだけど。でもあの子がこんなにあたしを心配させるって変だよ。あの子はそういう性格じゃないから。どうにも嫌な気分がしてね」

「耐えるんだよ、おまえ」

「それはわかっているんだけど」

「いくつか往診するところがある。そんなに時間はかからんと思うが」

「わかった」

「きっと何もかもうまくいくさ」

彼の感じていた喜びの大半は、昼間の明るく冷ややかな太陽の下では、既に消えてしまっていた。患者たちの病気が、彼の心にも拡散されていた。潰瘍《かいよう》ができた腎臓《じんぞう》。脊髄《せきずい》膜炎《まくえん》。脊椎《せきつい》カリエス。彼は後部席から車のクランクを取りだした。通常の彼は車を始動させるために、通りを歩いている黒人に頼んで、クランクを回してもらうことにしていた。同胞たちは彼のために喜んで手を貸してくれた。しかし今日の彼は自分でクランクをセットし、力を込めてそれをぐいぐい回した。オーバーコートの袖《そで》で顔に浮かんだ汗を拭き、急いで運転席に戻り、出発した。

さっき話したことは、どれだけみんなに理解されただろう？　それはいかほどの価値を持っていたのだろう？　自分が口にした言葉を彼は思い返してみた。しかしそれらは色褪《いろあ》せ、力を失っているように思えた。口にされずに終わった言葉の方が、彼の心により重く残っていた。それらの言葉は口もとにまでせり上がり、唇を細かく震わせた。苦難にあえぐ同胞たちの顔が膨らんだ塊となって、眼前にやってきた。車を通りに沿ってゆっくりと進めながら、彼の心は怒りをはらみ、休まることのない愛に激しく揺さぶられるのだった。

7

ずいぶん長いあいだ、町はこれほど厳しい冬を経験したことがなかった。窓ガラスは霜で曇り、家々の屋根も白くなった。冬の午後は霞《かす》んだレモン色の光に輝き、影は微妙な青色だった。通りの水たまりには薄く氷が張った。クリスマスの翌日には町からほんの十マイル北で、ちらほら軽い雪が舞ったという話だ。

シンガーに変化が現れた。彼はしばしば長い散歩をした。アントナプーロスがいなくなって何ヶ月か、彼はやはり憑《つ》かれたように長く散歩をしたものだ。あらゆる方角に向けて何マイルも歩き、その範囲は町全体に及んだ。彼は河沿いの密集した地域をあてもなく抜けて歩いたが、そこは通常より更にみすぼらしくなっていた。というのはその冬、紡績工場は不景気だったからだ。多くの人の瞳《ひとみ》には、陰気な孤独の影がうかがえた。今では人々は余儀なく暇をもてあまし、あたりには不穏な空気が漂っていた。新しい熱烈な信仰が流行していた。紡績工場の染色桶の前で働いていた一人の若者が突然、聖なる力が自分に宿ったと言い出したのだ。神から受け取った新しい一組の戒律を伝えるのが自分の責務であると、彼は語った。若者はテント小屋を立ち上げ、何百という人々が毎晩そこに足を運び、地面を転げ回ったり、互いを揺さぶったりした。自分たちは人知を超えた存在を前にしていると彼らは信じていた。

　殺人事件もあった。食い扶持《ぶち》を十分に稼げない一人の女が、現場監督が彼女の給与をピンハネしていると思い込み、その喉を刺したのだ。ある黒人の一家がひどくすさんだ通りの、隅の家に引っ越してきたのだが、それは近隣の激しい憤慨を呼んで、その家は焼かれ、男は隣人に殴打《おうだ》された。しかしそれらはどれも単発的な事件に終わり、変化は何ひとつもたらされなかった。ストライキが噂《うわさ》されたが、結局実現しなかった。人々が結束できなかったからだ。すべて以前と変わりなかった。どんなに寒い夜にも「サニー・ディキシー・ショー」は休みなく開催された。人々は相も変わらず夢を見て、喧嘩《けんか》をし、眠った。そして人々は自然にあまり先のことを考えないようになった。明日よりもっと先にある暗闇《くらやみ》に、うっかり足を踏み入れたりしないように。

　シンガーは町のごみごみした、悪臭漂う地域をかまわず歩き抜けていった。黒人たちがひしめき合って暮らしている場所、そこは他の場所よりもより陽気で、より暴力的だった。横町にはしばしば、つんと鋭いジンの匂いが漂い、温かく眠たげな炎の明かりが窓を染めていた。教会ではほとんど毎晩のように集まりが開かれていた。冬枯れした芝生の庭を持つ、住み心地よさそうな小ぶりな家々もあった。シンガーはそのような地域をも歩いた。そこでは子供たちは体格もよく、見知らぬ人に対してより人なつっこかった。高級住宅地域も通り抜けた。そこの家々は堂々として古めかしく、白い円柱を持ち、凝った模様の錬鉄の垣根に囲まれていた。ある大きな煉瓦造りの家の前を歩き過ぎたが、車寄せでは自動車の警笛が軽く鳴らされ、煙突からは威勢よく煙が立ち上っていた。彼はまたいくつかの道路の果てるところまで歩いて行った。町から雑貨店へと通じる道路で、雑貨店では毎週土曜日の夜に農夫たちが集まり、ストーブを囲んで座っていた。四ブロック続く、明々と照らされた町の繁華街をよくそぞろ歩いた。その背後にある暗い無人の横町をも歩いた。シンガーが知らない町の部分はなかった。彼は何千という窓に照り映える、黄色い方形の光を目にした。冬の夜は美しかった。空は冷ややかな群青色《ぐんじょういろ》に染まり、星の輝きはどこまでも鮮やかだった。

　今ではそのような散歩のあいだに誰かに話しかけられたり、呼び止められたりすることが多くあった。あらゆる種類の人々が彼と顔見知りになっていった。話しかけてくる人が初対面であれば、手持ちのカードを差し出した。それで彼が話さないわけが理解された。彼は町中でよく知られる存在になった。背中をまっすぐ立て、常に両手をポケットに突っ込んで歩いた。その灰色の目は、周囲にあるもののすべてを受け入れているように見えた。そしてその顔には今もなお平和の色が浮かんでいた。それはきわめて賢いか、あるいは多くの悲しみを抱えた人々の顔に通常見受けられるものだった。話しかけてくる人がいれば、いつだって喜んで歩を止めた。結局のところ彼はただ歩きたいだけで、どこかに向かっているわけではなかったから。

　かくして唖についての様々な噂が町では囁《ささや》かれ始めた。かつて彼はアントナプーロスと一緒に歩いて職場まで行き、また帰宅したものだ。しかしそれを別にすれば、おおむね二人きりで部屋にこもっていた。当時彼らの邪魔をするものは一人もいなかったし、もし誰かの目にとまったとしても、注目の対象は太ったギリシャ人の方であり、当時のシンガーは誰からも忘れられていた。

　唖に関する噂は豊富かつ多様なものだった。ユダヤ人たちは彼をユダヤ人だと言った。メインストリートの商人たちは、彼は大きな遺産を引き継いでおり、とても裕福なのだと言った。迫害された繊維業組合の連中は、あの唖はＣＩＯ（産業別労働組合会議）のために働いているオルガナイザーだと明言した。何年も前に町にふらふらと入り込んできて、今ではリネンを扱う小さな店の裏に、家族と共に慎ましく暮らしている孤立したトルコ人は、あの男はトルコ人だよと熱っぽく妻に語った。私がトルコ語でしゃべっても、あの唖はちゃんと理解するからね、と彼は言った。そしてその話をするとき、彼の声音は温かくなり、子供たちと口論することも忘れ、その頭は計画や行動で満ち溢《あふ》れるのだった。田舎からやって来た一人の老人は、唖は彼の故郷の近くの出身だと言った。彼によれば、唖の父親はその地方でも最高の煙草《たばこ》畑を所有しているということだ。そんなあらゆる噂が彼に関して囁かれた。

アントナプーロス！　シンガーの中には常にその友人の思い出があった。夜に目をつぶると、暗闇の中にそのギリシャ人の顔が浮かび上がった。脂《あぶら》ぎった丸顔、賢そうな優しい微笑《ほほえ》み。夢の中では二人はいつも一緒だった。

彼の友人が遠くに去って、もう一年以上が経過していた。この一年は長くもなく、短くもなかった。それは言うなれば、通常の時間の感覚から外れたところにあった――その間ずっと酔っ払っていたか、あるいは半ば眠っていたか、そのような感じだ。そしてその一刻一刻の背後には、常に彼の友人がいた。アントナプーロスと共にあるこの埋没した生活は、彼の周囲で様々な出来事が起こるのにあわせて、変化し進展した。最初の数ヶ月間は、アントナプーロスが連れて行かれる直前のおぞましい何週間かのことばかり思い出した――彼の発病に伴う様々なトラブル、逮捕請求、友人の突飛な行動を制御しようとする試みの惨《みじ》めさ。自分とアントナプーロスとが過去につらい思いをしたときのことを、彼はよく思い返した。遥か昔に起こったことだが、彼の心に何度となく蘇《よみがえ》ってくるひとつの記憶があった。

彼らには他の友だちは一人もいなかった。時折、ほかの聾唖《ろうあ》者《しゃ》たちと出会うことはあった。十年間に三人の聾唖者と彼らは知り合った。しかしいつも何かが持ち上がった。一人は知り合った翌週に他の州に越していった。もう一人は妻帯者で六人の子持ちで、手話ができなかった。しかしアントナプーロスがいなくなったときにシンガーがふと思い出したのは、三人目の知り合いとの関係だった。

その聾唖者の名前はカールといった。彼は工場のひとつで働く血色の悪い若者だった。目は淡い黄色で、歯は脆《もろ》く透けていて、それもやはり淡い黄色に見えた。瘦《や》せた小さな身体に、ぶかぶかの青いオーバーオールを着た姿は、青と黄色のぼろ人形のように見えた。

二人は彼を夕食に誘い、その前にアントナプーロスの働く店で待ち合わせた。シンガーとカールが店に着いたとき、ギリシャ人はまだ忙しく働いていた。彼は店の奥の調理場で、キャラメル・ファッジの大きなかたまりの最後の仕上げをしていた。細長い大理石のテーブルに置かれたファッジは、艶やかな黄金色に輝いていた。空気は豊かな甘い香りを含んでほんのりと温かかった。自分が包丁を滑らせ、その温かいキャンディーを四角形に切り分けるのをカールが眺めているのを、アントナプーロスは得意に思ったようだった。彼はファッジの端っこをべたついた包丁の先に載せ、その新しい友だちに差し出した。そして関心を引きたい相手にいつも見せる芸をやってみせた。まずストーブの上で煮立っているシロップの桶を指さした。そして顔にその湯気を手で扇《あお》いであて、目をぎゅっと細めてとても熱いことを示した。それからポットに入った冷たい水で指先を湿らせ、シロップの中に突っ込み、それを素早くまた水の中に入れた。そしておそろしい苦痛を感じたかのように目を剝いて、舌を突きだした。手をぎゅっと捻《ねじ》り、片足でぴょんぴょんと跳び跳ねまでした。建物が揺れるくらい。それから突然にっこりと笑い、それが冗談であることを示すべく手を差し出して見せ、カールの肩をとんとんと叩《たた》いた。

　淡い色合いの冬の夜だった。腕を組んで通りを歩く三人の吐く息は、冷ややかな空気の中で白くなった。シンガーがその真ん中にいたが、途中で二度ばかり店に寄って買い物をし、そのあいだ二人を歩道で待たせておいた。カールとアントナプーロスが食料品の紙袋を持ち、シンガーは彼らの腕をしっかり摑《つか》んで、家までの道筋ずっとにこやかに微笑んでいた。彼らの部屋は小ぎれいで、シンガーはカールと会話を交わしながら、幸福そうに動き回った。食事のあと二人は話をした。そのあいだアントナプーロスはぼんやりと微笑みながら、二人を見ていた。その大柄なギリシャ人はしばしばクローゼットまでのしのしと歩いて行って、ジンをグラスに注いだ。カールは窓際《まどぎわ》に座り、アントナプーロスがグラスを顔の前にぐいと突き出したときだけ、それを口にしたが、そのときも重々しい顔で、あとはほんの少しずつ啜《すす》るだけだった。その友人が他人にそんなに親切に接するのを、シンガーはかつて目にしたことがなかった。そして彼は、カールがこれからもしばしば遊びに来てくれればいいのにと願った。そのことを考えるだけで楽しかった。

　真夜中過ぎに、楽しいパーティーをぶち壊すようなことが起こった。何度かのクローゼット通いから戻ってきたアントナプーロスの顔には、ひどく怒ったような表情が浮かんでいた。彼はベッドに腰掛け、威《い》嚇《かく》するような、嫌悪《けんお》感《かん》をむき出しにした顔つきで、彼らの新しい友人を繰り返し睨《にら》みつけるようになった。シンガーはこの奇妙な振る舞いを取り繕うべく、熱心に会話を試みたのだが、ギリシャ人はどこまでも執拗《しつよう》だった。カールは椅《い》子《す》の中に丸くなり、骨張った両膝を撫《な》で、その巨漢のギリシャ人のしかめっ面《つら》を前に戸惑い、身をすくませていた。頬を紅潮させ、おどおどと唾を呑《の》んでいた。シンガーはそれ以上、そういう状況を黙殺できなくなり、アントナプーロスに尋ねた。腹の具合でも悪いのかい？　それとも気分が悪くて、早くベッドに入りたいのかい？　アントナプーロスは首を振った。彼はカールを指さし、彼が知っているすべての侮蔑的ジェスチャーをやって見せた。その顔に浮かんだ嫌悪感は見るに堪えないものだった。カールは恐怖に文字通り身を縮めていた。大柄なギリシャ人はついに歯ぎしりをしながら、立ち上がった。カールは急いで帽子を手に取り、部屋を出て行った。シンガーはそのあとを追って階段を降りた。自分の友人のことをよその人間にどう説明すればいいのか、途方に暮れるしかなかった。カールは下の戸口に前屈《まえかが》みになって力なく立っていた。ひさしのついた帽子を顔が隠れるくらい深くかぶっていた。結局二人は握手をし、カールは歩き去った。

アントナプーロスが彼に、怒った理由を説明してくれた。彼らの客は、二人が気づかないときにクローゼットにこっそり行って、ジンを残らず飲んでしまったのだ。ジンを飲み干したのはアントナプーロス自身なのだと、いくら言い聞かせても無駄だった。そのギリシャ人の大男はベッドに腰掛け、丸い顔に殺伐とした批難の表情を浮かべていた。大きな粒の涙がシャツの襟にまでゆっくりと流れ落ち、どのような慰めも功を奏さなかった。そして最後にようやく眠りに就いた。しかしシンガーは暗闇の中で長いあいだ目覚めていた。そのあと彼らは二度とカールに会わなかった。

それから何年かあと、マントルピースの花瓶の中に入れておいた家賃の金を、アントナプーロスが勝手に持ち出し、そっくりスロットマシーンで使ってしまったことがあった。夏の午後にアントナプーロスが、裸で階下に新聞を取りに行ったこともあった。夏の暑さにひどく参っていたのだ。二人は割賦《かっぷ》で電気冷蔵庫を買った。アントナプーロスはひっきりなしに角氷を舐《な》めていた。彼が眠っているとき、ベッドの中でそのいくつかが溶けていることもあった。アントナプーロスが酔って、マカロニの皿をシンガーの顔に投げつけたこともあった。

最初の何ヶ月かのあいだ、そのようないくつかの美しからざる思い出が、絨毯《じゅうたん》のまずい織り込みのように、彼の心中を去来した。しかしそれらは、やがてみんな消えていった。嫌な思いをした時のことはきれいに忘れられてしまった。というのは時が経《た》つに連れ、その友人を思うシンガーの心は錐《きり》もみ状に深く沈潜し、自分しか知り得ないアントナプーロスと共に時を過ごすようになったからだ。

　それはシンガーが、心にあることを残らず語った友人だった。それは、その賢さを彼以外の人間には理解されることのないアントナプーロスだった。年月が過ぎ去るに連れ、シンガーの心の中でその友人の存在はどんどん大きくなっていった。そしてその顔は夜の暗闇の中から、重々しく精妙に浮かび上がってきた。彼の意識の中でその友人の思い出が様変わりし、その結果、過《あやま》ちや愚かしいものごとは記憶からすべて消え失《う》せてしまった。ただ賢さと善良さだけがあとに残った。

　アントナプーロスが彼の前の大きな椅子に座っているのが見えた。彼はそこに静かに座り、じっと身動きをしなかった。彼の狂った顔には謎《なぞ》めいたものがあった。口は賢く微笑み、目は奥深かった。彼は自分に向かって言われたことを見つめた。そしてその英知の中で理解した。

　今ではそれが、彼の脳裏に常に浮かぶアントナプーロスの姿になっていた。彼こそが、まわりで起こったものごとをすっかり語りたいと思う友人である。それというのも、その一年の間に何かが持ち上がっていたからだった。彼は見知らぬ土地に、ひとりぼっちで残されていた。両目をしっかり見開いていたが、周囲には理解しがたいことがいっぱいあった。彼は戸惑っていた。

彼らの唇が形作る言葉を彼は見つめた。

我々黒人は今や、自由になる機会を求めているのです。自由とは貢献する権利に他なりません。我々は奉仕し、分かち合いたいのです。我々は労働し、その見返りに当たり前に消費をしたいのです。しかし私たちのこのような訴えを理解してくれる白人は、これまでに私が会った中ではあなた一人しかいなかった。

だからね、シンガーさん、私の中にはいつだってこの音楽があるの。私は本物の音楽家にならなくちゃ。今の私は何ひとつ知らないかもしれない。でも二十歳になったらいろんなことを知るのよ。そうなのよ、シンガーさん。そうして私は、雪が積もっているような外国を旅するのよ。

瓶を空けちまおう。おれは小さいのでいい。というのは、おれたちは自由のことを考えているからだ。その言葉はおれの頭に巣くっている虫みたいだ。イエス？　ノー？　どれくらい多く？　どれくらい少し？　その言葉は、海賊とか泥棒とか詐欺《さぎ》とかへの合図のようなものだ。おれたちは自由になり、そして頭の切れるやつが、他のみんなを奴隷にできるようになる。しかしだ！　しかしその言葉にはべつの意味もある。すべての言葉の中で、これが最も危険な言葉のひとつだ。我々知覚するものたちは用心深くならなくてはならない。その言葉は我々を良い気持ちにさせる——実際にその言葉は偉大なる理念なのだ。しかしその理念を利用して、蜘蛛《くも》どもがとことん醜い巣を張ろうとするのだよ。

最後の人物は鼻を指でこすった。彼はたまにしかやってこなかったし、あまりしゃべらない。彼は質問をする。

これら四人の人々が部屋を訪れるようになって、七ヶ月以上になる。彼らが連れ立って来ることはない。みんないつも一人でやって来る。彼は常に温和な笑みを顔に浮かべて、彼らを戸口に迎える。彼の中には常にアントナプーロスを求める気持ちがある——その友人を失った直後の数ヶ月と変わることなく。そして一人きりで長すぎる時間を過ごすよりは、誰でもいい、誰かと一緒にいた方が楽だった。それは何年か前に、アントナプーロスの前で誓いを立てた（それを紙に書いて、ベッドの上の壁にピンで留めさえした）ときに似ていた。一ヶ月間、煙草とビールと肉を断つという誓いだ。最初の何日かはずいぶんきつかった。おとなしくじっと座っていられなかった。彼はアントナプーロスに会いに頻繁に果物店を訪れたので、店主のチャールズ・パーカーは良い顔をしなかった。手もとにある彫金の仕事を全部済ませてしまうと、彼は作業場から店頭に出て、時計職人や売り子の女性を相手に時間を潰《つぶ》し、あるいはどこかのソーダ・ファウンテンに行ってコカコーラを飲んだ。それらの日々、彼は見ず知らずの相手でもいいから、誰かのそばにいる方が楽だった。一人きりで煙草やビールや肉――それらを彼は求めていた――について考えているよりはましだ。

　最初のうち、四人の人々が何を言っているのか、まるで理解できなかった。彼らはとにかくよくしゃべった。何ヶ月かが過ぎたが、彼らは更に熱心にしゃべり続けた。彼らの唇の動きにも馴《な》れ、口にする一語一語が理解できるようになった。そしてしばらくすると、彼らが何を言おうとしているのか、しゃべり出す前からわかるようになった。四人が話す内容はいつだって同じだったから。

　両手は彼にとって責め苦のようなものだった。その手は休むことを知らなかった。眠っているときでさえぴくぴくと動き、夢を見て目が覚めると、その手が目の前で無意識に言葉を形作っていることもあった。彼は自分の手を見るのが好きではなかったし、それについて考えるのも嫌だった。指は長く褐色で、力強かった。かつてはその手をいつも大事に手入れしていたものだ。冬にはあかぎれしないよう油を塗った。甘皮を押し込み、指先の形に合わせて爪《つめ》にやすりをかけたものだ。こまめに手を洗い、きれいに保っておくのが好きだった。しかし今では一日に二度、ごしごしとブラシで洗うだけだ。そしてそのままポケットに突っ込んでおく。

　部屋の床を歩いて行き来するとき、指の関節をぽきぽきと鳴らし、痛みを感じるまで強く指を引っ張ったものだ。あるいは手のひらを拳《こぶし》で打った。一人きりで友人のことを考えているときなんかに、両手が知らぬうちに言葉を形作り始めていることもあった。そしてこれではまるで独り言を言っているところを見られた人のようだと思い当たり、何か道義にもとることをしたような気持ちになった。恥じらいと悲しみが混じり合い、彼は両手を重ねて背後に隠すのだった。しかしその両手は彼を休ませてはくれなかった。

かつてアントナプーロスと共に暮らしていた家の前の通りに、彼は立っていた。午後も遅く、空気は灰色にもやっていた。西の空には、冷ややかな黄色とバラ色に染まった幾筋かの雲があった。みすぼらしい一羽の冬の雀《すずめ》がそのもやった空を、図形を描きながら飛びまわり、ようやく家の破風《はふ》にとまった。通りに人影はなかった。

彼の目は二階の右側の窓に釘付けになっていた。それは彼らのかつての住まいのフロント・ルームで、その奥にはアントナプーロスが二人分の食事をいつも調理する、大きな台所があった。灯りに照らされた窓の向こうで、一人の女が部屋を行き来するのが見えた。光を背にして、彼女は大きくぼやけて見え、エプロンをつけていた。男が一人、夕刊を手に座っていた。一切れのパンを手にした子供が窓のそばにやって来て、鼻を窓ガラスに押しつけた。シンガーの目に浮かぶその部屋は、彼が出て行ったときのままだった。アントナプーロスのための大きなベッドと、彼のための鉄製の簡易寝台。ふかふかすぎる大きなソファと、折りたたみ式の椅子。灰皿代わりに使われている欠けた砂糖壺《つぼ》。屋根の雨漏りのせいでついた天井のシミ。部屋の隅にあるランドリー・ボックス。

このような夕方近い時刻には台所の灯りはつけられず、大きな調理ストーブの石油バーナーの火が、ほんのり見えるだけだった。アントナプーロスはいつも、それぞれのバーナーの内側に金色とブルーのぎざぎざの縁だけが見えるように、灯心を捻《ねじ》った。部屋の中は暖かく、夕食の素敵な匂いが満ちていた。アントナプーロスは木のスプーンで料理の味見をし、二人は赤ワインのグラスを傾けた。ストーブの前のリノリウムの敷物の上に、バーナーの炎が艶やかに照り返して、五つの小さな黄金色のランタンのようだった。乳白色の黄昏《たそがれ》が暗さを増すと、これらの小さなランタンの光はいっそう強さを増した。そしてあたりがすっかり暗くなると、それらは混じりけなく鮮やかに燃え上がった。その頃にはだいたいいつも夕食が出来上がり、二人は電灯をつけ、食卓の椅子に着くのだった。

シンガーは下の暗い玄関ドアに目をやった。二人が朝一緒にそこを出て、夜にまた共に戻ってくるところを思い浮かべた。舗道には一カ所壊れているところがあり、一度アントナプーロスはそこでつまずき、肘《ひじ》を怪我《けが》したことがあった。郵便受けがあり、毎月電気会社の請求書が彼らあてに送られてきた。彼は自分の指に触れる友人の腕の温かい感触を思い起こすことができた。

通りはもう暗くなっていた。もう一度窓を見上げ、見知らぬ女と男と子供とがひとかたまりになっているのを目にした。彼の中に空虚さが広がった。すべては消えてしまったのだ。アントナプーロスは遠くに行ってしまった。思い出そうにも、もうここにはいない。友人の思いはどこか別のところにある。シンガーは目を閉じ、精神病院のことを考えようとした。アントナプーロスが今夜を過ごしている部屋のことを。白くて狭いベッドのことを、部屋の隅でトランプ遊びをしていた老人たちのことを、彼は覚えていた。しっかりと目をつぶったが、その部屋ははっきりとは思い浮かべられなかった。彼の内なる空虚さはどこまでも深かった。少し後で今一度ちらりと窓を見上げ、それから暗い歩道を歩き出した。二人して何度となく歩いたその歩道を。

土曜日の夜で、メインストリートは人で混雑していた。オーバーオール姿でぶるぶる震えている黒人たちが、十セント・ストアのウィンドウの前をうろうろしていた。家族連れが映画館の切符売り場の前に列を作り、少年や少女たちはその外の広告ポスターを熱心に眺めていた。自動車の通行はずいぶん危険だったので、彼は横断に十分時間をかけなくてはならなかった。

果物店の前を通り過ぎた。ウィンドウの中の果物はとても美しかった。バナナ、オレンジ、アボカド、明るい色の小さな金柑《きんかん》、少しだがパイナップルまで揃《そろ》っていた。しかしチャールズ・パーカーが店内で客の応対をしていた。彼の目にはチャールズ・パーカーの顔はひどく醜く見えた。チャールズ・パーカーがどこかに行っているときに、彼は何度か中に入り、長いあいだ店内に立っていた。アントナプーロスがキャンディーを作っていた奥の調理場にまで入ったこともあった。でも中にチャールズ・パーカーがいるときには、決して店には入らなかった。アントナプーロスがバスに乗って去って行ったとき以来、二人はなんとかお互いを避けようと努めていた。通りですれ違うと、二人はいつも会釈《えしやく》ひとつすることなく顔をそむけた。一度、友だちに彼の好物のテューペロ蜂《はち》蜜《みつ》の瓶詰めを送ろうとしたとき、彼はそれを書面で果物店に注文した。チャールズ・パーカーと顔を合わせるのが嫌だったからだ。

　シンガーはウィンドウの前に立ち、友人の従兄弟《いとこ》が一団の客の相手をしているのを見ていた。土曜の夜はいつも商売が忙しかった。アントナプーロスは時には十時くらいまで働かなくてはならなかった。大きな自動式のポップコーン・マシーンが入り口の近くに置かれていた。店員が決められた量の穀粒をすくって入れると、ケースの中でコーンが大きな雪の粒のようにふわふわと舞った。店から漂ってくる匂いは温かく、なじみ深いものだった。落花生の殻が床の上で踏み潰されていた。

　シンガーは通りを歩き続けた。誰かとぶつかったりしないように、注意深く人混みを縫って歩かなくてはならなかった。クリスマスの休暇に入っていたので、通りには赤と緑の電球が吊《つ》り下げられていた。人々はグループで集まって立ち、腕を互いの身体に回して笑い合っていた。若い父親たちは肩の上の、寒さに泣いている赤ん坊たちをあやしていた。赤と青のボンネットをかぶった救世軍の少女が街角で鐘を鳴らしていたが、彼女と目が合うと、シンガーは知らん顔もできず、隣に置かれた鍋《なべ》に硬貨を一枚落とした。白人黒人双方の乞食《こじき》が何人かいて、彼らは帽子か、かさかさの手を差し出していた。広告のネオンが群衆の顔にオレンジ色の輝きを投げかけていた。

　かつてアントナプーロスと一緒に、八月の午後に気の狂った犬を見かけたことのある街角に差し掛かった。それから「アーミー・アンド・ネイヴィー・ストア」の二階にある部屋の前を歩き過ぎた。アントナプーロスは給料日ごとに、そこで写真を撮ってもらった。今ではシンガーは、その写真の多くをポケットに入れて持ち歩いていた。彼は西に向きを変え、川を目指した。一度二人でピクニック・ランチを持って橋を越え、向こう岸の野原でそれを食べたことがあった。

　シンガーはメインストリートに沿って一時間ばかり歩いた。群衆の中でひとりぼっちなのは彼だけのようだった。ようやく彼は時計を取り出し、下宿している家に向かった。あの四人のうちの誰かが今夜、部屋を訪ねてくるかもしれない。来てくれればいいのだがと彼は思った。

　クリスマスに、アントナプーロスにプレゼントの大きな箱を送った。四人の人々とミセス・ケリーにもそれぞれ小さな贈り物をした。彼らすべてのためにラジオを買い、それを窓際のテーブルの上に置いた。コープランド医師はラジオに気がつかなかった。ビフ・ブラノンはすぐにそれに気づき、眉《まゆ》をぴくりと上げた。ジェイク・ブラントはそこにいるあいだずっと、ひとつの放送局に合わせてラジオをかけていた。その音楽に負けじと声を張り上げて話そうとしているようだった。というのは、彼の額には血管が浮かび上がっていたからだ。

ミック・ケリーはラジオを目にしたとき、信じられないという顔をした。彼女は顔を紅潮させ、何度も何度も彼に尋ねた。これは本当にあなたのラジオで、私が聴いていてもかまわないのかしらと。気に入った放送局が探し当てられるまで、彼女は何分間かダイヤルをあれこれいじくっていた。彼女は両手を膝《ひざ》の上に置き、前のめりになって椅子に座っていた。その口は開かれ、こめかみの血管はせわしなく脈打っていた。彼女は聞こえてくる何かを——それが何であるかシンガーにはわからないが——全身を耳にして聴き込んでいるようだった。彼女はその日の午後ずっとそこに座り込んでいた。一度彼に向かって微笑みかけたが、その瞳は濡《ぬ》れており、彼女は拳でそれを拭《ぬぐ》った。あなたが仕事に出ているとき、時々ここに来てラジオを聴いていいかしらと彼女は尋ね、彼は肯《うなず》いた。イエス。そのようにしてそれから数日のあいだ、彼が部屋のドアを開けると、必ずラジオのそばに彼女がいるということが続いた。彼女は短くもつれた髪を手で梳《す》き、その顔には彼がそれまで見かけたことのない表情が浮かんでいた。

クリスマスの少しあとのある夜、四人の人々がたまたま同じ時刻に彼の部屋を訪れた。そんなことはこれまで一度も起こらなかった。シンガーは微笑みを顔に浮かべ、飲み物を手に部屋を歩き回り、客たちを寛《くつろ》がせようと彼なりに精一杯、礼儀正しく努力した。でもどうにもうまくいかなかった。

コープランド医師は腰を下ろそうとしなかった。彼は帽子を手に戸口に立っていた。そして他の人々に冷ややかに一礼しただけだった。他の人々は「はて、どうしてこの人がここにいるのだろう」といぶかる目で彼を見た。ジェイク・ブラントは持参したビールの栓を開け、その泡がシャツの胸にこぼれた。ミック・ケリーはラジオの音楽に耳を澄ませていた。ビフ・ブラノンはベッドに腰掛けて脚を組んだ。彼の目は前にいるグループをさっと眺め渡し、それからぎゅっと細められ、もう動かなくなった。

シンガーは戸惑ってしまった。常に彼らは話したいことを山ほど抱えていた。ところがみんなが一緒になると、誰ひとり口をきかないのだ。彼らが部屋に入ってきたとき、彼はある種の爆発のようなものを予期していた。そうなれば何かがそこで終了するのではないかと、漠然とではあるが期待していたのだ。しかし部屋の中には緊張の気配が漂っているだけだった。彼の両手はせわしなく動いた。まるで空中から目に見えないものを引き出して、それらをひとつにまとめているかのように。

ジェイク・ブラントはコープランド医師のとなりに立っていた。「あんたの顔を覚えているよ。一度あんたと衝突したね。そこの外の階段で」

コープランド医師はまるで鋏《はさみ》で言葉を切り抜くみたいに、とても明瞭《めいりょう》に舌を動かした。

「あなたと面識を得た覚えはありません」と彼は言った。そのこわばった身体はきゅっと縮んだように見えた。そして後方に下がり、部屋の戸口から足を僅《わず》かに外に踏み出した。

ビフ・ブラノンは落ち着いて煙草を吸っていた。煙が薄い層となって部屋に浮かんでいた。彼はミックの方を見たが、彼女を見るときその顔はさっと赤くなった。彼は目を半ば閉じ、顔はすぐにまた血色を失っていった。「ものごとはうまくいっているかね？」

「ものごとってどんなこと？」とミックは疑わしそうな声で言った。

「日常のものごとだよ」と彼は言った。「学校とか——そういうようなこと」

「悪くないと思う」と彼女は言った。

彼らはそれぞれに、何かを期待するようにシンガーを見た。どうしていいか彼にはわからなかった。だから飲み物を用意し、微笑んでいた。

ジェイクは掌《てのひら》で唇をこすった。彼はコープランド医師と会話を交わそうと試みることをあきらめ、ベッドのビフのとなりに腰掛けた。「工場のまわりの塀や壁に、赤いチョークで剣呑《けんのん》な通告を書いていたのが誰か、あんた知らないか？」

「知らんね」とビフは言った。「剣呑な通告って何だね？」

「大方は旧約聖書の言葉だ。おれは長いあいだそのことについて思案し続けているんだよ」

　それぞれの人は何かを口にするとき、おおむね唖《おし》に向けてそれを語った。みんなの思考は彼一人に集中しているようだった。まるで車輪のスポークがハブに収斂《しゅうれん》するみたいに。

「この寒さは普通じゃない」とようやくビフが口を開いた。「このあいだ古い記録に目を通していたら、一九一九年に温度計が十度（摂氏零下十二度）まで下がったという記事があった。今朝は十六度（摂氏零下九度）しかなかった。その年の大寒波以来の寒さだよ」

「今朝は石炭小屋の屋根からつららがさがっていたわ」とミックが言った。

「先週は入りが悪くて、売り上げは給料支払い分にも届かなかった」とジェイクが言った。

　彼らはしばらく気候の話をした。みんなそれぞれ、他の人たちが帰ってくれるのを待っているみたいだった。それから急に思いついたように全員が一斉に立ち上がり、帰って行った。コープランド医師が最初に出て行き、それから他のみんながそれに従った。全員がいなくなると、シンガーは部屋に一人で残された。何が起こったのかさっぱりわからなかったので、彼はそのことを忘れたいと思った。そしてその夜、アントナプーロスにあてて手紙を書こうと決意した。

　アントナプーロスは字が読めないという事実も、シンガーが彼に手紙を書く妨げにはならなかった。その友人が紙に書かれた言葉の意味を識別できないことを、彼は前々から承知していた。しかし月日が経過するに従って、あるいは自分は間違っているのかもしれないと想像するようになった。アントナプーロスは単に、字を読めることをみんなには秘密にしているだけなのかもしれない。そしてまた、精神病院に字を読める聾唖者がいて、その内容を友人に伝えてくれる可能性だってなくはない。彼は手紙を書くにあたり、そんないくつかの自己弁明をおこなった。というのは彼は、戸惑ったり悲しくなったりしたとき、いつもその友だちに手紙を書きたいという強い欲求に襲われたからだ。しかしそれらの手紙は書かれはしたが、一度も投函《とうかん》されたことはない。彼は朝刊新聞や夕刊新聞に載った漫画を切り抜いて、日曜日ごとに友人に送った。そして毎月、郵便為替で金を送った。しかしアントナプーロスに向かって書かれた長文の手紙は、ずっとポケットに入れられたままで、やがては破棄されるのだった。

　四人が全員帰ってしまうと、灰色の温かいコートを着込み、灰色のフェルト帽をかぶり、外に出た。彼は手紙をいつも店で書いた。そしてまた彼は、ある品物を翌日の午前中に仕上げる約束をしており、できればその仕事を今夜のうちに済ませてしまいたかった。そうすれば遅れるおそれはない。夜気は鋭く冷え切っていた。満月はそのまわりを黄金色に縁取られていた。星をちりばめた空を背景に屋根は黒々としていた。歩きながら彼は手紙の出だしを考えた。しかし最初のセンテンスが頭の中に出来上がる前に、もう店に着いてしまった。鍵《かぎ》を使って暗い店内に入り、正面の明かりをつけた。

彼は店のいちばん奥で仕事をした。その仕事場は布のカーテンで店の他の部分から仕切られており、小さな個室のようになっている。仕事台と椅子の脇《わき》の隅には、重々しい金庫が置かれていた。緑色がかった鏡のついた洗面所があり、様々な箱や壊れた時計でいっぱいの棚があった。彼は作業台のロール式の蓋《ふた》を開け、仕上げなくてはならない銀の大皿を、フェルトのケースから取り出した。店内は冷え切っていたが、彼はコートを脱ぎ、作業の邪魔にならぬよう、青い縞柄《しまがら》のシャツの袖をまくり上げた。

長い時間をかけて皿の中央に頭文字を刻み込んだ。彼は細心の注意を払って手を動かし、皿の上に刻字鏨《のみ》を導いていった。仕事をしながら、その目は奇妙に透徹した飢えの色を浮かべていた。友人アントナプーロスにあてた手紙のことを考えていたためだ。作業が終わったのは真夜中過ぎだった。大皿を片付けたとき、額は興奮で汗ばんでいた。作業台をきれいに片付け、手紙を書き出した。彼は紙にペンで言葉を形作っていくのが好きだった。そしてひどく丁寧に字を書いた。まるでその紙が銀のお皿であるかのように。

僕の唯一《ゆいいつ》の友へ。

雑誌で読んだところによれば、僕らの「協会」は今年はメーコン（ジョージア州の都市）で会議を開くらしい。何人かの講演者が招かれ、四皿のコース料理が出る。その光景が目に浮かぶ。僕らはいつも、この会合に出席しようと計画していたね。でも一度も行ったことはなかった。行っておけばよかったと今では思う。今回の会合に僕らが行ければいいなと思い、どんなものだろうと想像してみた。しかしもちろん、君を連れずに僕がそこに出向くようなことはない。多くの州から人々が集まり、心底からの溢れんばかりの言葉、そしてまた長大な夢で、人々の胸は一杯になっている。教会のひとつでは特別な礼拝式が催され、金のメダルが賞品として与えられる何かのコンテストがあるはずだ。僕は頭で想像していると書くが、想像していると同時に想像してもいない。僕の手は長いあいだ動かしていないので、もう使い方を忘れてしまったかもしれない。そして僕がその会合を想像するとき、そこにいるゲストは全員がそっくり君のようなんだよ、マイ・フレンド。

先日、僕らの家の前に僕は立っていた。今はもうよその人たちが住んでいる。家の正面に生えていた大きなオークの木のことを覚えているかい？　その枝が電話線の邪魔にならないように切られたんだが、その木は結局枯れてしまった。枝が腐っていて、幹には大きな空洞があったんだ。そしてまたうちの店にいた猫（君がよく撫でていたやつだよ）は、何か毒のあるものをたべて死んでしまった。とても悲しい。

シンガーはペンをしばし紙の上に留めた。手紙を書くのを中断し、背中をまっすぐ伸ばして神経を集中し、長いあいだそこにじっと座っていた。それから立ち上がり、煙草に火をつけた。店内は寒く、空気には饐《す》えた匂《にお》いがした。灯油と銀器磨きと煙草が混じった匂いだ。彼はオーバーコートを着込み、マフラーを首に巻き、ゆっくり考えをまとめながら再び手紙にとりかかった。

　君のところに行ったとき僕が話した四人の人たちのことを、君は覚えているだろうか？　その四人の絵を僕は描いたね。黒人の男と、若い娘と、口ひげをはやした男と、ニューヨーク・カフェの主人だ。彼らについて君に語りたいことがいくつかあるけれど、いったいどのように言葉で表現すればいいのか、よくわからないんだ。

　彼らはみんなとても忙しい人たちだ。まったくのところ、あまりに忙しすぎて、君には彼らの姿を思い描くのがたぶんむずかしいだろう。僕はなにも、彼らが昼も夜も脇目も振らず仕事に励んでいると言っているわけじゃない。彼らの頭には考えることがいつもぎっしり詰まっていて、そのせいでゆっくり休むことができないんだよ。彼らは僕の部屋にやって来て、僕に向かって滔々《とうとう》としゃべりまくるんだ。おかげで最後には、僕はわけがわからなくなってしまう。こんなにいっぱい口を開け閉めして、疲れないものなのだろうかと。（ただしニューヨーク・カフェの主人だけは別だ。彼は他の人たちとは違う。彼の顎鬚《あごひげ》は黒々していて、一日二回剃《そ》らなくてはならない。そして彼は例の電気剃刀《かみそり》というのを持っている。彼はただじっと見ているだけだ。他のみんなは何かしら憎むものを持っている。そしてまた愛するものを持っている。食べたり、眠ったり、ワインを飲んだり、気のあった親しい人といたりするよりも、もっと愛するものをね。だから彼らはいつも忙しいのだよ）

　そして口ひげをはやした男だが、彼は頭が狂っていると僕は思う。ときどき彼はとても明瞭な言葉で語る。ずっと昔に学校で僕の先生が話していたような話し方だ。そうかと思えば、僕がほとんどついていけないような崩れた口調になることもある。あるときにはさっぱりしたスーツを着てくるんだが、あるときには泥で真っ黒になり、嫌な匂いをさせ、仕事場に着ていくオーバーオール姿でやって来る。拳を振りまわしながら、君に聞かせたくないような、汚い酔っ払いの言葉をまき散らすことがある。自分と僕とがある秘密を共有していると、彼は思い込んでいるらしいが、それが何なのか僕にはわからない。そして君にひとつ、にわかには信じがたいことを書く。彼はハッピーデイズ・ウィスキーを三パイント（約一リットル半）も飲んで、それでもなお立ったまま休みなくしゃべり続け、もう寝たいという素振りも見せない。きっと信じてくれないだろうが、それは本当のことだ。

　僕はその女の子の母親から、月に十六ドルで部屋を借りている。その子はずっと、男の子みたいにショートパンツをはいていたんだが、今ではブルーのスカートとブラウスという格好をしている。まだヤング・レディーという歳《とし》じゃない。彼女が会いに来てくれるのは嬉《うれ》しい。僕はみんなのためにラジオを買って、彼女はそれを聴きにしょっちゅうこの部屋を訪れる。音楽が好きなんだ。彼女の聴いているものを、僕も聴けたらいいだろうなと思う。僕の耳が聞こえないことを彼女は知っているが、それでもなお、僕には音楽が理解できると思っている。

　黒人の男は肺病を患《わずら》っているのだが、彼を診てくれるまともな病院はここにはない。なぜなら彼は黒人だからだ。彼は医師で、僕が知っているどんな人よりも熱心に仕事をしている。そして黒人のようなしゃべり方をまったくしない。他の黒人だと僕はうまく言葉が読めないんだ。しゃべるとき、彼らの舌の動きはもつれるから。でもこの黒人の男はときどき僕を少し怯《おび》えさせる。その目は熱気を帯び、ぎらぎらしているんだ。あるパーティーに来てくれと彼に誘われ、僕は出かけた。彼はたくさんの本を所有しているんだが、ミステリーは一冊もない。酒も飲まないし、肉も食べないし、映画も見ない。

自由と盗賊どもはくたばれ、資本家と民主党員はくたばれ、とその口ひげをはやした醜い男は言う。ところがそのあと、それとはまったく矛盾したことを言い出す。自由こそすべての理想の中で最も偉大なものだと。チャンスさえあれば私は、自分の頭の中にあるこの音楽を書き出して、音楽家になれるはずなの、と女の子は言う。そういうチャンスさえあればね。我々は奉仕することも許されていないと、黒人の医師は言う。それは我々同胞が神意に沿って必要とするところなのです。ふうむ、とニューヨーク・カフェの主人は言う。彼はじっくりものを考える人なのだ。

　彼らは僕の部屋にやって来て、そういう何やかやの話をする。心に積もったそのような言葉が、彼らをいっときも休ませないのだ。だから常にとても忙しい。そこできっと君はこう考えることだろう。その四人が一堂に会すれば、きっと今週メーコンでおこなわれる協会の会合みたいに賑《にぎ》やかな集まりになるはずだろうと。ところがそうではないんだ。今日、四人が全員、同じときに僕の部屋にやってきた。そしてそれぞれ違う街からやってきた人たちのようにそこに腰を下ろした。彼らの態度は失礼でさえあった。そしていつも僕は君に言ってきただろう。失礼な態度をとり、相手の感情に注意を払わないのは間違ったことだって。でも、まったくそんな感じになってしまった。僕にはそれがまるで理解できないので、だからこうして君に手紙を書いているわけだ。君なら理解できるんじゃないかと思ってね。僕はなんだかわけのわからない気持ちになってしまったよ。しかしこんなことばかり延々と書き連ねて、君はきっとうんざりしているだろう。僕だってうんざりしている。

これでもう五ヶ月と二十一日になる。それだけの期間、僕は君と離れて一人ぼっちで暮らしている。頭にあるのは、いつになったら君と再び一緒になれるだろうということだけ。君と長く会えないでいると、頭がおかしくなってしまいそうだ。

シンガーは屈み込んで頭を作業台に置き、しばし休ませた。つるりとした木材が頬に触れ、その匂いを嗅《か》いで、学校時代を思い出した。目を閉じると、気分が悪くなった。彼の頭にあるのはアントナプーロスの顔だけだった。そしてその友人を求める想《おも》いはとても強烈であり、息も止まるほどだった。少ししてから身を起こし、ペンを手に取った。

僕が君のために注文しておいた贈り物は、クリスマス・ボックスには間に合わなかったが、ほどなく届くことと思う。君はそれを喜び、愉《たの》しんでくれるものと信じている。僕は常に僕ら二人のことを考え、あらゆることを思い出している。君がつくってくれた料理が懐《なつ》かしくてならない。ニューヨーク・カフェは昔に比べて、だんだんひどいことになっている。少し前のことだが、出されたスープの中に調理されたハエを一匹発見した。それは野菜と文字型ヌードルのあいだに混じっていた。しかしそんなのは些《さ》細《さい》なことだ。耐えがたい孤独のゆえに、僕はこうして君を求めている。遠からずまた君を訪問しよう。長い休暇がとれるのは半年後になってしまうが、その前になんとか休みがとれるよう算段できると思う。万難を排してそうしなければ。僕は何があろうとひとりぼっちにはなりたくないんだ。君以外のいったい誰が僕を理解してくれるだろう？

敬具

ジョン・シンガー

帰宅したのは午前二時だった。その大きな、混み合った家は真っ暗だった。しかし彼は注意深く手探りで階段をあがり、つまずくこともなかった。ポケットから常時持ち歩いているカードを取り出し、時計と万年筆を出した。それから着ていた服をきれいに畳み、椅子の背にかけた。灰色のフランネルのパジャマは暖かく、柔らかかった。毛布を顎の下まで引っ張り上げ、間を置かずに眠りに就いた。

眠りの暗闇《くらやみ》の中から夢が形作られていった。暗い石段の上の方を、ぼんやりとした黄色いランタンが照らし、アントナプーロスが階段の一番上のところに跪《ひざまず》いていた。彼は裸で、頭上に掲げた何かをごそごそと不器用にいじっていた。そしてまるで祈る人のように、それをじっと見つめていた。シンガー自身は階段の半ばあたりに跪いていた。彼は裸で、寒かった。そしてアントナプーロスから、また彼が掲げているものから目をそらすことができなかった。彼の背後の地上には、口ひげをはやした男と、少女と、黒人と、あと一人がいる気配があった。彼らも裸で跪いており、その視線が自分に注がれていることをシンガーは感じた。彼らの背後には、数え切れないほどの群衆が暗闇の中でやはり跪いていた。彼自身の手は巨大な風車で、そして彼はアントナプーロスが頭上に掲げているわけのわからないものを、魅せられたように凝視していた。暗闇の中で黄色いランタンは左右にちらちらと揺れていたが、他のものはすべて微動だにしなかった。それから突然、騒ぎが持ち上がった。その混乱の中で階段が崩れ落ち、彼は下に向けて落ちていくようだった。シンガーはびくっと身体《からだ》を震わせて目覚めた。早朝の光が窓を白く照らしていた。とても怖かった。

もうずいぶん長くその友人に会っていないし、その身に何かがあったのかもしれない。アントナプーロスは手紙を書かないから、何かが起こっていたとしてもシンガーには知りようもないのだ。ひょっとして彼の友人はどこかから落ちて、怪我をしたのかもしれない。もう一度彼と一緒にいたいという思いは熱く激しく、どれほど犠牲を払ってもそこに駆けつけたかった。それも今すぐに。

その日の朝に郵便局に行くと、彼宛《あて》の荷物が届いているという通知が私書箱に入っていた。それは彼がクリスマスのために注文していたのに、到着が間に合わなかった贈り物だった。とても立派な贈り物で、彼はそれを二年にわたる割賦で買い求めた。贈り物は、個人で楽しむためのフィルム映写機だった。アントナプーロスが好きなミッキーマウスとポパイの漫画映画も半ダースばかり、一緒についている。

その朝、シンガーはいちばん後から出勤した従業員だった。彼はそこで雇い主の宝飾店主に、金曜日と土曜日に休暇を取りたいという、正式な申請書を手渡した。その週には四つの結婚式が控えていたのだが、店主は肯いて彼に許可を与えた。

彼は旅行することを前もって誰にも告げなかった。ただ出て行くときにドアに張り紙をしていった。所用のために数日間留守にすると、そこには書かれていた。彼は夜行列車に乗った。列車が目的地に着いたのはちょうど、冬の赤色の曙光《しょこう》が差した時刻だった。

午後、面会時間の始まる少し前に彼は治療院を訪れた。両腕は映写機のいくつかの部品と、友人のために持ってきた果物のバスケットで一杯だった。彼は以前アントナプーロスを訪れたときの病棟に直行した。

廊下もドアもベッドの列も、記憶している通りだった。彼は戸口に立って、熱いまなざしで友の姿を探し求めた。しかし室内にあるすべての椅子には誰かが座っていたにもかかわらず、アントナプーロスがそこにいないことは即座にわかった。

シンガーは包みを置いて、カードの下の余白に書いた。「スピロス・アントナプーロスはどこにいますか？」と。一人の看護婦がやってきたので、彼はそのカードを渡した。彼女には何のことだか理解できず、首を振り、肩をすくめただけだった。彼は廊下を歩いて行って、会う人すべてにそのカードを渡した。しかし誰も知らなかった。彼は激しいパニックに襲われ、両手を動かし始めた。ようやく白衣を着た一人のインターンを見つけ、その肘をぐいと引っ張り、カードを手渡した。インターンはカードを注意深く読み、いくつかの廊下を抜けて彼を案内した。ある小さな部屋に入ると、そこでは一人の若い女性がデスクの前に座って書類を扱っていた。彼女はカードを読み、抽斗《ひきだし》のファイルを繰った。

神経を乱され、恐怖に駆られ、シンガーの目には涙が溢《あふ》れた。その若い女性はメモ用紙にゆっくりと文章を書き始めた。彼は自分を抑えきれず、友人に関してそこに何が書かれているかを一刻も早く見ようと、身をくねらせてのぞき込んだ。

アントナプーロスさんは病院に移されました。腎炎《じんえん》を患っておられます。そこまで誰かに案内させます。

廊下を抜けていく途中、彼は病棟の入り口に置いてきた贈り物の包みを取り上げた。果物のバスケットは誰かに持って行かれたが、他の箱は無事だった。彼はインターンのあとをついて建物を出て、芝生の庭を抜けて病院に向かった。

アントナプーロス！　その病棟に到着したとき、彼は一目で友人の姿を認めた。そのベッドは病室の真ん中にあり、彼は枕《まくら》を背に当ててそこに座っていた。緋《ひ》色《いろ》の化粧着に、緑色の絹のパジャマを着て、トルコ石の指輪をはめていた。肌は淡い黄色で、その瞳《ひとみ》はどこまでも暗く、夢見がちだった。黒髪にはこめかみのあたりで、銀髪が僅かに混じっていた。彼は編み物をしていた。むっくりとした指がのろのろと、長い象牙《ぞうげ》の編み針を動かしていた。最初のうちアントナプーロスは友人の存在に気がつかなかったが、やがてシンガーが彼の前に立つと穏やかに微笑《ほほえ》み、とくに驚きもせず、宝石をつけた手を差し出した。

これまでに経験したことのない内気さと慎みの気持ちをシンガーは覚えた。彼はベッドの脇に腰を下ろし、掛け布団《ぶとん》の縁《へり》に両手を重ねた。そして一瞬たりとも友だちの顔から目をそらさなかった。その顔は死人のように青白かった。友人の着ている衣服の輝かしさがシンガーを驚かせた。折に触れて彼は友人にそれらの衣服を、ひとつひとつ別個に送っていた。しかしそれらが一緒に組み合わされるとどんな風に見えるか、一度も想像したことがなかった。アントナプーロスは彼が記憶していたよりずっと巨体だった。とめどもなく大きく膨らんだ腹部が、絹のパジャマの下にうかがえた。白い枕に載せられた頭は巨大だった。彼の顔はとても穏やかに落ち着いており、シンガーが自分のすぐ横にいることにも気づいていないように見えた。

　シンガーはおずおずと両手を上げて語り始めた。力強い手慣れた指が心を込めた正確さで言葉を形作った。それは寒さと、長かったひとりぼっちの数ヶ月について語った。古い思い出を語り、死んだ猫のことを、店のことを、現在の住まいのことを語った。話の間が空くたびに、アントナプーロスはうんうんと穏やかに肯いた。四人の知り合いについて、彼らが部屋を訪れて長居することについて、シンガーは語った。友人の両目は湿り気を帯びて黒々としていた。その二つの瞳の中にシンガーは、長方形に映った自分自身の小さな姿を目にすることができた。それはもうこれまで何千回となく眺めてきたものだ。彼の顔に温かい血が流れ戻り、手の動きも速められた。彼は黒人の男について、ぴくぴく震える口ひげの男について、少女について詳細に語った。その手が描く形はますます速度を増していった。アントナプーロスはゆっくり重みを込めて肯いていた。シンガーは熱意のあまり前のめりになり、長く深く呼吸をした。両目には涙が眩《まぶ》しく光っていた。

　それから突然、アントナプーロスはむっくりした人差し指で、空中にゆっくり輪を描いた。その指は輪を描きながらシンガーに近づいていって、最後に友人のお腹《なか》をひょいと突いた。大男のギリシャ人の笑みが顔いっぱいに広がり、太いピンクの舌が突き出された。シンガーは大笑いして、その両手は猛烈なスピードで言葉を形作った。笑いのせいで彼の肩は大きく震え、頭は背後にのけぞった。どうしてそんなに笑うのか、自分でもよくわからない。アントナプーロスはびっくりしたように目をむいた。シンガーは息ができなくなり、指がぶるぶる震えるほど激しく笑い続けた。彼は友人の腕を摑《つか》んで、自分の身体を安定させようとした。その笑いはしゃっくりのように低く、苦痛を伴った。

　アントナプーロスの方が先に通常に戻った。彼の太った小さな足が、下の方のたくし込まれた掛け布団をはがした。彼の微笑みは次第に薄れ、小馬鹿《こばか》にしたように毛布を蹴《け》った。シンガーは急いで元に戻そうとしたが、アントナプーロスは眉をひそめ、病棟を通り抜けていた看護婦に向かって偉そうに指を一本立てた。彼女が彼の好み通りにベッドをきれいに作り直すと、大柄のギリシャ人は首を慎重に傾けた。その仕草は単なる謝意というよりは、祝福のしるしみたいに見えた。それから彼は重々しく友人の方を向いた。

　シンガーは話すことに夢中になり、どれほど時間が経過したかわからなくなった。看護婦がアントナプーロスの夕食を運んできたのを見てやっと、もう遅い時刻なのだと気がついた。病棟の明かりは点《とも》され、窓の外はもう大方暗くなっていた。他の患者たちも夕食を前にしていた。彼らは銘々の仕事の手を休め（あるものはバスケットを編んでおり、他のものは革細工をしたり、編み物をしたりしていた）、大儀そうに食事をとっていた。アントナプーロス以外の人たちは全員血色が優れず、ずいぶん具合悪そうに見えた。彼らの大半は調髪を必要としており、背中にスリットの入った、みすぼらしいグレーの寝間着を着ていた。彼らは二人の啞を驚嘆の目でまじまじと眺めていた。

アントナプーロスは皿の蓋を取り、料理を子細に点検した。魚と若干の野菜があった。彼は魚を取り上げ、掌《てのひら》に載せて光にかざし、更にしげしげと調査した。それから美味《おい》しそうに魚を食べた。夕食をとりながら、彼は病室にいる様々な人々を指さし始めた。隅にいる一人を指さし、嫌悪《けんお》の表情を顔に浮かべた。その男は彼に向かって罵《のの》りの声を上げた。一人の若い男の子を指さし、にっこり微笑み、肯き、太った手をひらひらと波打たせた。シンガーはそれが嬉しくて、気恥ずかしさも感じなかった。彼は友人の気をそらすために、贈り物の包みを床から取り上げ、ベッドの上に置いた。アントナプーロスは包装紙を取ったが、その機械はまったく彼の興味を惹《ひ》かなかった。そしてまた夕食に取りかかった。

シンガーは映写機について説明したメモを看護婦に渡した。彼女はインターンを呼び、二人は医師を連れてきた。三人は相談しながら、シンガーを好奇の目で見た。そのニュースは患者のあいだにすぐに伝わり、彼らは興奮したように肘をついて身を起こした。アントナプーロスだけが平静を保っていた。

シンガーは前もってその映写機を試していた。彼はスクリーンを立ち上げ、患者全員がそれを見られるようにした。それから映写機とフィルムをセットした。看護婦は食事のトレイを回収し、部屋の明かりが消された。ミッキーマウスの漫画映画がスクリーンに映し出された。

シンガーは友人の様子を見ていた。最初、アントナプーロスはびっくりしたみたいだった。もっとよく見るために彼は身体を持ち上げた。もし看護婦が制止しなかったら、きっとベッドからすっかり起き上がっていたことだろう。それから満面の笑みを浮かべて映画を眺めた。他の患者たちが声をかけあい、大笑いしているのをシンガーは目にした。看護婦や雑役係が廊下からやって来て、病棟全体が賑やかな騒ぎになった。ミッキーマウスが終わると、シンガーはポパイのフィルムを装着した。そのフィルムが終了したとき、第一回目の催しはこれくらいの長さで十分だろうとシンガーは判断した。彼は部屋の明かりをつけ、病棟は元の落ち着きを取り戻した。インターンが映写機を友人のベッドの下に置いたとき、アントナプーロスが病棟を狡《ずる》そうな目で睨《にら》み回し、いいか、この機械はおれのものなんだぞと、一人ひとりに釘《くぎ》を刺すのが見えた。

シンガーは再び両手を使って話し始めた。間もなく自分が退出を命じられるだろうことが彼にはわかっていた。しかしずっと長く胸にしまい込んでいた思いは、短い時間ではとても語り尽くせないものだった。彼はほとんど狂乱に近いスピードで語り続けた。病棟には中風のために頭がぶるぶる震え、弱々しく眉を触っている老人がいたが、シンガーはこの老人を羨《うらや》ましいとさえ思った。アントナプーロスと毎日ずっと一緒に生活を送れるのだから。シンガーはこの老人と喜んで立場を交換したことだろう。

友人は胸の上で何かをまさぐっていた。それは彼がいつも身につけていた真鍮《しんちゅう》の小さな十字架だった。汚れた紐《ひも》は赤いリボンに付け替えられていた。シンガーは夢のことを思い、そのことを友人に向かって話しもした。急いでいると手が作り出すしるしがしばしば曖昧《あいまい》になり、彼は手を振って、頭からもう一度やり直さなくてはならなかった。アントナプーロスは黒いとろんとした目で彼を見ていた。明るく色鮮やかな衣服を身にまとって、じっと身体を立てて座っていると、彼はどこかの伝説に出てくる賢い王様のように見えた。

病棟を担当するインターンが、シンガーのために面会時間を一時間延長してくれた。でも最後に彼は細くて毛深い手首を差し出し、腕時計を見せた。患者たちはみんな寝る支度をしていた。シンガーの手は口ごもった。彼は友人の腕を掴み、その目をじっとのぞき込んだ。毎朝、それぞれの仕事場に別れるときにそうしていたように。とうとうシンガーは後ずさるように病室を離れた。戸口で彼の両手は崩れた「さよなら」のしるしを作り、そのままぎゅっと拳に握りしめられた。

月光に照らされた一月の夜、とくに用事がなければ毎晩のように、シンガーは町の通りを歩き回り続けた。彼に関する噂《うわさ》は更に驚くべきものになっていった。一人の年老いた黒人女は何百という数の人々に向かって、あの人は死後の世界から戻ってきた魂のあり方を知っているのだと告げた。一人の出来高払いの労働者は、その州のよその土地にある工場で、かつてその唖と一緒に仕事をしたことがあると主張した。そして彼の語ったいくつかの話は実に突飛なものだった。金持ちは彼のことを自分たちと同じ金持ちだと思い、貧乏人は彼のことを自分たちと同じ貧乏人だと思った。そしてそのような噂を打ち消す根拠もなかったので、それらは驚嘆すべきもの、真実味を帯びたものへと育っていった。人々はそれぞれ、こうあってほしいと望む方向に彼を作り上げていったのだ。

8

何故《なぜ》だ？

疑問は常にビフの体内を流れていた。血管を流れる血のように、本人もそのことを意識しないまま。彼は人々について、いろんなものごとについて、思想について考えた。疑問は彼の中にあった。真夜中にも、暗い朝にも、正午にも。ヒットラーと戦争の噂。豚の腰肉の値段、ビールにかけられる税金。とりわけ唖の謎《なぞ》について彼は考えを巡らせた。たとえば何故シンガーは列車に乗って出かけたのか？ そしてまた「どこに行っていたんだね」と彼が尋ねたとき、何故その質問が理解できないふりをしたのか？ どうして人々はその唖について頑《かたく》なまでに、銘々が望むようなかたちに彼を作り上げようとするのか——どう考えても、その大方はずいぶん見当外れな決めつけとしか思えないのだが？ シンガーは一日に三度、中央のテーブルに座った。そして出されたものをなんでも食べた——キャベツと牡蠣《かき》以外は。耳をつんざくような喧噪《けんそう》の中で、彼一人だけがじっと沈黙をまもっていた。柔らかくて小さな緑のライ豆がいちばんの好物だった。フォークの叉《また》のところにその豆をきれいに積み上げた。そしてビスケットをグレイヴィーに浸して食べた。

ビフはまた死についても考えた。奇妙な出来事があった。ある日洗面所のクローゼットで捜し物をしていて、彼は「アグア・フロリダ」の瓶を見つけた。アリスの残した化粧品をまとめてルシールにあげたときに、見落としていたものだ。彼は瞑想《めいそう》に耽《ふけ》りながら、その香水の瓶を両手で持った。彼女が亡《な》くなってから四ヶ月が経《た》っていた。一ヶ月一ヶ月が一年のように長々しく、手持ちぶさたに感じられた。アリスのことはほとんど考えなかった。

ビフは瓶のコルク栓を開けた。そしてシャツを脱いだ格好で鏡の前に立ち、黒々とした毛だらけの脇の下に香水を少し振った。その香りは彼の身を強《こわ》ばらせた。彼は鏡の中の自らに向かってどこまでも秘密の目配せをし、身じろぎもせずそこに立っていた。香水によって呼び起こされたいくつかの記憶が、彼の心を打ったのだ。心を打たれたのはその記憶が鮮明だったからではなく、それらがかくも長い歳月をひとつにまとめ、完結させていたからだ。彼は鼻をこすり、横目で自らの姿を見た。死が隔てるもの。彼女と生活を共にした一分一分を彼は身の内に感じた。そして彼らが共にした生活は今では、ひとつの総体になり得るのは過去のみであるという意味合いにおいて、総体となっている。ビフは唐突に顔を背けた。

寝室はすっかり様変わりしていた。今では彼だけの寝室だ。かつてそこは悪趣味でけばけばしく、だらしなかった。物干しロープが張られ、そこにはいつも穴の空いたストッキングか、ピンクのレーヨンの下着がかかっていた。鉄製のベッドは塗装がはげて錆《さ》び付き、そこには薄汚れた女ものの、レースのついた枕が重ねられていた。階下から痩《や》せた猫がやって来て背を丸め、悲しげに痰壺《たんつぼ》に身をすりつけたものだ。

そんなすべてを彼は一変させた。鉄製のベッドは小型のカウチに取り替えられた。床には分厚い赤い絨毯《じゅうたん》が敷かれた。美しい紺青《こんじょう》の布を買ってきて、ひび割れが目立つ壁の部分にそれを掛けた。暖炉を密閉していたシールを剝《は》がし、松の薪《まき》を積んだ。マントルピースの上にはベイビーの小さな写真と、ボールを両手に持った、ビロードの服を着た小さな男の子の色ずりの絵が飾られていた。隅にあるガラス・ケースには、彼が蒐集《しゅうしゅう》した品々が収められていた——蝶《ちょう》の標本、珍しい鏃《やじり》、人の横顔に似た形の不思議な石。小型のカウチには青いシルクのクッションが置かれ、窓にかける深紅のカーテンを縫うためにルシールから借りてきたミシンがあった。彼はその部屋を愛していた。そこは豪華でありながら、同時に落ちつきを持っていた。テーブルの上には小さな日本の塔《パゴダ》があり、それにはすきま風が吹くと不思議な楽音を奏《かな》でるガラスの風鈴がついていた。

この部屋には妻のことを思い出させるものは何ひとつなかった。しかし彼は時折「アグア・フロリダ」のコルクの蓋を開け、その栓を耳たぶか、あるいは手首にあてた。香水の匂いは彼の緩やかな黙考と混ざり合った。過去の感覚が彼の中で膨らんでいった。記憶はほとんど建築的順序に従って、勝手に建ち上がっていった。記念品を収めた箱を整理しているとき、結婚前に撮った古い写真を目に留めた。ひなぎくの野原に座っているアリス。河で彼と一緒にカヌー遊びをしているアリス。記念品の中には大きな象牙のヘアピンもあった。母親がかつて所有していたものだ。小さな子供のころ、彼は母親が黒く長い髪を梳き、結うのを眺めるのが好きだった。彼はかつて、ヘアピンのカーブとは女性の身体を模したものだと思い込んでいた。そして時々、人形で遊ぶようにヘアピンで遊んだものだ。当時、彼は葉巻の箱にたくさんの端《はぎ》切れを詰めていた。美しい布地の手触りや色合いが好きだったのだ。キッチン・テーブルの下に何時間も、その端切れと共にもぐりこんでいたものだ。しかし六歳になったとき、母親に端切れを取り上げられてしまった。彼女は長身の力強い女性で、男性顔負けに責務感が強かった。彼女は何よりも彼を愛した。今でも時折、母親の夢を見ることがあった。彼の指には常に母親の摩耗した金の結婚指輪がはめられていた。

「アグア・フロリダ」と一緒にクローゼットの中に、アリスがいつも髪につけていたレモン・リンスの瓶も見つけた。ある日、彼はそれを自分でも試してみた。レモンは白髪混じりの黒髪をふわふわと豊かに見せてくれた。それが気に入って、それまで禿《は》げるのを予防するために使っていたオイルを捨て、そのレモンを調合したリンスをいつも使うようになった。かつて彼がからかっていたアリスの移り気が、今では自分に伝染してしまったみたいだ。何故だろう？

　店で働いている黒人の少年ルイスが、ベッドで飲めるように毎朝、彼のためにコーヒーを運んできてくれた。しばしば彼は、起きて着替える前に一時間ばかり、枕にもたれてそこでぐずぐずしていた。葉巻を吸い、太陽の光が壁に様々な図形を描くのを眺めた。そして深い物想いに耽りつつ、長くて曲がった足指の間に人差し指を這《は》わせた。彼はいろんなことを思い出していた。

　そのあと、正午から翌朝の五時までは階下の店で働いた。日曜日には丸一日。商売は損失を出していた。客が入らない時間帯が長くあった。それでも食事時になると、店はおおむね満席になったし、彼はレジスターの奥に陣取って、毎日何百人もの常連客と顔を合わせた。

「一日中そこに立って、いったい何を考えているんだね？」とジェイク・ブラントが尋ねた。「あんたはなんだかドイツのユダヤ人みたいに見えるぜ」

「私には八分の一、ユダヤ人の血が入っているんだ」とビフは言った。「母親の祖父はアムステルダムから渡ってきたユダヤ人だ。しかし私の知っている他の親戚《しんせき》は、全員スコットランド出自のアイルランド人だ」

日曜日の朝だった。客たちはテーブルでだらだらと時間を過ごし、あたりには煙草《たばこ》の煙が漂い、新聞をめくるかさかさという音が聞こえた。何人かは隅のブース席でサイコロを振っていたが、ゲームはひっそりとおこなわれていた。

「シンガーはどこだろう？」とビフは言った、「今朝はあんた、彼の部屋に行かないのかね？」

ブラントはむっつりと不機嫌な顔つきになった。そして頭をぐいと前に突き出した。彼らは喧嘩《けんか》でもしたのだろうか――しかし唖に果たして喧嘩ができるものだろうか？いや、そうじゃない。こんなことは前にもあった。ブラントは時々ぐずぐずうろつきまわり、まるで自分自身と口論しているかのように振る舞うことがある。しかしほどなく店から出て行く。いつもそうなのだ。そしてそのうちに二人はまた例のごとく一緒にここに姿を見せるだろう。ブラントが一人でしゃべりながら。

「あんたは優雅な生活を送っているよな。ただレジの奥に立っているだけだ。そこに突っ立って金勘定をするばかり」

ビフはそれを受け流した。両肘《りょうひじ》に体重をもたせかけ、目をぎゅっと細めた。「なあ、ひとつ真面目《まじめ》な話をしようじゃないか。あんたは何を求めているんだね？」

ブラントはカウンターの上にばたんと両手を置いた。暖かく、肉厚でざらついた手だ。

「ビールだ。そしてチーズ・クラッカーにピーナツバターをはさんだやつの小さな袋入り」

「私が言ってるのはそういうことじゃない」とビフは言った。「でもまあ、その話はまた今度にしよう」

　中身の読めない男だ。気分が刻々変化する。相変わらず狂った魚のように大量の酒を飲んだが、他の連中のようにそれで身を持ち崩すことはなかった。彼の両目の縁はしばしば赤らみ、驚いたような眼差《まなざ》しで肩越しに振り返る神経質な癖があった。細い首の上に、大きな重い頭がぽっこり乗っていた。子供たちが見て笑い、犬たちが好んで嚙《か》みつきそうな種類の男だ。それでも彼は、自分が笑われるとひどく傷ついた。道化師のように荒々しく声を張り上げた。そして自分が誰かに笑われているのではないかと、常に周囲をうかがっていた。

　ビフは考え深げに首を振った。「なあ、あんた」と彼は言った。「どうしていつまでもあんな見世物小屋で働いているんだ？　もっとまともな職だって見つかるだろう。ここでパートタイムの仕事をしてもらってもいいんだよ」

「勘弁しろよ！　もしあんたがこのろくでもない店を丸ごと譲ってくれたとしても、銭箱の奥にへばりついているような真似《まね》は、とても俺にはできんね」

　またこの調子だ。人の神経を逆なでする。これでは友人を作るどころか、他人と普通に付き合うことだってできやしない。

「あんた、真剣な話ができないのか」とビフは言った。

一人の客が勘定書きを手にやってきて、ビフは釣り銭を渡した。店はまだしんとしていた。ブラントは落ち着きがなかった。彼が立ち去ろうとしている気配をビフは感じた。彼はその男を今しばらく引き留めておきたかった。カウンターの背後の棚からA－1葉巻を二本取り、一本をブラントに勧めた。ビフはいくつもの質問を考えては、慎重にひとつひとつ片端から却下していったが、最後にやっとひとつ質問を見つけて口にした。

「もし歴史の中でひとつ、自分が生きる時期を選べたなら、あんたはどの時代を選ぶね？」

ブラントは大きな湿った舌で口髭をぺろりと舐《な》めた。「もしあんたが死人になるか、それとももう二度と質問をしないか、どちらかを選べと言われたなら、どっちを選ぶね？」

「いいから、ちょっと考えてみてくれ」とビフはなおも主張した。

彼は首を片方に傾け、自分の長い鼻をじっと見おろした。それは彼が多くの人々の意見を聞きたいと思う話題だった。彼自身が選ぶなら古代ギリシャだ。真っ青なエーゲ海の波打ち際《ぎわ》をサンダル履きで歩く。ゆったりとしたローブは、腹のまわりを帯で締められている。子供たち。大理石の風呂《ふろ》と、神殿での瞑想。

「インカ時代がいいかもな。ペルーの」

ビフの目は、相手を裸にするべくじろりと眺め回した。彼には赤褐色にきれいに日焼けしたブラントの姿が見えた。顔はつるりとして髭もなく、手首には金や宝石をちりばめたブレスレットをつけていた。目を閉じると、その男は立派なインカ人になった。しかしもう一度目を開けて彼を見たとき、その姿はあっさり消えてしまった。それは顔だちにそぐわない神経質そうな口髭のせいであり、ぴくぴく震える肩や、細い首から突き出た喉仏《のどぼとけ》や、だぶだぶのズボンのせいだった。そして他にもっといろいろある。

「あるいは一七七五年頃かな（アメリカ独立戦争の時期）」

「生きがいのある時代だろうな」とビフは同意した。

ブラントは居心地悪そうに足をもぞもぞさせていた。彼の顔はざらりと粗く、不幸せに見えた。そしてすぐにも立ち去ろうとしていた。ビフは急いで引き留めにかかった。

「ひとつ教えてくれないか――あんたはだいたいなんでこの町にやってきたんだね？」。彼はその質問が時宜を得たものでないことにすぐに気づき、悔やんだ。とはいえその男がこんな場所に腰を据えたのは、やはり興味をそそられることではあった。

「そんなこと、俺にもわからんよ」

二人はそのまま静かにそこに立っていた。どちらもカウンターに向かって身を傾けていた。隅の方でおこなわれていたサイコロ遊びが終わった。最初の午餐《ディナー》が、Ａ＆Ｐストアの支配人をしている男の前に運ばれた。ロング・アイランド風鴨肉《かもにく》スペシャルだ。ラジオは教会のお説教と、スイング楽団の中間あたりに合わされていた。

ブラントは急に前に身を乗りだし、ビフの顔の匂いを嗅いだ。

「香水か？」

「髭剃りローションだ」とビフは落ち着いて答えた。

それ以上ブラントを引き留めるのは無理だった。その男はもう出て行こうとしていた。おそらくまたあとでシンガーと一緒にやってくるだろう。いつだってこんな具合だ。彼はブラントからそっくり全部話を引き出したかった。そうすればブラントに関して抱いているいくつかの疑問は解消する。だがブラントは話に乗ってくるまい。彼がまともに話をする相手はあの唖《おし》だけなのだ。ずいぶん不可思議な話だが。

「葉巻をありがとうよ」とブラントは言った。「あとでまた会おう」

「じゃあな」

ブラントが水夫のような歩き方で、肩を揺すりながら戸口に向かうのを、ビフは眺めていた。それからなすべき仕事に取りかかった。ウィンドウのディスプレイの点検だ。その日のメニューがガラスに貼《は》られ、「今日のスペシャル・ディナー」が客たちの目を惹くようにすべての添え物付きで展示されていた。しかしそれはひどい見かけだった。実に汚らしい。鴨の肉汁が垂れて、クランベリー・ソースと混じり合い、デザートにはハエが一匹入っていた。

「おい、ルイス！」と彼は叫んだ。「こいつをウィンドウからさっさと出せ。そしてあの赤い陶器のボウルと、果物をいくつか持ってこい」

彼は色合いとデザインを吟味して果物を配置した。そうしてデコレーションはようやく満足のいくものになった。それから調理場に行ってコックと話をした。鍋《なべ》の蓋を開け、食べ物の匂いを嗅いだが、そこには熱意が欠けていた。それはいつもアリスがやっていたことで、彼はその手の仕事が好きになれなかった。底に食べ物の残り滓《かす》が溜《た》まったべとべとの流しを目にしたとき、その鼻はぎゅっと引き締まった。彼は明日のメニューを書き、仕入れ品目を書きつけた。調理場を出てレジスターの背後に位置を占めると、ようやくほっとできた。

ルシールとベイビーが日曜の食事にやって来た。子供の機嫌はあまり良くなかった。頭にはまだ包帯が巻かれ、来月までそれは取れないだろうと医師に言われたのだ。黄色いカールがあるべきところに巻かれたガーゼのおかげで、彼女の頭はまるで丸裸にされたように見えた。

「ビフ伯父さんにこんにちはって言いなさい」とルシールが促した。

ベイビーは不機嫌そうに顔を上げた。「ビフ伯父さんにこんにちは」と彼女はふてくされたように言った。

ルシールが娘のお気に入りのコートを脱がそうとしたとき、ベイビーはそれに抵抗した。「さあ、お行儀良くするのよ」とルシールは言い続けた。「そのコートを脱ぎなさい。

さもないと、また外に出たときに肺炎になっちゃうわよ。言うことを聞きなさいって」

ビフがその場を収めた。キャンディー・ガムのボールでベイビーをなだめ、コートをさらりと脱がせた。ルシールともみ合ったおかげで、彼女のドレスは乱れてしまっていた。その当て布が胸の前でまっすぐになるように、彼はドレスを直してやった。サッシュを結び直し、その蝶結びが正しい形になるように指でぎゅっと押した。それからベイビーの小さなお尻《しり》をとんとんと軽く叩《たた》いた。「今日はストロベリーのアイスクリームがあるんだよ」と彼は言った。

「バーソロミュー、あなたは立派なお母さんになれるわね」

「お褒めいただいて光栄だ」とビフは言った。

「わたしたち、日曜学校と教会に行った帰りなの。ベイビー、習った聖書の言葉をビフ伯父さんに聞かせてあげて」

子供は嫌がってふくれっ面《つら》をした。そしてようやく「イエス様はお泣きになりました(Jesus wept)」と言った。彼女が二つの言葉に込めた侮蔑《ぶべつ》のおかげで、それは恐ろしいことのように響いた。

「ルイスに会いたいかい?」ビフは尋ねた。「彼は調理場にいるよ」

「あたしはウィリーに会いたい。ウィリーがハーモニカを吹くのを聞きたい」

「ねえ、ベイビー、そんな無理を言うんじゃないの」とルシールは苛立《いらだ》った声で言った。

「ウィリーがここにいないことはあなたもよく知っているはずよ。ウィリーは刑務所に送られたんだから」

「でもルイスだってハーモニカは吹けるよ」とビフは言った。「アイスクリームがほしいと彼に言っておいで。そしてハーモニカも吹いてもらいなさい」

ベイビーは片方の踵《かかと》を引きずりながら調理場に向かった。ルシールは帽子をカウンターの上に置いた。その目には涙が浮かんでいた。「私はいつもこう言ってきたわ。『もし子供が清潔にされ、きちんと面倒をみられ、きれいだったら、その子はたいてい優しくて利発になる。しかしもし不潔で醜ければ、その子には多くを期待できない』って。私が何を言いたいかっていうと、ベイビーは髪の毛を失って、頭に包帯を巻いていることをすごく恥じていて、それでここのところすっかりつむじを曲げているみたいなの。もう発声練習もしなくなってしまった。全部やめてしまった。いつもぐずって、私の手には負えない」

「もし君がうるさく口を出さなければ、あの子はうまくやっていくさ」

ようやく彼は二人を窓際のブース席に座らせた。ルシールは今日のスペシャルを取り、細かく切った鶏《とり》の胸肉・ポリッジ・人参《にんじん》をベイビーのために取った。ベイビーは料理で遊び、小さなスモックにミルクをこぼした。店が忙しくなるまで、彼は二人と同席していた。それから立ち上がって店を切り盛りした。

食べている人々。食物が詰め込まれた、大きく開いた口。それはいったい何を意味するのか？ 少し前に彼が読んだ記事があった。生命とは摂取と滋養と生殖という事柄に過ぎない、とそこには書かれていた。店は混んでいた。ラジオからはスイング楽団の音楽が流れていた。

それから、彼が待っていた二人組がやってきた。まずシンガーが最初に戸口から入ってきた。背筋をどこまでもまっすぐ伸ばし、いちばん上等のスーツにぱりっと身を包んでいた。ブラントがその背後から、肘にくっつくようにして入ってきた。二人が歩く様子には、彼の心をはっとさせるものがあった。二人はテーブル席に着き、ブラントはそこでしゃべりまくり、がつがつ食事をした。シンガーはそれを礼儀正しく見守っていた。食事が終わると、二人は数分間レジに立ち寄った。そして二人が歩き去って行く姿を見ていると、二人が一緒に歩く様子には何かがあるということに、彼は再び思い当たった。ふと立ち止まって考え込んでしまうような何かがそこにはあるのだ。いったい何だろう？ そのとき心の奥深く眠っていた記憶が突然蓋《ふた》を開き、その唐突さが彼に衝撃を与えた。そう、シンガーがかつて仕事に行くときに、よく連れだって歩いていた巨漢のギリシャ人だ。やはり聾唖《ろうあ》、それに加えて知恵遅れだ。そのだらしのない格好をしたギリシャ人は、チャールズ・パーカーの店でキャンディーを作っていた。ギリシャ人が常に先を歩き、シンガーがそのあとをついていった。彼はその二人のことをとくに気に留めていたわけではない。彼らは一度も店に来なかったから。しかしどうしてこれまで、その二人のことをまったく思い出さなかったのだろう？　いつもいつもその唖のことを考えていたというのに、そのことを思い出さなかったなんて。まるで周辺の光景はひとつ残らず目に収めているのに、ワルツを踊っている三頭の象だけを見落としていたというようなものではないか。しかしそれは何かしらの意味を持つことなのだろうか？

　ビフはぎゅっと目を細めた。シンガーが以前どうであったかなんて、大した問題ではない。大事なのは、ブラントとミックが彼を個人的な神様に祭り上げているそのやり方だ。シンガーが唖であるということで、彼らは自分たちが求める資質を好きなだけ、彼に付与することができるのだ。そうだ。しかしどのようにしてそんな異様な事態が生じたのだろう？　そして何故？

　片腕の男が入ってきて、ビフは彼にウィスキーを一杯振る舞った。しかし彼は誰とも話をしたくなかった。日曜日の午餐《ディナー》は家族でとる食事だ。週日の夜一人でビールを飲んでいる男たちも、日曜日には女房と小さな子供たちを連れてやって来る。いつもは奥に仕舞ってある子供用の椅子《いす》もしばしば必要になる。時刻は午後二時半、テーブルのほとんどはまだ客で埋められていたものの、食事はおおかた終わっていた。この四時間ずっと立ちっぱなしだったので、ビフはくたびれていた。かつては十四時間、十六時間立ちっぱなしで、まったくなんともなかったものだが。それだけ自分は年老いたのだ。それ相応に。疑問の余地はない。あるいは「成熟した」というのが正しい表現なのだろうか。そうだな、まだ「年老いた」というほどじゃない。店の中の響きが彼の耳に押し寄せ、そして引いていった。成熟した。目がきりきり疼《うず》いた。自分の中に熱があり、それがすべてを眩しく鋭くしているみたいに感じられた。

彼はウェイトレスの一人を呼んだ。「あとのことを頼む。私はちょっと外出してくるから」

日曜日なので通りは無人だった。太陽は明るく澄んでいたものの、温かみは感じられない。ビフはコートの襟を喉元でぴったり合わせていた。通りに一人きりでいると、自分が空っぽになったような気がした。河の方から冷ややかな風が吹いてきた。このまま引き返し、本来の居場所である食堂でおとなしくしているべきなのだろう。彼がこれから向かおうとしている場所に行くいわれなど何もない。この四週間、日曜日になると彼はいつも同じことをやってきた。近所の、ミックに出会えそうなあたりを歩くのだ。そこには何かがあった——正しいとは言いがたいものが。そう。何か間違ったものが。

彼女が住んでいる家の、通りを隔てた向かい側の歩道を彼はゆっくりと歩いた。先週の日曜日、彼女は玄関の階段に座って新聞の漫画ページを読んでいた。しかし今回、彼がその家の方にちらりと目をやったところ、彼女の姿はなかった。ビフはフェルト帽のつばを目の上にぐいと傾けた。たぶんもう少し後で彼女はここに出てくるのだろう。日曜日の夕食のあと、彼女はしばしばココアを飲みに店にやってきて、シンガーのテーブルにしばらく同席した。彼女は普段はいつも青いスカートとセーターを着ていたが、日曜日には違うなりをした。日曜日に彼女が着るのは、薄汚れたレースの襟のついたワイン・カラーの絹のドレスだった。一度ストッキングをはいてきたこともあった——伝線の入ったものだったが。彼はいつも思っていた。この子に何かを提供できたらな、何かをプレゼントすることができたらなと。サンデーとか甘い食べ物とか、そういうものではなく、もっとまともな何かを。彼が求めているのはそれだけだった——彼女に何かを与えること。ビフの口元が堅くなった。自分は何も間違ったことはしていない。それでも彼は心のうちに名状しがたい罪悪感を覚えた。何故だろう？　そこにあるのはすべての男の中にあるうす暗い罪悪感だ。それは名を持たず、また検証されることもない。

帰り道、彼は一枚のペニー（一セント硬貨）を見つけた。それは溝のゴミに半分隠されていた。もったいないと思って、彼は硬貨を拾い上げ、ハンカチーフできれいに拭《ふ》いた。そして持ち歩いている黒い財布に放り込んだ。食堂に戻ったときには四時になっていた。店は暇になっており、一人の客もいなかった。

五時になって店は活気を取り戻した。最近新たに雇ったアルバイトの男の子が、予定より早く店に姿を見せた。少年の名前はハリー・ミノウィッツ。彼はミックやベイビーと同じ町内に住んでいる。新聞に広告を出すと十一人の希望者がやって来たが、ハリーがいちばん有望そうだった。彼はその年齢にしてはしっかりしていたし、なりもこざっぱりしていた。ビフは面接で話をしているとき、その少年の歯に注目した。歯を見れば多くのことがわかる。彼の歯はとても大きく、とても清潔で真っ白だった。ハリーは眼鏡をかけていたが、仕事には差し支えない。彼の母親は通りにある仕立屋のための縫い物をして、週に十ドルを稼いでいた。ハリーは一人息子だった。

「さて」とビフは言った。「どうだろう、ハリー。君はここで一週間仕事をしてきた。仕事は好きになれそうかね？」

「ええ、もちろん。もちろん好きです」

　ビフは指にはめた指輪を回した。「それでだな、君は何時に学校から帰ってくるんだね？」

「三時です」

「とすると、君は勉強をしたり、遊んだりする時間が二時間ほどあるわけだね。それからここに来て、六時から十時まで仕事をする。それで睡眠時間は足りるのだろうか？」

「じゅうぶんです。僕はそんなに長く寝る必要もないんです」

「その年頃の子供は九時間半くらいは眠らなくちゃいけないんだ。混じりけのないしっかりした睡眠が必要なんだ」

　彼は突然自分が恥ずかしくなった。そんなのはあんたの知ったことじゃないと、きっとハリーは思うことだろう。そして実にそのとおりなのだ。彼は横を向こうとして、そこで何かを思いついた。

「君はヴォケーショナル校に通っているんだな」

ハリーは肯《うなず》き、シャツの袖《そで》で眼鏡を拭いた。

「なるほど。そこに通っている女の子や男の子を私はたくさん知っているよ。アルヴァ・リチャーズ――彼のお父さんを知っている。そしてマギー・ヘンリー。それからミック・ケリーという子――」。まるで耳に火がついたような感覚があった。自分が馬鹿みたいに思えた。おれはなんという愚か者なのだろう。彼はそのままどこかに行ってしまいたくなった。しかし実際にはただじっとそこに立っていた。微笑みを浮かべ、両手の親指で鼻をぐいぐい潰《つぶ》しながら。「彼女を知っているかね？」と彼はおずおずと尋ねた。

「もちろん知っています。うちの隣に住んでいますから。でも学校では僕は最上級生で、彼女は新入生です」

ビフはこの細々とした情報を丁寧に頭に収めた。あとで一人になったらじっくり検証してみようと。「店はこれからしばらくはあまり忙しくないだろう」と彼は急いで言った。「君にあとを任せたい。何をすればいいのかは、もうだいたいわかっただろう。ビールを飲んでいる客をよく見て、何杯飲んだかを覚えておくんだ。そうすれば相手に何杯飲みましたかと尋ねて、向こうの言い分を信用せずに済む。釣り銭の勘定は念入りに、そしてすべてをしっかり頭に留めておく」

ビフは階下の自分の部屋に閉じこもった。それは彼がファイルを保管しておく場所だった。その部屋には、横の通路に面した小さな窓がひとつあるだけで、空気はかび臭く冷え切っていた。新聞の束が天井までうずたかく積み上げられ、自分でこしらえた書類棚がひとつの壁全体を占めていた。ドアの近くには古風な揺り椅子があり、小さなテーブルの上には鋏《はさみ》と辞書、そしてマンドリンが置かれていた。新聞の束が積まれているせいで、どの方向に向かっても二歩足を踏み出すのがやっとという有様だ。ビフは揺り椅子に座ってそれを揺すりながら、マンドリンの弦を物憂《ものう》げにつま弾いた。そして目を閉じ、悲哀に満ちた声で歌い出した。

ぼくは動物博覧会《アニマル・フェア》に行った
鳥たちや獣たちがそこにいた
年老いたヒヒが月明かりの下で
鳶色《とびいろ》の毛を梳《す》いていた

彼は和音を弾いて曲を終えた。最後の響きは冷ややかな空気の中に、震えながら消えていった。

小さな子供たちを養子に迎える。男の子と女の子を一人ずつ。三歳か四歳、そうすれば子供たちは彼を、本当の父親みたいに思ってくれることだろう。彼らの父親。わたしたちのお父さん。女の子はその年頃のミック（あるいはベイビー？）みたいだ。丸々とした頬、灰色の目、亜麻色の髪。その子の服は自分でこしらえよう。ピンクの絹のクレープでつくったフロック、当て布と袖には華奢《きやしや》なひだ飾りがついている。絹のソックスと白いバックスキンの靴。冬には小さな赤いビロードのコートと帽子とマフと。男の子は色が浅黒く、黒髪がいい。その男の子は彼の後ろを歩き、彼のやることをそのままそっくり真似する。夏には三人で、メキシコ湾に面したコテージに行く。彼は子供たちにビーチ用の服を着せ、緑色の浅い波打ち際で注意深く遊ばせる。彼が歳《とし》を重ねるに従って、彼らは立派に成長していくことだろう。わたしたちのお父さん。子供たちはいろんな質問を手に彼のところにやって来て、彼はそれに答えるだろう。

悪くない。

ビフは再びマンドリンを手に取った。「タム・ティ・ティム・ティ・ティー、きれいなお人形さんの結婚式」、マンドリンはリフレインをなぞった。彼は歌詞をすべて通して歌い、足でリズムをとった。それから「Ｋ－Ｋ－Ｋ－ケイティー」と「懐《なつ》かしき愛のスイート・ソング」を歌った。これらの曲はアグア・フロリダと同じく、彼の記憶を呼び起こした。何もかもを。最初の一年を通して彼は幸福だったし、アリスの方だって幸福そうに見えた。三ヶ月の間に二度ベッドが壊れた。でも彼は知るべくもなかった。その間、彼女の頭を占めていたのは、いかにして五セントを節約し、十セントを搾《しぼ》り出すかという算段だけだったとは。そうするうちに彼はリオと付き合い、彼女の店に通い、そこの女の子たちとも付き合った。ジップとマデリーンとルウ。そうするうちに、突然すべてが駄目になった。もう女性と寝ることができなくなったのだ。なんてことだ！　すべてが崩れ去ってしまったように当初は思えたものだ。

　ルシールはそういう成り行きをすべて承知していた。彼女はアリスのような種類の女のことがわかっていた。そしてたぶん彼のこともわかっていたのだろう。彼女は離婚するように二人を強く促したものだ。そして二人が陥った混乱を正すために、ありとあらゆる試みをおこなった。

　ビフはいきなり顔をしかめた。彼は両手をマンドリンの弦からさっと引き、そこで音楽のフレーズは断ち切られた。彼は椅子の中で身を固くした。それから突然一人で静かに笑い出した。どうしてこんなことを思い出してしまったのか？　ああ、神様、神様、神様！　それは彼の二十九歳の誕生日だった。歯科医の予約治療が終わったら、私のアパートメントに寄ってくれないかしらとルシールに言われた。彼が期待したのは何かちょっとした贈り物だった――チェリー・タルトの皿とか、上等なシャツとか。彼女はビフを戸口に出迎え、中に入る前に彼に目隠しをした。そしてすぐに戻るからと言った。

しんとした部屋の中で、彼はルシールの足音が台所に到着するのを待ち、それから放屁《ほうひ》した。目隠しをされたままその部屋に立ち、おならをしたのだ。そしてそのとき、彼は自分が一人ではないことにはっと気づいて、背筋が凍った。クスクス笑いがあり、それから耳を聾する大爆笑になった。そのときにルシールが戻ってきて、目隠しをとってくれた。彼女はキャラメル・ケーキを皿に載せていた。部屋は人で一杯だった。ルロイとその仲間たち、そしてもちろんアリス。壁をよじ登りたいような気分だった。彼はみんなの前に顔をさらし、顔中が火がついたように熱かった。みんなにさんざんからかわれ、それからの一時間、母親が亡くなったときと同じくらい惨《みじ》めな思いをした——とても耐えられない。その日の夜、彼はウィスキーを一クォート飲んだ。そのあとも何週間か飲み続けた——ああ、たまらない！

ビフは冷ややかに小さく笑った。そしてマンドリンでいくつかの和音を奏で、陽気なカウボーイ・ソングを歌い始めた。彼の声はまったりとしたテナーで、目を閉じて歌った。部屋は真っ暗に近く、湿った冷気が骨にまで浸《し》みて、リューマチを抱えた脚が痛んだ。

とうとうマンドリンを置いて、彼は暗闇《くらやみ》の中で静かに揺り椅子を揺すった。死。それが自分と共にその部屋に存在していることを彼は時折ほとんど実感した。彼は前後に椅子を揺すった。おれは何を理解しただろう？　なんにも。おれはどこに向かっているのだろう？　どこにも。おれは何を求めているのだろう？　知ることを。いったい何を知りたいのだ？　意味を。どうして？　それが謎だからだ。

ばらばらの像が、彼の頭の中にジグソー・パズルのように散らばっていた。浴槽の中で石鹸《せっけん》で身体《からだ》を洗っているアリス。ムッソリーニのしかめ面。赤ん坊をワゴンに乗せて牽《ひ》いているミック。ウィンドウの中の七面鳥の丸焼き。ブラントの口。シンガーの顔。自分が何かを待ち受けているように彼には思えた。部屋はすっかり真っ暗になった。調理場からルイスの歌う声が聞こえてきた。

ビフは立ち上がり、椅子を静止させるために肘掛けに手を当てた。ドアを開けると、外のホールはとても暖かく明るかった。ミックがたぶん来るはずだということを彼は思い出した。服装を正し、髪を後ろに撫《な》でつけた。温かみと生気が再び戻ってきた。店内には喧噪が満ちていた。ビールのお代わりと日曜日の夕食が始まっていた。ビフはハリー青年に向かってにこやかに微笑《ほほえ》み、レジスターの奥に自分の位置を占めた。彼は投げ縄を放るみたいに店内をぐるりと見渡した。店は混雑して、その騒音は軽い耳鳴りのようだった。ウィンドウに置かれた果物の鉢は上品で芸術的な効果を生んでいた。彼は入り口を見守りながら、訓練を積んだ目で店内を点検していた。そして注意を怠らず張り詰めた気持ちで待ち受けた。シンガーがようやく顔を見せ、銀色の鉛筆で書いた。風邪を引いたので、今日はスープとウィスキーだけにする、と。しかしミックは姿を見せなかった。

9

彼女に自由になるお金は、もう五セントだってなかった。一家はそれほど困窮していた。お金が何より大事な問題になった。朝から晩までお金、お金、お金、それ ばかりだ。ベイビー・ウィルソンの病院個室と専属看護婦のために、彼らは法外な費用を支払わなくてはならなかった。でもそれだって、あまたある支払いのうちのひとつに過ぎない。ひとつの支払いを終えるか終えないかのうちに、次の請求がやってきた。すぐにでも済ませなくてはならない支払いが二百ドルほどあった。彼らは家を失った。父親は銀行から百ドルを借り入れ、引き換えに銀行が家の抵当権を取ったのだ。それから父親はあと五十ドルを借り入れ、シンガーさんが保証人になってくれた。そのあと一家は、税金を払うかわりに月々の家賃の算段をしなくてはならなくなった。一家は工場労働者とほとんど変わらぬくらい貧しかった。誰も彼らのことを見下したりはしなかったというだけで。

ビルは瓶詰め工場で働き、週に十ドルを稼いだ。ヘイゼルは美容室の手伝いをして、週に八ドルを得た。エッタは映画館の切符売り場で働き、五ドルを得た。そして彼らは収入の半分を生活費として家に入れた。六人の下宿人は、下宿代として一人頭五ドルを支払った。シンガーさんは自分の下宿代をとても迅速にきちんと支払った。父親が稼ぐ分をあわせて、総収入は一ヶ月に二百ドルばかりになった。そしてそこから彼らは六人の下宿人にまずまず悪くない食事を出し、家族を養い、家全体の家賃を払い、家具調度の月賦《げっぷ》を払わなくてはならなかった。

ジョージとミックはもう昼ご飯のお金《ランチ・マネー》をまったくもらえなかった。音楽のレッスンもあきらめなくてはならなかった。ポーシャは夕食の残り物をとっておいてくれて、彼女とジョージは学校から帰るとそれを食べた。いつも二人は台所で食事をした。ビルとヘイゼルとエッタが下宿人たちと一緒にテーブルに着いて食事をとるか、あるいは台所で食べるかは、どれくらいの量の料理が用意できるかで決まった。台所で彼らは朝食にグリッツと脂身《あぶらみ》とベーコンを食べ、コーヒーを飲んだ。夕食は同じ内容のものに、食堂の余剰物——それが何であるかはその日次第——が添えられた。年上の子供たちは、台所で食事をしなくてはならないときには、いつもぶつくさ文句を言った。そしてときとして彼女とジョージは、二、三日のあいだ空《す》きっ腹を抱え続けることになった。

でもそれは「外側の部屋」の出来事であり、音楽や外国旅行や彼女の立てる計画とは無縁のものだった。冬は厳しかった。窓には白く霜が張った。夜になると、居間の暖炉でぱちぱちと音を立てる炎がとても暖かく、家族全員と下宿人たちはみんな火の前に集まった。だからミックはそのあいだ、真ん中の部屋を独り占めすることができた。彼女はセーターを二枚重ね着して、ビルの小さくなったコーデュロイのズボンをはいた。気持ちの高まりが身体を温めてくれた。彼女はベッドの下から秘密の箱を取り出し、床に腰を下ろして作業をしたものだ。

その大きな箱の中には、政府主催の無料美術教室で彼女が描いた絵が何枚か入っていた。彼女はビルの部屋からそれらを引き上げてきたのだ。その箱には他に、父親がくれた三冊のミステリーの本とか、コンパクトとか、時計の部品を入れた小箱とか、ラインストーンのネックレスとか、ハンマーとか、何冊かのノートが入っていた。一冊のノートは表紙に赤いクレヨンで大きく「私物。閲覧厳禁。私物」と書かれ、紐でしっかりくくられていた。

その冬中ずっと彼女はそのノートに音楽のことを書き綴《つづ》っていた。夜に学校の勉強をさらうことを彼女はもうやめていた。音楽の勉強にもっと時間をかけたかったからだ。おおむね彼女は小曲を書いていた。歌詞をまったく持たない曲。低音部さえ持たない曲。それらはどれもとても短いものだった。しかしたとえページ半分の長さしか持たないものであっても、彼女はそれにタイトルを与え、その下に自分のイニシャルを書き込んだ。

ノートに収められたのはどれも、本当の作品、作曲とは言いがたいものであり、彼女が記憶に留めておきたい、頭にふと浮かんだ曲という程度のものだった。彼女はそれぞれに、そこから思い浮かぶタイトルをつけた。「アフリカ」とか「ビッグ・ファイト」とか「雪嵐《ゆきあらし》」とか。

　頭の中の音楽を、それが鳴っているとおりに書き留めることは、彼女にはできなかった。彼女はそれを二つか三つの音符にまで狭めなくてはならなかった。そうしないことには、頭がこんがらがって前に進めないのだ。音楽をどのように書き記すかについては、彼女がまだ知らない事柄がいっぱいあった。しかしそれらのシンプルな曲をある程度素早く記譜する技術を学べば、やがては自分の頭の中で鳴っている音楽をそっくり書き留められるようになるはずだ。

　一月に彼女は、あるとびっきり素晴らしい曲を書き始めた。「私が求めること、それが何かはわからないけど」というタイトルだ。美しく見事な曲だった。とてもゆっくりして、柔らかい。最初彼女は音楽に合わせて詩を書いていった。しかしそのうちに、その音楽に相応《ふさわ》しいアイデアが浮かばなくなった。そしてまた「何かは《what》」と韻を踏む三行目の言葉を見つけるのが至難の業だった。その新しい曲は彼女を悲しい気持ちにさせ、同時にまたわくわくした気持ちにさせ、幸福な気持ちにさせた。そのような美しい音楽を仕上げていくのは骨が折れた。というか、どんな曲だって書き記すのは難しい。ハミングで二分あれば歌える曲をノートに記譜するのに、まるまる一週間かかった――音階や速度やすべての音符をきちんと定めるまでに。

彼女は意識を集中し、何度も何度もそれを歌わなくてはならなかった。彼女の声はいつもかすれていた。それは赤ん坊のときに泣きすぎたせいだと父親は言った。彼女がラルフの年頃だったとき、父親は毎日夜中に起きて、彼女を抱いて歩き回らなくてはならなかったものだ。父親が繰り返し語るところによれば、彼女を静かにさせる唯一《ゆいいつ》の方法は、火かき棒で石炭バケツを叩きながら、「ディキシー」を歌うことだった。

彼女は冷たい床に腹ばいになりながら考えた。もっとあとになれば――二十歳くらいになれば――彼女は世界的に知られる偉大な作曲家になっているだろう。自分の大オーケストラを持ち、すべての自作の音楽を自ら指揮するだろう。大観衆を前に舞台に立つことだろう。そしてオーケストラを指揮するために、男子用の夜会服を着るか、あるいはラインストーンをちりばめた赤いドレスを着る。ステージのカーテンは赤いビロードで、そこにはＭＫというイニシャルが金色でプリントされている。シンガーさんもそこにいて、演奏会のあと二人は外に出て、フライドチキンを食べる。彼は彼女を賞賛し、最良の友人としてくれることだろう。ジョージは大きな花輪をステージに捧《ささ》げてくれるだろう。場所はニューヨーク・シティーか、さもなければどこか外国だ。有名な人たちが彼女を指さすことだろう。キャロル・ロンバードやアルトゥーロ・トスカニーニやバード提督なんかが。

そしてベートーヴェンの交響曲を指揮したくなったら、いつだって自由に指揮することができる。彼女が前年の秋に聴いたその音楽には、何かしら普通ではないものがあった。その交響曲は彼女の中にずっと留まり、そこでじわじわと育っていった。どういうことかというと、その交響曲はすっかり丸ごと彼女の意識の中に収まっていたのだ。そうとしか思えない。彼女はあらゆる音符を耳にしたのだ。そして心の奥のどこかでその音楽は、そのとき演奏されたままの形で今も保たれているのだ。しかしそれをもう一度外に引き出すことができなかった。彼女にできるのは、新たな部分が唐突に自分を訪れる時を待ち、それに備えておくことだけだった。それはまるで、春先のオークの木の若葉がゆっくり育っていくのを待つようなものだった。

彼女の「内側の部屋」には音楽と共にシンガーさんがいた。毎日の午後、体育館でのピアノの練習を終えると、彼女はすぐにメインストリートに出て、彼が働いている店の前を歩き過ぎた。正面のウィンドウからはシンガーさんの働いている姿は見えなかった。彼は店の奥の、カーテンの背後で仕事をしていたからだ。しかし彼女は、彼が毎日そこで仕事をしている店を眺め、彼の同僚たちを目にした。そして毎晩、正面のポーチに座って、彼が帰宅するのを待ち受けた。ときどきあとをついて上の階に行くこともあった。そしてベッドに腰掛け、彼が帽子を脱ぎ、カラーのボタンを外し、髪にブラシをあてるのを見ていた。どうしてか、二人である秘密を共有しているような感覚がそこにあった。あるいは、これまで誰も口にしたことがない事柄を、それぞれお互いに向かって告げるべく待機しているみたいな。

彼はミックの「内側の部屋」にいる唯一の人間だった。ずっと以前には、そこに他の人々もいた。シンガーさんが現れる前にはどんな風だったか、彼女は思い出してみた。六年生のときにはセレストという女の子がいた。まっすぐな金髪で、上向きの鼻で、そばかすがあった。白いブラウスに赤いウールのジャンパー・スカートをはいて、内股《うちまた》でちょこまか歩いた。セレストは毎日オレンジを一個、短い休憩時間に食べるために持ってきた。そしてお昼休みのためには、青い金属製のランチボックスを用意していた。他の子供たちは短い休憩時間に弁当をがつがつ食べてしまい、昼休みには空きっ腹を抱えることになったが、セレストはそんなことはしなかった。彼女はサンドイッチの耳の部分を取り去り、真ん中の柔らかいところだけを食べた。いつも詰め物をしたゆで卵をひとつ持ってきたが、それを手で持ち、黄身を親指でぎゅっと潰し、指紋をそこに残した。

セレストが彼女に話しかけたことはなかったし、彼女がセレストに話しかけたこともなかった。それはミックが何よりも求めていたことだったのだが。夜中には目覚めたまま横になり、セレストのことを考えたものだ。彼女はセレストと無二の親友になる計画を立てた。セレストが家にやってきて一緒に夕食を取り、夜を一緒に過ごすことを考えた。しかしそんなことは起こらなかった。どれほど思い焦《こ》がれていても、セレストのところに行って、さっさと友だちになってしまうことがどうしてもできなかった。他の人たちにはそれができたのだけれど。一年後にセレストは町の別の地域に越して、違う学校に移った。

それからバックと呼ばれる男の子がいた。大柄で、顔にニキビがあり、八時半の行進のときに彼の隣に並ぶと臭かった。ズボンは日向《ひなた》干しを必要としているみたいだった。バックは一度校長先生に向かって体当たりを試みたことがあり、おかげで停学を食らった。笑うときには上唇を吊《つ》り上げ、全身を揺すって笑った。彼女は彼のことを、セレストのことを思ったときと同じように思った。それからターキー籤《くじ》の券を売っていた女性がいた。そして七学年を教えていたミス・アングリン。映画のキャロル・ロンバード。そういう人たちみんな。

しかしシンガーさんはそんな人々とは違っていた。彼に対する思いはゆっくりと彼女を訪れた。そしていつどうやってそんな風になってしまったのか、いくら思い返しても彼女にはわからなかった。他の人たちはみんな普通だったが、シンガーさんはそうではなかった。

最初の日、彼が貸し部屋を求めてドアベルを押したとき、ミックはその男の顔を長い間まじまじと見つめた。彼女が最初にドアを開け、手渡されたカードを読んだのだ。それから彼女はママを呼び、台所に引っ込んでポーシャとババーにその男の話をした。そのあと母親と彼のあとをついて上の階に行き、彼がベッドのマットレスをとんとんと叩き、窓のシェードを巻き上げ、それがちゃんと機能するか確かめるのを見ていた。シンガーさんが越してきた日、彼女はフロント・ポーチの手すりに座って、彼が十セント・タクシーから、スーツケースとチェス盤を持って降りてくるのを眺めていた。そのあと彼が部屋の中を動き回る音を聞きながら、その人物のことをあれこれ想像した。

　あとのことは徐々にやって来た。そして今では二人のあいだに、ある秘められた感覚が存在した。彼女は彼に向かっていっぱい話をした。これまで誰かを相手にそんなに多く話をしたことはなかった。そしてもし彼に語ることができたなら、彼もまた多くのことを話してくれたはずだ。彼はミックにとって偉大な教師のような存在だったかもしれない。ただしゃべれないから、教えることはできなかった。夜ベッドの中で、彼女はいろんな計画を立てた。彼女は孤児になって、シンガーさんと一緒に暮らしている。冬になったら雪が降るような外国の土地で、二人きりで。おそらくは小さなスイスの町だろう。高いところに氷河があり、周囲を山々に囲まれている。家々の上には岩山がそびえ、屋根は勾配《こうばい》が急で、先が尖《とが》っている。あるいはフランス。人々が店でパンを買って、包まないでそのまま持ち帰る国。それとも鉄灰色の冬の海に面したノルウェイのような異国。

朝起きていちばん最初に彼女が考えるのは彼のことだ。音楽と並んで。服を着てまず思うのは、今日はどこで彼に会えるだろうということだ。彼女はエッタの香水を多少、あるいはヴァニラ・エッセンスを一滴振りかけた。彼と廊下ですれ違うときに、自分が少しでも良い匂《にお》いをさせているように。また彼が出勤のために階段を降りてくる姿を見られるように、学校に行く時間を遅らせた。そして彼が家にいるときは、午後であれ夜であれ、決して外出しなかった。

彼について新たに学ぶひとつひとつの事柄が、ミックには重要だった。彼は歯ブラシと歯磨き粉をグラスに入れ、机の上に置いていた。だから彼女も歯ブラシを洗面所の棚に置きっぱなしにするのではなく、同じようにグラスの中に入れておくことにした。彼はキャベツが好きではなかった。ブラノンさんの店で働いているハリーが、そのことを彼女に教えてくれた。そして今ではミックもキャベツが食べられなくなった。シンガーさんについて新たに何かを学ぶたびに、あるいは彼女が彼に何かを言って、彼が銀色の鉛筆で数語を書き記すたびに、彼女は一人になりそれについて長い時間考えを巡らさなくてはならなかった。彼と一緒にいるとき彼女の頭を主に占めているのは、「すべてを記憶に留めておかねば」という思いだった。そうすれば後刻それを思い返し、心ゆくまで玩味《がんみ》できるのだ。

しかし音楽とシンガーさんのいる内側の部屋だけが、生活のすべてではなかった。外側の部屋では多くのことが起こった。彼女は階段から落ちて、前歯を一本欠いてしまった。ミス・ミナーは英語の授業で彼女に二度、落第点を与えた。空き地でクォーター（二十五セント硬貨）を一枚なくし、ジョージと彼女は三日かけて徹底的に探したのだが、結局見つけられなかった。

　こんなこともあった。

　ある日の午後、彼女は裏口の階段で英語の試験勉強をしていた。ハリーがフェンスの向こう側で薪《まき》割りを始め、彼女は大声で彼を呼んだ。彼はやって来て、いくつかのセンテンスを彼女のために図表にして説明してくれた。角縁の眼鏡の奥で、彼の目は機敏に動いた。彼女に英語の説明をしたあと、彼は立ち上がり、ランバージャケットのポケットに両手を入れたり出したりしていた。ハリーは常にエネルギーに満ちており、そわそわ落ち着かなかった。何か話すか、何かしていないことには、まともに時間を過ごせないのだ。

「いいかい、現在の世界には二つのものごとしか存在しないんだ」と彼は言った。

　彼は人を驚かせるのが好きで、彼女は時としてどう返事すればいいのかわからなくなった。

「それが真実だ。現在僕らの前には二つのものごとしかない」

「なんですって?」

「戦闘的な民主主義《デモクラシー》か、あるいはファシズムだ」

「あなたは共和党《レパブリカン》が好きじゃないわけ？」（ミックは民主党〈デモクラット〉と民主主義〈デモクラシー〉を混同している）

「違うよ」とハリーは言った。「そういうことを言っているんじゃない」

　彼はある日の午後、ファシストについてのすべてを説明してくれていた。ナチスの連中がユダヤ人の小さな子供たちを四つん這《ば》いにさせ、地面の草を食べさせているという話をした。自分が立てている、ヒットラー暗殺計画についても語った。彼はとても綿密な計画を立てていた。ファシズムは正義や自由とはまったく相反するものだと彼は語った。新聞は意図的に嘘《うそ》っぱちを書き立て、人々はこの世界で何が起こっているかを知らされずにいる。ナチスは恐ろしい存在だし、誰もがそれを知っている。ミックは彼と一緒にヒットラー暗殺の策を練った。計画には四人か五人の人が関わるのが望ましい。もし一人が失敗しても、他の者たちが代わりに独裁者を始末することができるから。そしてもし全員が死んだとしても、彼らは英雄になれるだろう。英雄になるのは、偉大な音楽家になるのとほとんど同じくらい素晴らしいことだ。

「あちらが勝つか、こちらが勝つかだ。僕は戦争が良いことだとは思わないけど、正しいと信じるもののために、戦う用意はできている」

「私もよ」と彼女は言った。「私もファシストと戦いたい。男の子みたいななりをするし、誰にも私が女だなんてわからないわ。髪だって切っちゃうし」

よく晴れた冬の午後だった。空は緑色を含んだ青色で、裏庭のオークの木の枝はその空を背景に黒々と剝《む》き出しになっていた。太陽は暖かく、おかげで体中にエネルギーが満ちているように彼女には感じられた。頭の中には音楽があった。ただ何かをしなくてはという気持ちで、彼女は三インチ釘《くぎ》を取り上げ、思い切り力を込めて階段に何度か打ち込んだ。父親がその金槌《かなづち》の音を聞きつけ、バスローブ姿で外に出てきて、しばらくそこに立っていた。木の下には大工の鋸挽《のこび》き台が二つ置かれていた。幼いラルフは忙しそうにそのひとつに石を一個載せ、それをもうひとつの台まで運んでいった。それを何度となく繰り返した。彼はバランスを取るために、両手を外に突きだしていた。がに股で歩き、おむつが膝《ひざ》のところまでずり落ちていた。ジョージはビー玉で遊んでいた。床屋に行かなくてはならないほど髪が伸びていて、そのせいで顔が痩《や》せて見えた。永久歯が何本か生えてきていたが、それらは小さくて青みがかっていたので、ブラックベリーを食べたあとみたいに見えた。彼はスタートラインを引き、腹ばいになって最初のホールを狙《ねら》っていた。父親は時計修理の仕事場に戻るとき、ラルフを抱えて連れていった。そして少しあとで、ジョージは一人で裏道に出て行った。ベイビーを銃で撃って以来、彼が誰かと一緒に遊ぶことはもうなかった。

「もう行くよ」とハリーは言った。「六時になる前に仕事に行かなくちゃ」

「カフェの仕事は楽しい？　ただでおいしいものを食べさせてもらえる？」

「ああ、それに店には実にいろんな人が来るからね。これまでにやったどんな仕事より面白いよ。給料もどこよりいいしね」

「私はブラノンさんが嫌いよ」とミックは言った。彼はミックに厳しい言葉をかけるようなことは一度もなかったが、彼女に話しかけるとき、その声がしゃがれて、おかしな口調に変わるのは確かだった。彼女とジョージがチューインガムを盗んだことを、彼はずっと知っていたに違いない。それなのにどうして彼は私に「調子はどうだね？」みたいなことを尋ねるのだろう？ シンガーさんの部屋で話しかけてきたときみたいに。彼は私たちが日頃からしょっちゅう盗みを働いていると思っているのかしら？ でもそんなことはない。断じてない。ただ一度、十セント・ストアで小さな水彩画セットとニッケルの鉛筆削りを盗んだのを別にすれば。

「ブラノンさんには我慢できないわ」

「彼はいい人だよ」とハリーは言った。「たしかに、ときどきちょっと妙な感じに見えることはあるけど、意地が悪いわけじゃない。彼のことをよく知ればね」

「ひとつ考えてたことがあるんだけど」とミックは言った。「男の子って、女の子に比べたら得よね。男の子ってだいたい、学校に行きながらパートタイムの仕事を見つけられるじゃない。そして空いた時間に他のこともできる。でも女の子にはそんな仕事は見つけられない。女の子が仕事を見つけようと思えば、学校をやめてフルタイムで働くしかないのよ。私だってあなたみたいにアルバイトして、週に二ドルくらい稼げたらいいなと思うけど、そんなの最初から無理な相談だわ」

ハリーは階段に腰掛けて靴の紐《ひも》をほどいた。そして靴紐を引っ張ると片方が切れてしまった。「ブラントさんという人がいつもカフェに来るんだ。ジェイク・ブラントさん。僕は彼の話を聞くのが好きだ。ビールを飲みながら話すんだが、僕はその話から多くを学べる。いくつかの新しい考え方を彼は僕に与えてくれた」

「その人のことはよく知っているわ。毎週日曜日にうちに来るから」

ハリーは切れた靴の紐をほどいて、両端を同じ長さに揃《そろ》え、もう一度蝶結《ちょうむす》びに結び直せるようにした。「いいかい」。彼は神経質そうに眼鏡をランバージャケットで拭いた。「僕が今言ったことを彼に話す必要はないからね。彼はたぶん僕のことなんて記憶にないんじゃないかな。僕に話しかけているわけじゃないから。彼はシンガーさんに話しかけるんだ。だから彼はそれを変な話だと思うかもしれない。つまりもし君が僕のことをあの人に——言いたいことはわかるかな？」

「いいわよ」と彼女は言った。その言葉の端々から、ハリーがブラントさんにぞっこんになっているらしいことを読み取り、彼の思いを感じとった。「そのことは何も言わない」

あたりは暗くなってきた。牛乳のように白い月が青い空に浮かび、空気は冷え込んできた。台所からはラルフとジョージとポーシャの声が聞こえた。調理ストーブの火が台所の窓を温かなオレンジ色に染めていた。煙と夕食の匂いが漂ってきた。

「あのさ、これはまだ誰にも言っていないことなんだ」と彼は言った。「自分でも認めたくないことだから」

「何が？」

「君は自分が新聞を初めて読むようになり、読んだことについていろいろ考えるようになった頃のことを覚えているかい？」

「もちろん」

「僕はかつてファシストだったんだ。というか、自分はファシストだと思っていた。つまりね、僕と同じくらいの年齢のヨーロッパの若者たちが、みんなで行進し、声を合わせて歌い、足並みを揃えている写真を君も見たことがあるだろう。それは素晴らしいことだと僕はそのとき思ったんだ。一人の指導者の下に、みんなが互いに忠誠を誓い合う。全員が同じ理想を持ち、歩調を揃えて行進する。そういうことがね。ユダヤ人社会に何が起こっているか、それはとくべつ気にかけなかった。正直、その手のことはあまり考えたくなかったからだ。そして当時、僕は自分がユダヤ人だってことをなるべく意識しないようにしていたんだ。要するに、僕は何も知らなかったんだよ。ただ写真を見て、下に書かれた文章を読むだけで、何も理解していなかったんだ。それがどれくらい恐ろしいことなのかをね。それで僕は自分をファシストだと思っていた。もちろん後になって、間違っていたことに気づいたけどね」

　自らに向かって発する彼の声は苦い響きを帯び、成人の声と少年の声とのあいだを絶えず行き来した。

「だって、そのときはよくわかっていなかったんだから――」と彼女は言った。

「それはひどい考え違いだ。倫理的な過《あやま》ちだ」

　それが彼という人間だった。ハリーにとってすべての物事はとても正しいか、とても間違っているかどちらかであり、その中間はない。たとえ誰であれ、二十歳以下の人間がビールやワインを口にしたり、煙草《たばこ》を吸ったりするのは間違っている。試験でずるをするのは許しがたいことだが、宿題を丸写しするのは許される。女の子が口紅をつけたり、背中の開いたドレスを着るのは倫理的に誤っており、ドイツや日本のラベルのついた品物を買うのは許しがたい罪だ。たとえ値段が五セントぽっちであるにせよ。

　二人がまだ小さかった頃のハリーのことを彼女は覚えていた。あるとき彼の目は内斜視になり、一年間その状態が続いた。よく正面の階段に座って、両手を膝の間に入れ、すべてを見ていたものだ。とても静かにその内斜視の目で。彼は小学校を二年飛び級して、十一歳のときにはもうヴォケーショナル校の入学資格を得ていた。しかしヴォケーショナルで『アイヴァンホー』に出てくるユダヤ人の箇所を読んだとき、みんなは彼の方を向いた。ハリーは泣いて帰宅した。それで彼の母親はハリーをヴォケーショナルに行かせないことにした。それから一年ほど休学していたのだが、その間に背が高くなり、すごく太った。フェンスをよじ登るたびにミックは、彼が台所で何か食べ物を作っている姿を目にしたものだ。二人ともそのブロックの周辺で遊んでいたし、ときには取っ組み合いをした。子供の頃、彼女は男の子たちと格闘をすることを好んだ。遊びではあるが、かなり本気の格闘だ。彼女は柔術とボクシングを組み合わせた技を用いた。ハリーが彼女をねじ伏せることもあれば、ミックが彼をねじ伏せることもあった。ハリーは誰が相手であれ、荒っぽく振る舞うことができなかった。小さな子供たちは玩具《おもちゃ》を壊してしまったりすると、彼のところに持って来たものだ。彼はいつも時間をかけてそれを修理してやった。どんなものでも修理することができた。近所の女性たちは、電灯とかミシンとかに何か問題が起きると彼に直してもらった。十三歳になると彼はヴォケーショナル校に復学し、懸命に勉学に励んだ。新聞配達をし、土曜日にはアルバイトをし、本を読んだ。長い期間、彼女はハリーの姿をあまり見かけなかった——例のパーティーを開催するまではということだが。そして彼はもう以前のハリーではなくなっていた。

「つまりね」とハリーは言った。「僕はかつて、いつも何かしら大きな夢を抱いていた。偉大な技術者になるか、偉大な医師か弁護士になるか。でも今では違う。僕の頭にあるのは、現在この世界で何が起こっているか、ということだけだ。ファシズムとか、今ヨーロッパで起こっている恐ろしいこと——またその一方で民主主義について。そういうことばかり絶えず考えているもので、自分がどんな風に人生を生きていけばいいか、そんなことを考えたり、計画を立てたりすることができなくなっている。毎晩僕はヒットラーを殺す夢を見る。喉《のど》がからからになって暗闇の中で目を覚まし、何かにひどく怯《おび》えている——それが何なのかよくわからないんだけど」

　彼女はハリーの顔を見た。深く切実な気分が彼女を悲しくさせた。彼の額には髪が落ちかかっていた。上唇は薄く引き締まっていたが、下唇は厚く、細かく震えていた。ハリーは十五歳という実際の歳より幼く見えた。あたりが暗くなり、冷たい風が吹いてきた。風はそのブロックに生えたオークの木々を歌うように吹き抜け、家の側面のブラインドをばたんと叩《たた》きつけた。通りの先の方では、ミセス・ウェルズが「もううちに帰りなさい」とサッカーを呼んでいた。暗い夕暮れは、ミックの中にある悲しみをより重いものにした。ピアノがほしい——音楽のレッスンを受けたい、彼女は自分に向かってそう言った。彼女はハリーを見た。彼は両手の細い指を絡《から》み合わせ、いろんな図形をこしらえていた。男の子の身体の温かい匂いがした。

　何が彼女に突然そんなことをさせたのだろう？　二人がもっと小さかった頃のことを思い出したからかもしれない。あるいは悲しみが彼女をおかしな気持ちにさせたのかもしれない。しかしいずれにせよ彼女は突然、ハリーをぐいとひと突きした。ハリーはあやうく階段から転げ落ちるところだった。ミックは彼に向かって「おまえのおばあちゃんなんてくそ食らえ」と怒鳴った。そして彼女は駆け出した。それは近所の子供たちがかつて、喧嘩《けんか》を売るときにいつも口にした文句だった。ハリーは立ち上がり、驚いた顔をした。彼は眼鏡を鼻にかけなおし、彼女を少しのあいだ見ていた。それから裏道の方に走った。

　冷たい風が彼女を巨人サムソンのように強力にした。ミックが笑うと、その声は短くきりっとこだました。彼女はハリーに肩で体当たりし、彼は彼女を捕まえた。二人は激しくもみ合い、声を上げて笑った。彼女の方が背は高かったが、腕力は彼の方が強かった。しかし彼は真剣には戦わなかったので、彼女は相手を地面に組み伏せた。それからハリーは急に動かなくなり、ミックも動きを止めた。彼の息が彼女の首筋に温かく当たり、彼はそこにただじっとしていた。彼の上に乗っていると彼女は膝に相手のあばら骨を感じ、その激しい息づかいを感じた。二人は一緒に起き上がった。もう二人は笑っていなかったし、裏道はひどくしんとしていた。暗い裏庭を横切っているとき、彼女はどういうわけか、何かしら変な気持ちになった。変なことなど何ひとつなかったのだが、突然そうなったのだ。彼女は彼をちょっと押し、彼もちょっと押し返した。それからミックはまた笑い声を上げ、それで普通の調子に戻った。

「じゃあね」とハリーは言った。彼はもうフェンスをよじ登るような歳ではなくなっていた。だから横道を、家の表側に向けて走った。

「わあ、ここはなんて暑いの！」とミックは言った。「これじゃ蒸し焼きになってしまいそう」

ポーシャは夕食を調理ストーブで温めていた。ラルフは赤ん坊用の椅子《いす》に座って、スプーンでトレイをがんがん叩いていた。ジョージの汚れた小さな手は、パンの切れ端でグリッツをすくっていた。彼の目は細められ、どこか遠いところを見ていた。彼女は塩漬け豚肉とグレイヴィーとグリッツとレーズンを何粒か取り、皿の上で混ぜ合わせ、それを三口食べた。残っていたグリッツを残らず食べてしまったが、それでもお腹《なか》いっぱいにはならなかった。

彼女はその日いちにちシンガーさんのことを考えていた。そして食事が終わるとすぐに階段を上がっていった。しかし三階に着くと、彼の部屋のドアが開けっ放しになって、室内が真っ暗なことがわかった。そこにはひどく空虚な印象があった。

階下でじっと座って、英語のテストのための勉強をしていることができなかった。まるで力が有り余っていて、みんなと同じようにおとなしく部屋の中で椅子に座ってなんかいられない、という気分だった。家のすべての壁を叩き壊し、巨人のように通りをどすんどすんと大股で闊歩《かっぽ》していけそうだった。

結局、ベッドの下から自分専用の箱を取り出した。そして床に腹ばいになって、ノートを見渡した。そこには今ではもう二十曲ばかりが書き記されていたが、彼女には満足がいかなかった。交響曲が書けたらなあ！　フル・オーケストラのための交響曲が。でもどうやって書けばいいのだろう？　ときにはいくつもの楽器が同じ音を奏《かな》でる。そうなるとすごく大きな譜面が必要になるはずだ。彼女は大判のテスト用紙に線を五本引いた。線と線の間は一インチくらいあけた。音符がヴァイオリンかチェロかフルートのためのものであるとき、そこに楽器の名前を書き込む。そしてそれらの楽器が同じ音を奏でるときには、周りを円で囲む。そのページの上に彼女は大きな字で「交響曲」と書いた。そして下に「ミック・ケリー」と。でもそこから先に進めなかった。

音楽のレッスンが受けられたらなあ！

本物のピアノがあったらなあ！

作業に取りかかるまで長い時間がかかった。曲は彼女の頭の中にあったが、紙に書き記す方法がわからない。それは世界一骨の折れる作業に思えた。それでも彼女は懸命に努力を続けた。やがてエッタとヘイゼルが部屋に戻ってきてベッドに入り、もう十一時だから灯りを消してよねとミックに言った。

10

六週間、ポーシャはウィリアムからの手紙を待ち続けた。毎晩彼女は家にやってきて、コープランド医師に同じことを尋ねた。「お父さん、誰かウィリアムから手紙を受け取ったという人を知らない？」。そして毎晩、医師は同じ答えを返すことになった。いや、そんな話は聞いていないねと。

やがて彼女はもうそんな質問もしなくなった。玄関から入ってきて、ただ何も言わずに父親を見た。酒を飲むようになり、ブラウスのボタンが半分もはめられていなかったり、靴紐がほどけていることもしばしばあった。

二月になって寒さは緩み、そして暑くなった。太陽の光が眩《まぶ》しく照りつけるようになった。葉を落とした木の枝で鳥たちが歌い、子供たちは屋外に出て、上半身裸で靴も履かずに遊んだ。夜はまさに真夏顔負けの暑さだった。でもその数日後には、冬が再び町に戻ってきた。穏やかだった空は急に暗くなり、冷たい雨が降り、空気はじめじめと冷え込んだ。町では黒人たちが厳しい目にあっていた。燃料の供給が途絶え、至るところで暖房の確保が困難になった。湿気のある狭い通りでは肺炎が猛威を振るい、一週間というもの、コープランド医師は服も着替えずに、細切れな眠りをとるしかなかった。ウイリアムからの便りは相変わらずなかった。ポーシャは彼に四度手紙を書き、コープランド医師は二度書いた。

　夜も昼もほとんどの時間、彼にはものを考えるような余裕はなかった。それでもほんのたまに、家に戻って一服する時間が持てた。台所のストーブの横で、ポット一杯のコーヒーを飲んだが、そんなときには底深い不安のようなものが心に入り込んできた。患者の五人が亡《な》くなっていた。一人はオーガスタス・ベネディクト・メイディー・ルイス、聾唖《ろうあ》の子供だ。彼は葬儀で話をしてくれと頼まれたが、どの葬儀にも出席しないと決めていたので、招待を受けることはできなかった。その五人の患者が死んだのは、彼の手当が足りなかったからではない。長い歳月にわたって多くのものが欠乏していたことが原因だった。コーンブレッドと塩漬け豚肉とシロップばかりの食事、一部屋に四人か五人が詰め込まれて暮らす劣悪な住環境――貧困がもたらした死だ。彼はそのことに思いを巡らせつつ、眠気を抑えるためにコーヒーを飲んだ。そしてしばしば顎《あご》を手で押さえた。というのは最近、疲れてくると首の神経が微《かす》かにぴくぴくと震え、そのために頭が不安定にこくこくと前に傾《かし》ぐことがよくあったからだ。

そして二月も四週目を迎えたある日、ポーシャが家にやって来た。時刻はまだ朝の六時で、彼は台所の火のそばに座り、朝食のために牛乳を温めているところだった。彼女はひどく酔っ払っていた。つんとした甘いジンの匂いがして、医師の鼻腔《びこう》は嫌悪《けんお》のために大きく膨らんだ。彼はポーシャの方を見ずに、朝食の支度をせっせとした。パンをいくらかもみくしゃにしてボウルに入れ、そこに温めた牛乳をかけた。コーヒーを用意し、テーブルを整えた。

それから朝食の前に腰を下ろすと、厳しい目でポーシャを見た。「おまえはもう朝食はとったのかね？」

「朝食は食べないよ」と彼女は言った。

「食べる必要がある。もし今日いちにち働くのであれば」

「仕事には行かない」

恐怖が彼の中に忍び入った。それ以上娘に質問したくなかった。牛乳の入ったボウルから目を離すことなく、スプーンですくって飲んだ。スプーンを持つ手が不安定に震えた。食事を終えると、彼は娘の頭上の壁を見上げた。「舌がうまく動かないのかね？」

「これから話すところだよ。ちゃんと聞かせてあげる。話ができるようになり次第、すぐに話すから」

ポーシャは身動きひとつせず椅子に座っていた。彼女の目は壁のひとつの隅から別の隅へと、ゆっくり移動していった。両腕はだらんと垂れ下がり、両脚は互いにもたれ合うようにだらしなく捻《ねじ》れていた。彼女から目を背けた時、医師は一瞬の安堵《あんど》と自由という危険きわまりない感覚を抱いた。その感覚はほどなく粉々に叩き潰《つぶ》されるだろうとわかっているが故《ゆえ》に、いっそう鋭敏なものになった。彼は火を調整して両手を暖めた。それから煙草を巻いた。台所は見事に整理され、しみひとつなかった。壁にかかった鍋《なべ》はストーブの明かりを輝かしく反射し、それぞれの背後に丸い黒い影を作っていた。

「ウィリーのことなんだ」

「わかっている」。彼は手のひらの間で慎重に煙草を巻いた。両目は、最後の甘い一刻をむさぼるように、周囲を捨て鉢に見回していた。

「バスター・ジョンソンという男がウィリーと刑務所に入っている話は、前にしたよね。あたしたちは以前その男を知っていた。彼は昨日家に戻されてきた」

「それで?」

「バスターは脚を失った」

彼の頭は震えた。頭を安定させるために、彼は顎に手を押しつけた。しかし執拗《しつよう》な震えはうまく制御できなかった。

「昨夜《ゆうべ》友だちが何人かうちに寄っててね、バスターが家に戻ってきて、ウィリーについてあたしに伝えなくちゃならないことがあるという話だった。あたしはすぐにバスターのうちまで駆けていって、そこで聞いたのがこういう話だった」

「うむ」

「三人が一緒だった。ウィリーとバスターともう一人の若者。三人は仲間だった。ところが面倒なことになった」、ポーシャはそこで話をやめた。彼女は舌で指を濡《ぬ》らせ、その指で乾いた唇を湿らせた。「その三人を日頃から苛《いじ》めていた白人の看守がいてね、そいつが絡んでくるんだ。ある日、彼らは道路工事に出ていたんだが、バスターは看守に口答えをし、それからもう一人の若者は森に逃げようとした。そして三人とも捕まった。三人はキャンプに連れ戻され、凍りつくように寒い部屋に放り込まれた」

彼はもう一度「うむ」と言った。しかし頭が震えていて、言葉は喉の中でかたかた鳴っているみたいに聞こえた。

「おおよそ六週間前のことだよ」とポーシャは言った。「その頃、しばらくひどく冷え込んだのを覚えているよね？　そのとき、ウィリーと仲間たちは氷部屋のようなところに入れられたんだよ」

ポーシャは低い声で話した。彼女は一語と一語のあいだに間を置かず、またその顔に浮かんだ悲しみの色が和らぐこともなかった。まるで低い声で歌われる歌のようだ。彼女が語ることを、医師は理解できなかった。音は明瞭《めいりょう》に耳に届くのだが、それらは形や意味を持たなかった。彼の頭が船の舳先《へさき》で、音の水がそこにぶつかって割れ、背後に向けて流れていくみたいに。既に口にされた言葉を、振り返って見つけなくてはならないような気がした。

「……そして足が腫《は》れ上がって、彼らはそこに横たわったまま床の上でもがき、大声で人を呼んだ。でも誰も来なかった。三日三晩叫び続けたけど、誰一人来なかったんだよ」

「耳が聞こえない」とコープランド医師は言った。「何のことかわからん」

「連中はウィリーと仲間たちを、その氷室《ひむろ》のような部屋に放り込んだのよ。天井から一本のロープが下がっていて、連中は彼らの靴を脱がせ、そのロープに裸足《はだし》の足を縛りつけた。ウィリーと仲間たちは床に仰向《あおむ》けに寝かされ、足を宙づりにされた。そして足がだんだん腫れだしたんで、三人は床をのたうちまわり、助けを呼んだ。何しろそこは氷室みたいに寒いところで、みんなの足は凍りついてしまったから。足が腫れあがって、彼らは三日三晩、大声で助けを呼んだんだ。でも誰も来なかった」

　コープランド医師は両手で頭を押した。それでも執拗な震えは止まらなかった。「おまえの言っていることが聞こえない」

「それからようやく、連中が彼らを連れに来た。連中はすぐにウィリーと仲間を病棟に運んだ。彼らの脚はみんな凍傷になって、腫れ上がっていた。壊疽《えそ》になったのよ。連中はあたしたちのウィリーの両脚を切り取った。バスター・ジョンソンは足を一本失い、もう一人の若者は回復した。でもあたしたちのウィリーは、もう一生不具の身になるのよ。両足を切り取られてしまったから」

　そこで言葉は終わり、ポーシャは前に身を屈《かが》め、テーブルに頭を叩きつけた。泣きもせず、悲嘆の呻《うめ》きも発さなかった。しっかり拭《ふ》かれたテーブルの上に、頭を何度も何度も叩きつけるだけだ。ボウルとスプーンがかたかた音を立てて、医師はそれらを流し台に運んだ。ポーシャの口にした言葉は、彼の頭の中で砕け散っていたが、あえてそれらをひとつにまとめようとはしなかった。ボウルとスプーンを湯で洗い、布巾《ふきん》も洗った。何かを床から拾い上げ、それをどこかに置いた。

「足をなくした？」と彼は尋ねた。「ウィリアムが？」

　ポーシャはテーブルに頭を叩きつけ、その衝突音はゆっくりしたドラムのビートのようだった。そして彼の心臓もそのビートに合わせて脈打った。言葉は静かに生命を得て、意味を帯びるようになり、彼は話を理解した。

「連中はいつ彼を家に戻してくれるんだ？」

　ポーシャはうなだれていた頭を腕の中に埋めた。「バスターにもそれはわからない。連中はそのあとすぐに、三人を別々の場所に分けたの。バスターはよそのキャンプに送られた。ウィリーはあと二、三ヶ月の刑期しか残ってないから、すぐにでも出所できるはずだとバスターは考えている」

二人はコーヒーを飲み、互いの目を見ながらそこに長いあいだ座っていた。彼のカップは歯に当たってかたかた音を立てた。彼女はコーヒーを冷ますためにソーサーに注ぎ、それが彼女の膝にいくらか垂れた。

「ウィリアム――」とコープランド医師は言った。その名前を発音するとき、医師は舌を強く嚙《か》んでしまい、痛みのために思わず顎を歪《ゆが》めた。二人は長いあいだそこに座っていた。ポーシャは彼の手を取った。寒々しい朝の光が窓を灰色に染めていた。外ではまだ雨が降っていた。

「仕事に出るなら、もうあたしは行かなくちゃ」とポーシャは言った。

彼は廊下を歩いて娘を送り、帽子掛けのところで歩を止めて、自分もコートとマフラーを身にまとった。開けたドアから湿った冷ややかな突風が吹き込んできた。通りの敷石にハイボーイが座っていた。湿った新聞紙を頭に雨よけにかぶって。歩道に沿って垣根が巡らされていたが、ポーシャは歩くときそこに寄りかかった。コープランド医師は彼女の数歩あとをついて行ったが、彼もまた歩きながら、身体《からだ》を安定させるために垣根に手を伸ばした。ハイボーイは二人の後にしたがった。

彼は黒い恐ろしい怒りを待ち受けた。夜の闇《やみ》から飛び出してくるなにかの獣を待つように。しかしそれは彼のもとにはやってこなかった。腹は鉛でも詰め込んだみたいに重かった。彼はゆっくり歩き、途中で垣根や、建物の冷たく湿った壁によろよろともたれかかった。これ以上の深みはないというところまで沈み込んでいって、絶望の固い底に手を触れ、そこに身を落ち着けた。

　その中で彼は、ひとつの強い神聖な喜びを知った。虐《しいた》げられた笑い声、黒人奴隷《どれい》は鞭《むち》打たれつつ、自らの怒りの魂に向けて歌をうたう。歌は今では彼の中にあった——とはいえ、それは音楽ではなく歌の感触に過ぎない。そして重く湿った怠惰な安らぎがおもしとなって彼の四肢を引っ張っていた。それでもなお彼が歩を進められるのは、ただそこに力強い真なる目的があるからだ。どうして彼は前に進んだのだろう？　どうしてこの上なき恥辱の底に身を落ち着け、しばしの安らぎを味わわなかったのだろう？

　それでも彼は前に進み続けた。

「おじさん」とミックは言った。「温かいコーヒーを飲んだら、気分は少しよくなるかしら？」

　コープランド医師はミックの顔を見たが、彼女の声は聞こえなかったらしかった。彼らは町を横切り、ようやくケリー家の裏に出る道にさしかかった。ポーシャが先に中に入り、医師がそれに続いた。ハイボーイは外の階段で待っていた。ミックと二人の弟は既に台所にいた。ポーシャはウィリアムの話をした。コープランド医師はその言葉を聞いていなかったが、それでも彼女の声はリズムを持っていた——始めがあり、真ん中があり、終わりがあった。話を終えると、もう一度最初から繰り返した。他の人々も部屋に入ってきて、その話に耳を傾けた。

　コープランド医師は隅のスツールに腰掛けていた。彼のコートとマフラーは火のそばの椅子の背に掛けられ、湯気を立てていた。帽子は膝の上に置かれ、その細長く黒い手の指は、帽子のすり切れたつばを神経質に撫《な》で回していた。手の内側の黄色いところが汗でずいぶん湿っており、彼はときどきそれをハンカチーフで拭いた。頭がぶるぶると震え、それをなんとか落ち着かせようと、全身の筋肉が強《こわ》ばっていた。

　シンガーさんが部屋に入ってきた。コープランド医師は顔を上げて彼を見た。「話は聞きましたか？」と彼は尋ねた。シンガーさんは肯《うなず》いた。彼の目には恐怖も同情も憎しみもなかった。この話を耳にした人々の中で、そういった反応を見せなかったのは彼の目だけだった。そのことを理解できるのは彼一人だけだったからだ。

　ミックはポーシャにそっと尋ねた。「お父さんはなんていう名前なの？」

「彼の名前はベネディクト・メイディー・コープランド」

　ミックはコープランド医師のところに行って、まるで耳の聞こえない人に話しかけるように、その顔の真ん前でどなった。「ベネディクト、温かいコーヒーを飲んだら、気分は少しよくなるかしら？」

　コープランド医師ははっと驚いた。

「怒鳴ることはないよ」とポーシャは言った。「耳はあんたと同じくらいちゃんと聞こえるから」

「あ、そうなの」とミックは言った。彼女はポットの滓《かす》を取り、コーヒーをもう一度ストーブにかけて沸騰《ふっとう》させた。

唖《おし》はまだ戸口をうろうろしていた。コープランド医師はなおも彼の顔をのぞき込んでいた。「あなたは話を聞きました？」

「刑務所の看守たちはどんな目にあわされるのかしら？」とミックは尋ねた。

「あたしにはわからないよ、ハニー」とポーシャは言った。「あたしにはなんともわからない」

「何かをしなくちゃ。だってそのままにはしておけないよ」

「何をしたところで無駄なんだよ。あたしたちにできるのは、ただ口を閉ざしておくことだけさ」

「そんなことをした看守たちも、同じ目にあわされるべきだよ。ウィリーと仲間たちがあわされたのと同じ目に。いや、もっとひどくてもいい。人を集めて、そいつらを自分の手で殺してやりたいわ」

「そういうのはクリスチャンの口にすることじゃないよ」とポーシャは言った。「あたしたちはじっと待っていればいいんだ。そいつらが地獄に送られて、悪魔に尖った熊手《くまで》で突き上げられ、永劫《えいごう》の炎でじりじりと焼かれるのをね」

「とにかくウィリーはまだハーモニカは吹けるわね」

「両足を切り落とされちまったら、あの子にできるのはそれくらいのものだよ」

家の中はばたばたと喧噪《けんそう》に満ちていた。台所のすぐ上の部屋では、誰かが家具をあちこち移動させていた。食堂は下宿人で混み合って、ミセス・ケリーは朝食のテーブルと台所を急ぎ足で行き来していた。主人のケリーはぶかぶかのズボンとバスローブという格好でうろうろしていた。ケリー家の年少の子供たちは、台所でがつがつと食事をしていた。ドアがばたんと音を立て、家のあらゆる場所で話し声が聞こえた。

ミックは薄いミルクを入れたコーヒーをコープランド医師に手渡した。ミルクがコーヒーに灰青色の光沢を与えていた。コーヒーははねて少しソーサーにこぼれていたので、医師はまず自分のハンカチーフを使ってソーサーとカップの縁を拭いた。彼はそもそもコーヒーなどまったく欲しくなかったのだが。

「そんなやつら殺してやりたいけど」とミックは言った。

家の中は静かになった。食堂にいた人々がみんな仕事に出かけてしまったのだ。ミックとジョージは学校に行き、赤ん坊は正面の部屋のひとつに閉じ込められた。ミセス・ケリーは頭にタオルを巻き、箒《ほうき》を持って階段を上がっていった。

唖はまだ戸口に立っていた。コープランド医師はじっと彼を見上げた。「この話は聞いたね？」と彼は再び尋ねた。その言葉は声にはならなかった――喉につっかえていた――しかしそれでも目が質問を発していた。やがて唖は立ち去り、コープランド医師とポーシャだけがあとに残された。彼はしばらく隅のスツールに腰掛けていた。それからようやく立ち上がって帰ろうとした。

「そこに座っててよ、父さん。今日は二人で一緒にいよう。あたしは夕食のために魚をフライして、エッグ・ブレッドとポテトを作る。父さんはここに残ってて。温かくておいしい食事を出してあげるから」

「しかし私は往診をしなくちゃならない」

「今日いちんちだけでいいんだよ。お願い、父さん。あたしはね、自分が今にもばらばらにほどけてしまいそうなんだ。それにそんなふらついた状態で、父さんに一人で通りを歩いてほしくない」

　彼は躊躇《ちゅうちょ》し、オーバーコートの襟に手をやった。それはじっとりと湿っていた。「すまない、おまえ。私はやはり往診をしなくちゃならん」

　ポーシャは彼のマフラーをストーブの上に掲げて、そのウールが温まるのを待った。父親のコートのボタンをかけてやり、首のまわりの襟を立ててやった。彼は咳払《せきばら》いをし、ポケットに入れて持ち歩いている四角い紙に唾《つば》を吐いた。それからその紙をストーブで燃やした。外に出る途中で彼は歩を止め、階段に座っていたハイボーイに声をかけた。

もしなんとか仕事を休めるのなら、今日いちにちポーシャに付き添っていてはくれまいかと。

　空気は刺すように冷ややかだった。低く垂れ込めた暗い雲から、間断なく霧雨が降っていた。雨は滴《しずく》となってゴミ缶の中に落ち、裏道には濡れたゴミのむっとする嫌な臭《にお》いが漂っていた。歩きながら彼は塀に寄りかかるようにバランスを取り、その暗い目を地面に向け続けた。

　彼はどうしても必要な往診だけをなんとかすべて済ませ、それからオフィスに戻り、正午から二時まで患者たちの診療をした。そのあと両手を握りしめたまま、机の前に座っていた。しかしこのことについて熟考しようといくら努めても無益だった。

　この先もう二度と人の顔を見ないで済めば、どんなに良かろうと彼は思った。しかしそれと同時に、がらんとした部屋に一人きりで座っていることに耐えられなかった。彼はもう一度オーバーコートを着て、湿った冷ややかな通りに出た。彼のポケットには、薬局に届けるべき何枚かの処方箋《しょほうせん》があった。しかしマーシャル・ニコルズと言葉を交わしたくはなかった。彼は薬局に入り、何枚かの処方箋をカウンターに置いた。薬剤師は調合していた粉末薬から向き直り、両手を前に差し出した。その厚い唇はしばらく音もなく動いていたが、やがて平静を取り戻した。

「ドクター」と彼は改まった口調で言った。「一言申し上げたいのですが、私も私の同僚たちも、私の教会や組合《ロッジ》のものたちも、全員があなたの悲しみに深く心を痛めております。衷心よりご同情申し上げます」

　コープランド医師は素っ気なく後ろを向き、言葉もなくその場を離れた。そんなものでは足りない。それ以上の何かが求められているのだ。強い真なる目的だ。正義への意志だ。彼は両腕をぴたりと脇《わき》につけ、ぎくしゃくとした足取りでメインストリートまで歩いた。あれこれ熟考したものの、その成果はなかった。この町の白人有力者の中で、勇気と正義感の両方を持ち合わせている人物を、彼は一人として思いつけなかった。名を知っているすべての弁護士、すべての判事、すべての公職者を頭に並べてみたが、それらの白人たち一人ひとりを思い浮かべるだけで、苦々しさがこみ上げてきた。でも最後に、上位裁判所の判事に会うことに決めた。裁判所に着くと、その午後になんとしても判事に面会しようと、足早に中に入った。

　広々とした玄関ホールはがらんとしていた。両側のオフィスに通じる戸口に数人がたむろし、時間を潰しているだけだ。判事の執務室がどこにあるのかわからなかったので、ドアの名札を見ながら、建物の中を心許《こころもと》なく歩き回った。そうするうちに狭い廊下に入った。廊下の真ん中あたりに三人の白人がいて、立ち話をしながら行く手を遮っていた。そこを通り過ぎるために、彼は壁に寄った。しかし一人が振り向いて、彼を呼び止めた。

「何の用だ？」

「判事の執務室がどこにあるか、教えていただけますか？」

その白人は親指をぎゅっと出して、廊下の突き当たりを示した。彼が副保安官であることにコープランド医師は気づいた。二人は過去に何度となく顔を合わせていたが、副保安官の方は彼のことを覚えていなかった。黒人たちには白人たちがみんな同じ顔に見えるが、彼らはなんとか違いを見分けようと努める。一方、すべての黒人たちの顔もまた白人たちの目には同じに見えるが、彼らは通常、個別の黒人の顔をいちいち記憶に留めたりはしない。だからその白人は言った。「で、何の用なんだ、牧師さん」

そのからかったような呼び名が医師を苛立《いらだ》たせた。「私は牧師ではありません」と彼は言った。「私は医師です。メディカル・ドクターです。名前はベネディクト・メイディー・コープランド。緊急の用件があって、すぐにでも判事にお目にかかりたいのです」

副保安官は他の白人たちと同じように、彼の明瞭な発音をひどく不快に感じた。「そうかい」と彼はからかうように言った。そして仲間たちにウィンクした。「じゃあ俺は副保安官で、名前はミスタ・ウィルソンだ。そして言い添えれば、判事は忙しい。日を改めてまた出直してくるんだな」

「判事にどうしても会わなくてはならないのです」とコープランド医師は言った。「待ちます」

廊下の入り口にベンチがあったので、彼はそこに腰を下ろした。三人の白人はなおもしゃべり続けていたが、副保安官が自分を目に留めていることが医師にはわかった。彼はそこを動くまいと心を決めた。半時間以上が経過した。何人かの白人たちがその廊下を自由に行き来した。副保安官が自分を見張っていることがわかっていたので、彼はかたくなにそこに座っていた。両手は膝のあいだにぎゅっと挟まれていた。思慮分別は彼にこう命じていた――今はいったん引き上げ、副保安官のいなくなった午後にでもまた出直してこいと。彼は人生を通して、この種の人物と関わるときには極力用心深くなるように心がけていた。しかしこの今、何かが彼に意地を張らせた。

「おい、おまえ、こっちに来い」ととうとう副保安官が言った。

彼の頭がぶるぶる震えた。立ち上がったとき、足がふらついた。「はい？」

「どういう用件で判事に会いたいと言ったかな？」

「それは言いませんでした」とコープランド医師は言った。「私はただ、判事に緊急な用件があると言っただけです」

「おまえはしっかり立っていることもできんじゃないか。酒を飲んでいるんだろう。酒臭いぞ」

「それは嘘だ」とコープランド医師はゆっくり言った。「私は――」

副保安官は彼の顔を殴った。医師は倒れて壁にぶつかった。二人の白人が彼の両腕をつかまえ、階段を一階まで引きずり下ろした。彼は抵抗しなかった。

「これがこの国の問題なんだ」と副保安官は言った。「こういう偉そうな顔をしたニガーどもがな」

　彼は口をきかず、なされるがままにされていた。すさまじい怒りがこみ上げてくるのを彼は待ち受けた。そしてそれはこみ上げてきた。しかし怒りはただ彼を弱くしただけで、おかげで身体がふらふらよろめいた。男二人が看守の代わりを務め、彼は移送車に放り込まれた。医師は警察署に連行され、それから監獄に運ばれた。監獄に入るときになって、ようやく怒りの力がこみ上げてきた。彼は突如、強く摑《つか》まれていた腕を振りほどいた。そしてまわりを取り囲まれ、部屋の隅に追い詰められた。彼らは警棒で彼の頭と肩を殴った。輝かしいまでの強靭《きようじん》さが身の内に溢《あふ》れ、闘いながら高らかに笑う自らの声を彼は耳にした。すすり泣き、また同時に声を上げて笑っていた。そして荒々しく足を蹴《け》り上げた。両の拳《こぶし》を振るい、頭突きさえおこなった。しかしやがて羽交い締めにされ、身動きできなくなった。そして監獄の廊下をじわじわ引きずっていかれた。監房の扉が開かれた。誰かに背後から股間《こかん》を蹴り上げられ、彼は床に膝をついた。

　狭苦しい仕切りの中には他に五人の囚人がいた。三人の黒人と二人の白人だ。白人の一人はずいぶんな老人で、酔っ払っており、床に座り込んで身体をぼりぼりと掻《か》いていた。もう一人の白人は十五歳にもなっていないような少年だった。三人の黒人たちは年若かった。寝台に横になって彼らの顔を見ていたが、コープランド医師はそのうちの一人に見覚えがあった。

「なんでこんなところに入っているんだね？」とその若者が尋ねた。「あんたドクター・コープランドだろう？」

そうだと彼は言った。

「俺の名前はデアリ・ホワイト。あんたは去年、うちの妹の扁桃《へんとう》を取ってくれた」

凍りつくように冷えた監房には饐《す》えた匂《にお》いが充満していた。片隅には小便で縁までいっぱいになったバケツが置かれていた。ゴキブリたちが壁を這《は》っていた。彼は目を閉じたが、そのまま眠りこんでしまったに違いない。というのは、再び目を開けて見上げたとき、鉄格子《てつごうし》の入った小さな窓は真っ暗になって、廊下の電灯は眩しい光を放っていたから。空っぽになったブリキの皿が四つ、床に置かれていた。彼のぶんの食事がとりわけてあった。中身はキャベツとコーンブレッドだ。

彼は寝台の上に起きあがり、何度か大きくくしゃみをした。呼吸をするたびに胸の中で痰《たん》がからがらと音を立てた。そのうちに白人の少年もくしゃみをしだした。コープランド医師は持っていた紙片を使い尽くしたので、ポケットのノートのページを破って代わりにしなくてはならなかった。白人の少年は隅にあるバケツに屈み込むか、あるいはただ単にシャツの前に鼻水をこぼしていた。その目は膨れ上がり、つるりとした頬は紅潮していた。そして寝台の端に身を丸め、うめき声を上げていた。

ほどなく彼らは外の洗面所に連れて行かれ、戻ってくると寝支度にかかった。六人の男たちに対して、寝床は四つしかなかった。老人は床の上に横になっていびきをかいていた。デアリともう一人の若者が一つの寝台を狭苦しく分け合った。

夜は長かった。廊下の明かりが目を焼き、監房の悪臭が毎度の呼吸を不快なものにした。暖を取ることもできず、歯がかたかたと音を立て、身体は厳しい冷気に鋭く震えた。彼は汚れた毛布を身体に巻いて起きあがり、身体を前後に揺すった。二度ばかり手を伸ばして、白人の少年に毛布をかけてやろうとした。少年はぶつぶつと何かを言い、寝ぼけて両腕を外に投げ出した。医師は両手で頭を抱え、前後に身体を揺すった。喉からは歌うような悲嘆のうめき声が洩《も》れた。ウィリアムのことも考えられなかった。強い真なる目的について熟考し、そこから力を引き出すこともできなかった。ただただ自らの惨《みじ》めさを噛みしめているしかなかった。

それから熱の潮目が変わった。身体に温かさが広がってきた。彼は横になった。自分が温かく赤く、心地よさに満ちた場所に沈みこんでいくように感じられた。

翌日太陽が顔を出した。その奇妙な南部の冬は終わりを告げたのだ。コープランド医師は釈放された。監獄の外で小さなグループが彼を待っていた。シンガーさんもそこにいた。ポーシャとハイボーイとマーシャル・ニコルズもいた。彼らの顔は混じり合って、彼にはうまく見分けられなかった。太陽はとても眩しかった。

「父さん、こんなことをしても、ウィリーの助けにはならないよ。それくらいわかるでしょう。白人の裁判所でもめ事を起こすなんて。あたしたちにできるのは、口を閉ざして、じっと待つことだけだよ」

　彼女の大きな声は彼の耳の中で弱々しくこだました。そしてみんなは十セント・タクシーに乗り込んだ。医師は帰宅すると、洗い立ての白い枕《まくら》に顔を埋めた。

11

ミックは一晩眠ることができなかった。エッタの具合が悪く、彼女は居間で寝なくてはならなかったのだ。ソファは狭すぎたし、短かすぎた。ウィリーの出てくる悪夢も見た。ポーシャがウィリーの受けた仕打ちについて話してから、既に一ヶ月近くが過ぎていたが、彼女はまだそのことが忘れられなかった。その夜二度悪夢を見て、目が覚めるたび床の上にいた。額に瘤《こぶ》ができていた。そして六時になると、ビルが台所で朝食の用意をする音が聞こえてきた。日は差していたが、ブラインドが下がっていたので、部屋はまだ薄暗かった。居間で目を覚ますのはどうも変な気分だ。もうひとつ好きになれない。シーツが身体のまわりにまとわりつき、その半分はソファの上にあり、半分は床に落ちていた。枕は部屋の真ん中にある。彼女は起き上がり、玄関に通じるドアを開けた。階段には人の姿はない。彼女は寝間着のまま裏の部屋まで走った。

「あっちに寄ってよ、ジョージ」

その子供はベッドの真ん中に寝ていた。夜は暖かかったので、彼は真っ裸になっていた。両手はしっかりと握りしめられている。そして眠りながらも、彼の目はまるで何かについて真剣に考えを巡らせているかのように、ぎゅっと細くすぼめられていた。口は開いて、枕には小さな染《し》みがついていた。ミックは彼を押した。

「待ってよ――」と彼は寝言を言った。

「そっちに寄ってよ」

「待って――この夢を最後まで見させて――頼むから――」

彼女はジョージを引っ張って本来の側にやり、隣に横になった。彼女が次に目を開けたとき、時刻はもう遅く、太陽の光が裏側の窓から差していた。ジョージの姿はなかった。庭からは子供たちの声と、水の流れる音が聞こえた。真ん中の部屋からはエッタとヘイゼルが話している声が聞こえた。服を着替えているとき、ある考えが彼女の頭にひらめいた。ドアの前で聞き耳を立てたが、二人が何を話しているのか聞き取れなかった。彼女は二人を驚かせるために、ドアをぱっと勢いよく開けた。

二人は映画雑誌を読んでいた。エッタはまだベッドの中にいた。彼女は片手をある男優の写真の真ん中あたりまで上げていた。「ここから上の部分、彼はよく似ていると思わない？　前にデートしていた男の子に――」

「今朝の具合はどうなの、エッタ？」とミックは尋ねた。彼女はベッドの下を覗《のぞ》いて、自分の私物箱が最後に置いた通りの位置にあることを確かめた。

「ふん、そんなこと気にもしてないくせに」とエッタは言った。

「そんな喧嘩腰になることないでしょう」

エッタの顔はやつれていた。胃にひどい痛みがあり、卵巣《らんそう》に疾患があった。生理中だということもあった。今すぐに卵巣を摘出する必要があると医師は言った。しかし父親はもう少し待たなくてはならないと言った。費用がまかなえないのだ。

「いったいどうすりゃいいわけ」とミックは言った。「当たり前のことを尋ねただけなのに、すぐに突っかかるんだから。あんたが具合悪いから、同情しなくちゃと思っただけよ。普通の挨拶《あいさつ》さえできないわけ？ そんな風だから、私だって当然頭に来ちゃうんだ」。彼女は前髪を後ろにやり、鏡をじっと覗き込んだ。「あらまあ、このたんこぶを見てよ。きっと頭が割れてるわね。昨夜《ゆうべ》私は二度転げ落ちて、ソファの横のテーブルで頭を打ったみたい。居間で寝るのは無理よ。あのソファはとにかく狭くて、じっと寝ていることができないんだから」

「そんな大きな声を出すのはやめてちょうだい」とヘイゼルが言った。

ミックは床に膝《ひざ》をついて、大きな箱を引っ張り出した。そのまわりを縛った紐《ひも》を彼女は注意深く点検した。「あんたたち、これをいじったりしていないよね」

「やめてよね！」とエッタは言った。「いったい何のためにあたしたちが、あんたのがらくたをいじくらなくちゃならないわけ？」

「そんなことしない方がいいよ。私の私物をいじるような人間がいたら、誰であれ殺してやるから」

「よく言うわよ」とヘイゼルが言った。「ミック・ケリー、あんたくらい自分勝手な人間はまたといないわよ。あんたは他人のことなんてまったくなんにも——」

「へへん！」、彼女はドアをバタンと閉めた。彼女は姉たちが二人とも大嫌いだった。そんなことを思ってはいけないのだろうが、それは真実だった。

父親はポーシャと一緒に台所にいた。彼はバスローブ姿でコーヒーを飲んでいた。白目の部分が充血し、彼のカップは皿にあたってかたかた音を立てていた。彼は台所のテーブルの周りをぐるぐる歩き回っていた。

「今は何時？　シンガーさんはもう出かけた？」

「もう出かけたよ、ハニー」とポーシャは言った。「今は十時ちょっと前だね」

「十時ですって！　参ったな！　こんなに遅くまで寝てたことって初めてよ」

「そんな大きな帽子箱を持ち歩いて、いったい何が入っているんだね？」

ミックは調理ストーブの中に手を突っ込んで、半ダースのビスケットを取り出した。

「質問をしないでいてくれれば、こっちも嘘《うそ》をつかないで済む。あれこれ詮索《せんさく》する人はろくな目にあわないわよ」

「もし牛乳が余っていれば、崩したパンにかけて食べられるんだがな」と父親が言った。「グレーブヤード・スープ（墓場スープ）っていうやつだ。そうすれば腹具合も収まるかもしれない」

ミックはビスケットを割って開き、炒《いた》めた塩漬け豚肉を中にはさんだ。そして朝食を食べるために裏の階段に腰を下ろした。その朝は暖かく、よく晴れていた。裏庭ではスペアリブズとサッカーがジョージと遊んでいた。サッカーは遊び着を着ていたが、あとの二人はパンツだけを残して裸になっていた。子供たちはホースを手にお互いを追い回していた。水が陽光に眩しく光っていた。風が水滴を霧のように吹き散らし、その霧の中に虹《にじ》の光が煌《きら》めいていた。干した洗濯物が風にはためいていた。白いシーツ、ラルフの青い服、赤いブラウスとナイトガウン。洗いたてでまだ濡れていて、様々な形をとって風に踊っている。真夏のような陽気だった。裏道の垣根に咲いたスイカズラのまわりで、ふわふわとした小さなスズメバチが羽音を立てていた。

「ぼくが上から水をかぶるのを見ていてくれよ」とジョージが叫んだ。「どんな風に水が落ちてくるか見てて」

彼女はあまりにエネルギーに溢れ、おとなしく座っていることができなかった。ジョージは粉が入っていた袋に土を詰めて木の枝に吊《つる》し、パンチング・バッグ代わりにしていた。彼女はそれを叩《たた》き始めた。すとん！　すとん！　彼女はその朝目覚めたときに頭に浮かんだ歌の拍子に合わせて、それを叩いた。ジョージが詰めた土の中には尖《とが》った石が混じっていて、それが彼女の拳に傷を負わせた。

「あああ！　耳に水が当たったよ。鼓膜がやぶけちゃったみたい。何も聞こえやしない」

「そいつを渡せよ。僕にもかけさせて」

　ホースのしぶきが彼女の顔にぴしゃりとかかった。そして子供たちは一度ホースを彼女の脚に向けた。大事な箱が水に濡れることを恐れ、彼女はそれを抱えて横の通路を抜け、正面ポーチに回った。ハリーが自宅の階段に座って、新聞を読んでいた。彼女は箱を開けてノートブックを取り出したが、書き留めておきたいと思う歌に、気持ちを集中させることができなかった。ハリーがこちらを見ていたので、うまくものが考えられなかったのだ。

　彼女とハリーはここ最近、多くのことについて語り合っていた。だいたい毎日、二人は学校からの帰り道を並んで歩いた。彼らは神について語り合った。時々彼女は夜中に目を覚まし、自分たちが口にしたことを思いだして震え上がった。ハリーは汎神論《はんしんろん》者だった。それはバプティストやカソリックやユダヤ教と同じ、ひとつの宗教だ。死んで葬《ほうむ》られたら、人はそのあと植物や火や土や雲や水になるのだとハリーは信じていた。そしてそれから数千年を経て、人は最終的に全世界の一部になる。それはただ一体の天使になるよりいいと思うとハリーは言った。いずれにせよ、まったくの無よりはいい。

ハリーは新聞を自宅の玄関に投げ入れ、それからこちらにやってきた。「まるで真夏のような暑さだね」と彼は言った。「まだ三月だっていうのに」

「うん、泳ぎにでもいけそうだわ」

「適当な場所があれば、泳ぎに行ってもいいけどね」

「泳げる場所なんてないわ。カントリー・クラブのプールを別にすればね」

「でも確かに何かをしたいな――ここを抜け出してどこかに行きたい」

「私もよ」と彼女は言った。「待って！　良い場所をひとつ知っている。ここから十五マイルほど離れた田舎なんだけど。森の中に深くて幅の広いクリークがあるの。夏にはそこでガールスカウトのキャンプが催される。ミセス・ウェルズが去年、私とジョージとピートとサッカーを一度、そこに泳ぎに連れて行ってくれた」

「もし君がそこに行きたいのなら、自転車を二台手に入れるよ。そうすれば明日にでも行ける。僕は月に一度、日曜日に休みがとれるから」

「お弁当を持って、自転車で出かけよう」とミックは言った。

「オーケー、自転車を調達してくるよ」

彼が仕事に出かける時間だった。通りを歩いて行くその姿をミックは目で追った。彼は両腕を大きく振っていた。そのブロックの真ん中あたりに、低く枝を張った月桂樹《げっけいじゅ》が一本生えていた。ハリーは走りながらジャンプして枝を摑み、懸垂をした。彼女は幸福感で満たされた。なぜなら二人は本当にとても良い友だちだったから。そして彼はハンサムでもあった。明日はヘイゼルの青いネックレスを借りて、シルクのドレスを着ていこう。お弁当にはジャム・サンドイッチとニーハイ（ソーダ水の一種）を持って行こう。ハリーはあるいは何か風変わりなものを持ってくるかもしれない。というのは、彼らは正統派ユダヤ教の教理に沿った食事をとっていたから。角を曲がってしまうまで、ミックはじっと彼を見ていた。彼がとても顔立ちの良い青年に成長したことは、間違いのないところだった。

町を離れたハリーは、裏口の階段で新聞を読んで、ヒットラーについて考え込んでいるハリーとは別人だった。二人は朝早く出発した。二人が借りた自転車は男子用のもので、両脚の間に横棒が渡されていた。二人は弁当と水着を後ろに紐で結びつけ、九時前に家を出た。よく晴れた暑い朝だった。一時間ほどで彼らは町を遥《はる》かあとにして、赤い粘土質の道路を走っていた。野原は鮮やかな緑色で、空中には松の木のつんとする匂いが漂っていた。ハリーはとても興奮した様子でしゃべっていた。温かな風が二人の顔を撫でた。彼女の口はからからに渇き、お腹《なか》も減っていた。

「ねえ、丘の上に家が見えるでしょう。あそこで一服して、水を飲ませてもらおうよ」

「いや、そいつはやめた方がいい。井戸水を飲むと、チフスにかかるかもしれないからね」

「チフスにならもうかかったわ。肺炎もやったし、脚も折ったし、足が感染したこともあった」

「覚えているよ」

「そうなの」とミックは言った。「チフスの熱が出たとき、私とビルは正面の部屋に入れられた。ピート・ウェルズはうちの前に来ると鼻をつまんで、こっちの窓を見上げながら歩道を走り過ぎた。ビルはすごく恥ずかしがっていたわ。私の髪は全部抜け落ちて、丸坊主《まるぼうず》になっちゃった」

「町からは少なくとも十マイルは離れたと思う。もう一時間半は漕《こ》いでいるからね。かなりスピードも出したし」

「すごく喉《のど》が渇いちゃったのよ」とミックは言った。「それにお腹も減った。どんなお弁当を持ってきたの？」

「冷製レバー・プディングと、チキンサラダ・サンドイッチと、パイだよ」

「それは素敵なピクニック・ランチになるわ」、彼女は自分が持ってきたものが恥ずかしかった。「私が持ってきたのは固ゆで卵が二つ——詰め物してあるやつ——そして別々の小さな袋に分けた塩と胡椒《こしょう》。それからブラックベリー・ジャムのサンドイッチ。

バターは塗ってある。みんな油紙に包まれている。それから紙ナプキン」

「君は何も持ってくる必要なんてなかったんだよ」とハリーは言った。「母が二人分の昼ご飯をつくってくれたからね。なにしろ僕がここに来ようって誘ったわけだからね。もうすぐ店があるはずだから、そこで冷たい飲み物を飲もう」

二人はそれから半時間ほど自転車を漕いで、やっとガソリンスタンドを見かけた。ハリーが二台の自転車を立てかけ、彼女が先に店に入った。外の眩《まぶ》しさのあとでは、店内は暗がりのようだった。棚には塩漬け豚肉の平たい塊や、食用油の缶や、粗挽《あらび》き粉の袋が積みあげられていた。カウンターの上にはばら売りのキャンディーを入れた、べとべとの大きなジャーが置かれ、その上をハエがぶんぶん飛んでいた。

「どんな飲み物があるのかな？」とハリーが尋ねた。

店員は飲み物の名前を並べだした。ミックはアイスボックスを開け、中を覗いた。冷たい水につけた手が気持ちよかった。「チョコレート・ニーハイがほしいけど、ある？」

「僕も同じものを」とハリーは言った。「それを二つ」

「いや、ちょっと待って。ここによく冷えたビール瓶があるわ。私はビールが飲みたいな。もしあなたがそんな高いものをご馳走《ちそう》してくれればだけど」

ハリーはそれを自分のためにも注文した。二十歳以下の人間がビールを飲むのは罪だと彼は考えていた。しかしおそらく彼はそのとき突然、物わかりの良い人になりたいと思ったのだろう。一口飲んで、彼は顔をしかめた。二人は店の正面の階段に腰を下ろした。ミックの両脚はとてもくたびれていて、筋肉がぴくぴくと引きつった。彼女は瓶の飲み口を手で拭いて、冷えたビールをくいくいと長く飲んだ。道路を隔てた反対側には何もない野原が広がっていた。その向こうには松林の縁が見えた。木々はあらゆる種類の緑色をそなえていた。明るい黄緑から、ほとんど黒に近い緑まで。空は熱気を含んだ青色だった。

「私はビールが好きなの」と彼女は言った。「お父さんが飲み残したちびっとのビールに、パンを浸して食べたものよ。ビールを飲みながら、手につけた塩を舐《な》めるのが好きなの。これは私がまるごと飲んだ二本目のビールよ」

「最初の一口は変てこな味だったな。でもあとはおいしかったよ」

そこは町から十二マイル離れていると、店主が教えてくれた。あと四マイル進まなくてはならない。ハリーが代金を支払い、二人は再び暑い陽光の中に足を踏み出した。ハリーは大きな声で話し、とくにわけもなく声を上げて笑い続けた。

「やれやれ、こんな暑い日差しの中でビールを飲んだもので、頭がくらくらするよ。でもとても気持ちはいいや」と彼は言った。

「一刻も早く泳ぎたいな」

道路には砂が溜《た》まっていたので、はまってしまわないために、彼らはペダルに思い切り体重を乗せなくてはならなかった。ハリーのシャツは汗でべっとりと背中にくっついた。彼はまだしゃべり続けていた。道路は再び赤い粘土質に変わり、砂地を離れることができた。スローな黒人の歌が彼女の頭に浮かんだ。ポーシャの弟がよくハーモニカで吹いていた曲だ。彼女はその曲のリズムに合わせてペダルを漕いだ。

それから二人はやっと、彼女が探していた場所に着いた。「ここよ！　ほら『私有地』って看板が出ているでしょ。有刺鉄線を乗り越えて、あの小径《こみち》を歩いて行くの。ほら、あれよ！」

森はしんと静まりかえっていた。つるつるした松葉が地面を覆《おお》っていた。数分で二人はクリークに着いた。その水は茶色く、流れは速かった。そしてひやりとしていた。水音と、松の木の上の方を吹き抜ける風音の他には、なにひとつ耳に届かない。深く静まりかえった森が、あるいは二人を萎縮《いしゅく》させてしまったのかもしれない。二人はクリークに沿ってそっと歩いた。

「きれいなところでしょう」

ハリーは笑った。「どうしてそんなに小さな声で話すんだよ？　これを聴いて！」。彼は口に手を当て、インディアンのほうほうという長い叫びを発した。それはこだまになって二人のもとに戻ってきた。「さあ、水に飛び込んで、涼しくなろうぜ」

「おなかは減ってないの？」

「オーケー、じゃあまず食事にしようか。半分だけ食べて、残りは一泳ぎしたあとで食べればいい」

彼女はジャムのサンドイッチを包みから出した。それを二人で食べ終えると、ハリーは包み紙をきれいに丸めて木の株の洞に投げ込んだ。それから水泳パンツを手に、小径を歩いて行った。彼女は茂みの奥で服を脱ぎ、ヘイゼルの水着を苦労して着込んだ。水着は小さすぎて、股《また》の間にきつく食い込んだ。

「用意はいいかい？」とハリーが叫んだ。

水に飛び込む音が聞こえ、彼女が土手に着いたときには、ハリーはもう泳ぎ始めていた。「木の株やら浅いところがないか確かめるから、それまでは飛び込んじゃだめだぜ」と彼は言った。ハリーの頭が水の中で上下するのを彼女はただ眺めていた。水に飛び込もうなんていうつもりは、彼女にはもともとない。だいいち泳げもしないのだ。生まれてから二、三度しか泳いだことはないし、そのときだっていつも両腕に翼型の浮きをつけるか、あるいは足の届くところにずっと留まっていた。しかしそんな弱っちいことはとてもハリーに言えない。彼女は恥ずかしかった。だから思いつくまま作り話を始めた。

「私はもう飛び込みはしないの。昔はよく飛び込みをやったものだけど。高いところから飛び込むやつをしょっちゅうやっていたわ。でも一度頭を深く切ってしまって、それでもうできなくなったの」。彼女はそこで少し考えた。「私がやったのはダブル・ジャックナイフの飛び込みだった。でも私が浮かび上がってきたとき、まわりの水は血だらけになっていた。でもそんなことは気にせず、水泳の芸を始めた。みんなは私に向かって大声で叫んでいた。そして私もそこでやっと気づいたの。水を赤く染めている血がどこから出ているかを。で、それ以来うまく泳げなくなってしまった」

ハリーはもぞもぞと土手に上がってきた。「へえ！　そんな話は聞いたことがなかったね」

話をよりもっともらしくするために、もっと尾ひれをつけようかと思ったが、そうするかわりに彼女はただハリーに見とれていた。彼の肌は淡い褐色で、水がそれをきらきらと輝かせていた。胸と脚に毛が生えていた。ぴったりしたトランクスをはいていて、真っ裸みたいに見えた。眼鏡をはずすと、彼の顔はより幅広く、よりハンサムに見えた。瞳《ひとみ》は濡《ぬ》れて青色だった。彼も彼女を見つめていたが、二人はなんだか急に恥じらいを覚えたみたいだった。

「水の深さは十フィート（三メートル）くらいだ。向こう岸のあたりはもっと浅くなっているけどね」

「じゃあ、行きましょう。冷たい水が気持ちよさそう」

彼女は怖くなかった。すごく高い木のてっぺんに取り残されたときのような気分だ。なんとかして下まで降りていくしか、自分に与えられた選択肢はない。開き直った静かな心境だ。彼女は土手から、そろそろと氷のように冷たい水の中に入っていった。最初は根っこを握っていたのだが、やがてそれが手の中でぽきんと折れて、彼女は泳ぎだした。一度息が詰まって水の中に沈んだが、なんとか泳ぎ続け、面目を失わずに済んだ。向こう岸まで泳ぎ着き、川底に足がついた。おかげですっかり気分が良くなった。彼女は両の拳で水を叩き、わけのわからない言葉を叫んで、こだまさせた。

「これを見てくれ！」

ハリーは丈の高い、細い小さな木を揺すった。その幹はしなやかで、彼がてっぺんまで登ると、その重みで木全体が大きくたわんだ。そして彼は水の中に落下した。

「私もやるから！　見ていてね！」

「そいつは若木だぜ」

彼女は木登りにかけては近所では誰にも負けなかった。ハリーがやったことをそのまま真似《まね》て、勢いよく水を打った。そして泳ぐこともできた。今では彼女はしっかり泳げるようになっていた。

彼らは真似っ子遊びをし、土手を駆け回り、冷たい茶色の水の中に飛び込んだ。大声で叫び、水に飛び込み、またよじ登った。そうやって二時間ばかり遊び回った。それから二人は土手に立ち、お互いの顔を見た。やるべきことはもう全部やってしまったみたいだった。彼女が突然言った。

「ねえ、裸で泳いだことってある？」

しばらく彼は答えを返さず、そのあいだ森は静まりかえっていた。彼の身体は冷えていた。乳首は硬く紫色になっていた。唇は色を失い、歯がかちかち鳴っていた。「いや――まだないと思うけど」

興奮が彼女を捉《とら》えていた。そして言うつもりもなかったことが、つい口から出てしまった。「あなたがそうするのなら、私もするわ。やってみようよ」

ハリーは濡れた黒い前髪を後ろに撫でつけた。「いいとも」

二人は水着を脱いだ。ハリーは彼女に背中を向けていた。彼はよろめき、両耳は真っ赤になっていた。それから二人はまっすぐ向き合った。半時間くらい、二人はそこにそうやって立っていたかもしれない――あるいはそれは一分にも満たなかったかもしれない。

ハリーは木の葉を一枚むしり取って、びりびりに裂いた。「服を着た方がいいかもね」

ピクニックの弁当を食べているあいだ、どちらも口をきかなかった。二人は弁当を地面に広げた。ハリーはすべてをきっちり二等分した。夏の午後の暑く、眠たくなるような雰囲気が漂っていた。森の奥深く、彼らの耳に届くものといえば、ゆったり流れる川の水音と、小鳥たちのさえずりだけだ。他には何も聞こえない。ハリーはゆで卵を握り、親指でぐいと黄身を押しつぶした。それはミックに何を思い出させただろう？　彼女は自分の息づかいを耳にした。

それから彼は目を上げて、彼女の肩の後ろを見た。「それでね、ミック、君はずいぶんかわいくなったよ。前はそんな風には思わなかったんだけどさ。べつに醜いとか思っていたわけじゃないよ——でも僕はただ——」

彼女は松ぼっくりを水に投げた。「暗くなる前に家に着くには、そろそろ出発した方がいいんじゃないかな」

「いや」と彼は言った。「少し横になろう。ほんの少し」

彼は松葉と木の葉と灰色の苔《こけ》を両手にいっぱい持ってきた。彼女は膝をしゃぶりながら、それを見ていた。彼女の両の拳はぎゅっと締まり、身体《からだ》は緊張しきっているみたいだった。

「一眠りして、帰りの道のりに備えよう」

二人は柔らかな寝床に横になり、空をほとんど覆い隠している深い緑色の松の枝を見上げた。一羽の鳥が、彼女がこれまで聴いたこともない、哀《かな》しげでくっきりとした歌をうたっていた。まずオーボエのような高い音色——それから五音下がってまた鳴く。その歌は言葉のない質問みたいに哀しげだった。

「僕はあの鳥が好きだ」とハリーは言った。「たぶんモズモドキだな」

「私たちのいるのが海辺だったらいいのにね。浜辺に寝転んで、遠くの沖合に船が見えたらいいな。いつかの夏にあなたは海に行ったよね。海ってどんなだった？」

彼の声は粗く低くなった。「そうだな——そこには波があるんだ。あるときは青く、あるときは緑色だ。そして明るい太陽の光を浴びると、ガラスみたいにきらきらしている。砂浜では小さな貝殻を拾うことができる。葉巻の箱に詰めて持って帰ったようなやつだよ。そして海の上には白いカモメが飛んでいる。僕らはメキシコ湾にいた——そこにはいつも涼しい海風が吹いているから、ここみたいに焦《こ》げつくように暑いということはないんだ。いつだって——」

「雪よ」とミックは言った。「それが私の見たいもの。絵や写真にあるみたいな、白くて冷たい雪の吹きだまり。ブリザード。白くて冷たい雪が柔らかく降るの。降って、降って、降って、一冬降り続く。アラスカの雪みたいなやつ」

彼らは同時に向きを変えた。二人の身体がくっつき合った。彼の身体が震えているのがわかった。彼女の拳は、今にもひびが入りそうなほど固く握りしめられていた。「ああ、どうしよう」と彼は何度も何度も言い続けた。彼女の頭は、身体から引きちぎられて放り出されたような感じだった。彼女は眩しい太陽をまっすぐ見上げながら、頭の中で何かを数えた。あとは流れのままだった。

それは止めようのないことだった。

二人はゆっくり自転車を押して道を進んだ。ハリーは頭を落とし、前屈《まえかが》みになっていた。ほこりっぽい道に、二人の黒い影が長く落ちていた。時刻は夕刻に近かった。

「聞いてくれ」

「なあに」

「僕らはこのことを理解しなくちゃ。本当にさ。つまり――それはわかるね？」

「わからないな。何のことだか」

「聞いてくれ。僕らは何かをしなくちゃならない。少し座ろう」

二人は自転車を倒し、道路の溝の脇に腰を下ろした。彼らは離れて座った。午後遅くの太陽が二人の頭を焼き、まわりは茶色の蟻《あり》の、脆《もろ》く崩れやすい巣だらけだった。

「僕らはこのことを理解しなくちゃならない」とハリーは言った。

彼は泣いていた。そこにじっと動かずに座り、その白い顔を涙が流れ落ちていた。彼を泣かせている理由についてミックは考える気になれなかった。一匹の蟻がくるぶしを刺したので、彼女はその蟻をつまみ上げてしげしげと眺めた。

「つまりね」と彼は言った。「僕はこれまで、女の子にキスしたこともなかったんだ」

「私もないわよ。男の子にキスしたことなんてない。家族以外とは」

「僕はかつて、ひとつのことしか考えられなかった――それは一人の女の子にキスをすることだった。僕は昼間はその計画を練り、夜はその夢を見た。それから一度、その子は僕とデートをしてくれた。そして彼女は、僕にキスさせてくれるつもりだったんだ。僕にはそれがわかっていた。でも僕は暗闇《くらやみ》の中でただじっと彼女を見つめるだけで、キスができなかった。僕の頭の中にあったのは、彼女にキスしたいという思いだけだったのに、いざとなると僕にはそれができなかった」

　彼女は地面に指で穴を掘って、死んだ蟻をそこに埋めた。

「僕の過《あやま》ちだった。姦淫《かんいん》はどのように考えても恐ろしい罪だし、君は僕より二歳下で、まだ子供なんだ」

「いいえ、そんなことはない。私はもう子供じゃないもの。でも今では、子供だったらよかったのにと思う」

「聞いてくれ。もし君がそうしなくちゃと思うのなら、僕らは結婚することもできる。こっそりと、あるいはそうじゃなくても」

　ミックは首を振った。「私は楽しくなかった。私は誰とも結婚なんてしない」

「僕も結婚なんてしないさ。それはわかっている。そして僕はただ口でそう言っているだけじゃない――それは真実だよ」

　彼の顔つきが彼女を怯《おび》えさせた。彼の鼻はぴくぴく震え、下唇の嚙《か》まれた部分が斑《まだら》に充血していた。目はきらきらとして湿り気を帯び、険しかった。顔はこれまで見たどんな人の顔より蒼白《そうはく》だった。彼女はハリーから顔を背けた。しゃべるのをやめてくれたら、ものごとはもっとよくなるのに。彼女の目はゆっくりと自分の周囲を見回した。赤と白の筋を描く溝の粘土、割れたウィスキーの瓶、道路の向かい側の松の木には、郡保安官選挙に立候補している男のポスターが貼《は》られている。彼女は何も考えず何もしゃべらず、そこに長いあいだただじっと座り込んでいたかった。

「僕は町を出るよ。僕は機械工として腕がいいし、どこかよそで仕事を見つけられるだろう。家にいたら、母さんは僕の目を見て、何が起こったかを知ることだろう」

「ねえ、どうなの？　あなたは私を見て、何か違いがわかるかな？」

ハリーは長いあいだ彼女の顔を見ていたが、わかるよというように肯《うなず》いた。それから言った。

「もうひとつだけ。一ヶ月か二ヶ月したら、僕は君に新しい住所を教える。そうしたら必ず僕に手紙を書いて、大丈夫かどうか教えてくれ」

「それってどういうこと？」と彼女はそろそろと尋ねた。

彼は彼女に説明した。「君はただ『オーケー』って書いてくれればいいんだ。そうすればわかるから」

二人は自転車を押しながら、徒歩で家路についた。彼らが道路に落とす影は巨人のように大きなものになっていた。ハリーは年老いた乞食《こじき》のように終始前屈みになり、シャツの袖《そで》でしょっちゅう鼻を拭《ぬぐ》っていた。すべてのものが明るく黄金色に輝く時間がひとしきりあった。それから太陽が樹木の背後に沈み、道路の前方に落ちていた二人の影も見えなくなった。彼女は自分がとても年老いたように感じた。自分の中にずしりと重いものが入っているようだ。今では彼女は大人になっていた。それを自分が望んでいたのかどうかもわからないままに。

二人は十六マイルを歩き、我が家のある真っ暗な裏道に入った。台所の黄色い明かりが見えた。ハリーの家は暗かった。彼の母親はまだ帰宅していないのだ。彼女は奥まった通りにある仕立屋で仕事をしていた。時には日曜日にも。窓からのぞくと、彼女が前屈みになって奥のミシンに向かっている姿が見えた。あるいは分厚い生地に長い針を押し込んでいる姿が。どれだけ見ていても、彼女が顔を上げることはなかった。そして夜にはハリーと自分のために、正統派ユダヤ教の料理を作るのだった。

「聞いてくれ――」と彼は言った。

彼女は暗闇の中で待ったが、彼は先が続けられなかった。二人は握手をし、それからハリーは家と家にはさまれた暗い横道を歩いて行った。歩道に出たところで彼は肩越しに振り向いた。その顔は明かりを受けて、白くこわばっていた。それから行ってしまった。

「ひとつなぞなぞがあるんだ」とジョージは言った。

「どんなの？」

「二人のインディアンが山道を歩いていた。前を行くのは、後ろを行くインディアンの息子だった。でも後ろを行くのは、前を行くインディアンの父親ではなかった。さて、二人はどういう関係なんでしょう？」

「そうねえ。義理の父親？」

　ジョージは小さな四角い青い歯を見せ、ポーシャに向かってにやりと笑った。

「じゃあ、叔父さんかな？」

「はずれ。それは彼のお母さんだった。インディアンと言われて女のひとが思いつけないというのが、このなぞなぞのみそなんだよ」

　ミックは部屋の外に立って二人を見ていた。戸口が額縁となり、台所を絵のように切り取っていた。その奥は家庭的で清潔だった。流し台の脇《わき》の電灯だけが灯され、部屋にはいくつもの影が見えた。ビルとヘイゼルはマッチ棒を賭《か》け金代わりに、テーブルでブラックジャックをやっていた。ヘイゼルはふっくらしたピンク色の指でお下げ髪を触り、ビルは頰を窪《くぼ》ませて、ひどく真剣な手つきでカードを扱っていた。流し台ではポーシャが、清潔な格子柄のタオルで皿を拭《ふ》いていた。彼女はほっそりして見え、肌は黄金色の混じった黄色だった。グリースを塗った黒い髪は、小綺麗《こぎれい》に艶々《つやつや》していた。ラルフはおとなしく床に座り、ジョージはその子に、古いクリスマスの飾りの銀紙で作った小さなおんぶ紐をはめようとしていた。

「もうひとつなぞなぞがあるんだよ、ポーシャ。時計の針が二時半を指していたとして――」

ミックは部屋に入っていった。そこにいる人々が自分を見てはっとのけぞり、輪になって取り囲み、まじまじと眺めるのではないか、みたいなことを彼女は予想していた。しかしみんなはちらりと彼女に目を向けただけだった。彼女はテーブルの前に座って、何かを待ち受けた。

「もうみんなはとっくに食事を済ませているっていうのに、あんたは今頃ふらふら帰ってきて、これじゃいつまでたってもあたしの仕事が終わらないじゃないか」

誰も彼女に注意を払わなかった。彼女は皿一杯のキャベツと鮭《さけ》を平らげ、カスタード菓子で締めくくった。彼女が案じているのは母親のことだった。ドアが開いて母親が入ってきた。そして「ミス・ブラウンが、部屋のベッドに南京《ナンキン》虫がいるって言っているの。ガソリンを持ってきてちょうだい」とポーシャに言った。

「そんなふくれっ面《つら》をしているんじゃありません、ミック。あんたはもう人目を意識して、できるだけ自分を素敵に見せなくちゃならない歳《とし》になっているんだから。それから、いいこと――母さんが話しているときに、そんな風に逃げ出すんじゃないの――寝る前にラルフをスポンジで洗ってやってちょうだい。鼻と耳をきれいにするのよ」

ラルフの柔らかい髪はオートミールでべとべとになっていた。彼女はそれを布巾《ふきん》で拭き取り、流し台で顔と手を洗った。ビルとヘイゼルはゲームを終え、ビルの長い指の爪《つめ》がマッチ棒を取り上げるときにテーブルを引っ掻いた。ジョージがラルフを抱いて行った。台所にポーシャと彼女だけが残された。

「ねえ、私を見て！　私に何か前と変わったところがあるって、見てわかる？」

「わかるともさ」

ポーシャは赤い帽子をかぶり、靴を履き替えた。

「それで――？」

「顔にグリースを少し擦り込むんだね。鼻はもう皮が剝《む》けだして、ひどいことになっているよ。ひどい日焼けをしたときにはグリースがいちばんいいっていうからね」

彼女は暗い裏庭に一人で立って、オークの木から爪で樹皮を剝《は》がしていた。この方がもっとひどいくらい。もしみんなが私を見て、何かを目に留めてくれたなら、もう少し救われた気持ちになれたかもしれないのに。もしみんなにそのことがわかったなら。

父親が裏の階段に出てきて彼女を呼んだ。「ミック！　おい、ミック！」

「なあに？」

「電話だよ」

ジョージがしつこくすがって聞き耳を立てたが、彼女はそれを押しやった。ミセス・

ミノウィッツはとても大きな興奮した声でしゃべった。

「うちのハリーがまだ家に帰っていないの。どこにいるのか、あなたは知らないかしら？」

「いいえ、知りません」

「あの子、あなたと一緒に自転車で出かけるって言っていた。今いったいどこにいるのかしら？　何か知っていることはない？」

「いいえ、知りません」とミックは繰り返した。

12

再び暖かい日々が巡ってきて、サニー・ディキシー・ショーは常に混み合うようになった。三月の風も止《や》んだ。木々は黄土色の混じった緑の若葉を豊かに繁《しげ》らせた。空は雲ひとつない青色で、太陽の光線はますます強烈になっていった。空気は湿気をはらんで暑かった。ジェイク・ブラントはこの陽気を憎んだ。これから始まる焼けつくような何ヶ月かの夏のことを思うと、頭が眩《くら》んだ。気分が優れなかった。最近になって頭痛が始まり、それが始終彼を悩ませるようになっていた。体重が増え、腹がぽっくりと出てきた。ズボンのいちばん上のボタンを外さなくてはならなくなった。アルコールによる肥満であることはわかっていたが、それでも彼は飲み続けた。酒は頭の痛みを和らげてくれた。小さなグラスに一杯飲むだけで効果はあった。今ではグラス一杯だけ飲むのも、一クォート飲むのも、彼にとっては変わりないことになっていた。効果を及ぼすのは、今こうして飲んでいる酒ではなく、最初の一口を受けて、過去何ヶ月かにわたって彼の血液に蓄積されてきた、すべてのアルコールが引き起こす反応だった。スプーン一杯のビールは彼の頭の脈打つ痛みを抑えてくれたが、ウィスキーを一クォート飲んでも酔っ払えなくなっていた。

彼はきっぱり酒を断った。何日ものあいだ水とオレンジ・クラッシュ（清涼飲料の名前）だけを飲んだ。頭の中を虫が這《は》い回っているような痛みがあった。長い午後から夜にかけてずっと、ぐったりした状態で仕事をした。眠ることができず、本を読もうとすると激しい苦痛に見舞われた。湿り気を帯びた、むっとする悪臭が怒りをかき立てた。ベッドの中で安らぎのない時を過ごし、空が白み始めた頃にやっと眠りがやってきた。

ひとつの夢が彼につきまとった。それが訪れるようになったのは四ヶ月前のことだ。彼は恐怖のために目覚めた。しかしおかしなのは、それがどんな内容の夢だったのかまるで思い出せないことだった。目覚めたとき残っているのは夢の感触だけだ。でもそこで抱く恐怖感はいつも驚くほど同じだったから、自分の見る夢が同一のものであることに、彼は一片の疑いも抱かなかった。恐ろしい夢には慣れていた。泥酔《でいすい》時に特有のグロテスクな悪夢が、彼をしばしば混沌《こんとん》とした狂人の世界に引きずり込んだが、朝の光がいつもそれら荒々しい夢の残滓《ざんし》を吹き払ってくれ、そのまま忘れてしまうことができた。

でもその隠された空白の夢は、それとは違う成り立ちのものだった。目覚めたとき、彼は何ひとつ思い出すことができなかった。しかし自分がおびやかされたという感覚が、そのあと長く彼の中に残った。それからある朝、いつものお馴染《なじ》みの恐怖とともに目覚めたのだが、そこには彼があとにしてきた暗闇の像が微《かす》かに残っていた。彼は人混みの中を歩いており、両腕に何かを抱えていた。確信をもって言えるのはそれくらいだ。それを俺は盗んできたのだろうか？　それともその何らかの持ち物を護《まも》ろうとしていたのだろうか？　まわりの人々全員に追いかけられていたのか？　いや、そうは思えない。そのシンプルな夢について考えれば考えるほど、わけがわからなくなった。そしてそれからしばらくの間、その夢はもう戻ってはこなかった。

　前年の十一月に、ジェイクはチョークで書かれたメッセージを目にしていたが、それを記した人間についに巡り会うことになった。二人が出会った最初の日から、その老人は悪霊のごとく彼につきまとった。名はシムズといい、道ばたに立って説教をする男だった。冬の寒さが彼をしばし屋内に留めていたが、春になると通りに日がな姿を見せるようになった。彼の白髪は柔らかく、首の上でもつれていた。女物の大きな絹のハンドバッグを持ち歩き、その中にはチョークとイエスについてのパンフレットがぎっしり詰まっていた。その目はまばゆく輝き、そして狂っていた。シムズはジェイクを改宗させようと努めた。

「迷える子よ。汝《なんじ》の息に罪深いビールのにおいがするぞ。煙草《たばこ》のにおいもな。もし主が我らに煙草を吸ってほしいと思われたなら、主はその御本にそのように記されたはずだ。

悪魔のしるしが汝の額にある。わしにはそれが見える。悔い改めよ。わしが汝に光を見せてやろう」

　ジェイクは目をむいて、宙にゆっくりと信仰のしるしを描いた。それからオイルの染みのついた片手を開いた。「これをあんただけに見せよう」と彼は低い芝居がかった声で言った。シムズはその手のひらの傷を見下ろした（第二部第4章にあったように、ジェイクは自分の手のひらに釘を打ち込んでいる。これは十字架にかけられたキリストの手の聖痕と合致する）。ジェイクは身をかがめ、囁《ささや》いた。「もうひとつのしるしもあるぞ。あんたもよくご存じのしるしだ。おれはそれらをもって生まれてきたのだ」

　シムズはあとずさりして塀についた。そして女じみた仕草で、白髪の束を額から上げ、頭の後ろに押しやった。彼の舌はそわそわと口の両端を舐めた。ジェイクは声を上げて笑った。

「瀆神《とくしん》だ！」とシムズは叫んだ。「神の報いがあるぞ。おまえにも、おまえの仲間たちにも。神は嘲《あざけ》るものたちのことをお忘れにならない。神はわしのことを見守っておられるのだ。神はすべての人々を見守っておられるが、とりわけわしのことを見守っておられる。モーゼのことを見守られたようにな。夜中に神は私に様々なことを告げられる。神はおまえに報いを与えられる」

　彼はシムズを角の店まで連れて行き、コカコーラとピーナツバター・クラッカーを買い与えた。シムズはまた彼に対する働きかけを始めた。彼が仕事に出かけようとすると、走ってあとをついてきた。

「今日の七時にこの角まで来なさい。イエスがあんただけに言葉をかけてくださるから」

　四月の最初の日々は風が強く温かだった。白い雲が青い空を吹き流されていった。風の中には川の匂《にお》いが嗅《か》ぎ取れた。町の外側の、より新鮮な野原の匂いも嗅ぎ取れた。見世物は午後四時から真夜中まで、毎日混み合っていた。群衆は生やさしいものではない。新たな春が巡ってきて、彼はそこにトラブルの予兆のようなものを感じ取った。

　ある夜、ブランコの機械を調整しているとき、怒りの声が聞こえてきて、彼は考えごとからはっと現実に引き戻された。急いで人混みをかき分けて行ってみると、回転木馬の切符売り場のそばで、白人の娘と黒人の娘が争っているのが見えた。彼はなんとか二人を分けたが、二人の娘はなおも互いをやっつけようと必死になっていた。見物人はそれぞれの肩を持って、あたりは怒号に包まれていた。白人の娘はせむしで、手に何かをしっかり握っていた。

「あたしはちゃんと見てたんだ」と黒人娘が叫んだ。「おまえの背中のこぶを叩き落としてやろうか」

「大きな口を叩くんじゃないよ。このまっくろニガーが！」

「しみったれの貧乏白人め。あたしはお金を払ったんだし、これに乗るんだ。白人のおっさん、この女にあたしの切符を返させてよ」

「まっくろニガーのすれっからしが！」

ジェイクは二人を見比べた。見物人はすぐ近くまで押し寄せていた。それぞれの側がそれぞれの言い分をもぞもぞと口にしていた。

「ルーリーが切符を落とすのが見えた。そしてこの白人のレディーがそれを拾ったんだ。おれは見てた。それがほんとのことだよ」と黒人の少年が言った。

「黒人女の分際で、白人の娘に手を上げるなんて、そんなことが――」

「あたしを突くのをよしな。さもなきゃ、あんたの肌がたとえ真っ白けであろうが、しっかり叩き返してやるからね」

ジェイクは荒々しく、密集した群衆の中に分け入っていった。「もういい！」と彼は叫んだ。「さあ、さっさと進んで。もういいから、みんな行っちまってくれ」。人々が不承不承ぞろぞろと立ち去ったのは、彼の拳《こぶし》の大きさがものを言ったからだ。ジェイクは二人の娘の方に向き直った。

「わかっておくれよ」と黒人娘は言った。「あたしはね、金曜日の夜のために必死に五十セント貯《た》めてやってきた人たちのうちの一人なんだ。あたしは今週、いつもの二倍アイロンがけをした。そしてそこの娘が手にしている切符を買うために、しっかりニッケルを払ったんだ。だからあたしは何があろうとそれに乗るんだよ」

ジェイクは即刻その問題を解決した。ジェイクはせむしの娘に問題の切符を握らせたまま、黒人娘に新しく切符を渡してやった。その夜、それからもう諍《いさか》いはなかった。しかしジェイクは警戒を怠らず、人混みの中を巡回した。彼は不安を感じ、気持ちが落ち着かなかった。

その見世物には、彼の他に五人が働いていた。二人がブランコ機を動かし、切符をもぎり、三人の娘が売店を仕切っていた。そこにはパターソンは含まれていない。見世物の主宰者はほとんどの時間を、自分のトレイラーでトランプの一人遊びをして過ごしていた。彼の目はどろんとして、瞳孔《どうこう》は縮み、その首の皮膚は黄色いたらんとした襞《ひだ》となって垂れ下がっていた。その二、三ヶ月のあいだにジェイクは二度の昇給を受けていた。午前〇時にパターソンに報告し、その夜の売り上げを渡すのが彼の仕事になっていた。彼がトレイラーの中に入っても、数分間パターソンがそれに気づかないこともあった、彼はカードをじっと見つめ、呆然《ぼうぜん》とした状態に浸っていた。トレイラーの中の空気は、食べ物と大麻煙草の匂いで重く淀《よど》んでいた。パターソンはまるで何かからそれを護ろうとするみたいに、腹を手で押さえた。彼はいつも売り上げをきわめて子細に点検した。

ジェイクと他の二人の従業員は口論をした。二人はどちらも以前、紡績工場でボビン着脱工《ドッファー》の仕事をしていた。最初のうち彼は二人に理を説き、真実に目覚めさせてやろうと試みた。一度、彼らを玉突き場に連れて行って、酒を振る舞ったこともあった。

しかし彼らはとことん愚かで、助けの手の差し伸べようがなかった。その少し後で彼は二人の会話を立ち聞きし、それが問題を引き起こすことになった。土曜日の夜中で、もう二時に近く、彼はパターソンと共に売り上げを点検した帰りだった。トレイラーから出てくると、あたりは無人に見えた。月が明るかった。彼はシンガーのことを考え、これからの一日、自分が自由の身であることを考えた。それからブランコ機のそばを通り過ぎるときに、誰かが自分の名前を口にするのを耳にした。二人の従業員が仕事を終え、一緒に煙草を吸っていた。ジェイクは耳を澄ませた。

「おれがね、ニガーよりも嫌いなやつがいるとしたら、それはアカの野郎だな」

「あいつはまったく笑わせてくれるよ。誰があんなやつに耳を貸すものか。あのちんちくりん野郎が、ちょこまか偉そうに歩き回りやがって。あいつ、いったいどれくらいの背丈だと思うね？」

「五フィート（百五十センチ）ってとこじゃねえかな。そんなくせして、自分はみんなに大層な口をきく権利があると思ってやがる。あんな野郎は監獄にぶち込みゃいいんだ。そこが似合いの場所さ。アカのボルシェビキ野郎のな」

「まったくとんだお笑いぐさだぜ。あいつを見るたびにおれは吹き出したくなるのさ」

「おれの前で、大物ぶったことを言わせるもんかい」

その二人がウィーヴァーズ・レーンの方に歩いて行くのをジェイクは見ていた。彼の頭にまず浮かんだのは、そのあとを走って追って、二人と対決することだった。しかし何かが彼をひるませ、押しとどめた。数日間、彼は沈黙の中で怒りを募らせた。そしてある夜、彼は何ブロックか二人のあとをついていって、角を曲がったところで二人の前に立って、その行く手を遮った。

「話を聞かせてもらった」と彼は息を切らせて言った。「このあいだの土曜日の夜たまたま、おまえらの言ったことを一言残らず聞かせてもらった。ああ、おれはたしかにアカだ。少なくとも自分ではそう思っている。しかしそれならおまえらは何だ？」。彼らは街灯の下に立っていた。二人の男は後ろに下がって、彼から離れた。あたりには人影ひとつなかった。「おまえらはな、しけた面した、かすの能なし野郎、ちっぽけなドブネズミどもだ。そのひょろひょろの首を、おれがとことん締め上げてやる。この二本の手で一人ずつ同時にな。おれはちびかもしれんが、おまえらをこの歩道におねんねさせてやることができる。その身体を、シャベルで地面から剥がさなくちゃならんようなことにしてやろう」

男たちは顔を見合わせた。そして引きつった顔で、そのまま歩き去ろうとした。しかしジェイクは彼らを行かせなかった。彼は二人の歩調に合わせて後ろ向きに歩いた。顔には怒りに燃える冷笑が浮かんでいた。

「おれが言いたいのはただこういうことだ。この先、もしおれの背丈なり、体重なり、アクセントなり、振る舞いなり、政治信条《イデオロギー》なりについて何か言いたいことがあれば、いつでもおれのところに来い。ちなみに最後のやつはな、念のために言っておくが、小便する道具のことじゃないぜ。そのことはたっぷり語り合おうじゃないか」

　そのあとジェイクは怒りを含んだ軽侮をもって二人を扱った。彼の見ていないところで二人は彼を嘲った。ある日の午後、ブランコ機のエンジンが意図的に壊されているのをジェイクは発見した。それを修理するのに三時間残業をしなくてはならなかった。いつも誰かが自分のことを笑っているように彼は感じた。娘たちが何かを話し合っている声が聞こえると、彼はそのたびに固く身を引き締め、一人で声を上げてぞんざいに笑うのだった。まるでなかまうちの自分だけにしかわからない冗談を思いついたみたいに。

　メキシコ湾から吹いてくる温かい南西の風は、春の匂いを含んで重かった。昼間が長くなり、太陽の光は眩しかった。気怠い温かさが気持ちを落ち込ませ、彼は再び酒を飲むようになった。仕事が終わるとすぐに家に帰り、ベッドに横になった。ときどき服を着たまま、十二時間か十三時間そこでぼおっとしていることもあった。ほんの数ヶ月前まで、彼をすすり泣かせたり、爪を噛ませたりしていたあの気持ちの動揺は、今ではすっかり消え失《う》せてしまったようだ。それでもまだその無気力の下に、ジェイクはかつてのあの緊張を感じていた。これまで多くの土地を巡ってきたが、これほど淋《さび》しい町は初めてだ。というか、もしシンガーがいなかったなら、そうであったはずだ。彼とシンガーだけが真理を理解していた。彼は真理を知っていたが、知らない連中の目を開かせることはできなかった。それはまるで暗黒や、暑さや、空中の悪臭に向かって闘いを挑むようなものだ。彼はむっつりした顔で自室の窓の外を眺めた。通りの角にはえた、煤《すす》で黒くなった発育不全の樹木が、胆汁色の混じった緑の若葉をつけていた。空は常に硬質な深い青色だった。この近くを流れる、悪臭を放つ小川からやってくる蚊たちが、うなりながら部屋の中を飛んでいた。

　彼は痒《かゆ》みを感じて、サルファ剤と豚の脂《あぶら》を混ぜたものを毎朝身体に塗り込んだ。赤くなるまでぼりぼり爪で掻《か》いても、痒みはいっこうに治まらなかった。そしてある夜、彼の中でたがが外れた。それまで彼は何時間も一人でそこに座って、ジンとウィスキーを混ぜて飲み、泥酔していた。もうほとんど夜明けに近かった。彼は窓から身を乗り出し、沈黙する暗い街路を眺めた。自分の周りにいるすべての人々のことを考えた。すやすや眠っている、真理を知覚しないものたち。突然彼は声を限りにわめき立てた。「これが真理だ！　おまえらは何にもわかってないんだ。わかってないんだ。わかってないんだ！」

　街路が怒りと共に目覚めた。灯《とも》りが点され、いくつもの眠たげな声が彼を罵《ののし》った。その家屋に同居する人々が、腹を立てて彼の部屋のドアをがたがたと揺すった。通りの向かいにある売春宿の女たちが、窓から頭を突き出した。

「おまえらは馬鹿《ばか》だ馬鹿だ馬鹿だ馬鹿だ。おまえらはろくでもない馬鹿だ馬鹿だ馬鹿だ

――」

「黙れ！　黙れ！」

廊下にいる男たちはドアをぐいぐい押していた。「この酔っ払いのクソ野郎が。痛い目にあわせてやるぞ。おまえ自身がたっぷり馬鹿になれるくらいな」

「そこに何人いるんだ？」とジェイクは胴間声を上げた。空き瓶を窓の敷居に叩《たた》き付けた。「さあ、来いよ。何人でもいいからかかってきやがれ。一度に三人くらいはのしてやるぜ」

「その意気よ、ハニー」と一人の売春婦が声をかけた。

とうとうドアが開けられると、ジェイクは窓から外に飛び出し、横の細い通りを走って逃げた。「ヒーホー、ヒーホー！」と彼は酔っ払った声で叫んだ。裸足で、シャツも着ていなかった。一時間後に、彼はシンガーの部屋に転がり込んだ。そして床の上に大の字になり、笑いながら眠りに就いた。

四月のある朝、彼は殺された男の死体を見つけた。若い黒人だった。見世物会場から三十ヤードも離れていない溝の中に、死体は転がっていた。喉《のど》を切り裂かれて、そのせいで首は妙な角度で後ろ向きに曲げられていた。彼の見開かれたガラスのような瞳に太陽が暑く照りつけ、胸にこぼれた乾いた血にハエがたかっていた。死んだ男は、房のついた赤と黄色のステッキを握っていた。見世物の売店で売っているようなやつだ。ジェイクはしばらく陰鬱《いんうつ》な目で死体を見おろしていたが、それから警察に電話をかけた。手がかりは得られなかった。二日後に家族が、死体置き場から遺体を引き取った。

サニー・ディキシー・ショーでは喧嘩《けんか》や口論が絶えなかった。仲の良い二人が腕を組んでショーにやってきて、一緒に笑って陽気に酒を飲んでいたのに、帰る間際《まぎわ》には激しく仲違《なかたが》いし、取っ組み合いをしているというようなこともあった。ジェイクは常に警戒の目を向けていた。見世物のけばけばしい陽気さや、眩しい照明や、物憂《ものう》げな笑いの陰に、彼は鬱屈した危険な何かを感じ取っていた。

　このような頭が眩む、とりとめのない何週かのあいだ、シムズは彼のあとを執拗《しつよう》につきまとった。その老人はお立ち台と聖書を持参し、群衆の真ん中に立って説教することを好んだ。そしてキリストの再来について語った。裁きの日は一九五一年十月二日であるぞと彼は宣告した。何人かの酔っ払いを指さし、しゃがれた粗い声を振り絞って、彼らを厳しく糾弾した。興奮のために口の中は唾《つば》でいっぱいになり、そのせいで彼の口にする言葉は湿り気を帯び、そこにがらがらという音が混じった。いったん中に潜り込んで地歩を固めると、何を言われようと彼は一歩も引かなかった。ジェイクにギデオン聖書を贈り、毎晩一時間はひざまずいて神に祈り、提供されるすべてのビールと煙草をはねつけるようにと諭した。

　二人は壁や塀に書く言葉で口論をした。ジェイクもポケットにチョークを入れて持ち歩くようになっていた。彼は短いセンテンスを書いた。通りがかりの人たちが立ち止まって、その意味について考えを巡らせるような言葉を書きつけるべく努めた。これはなんだろうと人が首をひねるような、それについて考え込むような言葉を。また彼は短いパンフレットをつくって、それを通りで配った。

もしシンガーがいなかったなら、自分はとっくにこの町を離れていただろうとジェイクは思った。日曜日にその友だちと一緒にいるときにだけ、彼は心の平穏を得ることができた。ときどき二人は一緒に散歩に出たり、あるいはチェスをやったりした。しかしたいていは部屋のなかで静かに一日を過ごした。彼が何かを話したいと思うときには、シンガーはいつも聴き手にまわった。一日中むっつり黙って座り込んでいても、唖《おし》は彼の気分を理解し、とくに驚きもしなかった。今では自分を助けられるのはシンガーひとりだけであるように、彼には思えた。

そしてある日曜日、階段を上がっていくと、シンガーの部屋のドアが開いているのが見えた。部屋はからっぽだった。彼は二時間以上そこに一人でいた。やっとシンガーの足音が階段に聞こえた。

「あんたのことを心配していた。いったいどこにいたんだ?」

シンガーは微笑《ほほえ》んだ。帽子の埃《ほこり》をハンカチーフで払い、下に置いた。それからゆっくりとポケットの銀色の鉛筆を取りだし、マントルピースに屈み込んで何かを書いた。

「いったいなんのことだ？」、ジェイクは唖の書いたものを読んでから、そう尋ねた。

「誰の脚が切り落とされたんだ？」

シンガーはノートを返してもらい、そこにいくつかのセンテンスを書き加えた。

「ほう！」とジェイクは言った。「おれは驚きはしないね」

彼はそれについて考え込み、それから紙を手の中でくしゃくしゃにした。このひと月の無気力はどこかに消え去り、今では緊張と不穏さが心に戻っていた。「ほう！」と彼はもう一度言った。

シンガーはコーヒーポットを火に載せ、チェス盤を取りだした。ジェイクはメモをびりびりと引き裂き、汗ばんだ両の掌《てのひら》で丸めた。

「しかしこれについては何かできることがあるだろう」、少しあとで彼はそう言った。

「そうだろう？」

シンガーは不確かに肯いた。

「その若いのに会って、話をきちんと聞きたい。いつだったら、そこに連れて行ってもらえるだろうか？」

シンガーは熟考した。それからメモ用紙に書いた。「今夜」

ジェイクは口に手を当て、部屋の中を落ち着きなく歩き回り始めた。「何かできるだろう」

13

ジェイクとシンガーは正面のポーチで待っていた。ドアベルを押したが、暗い家の中にベルが鳴る音は聞こえなかった。ジェイクはいらいらしたようにドアをノックし、網戸に鼻を押しつけた。その隣でシンガーは微笑みを浮かべ、身動きもせずに立っていた。両方の頬に赤い点が浮かんでいたが、それは二人でジンを一本空けてきたせいだった。静かで真っ暗な夜だった。ジェイクは廊下の奥に、黄色い光の筋を見た。そしてポーシャがドアを開けてくれた。

「あんたがたを長く待たせたんじゃないといいけどね。なにしろたくさんの人たちがやってくるものでね。ベルを切っといた方がいいと思ったんだよ。帽子をあずかるよ。父さんはとても具合が悪いんだ」

ジェイクはシンガーの後ろから、重みのある足音を忍ばせるようにつま先立ちで、飾りのない狭い廊下を歩いた。台所の入り口の敷居で彼ははっと歩を止めた。部屋は混み合っており、暑かった。小さな薪《まき》ストーブの火が盛んに燃えて、窓はぴったり閉じられて、煙には黒人特有の匂いが混じっていた。ストーブの火が部屋を照らす唯一《ゆいいつ》の明かりだった。廊下で聞こえた暗い声は、今では沈黙していた。

「この二人の白人の方々は、父さんの具合が知りたくて見えたんだよ」とポーシャは言った。「父さんはあんた方にお目にかかれると思うけど、いちおう前もって知らせた方がいいと思うから」

ジェイクは厚い下唇を指で撫《な》でた。彼の鼻の先には、玄関の網戸の格子《こうし》型のあとがついていた。「そうじゃないんだ」と彼は言った。「私はあんたの弟さんと話がしたくて来たんだよ」

部屋の中の黒人たちは立ち上がっていた。シンガーは彼らに座るように手で示した。二人の白髪頭の老人がストーブの脇のベンチに腰を下ろした。四肢の柔らかそうなムラートが窓にもたれかかっていた。隅にある簡易寝台には両脚のない若者がいた。ズボンの裾《すそ》は折り畳まれ、両方の腿《もも》の切断されたあたりでピン留めされていた。

「こんばんは」とジェイクはぎこちなく言った。「君の名前はコープランドかね？」

若者は腿の切断面に両手を置いた。そして尻込《しりご》みするように壁に身を寄せた。「おれの名前はウィリーだよ」

「ハニー、心配しなくてもいいんだよ」とポーシャが言った。「ここにいるのは、父さんがいつも話していたシンガーさんだよ。そしてもう一人の白人のジェントルマンは、ブラントさん。シンガーさんの仲の良いお友だちだ。お二人はね、あたしたちの見舞われた災難について話を聞くために、ご親切にもここに見えたんだ」。彼女はジェイクの方を向いて、そこにいる他の三人を示した。「あの窓にもたれかかっている子は、もう一人のあたしの兄弟で、名前はバディー。そしてストーブの脇にいるお二人は、父さんと仲の良いお友だちで、マーシャル・ニコルズさんとジョン・ロバーツさん。この部屋にいる人たちが誰だか、あんた方にもいちおうわかっといてもらった方がいいだろうと思ってね」

「ありがとう」とジェイクは言った。それからまたウィリーの方を向いた。「どういうことがあったのか、すっきり理解できるように話してもらいたいんだ」

「ああ、話すとも」とウィリーは言った。「まだ両足が痛んでるみたいなんだ。足の指先がひどいことになっている。もう足はついていないっていうのに、足があるはずのところがずきずきと痛むんだ。なくなったはずの足がさ。何がどうなっているのか、さっぱりわからないよ。おれの足がいつもひどく痛んでるっていうのに、その足がどこにあるのかもわからないんだから。あいつらはおれの足を返しちゃくれなかった。おれの足はもうここからひ、ひ、百マイル以上離れたどこかにあるんだ」

「おれが知りたいのは、何があったかということだよ」とジェイクは言った。

不安げにウィリーはポーシャを見上げた。「おれ——あまりよく覚えてないんだ」

「だってあんたはよく覚えているじゃないか、ハニー。あたしたちに何度も何度も話してくれたもの」

「そうだな——」、若者の声は及び腰で、ふてくされていた。「おれたちは外で道路工事をしていた。で、バスターが看守に何かを言って、そ、その白人が警棒でやつを叩いたんだ。そこでもう一人の仲間が逃げようとした。そしておれはそいつのあとをついていった。すべてはあっという間に起こったんで、どんなだったか、細かいことはうまく思い出せないんだ。そしてやつらはおれたちをキャンプに連れて帰って、そして——」

「そのあとのことは知ってるよ」とジェイクは言った。「でも、あとの二人の名前と住所を知りたいんだ。看守たちの名前も」

「なあ、白人さんよ。あんたはおれを面倒に巻き込もうとしているみたいに思えるんだが」

「面倒だと！」とジェイクは声を荒らげた。「今あるこれが面倒じゃなくて、なんだって言うんだ？」

「静かに話そうじゃないの」とポーシャが困ったように言った。「つまりこういうことなんだよ、ブラントさん。まだ刑期の途中にもかかわらず、彼らはこうしてウィリーを釈放してくれた。ただし余計なことはしゃべるなという念押しをされてね。あたしの言っている意味はわかるだろう。だから当然ながらウィリーは怯えてるんだよ。そして当然ながら、あたしたちはたっぷり用心しなくちゃならない。あたしたちにできるのは、せいぜい用心することくらいなんだよ。既にしこたま面倒を背負い込んでいるからね」

「看守たちはどうなったんだね？」

「その、は、白人たちは解雇されたって。そう聞かされたよ」

「そして君の友人たちは今どこにいるんだね？」

「どの友人たちだい？」

「だから、あとの二人だよ」

「あいつらは、お、おれの友人なんかじゃない」とウィリーは言った。「おれたちは大げんかしたんだ」

「またどうして？」

ポーシャはイヤリングを引っ張って、それで耳たぶはゴムのように伸びた。「ウィリーの言うのはこういうことだよ。その苦痛に喘《あえ》いでいた三日ばかりの間に、三人は喧嘩を始めた。それでウィリーはもう、あの二人のどちらにも会いたくないんだそうだ。それについては父さんとウィリーが既にずいぶん言い合いをした。このバスターというのが――」

「バスターは木の義足をつけてたよ」と窓際の若者が言った。「今日、通りでやつに会った」

「バスターには身寄りがないんだ。そして父さんは彼をうちに引き取ろうと思いついた。その三人をみんな集めて面倒を見ようと。あたしたちがどうやって三人も養えるものか、父さんが何を考えているのか、さっぱりわからないけどね」

「そいつは良い考えじゃない。おまけにおれたちはもともと親しい仲間なんかじゃなかったんだ」、ウィリーは黒く逞《たくま》しい両手で脚の切断部分を触った。「自分のあ、あ、足が今どこにあるのか、おれはそれが知りたいんだよ。そのことがいちばん気にかかるんだ。あの医者は足を返しちゃくれなかった。足が今どこにあるかわかったらなあ」

　ジェイクはジンの酔いで霞《かす》んでちかちかする目で、周りを見回した。すべてのものが曇って、変てこに見えた。台所の暑さが彼の頭をくらませ、人々の話し声は耳の中でわんわんと反響した。煙が息苦しかった。天井から下がった電球は点されていたが、眩《まぶ》しさを軽減するために新聞紙で囲まれていたので、その部屋は明かりを主に、燃えさかるストーブの隙間《すきま》から洩《も》れてくる光に頼っていた。彼を囲むすべての人々の顔には、赤い輝きがあった。居心地が悪く、孤独だった。シンガーはポーシャの父親と会うために台所を離れていた。ジェイクは彼に戻ってきてほしかった。そうすればここをあとにすることができる。彼はぎこちなく歩いて部屋を横切り、ベンチに腰を下ろした。マーシャル・ニコルズとジョン・ロバーツとの間に。

「ポーシャの父親はどこにいるんだね？」

「ドクター・コープランドは正面の部屋にいます、サー」とロバーツが言った。

「彼はドクターなのか？」

「イエス・サー、お医者です」

すり足で歩く音が部屋の外に聞こえ、裏口のドアが開いた。温かい新鮮な空気が部屋の重々しい空気を軽くした。最初に、リネンのスーツを着て、金色の靴を履いた長身の青年が、両手に袋を抱えて部屋に入ってきた。その背後に十七歳くらいの少年がいた。

「よう、ハイボーイ。よく来たな、ランシー」とウィリーが言った。「何を持ってきてくれたんだね？」

ハイボーイはジェイクに向かって丁寧に一礼し、テーブルの上にワインの入ったフルーツ・ジャーを二つ置いた。ランシーがその隣に、きれいな白いナプキンを被《かぶ》された皿をひとつ置いた。

「このワインは協会《ソサエティー》からの見舞だよ」とハイボーイは言った。「そしてランシーのママがピーチ・パフを届けてくれた」

「ドクターの具合はいかがですか、ミス・ポーシャ？」とランシーが尋ねた。

「それがとても良くないのよ、ここのところね、ハニー。あたしがいちばん気になるのは、父さんがすごく元気が良いことなの。人が病気にかかっているとき、いちばんいけない徴候はね、とつぜん元気良くなることなんだよ」、ポーシャはジェイクの方を向いた。「それはいけない徴候だと思いませんかね、ブラントさん？」

ジェイクはぼんやりとした目で彼女をじっと見た。「おれにはわからんな」

ランシーは胡散臭《うさんくさ》そうな目でちらりとジェイクを見て、それから彼の身体《からだ》には小さすぎるシャツの袖を引っ張った。「ドクターに、お大事にと伝えておいてください。うちの家族みんなの気持ちです」

「どうもありがとうね」とポーシャは言った。「このあいだ父さんがあんたのことを話していたよ。あんたにあげたい本があるんだって。ちょっと待っててちょうだい。それを取ってくるわね。そしてこのお皿を洗っちまうから、あんたのお母さんに返してもらいたいの。こんなに親切にしてもらって、ほんとに嬉《うれ》しいよ」

マーシャル・ニコルズはジェイクの方に身を屈《かが》め、何かを言おうとしているみたいに見えた。その老人は縞《しま》模様のズボンをはいて、モーニングの上着のボタン穴に花を差していた。彼は咳払《せきばら》いをして言った。「失礼ですが、サー、さきほどのあなたとウィリアムとの会話が、どうしても私どもの耳に入りました。彼の今置かれている苦境についての会話です。不可避的に、私どももそれについて考慮しておりました。どのような方策をとるのがいちばん好ましいのかと」

「あんたは親戚《しんせき》の一人なのかね、それとも教会の牧師さんとか？」

「いいえ、私は薬剤師です。そしてあなたの左側の隣に座っているジョン・ロバーツは、合衆国の郵便部門に雇用されております」

「郵便配達夫です」とジョン・ロバーツは補足した。

「ちょいと失礼いたします――」、マーシャル・ニコルズはポケットから黄色いシルクのハンカチーフを取りだし、行儀よく鼻をかんだ。「当然のことながら、私どもはそのことについて綿密に討議いたしました。そして疑いの余地なく、この自由の国アメリカに住む有色人種として、今ある友好的な関係をより前向きに推し進めたいと、私どもとしては切望しておるのです」

「私どもはいつも正しいことをなしたいと、願っておるのです」とジョン・ロバーツが言った。

「そして注意深く行動することが、私どもにとって有益であり、既に確立されている友好的関係を危機にさらすのは、あまり好ましいことではあるまいと思いなしております。そのようにしておれば、徐々により良き状況がもたらされるでありましょうと」

ジェイクは二人の顔を順番に見比べた。「あんた方が何を言おうとしているのか、私にはさっぱりわからんね」。暑さで息が詰まりそうだった。彼は外に出たかった。眼球に薄い膜がかかったみたいで、まわりのすべての人の顔がぼんやり滲《にじ》んで見えた。

部屋の向こう側ではウィリーがハーモニカを吹いていた。バディーとハイボーイはそれを聴いていた。それは暗く悲しい音楽だった。曲が終わると、ウィリーはシャツの前でハーモニカを磨いた。「すごく腹が減って喉が渇いているものだから、よだれが出てきて、曲が湿っちまうんだよ。そのご馳走《ちそう》を少し味見させてくれたら、素敵なんだけどさ。惨《みじ》めさを忘れるには、酒を飲むしかないんだよ。おれの、り、両足が今どこにあるかがわかり、毎晩ジンを飲んでられたら、気がもっと晴れるんだけどな」

「くよくよするんじゃないよ、ハニー。今少しあげるから」とポーシャは言った。「ブラントさん、ピーチ・パフとワインを召し上がらない？」

「ありがとう」とジェイクは言った。「そいつはありがたいね」

　ポーシャはテーブルの上に手早く布をかけ、皿とフォークを一組セットした。そして大きなタンブラーにたっぷりワインを注いだ。「ここでゆっくり寛《くつろ》いでくださいな。あたしは他のひとたちにサーヴしますから」

　フルーツ・ジャーがみんなの口から口へと回された。そのジャーをウィリーに回す前に、ハイボーイはポーシャの口紅を借りて、ここまで飲んでいいという赤い線を引いた。ごくごくと酒を飲む音と笑い声が聞こえた。ジェイクはパフを食べてしまうと、グラスを持ってベンチの二人の老人の間に戻った。自家製のワインはまるでブランディーのように濃厚で強かった。ウィリーはハーモニカで低く哀《かな》しげな曲を吹き始めた。ポーシャは指を鳴らしながら、すり足で部屋を回った。

ジェイクはマーシャル・ニコルズの方を向いた。「ポーシャの父親は医者だって言ったね？」

「イエス・サー、その通りです。腕の良い医者です」

「彼はいったいどうしたんだね？」

二人の黒人は困ったように顔を見合わせた。

「彼は事故にあったんです」とジョン・ロバーツは言った。

「どんな種類の事故だね？」

「ひどい事故です。嘆かわしい出来事で」

マーシャル・ニコルズは絹のハンカチーフを畳んだり広げたりした。「先ほども申しましたように、大事なのは今ある友好的な関係を損なわないことなのです。それよりはその関係をより前向きに、熱意を持って推し進めていかねばなりません。我々有色人種のメンバーは、市民たる我々の地位を向上させるために、あらゆる面において努力せねばならんのです。あっちにおられるドクターは実によく努力をしてこられた。しかし時として人種の違いとその立場の、ある種の要素を十全には認識しておられんように、私には見受けられました」

ジェイクは苛立《いらだ》ったように、グラスに残っていた酒をぐいと飲み干した。「いいかね、もっと簡潔に話をしてくれないか。それじゃ何を言っているのかさっぱりわからんよ」

マーシャル・ニコルズとジョン・ロバーツは傷ついたように顔を見合わせた。部屋の向こう側では、ウィリーが相変わらず腰掛けたまま音楽を演奏していた。その唇はまるで身体をすぼめた太った毛虫みたいな格好で、ハーモニカの四角い穴の上を這い回っていた。彼の両肩は幅広く強かった。腿の切断されたところが、音楽に合わせてぴくぴくと跳ねるように動いた。バディーとポーシャが手拍子をとり、ハイボーイがそれに合わせて踊っていた。

ジェイクは席を立ったが、立ち上がると自分が酔っ払っていることがわかった。彼はよろめき、きつい目つきでまわりをじろりと見た。しかし誰もそれには気がつかないようだった。「シンガーはどこだ？」と彼はだみ声でポーシャに尋ねた。

音楽が止んだ。「あら、ブラントさん、彼がもうお帰りになったのはご存じだと思ってたけど。あんたがテーブルでピーチ・パフを食べてなさるとき、シンガーさんが戸口に来て、時計をこちらに向けなすった。もう帰る時刻だっていうように。でもあんたはそちらをまっすぐ見ながら、首を横に振られました。だからてっきりご存じだと思っていたんですけどね」

「たぶんそのとき何か別のことを考えていたんだな」、彼はウィリーの方を見て腹立たしげに言った。「私がなんのためにここに来たか、それをまだ言ってもいなかったな。私はなにも、君に何かを頼みにここに来たわけじゃない。求めていたのは――私が求めていたのはただこういうことだ。君と仲間の二人は何が起こったかについて証言し、それがなぜかを私が説明する。なぜかというのが唯一の重要なことであって、何がじゃないんだ。おれは君たちをワゴンに乗せて引き回すつもりだった。そして君たちは自分たちの経験したことを語り、そのあとでそれがなぜかを、おれが説明するつもりだった。それはあるいは何か意味あることになったかもしれない。あるいはそれは――」

　彼はみんなが自分のことを笑っているように感じた。頭が乱れて、自分が何を言わんとしていたのかわからなくなってしまった。部屋は見知らぬ黒い顔で満ちていて、空気はみっしり重かった。彼はドアを目にして、そちらに向かってよたよたと歩いて行った。ドアを開けると、そこは薬の匂いのする暗い戸棚だった。それから彼の手は別のドアノブを回していた。

　彼は小さな真っ白な部屋の戸口に立っていた。部屋の中にあるのは鉄製のベッドと、戸棚と、二脚の椅子《いす》だけだった。ベッドには、シンガーの家の階段で出会ったあの恐ろしげな黒人が横になっていた。白い糊《のり》のきいた枕《まくら》の上にある彼の顔は、いっそう黒々として見えた。その暗い目は憎しみに熱く燃えていたが、青みを帯びた重い唇は冷静さを保っていた。彼の顔は黒い仮面のようにじっとして動きがなかった。鼻腔《びこう》だけが呼吸に合わせて、ゆっくり幅広く揺れていた。

「出て行ってくれ」と黒人は言った。

「待ってくれ――」とジェイクは驚いて言った。「どうしてそんなことを言うんだ？」

「ここは私の家だ」

ジェイクはその恐ろしげな黒人の顔から目をそらすことができなかった。「しかし、どうして？」

「あんたは白人で、私の知らぬ人だ」

ジェイクはそこを去らなかった。彼は用心深げに鈍重に歩き、背中のまっすぐな白い椅子のひとつに腰を下ろした。黒人はベッドスプレッドの上で手を動かした。その黒い目は熱のためにぎらぎら光っていた。ジェイクは彼を見ていた。二人はそのまま待ち受けた。部屋には何か陰謀のような、あるいは爆発の前の重い沈黙のような、緊迫した空気が漂っていた。


時刻はとうに真夜中を過ぎていた。春の深夜の温《ぬく》もりを持つ暗い空気が、部屋に幾重にも垂れ込めた青い煙を揺らせた。床の上にはいくつもの丸められた紙と、半分空になったジンの瓶があった。ベッドスプレッドの上にはくすんだ色の灰が散らばっていた。コープランド医師は枕に頭をじっと押しあてていた。彼はナイトガウンを脱いでおり、白い綿の寝間着の袖《そで》は肘《ひじ》までまくり上げられていた。ジェイクは椅子の上で前屈みになっていた。ネクタイは緩められ、シャツの襟は汗でくったりとなっていた。この何時間か、二人の間には疲弊を呼ぶ長い会話が積み上げられてきた。そして今、しばしの中断が訪れていた。

「だから今やそのための準備が整い――」とジェイクが言いかけた。

しかしコープランド医師はその言葉を遮った。「今、おそらく我々にとって必要なことは――」と彼はしゃがれた声で呟《つぶや》いた。二人は話をやめた。二人は互いの目をのぞき込み、待った。「失礼した」とコープランド医師は言った。

「すまない」とジェイクは言った。「話を続けてくれ」

「いや、あんたが話してくれ」

「いや――」とジェイクは言った。「今話そうとしていたことは話さないことにしよう。代わりにお互い、南部についての最後のひとことを言おうじゃないか。窒息させられる南部。荒廃する南部。奴隷《どれい》化される南部」

「そして黒人たち」

自分をしっかりさせるためにジェイクは、足下の床に置いたジンの瓶を手に取り、焼けつくような長い一口を飲んだ。それから慎重な足取りでキャビネットまで歩き、重しとして置いてあった小さな安物の地球儀を手に取った。彼は手の中でその球体をゆっくり回した。「おれに言えるのはこれだけだ。この世界は邪悪と下劣さに満ちているということさ。まったくな！　世界の四分の三は戦争か、あるいは圧制の軛《くびき》の下にある。嘘《うそ》つきと悪魔のような連中が手を組み、真理を知る人々は実に孤立無援の状態に置かれている。しかしだ！　しかしもしあんたが、この地球で最も文明化されていない地域を指させと言うなら、私はここを指さす――」

「よく見なさい」とコープランド医師は言った。「そこは海の真ん中だよ」

　ジェイクはもう一度地球儀を回し、そのずんぐりとした汚い親指を注意深く選択した場所に置いた。「ほら、ここだ。この南部十三州だ。おれの言いたいことははっきりしている。おれは本をたくさん読み、あちこちを渡り歩いた。この十三州は残らず回ったよ。すべての場所で働いた。そしておれがそう考えるのは、このような理由からだ。つまりだな、我々は世界でいちばん豊かな国に住んでいる。物資は豊富にあり、男にも女にも子供にも、不自由せずに暮らせるだけのものを分配することが可能だ。そしてそれに加えて、我が国は偉大なる真の原則――自由と、平等と、個人の人権――に則《のっと》って建設された国なんだ。まったく呆《あき》れるじゃないか！　その出発点はいったいどこに行っちまったんだ？　何十億ドルの資産を持つ会社がいくつもある。それなのに何十万という数の人々がろくすっぽ食えない状態に置かれている。そしてここ南部十三州では、人々のひどい搾取《さくしゅ》がおこなわれている――自分の目で見なくちゃ信じられないようなことだ。おれはこれまでさんざん見てきたよ。頭がおかしくなりそうなくらいな。南部の人間の少なくとも三分の一は、ヨーロッパのファシスト国家の最下級の農民も顔負けの劣悪な状況下で生活し、死んでいくんだ。賃貸農場の小作人の平均年収はたった七十三ドルに過ぎない。平均でだぞ！　シェアクロッパー（分益小作人）の賃金は三十五ドルから九十ドルの間なんだ。そして年に三十五ドルっていうのは、一日めいっぱい働いて十セントにしかならないってことだ。そして至るところにペラグラ（ニコチン酸欠乏症候群）があり、鉤虫《こうちゅう》があり、貧血症がはびこっている。そして単純にして明快な、ありきたりの飢えがある。しかしだ！」と言ってジェイクは握った手の汚い甲で唇をぬぐった。額に汗が噴き出していた。

「しかしだ！」と彼は繰り返した。「それらはあんたが直接触ったり見たりすることのできる悪に過ぎない。もうひとつのやつは更にたちが悪い。私が言っているのは、真実を人々の目から押し隠している、そのやりくちだ。真実が見えないようにするために、人々が常々教え込まれてきたいろんなことだ。毒のある嘘だ。そのようにして人々は真理を知覚することを許されないんだ」

「そして黒人たち」とコープランド医師は言った。「私たちに起こっていることを理解するためには、あんたはなんとしても――」

ジェイクはそれを荒々しく遮った。「だれが南部を所有している？　北部の企業が南部の四分の三を所有しているんだ。おなじみの雌牛たちが全国至るところで草を食《は》んでいると人は言う――南部でも西部でも北部でも東部でも。しかしその乳が搾《しぼ》られるのはひとつの場所だけだ。乳が溜《た》まってきたとき、牛たちが乳首をゆらゆら振って向かうところは決まっている。牛たちが草を食むところは様々だが、乳を搾られるのは常にニューヨークだ。我々の紡績工場、我々の製紙工場、我々の馬具工場、我々のマットレス工場を見てくれ。それらを所有しているのは北部の連中だ。そして何が起こっている？」、ジェイクの口ひげが怒りにぴくぴく震えた。「ここにひとつの例がある。場所は、アメリカ産業界の偉大なる父権システムに従って構築された紡績工場集落だ。それを所有するのは不在オーナーだ。集落には巨大な煉瓦《れんが》造りの工場がひとつあり、たぶん四百から五百の小屋がある。家は人が住むようには作られていない。そのうえそれらはそもそも、最初から貧民窟《くつ》としか呼べないような安普請《やすぶしん》だ。小屋は二間か、せいぜい三間、それに便所がついている。畜牛を住まわせる納屋《なや》の方が、よほど将来性を考えて建てられているくらいだ。豚小屋の方が遥《はる》かに細かい注意を払われて作られている。このシステムにあっては豚は商品価値があるが、人間にはないんだ。痩《や》せた工員のガキからは、ポークチョップもソーセージも作れないからな。昨今、人手の需要なんて供給の半分もありゃしない。ところが豚なら――」

「ちょっと待ってくれ！」とコープランド医師は叫んだ。「あんたは横道に逸《そ》れているぞ。それにだな、あんたは黒人たちの抱える、それとは別個の問題にまったく考慮を払っていない。それじゃ横から口を挟むこともできない。そのことについてはさっきもそっくり話し合ったじゃないか。我々黒人の抱える問題を抜きにして、総合的状況を見渡すことなど不可能なのだ」

「さっきの工場集落の話に戻ろうじゃないか」とジェイクは言った。「一人の何も知らん若者がそこで働き始める。もしそれが景気の良い時期であれば、週給八ドルから十ドルという、悪くない給料でな。彼は結婚する。最初の子供が生まれたあと、女房もやはり工場で働かなくちゃならない。仕事があるときには、二人の収入を合わせると週に十八ドルくらいになる。彼らはその四分の一を、会社があてがってくれた小屋の家賃として払う。食料品や衣服は会社が運営する、あるいは実権を持つ売店で購入する。売店はすべての品物に割高の値段をつけている。三人か四人の子供が生まれると、彼らはそこに鎖で縛り付けられたも同然、動けなくなってしまう。これは農奴制度以外のなにものでもない。にもかかわらず、このアメリカで我々は、自分たちは自由の身だと称している。そして笑っちまうんだが、その考えはシェアクロッパーやら、無知な工員やら、その他大勢の頭にずいぶんしっかり叩き込まれているもので、そいつらは本気でそう信じ込んでいるんだ。しかしそいつらに真理が見えないようにしておくには、ずいぶん大量の嘘が必要とされた」

「そこにはひとつだけ出口があって――」とコープランド医師は言った。

「二つだ。二つだけ出口がある。かつてこの国が拡張している時期があった。その頃は誰もが自分にはチャンスがあると思っていた。まったくな！　しかしそんな時代は終わっちまった——永遠に終わったんだ。今じゃ百にも満たない企業がすべてを腹に収めてしまい、残り物などほとんどない。これらの企業は人々の血を吸い取り、骨をふにゃふにゃにしてしまった。古い拡張の日々はとっくに終わってしまった。資本主義デモクラシーのシステムそのものが腐敗し、崩壊している。あとに残されているのは二つの道だけだ。ひとつはファシズムであり、もうひとつはどこまでも革命的かつ永続的な改革だ」

「そして黒人たちのこと。黒人たちのことを忘れちゃいかん。私や私の同胞に関する限り、南部は今やファシストの地だし、これまでもずっとそうだった」

「その通りだ」

「ナチはユダヤ人から法的、経済的、文化的生活を奪い取っている。この地で黒人たちは、いつだってそれらを奪われてきた。そしてドイツで行われているような金銭と物資の劇的かつ徹底的な簒奪《さんだつ》がここで行われなかったとしたら、それは単に黒人たちにはそもそも富を蓄積することが許されなかったからだ」

「それがシステムなんだ」とジェイクは言った。

「ユダヤ人と黒人」とコープランド医師は苦い口調で言った。「私たち民族の歴史は、ユダヤ人の悠久の歴史と呼応しているかもしれない——ただこちらの方がより血なまぐさく暴力的なだけで。ある特別な種類のカモメのようにな。もしそのカモメの一羽を捕まえて、足に赤いより糸を結びつけておくと、群れ全体がそいつをつついて殺してしまうという」

　コープランド医師は眼鏡を外し、壊れたヒンジの針金を巻き直した。それから寝間着でレンズを拭《ふ》いた。彼の手は気持ちの高ぶりで震えていた。「ミスタ・シンガーはユダヤ人だ」

「いや、それは間違いだよ」

「しかし私は彼はそうだと思っている。シンガーという名前からしてな。最初に会ったときから人種がわかった。目を見ればわかる。それにだいたい、本人が私にそう言ったんだ」

「まさか、そんなはずはない」とジェイクは言い張った。「彼は純粋なアングロサクソンだ。見ればわかる。アングロサクソンとアイルランドの血統だ」

「しかし――」

「私には確信がある。絶対に間違いなく」

「まあいい」とコープランド医師は言った。「そんなことで口論したくない」

　戸外では暗い夜の空気が急に涼しくなり、部屋の中にも冷気が忍び入ってきた。もうほとんど夜明けの時刻だ。早朝の空は絹のような深い青色となり、月は銀色から白へと色を変えていた。すべてが静まりかえり、耳に届くのは、まだ暗い戸外で一羽の春の鳥がうたう、明瞭《めいりょう》で孤独な歌だけだ。窓から微《かす》かなそよ風が入ってきたが、部屋の中の空気は息苦しく、饐《す》えた匂《にお》いがした。緊張と消耗、両方の感覚がそこにあった。コープランド医師はもたれていた枕から前屈みになっていた。目は血走り、手はベッドスプレッドをしっかり握っていた。その寝間着の襟は骨張った肩からずり落ちていた。ジェイクの両足は椅子の横木の上でバランスを取り、その巨大な両手は膝《ひざ》の間に、まるで何かを待ち受けるような子供っぽい格好で重ねられていた。両目の下には深く黒い隈《くま》があり、髪はぼさぼさになっていた。二人は顔を見合わせたまま待ち受けていた。沈黙が長引けば長引くほど、二人の間の緊張はより高まっていった。

ついにコープランド医師は咳払いをして言った。「あんたは何か用件があってここに来たはずだ。何の目的もなしに、こんな議論を一晩続けたわけではあるまい。我々はあらゆることについて話し合ったが、いちばん肝心なことについては話していない。解決法だ。なされねばならんことだ」

彼らはまだ顔を見合わせていた。それぞれの顔には期待の色が浮かんでいた。コープランド医師は枕にもたれながら、まっすぐに身体を起こした。ジェイクは頬杖《ほおづえ》をつき、前に屈み込んでいた。その休止状態がしばらく続いた。それから二人が同時におずおずと話し出した。

「失礼」とジェイクが言った。「先に話してくれ」

「いや、そちらから。あんたが先に話し出したんだ」

「お先にどうぞ」

「まったくもう！」とコープランド医師は言った。「いいから続けて」

ジェイクは底の見えない曇った目で相手をじっと見た。「こういう方法だ。これが私の考えだ。唯一の解決法は人々が真理を知ることだ。いったん真理を知れば、彼らはもう抑圧されることはない。人々の半分だけでもいいからそれを知ってくれれば、戦い全体に勝てるんだ」

「そうだ。いったん人々が、この社会の仕組みを理解すればな。しかしあんたはどうやって彼らにそれを伝えるつもりなんだね？」

「いいかね」とジェイクは言った。「チェーン・レターのことを考えてみてくれ。一人が十人に手紙を書いたら、そしてその十人がまたそれぞれ十人に手紙を書いたら——言ってることはわかるだろう？」、彼は口ごもった。「何も実際に手紙を書くわけじゃない。しかしアイデアはそのまま同じだ。おれはあちこち回って理を説いている。そしてもしある町で十人の知覚していない人々に真理を示すことができたなら、そこで良きことが達成されたと私は感じるんだ。わかるかね？」

　コープランド医師は驚嘆の目でジェイクを見た。それから小馬鹿にしたように鼻を鳴らした。「子供じみたことを言わんでほしいね。みんなに説いて回るなんてわけにはいかないんだ。まったく、チェーン・レターだと！　知覚したものと、知覚していないものだと！」

　ジェイクの唇は震え、眉《まゆ》は急激な怒りのためにぎゅっと下がった。「オーケー、じゃああんたにはどんな考えがあるんだ？」

「まず最初に言いたいのは、私もかつてはこの問題に関して、あんたと同様の意見を持っていたということだ。しかしそういう姿勢がいかに誤っていたかを、私は学んできたのだ。この半世紀のあいだ、私は忍耐こそが賢明な策だと考えてきた」

「忍耐しろなんておれは言ってないぜ」

「蛮行に直面すれば、私は分別をもってそれに対した。不正を前にしても平穏を保った。仮説としての総体なるものの役に立てればと、私は手中にあるものを犠牲にしてきた。拳《こぶし》よりは言葉の力を信じてきた。抑圧に対抗する鎧《よろい》として、私は人の魂の中にある忍耐と信念を説いてきた。しかしそれがどれほど間違ったことであったかを、今になって悟った。私は自らに対する、また我が同胞に対する裏切り者だったのだ。何もかも失敗だった。今こそ行動するときだ。それも早急に行動しなくてはならん。狡猾《こうかつ》さには狡猾さをもって、力には力をもって闘うのだ」

「しかしどうやって？」とジェイクは尋ねた。「どうやって？」

「そりゃ、外に出てことを起こすことによってだ。多くの人々を集め、彼らに示威行為をさせるんだ」

「くだらん！　最後の一言でそのくだらなさがわかるってもんだ。『彼らに示威行為をさせる』って？　何に対抗するかもろくすっぽわかっていない連中を集めて示威行為をさせたところで、いったい何の意味がある？　そんなもの、豚の尻から詰め物をしているみたいなものだよ」

「そういう下品な表現は不快だね」とコープランド医師は取り澄まして言った。

「なんだい、そりゃ！　あんたが不快に思おうが、どう思おうが、こっちの知ったことじゃないね」

　コープランド医師は片手を上げた。「頭に血を上らせないようにしようじゃないか」と彼は言った。「お互い、少しでも歩み寄らねば」

「いいとも。おれだってあんたと喧嘩したくはないからね」

　二人は黙り込んだ。コープランド医師は天井のひとつの隅からもう一方の隅まで目を動かした。何度か彼は話し出そうと唇を湿らせたが、そのたびに言葉は十分に形作られず、沈黙の中に留まった。そしてようやく言った。「私があんたに与えられる忠告はただひとつ。一人だけで立ち上がろうとしちゃならん、ということだ」

「しかし《い、い、》――」

「しかしも何もない」とコープランド医師は教訓を垂れるように言った。「人にとって何より致命的なのは、一人で立ち上がろうとすることだ」

「あんたの言いたいことはわかるが」

コープランド医師は寝間着の襟を骨張った肩から引っ張り上げ、喉のまわりに固く巻き付けた。「私の同胞たちが、人間としての権利を勝ち取るべくおこなっている闘いを、あんたは認めるかね？」

その医師の心の動揺と、穏やかなしゃがれた声で発せられる質問が、突然ジェイクの目を涙で溢《あふ》れさせた。愛が急激に心にこみ上げ、膨らみ、彼はベッドスプレッドの上にある骨張った黒い手を摑《つか》み、硬く握りしめた。「もちろんだとも」と彼は言った。

「我々が困窮を極めていることも？」

「もちろん」

「正義が行われていないことも？　熾《し》烈《れつ》な不平等も？」

コープランド医師は咳払いをし、枕の下に置いている四角い紙に唾を吐いた。「私には予定していることがある。きわめてシンプルにして集約された計画だ。ただひとつのことがらに焦点を絞るつもりでいる。私は今年の八月、この国の千人を超える数の黒人を率いて、行進をしようと計画している。ワシントンまで行進するのだ。全員が堅固な一体となって行動する。そこにあるキャビネットを開ければ、今週私が書いた手紙の束が入っているよ。私は一人ひとりにそれを届けるつもりだ」。コープランド医師は落ち着かない両手を、狭いベッドの両脇《りょうわき》で前後に滑らせていた。「少し前に私が言ったことを覚えているだろうか？　私があんたに与えた唯一の忠告だから、きっと覚えているはずだ。一人で立ち上がってはならない、というやつだ」

「覚えているよ」

「しかしいったん身を捧《ささ》げたら、それがすべてにならなければならない。それが何ものにも優先する。それが生涯の仕事になる。留保なく全身を差し出さねばならない。個人的な見返りを求めてはならない。休みもなく、休みたいとか思ってもならない」

「南部の黒人の権利のために」

「南部と、そして全国の黒人の権利のためにだよ。そしてそれはすべてか無かでなくてはならない。イエスかノーでなくてはならない」

　コープランド医師は枕にもたれかかった。その両の目だけが生気をたたえていた。目はまるで石炭のように赤々と燃えていた。熱が彼の頬を凄《すご》みのある紫色に染めていた。ジェイクは歯をむき出し、柔らかく大きな震える口に、拳をぎゅっと押しつけていた。顔に勢いよく赤みが差してきた。外に朝の最初の淡い光が差した。天井から下がった電球が夜明けに向かって、その鋭く醜い光を放っていた。

　ジェイクは席を立ち、ベッドの足下に身体を硬くして立っていた。彼は抑揚のない声で言った。「いや、そいつはまったく上策とは言えまい。断言するが、ろくな結果にはならんぜ。そもそもあんたは、この町を出ることもできないだろう。公衆衛生に脅威を与えるとか、そういう適当な理由をでっちあげて、当局はそれを阻止しにかかるだろう。あんたは逮捕され、結局は何の成果もあげられないままに終わる。しかしもし何かの奇跡が起こり、たとえあんたが仮にワシントンまで行けたとしても、それが何かの役に立つとは思えんね。つまり、そんな考えそのものが頓珍漢《とんちんかん》だから」

　コープランド医師の喉《のど》に痰《たん》が絡《から》み、がらがらと鋭い音が聞こえた。彼の声は厳しかった。「他人をあざ笑ったり、やり込めたりするのはずいぶんお得意のようだが、それに代わる案を何かお持ちなのかね？」

「あざ笑ったりしちゃいない」とジェイクは言った。「あんたの計画は頓珍漢だと言っただけだ。おれはそれよりはずっとましなアイデアを持って、今夜ここに来た。あんたの息子さんのウィリーと、あとの二人の若者が欲しかったんだ。彼らをワゴンに乗せて引き回すつもりだった。自分たちがどんな目に遭わされたか、彼らがその話を人々に聞かせたら、そのあとで何故《なぜ》そんなことになったのかをおれが説明する。言い換えれば、資本主義の弁証法について一席ぶつわけさ。そしてその嘘を暴《あば》くんだ。それを説明すれば、人々はきっと理解することだろう。どうしてその若者たちの脚が切り落とされることになったかを。そして彼らの姿を目にした全員を、知覚したものにするんだ」

「くだらん！　実にもってくだらん！」とコープランド医師は怒りを露《あら》わにして言った。

「あんたはまともな脳みそを持ち合わせておらんようだ。あまりに馬鹿馬鹿《ばかばか》しくて、あほらしくて、いちいち笑う気にもなれんよ。これまでの人生で、そこまでナンセンスな話を耳にしたのは初めてだ」

　二人は互いをにらみ合った。苦い失望と怒りがそこにあった。外の通りから荷馬車のゴトゴトという音が聞こえてきた。ジェイクは唾《つば》を飲み、唇を噛《か》んだ。「まったく！」と彼はしばらくして言った。「狂っているのはあんたの方だ。あんたはすべてをまったく逆さまに考えている。この資本主義社会で黒人の抱える問題を解決する唯一の方法は、全州で千五百万に及ぶ黒人の男たちを、みんなタマなしにしちまうことだな」

「そういうのが、正義について偉そうにがなりたてるあんたの演説の底に、実は隠されている考えなのかね？」

「なにもそうするべきだと言ってるわけじゃない。ただ、あんたは木を見て森を見ていないと言ってるだけだ」、ジェイクはゆっくりと、痛々しいほど慎重に話した。「何かを為《な》すには、いちばん底の部分から始めなくちゃならん。古い伝統を叩《たた》き潰《つぶ》し、新しい伝統を立ち上げる。世界にそっくり新しい形式をもたらす。人を社会的成員に変革するんだ。それはこれまでになかったことであり、人は秩序だった、統御された社会の中に暮らすようになる。そこでは人は、生存のために不正を働くことを余儀なくされるようなことはない。そこにおける社会的伝統は――」

コープランド医師は皮肉っぽく拍手をした。「素晴らしい」と彼は言った。「しかし生地を作るには、まず綿を摘まねばならんのだよ。あんたとその役立たずの生煮えの説にできるのは――」

「よしてくれ！　あんたとあんたの千人の黒人たちがワシントンと呼ばれる、悪臭ふんぷんたる汚水溜めまでなんとか辿《たど》り着けたとして、誰がそんなこと気に留めるものか。それで何が変わるというんだ。そんな少数の人間にいったい何ができる。それが黒人だろうが白人だろうが、善人だろうが悪人だろうが、数千ぽっちの人間に？　我々の社会全体が、どす黒い嘘の基盤の上に築かれているというのに」

「すべてだ！」とコープランド医師は喘ぎながら言った。「すべてだ！　すべてができる！」

「まったくの無だ！」

「この世界でもっとも心が歪《ゆが》んで邪悪なものだって、正義の光に照らせば、まだ値打ちが――」

「ああ、くだらん！」（原文は「地獄に行っちまえ」）とジェイクは言った。「馬鹿馬鹿しい！」

「冒瀆《ぼうとく》の言葉だ！」とコープランド医師は金切り声を上げた。「恥ずべき冒瀆だ！」

ジェイクはベッドの鉄の横棒を揺さぶった。こめかみの血管が破裂しそうなほど膨張し、顔が怒りに黒ずんだ。「近視眼の偽善者が！」

「白人の——」と言ったところで声が途切れた。彼は苦闘したが、音はどうしても出てこなかった。それでもなんとか詰まったような囁《ささや》き声が絞り出された。「鬼畜め！」

窓の外は朝の明るい黄色に染まっていた。コープランド医師の頭はがっくりと枕に落ちた。首はまるで骨が折れたような角度に捻《ねじ》れ、唇には血の泡が斑《まだら》についていた。ジェイクはもう一度医師の顔を見て、乱暴に啜《すす》り泣きながら、急ぎ足で部屋を出て行った。

14

今では彼女は「内側の部屋」でじっとおとなしくしていることができなくなった。常に誰かにくっついていなくてはならなかった。そしていつだって何かをしていた。一人でいるときには、ものを数えるか、あるいは数字の計算をした。居間の壁紙に描かれた薔薇《ばら》の花を数えた。家全体の体積を計算した。裏庭に生えた草をいちいち数え、ひとつの茂みの葉っぱを数えた。もし数字について考えるのをやめてしまったら、恐ろしい不安が押し寄せてくるからだ。五月の午後、学校から帰宅しているときによく、彼女は唐突に、急いで何かを思いつかなくてはならなかった。素敵なことを——とても素敵なことを。そういうときにはジャズ音楽のテンポの速いフレーズのことを考えたものだ。あるいは、家に帰ったら冷蔵庫の中にゼリーがあるだろうとか、石炭小屋の裏で煙草《たばこ》を吸おうとかいったようなことを。あるいはずっと先になって、自分は北部に行って雪を見るのだというようなことを。また外国旅行だってするだろう。そんなことを考えようと努めた。しかしそれらの楽しい考えも長くはもたない。ゼリーは五分でなくなってしまったし、煙草もすぐに吸い終わってしまった。そのあと何をすればいいのだ？　数字は頭の中ですぐに混乱してしまうし、雪や外国は遠い将来の話だ。じゃあ、他にいったい何があるだろう？

残るはシンガーさんだけだ。彼女は彼のあとをどこまでもついていきたかった。朝には、彼が仕事に出かけるために玄関の階段を降りていくのを眺め、それから半ブロックばかり離れてあとをついていったものだ。毎日、午後に学校が終わるとすぐ、彼の働いている店の近くに行って、その角をうろうろしていた。四時になると彼は外に出てきて、コカコーラを飲んだ。彼が通りを横切ってドラッグストアに入り、それからまた出てくるのを見ていた。仕事場を出て、帰宅する彼のあとをつけた。ときどき彼は散歩をしたが、そのあともつけた。いつもずいぶん距離をおいてあとをつけた。彼の方はまったく気づきもしなかった。

彼の部屋に遊びに行くこともあった。その前に顔と手をごしごし洗い、ドレスの前面にヴァニラ・エッセンスを少し振った。今では彼女がその部屋を訪れるのは週に二度だけだった。彼にうんざりしてもらいたくなかったからだ。部屋のドアをあけると、彼はたいてい、奇妙だが美しいチェス盤に向かって身を屈めていた。そして彼女は彼と二人になった。

「ねえ、シンガーさん、冬に雪の降る土地に住んだことってある？」

彼は椅子の背を壁の方に傾けて、肯《うなず》いた。

「それはこの国じゃなくて、外国のこと？」

彼はもう一度肯いて、銀色の鉛筆でメモ帳に書いた。一度デトロイトから川を越えて、カナダのオンタリオに旅行したことがある。カナダはずっと北方にあり、家々の屋根の高さまで雪が降り積もる。そこには有名な五つ子姉妹（一九三四年五月二十八日に生まれたディオンヌ姉妹）がいて、セント・ローレンス川が流れている。人々はフランス語を話しながら通りを忙しく行き来している。そしてもっと北に行けば、深い森があり、白い氷のイグルー（氷でできたエスキモーの家）がある。北極圏まで行けば美しいオーロラも見られる。

「カナダにいるとき、外に出て新しい雪を拾ってきて、それにクリームとお砂糖をかけて食べたことってある？　そんな風にして食べると、とてもおいしいって話を読んだことあるの」

質問がよくわからなかったというように、彼は顔を横に向けた。でも彼女は同じ質問を繰り返せなかった。突然それが馬鹿馬鹿しく思えてきたから。彼女は何かを待ち受けるように、ただじっと彼を見ていた。彼の頭の大きく黒い影が背後の壁に落ちていた。扇風機がもったりした暑い空気に涼気を与えていた。すべてが静まりかえっていた。二人とも、これまでまだ一度も語られていない話を、相手が切り出すのを待ち受けているかのようだった。彼女が語るべき話は、恐ろしくて、不安をはらんだものだった。しかし彼が語る話はどこまでも真実なものであり、それはすべてのものごとをきちんと正してくれることだろう。おそらくそれは、言葉や文章では語り得ないことがらであり、彼はそれを違ったやり方で彼女に理解させなくてはならないだろう。それが彼と一緒にいて、彼女の抱いた感覚だった。

「私はただカナダのことを尋ねただけ。でも大したことじゃないの、シンガーさん」

　階下では家庭は困難に満ちていた。エッタの具合は相変わらず悪く、三人でひとつのベッドに潜り込むことは不可能だった。窓のカーテンは引かれ、暗い部屋にはむっとする病気の匂いが漂っていた。エッタは職を失い、それは週に八ドルの収入がなくなることを意味した。加えて医者の支払いもあった。そしてある日、ラルフが台所を歩き回っていて、熱いストーブに触れて火傷《やけど》をした。包帯のせいで両手が痒《かゆ》くなり、誰かがずっと彼を監視していなくてはならなかった。そうしないと彼は火ぶくれをかきむしってしまうからだ。ジョージは誕生日に、赤い小さな自転車を買ってもらった。ハンドルバーにベルとかごがついたやつだ。それを買うためにみんながちょっとずつお金を出し合った。しかしエッタが職を失ったために割賦《かっぷ》が払えず、二度の支払いが滞ったので、店は人を寄越して自転車を回収していった。男がポーチからその自転車を押して持って行くのを、ジョージはじっと見ていた。男が前を通り過ぎたとき、彼は自転車の後ろの泥よけを蹴《け》り、そのまま石炭小屋に駆け込んで、扉を閉めた。

お金、お金、いつだってお金の話だった。一家は食料品店に借りがあり、いくつかの家具の前回の支払いができていなかった。そして今では家も自分のものではなくなっていたので、その家賃の支払いも滞っていた。家の六つの部屋はすべて塞《ふさ》がっていたが、定められた期日に下宿代を納める下宿人はまずいなかった。

父親はしばらくの間、毎日外に出てもうひとつの仕事の口を探し回っていた。大工の仕事はもうできなかった。地上から十フィートの高さになると、身がすくんでしまうからだ。あちこちに就職を申し込んだが、雇ってくれるところはなかった。最後に彼はこのような考えに達した。

「大事なのは宣伝なんだよ、ミック」と彼は言った。「私は結論を得たんだ。この今、私の時計修理商売に必要なのは、なんといっても宣伝だ。自分を売り込まなくちゃならん。外に出て行って、私が時計修理をやっていることを世間に知らせなくちゃならん。安く上手に修理しているっていうことをな。私の言ったことをよく覚えていてくれ。私はこの商売をしっかり成功させ、私が生きている限り、家族みんなが豊かに暮らせるようにしてあげられるんだ。宣伝さえすればな」

彼は一ダースほどのブリキ板と、赤いペンキをいくらか家に持ち帰った。次の週、彼はずいぶん忙しくしていた。それは素晴らしいアイデアだと本人は考えているらしかった。正面の部屋の床中に看板が置かれ、四つん這《ば》いになって、ひとつひとつの字をひどく念入りに書き込んでいった。作業しながら口笛を吹き、頭を振った。この何ヶ月か、彼がこんなに陽気で楽しげだったことはなかった。ときおり一張羅の背広を着込み、気持ちを落ち着かせるために角を曲がって、一杯のビールを飲みに行った。最初、看板にはこのように書かれていた。

ウィルバー・ケリー
時計修理
安価にして、技術は確か

「ミック、こいつをしっかり目立つものにしたいんだ。どこに置いてもぱっと目を引くようにな」
　彼女は父親を手伝い、五セント貨を三枚もらった。看板の出来は最初のうち悪くなかった。しかし彼はそこに手を加えすぎて、結局ひどいことになった。いろんな文句が次々に書き加えられていった。角《すみ》っこにも、上の部分にも下の部分にも。作業を終える頃には、看板は「とても安価」とか「すぐにご来店を」とか「どんな時計でも動かしてみせます」といった惹句《じゃっく》で埋め尽くされていた。

「父さんはあまりにたくさんのことを看板に書き込もうとして、おかげで何も読めなくなってしまったわ」とミックは父親に言った。

彼はまた少しブリキ板を買ってきて、図案をミックに任せた。彼女はシンプルで飾りのない、大きな活字体を使って文章を書き、時計の絵を添えた。ほどなく彼女はそれを一山完成させた。父親の知り合いが車に彼を乗せて近隣を回り、彼は木の幹や塀の支柱にその看板を釘《くぎ》で打ち付けていった。自宅のあるブロックの両端に、黒い手が家を指さしている看板を立てた。そして玄関のドアにはまた別の看板が掲げられた。

看板の取り付けが完了した翌日、彼は清潔なシャツにネクタイを結び、正面の部屋で客を待ち受けた。しかし何ごとも起こらなかった。自分たちだけでは処理しきれない時計修理を半額料金で回してくれる装飾店が、掛け時計をふたつ持ち込んできたが、それだけだった。彼はがっかりしてしまった。もう外に別の職探しに行くこともやめてしまった。しかし彼はいつも家の内外で、忙しく立ち振る舞わなくてはならなかった。ドアを外して、蝶番《ちょうつがい》に油を差した――それが必要であるかどうかは関係なく。ポーシャのためにマーガリンを混ぜ合わせ、二階の床を磨いた。冷蔵庫の排水を台所の窓から外に流す装置を考案した。ラルフのために美しいアルファベットのブロックを彫ってやり、小さな糸通し器を発明した。修理に持ち込まれた数少ない時計に多大な神経を傾注した。

ミックはまだシンガーさんのあとをつけていた。でも本当はそんなことをしたくなかった。彼のあとをこっそりつけるなんて、とてもまともなこととはいえない。二日か三日、彼女は学校をずる休みし、シンガーさんを仕事場までつけていって、その店の近くの街角を終日うろうろしていた。彼がブラノンさんの店で夕食をとっているとき、カフェに入って五セントでピーナツの袋を買った。そして日が暮れると、長い夜の散歩のあとをついていった。彼とは逆側の歩道を歩き、一ブロックばかり距離を置いた。彼が立ち止まると、彼女も立ち止まった――彼が足早に歩くと、遅れないように走った。その姿が目に見えている限り、彼の近くにいる限り、ミックはまさに幸福だった。しかしときどき奇妙な気分に襲われ、自分は正しくないことをしているのだと思った。だからできる限り家で忙しくしているように努めた。

　いつも自分を忙しく保っているという点では、彼女と父親は今や似たもの同士だった。彼女は家の中や近所で何が起こっているか、いつも気に留めていた。スペアリブズのお姉さんが映画宝くじ（映画館が行うくじで、指定の夜間興行を見に来た観客が対象となる）で五十ドルを当てた。ベイビー・ウィルソンは頭の包帯がはずれたが、髪は男の子のように短くカットされていた。彼女はその年のソワレでは踊れなかった。母親にそれを観《み》に連れて行かれたとき、あるダンスの箇所でベイビーは大声をあげて騒ぎ出し、みんなは彼女をオペラハウスから引きずり出さざるを得なかった。外の歩道でミセス・ウィルソンは、ベイビーを静めるために折檻《せっかん》しなくてはならなかった。そしてミセス・ウィルソン自身も一緒に泣いた。ジョージはべイビーのことを嫌った。彼女が家の前を通り過ぎるとき、彼は鼻をつまみ、両耳を塞いだ。ピート・ウェルズは家を飛び出して、三週間帰ってこなかった。それから裸足《はだし》で、腹をすかせて戻ってきた。そして自分はニューオーリンズまで行ったのだと、みんなに吹聴《ふいちょう》した。

エッタの病状が思わしくなかったので、ミックはずっと居間で眠ることになった。短いソファはおそろしく窮屈で、睡眠の不足ぶんは学校の自習室で補われた。一晩おきにビルは彼女と寝場所を交換してくれ、彼女はビルの部屋でジョージと眠った。それから彼らにとって幸運なことが起こった。上の階の下宿人の一人が越していったのだ。一週間経《た》って、新聞広告を出しても新しい下宿人が見つからなかったとき、母親はビルに上階の空き部屋に移っていいと告げた。ビルは家族から離れて、自分専用の部屋を持てたことをとても喜んだ。ミックはジョージと二人で部屋を分け合った。ジョージは温かな小さな子猫のように眠り、とてもひっそり呼吸をした。

彼女は再び夜の時間を知った。でも暗闇《くらやみ》の中を歩き回って音楽を聴いたり、いろんな計画を立てていた昨年とは事情は違っていた。今では彼女は違った具合に夜を知るようになった。ベッドの中で彼女は目覚めていた。奇妙な恐れを彼女は抱いた。まるで天井がゆっくり下がってきて、自分の顔をぐいぐい押さえつけるような感覚だった。家がばらばらに崩れてしまったらどうしよう？　この家は居住不適宣告を受けるべきだなと、父親が一度口にしたことがあった。それはある夜みんなが眠っているときに、壁にひびが入り、家全体が崩壊してしまうということなのだろうか？　みんなは大量の漆喰とか、割れたガラスとか、壊れた家具とか、そういうものに埋まってしまい、身動きもとれず、呼吸もできない状態になるのか？　彼女は目覚めたまま横になり、筋肉が硬直した。夜中にはみしみしという音が聞こえた。誰かが歩いているのだろうか？　彼女以外に起きている人がいるのだろうか？　それはシンガーさんだろうか？

　ハリーのことはまったく考えなかった。彼女はハリーのことは忘れてしまおうと心を決め、実際に忘れてしまった。バーミングハム（アラバマ州の都市）の自動車修理工場で職を見つけたという手紙を、彼は書いてきた。彼女は打ち合わせたとおり、「オーケー」という葉書を書いて彼に送った。彼は母親あてに毎週三ドルを送金した。二人で森に行ったときからずいぶん長い時間が経ったように、彼女には思えた。

　日中の彼女は「外側の部屋」で忙しかった。しかし夜になると暗闇に一人ぼっちになり、そこでは数をかぞえてもたいして役にはたたなかった。彼女は誰かを求めていた。彼女はジョージを起こしておこうとした。「暗い中で起きて話をするのは楽しいよ。しばらく話をしようよ」

　彼は眠そうな返事をした。

「窓の外の星を見てごらんよ。あの小さな星が、みんなひとつひとつ地球と同じくらいの大きさを持つ惑星だなんて、信じられないよね」

「なんでそんなことがわかるんだい？」

「ただわかっているんだよ。そういうのを測る方法があるんだ。それが科学というものなの」

「そんなの信じられないや」

彼女はジョージをけしかけて論争にもっていこうとした。そうすれば彼は興奮して、起きていられるはずだ。でも彼は彼女にただしゃべらせておいて、とくに注意は払わないようだった。少しして彼は言った。

「ねえ、ミック！　あの木の枝を見てごらんよ。あれって、手に鉄砲を持ってうずくまっている、昔のピルグリムの人みたいに見えない？」

「たしかにそうだね。ほんとにそう見えるよ。それからあのタンスの上をごらんよ。あの瓶って、帽子をかぶっている道化師みたいに見えない？」

「いいや」とジョージは言った。「ぼくにはぜんぜんそんな風には見えないや」

ミックは床に置いていたグラスの水を飲んだ。「ゲームをしようよ。『私は誰でしょう？』を。もしなりたければ、問題を出す方になってもいいよ。どっちでもかまわない。おまえが選べばいい」

ジョージは小さな両の拳を顔にやり、静かにむらなく呼吸をした。彼は眠りに落ちようとしていた。

「待ってよ、ジョージ！」と彼女は言った。「これって面白いんだから。私はMで始まる名前の誰かなの。私は誰でしょう？」

　ジョージはため息をついた。その声はくたびれていた。「ハーポ・マルクス？」

「いいえ、私は映画に出たことはありません」

「わかんないよ」

「おまえも知っている誰かよ。私の名前はMで始まり、イタリアに住んでいます。これでわかるはずよ」

　ジョージは自分の方に寝返りを打ち、ボールのように丸まった。もう返事はなかった。

「私の名前はMで始まるけど、ときにはDで始まる名前で呼ばれることもあります。イタリアではね。私は誰でしょう？」（ドゥーチェ・統領と呼ばれるムッソリーニのこと）

　部屋は静かで暗く、ジョージは既に眠りについていた。彼女は彼をつねり、耳をひねった。相手は唸《うな》ったものの、目覚めはしなかった。彼女は弟にぴったりとくっついて、その温かい裸の小さな肩に顔を押しつけた。彼女が十進法の計算をしているそばで、ジョージは一晩ぐっすりと眠り続けるのだった。

　階上の部屋でシンガーさんは目覚めているのだろうか？　天井が軋《きし》んだのは、彼が静かに歩いて部屋を行き来し、冷たいオレンジ・クラッシュを飲み、卓上に並べられたチエスの駒《こま》をじっくり見ているからだろうか？　このようなすさまじい不安を、彼は感じたことがあるだろうか？　いや。彼は間違った行いなど何ひとつしたことはない。間違った行いをしたことはなく、だから心は夜中も静穏を保っているはずだ。しかしもしそうであったとしても、シンガーさんなら理解してくれるはずだ。

もしこのことを彼に話せたら、事態はもっとましになるだろう。どんな風に彼に切り出そうか、彼女は考えてみた。シンガーさん、ある女の子がいて、それでねシンガーさん、その子は私より年上ではないんだけど、シンガーさん、あなたにこういうのをうまく理解してもらえるかどうか、私にはよくわからないんだけど、シンガーさん、シンガーさん——。彼女は何度もその名前を繰り返した。彼女は家族の誰よりも彼のことを愛していた。ジョージやお父さんよりももっと。それは異なった種類の愛だ。それは彼女が今までの人生で一度も感じたことのなかった何かだった。

朝に彼女とジョージは一緒に服を着替え、話をした。彼女は時折ジョージにすごくぴったりくっつきたくなった。彼は背が伸びて青白く、痩せてごつごつしていた。柔らかな赤みがかった髪はくしゃくしゃになり、小さな耳の上にかかっていた。鋭い目はいつも細められていたので、顔には緊張した表情が浮かんでいた。永久歯がはえ始めていたが、それらは青白く、かつての乳歯と同じようにお互い遠く離れていた。疼《うず》く新しい歯を舌で触るのが習慣になり、そのために彼の顎《あご》はしばしば捻れていた。

「ねえ、ジョージ、おまえは私のことを愛している？」と彼女は尋ねた。

「ああ、そりゃ愛しているよ」

それは夏休み前の最後の週の、よく晴れた暑い朝だった。ジョージは服を着て、床に寝そべって算数をさらっていた。彼の小さな汚い指は鉛筆を強く握り、おかげでしょっちゅう芯《しん》の先を折っていた。彼が算数を終えると、彼女はその両肩を摑んで、顔をまじまじと覗《のぞ》き込んだ。「すごく愛してるかってことよ。真剣にすごく」

「離してくれよ。もちろん愛してるさ。おれの姉ちゃんだもの」

「そうだけど。でもね、もし私がおまえの姉さんじゃなかったらどうなの？　それでも私のことを愛しているかしら？」

ジョージはあとずさりした。シャツの予備がなかったので、彼は汚れたセーターを着ていた。手首は細く、血管が青く浮いていた。セーターの袖《そで》は伸びきってだらんと垂れ下がり、両手をとても小さく見せていた。

「もしぼくの姉ちゃんじゃなかったら、ぼくはあんたのことをよく知らないかもしれない。だったら、ぼくにはあんたを愛せないかも」

「でももしおまえが私のことを知っていて、でもおまえの姉さんじゃなかったとしたら？」

「ぼくがあんたのことを知ってるって、なんでわかるんだい？　そんなこと証明できないじゃないか」

「だからさ、ただ知っているんだと仮定してみなよ」

「うん、それでもちゃんと好きだと思うよ。でもやっぱりさ、そんなこと証明は――」

「証明だって！　おまえの頭にあるのはそればっかりなのね。証明とごまかし《トリック》だけ。すべてのものごとはごまかしか、証明されるべきもののどちらかなんだから。おまえにはまったく我慢できないよ、ジョージ・ケリー。おまえのことなんか大嫌いだ」

「オーケー、それならぼくだって、あんたのことなんてぜんぜん好きじゃないものね」

　彼は何かを探すためにベッドの下に潜り込んだ。

「そこで何を探してるのよ？　私のものに勝手に手を触れるんじゃないよ。もし私の私物箱をいじっているところを見つけたら、頭を思い切り壁に叩きつけてやるからね。ほんとだよ。そして脳味噌《のうみそ》の上でがんがん跳ねてやるから」

　ジョージはスペリング帳を手にベッドの下から出てきた。そしてその小さな汚れた手は、マットレスの穴に突っ込まれた。彼はそこに自分のビー玉を隠しているのだ。何を言われようと動じない子供だ。彼はゆっくり時間をかけて、持って行く三つの茶色いガラス玉を選んだ。「そんなの、ふんだ！」と彼はミックに返事をした。ジョージはまだ子供だし、意地っ張りすぎる。彼を愛する意味なんてない。この子は彼女よりも更にものごとを知らないのだから。

学校は終わり、彼女はすべての科目をパスした。いくつかの科目はＡプラスで、いくつかはあと少しで落第を免れた。日々は長く暑かった。ようやく彼女は音楽に神経を集中できるようになり、ヴァイオリンとピアノのための作品をいくつか書き始めた。歌も書いた。彼女の頭にはいつも音楽があった。シンガーさんのラジオを聴き、そこで耳にした番組のことを考えながら、家の中をあてもなく歩き回った。

「ミックはいったいどうしたんだね？」とポーシャは言った。「いったいどんな猫があの子の舌をもっていっちまったんだね？　うろうろ歩き回って、一言も口にしない。前みたいにがつがつ食べることもない。そろそろいっぱしのレディーになりつつあるのかねえ」

何かしら待機状態にあるような気分だった——しかし何を待ち受けているのか、それは彼女自身にもわからない。太陽は激しく照りつけ、街路は熱気のために白っぽく霞《かす》んでいた。彼女は昼間は熱心に音楽に打ち込むか、あるいは近所の子供たちと遊び回るかした。そしてじっと待ち受けた。ときどき彼女は自分のまわりを素早く眺め回し、パニックが彼女の中に入り込んだ。そして六月の終わり頃に、突然あることが持ち上がり、それはとても大きな意味を持つことだったので、その結果何もかもが変化を遂げることになった。

その宵、みんなはポーチに出ていた。ぼんやりとした柔和な黄昏《たそがれ》だった。夕食の準備がほとんどできていて、キャベツの匂いが開け放たれた玄関から漂ってきた。ヘイゼルとエッタ以外の家族全員がそこにいた。ヘイゼルはまだ仕事から戻っておらず、エッタは相変わらず具合が良くなくてベッドに横になっていた。父親は靴下だけはいた足を手すりに載せ、椅子《いす》の背に寄りかかっていた。ビルは子供たちと一緒に階段に座っていた。母親はブランコに腰を下ろし、うちわがわりに新聞で扇《あお》いでいた。通りの向こうでは、最近このあたりに越してきた女の子が、片方だけのローラースケートを使って歩道を滑って行き来していた。家々の灯がともり始めていて、ずっと遠くで一人の男が誰かを呼んでいた。

　やがてヘイゼルが帰宅した。ハイヒールが階段にこつこつ音を立て、彼女は物憂《ものう》げに手すりにもたれかかった。夕暮れの薄闇の中、お下げ髪を後ろにやる彼女のふっくらした柔らかな手は、ひどく真っ白に見えた。「エッタが働きに出られる身体《からだ》だとよかったんだけど」と彼女は言った。「今日、仕事の口をひとつみつけてきたものだから」

「どんな仕事だね？」と父親が尋ねた。「私にもできる仕事かな？　それとも女の子にしかできないものかね？」

「女の子にしかできない仕事よ。ウールワースの店員をしていた子が来週、結婚して辞めることになっているの」

「十セント・ストアね——」とミックが言った。

「あんた、興味あるの？」

その質問が彼女をはっとさせた。彼女はただ、前日にその店で買った袋入り香草キャンディーのことを考えただけなのだが。彼女は熱いものを感じて緊張した。前髪を額から上げ、見え始めたいくつかの星を数えた。

父親は煙草を歩道に向けてはじき飛ばした。「いや」と彼は言った。「ミックはまだ、そんな責任を引き受けられる年齢になっちゃいない。そういうのはもっと大きくなってからのことだ。ともあれ、十分な成長を待たなくては」

「そうよね」とヘイゼルは言った。「定職に就くのが、ミックにとって良いことだとは私にもぜんぜん思えない。それは正しいことじゃないわ」

ビルは膝に載せていたラルフを下ろし、階段の上で足をごしごしと動かした。「十六歳くらいになるまで、人は働くべきじゃないと思うね。ミックはあと二年はヴォケーショナル校に通って、ちゃんと卒業しなくちゃ。もしその余裕が、僕らにあればだけど」

「もしこの家を出て、もっと貧しい地区に引っ越さなくちゃならなくなったとしても」と母親が言った。「ミックを働きに出すようなことは、今しばらくしたくないわ」

少しの間、彼女はびくついていた。みんなが「さあ、その職に就きなさい」と自分に迫るのではないかと不安だったのだ。そんなことになったら「私はこの家を出て行ってやる」と言うつもりでいた。しかしそこでみんなのとった態度が彼女の心を打った。胸がどきどき震えた。みんなは私のことを話している――おまけにかばってくれている。最初にそんなに怯《おび》えて、悪いことをしたと彼女は思った。唐突に彼女は家族全員を愛した。喉がぎゅっと詰まった。

「お給料はどれくらいなの？」と彼女は尋ねた。

「十ドルよ」

「週に十ドル？」

「もちろん」とヘイゼルは言った。「まさか月に十ドルってわけはないでしょう」

「ポーシャだってそんなにもらってないわよ」

「だって黒人だもの――」とヘイゼルは言った。

　ミックは頭のてっぺんを拳でごしごしこすった。「それは大したお金よね。割がいい仕事だわ」

「悪くないよ」とビルは言った。「それって、おれが稼いでいるのと同じ額じゃないか」

　ミックの舌は乾いた。彼女は口の中で舌をまわし、しゃべるための唾をかき集めた。「週に十ドルと言えば、フライドチキンが十五個くらい買えるわね。それとも靴が五足か、ドレスが五着。それともラジオの月賦」、彼女はピアノのことを考えたが、それは口には出さなかった。

「それだけあれば、今の困難は乗り切れるんだけどね」と母親が言った。「でも、それはそれとして、私としてはミックはもう少し手元に留めておきたい。だからもしエッタが――」

「待って！」、彼女は身体が熱くなり、向こう見ずな気持ちになった。「私はそれがやってみたい。その仕事ならこなせるわ。大丈夫よ」

「へえ、言うじゃないか」とビルが言った。

父親はマッチ棒で歯をほじくっていたが、足を手すりから下ろした。「なにも急いで結論を出すことはない。ミックも時間をかけてじっくり考えればいいんだよ。ミックが働かなくても、うちはなんとかやっていけるさ。私の時計修理の仕事も、近いうちに六十パーセントくらいは増やすつもりだし――」

「そうだ、ひとつ忘れていた」とヘイゼルが言った。「毎年、クリスマスにはボーナスが出たと思う」

ミックは顔をしかめた。「でもその頃はもう働いていない。学校に戻っているから。私はただ休みのあいだアルバイトをしたかっただけ。そのあとは学校に戻る」

「もちろん」と間を置かずにヘイゼルは言った。

「明日あんたと一緒にお店に行って、雇ってもらえれば引き受けるわ」

大きな悩みごとや緊張が一家から取り払われたみたいだった。暗闇の中でみんなは笑い合い、話し合った。父親はジョージのために、マッチ棒とハンカチを使って手品をした。それから五十セントを与えて、ご飯のあとで飲むコカコーラを買いに行かせた。キャベツの匂いがより強くなり、ポークチョップが炒《いた》められていた。ポーシャが声をかけた。下宿人たちは既にテーブルに着いていた。ミックは食堂で夕食をとった。キャベツの葉は皿の上に黄色くしなっとしていて、彼女はそれを食べることができなかった。パンに手を伸ばそうとしたとき、彼女はアイスティーのピッチャーをテーブルの上に倒してしまった。

　そのあと彼女は一人玄関のポーチに出て、シンガーさんが帰宅するのを待った。たまらなく彼に会いたかった。一時間前に感じた興奮は消えてしまい、胃がしくしく痛んだ。十セント・ストアで働くことになりそうだが、そんなところで働きたいとは思わなかった。まるで何かの罠《わな》にはまってしまったような気分だ。仕事はたぶん一夏だけでは終わるまい。ずっと先まで続くかもしれない。見通せないくらい先まで。収入があることにいったん慣れてしまえば、それなしではもうやっていけなくなるかもしれない。ものごととはそういうものだ。彼女は暗闇の中に立ち、手すりを堅く握りしめていた。長い時間が経ったが、シンガーさんはまだ戻ってこなかった。十一時になって、彼の姿が見当たらないものかと外に出てみた。しかし急に暗闇が怖くなり、家に駆け戻った。

　朝に彼女は風呂《ふろ》に入り、念入りに身支度をした。ヘイゼルとエッタが着る服を貸してくれ、着こなしを整えてくれた。彼女はヘイゼルの緑の絹のドレスを着て、緑の帽子をかぶり、絹のストッキングにハイヒールのパンプスを履いた。二人はミックに頬紅と口紅をつけ、眉毛を抜いて顔をきれいにした。姉たちが手伝ってくれたおかげで、彼女は少なくとも十六歳には見えた。

今さら後戻りはできない。自分はもう大人で、自分の食い扶持《ぶち》を稼ぐ年齢になっているのだ。もし父親のところに行って、今の自分の気持ちを打ち明ければ、父親は「あと一年待てばいい」と言ってくれるだろう。そしてヘイゼルもエッタもビルも母親も、たとえこんなぎりぎりになって言い出したとしても、仕事に出る必要はないと言ってくれるはずだ。でもそれはできない。そんな風に面目を失いたくはなかった。彼女はシンガーさんに会いに行った。言葉は流れるようにすらすらと出てきた。

「ねえ、聞いて――これから仕事に就くことになると思うの。それをあなたはどう思う？　今学校をドロップアウトして仕事に就くのって、良い考えだと思う？　それは正しいことなのかしら？」

最初のうち、何のことだか彼にはうまく理解できなかった。灰色の目は半ば閉じられ、彼は両手をポケットに深く突っ込んだままそこに立っていた。二人ともこれまでに口にしたことのなかった何かを、お互いに向かって切り出そうとしているという、かつて経験した感覚がそこにはあった。今、彼女が言おうとしていることは、それほど多くはない。しかし彼が彼女に告げるのは正しきことだろう――そしてもし彼が「仕事するのもいいね」と言えば、彼女の気持ちは軽くなるだろう。彼女はもう一度同じことをゆっくり繰り返し、返事を待った。

「それは良いことだと思う？」

シンガーさんは考えた。それから肯いた。イエス。

彼女は職を得た。支配人は彼女とヘイゼルを、裏の小さなオフィスに連れて行って、二人と話をした。あとになって、彼女は支配人がどんな顔をしていたか、どんなことがそこで口にされたか、まったく思い出せなかった。しかしとにかく彼女は採用された。店を出るとき、彼女は十セント相当のチョコレートを買い、小さな工作用粘土セットをジョージのために買った。六月五日から仕事を始めることになった。彼女はシンガーさんの宝飾店のウィンドウの前に長いあいだ立っていた。それから近くの角でぶらぶら時間を潰した。

15

シンガーがアントナプーロスを訪ねる時期が再び巡ってきた。長い旅だった。二人を隔てる距離自体は二百マイルもなかったが、鉄道は遠く離れたいくつかの場所を巡っているうえに、夜中にいくつかの駅で長時間待機しなくてはならなかったからだ。シンガーは午後に町を出て一晩中列車に乗り、翌日の朝にようやく目的地に着くことになる。いつものように彼はずっと前にすべての予約を終えていた。今回の訪問では、一週間たっぷり友人と一緒にいられるように計画を立てた。服は洗濯屋に送られ、帽子は形を整えられ、鞄《かばん》には荷物が詰められていた。持参する土産は色とりどりの包装紙で包まれていた。それに加え、セロファンで包まれた高級フルーツ・バスケットがあり、採れ立ての苺《いちご》の箱があった。出発の前日の朝、シンガーは部屋の掃除をした。冷蔵庫に鵞鳥《がちょう》の肝臓の食べ残しが少しあったので、近所の猫のためにそれを裏道まで持って行った。ドアには「所用のため、数日留守にします」という、前と同じ表示が出された。そんな準備をしているあいだ、彼はゆっくりと動き回った。頬には二つの赤い点が浮かんでいた。その顔は謹厳そのものだった。

　そして遂《つい》に出発の時刻がやってきた。彼はスーツケースと土産を両手に抱えてプラットフォームに立ち、列車が駅の構内に滑り込んでくるのを見ていた。彼は普通客車に席を見つけ、頭上の棚に荷物を置いた。車両は混んでいた。乗客の大半は母親と子供たちだった。緑色のビロードのシートは垢《あか》じみたようなにおいがした。車窓は汚れており、少し前にどこかの新婚夫婦に向けて投げられたらしい米が床に散らばっていた。同席した乗客に向かって儀礼的に微笑《ほほえ》んでから、シンガーは席に背をもたせかけ、そして目を閉じた。頬のくぼみの上にまつげが湾曲した暗い縁をつけた。右手はポケットの中で落ち着きなく動き回っていた。

　しばらくの間、彼の思いはさっきあとにしてきた町の中を彷徨《さまよ》っていた。ミックやコープランド医師やジェイク・ブラントやビフ・ブラノンのことが目に浮かんだ。それらの顔が暗闇の中から次々に押し寄せてきて、息が詰まりそうになった。彼はブラントと黒人医師との論争のことを考えた。その言い合いの論点が、彼にはどうしても把握できなかった。しかし二人はそれぞれことあるごとに相手のことを、今そこにはいない相手のことを、長広舌でこきおろした。彼はそれぞれに同意の相づちを打ったが、彼らが自分にいったい何を是認してほしがっているのか、見当もつかなかった。そしてミック

――彼女は思い詰めた顔をして多くを語ったが、彼にはそれが何のことなのかさっぱりわからなかった。そしてニューヨーク・カフェのビフ・ブラノン。黒々とした鉄のごとき顎を持ち、注意怠りない目を持ったブラノン。また、通りで彼のあとをついてくる見知らぬ人たち、よくわからない理由で彼を引き留めて、延々長話をする人たち。そして顔の前で両手を振り回し、しゃべりまくる布地屋のトルコ人。彼が口にする言葉のかたちは、シンガーにとってまったく見覚えのないものだった。ある紡績工場の職工長と、年老いた黒人女。メインストリートで働く一人のビジネスマン。川のそばの売春宿のために、兵隊相手に客引きをする少年。シンガーは落ち着かなげに肩を揺すった。列車は今では安定した滑らかな動きに入っていた。彼の首は肩の上にこっくりと傾き、しばしの眠りが訪れた。

　再び目を開けたとき、町は遥《はる》か後方に去っていた。そして町のことは忘れ去られた。汚れた窓の外には真夏の田園風景が眩《まぶ》しく広がっていた。綿《わた》の新緑の畑の上に、銅色の強烈な日差しが斜めに差していた。何エーカーにもわたる煙草畑があり、その植物はジャングルの巨大な雑草のように、逞《たくま》しい緑色に繁《しげ》っていた。桃の果樹園では、枝を刈り込まれた木に輝かしい果実がたわわに実っていた。何マイルも牧草地が続き、何十マイルも荒れ野が続いた。その打ち捨てられた不毛の地には好き放題、より屈強な雑草が繁っていた。列車は深い松林の中を抜けていった。地面は艶《つや》やかな茶色の松葉に覆《おお》われ、木々のてっぺんは空に向けて初々《ういうい》しく、高く背丈を伸ばしていた。そして更に遠く、町から遥か南に下ったところにはイトスギの生えた沼地があり、節くれ立った木の根っこが、塩気のある水の中に身もだえするようにのめり込んでいた。灰色のぼろぼろの苔《こけ》が枝からぶら下がり、闇や薄暗がりの中に熱帯の水生植物が花を咲かせていた。それから再び列車は開けた場所に出て、太陽とインディゴ・ブルーの空が頭上を支配した。

シンガーは生真面目《きまじめ》におずおずと席に座り、窓の外に顔をそっくり向けていた。果てしなく広がる空間と激しい原色の彩《いろど》りが、彼の目を大いにくらませた。この万華鏡《まんげきょう》のごとく多様な風景、あふれかえる繁茂と色彩、それらはどこかで何かしら彼の友人と繋《つな》がっているようだった。彼の心はアントナプーロスと共にあった。彼にまた会えるのだと思うと嬉《うれ》しくて、呼吸がほとんど止まりそうになった。鼻がぎゅっと締めつけられ、呼吸が速くなり、微《かす》かに開かれた口から短く息をした。

アントナプーロスはきっと彼に会えて嬉しがるだろう。新鮮な果物やらお土産やらを喜ぶことだろう。今ではもう病棟を出ているはずだし、一緒に外に映画を観に行くことも、その後ホテルに寄って夕食をとることもできるはずだ。最初の訪問のときに食事をしたのと同じところで。シンガーはたくさんの手紙をアントナプーロスに向けて書いたが、一通も投函《とうかん》しなかった。彼は友人への思いに浸りきっていた。

最後に彼に会ってから既に半年が経過していたが、その期間は長いとも短いとも言えない。目覚めているすべての瞬間、そこには常に彼の友人の姿があったからだ。そしてこの意識下におけるアントナプーロスとの霊的交流はますます深化し変化を遂げ、肉体がひとつになったと思えるまでになっていた。時に彼は畏《い》怖《ふ》と卑下の念をもって、また時には誇りをもってアントナプーロスを思った。そこには常に愛があった。批判による検証を排し、意志と関わりを持たぬ愛だ。夜に夢を見るとき、彼の前には常にその友人の顔があった。とても広々とした優しい顔だ。また目覚めているときには、自分たちは永遠に一体化していると思うのだった。

　夏の宵はゆっくりと訪れた。遠方にある木々の描く、不《ふ》揃《ぞろ》いな線の奥に日は沈み、空は淡い青色に変わった。黄昏は物憂く柔和だった。空には白い満月が浮かび、地平線の上に紫色の雲が低くたなびいていた。大地や樹木やペンキを塗られていない田舎の家屋が、次第に暗く染められていった。真夏の穏やかな稲妻が断続的に空を震わせた。あたりがすっかり暗くなるまで、シンガーはそんな光景のすべてを熱心に見守っていた。やがて窓ガラスに映るのは自分の顔だけになった。

　子供たちはよろけながら、列車の通路を行き来していた。彼らの手にした紙コップからは水がこぼれた。シンガーの向かいに座ったオーバーオール姿の老人は時折、コカコーラの瓶に入れたウィスキーを飲んでいた。一口飲むと丸めた紙を使って、その瓶に注意深く栓をした。右側に座った小さな女の子は、べとべとする赤いロリポップで髪を梳《す》いていた。弁当の紙箱が開けられ、また夕食のトレイが食堂車から運ばれてきた（当時の南部では黒人が食堂車に入ることは許されなかったので）。シンガーは食事をとらなかった。座席に背をもたせかけ、自分のまわりで繰り広げられている光景を見るともなく見ていた。それからようやくあたりは落ち着きを見せた。子供たちは広いビロードの座席に横になって眠り、大人の男女は頭に枕《まくら》をあて、身を折るようにそれぞれに寝心地の良い姿勢をとった。

　シンガーは眠らなかった。彼は顔を窓ガラスに押しつけるようにして、目をこらして夜の風景を見ていた。闇は重く、ヴェルヴェットのようだった。時折月光の切れ端が見えた。あるいは線路沿いのどこかの家の窓にちらつくランタンの明かりが見えた。月の浮かぶ位置から、列車が南向きから東向きに進路を変えたことがわかった。急《せ》く思いがぐっと高まり、鼻が詰まって呼吸できなくなり、両頰が緋《ひ》色《いろ》に紅潮した。長い夜の旅を通して、ほとんどずっと彼はそこに座り、顔を冷ややかな煤《すす》けた窓ガラスに押しつけていた。

　列車は一時間以上遅れていた。そして駅に到着したとき、眩しく鮮やかな夏の朝はもうとっくに明けていた。シンガーはそのままホテルに向かった。前もって予約をとっていた一流ホテルだ。彼は荷物をほどき、アントナプーロスに渡す土産をベッドの上に並べた。そしてベルボーイが持ってきたメニューから、豪勢な朝食を注文した。ブロイルしたブルーフィッシュ、挽《ひ》き割りの玉蜀黍《とうもろこし》、フレンチ・トースト、そして熱いブラック・コーヒー。朝食のあと彼は下着姿になり、扇風機の前で休息をとった。昼になってから身支度を始めた。風呂に入り、髭《ひげ》を剃《そ》り、新しい肌着を身につけ、いちばん上等のシアサッカーのスーツに身を包んだ。三時に病院の面会時間が始まる。今日は七月十八日、火曜日だ。

療養施設に着いて、まず最初に病棟に足を運んだ。この前来たときにはアントナプーロスはそこに入れられていたからだ。しかし病室の入り口に立って、そこに友人の姿はないことが彼にはすぐにわかった。それから彼は廊下を抜け、以前案内された事務室を探した。彼は常に持ち歩いているカードに前もって質問を書き付けていた。デスクについていたのはこの前とは違う係員だった。若い男というか、ほとんど少年に近い。顔もまだ大人の顔になりきっていない。髪は細く、モップのようにくしゃくしゃしていた。シンガーは彼にカードを差し出し、そこに静かに立っていた。両手にいっぱい荷物を抱え、踵《かかと》に体重を乗せたまま。

若者は首を振った。彼はデスクに前屈《まえかが》みになり、メモ用紙に何かをさらさらと書き付けた。それを読んだシンガーの頬から即座に血の気が引いた。彼はそのメモを長いあいだじっと見ていた。彼の目はぐいとあらぬ方を向き、頭はうなだれた。そこにはアントナプーロスは既に亡《な》くなったと書かれていたからだ。

ホテルへの帰り道、彼は抱えた果物をどこかにぶっつけないように注意を払った。運んでいた包みを部屋に置き、それからふらふらとロビーに降りていった。鉢植えの椰子《やし》の木の背後に一台のスロットマシーンがあった。彼はそこに五セント貨を入れ、レバーを引こうとしたが、機械が詰まってしまった。この事故に対して、彼は大騒ぎをした。従業員を難詰《なんきつ》し、何が起こったかを激しい怒りを込めて身振りで示した。その顔は死人のように青ざめていた。彼は度を失っており、涙が鼻梁《びりょう》をつたってぼろぼろとこぼれた。両手を振り回し、一度などビロードのカーペットの上で、長く細いエレガントな靴を履いた足で地《じ》団駄《だんだ》まで踏んだ。硬貨が払い戻されたあとでも、彼はまだ納得しなかった。即刻チェックアウトすると言い張った。鞄に荷物を詰め、それを再び閉めるために全力を尽くさなくてはならなかった。本来の自分の品物に加え、三枚のタオルと、二個の石《せっ》鹸《けん》、ペンとインク壺《つぼ》、トイレット・ペーパーを一本、聖書を部屋から持ち去ったからだ。勘定を済ませて鉄道駅まで歩き、荷物を一時預かりに預けた。夜の九時まで列車は出なかった。何をするあてもない午後がまるまる彼の前に控えていた。

　その町は、彼が暮らしている町よりも小さかった。繁華街の道路は十字の形をつくって交差していた。店の見かけはいかにも田舎臭かった。ショーウィンドウの半分には馬具とかいばの袋が展示してあった。シンガーは力なく歩道を歩いた。喉《のど》が腫《は》れている感触があり、唾《つば》もうまく飲み込めなかった。その喉を締めつけられるような感覚を取り除こうと、彼はドラッグストアで飲み物を買った。床屋に入って時間を潰《つぶ》し、十セント・

ストアでつまらないものをいくつか買った。誰の顔もまっすぐには見なかった。彼の頭はまるで病んだ動物のように、片側に傾いて垂れていた。

午後がほとんど終わりかけた頃、シンガーの身にちょっと変わったことが起こった。彼は通りの縁石に沿って、とりとめもなく呆然《ぼうぜん》と歩を運んでいた。空は雲に覆われ、空気には湿り気があった。シンガーは顔を上げなかったけれど、それでも町の玉突き場の前を通り過ぎたとき、その店内を横目でちらりと覗いた。そしてそこにあった何かが彼の心を乱した。彼は玉突き場を通り過ぎてから、通りの真ん中で歩を止めた。それから元来た道を物憂げに引き返し、店の開いたドアの前に立った。店の中には三人の聾唖《ろうあ》者《しゃ》がいて、手話で語り合っていた。三人とも上着は着ていない。みんな山高帽子をかぶって、派手なネクタイを結び、それぞれが左手にビールのグラスを持っていた。彼らには兄弟のようにどこか似通ったところがあった。

シンガーは中に入った。ポケットから手を出すのに、最初いくらかためらいがあった。それからおずおずと彼は挨拶《あいさつ》の言葉を形作った。彼は肩を叩《たた》かれた。冷たい飲み物が注文された。みんなは彼を取り囲み、指がピストンのように素早く動き回り、彼に質問を浴びせかけた。

彼は自分の名前と、住んでいる町の名前を教えたが、そのあと自分自身を語るために何をどう言えばいいのか、彼にはわからなかった。スピロス・アントナプーロスを知っているかと彼は尋ね、彼らは知らないと答えた。シンガーは両手をだらんと垂れてそこに立っていた。彼の頭は相変わらず横に傾き、その目はあらぬ方を向いていた。彼はひどく無気力で冷ややかだったので、三人の山高帽の男たちは妙な目で彼のことを見ていた。やがて彼らは彼のことは忘れ、自分たちだけで話し出した。ビールの代金を支払い、みんなで店を出て行くとき、彼らはとくにシンガーを誘おうとはしなかった。

　時間を潰すため、町中を半日ふらふら彷徨っていたというのに、もう少しで列車に乗り損なうところだった。なぜそんな羽目になったのか、その前の数時間を自分がどのように過ごしたのか、よく思い出せなかった。列車が出発する二分前に彼は駅に着いた。荷物を運び込み、座席を見つけるのにぎりぎりの時間しかなかった。彼の選んだ車両は無人に近かった。席に落ち着くと苺の箱を開き、細心の注意を払ってそれをつまんだ。苺のサイズは巨大で、大きさは胡桃《くるみ》ほどあり、瑞々《みずみず》しく成熟していた。豊かな色あいの果実の上には、小さなブーケのように緑の葉がついていた。シンガーは苺を口の中に入れた。その果汁は野性的な甘さを潤沢に含んではいたものの、既に腐食の微妙な味が感じ取れた。彼はその味で口蓋《こうがい》が感覚を欠いてくるまで苺を食べ、それから箱を包み直して頭上の棚に上げた。真夜中に窓のシェードを下ろし、座席に横になった。身体を丸め、頭まですっぽり上着をかぶり、その姿勢のままおよそ十二時間うとうと眠った。眠りは浅かったが、意識を失った状態だった。列車が駅に到着したとき、車掌は彼を揺すって起こさなくてはならなかった。

シンガーは鞄を駅の真ん中の床に残していった。それから店まで歩いた。そして雇い主の宝石商に向かって、首を力なく曲げて挨拶をした。店を出たとき、彼のポケットには何か重いものが入っていた。しばらく彼はうなだれた姿勢で通りをふらふらと歩いた。しかし剝《む》き出しの太陽の眩しい光と、湿気を含んだ暑さが、彼の気持ちを圧迫した。腫れた目と痛む頭を抱えて、彼は自分の部屋に戻った。少し休んだ後にアイスコーヒーをグラスに注いで飲み、煙草《たばこ》を一本吸った。そして灰皿とグラスを洗ってしまうと、ポケットからピストルを取り出し、胸に銃弾を撃ち込んだ。

第三部

1

一九三九年八月二十一日
朝

「急がせても無駄だ」とコープランド医師は言った。「放っておいてくれ。少しのあいだ私をここに静かに座らせておいてくれ」

「父さん、あたしたちはなにも急がせているわけじゃない。でももうここを出て行く時間なんだよ」

　コープランド医師は頑《かたく》なに揺り椅子《いす》を揺すっていた。灰色のマフラーが肩にぴったり巻かれていた。暖かく気持ちの良い朝だったが、ストーブの中では小さな薪《まき》が燃えていた。台所には彼が今腰掛けている椅子以外に、家具は何ひとつ置かれていない。他の部屋もすべてがらんどうだ。家具の大半はポーシャの家に移されていたし、それ以外のものは外に駐《と》めた車に括《くく》りつけられていた。出発の準備はすっかり整っていたが、彼の気持ちの用意だけがまだできていなかった。しかし自分の考えに始めもなく終わりもなく、また真実も目的もない状態で、どうしてここを出て行くことができるだろう？　彼は頭の震えを止めるために手を上に伸ばした。そして椅子を軋《きし》ませながら、ゆっくり身を揺すり続けた。

閉まったドアの向こうから、彼らの声が聞こえてきた。

「おれはできるだけのことはやったよ。出発の心の準備ができるまで、父さんは何があろうとあそこに腰を据えているつもりらしい」

「バディーとおれは食器もすっかりくるんだし――」

「露がまだ乾かんうちに出発しなくちゃならなんだのにな」と老人が言った。「このぶんじゃ途中で日が暮れちまいそうだ」

彼らの声は静かになっていった。空っぽの廊下に足音が響き、話し声は聞こえなくなった。横の床の上には、カップとソーサーが置かれていた。彼はストーブの上に載せてあったポットから、そこにコーヒーを注いだ。そして身を揺すりながらコーヒーを飲み、湯気で指を温めた。これが本当の終わりであるわけはない。他の様々な声が彼の心中で、言葉にならぬ呼びかけをしていた。イエスの声、そしてジョン・ブラウンの声。偉大なスピノザの声、そしてカール・マルクスの声。戦ったすべての人々の呼びかけの声、使命を完遂させることを許された人々への呼びかけの声。彼の同胞の、悲しみに縛られた声。そしてまた死者たちの声。唖《おし》のシンガーの声――彼は理解のある正しき白人だった。弱きものたちと、強きものたちの声。強さにおいてもパワーにおいても、常に休むことなく増大していく彼の同胞の轟《とどろ》く声。強い真の目的の声。そしてそれに応《こた》えるべきいくつかの言葉が彼の唇で震えた。それは間違いなく、すべての人間の悲しみの根幹をなす言葉だ。彼はそれをもう少しで声に出すところだった。「全能なる主よ！　宇宙の至高の力よ！　私は為《な》すべきではなかったことを為し、為すべきであったことをし残してきました。だからこれでまったくの終わり、というようなことはあってはならんのです」

彼は最初、愛する女と共にこの家にやってきた。デイジーはウェディング・ドレスに身を包み、白いレースのヴェールをかぶっていた。肌は美しい濃い蜜色《みついろ》で、その笑い声は甘美だった。夜になると彼は明るくした部屋に一人で閉じこもり、勉強をした。彼は深くものごとを考えようとしたし、勉学に励もうと試みた。しかしデイジーの近くにいると彼は強い欲望を感じないわけにはいかなかったし、それは勉学では紛らわせることのできないものだった。時として彼はその欲望に屈した。そしてまた唇をぎゅっと嚙《か》みしめ、夜を徹して書物を友とし、思索に耽《ふけ》った。そのようにしてハミルトンとカール・マルクスとウィリアムとポーシャが生まれた。しかしすべては失われた。もう誰一人残ってはいない。

そしてメディベンとベニー・メー。ベネディーン・マディーンとメイディー・コープランド。みんな彼の名前の一部をもらっている。彼はそのような子供たち全員に向けて理を説いてきた。しかしそのような数千の人々の中に、彼が使命の完遂を託し、あとは頼んだと言えるようなものが一人でもいただろうか？

　全人生を通して、彼はそれを強く承知していた。自分の活動の理由を知っていたし、そこには確信があった。日々、自分の前に控えているものがわかっていたからだ。彼は鞄《かばん》を手に家から家を回り、ことあるごとに彼らに語りかけ、辛抱強く説明した。そして夜には幸福な気持ちになった。今日は目的に沿って正しく送られた一日であったから。たとえデイジーとハミルトンとカール・マルクスとウィリアムとポーシャが去って行っても、彼は一人でストーブの前に座り、目的の追求に喜びを見いだすことができた。そして蕪《かぶ》の若葉から作った酒を飲み、コーンブレッドの塊を食べた。深い満足の感覚が彼の内にあった。なぜならそれは善き一日であったからだ。

　何千回もの、そのような満足の時間があった。しかしその意味はいったい何だったのか？　そのような歳月が過ぎ去った今、永続する価値を持つ業績などそこにはひとつも見いだせない。

　しばらくして玄関のドアが開き、ポーシャが入ってきた。「父さんに服を着せなくちゃいけないね。赤ん坊みたいに」と彼女は言った。「ここに父さんの靴と靴下がある。これから寝室用のスリッパをとって、これを履かせるからね。じきにここを出て行かなくちゃならないから」

「なんでおまえたちは私にこんなことをしたのだ？」と彼は苦い声で言った。

「あたしが父さんに何をしたっていうんだい？」

「私がここを離れたくないことくらい、おまえにだってよくわかっているはずだ。私が弱っていて、とても判断なぞできないときに、おまえは私に無理にそれを承諾させたのだ。私はこれまでずっといた場所に、そのまま留まりたいのだ。おまえにもそれはわかるだろう」

「本当にしつこいんだから！」とポーシャは怒った声で言った。「父さんの愚痴を聞いているとうんざりするよ。気難しくて、文句ばかり並べて、みっともないったらありゃしない」

「くだらん！　つまらんことを言いおって。うんざりさせられるのはこちらの方だ。自分が何をやりたいか、それくらい自分でよくわかっているし、間違ったことを無理にさせられるのはごめんだ」

　ポーシャは寝室用のスリッパを脱がせ、清潔な黒い綿の靴下を広げた。「父さん、もうこんな言い合いはやめよう。あたしたちはね、これがいちばん良いと思うことをやったんだ。父さんはここを出て、おじいちゃんやハミルトンやバディーと一緒に暮らすのがいちばん良いんだよ。みんなは父さんの面倒を見てくれるし、そうすればまた元気になれる」

「いや、ごめんだ」とコープランド医師は言った。「ここにいれば具合は良くなる。それはわかっているんだ」

「この家の家賃は誰にも払いきれないし、あたしたちが父さんを食べさせていくことだってできない。いったい誰が父さんの面倒をみるっていうんだい？」

「これまでずっとなんとかやってきたし、今でもなんとかやっている」

「父さんはへそ曲がりなことを言っているだけよ」

「くだらん！　おまえは本当に小うるさい女だ。おまえのことはもう無視することにする」

「それって、これから靴下と靴を履かせてもらおうとしている人間に向かって、口にする言葉じゃないよね」

「悪かった。すまない、おまえ」

「謝って当然だよ」と彼女は言った。「まあ、あたしたち両方が謝らなくちゃね。あたしたちはこんな言い合いをしてちゃいけないんだ。それに、いったん農場に落ち着いたら、父さんもきっとそこが気に入るよ。あっちには見たこともないような素敵な野菜畑があってね、そのことを思っただけで、口の中にツバキが溜《た》まってくるほどだ。そして鶏がいて、二匹の繁殖用の雌豚がいて、十八本の桃の木がある。向こうに行ったら、きっとそういうのに夢中になれるよ。父さんの代わりに、あたしが行けたらなあって思うくらいさ」

「私もまったく同感だね」

「どうして父さんはそんなに悲観的にものを考えるのかね？」

「自分が失敗したと感じるからさ」と彼は言った。

「失敗したって、どういうことさ？」

「さあ、どうしてかな。なあ、私のことはもう放っておいてくれ。あと少し、ここに静かに座らせておいてくれ」

「わかった。でももうそろそろ出発しなくちゃならないからね」

彼は沈黙しているだろう。そこに静かに座って、揺り椅子を揺らせていることだろう。自分の中にもう一度、秩序だった感覚が戻ってくるまで。頭が震え、背骨がずきずき痛んだ。

「あたしは本当に思うんだよ」とポーシャは言った。「あたしが死んでしまったとき、シンガーさんの死が悼《いた》まれたくらい、あたしの死をたくさんの人々が悼んでくれたらどんなにいいだろうってね。あの人の葬儀くらい悲しいものは、またとあるまいね。そしてあれほどたくさんの人たちが――」

「黙りなさい！」とコープランド医師は乱暴に言った。「おまえはしゃべりすぎる」

しかし疑いの余地なく、その白人の死は彼の心に暗い悲しみを植え付けていた。医師は彼に、他の白人に対するのとは違った風に話すことができたし、彼を信頼することもできた。そして彼の謎《なぞ》の自殺は医師を当惑させ、拠《よ》り所《どころ》を失ったような気持ちにさせた。その悲しみには始まりもなく終わりもなかった。また理解することもできない。医師はことあるごとにその白人のことを思い出した。傲慢《ごうまん》でもなく、人を見下すこともなく、ただただ公正な人だった。残された人々の心の中に生き続けている限り、死者が本当に死ぬことはない。しかしそんなことをいつまでも考えているべきではない。そんなことは今、心から追いやらなくてはならないのだ。

というのは、彼が必要としているのは規範だったからだ。その一ヶ月ばかり、どす黒くおぞましい思いが彼の中に再び湧《わ》き上がり、彼の精神と格闘をしていた。そしてそこにあった憎しみが何日かの間、まさに死の間際《まぎわ》にまで彼を引きずり下ろした。真夜中の訪問者、ミスタ・ブラントと口論したあと、彼の中には人を殺しかねないほどの暗闇《くらやみ》が生まれた。しかし彼らの激しい議論を引き起こした争点が何であったのか、もううまく思い出せなかった。そしてまたウィリーの脚の付け根を目にするたびに、彼の中に別の怒りが湧き起こってきた。葛藤《かっとう》する愛と憎しみ——同胞に対する愛と、彼らを抑圧するものたちへの憎しみ——それが医師を疲弊させ、精神を苛《さいな》んだ。

「私の時計と上着を取ってくれないか、おまえ」と彼は言った。「そろそろ行くとしよう」

椅子の肘《ひじ》掛けをつかんで、彼はなんとか立ち上がった。床が自分の顔からずいぶん離れているように思えた。長期間ベッドに寝たきりになっていたために、脚がよろめいた。一瞬、自分が倒れるのではないかと思った。彼はふらつく頭で、家具のない剝《む》き出しの部屋を歩いて横切った。そして戸口の脇《わき》にもたれて立った。咳《せき》をして、ポケットからいつもの方形の紙片を取りだし口にあてた。

「ほら、上着だよ」とポーシャが言った。「でも外はうんと暑いから、必要はないかもね」

彼は最後にもう一度、空っぽになった家の中をぐるりと歩いた。ブラインドはすっかり閉じられ、暗くなった部屋の中には埃《ほこり》の匂《にお》いがした。彼は今一度、玄関の壁に寄りかかって休息を取り、それから外に出た。その朝は晴れて暖かかった。前の晩、そしてその日の早朝、多くの友人たちが彼に別れを告げるために立ち寄ってくれた。しかし今は家族がポーチに集まっているだけだ。荷車と自動車が通りに停まっていた。

「やあ、ベネディクト・メイディー」と老人が言った。「最初のうち、ちっとばかしホームシックになるかもしれんが、すぐにうまくいくさ」

「私にはもううち《ホーム》すらないんだよ。どうしてホームシックになれるだろう？」

ポーシャは神経質に唇を湿し、老人に向かって言った。「具合が良くなったら、いつだって町に戻ってくるよ。バディーが喜んで車で送り迎えするから。なにしろバディーは車の運転が好きだからね」

自動車は荷物で一杯だった。本を詰めた箱はステップに括りつけられていた。後部席は二脚の椅子と、ファイリング・ケースでいっぱいだった。仕事用のデスクは脚を上にして車の屋根に固定されていた。自動車は重みでたわんでいたが、荷車の方はほとんど空っぽだった。ラバは手綱を煉瓦《れんが》に結びつけられて、辛抱強くそこに立っていた。

「カール・マルクス」とコープランド医師は言った。「家の中に残したものがないか、もう一度しっかり見て回ってくれないか。床に置いてきたカップと、揺り椅子を持ってきてくれ」

「早く出発しようよ。何があっても、夕食までには家に戻りたいんだから」とハミルトンが言った。

ようやく出発の準備が整った。ハイボーイが車のクランクを回した。カール・マルクスがハンドルを握り、ポーシャとハイボーイとウィリアムが後部席に狭苦しく位置を占めた。

「父さんはハイボーイの膝《ひざ》に座ればいい。あたしたちゃ家具なんかとここにぎゅうぎゅう詰めになっているよりは、その方が楽でしょう」

「いや、そちらは混み合い過ぎている。私は荷馬車で行くよ」

「でも父さんは荷馬車には馴《な》れていない」とカール・マルクスが言った。「道はがたがただし、たぶん丸一日乗ってることになるよ」

「かまわんよ。これまでにもずいぶん荷馬車には乗ってきた」

「ハミルトンに、あたしたちと一緒に来るように言ってちょうだい。彼は自動車で行きたがっているはずだから」

　おじいちゃんは荷馬車で前日に町に着いていた。彼らは農産物を山盛り運んできた。桃やキャベツや蕪。ハミルトンがそれを町で売るのだ。桃を入れた袋ひとつの他はすべて既に売りさばいていた。

「さて、ベネディクト・メイディー、あんたとあたしは一緒に馬車で行くとしよう」と老人は言った。

　コープランド医師は馬車の荷台に乗り込んだ。ひどくくたびれて、骨が鉛でできているみたいに感じられた。頭が震え、急に気分が悪くなって、馬車のざらついた板の床に倒れ込むように横になった。

「あんたが来てくれて嬉《うれ》しい」とおじいちゃんは言った。「知っての通り、わしは常に学のある人を尊敬してきた。深く尊敬しておるんだ。相手が学者ならば、たくさんの過《あやま》ちを見逃したり、忘れたりもできる。あんたのような学のある人をもう一度家族に迎え入れることができて、ずいぶん嬉しいよ」

　荷馬車の車輪が軋みを立てた。彼らは進み出した。「ほどなく戻る」とコープランド医師は言った。「一、二ヶ月したら、また町に戻る」

「ハミルトンはなかなか学がある。彼はあんたにいくらか似ているようだ。あの子はわしに代わって、紙を使っていろんな計算をしてくれるんだ。新聞も読む。それからホイットマン、あの子は学者になるだろうと思うている。今のところ、彼はわしのために聖書を読んでくれている。それから計算もする。まだほんの小さな子供だがね。わしはいつも学のある人を深く尊敬してきたよ」

馬車の動きが彼の背中をがたがたと揺らせた。彼は頭上の木の枝を見上げた。そして日陰がなくなると、陽光から目を守るためにハンカチーフで顔を覆《おお》った。これでおしまいなんてことはあり得ない。自分はこれまで常に、強い真実の目的を身のうちに感じ続けてきた。この四十年間、使命こそが自分の人生であり、人生は使命に捧《ささ》げられていた。なのにこの今となっても、何もかもがやり残され、未完のままになっている。

「そうさ、ベネディクト・メイディー、またあたしらのとこに戻ってくれて嬉しいよ。あたしはいつもあんたに尋ねようと思うていたんだ。右足にあるこのけったいな感覚はいったい何だろうってね。この足が眠り込んじまったような、わけのわからん感覚があるんだ。６６６（痛みを取る薬剤）を飲んで、塗布剤を塗り込んでおるんだが、良い治療法があればあんたに教わりたい」

「できるだけのことはしてみよう」

「ああ、あんたが来てくれて嬉しいよ。親戚《しんせき》ってのは、しっかりくっついておらなくちゃな。血の繋《つな》がった親戚であれ、縁組みによるものであれ、共に苦労し、互いを助け合うのだ。さすればあの世で報償を受け取ることになる」

「くだらん！」とコープランド医師は苦々しげに言った。「私はこの今の正義を信じている」

「何を信じておるんだって？　声がしゃがれていて、よく聞こえんかったよ」

「我々にとっての正義。我々黒人にとっての正義だ」

「そのとおり」

　彼は身のうちに炎を感じ取り、じっとしていられなくなった。身を起こし、大きな声で語りたかった。しかし身を起こそうにも、力が出なかった。彼の心の内にある言葉は大きく成長し、黙してはいられなくなった。しかし老人は既に聴くことをやめており、彼の声に耳を傾けるものは誰もいなかった。

「さあ行け、リー・ジャクソン。行くんだよ、ハニー。怠けるんじゃない。足をしっかり上げるんだ。先は長いんだからな」

2

午後

ジェイクは荒々しい、不揃《ふぞろ》いなペースで走った。ウィーヴァーズ・レーンを抜け、横道を通って近道をし、塀をよじ登り、ただ必死に走り続けた。腹がむかむかして、喉《のど》の奥に嘔吐《おうと》の予感があった。犬が吠《ほ》えながら横を追いかけてきたので、いったん立ち止まって石を振りかざし、脅さなくてはならなかった。彼の目は恐怖のために大きく見開かれ、手は開いた口にぴしゃりと押しつけられた。

なんてことだ！　これでおしまいだ。喧嘩《けんか》騒ぎ、大乱闘、誰もが我が身を護《まも》るために戦い、頭は血だらけ、割れた瓶で目に切り傷も負っている。騒ぎを圧するように回転木馬のきんきんした音楽が鳴り響いている。地面に落ちたハンバーガーと綿菓子、そして泣き叫ぶ子供たち。そんなすべての中に彼がいる。土埃と太陽のせいで目が眩《くら》み、闇雲に戦っている。彼の拳《こぶし》に鋭く歯が食い込む。そして笑い声。なんてことだ！　留めようもない、内なる激しい野性のリズムを解き放った感覚。そして前後の脈絡を欠いたまま、彼は死んだ黒人の顔をのぞき込んでいる。自分がその男を殺したのかどうかさえ定かではない。しかし待ってくれ。畜生め！　それを止めることは誰にもできなかったのだ。

ジェイクは速度を緩め、さっと首を捻《ひね》って背後を振り返った。狭い通りには人影はなかった。彼は嘔吐し、口と額をシャツの袖《そで》で拭《ぬぐ》った。それから一分ばかり休息をとり、おかげで少しは気分がましになった。これまでおおよそ八ブロックを走ってきた。近道をとれば、残りは半マイルほどだろう。頭の眩みがなくなり、そこにあるすべての荒々しい感覚から、いくつかの事実を思い起こすことができた。そして再び走り出した。今回はペースを抑えて確実に走った。

誰にもそれを阻止することはできなかったのだ。夏の間ずっと彼は、突発的なぼやを踏み消すみたいに、なんとかそれを押しとどめていた。でも今回は駄目だった。その喧嘩は誰にも止めようがなかった。火種のないところから突発的に燃え上がった火事のようなものだ。彼はブランコ機を操作していたのだが、水を飲むためにいったん機械を止めた。そして会場を歩いて抜けているとき、一人の白人の若者と一人の黒人が、互いの周りを威《い》嚇《かく》的に歩いて回っているのを目にした。どちらも酔っ払っていた。その日の午後、客の半分が酔っ払っていた。土曜日で、その週は工場がフル操業していたからだ。暑さと日差しは気分が悪くなるほどで、空気にはむかつく異臭が混じっていた。

争っている二人が互いにじりじり迫っていくのが見えた。しかしそれが今、急にここで持ち上がったものではないことが彼にはわかっていた。いつか大きな喧嘩騒ぎがあるだろうという予感は、ずっと前からあったのだ。おかしなことだが、それだけのことを思い巡らす余裕が彼にはあった。五秒ばかりそこに立って様子を眺めてから、彼は群衆をかき分けた。その短かい間に多くのことが頭に浮かんだ。シンガーのこと。むっとした夏の午後のことを、まっ暗な暑い夜のことを、彼が仲裁した喧嘩騒ぎ、鎮《しず》めた口論。

　そのとき、ポケットナイフが陽光に煌《きら》めくのが見えた。彼は密集した人混みを肩で押しのけ、ナイフを持つ黒人の背中に飛びついた。男は彼と共に倒れ、二人は組み合って地面を転がった。黒人の汗の匂いが、彼の肺の中でむっとする土埃と混じり合った。誰かが彼の脚を踏みつけ、頭が誰かに蹴《け》られた。彼が立ち上がったとき、それは総出の喧嘩になっていた。黒人たちは白人に襲いかかり、白人たちは黒人に襲いかかっていた。彼はその一秒一秒を明瞭《めいりよう》に目にした。喧嘩を始めた白人の若者が、主導者の役割を果たしているらしかった。よく見世物に来ていた不良少年グループのリーダーだ。彼らは十六歳くらいで、白いキャンバス地のズボンに、派手なレーヨンのポロシャツという揃いの格好をしていた。黒人たちも負けずに反撃した。彼らの中には剃刀《かみそり》を所持しているものもいた。

　彼は大声で叫んだ。おとなしくしろ！　助けてくれ！　警察だ！　しかしそれは決壊するダムに向かって声を張り上げるようなものだ。恐ろしい音声が彼の耳に入ってきた。

恐ろしいのは、それが人の声でありながら言葉になっていないからだ。その音はやがて耳を聾《ろう》する怒号へと膨れ上がった。彼は頭を殴打《おうだ》され、まわりで何が起こっているのか、まったく見えなくなった。見えるのは、誰かの目と口と拳だけだ。血走った目、半ば閉じられた目、濡《ぬ》れただらんとした口、歯を食いしばった口、黒い拳と白い拳。彼は相手の手からナイフを奪い取ったが、アッパーカットを食らった。それから土埃と太陽で何も見えなくなった。頭に浮かぶのはここを抜けだし、電話をみつけ、警察に連絡しなくてはということだけだ。

しかし彼は押さえつけられた。そしてふと気がつくと、いつの間にか彼自身もその殴り合いに加わっていた。彼が拳を振るうと、濡れた口がくしゃっと潰《つぶ》れるような感覚があった。目を閉じ、頭を下げて戦った。わけのわからない音が喉からこぼれ出た。彼は力の限り拳を振るい、牡牛《おうし》のように頭から突進した。意味をなさぬ言葉が彼の心にあり、声を上げて笑っていた。自分が誰を殴ったのかわからなかったし、自分が誰に殴られたのかもわからなかった。しかし喧嘩の様相が一変してしまったことはわかった。今ではみんなが自分を護るために相手かまわず戦っていた。

それから突然すべては終わった。彼は何かに躓《つまず》いて仰向《あおむ》けに倒れた。そこで気絶して、次に目を開けたとき、意識を失っていたのが一分くらいだったか、あるいはもっと長かったのか、彼にはわからなかった。数人の酔っ払いがまだ戦っていたが、二人の警官が迅速にそれを分けた。やがて、自分が何に躓いたのかがわかった。彼は一人の黒人の少年の身体《からだ》の上に、半ばのしかかるように倒れていた。一目見ただけで、彼が死んでいることがわかった。首の横に切られたあとがあったが、どうしてそんなにあっさり死んでしまったのか、理由はわからない。その顔には見覚えがあったが、誰だかは思い出せなかった。少年の口はぽかんとあけられ、両目は驚いたように見開かれていた。地面には紙や、割れた瓶や、踏みつけられたハンバーガーが散乱していた。回転木馬の首がひとつ叩《たた》き折られ、売店がひとつ丸ごと破壊されていた。彼は地面に身を起こした。彼は警官たちを目にし、それからパニックに襲われて駆け出した。しかし今はもう、あとを追ってくる者はいない。

　残りはあと四ブロック。そこまで行けばもう安心だ。恐怖が彼の呼吸を浅くし、息があがった。彼は両の拳を握りしめ、頭を低くした。それから急に歩を緩め、立ち止まった。彼はメインストリート近くの裏道に一人で立っていた。片側は建物の壁になっている。そこにもたれかかり、はあはあ息をした。額の血管が赤い筋となって腫《は》れ上がった。混乱した頭で、彼は友人の部屋を目指し、町をそっくり駆け抜けてきたのだ。しかしシンガーはもう死んでしまっている。彼は泣き出した。声を上げてすすり泣き、涙が鼻筋をつたってぼろぼろと流れ落ち、口髭《くちひげ》を濡らした。

　壁と、階段と、一本の道路が彼の眼前にあった。焼けつくような太陽が、彼の上に重荷となってのしかかった。彼は元来た道を引き返し始めた。汚れたシャツの袖で顔の汗を拭《ふ》きながら、今度はゆっくり歩いた。唇の震えを止めることができず、血の味がするまでそれを強く噛みしめた。

次のブロックの角で彼はシムズに出くわした。その年老いた変人は聖書を膝に載せ、箱の上に座っていた。彼の背後には高い板塀があり、そこには紫色のチョークでメッセージが書き付けてあった。

主はあなたを救うために死なれた
その愛と恩寵《おんちょう》の物語に耳を傾けるのだ
毎晩七時十五分に

通りに人影はなかった。ジェイクは向かい側の歩道に移ろうとした。しかしシムズは彼の腕をつかんだ。

「来るのだ。心安まらぬ、悲嘆に暮れたものたちよ。主の足下に跪《ひざまず》き、罪と悩みをそこに下ろすのだ。主は我らのために死んで行かれた。いずこに向かっておるのだ、ブラザー・ブラント？」

「うんこをしに帰るんだよ」とジェイクは言った。「うんこをしなくちゃ。救世主はそれについて何か文句があるか？」

「罪びとめが！　主はおまえの犯した罪を残らず覚えておられるぞ。まさに今夜、主はおまえにメッセージを送られるであろう」

「主は覚えておられるかな、先週おれがあんたに一ドル進上したことを？」

「今夜七時十五分に、主はおまえにメッセージを送られる。ここに来てそのお言葉に耳を澄ませるのだ」

　ジェイクは髭を舐《な》めた。「あんたのお説教は大人気で大勢の人が毎晩押しかけるから、近寄ることすらできないさ」

「嘲《あざけ》るものたちのための場所は空いている。そしてまた私は、主の送られた徴《しるし》を受けた。救世主は私がほどなく彼のための家を建てることを望んでおられるのだ。十八番通りと、六丁目通りの角の空地にな。五百人を収容できるテント小屋だ。そうなればおまえら不信心者にもわかるだろう。主は、どれほどの敵が参集しようと、我が前にテーブルを用意してくださるのだ。そしてまた我が頭に油を注いでくださる。我が杯は――」

「今夜、あんたのためにたくさんの人々を集めてやれるよ」とジェイクは言った。

「どうやって？」

「おれにあんたの素敵なチョークをくれないか。いっぱい人を集めてやるからさ」

「あんたの書いたものは見た」とシムズは言った。「『労働者たちよ！　アメリカは世界でいちばん裕福な国なのに、国民の三分の一は飢餓状態にある。我々はいつになったら団結し、自分たちの正当な取り分を要求するのか?』、そんな類《たぐ》いのことだ。あんたの主張は急進的だ。私のチョークを使わせるわけにはいかんね」

「しかし私にはメッセージを書くつもりはない」

シムズは聖書のページを繰り、疑わしそうな顔で続きを待った。

「あんたのために素敵な聴衆を集めてやろう。このブロックのそれぞれの端っこの舗装道路に、素敵な裸のおねえちゃんの絵を描くんだよ。色つきでな。そして矢印でこちらを指すんだ。可愛《かわい》くて、ぽっちゃりして、お尻《しり》むき出しで――」

「バビロンの民!」と老人は金切り声を上げた。「ソドムの末裔《まつえい》! 神は汝《なんじ》のことを忘れないぞ!」

ジェイクは向かい側の歩道に移った。そして自分の住む家に向かった。「じゃあな、ブラザー」

「罪びとめ!」と老人は叫んだ。「七時十五分きっかりにここに戻って来るのだぞ! そしてイエスからのメッセージを聞くのだ。それはおまえに信仰を与えてくれるだろう。救済されるのだ」

シンガーは死んだ。彼が自殺したという知らせを最初に耳にしたとき、ジェイクがまず感じたのは悲しみではなく、怒りだった。彼は壁の前にいた。自分がこれまでシンガーに向かって吐露した、自らの内奥《ないおう》にあるすべての心情を、彼は思い起こした。シンガーの死によって、それらがそっくり失われてしまったように思えた。何故《なぜ》シンガーは自らの命を終わらせたいと思ったのだろう？　もしかして頭がおかしくなったのか。でもとにかく彼は死んだ。死んだ——間違いなく死んだ。もうその姿を見ることはないし、触ることも話しかけることもできない。二人で長い時間を過ごした部屋には、今ではタイピストの女の子が住んでいる。もうそこを訪れることはできない。おれはひとりぼっちだ。壁と、階段と、開けた道路。

　ジェイクは自室に入り、ドアの鍵《かぎ》をかけた。腹は減っていたが、食べ物はなかった。喉も渇いていたが、テーブルの水差しには生ぬるい水が数滴残っているだけだ。ベッドは乱れたままで、床には汚い綿埃が積もっていた。部屋にはビラが散らばっていた。彼はここのところたくさんの短い告知を書いて、それを町中で配っていたからだ。彼はそのうちの一枚を浮かぬ顔で取り上げた。「ＴＷＯＣ（繊維労働者組織委員会）はあなたの最良の友人だ」という見出しのついたものだ。それらの告知のあるものは、ひとつのセンテンスが記されているだけだった。他のものはもう少し長かった。一枚ぎっしり詰めて書かれた「我々のデモクラシーとファシズムの間の類似点」という題のついた声明もあった。

　一ヶ月の間、彼はそれらのビラ作りに夢中になっていた。仕事時間中にそれらを書きつけ、ニューヨーク・カフェのタイプライターを借りてタイプし、カーボン複写し、自ら配布した。彼は夜も昼もなく働いた。しかし誰がそんなものを読むのか？　そんなものが何の役に立ったのか？　この町の規模は、一人の人間の手には余った。そして今、彼は町から出て行こうとしていた。

　しかし今度はどこだ？　いろんな都市の名前が彼の頭に浮かんだ――メンフィス、ウィルミントン、ガストニア、ニューオーリンズ。どこでもいい。しかし南部を離れることはないだろう。かつての変化を求める心と飢えが、再び彼に戻ってきた。しかし今回は以前とは違う。彼はもう開けたスペースと自由を希求してはいなかった。求めるのは、それとは正反対のものだ。あの黒人、コープランドが語ったことを彼は覚えていた。「一人で立ち上がろうとするんじゃない」。まさにそれが最良と思える時期もあった。

　ジェイクはベッドを動かして部屋の向こうにやった。ベッドの下になっていたところに、スーツケースと一山の本と汚れた服が隠されていた。彼はせわしなく荷造りをした。あの年老いた黒人の顔が彼の脳裏にふと浮かんだ。二人の口にした言葉が戻ってきた。コープランドは頭がおかしい。考えががりがりに凝り固まっており、彼に理を説くのは実に腹立たしい作業だ。それでもあの夜に二人が抱いた強烈な怒りは、理解を超えたものだった。コープランドは知覚を得た者だ。そして知覚を得たものは、完全武装の軍団の前に立った一握りの裸の兵隊のごときものなのだ。なのに、彼らはいったい何をしたのか？　互いを相手に口喧嘩するだけに終わった。コープランドはたしかに間違っている――そう――彼は狂っている。しかしいくつかの点において、彼らは行動を共にできるかもしれない。もし二人がしゃべりすぎなければ、だが。彼に会いに行くことにしよう。急がなくてはという思いがはっと戻ってきた。結局のところ、それが最善のことかもしれない。あるいはそれこそが徴《しるし》であり、長年待ち望んでいた援助の手なのかもしれない。

顔や手に着いた汚れを洗い落としもせず、彼は紐《ひも》をかけたスーツケースを手に、部屋を出た。外に出ると空気は蒸し暑く、通りにはもわっとしたにおいが漂っていた。空は雲に覆われつつあった。空気は微動だにせず、地区の工場から出る煙は、寸分の乱れもなく空にまっすぐ立ち上っていた。ジェイクが歩いて行くと、スーツケースがぎこちなく膝にどんどんとぶつかった。そして彼はしばしば背後を、身を捻るように振り返った。コープランドはほとんど町の反対側に住んでいた。だから急ぐ必要があった。空の雲は次第に密度を増しており、日暮れ前に夏の激しい夕立がやってくるであろうことをそれは告げていた。

コープランドの住んでいる家の前まで来たとき、シャッターが降りているのが見えた。裏手に歩いて回り、窓から中を覗《のぞ》くと、がらんどうになった台所が見えた。突き放されたような空虚な失望感に襲われ、手は汗ばみ、心臓の脈動が失われた。彼は左隣の家を訪ねてみたが、誰もいなかった。あとはケリーの家に行って、ポーシャに事情を聞くしかなかった。

その家に近づくのはつらかった。玄関ホールにある帽子掛けを目にし、幾度となく上がった長い階段を目にするのが耐えがたかった。彼はゆっくり引き返すようなかっこうで町を横切り、裏道の方からその家に近づいていった。そして裏口から中に入った。ポーシャは小さな少年と一緒に台所にいた。

「いいえ、ブラントさん」とポーシャは言った。「あんたがシンガーさんのとても親しいお友だちだったということは知っとります。そしてあたしの父さんがシンガーさんのことをどう思っていたか、それはあんたもよくご存じですよね。でもあたしらは今朝、父さんを田舎に移しました。そして今父さんがどこにいるか、それをあんたに教えることは何があってもできません。もしよろしかったら、遠慮なくはっきりものを言わせていただきます」

「遠慮なんぞしなくてかまわんよ」とジェイクは言った。「しかしどうして？」

「あんたがあたしらのところにやってこられたあと、父さんはすっかり具合が悪くなって、あたしらは父さんがこのまま死ぬんじゃないかと心配したくらいでした。ベッドの上に起き上がれるようにするまでに、ずいぶん長い日にちがかかりました。今ではよくなりましたけどね。そして今いるところで、更にずっと元気になることでしょう。しかしあんたがご存じかどうかはわからないけど、父さんは今のところ、白人に対して険悪な気持ちをもっているし、頭に血が上りやすくなっているんです。それにだいたい、遠慮なく言わせていただければ、あんたはうちの父さんにいったい何の用があるんですかね？」

「何の用もない」とジェイクは言った。「君に理解できるような用は何もないよ」

「あたしら黒人にだって、他のみんなと同じように感情ってものはあるんです。そしてあたしは今言った通りのことを守ります。父さんは一人の年老いた病気の黒人であって、既にたっぷりと苦しみを背負い込んでいるんです。あたしらが彼の面倒を看《み》なくちゃならない。そして父さんはあんたに会いたがっちゃいない。あたしにはそれがよくわかっています」

　再び通りに出ると、雲の色が怒ったような深い紫に変わっているのが見えた。重く淀《よど》んだ空気には嵐《あらし》の匂いが嗅《か》ぎ取れた。通りに並んだ街路樹の鮮やかな緑が空気の中に忍び込むかのように、通りには不思議な緑色の光輝のようなものがあった。すべては音もなく、ただぴたりと静止していたので、ジェイクは少し立ち止まって空気の匂いを嗅ぎ、あたりを見回してみた。それから彼はスーツケースを小脇にはさみ、メインストリートの日よけめがけて駆けだした。しかしそれは遅すぎた。金属的な雷鳴が空にびりびりと轟き、空気が一瞬にして冷え込んだ。大きな銀色の雨粒が路面をぴしぴしと打ち始めた。

雪崩《なだれ》のような雨が彼の視野を遮った。ニューヨーク・カフェに辿《たど》り着いたときには、彼の衣服はぐっしょり濡れて、身体にまとわりつき、靴にしみこんだ水が歩くたびに音を立てた。

ブラノンは新聞を脇にやり、カウンターに肘をついて寄りかかった。「ほう、こいつは実に奇妙だ。雨が降り出した直後、あんたがここに入ってくるような予感がしたんだ。あんたがこちらに向かってやってくるし、そして雨宿りにはぎりぎりで間に合わないだろうことも、しっかりわかっていた」、彼は親指で鼻をぐいぐい押した。真っ白に平たくなるまで。「そしてスーツケースかね？」

「これはスーツケースのように見える」とジェイクは言った。「そしてスーツケースのような触り心地がする。だからもしあんたがスーツケースというものの実在性を信じるならば、これはたしかにスーツケースだ、ということになるだろう」

「そんな格好でそこに突っ立っていることはない。二階に上がって濡れた服を脱ぎなさい。ルイスがアイロンをかけて乾かしてくれるから」

ジェイクは奥のブース席のひとつに座り、両手に頭を埋めた。「いや、けっこうだ。おれはしばらくここで休んで、一息つきたいだけだ」

「しかしあんたの唇は真っ青になっているぞ。ひどい見かけだ」

「おれは大丈夫さ。できれば夕食をとりたい」

「夕食が用意できるのは半時間後だ」とブラノンは辛抱強く言った。

「残り物でかまわんよ。なんだって、皿に載せて出してくれればいい。温める必要もない」

彼の内なる空白が痛んだ。あとのことも先のことも、何も考えたくなかった。彼は短くずんぐりした二本の指に、テーブルの上を歩かせた。初めてこのテーブルに着いたのは、もう一年以上前のことだ。そしてその間におれはどれくらい前に進めただろう？一歩だって進めちゃいない。一人の友人を作り、そして失っただけだ。それ以外には何ひとつ起こらなかった。彼はシンガーにすべてを与え、そしてその男は自殺してしまった。そのようにして彼は枝の先に一人で取り残された。その枝から一人で降りて、再び新しいスタートを切るかどうか、今のところそれは自分次第だ。そんなことを考えると彼はパニックに襲われた。彼はくたびれていた。頭を壁にもたせかけ、両足をとなりの座席にあげた。

「ほらこれを食べなさい」とブラノンは言った。「少しは元気になるだろう」

彼は何か温かい飲み物の入ったグラスと、チキンパイの皿をテーブルに置いた。飲み物はもったりと甘い匂いがした。ジェイクはその湯気を吸い込み、目を閉じた。「これはなんだね？」

「レモンの皮を角砂糖に擦り込んで、そこにラムを入れた熱湯をかけたものさ。暖まるぞ」

「あんたにいくら借りがあるのかな？」

「急にはわからんが、あんたが出て行く前に計算しておくよ」

　ジェイクはそのトディーをごくごくと飲み、飲み込む前にそれで口の中をすすいだ。

「あんたはその金を手にできないよ」と彼は言った。「今それだけの持ち合わせはないし、もしたとえ持っていたとしても、たぶん払わんだろうと思う」

「なあ、私があんたに支払いを強要したことがあったかね？　勘定書きを持ってきて、さあ借りを払ってくれと言ったことがあったかね？」

「いや」とジェイクは言った。「あんたはとても理解のある人だった。そして思うに、正しく慎みある人だ。つまり、個人的特性としてみればね」

　ブラノンは彼のテーブルの向かいに座った。何かが心にかかっていた。彼は塩入れを前後に動かし、髪を撫《な》でつけ続けた。彼は香水をつけたような匂いをさせ、その青いストライプのシャツは清潔で、どこまでもぱりっとしていた。シャツの袖はまくり上げられ、旧式の青い袖ガーターできちんと留められていた。

　やがて彼は遠慮がちに咳払いをし、言った。「あんたが入ってくる前に、私は夕刊に目を通していた。あんたの職場で今日、ずいぶんな騒動があったようだね」

「そのとおりだ。どんなことが書いてあったね？」

「待ってくれ。今とってくるから」、ブラノンはカウンターから新聞をとってきて、ブースの仕切り壁にもたれかかった。「一面に出ている。どこそこで開催されている『サニー・ディキシー・ショー』で大がかりな喧嘩騒ぎがあった。二人の黒人がナイフで刺されて死亡。他に三人が軽傷を負い、市立病院で手当を受けた。死亡したのはジミー・メイシーとランシー・デイヴィス。負傷したのはジョン・ハムリン（白人、セントラル・ミル・シティー）、ヴェアリアス・ウィルソン（黒人）、なんたらかんたら……。ここから引用だ。『何人かが逮捕された。この騒動は活動家の扇動によって引き起こされた模様。騒動の起こった現場、またその近辺で、破壊活動的なビラが何枚も発見された。近日中の更なる逮捕が見込まれている』」。ブラノンは歯をかちんと噛み鳴らした。「この新聞の校正は日々ひどくなっていくな。破壊活動（subversive）の第二音節のeがuになっているし、逮捕（arrest）のrが一つになっている」

「なるほど、頭の働く連中だ」とジェイクはあざ笑うように言った。「『活動家の扇動』ときたか。大したものだ」

「いずれにせよ、不幸な出来事だ」

ジェイクは手で口を押さえ、空っぽになった皿を見下ろした。

「あんたはこれからどうする？」

「おれはここを去る。日暮れ前に町を出て行くよ」

ブラノンは手のひらの上で爪《つめ》を磨いた。「ああ、もちろんそんなことをする必要はないだろうが――あるいはそれが賢明かもな。でもどうしてそんなに慌《あわ》てるんだ？　今すぐにどうこうということでもあるまい」

「その方がいいからさ」

「どこかで新しくやり直すことが、あんたにとって賢明なことだとは、私には思えないんだ。どうだろう、このことに関して私の忠告を受け入れてはくれまいか？　私自身は保守的な人間であり、言うまでもなく、あんたの意見は急進的だと思っている。しかしそれと同時に、ものごとのすべての側面を知りたくもあるのだ。いずれにせよ、あんたが自分をしっかり立て直した姿を、私は見たいと思う。どうしてあんたは、たとえそれが数人であれ、多少なりとも自分と意見を同じくする人たちのいるところに行かないんだ？　そしてそこに腰を据えないんだ？」

ジェイクは苛立《いらだ》った様子で皿を押しやった。「どこに行くかはわからんよ。おれのことは放っておいてくれ。疲れた」

ブラノンは肩をすくめ、カウンターに戻った。

彼はすっかり疲れていた。温かいラム酒と、激しい雨音が眠気を誘った。安心してブース席に座り、美味《うま》いものを口にできたのは有り難かった。もし望めば、そこに突っ伏して眠ることもできた。短い眠りをむさぼるのだ。既に彼の頭は膨張して重くなり、目を閉じると気分がよくなった。しかしそれは短い眠りでなくてはならない。何故なら彼は急いでそこを出ていかなくてはならないからだ。

「あとどれくらいこの雨は降るんだろう？」

ブラノンの声は眠りを誘うような響きを持っていた。「そいつばかりはわからんね——熱帯性の土砂降りだ。突然晴れ上がるかもしれん——あるいは——雨足は弱まるが、一晩降り続くかもしれん」

ジェイクは両腕の中に顔を埋めた。雨音は海のうねりのように聞こえた。時計が時を刻む音が聞こえ、皿がかたかたと触れあう音が遠くに聞こえた。次第に両手が緩んできた。手が開き、卓上で手のひらが上に向けられた。

やがてブラノンが彼の肩を揺すって起こした。そして顔をのぞき込んだ。恐ろしい夢が彼の脳裏に残っていた。「起きなさい」とブラノンは言っていた。「ひどい夢を見ていたようだね。あんたは口を開けて、うめき声をあげ、足でごしごし床を擦《こす》っていた。そこまで人がうなされている姿を、これまで見たこともなかったよ」

その夢はまだ頭に重く残っていた。そして目覚めるたびに襲われる、あのお馴染《なじ》みの恐怖を感じた。彼はブラノンを押しやり、立ち上がった。「おれが悪夢を見ていたことをわざわざ教えてくれなくてもいい。どんな夢だったか、よく覚えているよ。この同じ夢を十五回くらいは見てきたんだ」

彼は今、その夢をはっきり覚えていた。これまで、目が覚めたときには、それがどんな夢だったか思い出せなかったのだけれど。彼は群衆の間を歩いて抜けていた——ちょうど見世物みたいなところを。しかしまわりには、どことなく東洋らしき雰囲気があった。太陽は恐ろしく眩《まぶ》しく、人々は半裸姿だった。彼らは沈黙し、動作は緩慢で、顔には飢餓の色がうかがえた。音声はなく、そこにあるのはただ太陽と、沈黙する人々の群れだ。彼はその間を歩いて抜けているのだが、覆いをされた巨大なバスケットを手に抱えていた。彼はバスケットをどこかに運んでいるのだが、それを置いていく場所がうまく見つけられなかった。群衆の間を歩きまわり、その重荷（彼はずいぶん長い間それを両手に抱えていた）を下ろすべき場所が見つけられないことで、夢の中で得体の知れぬ恐怖が高まっていった。

「いったいどうしたんだね？」とブラノンが尋ねた。「悪魔に追いかけられていたのかね？」

ジェイクは立ち上がり、カウンターの奥の鏡の前に立った。顔は汚れて汗ばんでいた。両目の下に黒いくまができていた。彼は水飲み場の蛇口でハンカチーフを濡らし、それで顔を拭いた。そしてポケットから櫛《くし》を取り出し、口髭を丁寧に整えた。

「夢はなんでもない。それのどこが悪夢なのか、そいつは実際に眠ってみなくちゃわからん」

時計は五時半を指していた。雨はもうほとんど止《や》みかけていた。ジェイクはスーツケースを取り上げ、入り口に向かった。「じゃあな。そのうちに葉書でも書くよ」

「待てよ」とブラノンは言った。「今はまだ出て行けない。まだ少し雨が残っているから」

「日よけから滴《しずく》が垂れているだけさ。おれとしては、暗くなる前に町を出て行きたいんだ」

「しかしちょっと待て。あんた金を持っているのか？　一週間を食いつなげるくらいは？」

「金は必要ない。一文無しになったことは前にもある」

　ブラノンは封筒を既に用意していた。その中には二十ドル札が二枚入っていた。ジェイクはそれらの両面を見て、ポケットに入れた。「どうしてこんなことをしてくれるのか、おれにはわからん。あんたがこの金をまた目にすることはたぶんないだろう。しかしありがとう。このことは忘れないよ」

「元気でな。そして便りをくれ」

「アディオス」

「グッドバイ」

　彼の背後でドアが閉まった。ブロックの端まで来て振り返ったとき、ブラノンが歩道に立ってこちらを見ているのが見えた。彼は鉄道線路の近くまで歩いた。線路のどちらの側にも、二間しかないみすぼらしい家屋が列をなしていた。狭苦しい裏庭には朽ちかけた外便所があり、物干しロープには破けて黒ずんだぼろ服が干されていた。その二マイルの間、心地よい、清潔な、あるいは開放的な光景は何ひとつ見受けられなかった。大地そのものが不潔で、見捨てられたように見えた。ところどころに野菜を植えようとした痕跡《こんせき》が見えたが、萎《しな》びたコラード菜が二、三生き延びているだけだ。実をつけていない薄汚れたイチジクの木が数本あった。子供たちがこの不潔な場所にうじゃうじゃと群れており、小さな子供たちはみんな丸裸だった。その貧困の風景はあまりに残酷で救いがなかったので、ジェイクは罵《のの》りの言葉を口にし、拳を握りしめた。

　町の端に辿り着き、幹線道路に出た。車が彼のそばを走り過ぎていった。彼の肩幅は広すぎたし、腕は長すぎた。外見があまりに逞《たくま》しく醜かったので、彼を同乗させてやろうというような人間はどこにもいなかった。でもそのうちにトラックが止まってくれるかもしれない。夕方近くの太陽が再び姿を見せた。その熱気で、濡れた舗道から湯気が立ち上がった。ジェイクは休みなく歩き続けた。町を離れるとすぐ、新たな活力が押し寄せてきた。これは敗走なのか？　あるいは反撃なのか？　どちらにせよ進んでいくしかない。また一からやり直しだ。道路は北に向かっていた。そして僅《わず》かに西に振れている。しかしそれほど遠くまでは行くまい。彼としては南部を離れたくはなかった。それだけははっきりしている。彼の中には希望があった。そして程なく旅の輪郭が形作られていくことだろう。

3

夕方

　こんなものに意味があるのだろうか？　それが彼女の切実な疑問だった。こんなものいったい何の意味があるのだろう？　彼女の立てたすべての計画、そして音楽。そうしてたどり着いたのは、このような罠《わな》だった――店、家に帰って眠る、そしてまた店。シンガーさんが働いていた宝飾店の正面に掲げられた時計は、ちょうど七時を指していた。彼女はようやく仕事から解放されるところだ。残業が必要なときには、支配人はいつも彼女に居残りを命じた。なぜなら彼女は他の女の子たちよりもずっと長く、音を上げずに立っていられたし、よく働いたからだ。

　激しい雨が上がると、空は淡い、静かな青色になった。夕闇が訪れようとしていた。既に明かりがともり始めていた。通りでは自動車の警笛が鳴らされ、新聞売りの少年たちが見出しを大声で叫んでいた。彼女は家に帰りたくなかった。もし今家に帰ったら、すぐベッドに横になって、叫び出すだろう。彼女はそれくらい疲れ切っていた。しかしニューヨーク・カフェに寄ってアイスクリームを食べたら、少しは気分が良くなるかもしれない。そして煙草《たばこ》を一服吸って、しばらく一人きりになるのだ。

　カフェの表側は混んでいたので、いちばん奥のブース席に行った。とりわけくたびれているのは、腰の後ろと顔だった。店のモットーは「常に姿勢正しく、笑顔を絶やさず」というものだった。いったん店を出ると、彼女は顔をもう一度自然なものに戻すため、長いあいだしかめっ面《つら》をしていなくてはならなかった。耳までへとへとだった。彼女はぶら下がっている緑色のイヤリングを外し、耳たぶをぎゅっとつまんだ。イヤリングはその前の週に買った。銀の飾り付きのブレスレットも。最初のうち彼女は台所用品売り場で働いていたのだが、今は宝飾品売り場に回されていた。

「こんばんは、ミック」とブラノンさんが言った。彼は水を入れたグラスの底をナプキンで拭いてから、それをテーブルに置いた。

「チョコレート・サンデーと、生ビールの五セント・グラスをお願い」

「ふたつ一緒にかね？」、彼はメニューを置き、女性用の金の指輪をはめた小指で指さした。「ほら、ここにおいしいロースト・チキンか、仔牛《こうし》のシチューがある。私と一緒に食べないか？」

「いらない。私がほしいのはサンデーとビールだけ。どっちもうんと冷たくしてね」

　ミックは額から前髪をかき上げた。口が開いていたので、頬がへこんだように見えた。

どうしても信じられないことが彼女には二つあった。ひとつはシンガーさんが自殺して、もうこの世にいないことであり、もうひとつは自分が大きくなり、ウールワースで働かなくてはならないことだった。

死体を発見したのはミックだった。みんなはその音を車のバックファイアだと思った。人々が真相を知ったのは翌日のことだ。ミックはラジオを聴こうと、シンガーさんの部屋に行った。彼の首は血だらけになっていた。父親はやってくると、ミックをすぐに部屋から押し出した。彼女は暗いところに駆け込んで、拳で自分を叩いた。翌日の夜には、彼は居間に置かれた棺に収められていた。葬儀屋が彼の顔に頬紅と口紅をつけていた。顔を自然に見せるためだ。でもその顔はとても自然には見えなかった。まったく死んでいるようにしか見えなかった。花の匂《にお》いと混ざり合って、別種の匂いがそこにあり、とてもその部屋にいることができなかった。しかしそれらの日々、彼女はずっとがんばって仕事を続けた。商品を包装し、それをカウンター越しに差し出し、代金をレジに収めた。歩くべき時にしっかり歩き、テーブルに着けばしっかり食事をとった。ただ最初のうち、夜にベッドに入ってもうまく寝付けなかった。しかし今ではもう、眠るべき時間にまともに眠れるようになった。

ミックは脚が組めるように、座席の上で横向きになった。ストッキングには伝線が入っていた。その伝線は店まで歩いて向かう途中で始まった。彼女はそこに唾《つば》をつけておいた。しかしそれはだんだん大きくなっていったので、端っこにチューインガムを小さく貼《は》り付けておいた。しかしそれも役には立たなかった。家に帰って縫わなくてはならない。ストッキングの問題にどう対処すればいいのか、頭が痛い。ストッキングはあっという間に駄目になっていった。そのへんのありきたりの娘なら、木綿のストッキングをはくところなのだが。

　彼女はこの店に来るべきではなかったのだ。靴の底はきれいに擦り切れていた。靴に新しく半張りを打つために、その二十セントをとっておかなくてはならなかった。だって、穴の空いた靴を履いてフロアに立ち続けていたら、いったいどんなことになるだろう？　足にまめができるだろうし、それは焼いた針で潰さなくてはならない。そうなると店を休むことになるし、その結果クビになるだろう。そしてそれから？

「ほら、お待ちどおさま」とブラノンさんが言った。「しかしこんなけったいな取り合わせは前代未聞《ぜんだいみもん》だね」

　彼はサンデーとビールをテーブルの上に置いた。彼女は爪をきれいにしているふりをした。彼の方に注意を向けたら、何か話が始まりそうだったからだ。ブラノンさんはもう自分に対して悪意は抱いてないようだった。きっとあのガムを盗んだ一件は忘れてしまったのだろう。今では彼は、何かにつけ彼女に話しかけてきた。しかしミックは一人きりの静かな時間を持ちたかった。サンデーは美味《おい》しかった。チョコレートとナッツとチェリーでたっぷり覆われていた。そしてビールは気持ちを宥《なだ》めてくれた。アイスクリームのあとではビールは程よくほろ苦く、それは彼女を酔わせた。ビールは音楽の次に素敵なものだ。

しかし今ではもう、音楽は彼女の頭に浮かんでこなかった。それは不思議なことだった。まるで自分が「内側の部屋」から閉め出されてしまったみたいだ。ときどき小さな曲がすっと頭に浮かび、そのまま去って行った——かつてのように、音楽と共に内側の部屋に入っていくことはできなかった。自分に心のゆとりがなくなっているみたいだ。彼女のエネルギーと時間を、店がそっくり奪い取っているからかもしれない。ウールワースは学校とは違う。学校から帰宅するといつも気分が良くて、すぐに音楽に取り組めたものだった。でも今では彼女はいつもへとへとになっていた。家に帰ればただ夕食をとり、眠り、朝食をとり、また店に出勤するだけだ。二ヶ月前に秘密のノートブックで作り始めていた曲は、まだ未完成のままだった。なんとか内側の部屋に留まりたかったが、どうすればそれができるのか彼女にはわからない。内側の部屋はどこか遠くに運ばれ、鍵をかけられてしまったみたいだった。どうしてそんなことになったのだろう？

ミックは欠けた前歯を親指でぐいと押した。それでも彼女はシンガーさんのラジオを所有していた。ラジオの割賦《かっぷ》はまだ残っていたので、ミックがその残高の支払いを引き受けたのだ。かつて彼の持ち物だったものを手にしているのは、彼女には嬉《うれ》しいことだった。そしていつか、中古のピアノの支払い分を少しずつ取り分けられるようになるかもしれない。週に二ドルとか、そんな余裕ができるだろうか。私のピアノは他の誰にも触らせない。ジョージに簡単な曲なら教えてもいいけれど。裏の部屋にピアノを置き、毎晩それを弾くのだ。日曜日には一日中。でもある週、その支払いができなかったとしよう。そうしたらあの赤い小さな自転車のときと同じように、誰かがそれを回収にやって来るのだろうか？　もし彼女がそれを持って行かせなかったとしたら、どうなるだろう？　ピアノを家の下に隠してしまったら？　あるいは彼女が彼らを玄関で押しとどめ、戦いを挑んだら？　彼女は二人の男たちを簡単にノックアウトし、彼らは目の下にあざを作り、鼻を折られ、玄関の床にのびて転がっているだろう。

　ミックは顔をしかめ、拳で額をこすった。いつもこんな調子になってしまう。ひっきりなしに頭に血を上らせているみたいだ。でも子供がすぐかっとなり、すぐに忘れてしまうのとは違う。そういう種類の怒りではない。そもそも頭に来るべきことなんて何ひとつないのだから。店の仕事を別にすればだが、でもその職に就いてくれと、店が彼女に頼み込んだわけではない。だから頭に来るいわれはない。ただ、なんとなく騙《だま》されたような気がするだけだ。とはいえ、実際に誰かに騙されたわけではない。だから怒りをぶっつけるべき相手も見当たらない。しかしその気持ちはどうしても消えなかった――自分は騙されている。

でもピアノのことは実現するかもしれないし、それで良かったということになるだろう。近い将来、何かしらのチャンスが巡ってくるだろう。さもなければ、これまでのすべては何の意味も持たなかったことになってしまう——音楽に対して抱いた思いも、内側の部屋で立てていた様々な計画も。どう考えたって、それは意味を持つことであるはずだ。絶対に、絶対に、絶対に。みんな意味を持っているのだ。

大丈夫！

オーケー！

そこには意味がある。

4

夜

すべては静寂の中にあった。ビフが顔と手をあらって拭いているあいだ、日本風の塔《パゴダ》についたガラスの風鈴を風がからからと揺らせた。彼はうたた寝から目覚め、夜の葉巻を吸った。彼はブラントのことを考え、もう遠くまで行っただろうかと思いを巡らせた。アグア・フロリダの瓶が洗面所の棚に載っていた。彼はその蓋《ストッパー》をこめかみにつけた。そして古い歌を口笛で吹いた。狭い階段を降りていくとき、その曲の細切れなエコーが彼の背後に聞こえた。

ルイスがカウンターの奥にいることになっていた。しかし言いつけは守られなかったらしく、そこには誰もいなかった。ドアは無人の通りに向けて開け放しになり、壁の時計は真夜中の十七分前を指していた。ラジオがつけっぱなしになっていて、ヒットラーがダンチヒ問題（第二次大戦開戦前夜、ヒットラーはダンチヒとポーランド回廊をポーランドから取り戻す要求を突きつけていた）で脅しをかけていることが語られていた。キッチンに行ってみると、ルイスは椅子の上で眠りこけていた。その若者は靴を脱ぎ、ズボンのボタンを外していた。頭は胸の上に垂れている。シャツの胸についた長いよだれのあとは、彼がかなり長く眠り込んでいたことを示していた。両腕はだらんと脇《わき》に垂れ、そのまま崩れ落ちて床に顔をぶっつけなかったことが不思議に思えるほどだ。ルイスはあまりに深く眠っていたので、起こしても無駄だろうとビフは思った。どうせ今夜は客もそんなに来ないだろうから。

彼は足音を忍ばせてキッチンの奥の、ギンモクセイを入れたバスケットと、百日草をいっぱい差した二個のピッチャーを置いた棚まで行った。それらの花を店の正面に運び、セロファンを被《かぶ》せられた昨夜のスペシャルの皿をウィンドウから下げた。彼は料理にはうんざりしていた。フレッシュな夏の花を飾ったウィンドウ——それがいい。花がどのように飾られるべきか、目を閉じて想像を巡らせた。ギンモクセイが土台として床に散らされる。涼しげなグリーンだ。そして赤い陶器の桶《おけ》は鮮やかな百日草で満たされる。それだけ。彼はウィンドウを念入りにアレンジし始めた。花々の中にいささか異形のものがあった。六枚の銅色の花弁と、二枚の赤色の花弁をつけた百日草だ。彼はこの変種を検分し、取り分けておくことにした。ウィンドウの飾り付けを終えると、通りに立ってその成果を眺めた。花々の無骨な茎はちょうどうまい角度に垂れ、ほどよく力が抜けていた。電灯の明かりは興ざめだが、日が昇ればディスプレイは絶妙な効果を発揮することだろう。見事に芸術的だ。

星をちりばめた暗い空は、地面にまさにくっつきかけているみたいだった。彼は歩道をそぞろ歩き、一度歩を止めてオレンジの皮を足で横向けに蹴り、溝に落とした。次のブロックの遠くの端に、二人の男の姿が小さく見えた。彼らは腕を組んでそこに立っており、動きはなかった。他には誰の姿も見えない。この通りでまだ戸口を開き、明かりをつけているのは彼の店だけだ。

それは何故だろう？　町の他のカフェはみんな夜には店を閉じているのに、どうしてこの店だけは終夜営業をしているのか？　彼はよくその質問をされたが、うまく言葉にして答えることができなかった。金のためではない。ときどき団体がやってきて、ビールを飲み、スクランブル・エッグを注文し、五ドルか十ドル使っていくこともあった。しかしそんなことは稀《まれ》だった。たいがいは単身の客で、注文の品は少なく、長い時間居座った。十二時から五時の間、一人の客も来ないという夜もたまにあった。利益なんてない。それは明らかなことだった。

しかし彼が終夜営業をやめることはあるまい――この店を続けている限り。夜こそが大事な時刻だった。夜にしか目にすることのできない人々がいるのだ。週に何度か通ってくる少数の常連たちもいれば、一度来てコカコーラを注文して、二度と顔を見せない連中もいた。

ビフは胸で腕組みをし、更に速度を緩めて歩いた。街灯の投げかける明かりの中にいると、彼の落とす影は黒く、ごつごつしていた。夜の平和な静けさが、彼の中に腰を据えた。それは休息と瞑想《めいそう》の時刻だった。あるいはそれが、彼が夜中に眠らず階下にいることの理由であったかもしれない。最後にもう一度だけ無人の通りをちらりと一瞥《いちべつ》し、それから店の中に入った。

危機を告げる声がラジオからまだ流れていた。天井の扇風機が心地よい唸《うな》りを立てていた。キッチンからルイスのかく鼾《いびき》が聞こえてきた。彼は突然かわいそうなウィリーのことを思い出し、近々ウィスキーの瓶を贈ってやろうと思った。それから新聞のクロスワードに戻った。中央にひとりの女性の絵が載っていた。彼は誰だかわかったので、最初の横のスペースに「モナリザ」と記した。縦の一番は物乞《ものご》いのことで、mで始まる九文字の言葉だった。Mendicant（物もらい）。横の二番は「遠ざけること」、eで始まる六文字。Elapse?（過ぎ去る）。彼は声に出していろんな組み合わせを試してみた。Eloign（隠匿《いんとく》する）。しかし彼は既に興味を失っていた。わざわざこんなことをやらなくたって、世の中に謎《なぞ》かけは溢《あふ》れるほどある。彼は新聞を畳んで脇にどかせた。またあとでやればいい。

取り分けておくつもりの百日草を検分した。手のひらに載せて明かりに近づけてみると、花はそれほど変わった種類のものではないことがわかった。わざわざとっておくだけの値打ちはない。彼はそのやわらかく、色鮮やかな花弁を、「愛している、愛してない」と順番にむしっていった。そしてその最後の一枚は「愛している」になった。しかし誰を？　今、自分はいったい誰を愛せばいいのだ？　そんな相手はいない。通りからふらりと店内に入ってきて、飲み物を注文し、一時間ばかりそこにいてくれるまっとうな人間なら、誰だってかまわない。しかしそれは特定の誰かじゃない。かつては愛した者たちがいたが、彼女たちはもういなくなっていた。アリス、マデリーン、そしてジップ。終わってしまった。良くも悪くも、みんな彼から去って行った。良くも悪くも——どちらだろう？　そいつはあくまで見方による。

　そしてミック。この何ヶ月かの間、彼女はビフの心の中で不思議な生命を得ていた。その愛もやはり終わってしまったのか？　そう。それは既に終わりを迎えていた。夕方の早い時刻にミックは店にやって来て、冷たい飲み物かサンデーを注文した。彼女は大人になりつつあった。彼女が子供っぽくお転婆《てんば》であった時代は、おおむね終わりを迎えていた。そして代わりに今では、一人前の女性らしい繊細な面が顔を見せていた。どこがどうと具体的に指摘するのは難しいのだが。イヤリング、ぶら下がっているブレスレット、脚を組み、スカートの裾《すそ》を膝《ひざ》下まで引っ張るその新たな仕草。そんな彼女を見ていて彼が感じるのは、ある種の優しさだけだ。かつて彼女に対して抱いた感情は、彼の中から去っていた。この一年の間、その愛は彼の内部で奇妙な具合に花開いていたのだ。彼は百回も問いかけ、解答を得られなかった。そして今、夏の花が九月に散るように、それもまた終わりを告げた。もう特定の相手はいない。

ビフは人差し指で鼻をとんとんと叩《たた》いた。ラジオからは外国語の声が流れていた。それがドイツ語なのかフランス語なのかスペイン語なのか、判断がつかない。しかしそこには不吉なものがあり、聞いていると寒気がしてきた。ラジオを消すと、沈黙はどこまでも深く、堅固だった。彼は外にある夜を肌身に感じた。孤独が彼を摑《つか》み、呼吸が速まった。ルシールに電話をかけてベイビーと話をするには、あまりに夜遅くなりすぎていた。そしてこの時刻には客の来店を望むこともできない。戸口に行って通りを眺め回してみたが、あたりはがらんとして真っ暗だった。

「ルイス！」と彼は声をかけた。「起きているか、ルイス？」

返事はない。彼はカウンターに両肘《りょうひじ》をつき、両手で頭を抱え込んだ。髭《ひげ》で黒くなった顎《あご》を左右に振った。その額はゆっくりと苦悩の皺《しわ》を刻んでいった。

謎かけ。彼の中に根を下ろし、心を休ませてくれないその質問。シンガーの、そしてその他の人々のもたらす難題《パズル》。そんなことが始まってからもう一年以上が経《た》つ。ブラントが最初にこの店に腰を据えて酒を飲みまくってから、そして最初にあの唖《おし》の姿を目にしてから一年以上が経過したのだ。ミックがシンガーのことを、あたりかまわず追いかけ回すようになってからも。シンガーが死んで埋葬されて一ヶ月になるが、その謎かけは未《いま》だにビフの中にあり、そのために彼は心の平穏を得ることができなかった。そんなすべてに何かしら自然ではないものがあった。醜い冗談のような何かだ。それについて考えると、彼は心が落ち着かなくなり、何故かはわからないが怖さを感じた。

彼が葬儀を手配した。人々はそれを彼の手に任せた。シンガーの身辺の始末は大変だった。持ち物はすべて割賦が残されており、生命保険の受取人は既に亡《な》くなっていた。残された金は葬儀を出すのにやっとというところだった。葬儀は正午におこなわれた。開いた暗い墓穴のまわりに立つ人々を、真夏の太陽が容赦なくじりじりと焼いた。陽光の下で花々は萎《しお》れ、茶色くなった。ミックは激しく泣いて喉《のど》を詰まらせたので、父親が彼女の背中を叩かなくてはならなかった。ブラントは拳《こぶし》を口にやり、墓穴をじっと睨《にら》みつけていた。可哀想《かわいそう》なウィリーの血縁者らしき、町在住の黒人医師は少し離れたところで一人、悲嘆の声を洩《も》らしていた。そして見たこともない人々、名も知らぬ人々がそこに集まっていた。彼らがどこからやってきたのか、何故そこにいたのか、それは誰にもわからない。

部屋の中の沈黙は、夜そのものと同じほど深かった。ビフは瞑想に耽《ふけ》り、そこにじっと立ちすくんでいた。それから出し抜けに彼の中で胎動が起こった。心臓が動転し、彼は支えを求めてカウンターに背中をもたせかけた。敏捷《びんしょう》な照明の光輝に照らされ、彼はそこで目にしたのだ。奮闘する勇猛な人間の姿を。永劫《えいごう》の時間に流されるごとく、人類が終わりなく推移していく様を。懸命に働くものたちの姿を、そしてただひたすら愛するものたちの姿を。彼の魂は大きく膨らんだ。しかしそれは一瞬のことに過ぎない。というのは彼はそこに警告を、恐怖の矛先を感じ取ったからだ。二つの世界の狭間《はざま》に彼はいた。気がつくと彼は、カウンターのガラスに映った自分の顔を眺めていた。こめかみには汗が光り、顔の像は歪《ゆが》められていた。一方の目はもう片方の目よりも大きく開かれていた。左の目は過去に向けて狭くすぼめられ、その一方で右目はぐっと見開かれ、恐怖の念をもって未来を見据えていた。暗黒と誤謬《ごびゅう》と破壊の未来を。彼は光輝と暗黒との狭間にいた——痛切なアイロニーと正しき信念との狭間に。彼ははっと鋭く背後を振り向いた。

「ルイス！」と彼は呼んだ。「ルイス！　ルイス！」

やはり返事はない。しかし、なんたることだ、自分は分別ある人間ではなかったか？　なのにどうして、このような得体の知れぬ恐怖に喉を締め上げられるのだろう？　その恐怖の出どころもわからないまま。自分はどこかの臆病《おくびょう》な間抜けみたいに、いつまでも怯《おび》えてここに立ちすくんでいるのか？　それとも性根を入れて分別ある人間に立ち戻るのか？　というか、自分はそもそも分別のある人間だったのか？　あるいはそうではなかったのか？　ビフはハンカチーフを水飲み場の蛇口で濡《ぬ》らし、緊張に引きつった顔を拭《ふ》いた。そこで彼ははっと思い出した。店頭の日よけがまだ上げられていなかったことを。戸口に向かいながら、その足取りは次第に確かなものに変わっていった。そして店内に戻ったときには、もう落ち着きを取り戻していた。そのように彼は、朝日が昇るのを静かに待ち受けた。

訳者あとがき

僕が翻訳を始めたのはもう四十年くらい前のことだが（小説家になるのとほとんど同時に翻訳の仕事をするようになった）、今はまだ始めたばかりだから実力的に無理だけど、もっと経験を積んで翻訳者としての腕が上がったら、いつか自分で訳してみたいという作品がいくつか頭にあった。言うなれば「将来のために大事に金庫に保管しておきたい」作品だ。

たとえばそれはスコット・フィッツジェラルドの『グレート・ギャツビー』であり、レイモンド・チャンドラーの『ロング・グッドバイ』であり、Ｊ・Ｄ・サリンジャーの『キャッチャー・イン・ザ・ライ』や『フラニーとズーイ』であり、トルーマン・カポーティの『ティファニーで朝食を』だった。どれも僕が青春期に読んで、そのあとも何度か読み返し、影響を受けた作品たちだ。そこから豊かな滋養を与えられ、その結果自分でも（及ばずながら）小説を書くようになった、僕にとってはいわば水源地にあたるような存在だ。

それらの古典、あるいは準古典作品にはもちろんそれぞれに優れた既訳もあるし、あえて訳し直すとなれば、僕としても十分な準備をし、それなりの覚悟を決めなくてはならない。ただ好きだからといって、簡単においそれと手をつけられるものではない。同時代の新しい作品を主に訳しながら、翻訳の技術を少しずつ身につけ、僕なりに腕を磨き、体制を整えた。

けっこう長い年月を要しはしたが、幸運にも恵まれ、また良き協力者も得て、それらの「取り置き」作品のほとんどすべてをひとつひとつ順番に訳して、世に問うことができた。そしてあとに残されているのは、このカーソン・マッカラーズの『心は孤独な狩人《かりゆうど》』だけとなった（いわばその準備段階として、まずもっと短い同著者の『結婚式のメンバー』を翻訳した）。

僕が初めてこの『心は孤独な狩人』を読んだのは、大学生のときだ。二十歳くらいだったと思う。そして読み終えて、とても深く心を打たれた。もう半世紀も前のことだが、以来この本は僕にとっての大切な愛読書になった。他のマッカラーズ作品も、手に入るものはすべて読破した。そのようにしてマッカラーズは僕にとって、大事な意味を持つ作家になった。古今東西、女性作家の中では僕が個人的にいちばん心を惹《ひ》かれる人かもしれない。

僕がこの作品の翻訳を、いちばん最後までとっておいたのには（最後まで金庫に大事にしまっておいたのには）、いくつかの理由がある。ひとつには、それが今の時代の日本の読者に（とくに年若い読者に）、どれほどの共感をもって受け入れられるか、そのことに今ひとつ確信が持てなかったからだ。僕はこの小説を個人的にとても愛好しているのだが（そして僕の周りにもそういう人がけっこう多いのだが）、現在の若い読者がこのような物語をどこまですんなり受け入れてくれるか、ちょっと推測がつかなかった。前述したフィッツジェラルドや、チャンドラーや、サリンジャーや、カポーティに関しては、そのような危惧《きぐ》はほとんどまったく感じなかった。それらはきっと「今も同時代性を持つ古典作品」として受容されるだろうという確信があった。

　しかしマッカラーズに関してはどうだろう？　もしこの作品が受け入れられなかったら、理解されなかったら……と思うと、個人的な思い入れがあるだけに、けっこう心が痛んだ。

　マッカラーズの小説世界は、言うなれば個人的に閉じた世界でもある。それはマッカラーズによって語られ、描写されるマッカラーズ自身の心象世界だ。そこに出てくる人々は、それぞれの異様性を背負い、それぞれの痛みに耐え、欠点や欠落を抱えつつ、それぞれの出口を懸命に探し求めている。しかし多くの場合、その出口は見当たらない。そしてその「出口のなさ」にこそ、実はマッカラーズの小説作品の真骨頂みたいなものがある。その世界における夜は暗くて長い。とはいえ夜はもちろんいつか明けて、朝が訪れる。しかし朝は来ても、そこで明確な解決策が示されるわけではない。人々はそのような宙ぶらりんの状態に置かれたまま、新たな夜の到来を待つことになる。僅《わず》かな——しかしきらりと小さく光る——希望を持って。

そういう人々の痛みや欠落や異様性を描くマッカラーズの筆力は実に見事だ。それはおそらく彼女にしかできない特殊な作業だ。繊細で、大胆で、恐れることを知らない。そしてまたしたたり落ちるように美しくもある。このような姿勢の良い骨太の、そして心優しい長編小説が、南部の田舎町から出てきた二十歳そこそこの娘によってあっさり書かれてしまったというのは、ほとんど信じがたいことだ。当時のアメリカの人々にとってもまた、それはやはり信じがたいことであったようだ。そして彼女は一時期「天才少女」として脚光を浴び、世間にもてはやされるのだが、それは傷つきやすい繊細な心を持ったマッカラーズにとっては、あまり座り心地の良いポジションではなかったようだ。人生はマッカラーズにとって、決して安全で優しい場所ではなかった。

『心は孤独な狩人』は発表後八十年ばかりを経ているが、今でもアメリカ本国では広く読み継がれる古典作品となっている。それなりの規模を持つ書店であれば、全国どこに行ってもこの本は書棚に常備されている。マッカラーズはこの他にも何冊かの優れた作品を書いているが、本書がなんといってもその代表作であり、もし仮にこの本一冊しか書かなかったとしても、彼女はおそらくアメリカ文学史に名を残したことだろう。

ただこの本に含まれる独特の「重さ」は、今日の日本の読者にはあまりなじみのないものかもしれない。一九三〇年代後半のアメリカ南部の小さな街。十年近くにわたって経済不況が続き、多くの人々は生活苦に喘《あえ》いでいる。非人間的な厳しい人種差別があり、構造的な救いがたい貧困があり、持つものと持たざるものとの間の激しい階級闘争がある。知的な黒人医師は人種差別と必死に戦い、アナーキストのブラントは資本主義制度の矛盾を打ち砕こうと苦闘している。「公正さ」を目指す彼らの努力はどこまでも真摯《しんし》なものだが、他者との共感を欠いて、常に空回りしている。そのせいで二人は共に孤独な、孤立した存在となっている。またいくつかの共通項を持ちながらも、その二人が理解し合い、協力し合うような事態はもたらされない。

町外れのカフェの主人は自らの「不適切な」性的欲望に終始苦しみ、主人公の少女は何かを熱く切望しながらも、自分の心をひとつにまとめることができない。そして一人の物静かな聾唖《ろうあ》の男（シンガーさん）は、そのような周囲の人々の様々な形状を取った苦悩を、深い沈黙のうちにそのまま受け入れ、まるでスポンジのように自らの身に吸収していく。彼一人だけが愛というものを堅く一途《いちず》に信じているが、最後の最後までその思いが報われることはない。そして結局は絶望の淵《ふち》に静かに沈んでいく。

ヨーロッパではドイツとイタリアというファシスト国家が威力を持ち、やがて大きな戦争が始まろうとしている。戦雲が刻々と広がっていく（第二次大戦の火ぶたが切って落とされたその日にこの物語は終わる）。そんな重苦しい時代環境の中で、主人公の少女はあちこちに頭を打ち付けながら、徐々に成長を遂げていく。しかしすべての登場人物に関して、ハッピーな結末はそこには暗示されていない。誰もがそれぞれの孤独な部屋に閉じ込められ、そこから彼らが救われる可能性はとても薄いように見える。

　こうしてみると、ずいぶん切ない話だったんだ、ずいぶん暗い時代だったんだと翻訳しながらあらためて思った。こんな長くて救いの見えない物語を、現代の読者にうまく受け容《い》れてもらえるものだろうか？　正直なところ、僕にはもうひとつ自信がない。

　それでも、考えてみれば、状況は今でも基本的には何ひとつ変わってはいないんだという気もしなくはない。世界中で貧富の格差はどんどん広がっている。人種差別はいまだに厳然と残っている（制度としての差別はいちおうなくなったものの）。幼児性愛傾向を抱える人や、同性愛や、それぞれの異形《いぎよう》性に人知れず悩み苦しむ人も少なくないはずだ。人々は共感や共闘を求めるが、それを見つけるのは簡単なことではない。そしてそのような悲しみに満ちた世界を広く見渡し、細部を克明に描きあげるマッカラーズの鋭い観察力と筆力は、この現代においても変わることのない有効性を持っているように、僕には思える。そして――これがなにより大事なことなのだが――そのような人々の姿を描写するマッカラーズの視線はどこまでも温かく、深い同情と共感に満ちている。そう、それこそがこの『心は孤独な狩人』という小説の最も美しく、そして心を打つ点なのだ。

一人でも多くの人にこの物語を読んでいただき、いろんな意味合いで心に刻んでいただければと思う。ここにあるのはかなり遠い過去の声だが、それは今でもしっかり我々の耳に届く声でもあるのだ。

カーソン・マッカラーズは、ルーラ・カーソン・スミスとして、一九一七年にジョージア州コロンバスに生まれた。父親は宝石商を営む時計職人だった（生活には余裕があり、本書の主人公が置かれたような貧しい家庭環境では決してなかった）。五歳からピアノを習い始め、豊かな音楽的才能を認められ、職業的ピアニストになるためにニューヨークのジュリアード音楽院に進んだ。しかし持参した授業料を地下鉄でそっくりなくしてしまい（実際には預かってもらっていた友人がなくしたのだが）、そのためにお金のかかる音楽の勉強を断念し、文筆の道に進もうと心を決める。アルバイトをしながらコロンビア大学の創作科で、小説の書き方を学ぶ。とにかくいろんな方面で、豊かな才能と強い野心に溢《あふ》れた少女だったようだ。

そして彼女は二十三歳にして、この長大な処女作『心は孤独な狩人』を書き上げる。驚くべき達成だ。そして翌年には『黄金の眼に映るもの』、一九四六年には『結婚式のメンバー』を出版している。どれも独自の物語世界と文体をしっかりと持った、優れた文学作品だ。二十代を通して、その文学的才能の鋭い奔出は留まるところを知らないようにも見えた。最初から完成形を持って登場した作家といってかまわないだろう。

ただ彼女の私生活、とくに結婚生活は最初から多くのむずかしい問題をはらんでいた。やはり作家志望の——しかし成功はしなかった——夫との関係はしょっちゅう暗礁《あんしょう》に乗り上げ、自らの同性愛的傾向に生活を揺さぶられることになる。夫のリーヴズ・マッカラーズもまた妻と同様、同性愛の傾向を持っており、それが二人の関係をより面倒なものにした。二人はそれぞれに同性の恋人たちに心を奪われ、関係を持ちながらも、お互いから決定的に離れることができない。二人は一九三七年に結婚し、四年後に離婚し、一九四五年にあらためて再婚している。そして最後にはリーヴズは彼女に心中を持ちかけ、それを断られると、単独で自らの命を絶つことになる。一九五三年のことだ。

そのようなややこしく錯綜《さくそう》する人間関係と並行して、二十代の終わり頃から、カーソンは健康を崩し、その後生涯を通じて様々な病と痛みに苦しむようになる。三十一歳のときには卒中の発作を起こし、左半身が麻痺《まひ》した状態になった。アルコール依存症にも長いあいだ悩まされた。当然ながら、執筆に意識を集中することは困難になる。人生の後半は彼女にとって、私生活においても創作生活においても、決して恵まれたものではなかった。そして一九六七年に、その五十年にわたる波乱に満ちた生涯が閉じられた。

それはそのままカーソン・マッカラーズの物語世界が閉じられた瞬間でもあった。彼女のような小説を書く人はもうどこにもいない。これから先ももう出てこないだろう。その物語世界は、そしてそこにある風景と心持ちは、多くの意味合いにおいて彼女自身の精神と身体《からだ》のそのままの自然な延長であったのだから。

本書にはいくつか、現在では不適切な表現として、出版等において一般には使われていない用語が使われている。しかしこれは、本書を本書として成り立たせるためにはどうしても避けられない表現であり、批判は覚悟であえて使用することにした。本書は今から八十年前に、その時代固有の濃密な空気の中で書かれた作品であり、作者の真意を伝えるためには、歴史的なトーンはできるだけそのまま保たれるべきだと訳者が判断したためである。ご理解いただければ幸いだ。

最後になったが、翻訳に関しては畏友《いゆう》、柴田《しばた》元幸《もとゆき》氏の協力を仰いだ。深く感謝する。

二〇二〇年七月

村上春樹

この作品は二〇二〇年八月新潮社より刊行された。

心《こころ》は孤独《こどく》な狩人《かりゅうど》

新潮文庫　マ－31－1

Published 2023 in Japan
by Shinchosha Company

令和五年十月一日発行

訳者　村《むら》上《かみ》春《はる》樹《き》

発行者　佐藤隆信

発行所　株式会社新潮社

郵便番号　一六二―八七一一
東京都新宿区矢来町七一
電話　編集部(〇三)三二六六―五四四〇
読者係(〇三)三二六六―五一一一
https://www.shinchosha.co.jp

価格はカバーに表示してあります。

乱丁・落丁本は、ご面倒ですが小社読者係宛ご送付ください。送料小社負担にてお取替えいたします。

印刷・錦明印刷株式会社　製本・錦明印刷株式会社

ISBN978-4-10-204203-8 C0197